2019 年全國高等院校古籍整理研究工作委員會直接資助項目

2020 年國家古籍整理出版專項經費資助項目

海源閣 楊氏詩文校注

周廣騫 丁延峰 校注

國家圖書館出版社

圖書在版編目（CIP）數據

海源閣楊氏詩文校注 / 周廣騫，丁延峰校注 . — 北京 : 國家圖書館出版社 , 2020.11

ISBN 978-7-5013-6946-1

Ⅰ . ①海… Ⅱ . ①周…②丁… Ⅲ . ①詩集—中國—民國 Ⅳ . ① I226

中國版本圖書館 CIP 數據核字（2020）第 017922 號

書　　名	海源閣楊氏詩文校注	
著　　者	周廣騫　丁延峰　校注	
責任編輯	潘肖薔	
助理編輯	劉鑫偉	

出版發行　國家圖書館出版社（北京市西城區文津街 7 號　　100034）
　　　　　（原書目文獻出版社　北京圖書館出版社）
　　　　　010-66114536　63802249　nlcpress@nlc.cn（郵購）

網　　址	http://www.nlcpress.com	
排　　版	北京九章文化有限公司	
印　　裝	北京科信印刷有限公司	
版次印次	2020 年 11 月第 1 版　2020 年 11 月第 1 次印刷	

開　　本	710×1000（毫米）　1/16	
印　　張	33.25	
字　　數	433 千字	
書　　號	ISBN 978-7-5013-6946-1	
定　　價	120.00 圓	

先大夫議立家廟未果今於
寢東先建此閣以承祀事並
籍藏書取學記先河後海語
頗曰海源蓋寓遡遠之恩亦
倣鄞范氏之以天一名閣云
時道光二十年歲次庚子亥
月中浣以贈承書並識

海源閣

海源閣原匾

楊氏海源閣全景

海源閣全景圖

楊以增像

楊紹和像

楊保彝像

丙舍讀書圖

《退思廬文存》一卷，（清）楊以增撰，民國九年（1920）楊氏海源閣刻本

《儀晉觀堂詩鈔》一卷，（清）楊紹和撰，民國九年（1920）楊氏海源閣刻本

《歸瓶齋詩詞鈔》一卷，（清）楊保彝撰，民國九年（1920）楊氏海源閣刻本

西漢

君子館甎　景武閒

君子

道光初肅寧苗仙露學植得之郊野瓦礫中肅寧漢河閒地
河閒為漢景帝子獻王德封國宋史太宗紀契丹敗劉廷讓
軍於君子館金史地理志河閒府河閒有君子館三輔黃圖
河閒獻王德置客館二十餘區以待學士君子館蓋卽獻王
所置二十餘區之一也又河閒府志瑣錄云河閒有毛精壘
者里俗以稱毛公冢名至不馴明時舊志載有御史胡姓
者過毛精壘夢一人紫衣幘頭來謁自謂毛公孫而詢父者
云有毛精壘乃漢毛萇墓因令穿之得石志有明道於君子
館設教於詩經邶之語盃掩之而謀於太守立祠今河閒府
北三十里堡有毛公祠祀獻王博士毛萇距祠二三里有邶

《隸篇》十五卷續十五卷再續十五卷，（清）翟雲升撰，清道光十八
年（1838）刻本

九水山房文存卷上

文登畢亨恬谿著

禹貢兗州地理考

禹傳土任土作貢先述冀州者帝居也其次則及兗州

兗州爲諸水下流地污下難役作故名兗兗之言岔經

亦云作十有三年乃同是也兗州之界著于經文者甚

明經云濟河惟兗州釋地亦云濟河閒曰兗州故鄭君

曰言兗州之界荏此兩水之閒也今所傳孔傳云東南

據濟西北距河孔疏因云據謂跨之跨濟而過東南越

《九水山房文存》二卷，（清）畢亨撰，清咸豐二年（1852）楊氏海
源閣刻本

論說

士說 癸酉

上元梅曾亮伯言

求棟梁者必於木而木不皆棟梁者也其不材者且不得與萑蒲竹箭比其實異其名同吾見夫木之難求也然而求棟梁者不求之萑蒲竹箭之林而斷斷然必求之木士之於國猶木之於室也一國之士其材者百無一二焉一山之木其材者亦百無一二焉然國患無士而室不患無木者何也豈士之寡而木之多歟抑信士之不如信木者歟彼求棟梁者不求之萑蒲竹箭之林

《柏梘山房集》三十一卷，（清）梅曾亮撰，清咸豐六年（1856）楊氏海源閣刻本

溧陽史禮堂先生論文十九則　前卷

讀文當用緩急二法先用緩讀玩其作意看其手法摹
其字句領其神味再用急讀以取其氣與機讀時親切
做時自能脱化
涮拳則有擺拳則多此學者大患俗云拳不離手曲不
離口工夫不到忘食忘寢何殊有進境故揣摩之法不但
熟讀无須熟背於清晨反臨睡時潛心默誦或一篇背
數十遍或連背數十篇則心靈自潛探神自來

《史禮堂先生前後論文三十則》，清道光二年（1822）楊以增抄本

名義　釋置也奠置所祭之物也一曰奠停也停

饌具而已一曰非時而祭曰奠廟祉言_{或指山川}

釋奠釋幣釋菜　釋奠但置牲幣設饌奏樂無尸

無食飲酬酢若有幣無樂無牲是釋幣也若無樂

無牲并無幣是釋菜也釋奠祭之畧者主於行禮

非報功也釋菜又其畧者也

山川廟祉　右釋奠禮不止行於學周禮旬視舍

奠於祖廟禰亦如之此行於廟者太祝大會同造

釋奠考　〈附考〉　一

《釋奠考》三册，清咸豐元年（1851）楊以增刻本

宋本張先生校正楊寶學易傳二十卷十冊

右誠齋易乃舊本也鬻書客潘生所售余者置諸巴

焦林中讀書處時正大二年龍在己酉端陽日鄭希

聖謹誌

楊萬里誠齋易傳二十卷自淳熙戊申至嘉定甲子

凡十七年始脫藁前後序交皆公手筆其說本之伊

川而多引史傳事證蓋象數之學茂聞焉嘉定元年

臣寮申請得旨給劄其家鈔錄宣付祕閣此本紙札

精好真三百年物也書後有元人鄭希聖題字在至

《楹書隅錄初編》五卷，（清）楊紹和撰，清光緒二十年
（1894）楊氏海源閣刻本

聖祖仁皇帝廟諱上一字書〇德升聞用元字恭代然

元德元黃元鳥等字皆不得用　　弦絲炫眩等

字敬缺末點率字亦宜缺點惟畜蓄字不缺點

兩諱相並之字作茲今借用茲　舊本書有

用彑玄字代者今不用

下一字韓愈文其膏沃者其光〇用煜字恭代

又从火从畢之字詩〇〇震電字典作煜从

《臨文便覽》二卷，清同治十三年（1874）松竹齋刻本

目　録

儀晉觀堂詩鈔

前　言

有清末季，山東聊城楊氏海源閣廣聚南北佳槧，藏書數十萬卷，以版本精善享譽海内外，先後歷楊以增、楊紹和、楊保彝、楊敬夫四世保藏，與常熟瞿氏鐵琴銅劍樓五代藏書齊名，世稱“南瞿北楊”。楊氏世爲書香門第，研學治經，頗有淵源，且自楊以增父楊兆煜，至海源閣第四代主人楊敬夫，均有詩文著述，而尤以楊以增、楊紹和、楊保彝三代爲著。楊以增從政之餘勤於筆耕，著述甚豐。梅曾亮稱其於“名物、象數、音聲、訓詁亦勤懇研究。陸立夫（建瀛）嘗語予曰：‘吾向以至堂（楊以增號）好蓄書，今乃知其得一書必閱一書也。’”①對其喜藏書、好讀書記述頗悉。楊以增著有多種學術著作，且頗有卓見。在《〈禮理篇〉書後》一文中，他系統闡述了對清中葉“禮”“理”之爭的看法，“息群儒之聚訟”②；在《海源閣藏書記》中提出了有關治學的“海源”學說，影響頗巨；在與友人的通信及題跋中多次表明治“經”的理論，如“讀經而不由鄭學，猶欲入室而不由門户也”③。“學先識字，循軌轍於汝南；教重傳經，溯淵源於高密。”④洵爲不刊之論。他在《志學箴》中説道：“非漢唐則典章制度莫詳，故注疏爲尚；非程朱則世道人心莫挽，故踐履爲先。其於學之實事求是，一也。"又稱："程朱由踐履入，陸王由覺悟入，所由異，求己同也。步趨程朱，自無流弊，攻擊陸王，吾無取焉。"⑤亦爲精當之見。以增還精通韵學，曾著《古韵分部諧聲》以嘉惠後學。海源閣第二代主人楊紹和先後任翰林院編修、翰林院侍讀及文淵閣校理。紹和治學"稟端勤公之教，又從梅先生曾亮、包先生世臣游，經術詞術，皆深入古人閫奥。其治學尤邃於鄭學"。紹和嘗言："闡洙泗之微言，導新安之先路，未有如鄭君者也。"⑥《聊城縣志·楊紹和傳》稱：紹和於"名物訓詁，研究精密，《毛詩》《公羊》，皆有劄記"⑦，惜未成書。但紹和之於學術，其最大成就在於治目録版本之學，所著《楹書隅録》九卷，爲我國晚清著名四大私家解題目録之一。柯劭忞認爲："楊氏以藏書爲世業，宋槧元鈔，集諸家之大成，故藏弆之富、鑒別之審，海内推先生第一。"⑧海源閣第三代主人楊保彝亦爲學者，晚年對海源閣所藏進行了系統的爬梳整理，并有詩詞刻本傳世。故統上而論，海源閣主人屬於"讀書家的藏書家"，確爲不虚。

但是，在以前諸家對海源閣的研究中，對楊氏著述整理搜集不多，惟見曹景英、馬明琴主編《海源閣研究資料》（山東友誼書社1990年版）一書有所涉及，凡十三篇（其中與《退思廬文存》重複者四篇），但這些遠遠不是楊氏著述之全豹。經筆者詳細考究，得出楊氏著述現存情况，并統計撮録於此。

（一）楊以增著述。其生前結集之著述有《古韵分部諧聲》不分卷，四册，海源閣鈔本，《崇祀鄉賢録》著録，山東省圖書館藏；《志學箴》一卷，清咸豐三年（1853）海源閣刻本，國家圖書館、南京圖書館藏；《退思廬文存》一卷，楊敬夫民國九年（1920）海源閣刻本，收序、跋、傳、記凡十五篇（序、跋有《〈牧令書輯要〉叙》《〈靈棋經〉叙》《〈蔡中郎集〉叙》《〈隸篇〉叙》《〈石笥山房文集〉叙》《〈九水山房文存〉叙》《〈柏梘山房文集〉叙》《〈退思堂詩鈔〉後叙》《重修〈傅氏族譜〉序》《〈禮理篇〉

書後》《〈三續千字文〉跋》《〈蕉聲館集〉叙》等十三篇；傳、記有《映宸傅公傳》《重修光岳樓記》等二篇）。其未結集之著述中，序跋、識語有《〈續修張氏族譜〉序》《〈劉武仲字册〉跋尾》《〈六藝綱目〉跋》⑨《〈志學箴〉跋》⑩等十篇；題識有金本《〈淵雅堂集〉題識》《〈古文奇賞〉題識》等四篇，尺牘有《楊至堂致許印林書八通》⑪等十通，此外又有《大理石屏識語》及《傅母朱恭人家傳》⑫等文數篇。其身後編訂之著述，除《退思廬文存》外，則有《先都御史公奏疏》三十六卷三十六册（今存二十一册），存奏稿凡四百四十件。因此本殘缺近半，筆者經多方搜求、迻録楊以增奏稿三百三十二件，合前《先都御史公奏疏》之所存，凡七百五十二件，并加整理出版，收録楊以增奏稿最爲詳備⑬。

（二）楊紹和著述。其生前結集之著述有《楹書隅録》五卷、《續編》四卷，楊保彝清光緒二十年（1894）海源閣刻本，國家圖書館藏；《海源閣書目》不分卷，六册，與子楊保彝合撰，海源閣抄本，山東省圖書館藏；《宋存書室宋元秘本書目》四卷，海源閣抄本，國家圖書館藏；《海源閣藏書目》四卷，清光緒十四年（1888）元和江標師郷室刻本，山東省圖書館藏。其身後編訂之著述有《儀晋觀堂詩鈔》一卷，凡收詩一百三十八首，楊敬夫民國九年（1920）海源閣刻本，山東省圖書館藏。其未結集之著述中，序跋有《海源閣珍藏尺牘序》《柏梘山房文集跋》⑭《楹書隅録自序》《楹書隅録續編序》等十二篇；題識有《〈柏梘山房集〉識語》《〈范德機詩集〉題識》等兩篇，此外尚有《延令宋版書目批注》⑮等。

（三）楊保彝著述。其生前結集之著述有《海源閣宋元秘本書目》四卷，民國二十二年（1933）王獻唐校訂排印本，爲《山東省立圖書館叢刊》第二種，山東省圖書館藏；《海源閣書目》不分卷，六册，與父楊紹和合著，海源閣抄本，山東省圖書館藏；《海源閣金石書畫器用總目》五册，海源閣抄本，芷蘭齋藏。其身後編訂之著述有《歸瓻齋詩詞鈔》一卷，收詩詞共四十六首，楊敬夫民國九年（1920）海源閣刻本，山東省圖書館藏。其未結集之著述中，序跋有《〈楹書隅録〉跋》《〈宋存書室宋元秘本書目〉跋》等二篇。此外尚有《重修陶南山莊眉園記》《南北藏書家源流記》等文二篇。

以上僅是結集的楊氏三代詩文集及筆者搜集到的今存楊氏著述之零篇散簡，而散佚之作，則難以統計。楊氏著述除以專著存世外，多爲題跋、尺牘等單篇形式。以題跋爲例，在《海源閣研究資料》和《退思廬文存》中，僅收以增父子十九篇。而實際情況是楊氏在所藏四千餘種書籍及所刊近四十種海源閣刻本中，所撰題跋絶不僅止此數。這些題跋大部分附於所藏書和所刻書之中，而這些書籍又多歷劫難，毀佚不少。由於這些題跋大多以手稿形式另紙附於書之扉頁，故極易丢失。如海源閣藏宋拓真本《大觀太清樓帖》（現藏故宮博物院），崇恩稱之爲“東郡楊氏家藏稀世墨寶”，其於二、四殘本合卷卷尾識云：“協卿跋幾至萬言，勤矣博矣。”但查驗全帖，紹和之跋不見。又如宋嘉定四年（1211）劉甲刻本《經史政類備急本草》，據傅增湘1931年2月12日在天津鹽業銀行目驗是書時，見“協卿自記纍數百言”⑯，此跋今亦不見。再如宋本《吕太尉經進莊子全解》，據保彝云：“卷首前護葉有先君子手《跋》二千餘言，爲友人假校，越數年始還，前《跋》竟失，惟餘後《跋》。疑是由書中撤付鈔胥，鈔竟，未經裝入。而友没，未及録副，遂不可考。”⑰而對於那些未佚題跋來説，至今存於國家圖書館、山東省圖書館、山東博物館及臺北“中央圖書館”的海源閣原藏珍本佳槧，如不去翻檢，其很多題跋則不能呈現於世。再如尺牘，楊氏家族素重交游，與師友等往來信劄不斷。楊紹和於《海源閣珍藏尺牘序》中稱：“先君端勤公平生篤交游，每獲師友信劄，輒什襲篋中，或畀紹和收弄。閲時既久，所積遂夥。顧官輒十有數省，舟車所至，不無零失。咸豐辛酉捻寇之亂，其存諸陶南别墅者，又多墜紅羊，紹和理而董之，得千餘紙，付之裝池，都爲二十册。”這二十册衹是楊氏師友函劄在寇亂之後的殘存部分，山東省圖書館僅存第二十册，經目驗實爲殘本，存二十二通及林則徐致楊以增十七通。林則徐於道光二十七年（1847）丁未一月二十日自西安致楊以增信中稱："至堂大兄大人閣下：昨連接初八、九日兩次惠答，備挹撝光。"通信皆爲雙向交流，但楊以增致林則徐信件則一封不存。如以上述數字推之，楊以增信劄至少當有五百餘通。而現在保存下來的楊以增致師友書信秖有十封（致許瀚等友人），由此亦可見楊氏尺牘散佚之多。就詩文而言，海源閣第四代主人楊敬夫曾稱："楊氏三代先人未刻的書籍很多，過去都放在我家後上房的木炕上的'多寶閣'中，可惜戰亂中很多都遺失了。楊氏先人的著作……《海源閣金石書畫目録》……先祖協卿先生的《海源閣詩文集》（十二卷）等等。還有很多歷代先人的手稿，我自己還未翻閲過，就都已失散了。"⑱ 就敬夫所言，除《書畫目録》外，現存楊氏三代詩文秖有三卷，而紹和秖有詩集，其文集則不見踪影，這比起十二卷本的《海源閣詩文集》尚差九卷之多。楊以增亦長於詩，據紹和《楹書隅録》宋本《陶靖節先生詩》題識稱："先公爲詩，宗王、孟而探源彭澤，陶公諸作，莫不諷誦焉。宦游垂四十載，雖文書填委、軍報倥偬之際，退食少暇，未嘗廢吟咏，至老猶孜孜不倦。"可知，楊以增不但喜作詩，而且還有自己的作詩理論及師法，另從一些尺牘中亦可證此事。至於其他"手稿"就更多，梅曾亮稱："公辰見賓客，治文書，事畢即手書一卷。"⑲ 其相關詩文著述很可能保存在"多寶閣"中，但"多寶閣"佚於匪劫。再如楊保彝，現在保存下來的秖有《歸瓻齋詩詞鈔》一卷。其實保彝是性情中人，喜怒哀樂俱有詩詞以傳，李福鑾在爲其表兄保彝《歸瓻齋詩詞鈔》作跋時云："所作文辭，隨手弃擲，未嘗留稿身後。哲嗣敬夫表侄搜求遺著於斷紙零縑之中，僅得詩詞若干首，手録成帙，迨十百中之一二焉。吉光片羽，少而彌珍，於此亦可略見一斑。"

　　楊氏家族在晚清政治史、文化史上具有較高的地位，在晚清家族文化研究中具有較大意義。過往的研究多注重楊氏藏書、家族及仕宦，對其詩文著述尚未進行系統、全面的搜集整理與研究。近年來，筆者對楊氏藏書及仕宦進行了較爲深入的專題研究，尤其留心搜集整理楊氏著述。翻檢所及，楊以增存世著作中，尤以歷年所上奏稿爲大端。楊紹和曾多方裒集，於同治十年（1871）編爲《先都御史公奏疏》凡三十六卷。此本爲精鈔本，未及刊刻，原存楊氏海源閣，惜累遭匪亂，頗有殘損，僅存二十一卷，今藏山東省圖書館。筆者以此本爲底本，并以中國第一歷史檔案館藏軍機處録副奏折、臺北“故宮博物院”藏軍機處録副奏折、中國第一歷史檔案館藏硃批奏折加以參校、補録，基本還原了楊以增奏稿之原貌。

創作詩文爲傳統知識分子表達心志、記述經歷最爲常用的方式。從這個意義上説，對楊氏詩文進行較爲細緻深入的專題整理，不僅是海源閣藏書、抄書、刻書研究的重要任務，而且是瞭解楊以增及紹和、保彝祖孫生平經歷及志趣愛好的重要途徑，對於詳細梳理楊氏生平脉絡，把握晚清以降時代風氣變遷在家族文化傳承延續方面的影響，深入瞭解晚清士大夫心態及時代風貌，也具有較高的認知價值。爲此，筆者以楊敬夫民國九年（1920）海源閣刻本爲底本，對楊以增《退思廬文存》、楊紹和《儀晉觀堂詩鈔》、楊保彝《歸瓻齋詩詞鈔》進行點校整理，并充分利用國家圖書館、山東省圖書館、山東博物館、中國科學院圖書館、上海圖書館、南京圖書館、南京大學圖書館等地收藏的原海源閣藏書及文物資料，勤加搜求，存録於其詩文集之末，以求較爲全面地反映海源閣楊氏現存詩文文獻之面貌。

本書以作者爲序，進行編排。第一部分爲楊以增詩文，首録其文集《退思廬文存》，次録楊以增佚文，主要爲楊以增所作序跋及記文、書信，爲瞭解楊以增治學思想、海源閣藏書刻書抄書之原委及與阮元、許瀚、傅繩勛等交往的重要文獻。第二部分爲楊紹和詩文，首録其詩

集《儀晉觀堂詩鈔》，次録楊紹和佚文，主要爲其所作詩歌及序跋。紹
和詩文不少以"懷人""感懷舊游"等爲題，對其人生經歷及師友交往
記述甚悉。第三部分爲楊保彝詩文，首録其詩詞集《歸瓴齋詩詞鈔》，
次録楊保彝佚文，主要爲其所作詩歌及記文，如《近事口占》等對辛
丑前後之政治形勢及自身感慨記述真摯詳細，《重修陶南山莊眉園記》
爲瞭解楊氏海源閣另一重要藏書處陶南山莊的重要文獻，《南北藏書諸
家源流記》則對藏書史做了精要的概述，亦頗可見楊保彝對藏書源流
之熟稔。此外，本書還搜集了楊以增父楊兆煜佚作、與楊氏有關之奏
稿及楊氏傳記，作爲本書必要的補充，以期爲全面瞭解楊氏著述提供
必要的背景材料。

　　在整理過程中，筆者尤其注重於對楊氏詩文的收録與校注。一是收
録求齊備。近年來，作者對楊氏佚文傾力搜求，集腋成裘，所得甚夥，
頗足以補楊敬夫刻本之不足。對輯録之楊氏佚文，按照年代先後，分別
繫於各人詩文集之後，以展現其存世詩文著作之全貌。二是校勘求精審。
對楊敬夫刻《退思廬文存》《儀晉觀堂詩鈔》及《歸瓴齋詩詞鈔》所録
詩文及其佚文詳加校勘，并著録異同，最大限度地校訂文字錯訛。特別
是對其所録刻本、藏本序跋，逐一查閱原書，逐字對校，以求精審。對
無他本可校之詩文，若顯有訛誤，亦加辨析，以探其原貌。三是注釋求
詳盡。對楊氏詩文詳加注釋，爲本書之重點。本書對所收詩文，如有不
同文本則進行校勘，對文字内容所涉典故、人名、地名、職官等進行注
釋。在注釋過程中，筆者突出對楊氏藏書、刻書特色及相關學術觀點的
注釋，對所及刻本之版本信息及刊刻過程詳加著録；突出對楊氏生平及
仕宦、交游經歷的注釋，對詩文所及楊氏之生活細節、背景亦予記述；
突出對楊氏詩文涉及典故、名物的注釋，對用典在特定場景中的具體含
義，均結合文意及作者相關經歷詳加辨析；對生僻難字、俗字、異體字
等予以注釋，力求提供一部收録齊全、準確無誤、方便釋讀的文本，爲

下一步研究奠定基礎。

周廣騫、丁延峰

2020 年 5 月 20 日

注釋：

① （清）梅曾亮《兵部侍郎江南河道總督楊公家傳》,《柏梘山房集·文續集》卷末,清同治三年（1864）楊紹穀、楊紹和補刻本。

② （清）高行信《〈志學箴〉跋》,張成孫、凌廷堪《禮理篇》卷末,清咸豐三年（1853）楊以增刻本。

③ （清）楊以增《〈六藝堂詩禮七編〉叙》,丁晏《六藝堂詩禮七編》卷首,清咸豐二年（1852）楊以增刻本。

④ （清）楊以增《楊至堂致許印林八通書》之一,王獻唐《顧黄書寮雜録》,齊魯書社 1984 年版,第 147 頁。

⑤ （清）楊以增《志學箴》,清咸豐三年（1853）楊以增刻本。

⑥ 柯劭忞《〈楹書隅録〉跋》,楊紹和《楹書隅録》卷末,清宣統三年（1911）董康補刻。按光緒二十年（1894）楊保彝刻本無此跋,光緒二十一年（1895）再版時補入。

⑦ （清）陳慶藩修,葉錫麟、靳維熙纂［宣統］《聊城縣志》卷八,清宣統二年（1910）刻本。

⑧ （清）柯劭忞《〈楹書隅録〉跋》,《楹書隅録》卷末,清宣統三年董康補刻本。

⑨ 曹景英、馬明琴主編《海源閣研究資料》,山東友誼出版社 1990 年版。

⑩ （清）楊以增《志學箴》,清咸豐三年（1853）楊以增刻本。

⑪ 王獻唐《顧黄書寮雜録》,齊魯書社 1984 年版,第 147-155 頁。

⑫ （清）傅繩勛纂修《傅氏族譜》,清道光二十三年（1843）劉喜海嘉蔭簃刻本。

⑬ 詳見丁延峰主編《楊以增研究叢集》下册《楊以增奏稿校注》,中國社會科學出版社,2017 年版。

⑭ 此跋爲楊紹和與其兄紹穀合撰。

⑮ 鄭偉章《文獻家通考·季振宜》云:"有一石印本《延令宋版書目》,用朱、藍、綠三色過録朱澂、楊紹和及某氏三家批注,注各書後歸何處,可爲尋繹季氏書者參考。"又考《楹書隅録》,楊紹和徵引《延令宋版書目》處極多,故紹和批注此書當爲不虚。然此書今藏何處,《通考》并未言明,姑留此待考。

⑯　傅增湘《藏園群書經眼録》卷七，中華書局 1983 年版，第 580 頁。

⑰　（清）楊保彝宋本《吕太尉經進莊子全解》批注，《楹書隅録》卷三，清光緒二十年（1894）楊保彝刻本。

⑱　李士釗《聊城"海源閣"藏書重要史料片斷——1966 年 2 月 10 日在天津訪問海源閣第四世主人楊承訓（敬夫）先生》，《山東出版志資料》第 1 輯，山東人民出版社 1984 年版。

⑲　（清）梅曾亮《兵部侍郎江南河道總督楊公家傳》，《柏梘山房集·文續集》卷末，清同治三年（1864）楊紹穀、楊紹和補刻本。

凡　例

　　一、本書以第四代海源閣主人楊敬夫民國九年（1920）刻本《退思廬文存》（楊以增）、《儀晋觀堂詩鈔》（楊紹和）、《歸瓶齋詩詞鈔》（楊保彝）爲底本，進行點校整理，其篇目排序及各篇文字均依原書，不加改動，以存原貌。

　　二、筆者將歷年輯存之楊氏佚文分別附於以上各集之末，并按文體編排；文體相同者，再以寫作年代爲序編排，以清眉目。

　　三、各集之前撰有"解題"，對作者思想及其詩文内容、價值進行簡要評述。

　　四、楊氏詩文原注本在相應句下，現均移至該詩文之末，以求整飭，并以"（ ）"表示。

　　五、楊氏詩文有原刊本、稿本可校者，均詳加校勘；無他本可校，而有明顯之文字錯訛者，亦加校改。以上兩類，均以"〈 〉"表示。

　　六、所録詩文，其有原書可檢者，均加校勘；顯有訛誤者，亦加辨析，以探原貌，并隨文出注；詩文中所涉之典故、名物、職官及楊氏生活經歷，均加詳釋，力求探幽索微，窮其所指，亦隨文出注。以上兩類，均

以 "[　]" 表示。

　　七、書末附有筆者歷年所輯之楊兆煜佚作、楊氏傳記及與楊氏有關之奏稿，便於讀者更加全面地瞭解楊氏生平。

退思廬文存

[**解題**]《退思廬文存》一卷，楊以增撰。楊以增父兆煜卒於道光十八年（1838）六月，楊以增丁憂回鄉，十九年（1839）丁繼母趙太夫人憂，"喪葬皆如禮"。楊以增於墓旁築"弘農丙舍"，以居喪守制，并於其内建書齋，名曰"退思廬"。其《退思廬硯銘》稱："吾得退休，當廬墓三年，稍贖遠宦離親之罪。"則"退思廬"有以孝退思補過之意。《退思廬文存》收楊以增文凡十五篇。此集爲楊以增之曾孫楊承訓所輯，有民國九年（1920）聊城楊氏海源閣刻本。卷首有"庚申春月海源閣刊"牌記，半葉九行二十一字，版心上鐫"退思廬文存"，下標頁碼及"海源閣"。

楊以增著述甚豐，惜生前未及刊刻。自清季以來，海源閣藏書迭經匪亂，散佚頗多，楊承訓"懼其久而散佚也"，遂"就所及見者彙鈔成帙，以爲手澤之存"。其刻《退思廬文存》，既在於"揚先芬而永世澤"，保存先曾祖之著述，更有藉此以明楊以增"敷政持躬之大節"之意。今詳繹《文存》所録楊以增文，其論述所及，約有四端。

其一爲楊以增之施政觀：爲官當有親民之心，兼具治民之才。楊以增自道光二年（1822）考中進士後，即籤分貴州，任知縣、知府凡十二年，對基層官員治民之甘苦有深刻的認識。他在《牧令書輯要》叙中稱："牧令乃親民之官，以保赤之心爲心，則一邑治。即推之天下，而天下無不治。"正基於此，他對徐棟所輯《牧令書》推崇備至，并認爲此書"博采群書，辭歸簡要"，牧令之官若"本是書而遵行之，因時制宜，精義致用，彼西京之通於世務、明習文法、以經術潤飾吏事者，何以加兹？"楊承訓用"由經術發爲治術"加以概括，是符合楊以增從政實際的。他反對空談，而注重實際才幹。其《蕉聲館集叙》稱："近世學者，動輒言胸有萬卷，議論古人亦確鑿可聽。一旦臨事，其茫然無措，隨俗波靡，與平日未嘗學問者等。"正因如此，他稱贊《蕉聲館集》所録朱爲弼之奏疏"防微杜漸，謀及深遠""事繫民瘼，政切國本"，評價其在漕運總督任上"雖值時勢艱阻，而卒能有濟"，"非畫餅蠹魚者所可同年語矣"，給予了很高的評價。

《退思廬文存》一卷，楊以增撰，民國九年（1920）楊氏海源閣刻本

其二爲楊以增之文獻觀：嚴校勘以求精審，重刊刻以廣其傳。楊以增好聚書，好讀書，亦好刻書，其目的即在於保存有價值的文獻，以嘉惠後學。一是注重校勘古籍。楊以增喜愛蔡邕文，自稱"少業是集，心好之。而所見之本……互有錯忤，苦無善本對勘"。後得高均儒之助，廣采各本，據以讎校，"斤斤尋究於字句之間"，"博證旁通，以求得夫有本有文之實"。是本"於徐本（按：即明萬曆間徐子器本）十卷、《外紀》一卷外，又采自他本，另編四卷，録范書《列傳》

及清浦王氏所纂《年表》於卷末，都爲十六卷"。在今存蔡集中文字最爲精核、收録最爲齊備，爲學界公認之善本。二是刊行當世著述。楊以增對當世有價值的著作，亦頗爲重視，并積極刊刻。如胡天游曾應博學鴻詞科，"同舉推爲首選"，但他"無專集行世，唯以坊選中一鱗半爪，見珍藝林"，楊以增有感於此，遂主持刊刻其文集，"極力表章，以惠來學"。畢亨精於訓詁之學，"非集衆證，不肯輕下一字"，其著述存者"篇不過三十，文不過三萬，而考核精審，詞意淵茂"。楊以增遂刊刻其文，并認爲"好學者得先生遺書"，若能"精心推勘，觸類而長"，則畢亨之學亦可藉此久而彌光。再如陳拜鄉工詩及駢體文，楊以增之摯友梅曾亮"尤亟稱許之"。楊以增"念以君之才，一無所遇於世。而平生所自力者，惟詩不可不有以存之，因亟爲刊刻"，其詩文遂得以傳之後世。

　　其三爲楊以增之學術觀：治學當自小學始，而兼收漢學、宋學之長。楊以增父兆煜曾任即墨教諭，家學氛圍濃厚。楊以增對摯友梅曾亮説："若著氈冠，披羊皮裘，課鄉里小童經書，吾誠樂之。"顯示出對儒家經典的由衷喜愛。楊以增重小學，在致許瀚函札中稱："學先識字，循軌轍於汝南"。在《隸篇叙》中，他稱翟雲升"取所得金石選字雙鈎，區分部類，彙爲《隸篇》"，指出此編雖仿《類篇》而又有所損益，并詳爲舉例，加以論證。如其稱"字爲《類篇》所無，而確如所有。'禩'猶夫'齋'，'羕'猶夫'羕'，即以當'齋'與'羕'也"，即顯示出深厚的小學造詣。時學界有漢學、宋學之爭，楊以增受其父兆煜影響，對漢學頗爲推崇，而有"教重傳經，溯淵源於高密""讀經而不由鄭學，猶欲入室而不由門户也"之論。但總體而言，楊以增兼重漢、宋之學，而持平允之論，其《志學箴》稱："非漢、唐則典章制度莫詳，故注疏爲尚；非程、朱則世道人心莫挽，故踐履爲先。其於學之實事求是，一也。"在《〈禮理篇〉書後》中，他亦稱"漢儒精於訓詁，宋儒深於義理"，并認爲漢、宋之學均禮理兼重，"漢之學要在禮，宋之學要在理。漢儒非不言理，以爲言禮即具理也。宋儒非不知禮，以爲言理而後可以言禮也"，頗少門户之見，而具有較爲寬廣的學術視野。

　　其四爲楊以增之交游觀：重親睦族，篤於師友。楊以增有很强的宗族意識，這主要來自於家庭的熏陶。楊以增高祖母唐氏年甫二十而守寡，贍養翁姑，撫育遺孫，含辛茹苦六十餘年。其父兆煜辭官歸養，因母"猝中風，半體拘攣，公廢寢食，精思營度醫藥，請神以身代，沈痾獲起，至九十二歲乃終"。長輩之身教對他的處世爲人產生了深遠的影響。楊以增將睦親之思推而廣之，延及師友。如其父兆煜與傅廷輝交好，"公（即傅廷輝）與先大夫先後請養歸里，性情氣誼大略相同，故投契最深，無三日不過從，如是者廿年"。在傅廷輝去世後，楊以增應傅繩勛之請，爲作《傅公映宸家傳》，稱其"先意承志，飲食皆手自調進，依依膝下歡笑作兒戲狀。黃太恭人壽至九十有四，而公亦行年六十矣"。在母親去世後，廷輝"養葬盡禮，以修祠宇，戀墓田，不赴二子養"。此外，廷輝"同懷弟二人垂老友愛，視弟之子猶子"，對廷輝之孝親睦族大加贊揚。在《重修傅氏族譜序》中，楊以增認爲傅繩勛所修之族譜頗爲精善，"使後之子孫世世增修之，年雖遠而昭穆秩然，於以敬宗，於以合散，木本水源之思，守而弗失……綿綿延延而未有窮期也"，體現了對家族興盛綿長的良好願望。楊以增與梅曾亮爲同年友，梅曾亮於太平軍攻占江浙之時，生活顛沛流離，楊以增迎梅曾亮至清江浦江南河道總督衙署之清晏園，"以同年三十餘年之久，經憂患之餘，得見而聚處朝夕，不可謂非幸事矣"。梅曾亮爲桐城派古文大家，楊以增"以君今歲七十，即以是爲壽"，顯示了對朋友情誼之篤厚。楊以增之子紹和、孫保彝均能世其家學，其重孫承訓并能刊刻其三代詩文，"以揚先芬而永世澤"，實亦爲楊以增治家處世精神之延續與繼承。

《牧令書輯要》[1]叙

自《史記》創爲循吏傳，歷代因之，而西京[2]爲盛。蓋西漢去古未遠，淵源經術，具有師承，吏治蒸蒸不懈，而及於古。國朝重熙累洽，列聖相承，以察吏爲圖治之先務。皇上御極以來，慎簡牧令。其課最[1]往往恩予召對，不次擢遷，尤稱異數。誠以牧令乃親民之官，以保赤之心爲心，則一邑治。即推之天下，而天下無不治。高安朱文端公輯歷代《循吏傳》[3]，始漢終元，皆録舊史，并取散見他書者以附益之，而未及於昭代。吳江陸朗甫中丞《切問齋文鈔》[4]、長沙賀耦耕制府《經世文編》[5]，於我朝循政良規搜羅宏富，然非專爲牧令言也。

《牧令書》二十三卷，（清）徐棟輯録，清道光二十八年（1848）楊以增刻本（一）

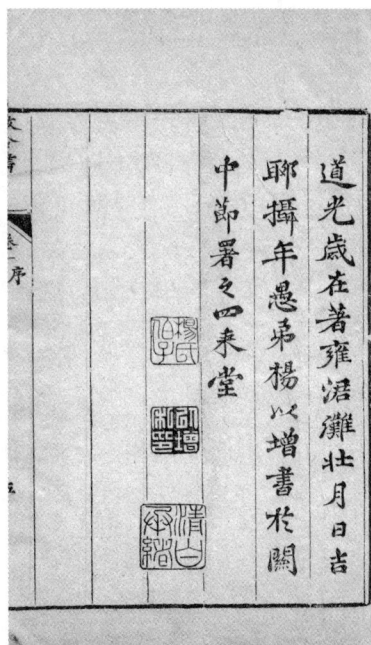

《牧令書》二十三卷，（清）徐棟輯録，清道光二十八年（1848）楊以增刻本（二）

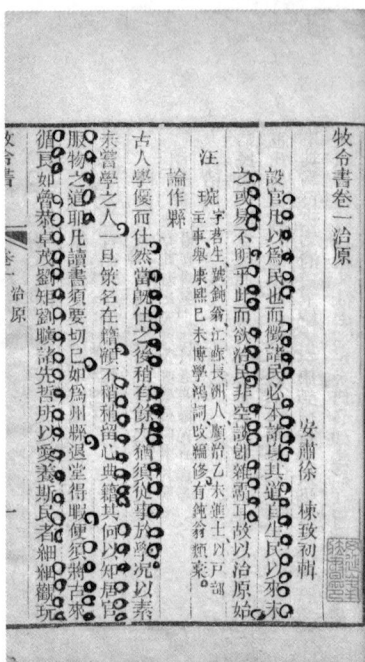

《牧令書》二十三卷，（清）徐棟
輯錄，清道光二十八年（1848）
楊以增刻本（三）

同歲生[6]徐致初太守官水部[7]時，著有《牧令書》，嘗出以相示，爲目十八，爲卷二十三，博采旁收，辭歸簡要，不復列叙前代，略觀梗概，備三善焉。古人筮仕[8]之初，比於學制。發硎新試，畀之大邑，操刀實傷，如古訓何[9]？是書條分理合，確有持循，雖在中材，可勉而致，其善一。乃或專門名法，以刻爲明，用持巧心，析律貳端，陷民非罪，踉弛之弊，甚於迂疏。是書弁以《治原》，治術之醇，根於學術，其善二。天下事常者治之易，變者治之難。水旱盜賊，自古有之，治亂相因，其奚以濟？而《籌荒》《戢暴》《備武》具於是書，復以《保甲》總其綱。無事則豫切講求，有事則不虞扞格，其善三。夫牧令與唐虞之十有二牧[10]、春秋之令尹[11]不同，今特一邑之任耳。顧社稷民人，惟牧令是寄。本是書而遵行之，因時制宜，精義致用，彼西京之通於世務、明習文法、以經術潤飾吏事[12]者何以加兹？

余與太守苔岑至契[13]，夙稔其有體有用，由工曹出守興安，量移首郡，渭川共楫，雅慕前修。今以是書付之剞劂，用之一邑而治，推之天下而無不治。將見進而益上，大其設施，仰贊聖天子察吏安民，邁古循良之績，匪直謨猷入告，得拜獻之先資已也。

是爲序〈2〉。

校勘：

〈1〉"其課最"後，楊以增刻《牧令書》卷首楊《叙》有"者"字，當據以校補。

〈2〉"是爲序"後，楊以增刻《牧令書》卷首楊《叙》有"道光歲在著雍涒灘壯月日吉，聊攝年愚弟楊以增書於關中節署之四來堂"。又有"楊氏伯子""以增私印""清白承緒"三印。

注釋：

[1]此序又見於楊以增刻《牧令書》卷首。《牧令書》二十三卷，徐棟輯録，清道光二十八年（1848）刻於河南開封。此本半葉十行二十五字，小字雙行同，首頁中題"牧令書"，右題"道光戊申秋鐫"，左題"楚興國李煒校勘"；次李文瀚《序》，次楊以增《叙》，均作於道光二十八年（1848）；次徐棟《自序》，作於道光十八年（1838）；次《牧令書例言》凡十條，次《牧令書總目録》，分治原、政略、持家、用人等十八目，輯録清初以來有關地方吏治之奏疏、論説、函劄等，并標明篇目及作者。書末有李煒、福淳、江開三跋。

楊以增自道光二年（1822）考中進士後，即於是年分發貴州，最初擔任長寨同知，道光三年（1823）改任安順府清鎮縣知縣，四年（1824）補任荔波縣知縣。後於八年（1828）擔任貴筑縣知縣，十一年（1831）一月到任松桃直隸廳同知。十二年（1832）升任興義府知府，同年署思南府，十三年（1833）任貴陽府知府，先後在貴州各府、縣任職長達十二年。在基層牧令任上，他"敷持躬之大節，由經術發爲治術"，積累了較爲豐富的基層"牧令"經驗，形成了以民爲本、重民重教、具有鮮明個人特色的牧令觀，對基層官員治民理政之重要作用，亦有較爲深刻的認識。此或即爲他積極主持刊刻徐棟《牧令書》并爲之作序的主要原因。

徐棟，字致初，直隸安肅人，道光二年（1822）進士，歷任工部主事及陝西興安、漢中、西安等地知府，有政聲，著有《保甲書》等。《清史稿·劉衡傳》

有附傳。據《牧令書例言》，"是書成於戊戌（道光十八年，1838）臘（即臘月），重訂於戊申（道光二十八年，1848）春，中間頗多增損，故所載有戊戌後文字"。此書經徐棟修訂後，即於是年由楊以增主持刊刻，并附徐所作《保甲書》四卷。時楊以增任陝西巡撫，徐棟任西安府知府，且有同年之誼，故交往甚密，楊以增因有刊書之舉，并爲此書作序。

按李文瀚（1805—1856），字雲生，安徽宣城人，道光八年（1828）舉人，道光中任陝西大荔知縣、鄜州知州，著有《治岐撮要》《守嘉州紀要》。李燡（1801—1861），字濟夫，湖北興國州人，道光二十年（1840）進士，歷任陝西山陽、城固、咸陽等縣知縣，署陝西同州知府，林則徐稱其爲"關中良吏第一"。福淳（1797—？），鑲黃旗滿洲進士，歷任山東安丘及陝西榆林、咸寧知縣，署孝義廳同知。江開，字龍門，道光十五年（1835）舉人，曾任陝西咸陽縣知縣，著有《浩然堂詞稿》。據此，則爲徐棟《牧令書》作序、跋及負責校勘者，除楊以增爲徐棟同年及上司外，均爲徐棟官陝西時之同僚。

同治七年（1868），江蘇巡撫丁日昌刪節徐棟《牧令書》爲十卷，改題爲《牧令書輯要》，并於卷首移録楊以增此序。楊敬夫輯録其曾祖楊以增文時，即或據《牧令書輯要》，遂題此文爲"牧令書輯要叙"，而未審此序實楊以增爲《牧令書》而作。據此，則此文或題作"《牧令書》叙"更爲確當。

［2］"西京"，此指西漢都城長安，代指西漢。

［3］"朱文端公"，即朱軾。朱軾（1665—1736），字若瞻，號可亭，江西高安縣人。康熙三十三年（1694）進士，歷任浙江巡撫、左都御史、文華殿大學士兼吏部尚書，卒諡文端。著有《周易注解》《周禮注解》《文端公集》等。《循吏傳》即《歷代循吏傳》，凡八卷，朱軾纂輯，有清雍正七年（1729）寫刻本。

［4］"吳江陸朗甫中丞"，即陸燿。陸燿（1726—1785），字朗夫，江蘇吳江人。乾隆十七年（1752）舉人，考授內閣中書，後補山東運河道，纍官至山東布政使、湖南巡撫。撰有《山東運河備覽》。所輯《切問齋文鈔》凡三十卷，收録清初以來經世之文，有乾隆四十年（1775）刻本。

［5］"長沙賀耦耕制府"，即賀長齡。賀長齡（1785—1848），字耦耕，號西涯，湖南善化人。嘉慶十三年（1808）進士，纍官至貴州巡撫、雲貴總督，後降補河南布政使，翌年乞病歸，旋卒。《皇朝經世文編》一百二十卷，賀長齡、魏源纂輯，分學術、治體、吏政、户政、禮政、兵政、刑政、工政八類，選輯清初至道光前官方文書、專著、述論、奏疏、書劄等文獻凡2200餘篇，有道光七年（1827）刻本。

［6］"同歲生"，即同年，爲科舉考試中同榜録取的人。王拯《〈嬰砧課誦圖〉序》："陳君名鑠，爲余丁酉同歲生也。"

［7］"水部"，原爲中央官署名，明清時用以稱工部司官。徐棟於道光十八年（1838）輯録《牧令書》，時任工部主事，故楊以增以水部相稱。

［8］"筮仕"，古人將做官時必先占卜，以問吉凶，故後指初次做官。筮，用蓍草占卦。盧照鄰《元日述懷》："筮仕無中秩，歸耕有外臣。"

［9］"操刀實傷，如古訓何"，指外行人用刀剪裁錦緞，必然會割壞，喻用經驗不足之人，容易敗事。《左傳·襄公三十一年》："子皮欲使尹何爲邑……子産曰：'不可。人之愛人，求利之也。今吾子愛人則以政，猶未能操刀而使割也，其傷實多……子有美錦，不使人學製焉……其爲美錦，不亦多乎？僑聞學而後入政，未聞以政學者也。'"

［10］"十有二牧"，指州牧之官。《尚書·堯典》："'咨，十有二牧！'曰：'食哉惟時！柔遠能邇，惇德允元，而難任人，蠻夷率服。'"同書"咨十有二牧"注稱："每一州之中，天子選諸侯之賢者以爲之牧也。"又同書"肇十有二州"句馬融注稱："舜以冀州之北廣大，分置并州；燕、齊遼遠，分燕置幽州，分齊爲營州。於是爲十二州也。"

［11］"令尹"，春秋戰國時代楚國之高官，掌軍政大權，其職位相當於國相。

［12］"以經術潤飾吏事"，指治民理政兼具儒家、法家之説，即漢宣帝所稱"漢家自有制度，本以霸王道雜之"。班固《漢書·循吏傳序》："時少能以化治稱者，惟江都相董仲舒、内史公孫弘、兒寬，居官可紀。三人皆儒者，通於

世務，明習文法，以經術潤飾史事，天子器之。”

　　[13] “苔岑”，指志同道合的朋友。郭璞《贈温嶠》詩：“人亦有言，松竹有林，及余臭味，異苔同岑。”

《靈棋經》[1]叙

　　占卜之書，淵源三易[2]。其與焦氏《易林》[3]、京氏《易傳》[4]相鼎峙，而傳之至今者，惟《靈棋經》爲著。晁公武《讀書志》[5]云：“《靈棋經》二卷，漢東方朔撰，又云張良、劉安，未知孰是。”顧自《隋書·經籍志》[6]載：“《十二靈棋卜經》一卷。”《文獻通考》[7]載：“《靈棋經》二卷，有晋顔幼明、宋何承天注，唐李遠序。”《荆山稗編》載：“《靈棋經》二卷。”後有劉誠意《靈棋經》解序，董含蕆鄉贅筆。叙述是書尤詳，皆不載作者姓名。明成化三年，四川巡撫汪浩校正元陳師凱本，刻之於蜀。宏治五年，烏程縣丞徐勉復以汪本重刻於浙。厥後鳳陽武定侯郭勛校刻於正德十年，福建巡按御史樊獻科校刻於嘉靖三十九年，錫山龔勉校刻於萬曆〈1〉二十四年，均附載顔幼明、何承天、陳師凱、劉基注解。蓋是書歷多奇驗，得永其傳，而欲定造自何人，則無確據也。

　　恭讀《欽定四庫書目》云：“《靈棋經》二卷，舊本題漢東方朔撰，或題淮南王劉安撰，皆依托也。然考《南史》所引，此書實出於六朝，故《隋志》已著録其法，以棋十二枚，以所擲面背相乘得一百二十四卦。卦各有繇詞，其文雅奥，非後世術家所能僞。劉基之注似亦非依托。”讀此，知是書之定論已。雖作者姓名不傳，固與焦氏《易林》、京氏《易傳》同爲三易之支流也。余家藏明榮國舊本，有注有解有詩，榮國序前，誠意序後，刻之於正德十五年者，最爲完善，爰校付剞劂，而以唐李遠序弁首云。

校勘:

〈1〉"萬歷"之"歷"字誤,當作"曆"。

注釋:

[1]此序當在楊以增刻《靈棋經》卷首,然此刻本未見。《靈棋經》二卷,舊題東方朔撰。是書以棋爲卜具,凡一百二十五卦,爲我國唯一一部完整、系統記述古代雜卜的著作。

[2]"三易",古有三易之説,夏《易》曰《連山》,商《易》曰《歸藏》,與《周易》合稱"三易"。《周禮‧太卜職》:"一曰《連山》,二曰《歸藏》,三曰《周易》。"三易均爲占卜之用,其不同有三,一爲序次不同,二爲占法不同,三爲卦辭不同。

[3]"焦氏《易林》",凡十六卷,舊題西漢焦延壽撰。《易林》源自《周易》,每一卦各變爲六十四卦,六十四卦變爲四千零九十六卦,各繫以文辭,皆四言韵語。《易林》作者未定,清顧炎武以之爲東漢後期著作。

[4]"京氏《易傳》",凡三卷,西漢京房撰。《易傳》以乾、坤爲根本,坎、離爲性命,統攝六十四卦,而以世、應、飛、伏、游魂、歸魂等解説爻、卦之間的關係。

[5]"晁公武《讀書志》",即《郡齋讀書志》。晁公武(1105—1180),字子止,濟州鉅野人,南宋著名目録學家、藏書家,人稱"昭德先生"。紹興二年(1132)進士,歷任四川安撫制置使、興元府知府、成都知府等職。乾道七年(1171)回京師,以敷文閣直學士、左朝儀大夫除臨安府少尹,官至禮部侍郎。《郡齋讀書志》爲我國現存最早的、具有提要内容的私藏書目。全書分經、史、子、集四部,四十五小類,收入圖書1492部。書有總序,部有大序,多數小類前有小序;每書有解題,介紹作者生平、成書原委、學術淵源及有關典章制度、軼聞掌故,廣引唐宋實録、宋朝國史、登科記及有關史傳目録,并詳加考證,具有較高的史料價值。

[6]《隋書‧經籍志》,四卷,唐代官修目録,李延壽撰,魏徵删定,爲繼

班固《漢書·藝文志》後，我國現存最古的第二部史志目録。此志以《隋大業正御書目》爲底本，參考阮孝緒《七録》分類體系，利用隋代遺書14466部，按經、史、子、集四部四十類著録，既反映隋朝一代藏書，又記載六朝時代圖書變動情況，并最終確立了四分法在目録學中的地位，爲現存最古的四分法目録書。

[7]《文獻通考》，凡三百四十八卷，元馬端臨撰。因"引古經史，謂之'文'；參以唐宋以來諸臣之奏疏、諸儒之議論，謂之'獻'，故名《文獻通考》"。此書記載上古至宋寧宗時典章制度之沿革，計有田賦考、錢幣考、户口考、職役考、徵榷考、市糴考等二十四門，兼采經史、會要、傳記、奏疏等文獻，而於宋代典章制度尤稱詳備。

《蔡中郎集》[1] 叙

《中郎集》，《隋志》[2] 載十二卷，注曰："梁有二十卷，録一卷。"《唐志》[3] 仍載二十卷，《宋志》[4] 載十卷。則今之傳本十卷，已爲近古。以增少業是集，心好之，而所見之本或六卷，或八卷，或二卷，互有錯忤，苦無善本對勘[5]。曩歲庚戌[6]，始購得黄蕘圃、顧澗蘋合校，明萬曆間陳留令徐成庵所刻，有宋天聖間歐識之叙之十卷本，又外紀一卷，補十卷之遺。其所據校者，一爲葉氏樸學齋[7] 所藏舊鈔本，一爲錫山華氏活字本[8]，卷與徐刻同，文視六卷、八卷、二卷本爲少，未審是否《宋志》所載十卷之舊。迭翻詳核，各有可取，亦各有可議。每思彙而別之，徵其同異，析其是非，當箸之説列於句下，當補之篇坿於卷餘，庶察應袪之僞，以存未汩之真，藉或稍糾俗本之謬。而退食鮮暇，蓄此志者倏又數年。比識秀水高君伯平均儒[9]，舉以商搉，伯平韙之。爲仿朱崇沐刻《韓文考異》[10] 舊式，仍徐本爲主本，即黄、顧二家所校之鈔本、活字本以證嘉靖間祋祤喬氏刻六卷本[11]、新安汪氏校二十家八卷本[12]、太倉張氏校百三家二卷本[13]、康熙中陳留劉氏依喬本六卷增刊有補遺本[14]，擇善而從，存疑俟質，於徐本十卷、外紀一卷外，又采自他本，另編四卷，錄范書《列傳》及青浦王氏所纂《年表》[15]於卷末，都爲十六卷。篇則溢於范《書》所載百四之數，寧過而存之也。范《書》稱中郎經學深奧，撰集湮没多不存。當劉宋之時，其文僅傳已不逾此，則梁、唐所載二十卷恐尚未免沿誤。今就此讎校，斤斤尋究於字句之間，亦冀由是溯其原出諸經，博證旁通，以求得夫有本有文之實。是敢謂辨訛正竄，遂堪爲中郎之功臣也邪〈1〉！

校勘：

〈1〉"也邪"後，楊以增刻《蔡中郎集》卷首《叙》又有"咸豐二年十月，聊城楊以增叙"。

注釋：

[1]此叙又見楊以增刻《蔡中郎集》卷首。《蔡中郎集》，蔡邕撰，楊以增於清咸豐二年（1852）刻於江蘇清江浦。此本封面篆字題"蔡中郎集十卷"，左以雙行小字題"原編外紀一卷今編／外集四卷傳表一卷"，即集十卷外集四卷、外紀一卷、列傳及年表合一卷，凡十六卷。扉頁雙行隸書題"咸豐二年東郡楊／氏海源閣仿宋刊"，半葉九行十八字，注文雙行字數同，白口，左右雙邊，單黑魚尾，魚尾上鐫"蔡中郎集"，下鐫"卷幾"，次下鐫頁數，次右下鐫"海源閣"三字，左下記大小刻字數，每卷卷末亦記大小刻字數。卷首目錄後題"金陵柏士達刊"。此本首爲楊以增《叙》，作於咸豐二年（1852）；次《黄校題識》，作於嘉慶十年（1805）；次《顧校題識》，作於嘉慶十二年（1807）；次《徐本序跋》，分別爲王乾章跋（作於萬曆元年，1573）、徐子器跋（作於萬曆二年，1574）；次《歐本原叙》，作於天聖元年（1023）。次《目次》，次《凡例》，次正文十卷，次外集四卷，次《列傳》《年表》。

　　蔡邕（132—192），字伯喈，陳留郡圉縣人（今河南杞縣南）。曾任侍御史、治書侍御史、左中郎將。通經史，善辭賦，曉音律，喜藏書，精書法，著有詩、賦、碑、誄、銘等百數篇，後人輯爲《蔡中郎集》，《隋書·經籍志》著録十二卷，并注稱“梁有二十卷，録一卷”，《崇文總目》著録五卷，《宋書·藝文志》著録十卷。北宋天聖間歐静序本稱“今之所傳纔十卷，亡外計六十四篇”。宋刻歐静序本至明代已亡，明清版本可考見者二十餘種，卷數不一，篇目各異，文字多訛誤參差。

　　楊以增酷嗜蔡邕之文，自稱“少業是集，心好之”，而“苦無善本對勘”，其校訂蔡集之志可謂由來已久。迨任江南河道總督後，他遂廣購蔡集各本，儲於清江浦衙署，并延聘高均儒精心校勘，至咸豐三年（1853）刊成足本《蔡集》十六卷。此本以黃丕烈、顧千里合校之萬曆間徐子器本爲底本，參校諸本凡八種，“徵其同異，析其是非”，博采衆本之長，收録蔡文凡一百三十五篇，較徐子器本多六十二篇，爲收録蔡文最爲齊備、校勘最爲精審之集大成的刻本。毛春翔於《近三百年版刻述略》中盛贊《蔡中郎集》爲“清代仿宋元影刻本中的經典之作”。羅以智亦稱：“楊至堂河帥新刊《中郎集》，以顧千里所校爲主，參之各本，擇善而從。徵其同異而兼存之，析其是非而嚴辨之，二千餘年沿訛襲謬，一旦俾有定本，中郎有知，當無遺憾。”實非過譽之言。

　　[2]《隋志》，即《隋書·經籍志》，詳見上文《〈靈棋經〉叙》注釋［6］。

　　[3]《唐志》，即《舊唐書·經籍志》及《新唐書·藝文志》。《舊唐書·經籍志》，后晉劉昫等撰，以毋煚《古今書録》爲藍本，“録開元盛時四部諸書，以表藝文之盛”，著録四部書凡51852卷。此志前有志序，每部有大序，小類有小序，但對開元之後之唐代文獻未能著録。北宋時宋祁、歐陽修等《新唐書·藝文志》，歐陽修等撰，以唐毋煚《古今書録》爲藍本，并增加《舊唐書·經籍志》所不録的唐人著述27127卷。每類目内又分“著録”與“不著録”兩部分，“著録”指《古今書録》原有著録，“不著録”指歐陽修新增入之唐代著作。

　　[4]《宋志》，即《宋史·藝文志》，元脱脱等撰。此志主要依據呂夷簡等編

太祖、太宗、真宗《三朝國史藝文志》，王珪等編仁宗、英宗《兩朝國史藝文志》，李燾等編神宗、哲宗、徽宗、欽宗《四朝國史藝文志》，高宗、孝宗、光宗、寧宗四朝《中興國史藝文志》及陳騤等編《中興館閣書目》、張攀等編《中興館閣續書目》修成，重複顛倒之處頗多，咸淳之後新出之書又未及録，《四庫提要》認爲此志在諸史志中最爲叢脞。

[5]蔡邕別集傳世版本較多，明版有弘治間蘭雪堂活字本《蔡集》十卷外集一卷，正德間華堅活字銅版本、正德間覆華堅本均爲文集十卷外集一卷，嘉靖間宗文堂鄭氏本文集十卷外集一卷詩二卷《獨斷》二卷，嘉靖間喬世寧本集六卷，萬曆間徐子器本、馬維驤本、茅一相本均爲集十卷外集一卷，萬曆間汪士賢本集八卷，天啓間張溥輯《百三家集》本二卷。清版至咸豐二年（1852）海源閣楊以增刻本之前，有康熙間劉嗣美、劉嗣奇本集六卷補遺一卷，雍正間陳留本六卷，又有明末清初葉石君鈔本文集十卷外集一卷等。

[6]"庚戌"，即道光三十年（1850）。

[7]"葉氏樸學齋"，"葉氏"即葉萬。葉萬（1619—1686），字石君，喜藏書，明清鼎革，藏書盡失。後再聚書不輟，每遇宋元本，雖零缺單卷，必重購之。孫從添《上善堂藏書紀要》稱："余見葉石君鈔本校對精嚴，可稱盡美。惜乎古今收藏書籍之人不校者多，校者甚少。惟葉石君所藏書籍，皆手筆校正，臨宋本、印宋本俱借善本改正。博古好學，稱爲第一。葉氏之書，至今爲寶，好古同嗜者賞識焉。"

[8]"錫山華氏活字本"，錫山華氏銅活字印刷具有較大影響，華燧、華珵、華濟等均以活字印書著名，主要刻本有《錦綉萬花谷》《容齋隨筆》《渭南文集》等。此處所指之"錫山華氏活字本"爲華堅活字本。華堅，字允剛，生平不見於郡邑志乘，葉昌熾等以爲華燧之從行。華堅於明正德中設蘭雪堂，以銅活字刻書，存世者有正德八年（1513）《元白長慶集》、正德十年（1515）《藝文類聚》、正德十一年（1516）《春秋繁露》及《蔡中郎集》等。對華氏活字印書，推崇者認爲"流傳至今四五百年，愈久而愈稀，此藏書家所以比之宋槧明

鈔，爭相寶尚，固不僅以其源出天水舊槧，可以奴視元明”。而對華氏活字印書批評者亦多。如陸心源《重雕蘭雪堂本蔡中郎集序》稱：“明弘治中，華堅蘭雪堂活字本即從歐出，傳古雖殷而讎校甚疏，或上下互倒，或形近互訛，亥豕魯魚，無葉不有。”對其校勘不精頗有詬病。此本字大清朗，半葉七行十三字，小字雙行同。版心上題“蘭雪堂”，中題“伯喈集卷×”，下題頁數。卷首目録後有書牌：“正德乙亥春三月錫山蘭雪堂華堅允剛活字銅板印行”。

[9] 高均儒（1812—1869），字伯平，一字茂才，號鄭齋，謚孝靖先生，浙江秀水人。均儒不喜著書，而善校書，嘗任浙江書局總校。咸豐間客游江淮，爲楊以增校刻書籍，校勘精細。晚年主杭州東城講舍，以朱子小學及程氏讀書分年日程，啓迪後生，士之好學者多歸之。著有《續東軒遺集》三卷。楊以增刻書得高均儒之襄助最多，王獻唐在《聊城楊氏海源閣藏書之過去現在》中稱：“得嘉興高均儒致慎伯手劄，又見吾鄉許印林與王棐友函稿，及校本楊刻《蔡中郎集》題辭，始悉楊氏幕中，其治校勘、版本學者，最推高君……海源閣所刻書籍，多出高君校勘。”楊紹和亦稱：“茂才爲先君校刻書十餘種。”今據現有材料統計，在楊氏刻書中，由均儒經手校刊的共九種，其中《惜抱先生尺牘》和《跂奊年譜》兩種都爲均儒手寫上版。咸豐三年（1853）楊氏海源閣刻本《禮理篇》，均儒爲之撰寫長《跋》。咸豐六年（1856），楊以增、胡珽刻本《爾雅郭注義疏》二十卷，乃均儒得嚴鶴山所抄郝懿行足本後，楊以增讀而善之刻之。

[10] 朱崇沐，明萬曆間新安人，朱熹第十三世孫，以刻朱熹著作爲己任。明朱吾弼《朱文公校昌黎先生文集序》稱“崇沐盡刻紫陽遺集”。朱崇沐刻書精好，頗爲後世所重。朱熹校訂《昌黎文集》，別著《考異》十卷。南宋王伯大取《考異》附於韓集本文之下，并集衆説，參附其間。朱崇沐據以重刻，章學誠《文史通義》外篇《朱崇沐校刊韓文考異書後》稱“此本世行最廣，而標名仍稱《朱子韓文考異》”。

[11] “嘉靖間沴祤喬氏刻六卷本”，即嘉靖中陝西耀縣人喬世寧所刻《蔡中郎集》。沴祤，縣名，漢景帝時設，縣治在今陝西耀州河東堡東側。喬世寧，

字景叔，嘉靖十七年（1538）進士，官至四川按察使。其詩"整而不浮"，撰有《丘隅集》。

[12]"新安汪氏校二十家八卷本"，即萬曆中新安人汪士賢所刻蔡集。汪士賢，字隱侯，與汪機、汪廷訥并列爲明代徽州汪氏三大刻書名家。"二十家八卷本"即汪士賢所刻《漢魏諸名家集》一百二十三卷，收録董仲舒、司馬相如、東方朔、揚雄、曹植、嵇康等二十家詩文集。蔡邕集爲其中之一，凡八卷，爲較好的明代刻本之一。

[13]"太倉張氏校百三家二卷本"，即張溥所編《漢魏六朝百三名家集》所録蔡集。張溥（1602—1641），字乾度，號西銘，南直隸蘇州府太倉州人，崇禎四年（1631）進士，選庶吉士，與同邑張采齊名，時稱"婁東二張"。張溥在政治上曾與郡中名士結爲復社，評議時政；在文學上主張復古，著有《七録齋集》，所編《漢魏六朝百三名家集》爲大型古代文學總集，凡一百十八卷，收録漢賈誼至隋薛道衡共一百零三人之詩文，基本爲一人一集，每集先列賦，次列文，後列詩，集前均附有編者題辭，評述作家生平與創作。蔡集即收録其中，共兩卷。

[14]"康熙中陳留劉氏依喬本六卷增刊有補遺本"，即劉嗣美、劉嗣奇刻本集六卷補遺一卷本。劉嗣美，明清之際陳留人，順治六年（1649）進士，授山東道御史，補湖廣荆西道參議，後任山西巡按，順治十六年（1659）流徙尚陽堡。劉嗣奇，劉嗣美弟，字豈凡，康熙三十五年（1696）副貢生。

[15]"青浦王氏所纂《年表》"，即王昶所編《蔡邕年表》。王昶（1725—1806），字德甫，號述庵，又號蘭泉，江蘇青浦人。清乾隆十九年（1754）進士，授內閣中書，官至大理寺卿、都察院右副都御史。編有《金石萃編》一百六十卷，著有《春融堂集》，輯有《明詞綜》《國朝詞綜》《湖海詩傳》《湖海文傳》。據王昶所述，《蔡邕》年表"參采紀傳及律曆、祭祀、天文、五行諸志，多據《後漢紀》《資治通鑑》二書"，并稱"《蔡中郎集》……其中頗有足據，今以年月可繫之文次入表中，俾好古者一廣見聞也"。

《隸篇》[1]叙

東萊同年友翟君文泉，性耽六書，尤耆隸古吉金樂石，搜奇日富，蓋寢食於中者四十餘年。近取所得金石，選字雙鉤，區分部類，彙爲《隸篇》一書。陳偉堂少宰[2]特嘉其體例之善，信然[3]。而體例之在編字者，所未暇及，余復爲約略言之。夫隸法善變，率似異而實同，列在字書，輒多分析。是書編字概準《類篇》[4]，故"著"別於"箸"、"春"別於"舂"，而主客互應，其或因形易義。質之隸法，昔不如今。如謂"王"非"玉""摻"非"操"者，則詳加辨說。成式是循，習俗無狃，大氐然矣。亦有銓量由心、酌爲位置者，撮舉如左。一曰《類篇》一字每叠見數部。兹揆以《説文》[5]，各主所屬，"荆"專歸"艸"、"從"專歸"从"是也。

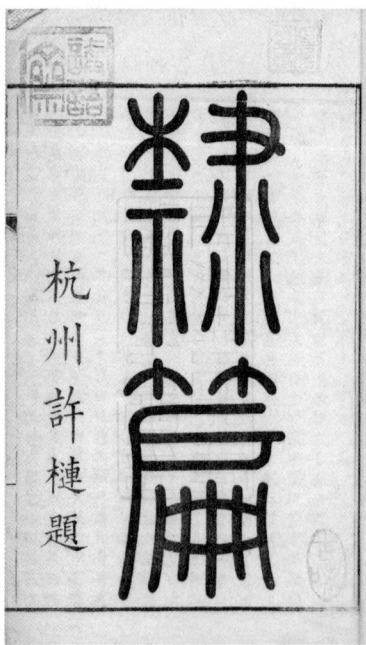

一曰《類篇》不收同音假借之字。兹仍按偏旁繫之本部，而著其所通，"禎"讀爲"楨"，"琦"讀爲"奇"是也。一曰字爲《類篇》所無，而確如所有。"禨"猶夫"齋"，"義"猶夫"莪"，即以當"齋"與"莪"也。"秕"生於"祉"，"舌"生於"喆"，即以當"祉"與"喆"也。一曰"龘"以損而爲"麄"，"兩"以益而溷"蒳"，"壬"以訛而肖"王"，"勒"以誤而成"鞀"，"悤"以轉移而得"悋"。皆以抵所當然作，未嘗損益訛誤轉移觀也。至於"晧白"字正從"日"，而《類篇》以爲從"白"；"寒凉"字正從"水"，而《類篇》以爲從"仌"。若此之疇則不得趨非而偕，是貶古而徇今矣。又如"尋"，

《隸篇》十五卷續十五卷再續十五卷，（清）翟雲升撰，清道光十八年（1838）刻本（一）

不言"止"，故"寻"麗於"寸"。"穅"
既省"禾"，故"康"傅於"庚"，此行
權而不戾乎經者也。凡與《類篇》依違
離合，皆由精識，靡不適宜，編字體例，
辜較如是。是書無發凡，試以此代之，
亦司馬溫公序《類篇》之意云爾。

注釋：

[1] 此叙又見楊以增刻《隸篇》卷首。
《隸篇》十五卷續十五卷再續十五卷，凡
四十五卷，翟雲升撰，清道光十八年（1838）
刻於山東掖縣。此本半葉十四行二十五字，
白口，左右雙邊，單黑魚尾，卷首有陳官俊
《序》，次楊以增《叙》，次翟雲升《自序》，
次正文。

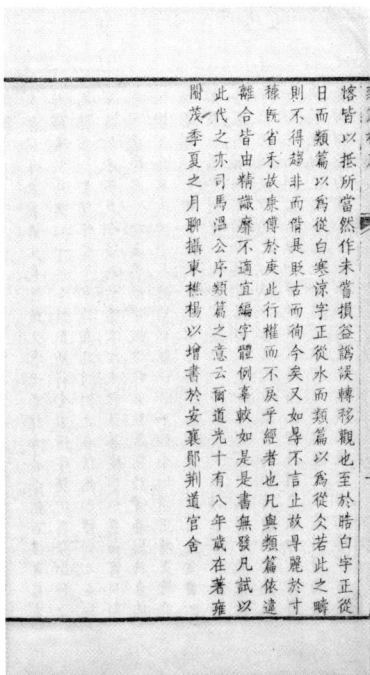

《隸篇》十五卷續十五卷再續
十五卷，（清）翟雲升撰，清道
光十八年（1838）刻本（二）

翟雲升（1776—1860），字文泉，山
東掖縣人。道光進士，曾任國子監助教，工隸書，著有《五經歲遍齋集》。《隸
篇》於兩漢、三國、兩晋金石拓本及法帖等選字雙鈎，依《類篇》體例分部編
排，又增入《類篇》所失載者，每字下分注碑名，且引碑語，廣采諸書釋文考
證，并列有金石目、部目、字目，以便檢尋。是書完成於道光十七年（1837），
翌年刊竣。此書收集了秦漢以來隸字，分部編排，注明出處，甚爲詳備，實爲
隸書字體研究之集大成之作。楊以增深於漢學，對小學勤於研，其治學以小學
爲基。他認爲："學先識字，循軌轍於汝南（許慎）。"梅曾亮亦稱楊以增"名物、
象數、音聲、訓詁亦勤懇研究"。正因如此，楊以增對翟雲升之《隸篇》評價頗高：
"東萊同年翟君文泉，性耽六書。尤嗜隸古吉金樂石，搜奇日富。蓋寢食於中者
四十餘年，近取所得金石，選字雙鈎，區分部類，彙爲《隸篇》一書。陳偉堂

少宰特嘉其體例之善，信然。"正是基於這樣的治學理念，纔促使他不遺餘力地刊刻了包括《隸篇》在内多種有關小學的治學書籍。

［2］"陳偉堂少宰"，即陳官俊。陳官俊（？—1849），字偉堂，山東濰縣人。嘉慶十三年（1808）進士，選庶吉士，授編修，歷任户部、吏部侍郎，擢禮部尚書。道光二十四年（1844）以吏部尚書協辦大學士歷典鄉會試，充上書房總師傅。官俊與楊以增同省，以增常年宦游在外，而官俊則任京官多年，兩人通信頻繁。在海源閣僅存的三十四封友朋尺牘中，就有三封爲陳官俊致楊以增函劄。翟雲升《隸篇》亦爲楊以增與陳官俊等共同刊刻。

［3］陳官俊《隸篇》序稱："善哉，此書之體例乎！以部領字，如枝附幹，而筆迹各異者易於對觀也。以摹代臨，如景隨行，而楷式所存者，期於曲肖也。此爲從前所未有，即爲後來所不可無矣。"

［4］《類篇》，爲直接承接《説文解字》和《玉篇》的一部字書。此書依據《説文解字》分爲十四篇，又目録一篇，凡十五篇。每篇又各分上、中、下，合爲四十五卷。全書按 540 部首排列，與《説文解字》同，共收 31319 字，比《玉篇》增多一倍。《集韵》遺漏的字也都儘量收入，但《集韵》書中冗雜的重文則不盡采録，體例比較嚴謹。每字下先列反切，後出訓解；若字有異音異義，則分別舉出，可與《集韵》相印證。書中録較多産生於唐宋間之字，爲研究文字發展的重要資料。舊刻有曹寅棟亭五種本，通行本爲姚覲元翻刻本。

［5］《説文》，即《説文解字》，漢許慎撰，凡十五卷，其中卷一至十四爲文字解説，卷十五爲叙目，每卷又分上下兩篇，凡三十卷。全書收字 9353 個，按 540 部首排列，另有"重文"（即異體字）1163 個，共 10516 字。此書以小篆爲研究對象，同時參照小篆以外的古文、籀文，通過字形分析，説明文字義形音三種要素及三者之間的密切關係。其説解次序爲先説意義，次説形體，後説讀音，而以"六書"統全書文字，爲我國第一部系統分析漢字字形和考究字源的字書。主要研究著作有段玉裁《説文解字注》、朱駿聲《説文通訓定聲》、桂馥《説文解字義證》、王筠《説文釋例》及《説文句讀》。

《石笥山房文集》叙 〈1〉[1]

昌黎稱樊紹述[2]之文曰：“文從字順各識職。”[3]今觀紹述遺文，可謂文不從而字不順已。然莫有議昌黎所稱爲非者，則以能者爲文，各有心得。心有眞得，則積成體勢。當其勢之所至，有非以違爲從，以逆爲順，則勢不振，而文無險峻之觀。若求其從順，人云亦云，重者爲文字不得職，輕者爲文字不盡職。蓋六書家有反訓[4]，詩家有倍犯[5]，文何獨不然？而駢文尤以此爲關鍵。此紹述所爲雄視三唐[6]，而特以文字識職見推於昌黎者也。

閱千餘年，至我純廟[7]御極之初，詔舉鴻博制科，中外舉當世豪

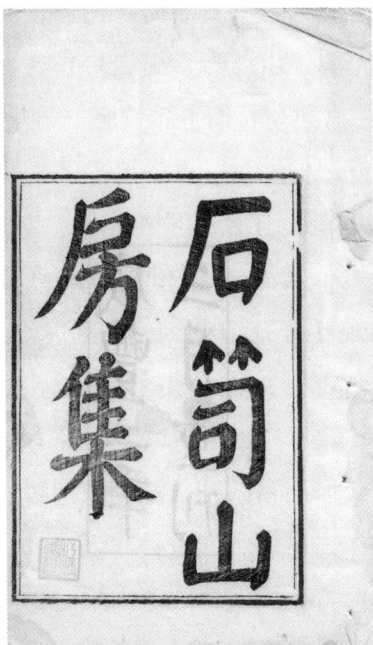

《石笥山房文集》六卷《補遺》一卷，（清）胡天游撰，清咸豐二年（1852）楊氏海源閣刻本（一）

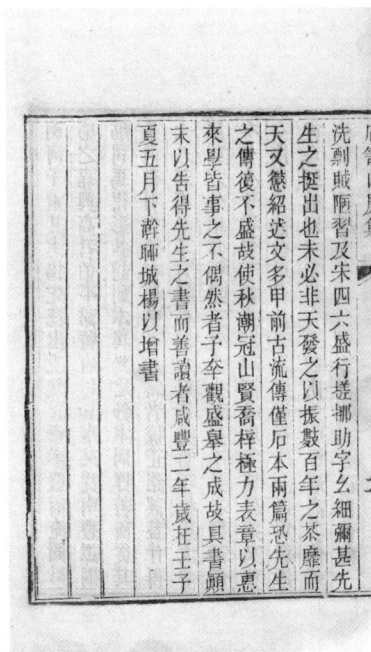

《石笥山房文集》六卷《補遺》一卷，（清）胡天游撰，清咸豐二年（1852）楊氏海源閣刻本（二）

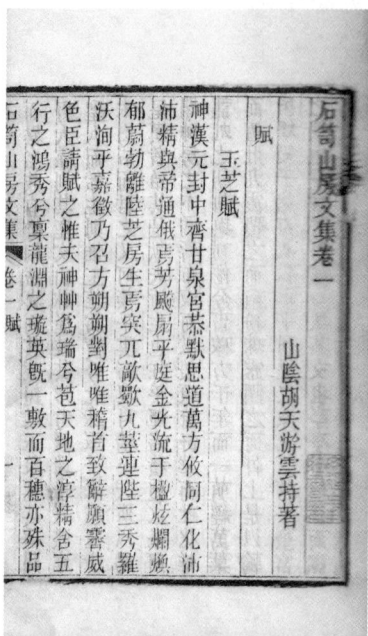

《石笥山房文集》六卷《補遺》一卷，（清）胡天游撰，清咸豐二年（1852）楊氏海源閣刻本（三）

俊以應，僅二百餘人，山陰胡稚威先生在舉中，同舉推爲首選。泊臨場衰病，天下爲之扼腕。而先生之名益重，迄今無間。然先生無專集行世，唯以坊選中一鱗半爪見珍藝林[8]。予在黔，得鈔本四册，續又鈔逸稿兩册，藏弄海源閣。嗣聞有趙、阮兩刻，而版本竟不可得見。道光丙午，先生四世諸孫秋潮大令[9]任吾東之博平，出家藏傳鈔本，得文六卷，詩十二卷，付梨棗[10]。苦校勘未精，鑱刻未善，囑其嗣君冠山贊府[11]訪碩儒，求良匠，重刻之。贊府需次南河，予重其志揚先德，出所藏，畁資參核，而淹聞渺慮之嘉興高君伯平諸贊府，司其事，又從南豐譚桐舫[12]司馬得影鈔趙刻本與黔之鈔本，同擇善而從。其集內徵引古籍，有原書可檢繹者，據正錯誤，蓋什得七八。若有必不可通，仍缺之，以待來哲。於校正大令原刻之外，附錄補遺三卷，先生著述至是亦幾詳備矣。先生於書無不讀，文則導源子雲[13]，歸墟紹述，又移文法以入詩(2)境，與昌黎爲近，好奇之士以爲紹述後身。緊彼駢文正聲絕於徐庾[14]，唐賢蜂起，高者傷繁蕪，下者苦纖靡，天故發紹述以復。詞必己出舊觀，一洗剽賊陋習。及宋四六盛行，搓挪助字，幺細彌甚。先生之挺出也，未必非天發之，以振數百年之茶靡。而天又懲紹述文多甲前古，流傳僅石本兩篇。恐先生之傳復不盛，故使秋潮、冠山賢喬梓[15]極力表章，以惠來學，皆事之不偶然者。予幸觀盛舉之成，故具書顛末，以告得先生之書而善讀者(3)。

校勘：

〈1〉"叙"字，《石笋山房文集》作"序"。

〈2〉"詩"字後，《石笋山房文集》有"歌"字。

〈3〉"善讀者"後，《石笋山房文集》有"咸豐二年歲在壬子夏五月下浣，聊城楊以增書"。

注釋：

［1］此序又見《石笋山房文集》卷首。《石笋山房文集》六卷《補遺》一卷，胡天游撰，咸豐二年（1852）刻於江蘇清江浦。此本半葉十一行二十二字，版心中鋟"石笋山房文集卷×"，下鋟頁數。卷首有楊以增《叙》，次爲《總目》，次爲正文。

胡天游（1696—1758），字稚威，浙江山陰人。少有異才，五六歲時，母杜氏口授《昭明文選》，即能成誦。雍正六年（1728），縣試得冠軍。明年鄉試舉副榜。乾隆元年（1736），禮部尚書任蘭枝薦舉博學鴻詞。二年（1737）七月殿試，鼻血不止，污其卷，乃報罷。三年（1738）復試，置乙榜。十四年（1749），大學士史貽直薦充三禮館纂修。二十三年（1758）正月卒。胡天游散文有韓愈雄肆艱澀之風，駢文氣象雍容，詩作首開清詩奇詭之路，在清代文壇有較大影響。

楊以增對胡天游之文頗爲推崇，對胡氏之作多有裒輯，并庋藏於海源閣中。胡天游生前未至聊城，然其四世孫秋潮大令於道光二十六年（1846）曾"任吾東之博平"。博平今屬茌平縣，距聊城僅四十里。秋潮官博平時，曾刻天游詩文十八卷，但校勘不精。其嗣子冠山贊府後又官南河，與楊以增交游頗厚。楊以增因出所藏諸本，延高均儒詳加校勘補輯，此集遂成爲存世胡集之最爲詳善之本。

［2］"昌黎稱樊紹述"，昌黎即韓愈。韓愈（768—824），字退之，河南河陽人，自稱"郡望昌黎"，世稱"韓昌黎"。貞元八年（792）進士，兩任節度

推官，纍官監察御史，仕至吏部侍郎，長慶四年（824）卒，謚曰"文"。韓愈
爲"唐宋八大家"之首，提出"文道合一""氣盛言宜""務去陳言""文從字順"
等散文寫作理論，著有《韓昌黎集》。樊紹述即樊宗師。宗師字紹述，河南南陽
人，元和三年（808）進士，歷任太子舍人、綿州刺史、絳州刺史，爲古文運
動參加者之一。其文力主詼奇險奧，刻意求奇，喜用生僻詞語，流於艱澀怪僻，
時號"澀體"。李肇《國史補》稱："元和以後，爲文筆，則學奇詭於韓愈，學
苦澀於樊宗師。"原有集，已佚，後人輯爲《樊諫議集七家注》。

　　［3］"文從字順各識職"，即遣詞造句通順妥帖，各得其所，語出韓愈《南
陽樊紹述墓誌銘》："文從字順各識職，有欲求之此其躅。"方東樹《昭昧詹言》
卷一稱："或輕重失類，或急突無序，或比擬不倫……凡此皆爲不知文從字順各
識其職之病。"

　　［4］"反訓"，即用意義相反的詞作注解。郭璞注《爾雅》，提出反訓規律，
并作爲一種注解義例。如《爾雅·釋詁》："徂、在，存也。"郭注云："以徂爲存，
猶以亂爲治……以故爲今。此皆詁訓，義有反復旁通，美惡不嫌同名。"

　　［5］"倍犯"，即不合格律。包世臣《藝舟雙楫·與吳熙載書》稱："裹筆則
如詞章家之倍犯蟬連，按歌家之啾發投曲。"

　　［6］"三唐"，詩家論唐人詩作，多以初、盛、中、晚分期，或以中唐分屬盛、
晚，謂之"三唐"。顧有孝《江左三大家詩鈔序》稱："雖體要不同，莫不源流
六義，含咀三唐，成一家之言，擅千秋之目。"

　　［7］"純廟"，乾隆帝謚號爲"法天隆運至誠先覺體元立極敷文奮武欽明孝
慈神聖純皇帝"，因以純廟稱乾隆帝。

　　［8］齊召南所述可爲旁證。齊召南《胡稚威集序》稱："初入都，與余共館
座主任宗伯邸第，晨夕商榷讀書，未嘗挾一刺干公卿。公卿素慕其名，思一見
亦不可得。其爲詩文，多在友朋聚會時，即席揮豪，甫脱草，人輒持去，無所惜，
久之遂傳誦遍人口。余與杭堇浦嘗力勸其訂存，含笑唯唯，訖無成編。"

　　［9］"秋潮大令"，即胡天游四世孫胡學醇。胡學醇，字秋潮，順天宛平人。

道光二十六年（1846）任博平知縣，二十七年（1847）任茌平知縣。

　　［10］"付梨棗"，胡學醇於道光二十六年（1846）刻《石笥山房全集》十八卷，凡文集六卷、詩集十一卷、詩餘一卷。此本首頁卷端鎸"道光丙午鎸"，中鎸書名"石笥山房全集"，右鎸"山陰胡稚威先生著"，左上鎸"文六卷／詩十二卷"，左下鎸"板藏博平縣衙"，半葉十行二十字。書前有袁枚及胡學醇《序》。

　　［11］"贊府"，爲古代對縣丞的別稱。

　　［12］"譚桐舫"，即譚祖同。譚祖同，字統方，號桐舫，道光二年（1822）舉人，官淮安同知，工隸書，咸豐十一年（1861）戰歿於浙江。

　　［13］"子雲"，即揚雄。揚雄（前53—18），字子雲，蜀郡成都人，少年好學，博覽群書，長於辭賦，年四十餘始游長安，以文見召，奏《甘泉》《河東》等賦，是繼司馬相如之後西漢最著名的辭賦家。成帝時任給事黃門郎，王莽時任大夫，校書天祿閣。揚雄曾撰《太玄》等，是漢代道家思想的繼承和發展者。

　　［14］"徐庾"，指徐陵和庾信。二人比沈約、任昉等更講究用典，用語更麗逸。但由於過分拘泥於典故，有時個別文句欠通順，影響了文章的流暢。蔣士銓在《評選四六法海·總論》中稱："唐四六畢竟滯而不逸，麗而不遒。徐孝穆（徐陵）逸而不遒，庾子山（庾信）遒逸兼之，所以獨有千古。"

　　［15］"喬梓"，即指父子。喬木高，梓木低，比喻父位尊，子位下，因以喻父子。《尚書大傳》卷四稱："商子曰：'南山之陽有木焉，名喬……喬者，父道也。南山之陰有木焉，名梓……梓者，子道也。'"

《九水山房文存》[1]叙

　　《九水山房文存》二卷，九水先生著述之僅存者也。先生山東之文登人，姓畢氏，初名以珣，改名以田，嘉慶丁卯領鄉薦[2]，纍困春官，又改名亨。道光丙戌大挑一等，籤分江西，署安義，補崇義，卒官[3]。字

《九水山房文存》二卷,(清)畢亨撰,清咸豐二年(1852)楊氏海源閣刻本(一)

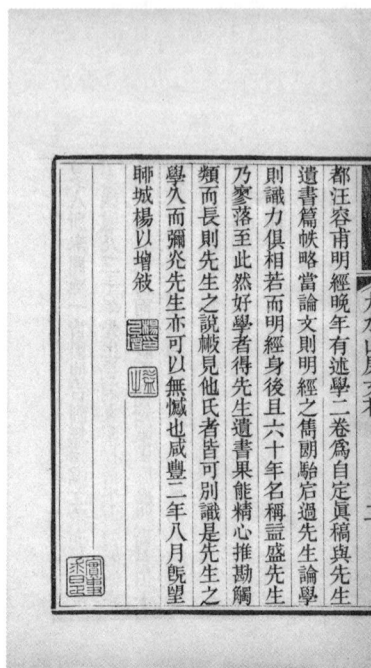

《九水山房文存》二卷,(清)畢亨撰,清咸豐二年(1852)楊氏海源閣刻本(二)

恬谿,愛即墨勞山九水之幽勝,因號九水先生。從休寧戴東原先生[4]游,精漢人故訓之學,尤長於書。雖爲帖括家言,非其意也。以國子生主東郡啓文書院[5],郡中搢紳無敢以年職陵諸者。然遠於利禄之途,莫肯傳先生之學。唯增業師葉亦園先生[6]敬愛備至,以爲吾東學人莫之或先。陽湖孫淵如觀察[7]以巍科莅東土,叠攝藩臬事,擅博雅名,爲先生舉主。然折節下交,久而益敬。觀察每有所疑,必質之先生。先生就其手稿塗抹,或至不可辨。及觀察彙梓所纂叢書,凡先生所乙改悉仍之,不易一字。説者謂觀察《易》《書》二經疏義,精當處多本先生説,匪直《孫子叙録》一卷爲先生所撰也。桂未谷先生《説文解字義證》[8]引先生篤論至數十百事。先生嘗修《東郡志》,未卒業。繼之者時有竄易補綴,不能必其主名。先生每與友朋談宴，抉摘經史疑義，多人所未聞。然一皆引伸古訓，無拾唾之論，亦無憑臆之談。

道光三十年，先生長嗣文昭存增於南河署，詢求遺書，僅存此册。而傳鈔不無錯誤，因屬嘉興高君伯平[9]詳校，付之梓人。篇不過三十，文不過三萬，而考核精審，詞意淵茂[10]。内有《湯居亳》一篇，正文既醇粹，注尤博辨。若正文屬先生，則注當得之静友，或先生箴良朋之誤，抑或學隨年進，自立兩説。疑不能明，故仍其舊。先生之學出於休寧，休寧猶時有據孤證意改故籍之弊，先生則非集衆證，不肯輕下一字。近世名流述作率繁富，唯江都汪容甫明經[11]晚年有《述學》二卷[12]，爲自定真稿，與先生遺書篇帙略當。論文則明經之雋朗駘蕩過先生，論學則識力俱相若。而明經身後且六十年，名稱益盛，先生乃寥落至此。然好學者得先生遺書，果能精心推勘，觸類而長，則先生之説散見他氏者，皆可別識。是先生之學久而彌光，先生亦可以無憾也。

注釋：

[1] 此文又見楊以增刻《九水山房文存》卷首。《九水山房文存》，凡二卷，畢亨撰，楊以增咸豐二年（1852）刻於江蘇清江浦。此本卷首題“咸豐二年秋九月刊”，版心中鎸“九水山房文存 ×”，下鎸頁數及“海源閣”，半葉九行二十一字。前有楊以增《叙》，次包世臣《後序》，次目録及正文。

畢亨（約 1756—1836），原名以田，字恬溪，山東文登人。嘉慶十二年（1807）舉人，道光六年（1826）以大挑知縣分發江西，歷官安義、崇義縣知縣，後卒於官，年且八十（按，李慈銘《越縵堂讀書記》稱畢亨“由大挑一等知江西崇義縣，卒官，年已八十矣”，亦可備一説）。畢亨初從戴東原游，精漢儒故訓之學，尤長於《書》。其學主於闡許以通鄭，博學而擇善，不肆臆説，凡立論皆有根據，而無佞漢之習，實爲當時績學之士，但名位不顯，知之者不多。畢亨所撰除此書外，又有《新刻十三經注疏叙録》。九水，嶗山水名，發源於巨峰之陰天乙泉，經嶗山脚下折流，凡九折，人行河畔小路，轉折須涉水而過，亦九涉，故稱九水，以風景秀麗著稱。畢亨酷愛此地，故名其居爲“九水山房”，又以之名其集。《九水山房文存》多爲畢亨考證之作，卷上《説迪》一篇，廣羅異訓，條舉《尚書》中數見而難通者辨之，以示後生治經之式，尤爲切要。其卷下所標音韵、史例、三通、三皇五帝諸題，則皆臚列故實，以備射策之用。張舜徽《清人文集別録》評此書稱：“亨專治樸學，至老而無成書，其鄉後學論及之者，相與悼慕，自不免揚之過高，有如楊以增所言，至謂孫星衍生平著述多出亨手，此固阿好之辭，未可保信。楊氏又以是集篇幅無多，乃比之汪中《述學》，謂二人識力相若，尤爲擬諸不倫，有鄉曲之私，失是非之公矣。”

　　楊以增畢生邃於漢學，認爲“教重傳經，溯淵源於高密（鄭玄）”，把“鄭學”看作治學的基礎。《九水山房文存》撰者畢亨是一位漢學家，曾從游於休寧戴震，精漢人詁訓之學，尤長於《書》。孫星衍官山東時，每疑必質於先生，桂馥撰《義證》亦多采其説。楊以增對畢亨之學頗爲推崇，“好學者得先生遺書，果能精心推勘，觸類而長，則先生之説，散見他氏者皆可別識，是先生之學久彌光，先生亦可以無憾也”。給予了很高的評價，并有此書之刻。

　　［2］“嘉慶丁卯領鄉薦”，“領鄉薦”謂鄉試中舉。金農《懷甬東邢十九秋試》之二：“料爾今番領鄉薦，三杯仙露換麻衣。”嘉慶丁卯爲嘉慶十二年（1807）。

　　［3］包世臣《〈九水山房文存〉後序》稱：“道光丙戌，先生以大挑一等分發江西，瀕行，問居官之要。世臣曰：‘先生年已七十，雖清健似五十許人，而實未足供馳驅……委署安義……嗣補崇義，崇義俗悍地瘠，會匪所叢集，長官經月不能數日在署治事。先生年且八十，遂積勞卒官。”

　　［4］“休寧戴東原先生”，即戴震。戴震（1724—1777），字東原，安徽休寧人，乾隆二十七年（1762）舉人，三十八年（1773）被召爲《四庫全書》纂修官，四十年（1775）第六次會試下第後，因學術成就顯著，特命參加殿試，賜同進士出身，乾隆四十二年（1777）卒。戴震治學廣博，音韵、文字、曆算、地理無不精通，又進而闡明義理，對理學家“去人欲，存天理”之説有所抨擊，

對晚清以來的學術思潮産生了深遠影響，梁啓超稱之爲"前清學者第一人"。

[5]"東郡啓文書院"，"東郡"爲秦代所設郡名，司馬遷《史記・秦始皇本紀》載："五年，將軍（蒙）驁攻魏，定酸棗、燕、虚、長平、雍丘、山陽城，皆拔之，取二十城，初置東郡。"漢代沿用，轄區大致爲明清時期的大名府、東昌府及濟南府長清縣以西。東昌府士人往往以東郡自稱，如就聊城楊氏而言，楊以增父兆煜有藏書印作"東郡楊氏厚遺堂珍藏"，楊以增有藏書印作"東郡楊氏海源閣藏""東郡楊氏宋存書室珍藏"，楊紹和有藏書印作"東郡楊紹和彦合珍藏""東郡楊紹和字彦合鑒藏金石書畫之印"。"啓文書院"在東昌府城内。[宣統]《聊城縣志》卷四載："啓文書院，在孫家胡同。乾隆三十九年，知府胡德琳售郡人孫啓淑舊宅改建，有碑記。五十七年，知府張官五籌款重修照廳三間，門房二間，講堂三間，東西廡各三間，正房五間。"

[6]"增業師葉亦園先生"，"葉亦園"即葉葆。葉葆（1759—1821），名永成，後更名葆，字寶田，號玉岑，又號石農、亦園，因病足又號跛奚，聊城東昌府人。葉葆見聞淵博，授業有方，德高望重，遠近聞名，著有《詩法淺説百篇》，并自撰《跛奚年譜》。楊兆煜、楊以增父子曾從學於葉葆。楊紹和《〈海源閣珍藏尺牘〉序》稱："先生名葆，先世吴人，遷居聊城。乾隆乙酉（1765）舉於鄉，教授里中生徒數百人。先大父、先君兩世及門，淵源尤深。"《葉石農先生自編年譜》即《跛奚年譜》，楊以增生前囑高均儒校勘，咸豐六年（1856）正月下旬，《跛奚年譜》刊成。據此年譜，楊以增就學於葉葆在嘉慶十一年（1806）。高均儒跋此《譜》稱："聊城葉石農先生没後三十有四年，其高業弟子楊侍郎既屬上元梅户部（梅曾亮）撰教思碑，復以先生自編《年譜》屬均儒書付諸版……譜刻成而侍郎不及見。"

[7]"孫淵如觀察"，即孫星衍。孫星衍（1753—1818），字淵如，江蘇陽湖人，後遷居金陵。著名藏書家、目録學家、書法家、經學家，於經史、文字、音訓、諸子百家皆通其義，輯刊《平津館叢書》《岱南閣叢書》，著有《周易集解》《寰宇訪碑録》《孫氏家藏書目録内外篇》《芳茂山人詩録》等。

[8]"桂未谷先生"，即桂馥。桂馥（1736—1805），字未谷，山東曲阜人。書法家、文字訓詁學家。乾隆五十五年（1790）進士，官雲南永平縣知縣。精於考證碑版，著有《説文解字義證》《繆篆分韵》《晚學集》等。《説文解字義證》引群書用字之例以證許慎原著，羅列古籍而不下己意，分肌擘理，脉絡貫通。對於所引文獻，"前説未盡則以後説補苴之，前説有誤則以後説辨證之。凡所稱引皆有次第，取足達許説而止"。

[9]"高君伯平"，即高均儒，生平見前文楊以增《〈蔡中郎集〉序》注釋。

[10]包世臣《〈九水山房文存〉後序》稱："己西夏，世臣客楊至堂侍郎南河署，晤長嗣文昭茂才。詢遺書，唯前後雜文一册。侍郎珍藏至壬子秋，以囑嘉興高伯平茂才校而刻之，僅三萬餘言，先生爲學之宗旨具在。"可補楊《叙》之未備。

[11]"汪容甫明經"，即汪中。汪中（1744—1794），字容甫，江蘇江都人。乾隆四十二年（1777）拔貢，遍讀經史百家之書，能詩，工駢文，與阮元、焦循同爲"揚州學派"代表，著有《述學》《廣陵通典》《容甫遺詩》。楊以增於道光二十一年（1841）九月，服闋，授河南開歸陳許道員，汪中子喜孫時任懷慶府知府，二人過從甚密。楊紹和《楹書隅録》卷一宋本《説文解字》題云："向藏江都汪容甫先生家，其哲嗣孟慈太守官豫中，適先公分巡大梁，訂交最密，太守因以此本爲贄。時道光之辛丑、壬寅間也。"

[12]"《述學》二卷"，汪中撰，其子汪喜孫編，凡六卷，其中《内篇》三卷、《外篇》一卷、《補遺》一卷、《別録》一卷，附録《春秋述義》一篇。另有編年《容甫先生遺詩》五卷，附録補遺及名家酬贈一卷。此集兼收汪中詞章之文及學術之文。江藩《國朝漢學師承記》記述此書之編輯稱："君中年輯三代學制及文字、訓詁、制度、名物有繋於學者，分別部居，爲《述學》一書。屬稿未成，後乃以撰著之文爲《述學》内外篇刊行之。"此書論三代學制、文字訓詁、制度名物之學，對經義及傳注加以考訂，在學術上有較大的影響。

《柏梘山房文集》叙[1]

伯言同年以甲寅秋攜家自王墅移居興化，又移居淮安，乃得至清江，而館余署之清宴園[2]。以同年三十餘年之久，經憂患之餘，得見而聚處朝夕，不可謂非幸事矣[3]。伯言雖屢有遷徙，詩文稿幸無遺失，余亦曾録有副本。君寓居無事，頗復有删益，因校刊之。以君今歲七十，即以是爲壽。而伯言自以少好駢體文，年近三十，始有志於漢宋唐諸君子之作者，其托始之年不欲忘之。而文之少而壯，壯而老，亦不能無盛衰得失於其間。非年以識之，亦無以自見也。故詩既編年，文則分體之中仍以年次，而復以編年無分體者總其目於前。蓋君之文已足自質於古人，

《柏梘山房集》三十一卷，（清）梅曾亮撰，清咸豐六年（1856）楊氏海源閣刻本（一）

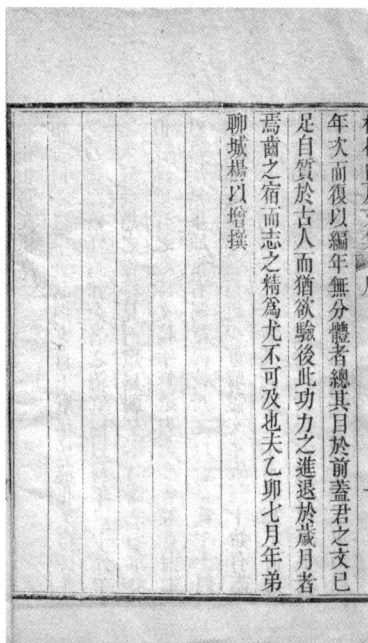

《柏梘山房集》三十一卷，（清）梅曾亮撰，清咸豐六年（1856）楊氏海源閣刻本（二）

而猶欲驗後，此功力之進退於歲月者焉。齒之宿而志之精，爲尤不可及也夫^{〔1〕}。

校勘：

〈1〉"也夫"後，楊以增刊《柏梘山房文集》卷首楊《叙》又有"乙卯七月，年弟聊城楊以增撰"。

注釋：

［1］此序又見楊以增刻《柏梘山房文集》卷首。《柏梘山房文集》十六卷、《文續集》一卷，咸豐六年（1856）刻於江蘇清江浦。此本半葉十行，行二十一字，白口，四周雙邊，單黑魚尾。版心上鐫"柏梘山房文集"，中鐫卷×，下鐫頁數。《柏梘山房文集》卷首爲上述楊以增《序》，次正文，次朱琦《柏梘山房文集書後》。《文續集》一卷，收梅曾亮文集編成後自咸豐甲寅（1854）至丙辰（1856）續作文凡九篇，卷末爲楊紹穀、紹和所作《識語》。

梅曾亮（1786—1856），字伯言，江蘇上元人。道光二年（1822）進士，曾任户部郎中。少喜駢文，後轉攻古文，出姚鼐之門，居京師二十餘年，文名頗盛。吳汝綸《孔叙仲文集序》稱："郎中（姚鼐）既没，弟子晚出者爲上元梅曾亮，當道光之季，最名能古文。居京師，京師大夫日造門問爲文法。"楊以增與梅曾亮同中道光二年（1822）進士，爲同年友，交往甚密。道光十八年（1838），楊以增任湖北安襄鄖荆道時，其父兆煜卒，以增致信請銘於在京的梅曾亮。道光二十八年（1848）冬，楊以增就任江南河道總督，而梅曾亮亦於道光三十年（1850）秋辭官抵家。咸豐元年（1851），曾亮主講揚州梅花書院，至三年（1853）冬再歸上元。是年太平軍陷城，曾亮被困城中，後潛出城，輾轉王墅、興化等地。楊以增對梅曾亮的遭遇一直記挂於心，高均儒云："歲癸丑（1853），粵匪南擾，未得户部音耗，侍郎念之輒欲唏噓。""明年（1854）八月，聞户部再徙淮郡，侍郎館於清宴園。"二人見面後，楊以增憶及往事，頗爲感嘆："以同年三十餘年之久，經憂患之餘，得見而聚處朝夕，不可謂非幸事矣。"居清江後，二人朝夕論藝，梅曾亮記其事稱："予館署中，對案食者一年……晚食後會談文藝及往舊事。"咸豐五年（1855），楊以增校刊曾亮詩文集，作爲曾亮七十壽辰之禮，惜未成而卒。梅曾亮痛苦萬分，爲楊以增作《家傳》，旋亦卒。

　　梅曾亮爲晚清著名的桐城派古文大家，其詩文頗爲世所重。臨桂唐岳涵通樓曾於咸豐四年（1854）刻有《柏梘山房文集》二卷，爲《涵通樓師友文抄》六種之一。此本十行二十五字，大黑口，左右雙邊，單黑魚尾，爲梅集之選本。楊以增頗好梅曾亮之詩文，曾錄有副本，而梅曾亮亦存有稿本。楊以增遂據以校刻梅集，未竟而卒，其子紹穀、紹和續加刊刻，前後凡數次，遂爲存世梅集最爲精善之本。今略述其脈絡如下。（1）初刻本。《柏梘山房文集》十六卷、《文續集》一卷，楊以增咸豐五年刻本，十行二十一字，白口，四周雙邊，單黑魚尾，卷首有楊以增序。楊以增此序作於是年七月，朱琦《柏梘山房文集書後》稱："是時（按即咸豐五年）先生（曾亮）亦自王墅徙居淮上，而館於河督楊公至堂。至堂先生，同年友也。盡哀先生所爲文，分體之中仍以年次，復以編年無分體者總其目於前。刊既成，先生及見之。未幾，楊公卒，先生驚悼亦卒，年七十一，是爲咸豐六年正月。琦按：是集卷首有楊公序，刻於五年（1855）七月，在先生未沒前，疑其自定，間增損舊稿，視涵通樓刊本小異，而多近數年作。"紹穀、紹和題識曰："先君子校刊伯言先生文集既成，續校詩集、駢體文，刊未及半先君子薨。"則其文集始刊時間爲咸豐五年七月，刊成時間則爲是年十月。據參與校刊梅集的高均儒稱："校畢，刻工滯至十月始修成。"由此可知，是集在咸豐五年末即兩位同年友逝世前已刊刻而成，收文二百八十一篇。（2）二刻本。《柏梘山房集》三十一卷，楊紹穀、楊紹和咸豐六年（1856）三月補刻本，版式同上。此集增加《詩集》十卷、《詩續集》二卷、《駢體文》二卷。并於《文續集》後補紹穀、紹和丙辰年（1856）題識一篇，是時楊以增與梅曾亮均已不在人世。是集除文外又補詩六百七十八首，駢文二十九篇。

（3）三刻本。《柏梘山房集》三十一卷，紹穀、紹和同治三年（1864）補刻本，版式同首刻。楊以增《文集序》《文集》第十六卷第六頁及《文續集》第八至十三頁板心下均鐫“甲子補刊”，即爲同治三年補刻。是刻補録部分於《文集》十六卷末增二篇：《祭陶文毅公文》《〈柏梘山房文集〉書後》（朱琦撰），《文續集》末增四篇：《姚姬傳先生尺牘序》《季諧寓先生墓表》《兵部侍郎江南河道總督楊公家傳》及紹穀、紹和《識語》，此六篇版心下均鐫“甲子補刊”。此六篇字體與咸豐六年刻本不一，咸豐六年板字體瘦長、字距小，而同治三年補版則字體肥矮、字距大，補刻部分單獨補於其後。至此，經兩次續補，至同治三年時，《柏梘山房集》三十一卷本已臻完善，收梅氏作品幾無遺漏，爲存世梅曾亮詩文最善之本。

在海源閣楊氏刻本之後，梅曾亮之外甥朱慶元於光緒二十七年（1901）編印《精刊梅伯言全集》三十一卷，所據爲梅氏手寫原稿本，而校以楊氏同治三年補刻本。此外，蔣國榜慎修書房於民國七年（1918），對輾轉所得之楊氏《柏梘山房全集》書板加以補修，并加重印，其扉頁書牌題“咸豐六年三月刻成蔣氏慎修書屋藏板”。此本所據即爲楊氏海源閣同治三年補刻本，故版式、字體等與補刻本完全相同，蔣氏唯補《題辭》而已。此本或有補版，但目驗尚難辨別，《續修四庫全書》即據此本影印。

［2］“清宴園”，“宴”同“晏”。清晏園之名寓“海晏河清”之意，麟慶任江南河道總督時，曾作《鴻雪因緣圖記》，記河督衙署，有“清晏受福圖”。清晏園於康熙十七年（1678）在明户部分司公署舊址上興建，乾隆十五年（1750）增建荷芳書院，道光十三年（1833）麟慶任江南河道總督後大加修繕，規模益加宏大。楊以增嘗於此宴請同僚。郭沛霖《日知堂筆記》稱：“辛亥七月初六日，河帥楊至堂先生（以增）招余及顔又村（錫惠）、存秀岩（葆）三京員飲。座有淮揚觀察路小洲同年前輩（慎莊），席設署西清晏園。園中有湖，周廣一里許，荷花盛開。湖中有島，島上有亭。湖之北有堂五楹，題曰‘荷芳書院’。周遭皆游廊，奇石名花，隨宜布置。列筵堂中，涼風襲裾，

荷香撲鼻，談宴甚樂。酒酣，有鶴唳於北窗外，至堂先生曰：'此間有三鶴三鹿，皆前河帥所遺也。'眺南窗之外，見三鹿群游島上，點綴園林，頗有山林之野趣焉。"

［3］"得見而聚處朝夕，不可謂非幸事矣"，按咸豐元年（1851），梅曾亮主講揚州梅花書院，咸豐三年（1853）冬歸上元。太平軍陷城，曾亮潛出，至王墅。咸豐四年（1854）又移居興化，遷淮安。楊以增對梅曾亮頗爲記挂，高均儒《〈柏梘山房文稿〉跋》稱："歲癸丑，粵匪南擾，未得户部音耗，侍郎念之輒欲唏噓……明年八月，聞户部再徙淮郡，侍郎館於清宴園。"梅曾亮多年顛沛流離，至此始定，其《至清江楊至堂留寓節署》詩稱："見即開賓榻，知君友意真。殘生逗優渥，高興撥悲辛。意倦聊齊帙，情忘任吐茵。夢魂安幕府，飄撼尚江津。"梅曾亮移居清江後，二人朝夕論藝，梅曾亮於《兵部侍郎江南河道總督楊公家傳》記其事云："予館署中，對案食者一年……晚食後，會談文藝及往舊事。"

《思退堂詩鈔》後叙[1]

陳君拜薇，以章奏翰墨爲諸侯老賓客。後東河決口，君所主者失官，無所館，上書於林文忠公[2]。余見其書駢體文極工，因延館余署。并見其所爲詩，爲之序者甚多，而余同年梅伯言尤亟稱許之。後余赴甘肅，由西安至南河[3]，君已歸里，病痱。余延之不能至，而寄其詩稿爲托[4]。念以君之才，一無所遇於世。而生平所自力者，惟詩不可不有以存之，因亟爲刊刻。君以詩謝，今殿於集終者是已。及刊成，君已不復親見，然余心許之，固不可忘，因記其緣起如此。至其詩所自得之處，伯言之序已盡之[5]，故不復論及之也。

注釋：

［1］此序又見楊以增刻《思退堂詩鈔》卷首。《思退堂詩鈔》十二卷附《青

琅玕吟館詞鈔》一卷，陳祖望撰，道光三十年（1850）刻於江蘇清江浦。此本半葉九行二十一字，白口，左右雙邊，單黑魚尾。

陳祖望，字冀子，一字拜薌，浙江山陰人，工詩善書。楊以增"篤交際"，頗重友誼，尤喜刻鄉賢友朋著作。陳拜薌於道光二十一年（1841）至道光二十三年（1843）曾館於楊以增門下，時楊氏任河南按察使。道光三十年，楊以增已就任江南河道總督，再延陳祖望，而陳因病未至。楊以增念及舊誼，且惜陳之才，遂爲其刻《思退堂詩抄》十二卷、《青琅玕吟館詞抄》一卷，陳氏之著述遂得以存世。

［2］"君所主者失官，無所館，上書於林文忠公"，按《清宣宗實錄》稱："（道光二十一年七月）乙卯（初三日），命遣戍伊犁革職兩廣總督林則徐折回東河效力贖罪。"則林則徐到工在是年八月之後。楊以增於《補授河南開歸陳許道謝恩折》中，自稱服闋後，於是年十月二十八日到工。據此，則楊以增到河南辦理河工稍晚於林則徐。再按《請宣宗實錄》稱："（道光二十一年八月）壬辰（十一日），又諭："文冲身任河道總督，河務是其專責，乃未能先事預防，致有漫口，當經降旨革職，暫留河東河道總督之任，責令戴罪圖功，以觀後效。乃遷延日久，并不趕緊搶堵，致大溜全行掣動，下游州縣多被漫淹，糜帑殃民，厥咎甚重。著即革任，交王鼎等傳旨，即將文冲枷號河干，以示懲儆。"據此，則文冲被免職在林則徐、楊以增到工之前。此序稱陳拜薌爲"諸侯老賓客"，則他任封疆大吏幕賓有年。楊《叙》又稱："後東河決口，君所主者失官。"則若陳拜薌爲文冲之幕賓，因文冲被免而失館，自然有向林則徐自薦之舉，而楊以增亦得以觀其文而稱之。

"林文忠公"，即林則徐。林則徐（1785—1850），福建侯官人，字元撫，又字少穆、石麟，晚號俟村老人、俟村退叟等，清代政治家、思想家，曾任湖廣總督、陝甘總督和雲貴總督。兩次擔任欽差大臣，并曾於湖廣總督期任内嚴屬查禁鴉片。他於西方文化、科技和貿易持開放態度，主張學其優而用之，并着力翻譯西方報刊和書籍。道光十四年（1834），楊以增升任安襄鄖荆道，翌年與時任湖廣總督的林則徐初訂交誼，其子紹和拜林則徐爲師。二十六年（1846）十二月，在陝西巡撫任内，因患病舉薦楊以增代理。二十七年（1847）三月，擢任雲貴總督，舉薦楊以增接任陝西巡撫。二人過從甚密，林則徐致楊以增手劄今存十七件，原藏楊以增海源閣，今藏山東省圖書館。

［3］"後余赴甘肅，由西安至南河"，按《崇祀鄉賢録·事實》："二十三年，升兩淮鹽運使、甘肅按察使，署甘肅布政使。二十六年升陝西巡撫，回疆告警，欽差督辦軍營糧臺，并署理陝甘總督。二十八年升江南河道總督。"楊以增此段經歷爲道光二十三年（1843）至二十八年（1848），前後凡五年。

［4］"寄其詩稿爲托"，《思退堂詩鈔》第十二卷末陳拜薌題詩《編録新舊詩竟漫成一律兼呈楊東樵河帥以增》云："此生事業更何論，浪墨浮烟爪雪痕。老尚好名名况小，晚方向學學無根。人非李杜詩才薄，鄉有王（陽明）劉（蕺山）道脉尊。衰病詎堪加策勵，賴公猶得一編存。"

［5］"至其詩所自得之處，伯言之序已盡之"，按梅曾亮《陳拜薌詩序》稱："其詩清曠邁俗，而殺縛事實，詞與事稱，非博覽載籍，一資以爲詩者不能也。君殆有真樂於是，而於詩一吐其快者乎？"對陳拜薌之詩作了較爲深入細緻的評述。

重修《傅氏族譜》序[1]

三代重世族，故有掌姓氏之官。秦漢以後，此制不行，士大夫於是有家牒。劉歆《七略》稱："揚[1]子雲，家牒以甘露二年生。"其最初者也。劉孝標注《世説》[2]，引諸家譜至四十五部。《隋書·經籍志》《唐書·藝文志》，皆以譜牒爲史部之一門。沿及宋世，譜之最著者莫如歐、蘇。歐陽氏用直譜，古之所謂圖也；蘇氏用横譜，古之所謂牒也。然則咏駿烈、誦清芬，譜之時義大矣哉！

秋屏廉訪[3]以重修《傅氏族譜》問序於余。余閲其體例，一依古法，折衷而參用其長。凡名皆大書，以子承父，以孫承子，兄弟則平列，以次而左，五世既訖，則別起如前。名下皆駢行細書，先字號，次官階，次配氏，次子息幾人。其行誼、事功、著作應詳紀者，則別爲傳附於後。其不溯受姓之始，以東昌遷祖爲始祖，尤深合劉知幾《史通·斷限》[4]之説，何其善也！蓋譜爲司馬公創作，廉訪因其封公重修之後復加訂輯[5]，故體例若是精嚴。使後之子孫世世增修之，年雖遠而昭穆秩然，於以敬宗，於以合散，木本水源之思，守而弗失。不惟無負司馬公三世修譜之盛意⟨2⟩，以見少保公[6]流澤孔長，將比休於三代之世族，綿綿延延而未有窮期也。爰不辭而爲之序[7]。

校勘：

〈1〉"揚"字，嘉蔭亭刻本《傅氏族譜》作"楊"。

〈2〉"盛意"後，嘉蔭亭刻本《傅氏族譜》有"益"字。

注釋：

［1］此序又見傅繩勛重修《傅氏族譜》卷首。《傅氏族譜》，道光二十三年（1843）嘉蔭亭刻本，封面中欄題"傅氏族譜"，右欄題"道光癸卯年重修"，左欄題"嘉蔭亭藏板"。正文半葉九行二十四字，版心上鐫"傅氏族譜"，下鐫頁數。此譜前有乾隆十五年（1750）朱續綽《傅氏族譜序》，次爲楊以增此《序》，次爲傅以漸、傅完貞、傅命西、傅映宸等人傳記，次爲纂修者，次爲《凡例》，次爲族譜正文，譜末有傅繩勛《識語》。

楊氏與傅氏均爲聊城望族，楊以增爲傅繩勛所編族譜作序，實爲楊、傅二家之親密關係使然。傅以漸（1609—1665），字於磐，號星岩，順治三年（1646）殿試第一，爲清朝開國狀元，官至武英殿大學士兼户部尚書，"道德文章實爲一時之冠"。傅永綏曾任浙江台州府同知。傅廷輝歷任河南懷慶、歸德二府經歷。楊以增之父楊兆煜與傅廷輝"性情氣誼大略相同，故投契最深，

無三日不過從也，如是者廿年"。道光九年（1829），東昌知府劉煜倡議重建
"東昌府考院"，傅廷輝偕同楊兆煜帶頭捐資，可見兩人志趣之投合。廷輝子繩
勛（1793—1865）字接武，號秋屏，自幼受母嚴教，刻苦讀書，嘉慶十八年
（1813）進士，後任工部主事、工部郎中，纍官至江蘇巡撫，晚年主持灤源啓
文書院。傅繩勛之母與楊以增之妻同係順治朝工部尚書朱鼎延之後，繩勛長女
嫁楊以增次子紹和爲妻。楊以增與傅繩勛又爲"總角交"，道光二十年（1840），
以增丁憂居家時，與繩勛一起倡修光岳樓，楊以增云："道光庚子間，方與傅
子繩勛讀禮家居，詹子恩以樓爲全郡保障，及此不修，後將愈難爲力，遂呈明
祝太守、章明府定議興修。"光岳樓歷時一年修畢，受到郡人士好評。楊以增
撰《重修光岳樓記》，傅繩勛書丹，其碑刻今仍立於光岳樓下。正因如此，道
光二十二年（1842），傅繩勛重修《東郡傅氏族譜》，楊以增爲作《重修傅氏
族譜序》，并爲繩勛父母分別作《映宸傅公家傳》和《傅母朱恭人家傳》，對兩
家數世之交往記述頗悉。

　　［2］"劉孝標注《世說》"，劉孝標即劉峻。劉峻（463—521），平原人，
南朝梁學者兼文學家，以文章擅美當時，并爲劉義慶等所編《世說新語》作
注，引書達四百餘種，以引證繁富爲時人所重。劉注所引書籍後世大多亡佚無
存，其注具有很高的文獻價值。葉德輝稱："《世說》注中所引書，凡得經史別
傳三百餘種，諸子百家四十餘種，別集廿餘種，詩賦雜文七十餘種，釋道三十
餘種。"楊以增所稱之四十五種家譜當在別傳中。

　　［3］"廉訪"，爲按察使之尊稱，省各一人，正三品，主管一省刑名，傅繩
勛時任陝西按察使。

　　［4］《史通·斷限》，爲劉知幾撰《史通》第十二篇。"斷限"主要闡述史書
紀事當斷於何時，限於何代，集中表達了劉知幾關於史書所記史事起訖年代的
看法。其稱"夫書之立約，其來尚矣。如尼父之定《虞書》也，以舜爲始，而
云'粤若稽古帝堯'。丘明之傳魯史也，以隱爲先，而云'惠公元妃孟子'。此
皆正其疆里，開其首端。因有沿革，遂相交牙，事勢當然，非爲濫軼也。過此

已往，可謂狂簡不知所裁者焉”。楊以增認爲傳繩勛以傳氏著籍東昌爲年譜之始，與劉知幾《斷限》之説相同，對此頗爲認可。

［5］“司馬公”，指傳繩勛之祖父傳永綧。永綧生於康熙五十三年（1714），乾隆十七年（1752）舉人，官至台州府同知，乾隆四十四年（1779）去世。同知爲知府佐官，古稱“司馬”，故楊以增以司馬公稱之。《傳氏族譜》爲傳永綧於乾隆十五年（1750）手訂成編。“封公”爲傳繩勛之父傳廷輝。廷輝乾隆二十七年（1762）生，曾任延津、林縣典史，道光十八年（1838）卒。嘉慶四年（1799），傳廷輝續修《傳氏族譜》。至道光二十三年（1843），傳繩勛重修《傳氏族譜》，故稱“廉訪因其封公重修之”。

［6］“少保公”，即傳以漸。宋弼《少保大學士傳公傳》稱：“戊戌（按即順治十五年，1658），爲會試總裁，取張貞生等四百人。是歲考滿，以久參機務，懋著清勤，改武英殿大學士兼太子太保、兵部尚書，加少保，進階光禄大夫。”故稱傳以漸爲“少保公”。

［7］“爰不辭而爲之序”後，嘉蔭亭刻本《傳氏族譜》有“道光二十三年歲次癸卯孟夏穀旦，賜進士出身、誥授中議大夫、分巡河南開歸陳許兼理河務兵備道、升任兩淮都轉鹽運使司鹽運使、姻愚弟楊以增頓首拜敬撰”。

《禮理篇》書後 [1]

往讀凌次仲廷堪《復禮論》三篇 [2]，根據《禮》經，詮發聖學，以禮爲學之終始。儀徵阮相國 [3] 稱其卓然可傳，唐宋以來儒者所未有也。顧仁義道德，非禮不成，自屬實事求是。然謂孔子但言禮，未嘗一言及理也。宋儒言理，儒釋之互援，實始於此。聖學，禮也，不云理也。其道正相反，持論似覺失中。夫“文理密察”見於《中庸》 [4]，“理義悅心”見於《孟子》 [5]，“窮理盡性至於命”見於《周易》 [6]，聖賢未始不言理也。嗣讀張彥惟成孫《答方彥聞書》三篇 [7]，其説相成而不相悖，謂：“漢之學，要在禮；宋之學，要在理。漢儒非不言理，以爲言禮即具理也；宋儒非不知禮，以爲言理而後可以言禮也。漢俟其人自明，故其言宏；宋彊人以爲善，故其言密。”又曰：“禮者，言表而含裏者也；理者，言裏而遺表者也。漢人説禮而制作之精自具；宋人説理，舉禮以附合之，其説乃全。”“凡事莫不各具其理。聖人制禮，必揆於事之所必然者，而後箸以爲經，使可舉焉。則理者，儒者之所不可不知也。”是彦惟此書與次仲之論足相發明，二説不容偏廢。孔子讀《烝民》之詩曰：“爲此詩者，其知道乎？故有物必有則，民之秉彝也，故好是懿德。”[8]物則者，理所著也；好德者，禮所生也。學者以宋儒之“居敬”“窮理”爲漢儒之“實事求是”，天德、王道一以貫之。蓋漢儒精於訓詁，宋儒深於義理。陳侍郎用光序姚郎中《經説》[9]云：“先生之於經，不孤守宋儒，而兼總鄭、馬，以核其實；不矜言漢學，而原本程、朱，以究其歸。”亦若是焉已矣〈1〉。

校勘：

〈1〉“焉已矣”後，楊以增刻本後有“楊以增書後”五字。

注釋：

[1]此文又見楊以增刻《理禮篇》卷末。《禮理篇》一卷，凌廷堪撰，咸豐三年（1853）刻於江蘇清江浦。此本半葉九行二十一字，小字雙行同，大黑口，四周雙邊，單黑魚尾。凌廷堪（1757—1809），安徽歙縣人，乾隆五十五年（1791）進士，選寧國府學教授。廷堪推崇戴震之學，究心於經史，工詩及駢文，兼爲長短句，曾主講敬亭、紫陽二書院，著有《禮經釋例》《燕樂考原》《校禮堂文集》。此書包括張成孫答方履籛（彦聞）的三封書信及凌廷堪《復禮論》上中下三篇。楊以增此文之後，又有高均儒跋，足與楊以增此文相發明，并錄於下，以資考證：“禮猶體，理即脉。人具體而脉不調則病，人襲禮而理不析則誣。漢

儒精言禮，宋儒承之，而特揭理字，導人以從入之徑、持循之端，猶之醫者切脉以審人氣血偏滯之由，而後方以治之，其體始可無恙也。學者不察，自判漢宋，各執門户，爲一家言，亦曰勤止。而制禮之初意，果如是乎？至堂先生學審其是，澂流溯源，恐沿之者日滋於弊也，爰以近儒凌君次仲廷堪《復禮》三篇、張君彦惟成孫《與方彦聞書》三篇合刊，而書其後，先徵理字之見諸經者，以孔子讀《烝民》之詩爲折衷，末附陳侍郎序姚侍郎經説之語。惟學遜志主善，爲師之碩義於是爛然。先生藏書數萬卷，退食劬讀，日昃不遑。而僅舉此以示爲學之準，其用意微摯，亦惟智者善論之耳。若謂調停漢宋，模棱兩端，是淺識之昧昧自誣，直與病入膏肓尚諱言忌醫、强詡克葆其體者，同堪閔已。高均儒謹跋。”

［2］“凌次仲廷堪《復禮論》三篇”，《復禮論》載凌氏所撰《校禮堂文集》中，張舜徽認爲“其意蓋以禮爲復性之具，如金之待熔鑄，木之待繩墨，實自荀子化性起僞之旨推演而出，持論與戴震爲近，宜其於荀卿及戴氏之學推尊尤至。”（《清人文集别録》卷十），論及凌廷堪之學術傾向及淵源。

［3］“儀徵阮相國”，即阮元。阮元（1764—1849），字伯元，號芸臺，又號雷塘庵主，晚號怡性老人，江蘇儀徵人。乾隆五十四年（1789）進士，官至體仁閣大學士，謚文達。工詩文，精鑒金石書畫，著有《皇清碑版録》《兩浙金石志》《揅經室集》等。道光十五年（1835）六月，阮元路過襄陽，與楊以增言及桂馥《説文解字義證》，楊以增曾致信許瀚稱：“惟記乙未六月，芸臺相國過襄，言及此書，嫌其不無蕪雜，須巨眼人通爲校正，乃成完璧。”二人交往甚密，海源閣藏有阮元校刻清嘉慶刊本《十三經注疏》等。

［4］“‘文理密察’見於《中庸》”，《中庸》第三十一章：“唯天下至聖，爲能聰明睿知，足以有臨也；寬裕温柔，足以有容也；發强剛毅，足以有執也；齊莊中正，足以有敬也；文理密察，足以有别也。”此句意爲衹有聖人纔能如此條理清晰地詳辨明察，足以分辨是非善惡。

［5］“‘理義悦心’見於《孟子》”，《孟子·告子上》：“心之所同然者何也？謂理也，義也。聖人先得我心之所同然耳。故理義之悦我心，猶芻豢之悦我口。”

此句意爲理義之教使我心情愉快，就如同牛羊猪狗之肉使我感到美味。

[6]"'窮理盡性至於命'見於《周易》"，《周易·説卦》："昔者聖人之作《易》也，幽贊於神明而生蓍，參天兩地而倚數，觀變於陰陽而立卦，發揮於剛柔而生爻，和順於道德而理於義，窮理盡性以至於命。"此句意爲窮究天下萬物的根本原理，徹底洞明自然之至理。

[7]"張彦惟成孫《答方彦聞書》三篇"，爲張成孫所撰《答方彦聞書》《再答方彦聞書》《與方彦聞書》。張成孫（1789—？），字彦惟，江蘇武進人，張惠言之子。從學於父及莊述祖，精天文學，著有《端虛勉一居文集》，其詞收入《萍聚詞》，有嘉慶二十四年（1819）刻本。方履籛（1790—1831），字彦聞，陽湖人，嘉慶二十三年（1818）舉人，官福建閩縣知縣。博學於文，著有《萬善花室詞》，"駘蕩柔折，常州派支流也。"（葉恭綽《廣篋中詞》卷一）。彦聞與張惠言、李兆洛友善。方駿謨《先府君行述》稱："府君至性過人，喜交游，以友朋爲性命，尤服膺張皋文、李中耆兩太史。"張成孫通過董祐誠結識方履籛，其《方彦聞傳》稱："予年二十二，介董方立，始識彦聞。"其後遂有上述三書，與其討論漢宋之學。

[8]此句見《孟子·告子上》。

[9]"陳侍郎用光序姚郎中《經説》"，陳用光（1768—1835），字碩士，一字實思，江西新城人，嘉慶六年（1801）進士，官至禮部左侍郎，提督福建浙江學政，師從姚鼐，工古文辭，著有《太乙舟文集》八卷及《衲被録》等。《經説》即《九經説》，十七卷，姚鼐撰。李兆洛《桐城姚氏薑塢、惜抱兩先生傳》稱姚鼐"病時俗舍程朱而宗漢，以爲枝之獵而去其根，細之搜而遺其巨，時時爲學者重言之"（李兆洛《養一齋文集》卷十三）。

《三續千字文》跋[1]

《三續千字文》，宋季江陰葛氏剛正撰。其續之之意，篇末自述自注詳矣[2]。案《梁書·蕭子範傳》曰：“除大司馬南平王户曹屬從事中郎，王嘗曰：‘此宗室奇才。’使製《千字文》，其辭甚美，命記室蔡薳注釋之。”[3]《周興嗣傳》曰：“次韵王羲之書千字，使興嗣爲文。”[4]《陳書·沈衆傳》曰：“梁武帝製《千字詩》，衆爲之注解。”[5]《隋書·經籍志》載：“《千字文》一卷，梁給事郎周興嗣撰。”又載：“一卷，梁國子祭酒蕭子雲注。”[6]又載：“一卷，胡蕭注。”《舊唐書·志》載姓名與《梁書》同。顧氏炎武《日知録》但著《隋志》所載之異，未辨孰是。隋唐書志又載有《演千字文》五卷，不著何人作。要之，作《千字文者》，唐以前已不獨蕭、周二人。此本則繼周次韵，及夫長洲侍其暐⟨1⟩續作分注，合爲一編。今所存僅此，例亦不用複字。視前二篇文徑尤纖仄，而聯綴皆有典可核，遞注犁然。然惜合刻之前，二篇佚莫覯也。案《江陰縣志》載：“葛勝仲，字魯卿。”即注所稱爲皇祐二年進士朝散大夫侍其公暐作墓誌之文康公。《志》載：“葛郯，字楚輔，文康孫，謚文定。”即注所稱伯祖[7]。而《選舉志》無剛正名，《藝文》亦逐志不及此篇，豈以沾沾小學未足采與？而吾邱氏衍《學古編》載：“《續千字文》，葛剛正書，字法極好。”其所稱者篆書，即注所謂以備古篆之體。此本楷法勁秀，雅近率更[8]，當亦屬原刻[9]，且新注次韵詳詁續作，已復繼而三之，雖未彙證梁、陳、隋、唐書所載之他本，而就其所見勘正蒐輯，亦可謂勤覃厥思者矣。脱此篇并佚，後世又疇知江陰葛氏有剛正其人者？剛正爲名，字且莫考。載誦此篇及注，總萬四千餘言，悉有根據。度其人，必孜孜簡策、老而靡倦者。遺兹片羽，何可泯焉？爰依舊式，命工重摹付版。其文字點畫，偶有沿俗者正之；注字有俗且訛者，則去泰去甚；間有省筆襲帖體，及所引書名、刊虛曰⟨2⟩，字式未歸一者，可仍則仍之；於義不甚乖重，存其舊也。士君子績學纘言，上之闡發經義，羽翼傳注，昭示來兹；次亦必期小有裨益於人，以適時用，庶不流爲虛誕無稽。否則，才如長卿、孟堅，猶謂爲文艷用寡，矧所記所誦百不逮長卿之多識博物者乎？予之重刻此篇，以其旁搜詮詁，足誨鬈幼，爲有用也。并書所見，以諗讀者〈3〉。

校勘：

〈1〉"暐"字，當作"瑋"。楊以增刊葛剛正《三續千字文》有"梁韵替續，暐編今録"之句，楊以增或因此誤書"瑋"爲"暐"。按《三續千字文》此句下小注引葛文康《朝散大夫侍其公墓誌》稱："公諱瑋，字良器。"亦可爲楊以增誤書之旁證。侍其瑋（1022—1104），北宋蘇州長洲人，字良器。皇祐元年（1049）進士，授杭州富陽縣主簿，曾任知建德、監鄂州酒、簽書桂陽監判官、通判全州等職。仕至朝散大夫、知池州。嗜學，喜藏書，工草隸，著有《續千字文》。

〈2〉"曰"字誤，楊以增海源閣影刻本作"白"，當據改。

〈3〉"以諗讀者"後，楊以增海源閣影刻本有"聊城楊以增跋"六字。

注釋：

[1] 此跋見楊以增刻《三續千字文》卷首。《三續千字文》，一卷，葛剛正撰，咸豐二年（1852）刻本。此本首頁篆書題"三續千字文注"，次頁有書牌"東郡楊氏海源閣景宋本"，次爲楊以增《跋》，《跋》後題"金陵柏士達刊"，白口，四周雙邊，雙黑魚尾，半葉十行二十四字，雙行小字同，版心中鎸頁數，下鎸"海源閣"，爲楊以增據宋本影刻。

葛正剛，字德卿，別號水雲清隱，南宋時淳祐間丹陽人。葛剛正《序》作於南宋理宗淳祐八年（1248），此書爲南宋後期刻本。楊紹和《楹書隅録》卷一稱："舊弆於陶南別業，辛酉遭亂焚失，僅存數葉，因以新本配補，俾成完帙。"據此，則楊以增此刻所據之原本已殘。

[2] 葛剛正《三續千字文》末稱："《七略》旁覽，三篇繼就。俱詮詁注，俾誨鬈幼。序識卷末，聊示悠久。"述其意旨頗爲詳悉。

[3] 蕭子範（486—549），字景則，南齊高帝蕭道成之孫，豫章文獻王蕭

巋第六子，永明十年（492）封祁陽縣侯，除太子洗馬，後任太中大夫，遷秘書監，著有《千字文》一卷、《集》十二卷。

[4] 周興嗣（469—537），字思纂，博學，善屬文。梁武帝繼位，命爲《銅表銘》《棚塘碣》《檄魏文》《次韵王羲之書》，奏輒稱善，官終給事中。參撰皇帝實録、皇德記、起居注、職儀等百餘卷，著有文集十卷，所作《千字文》影響深遠。

[5] 沈衆（503—558），字仲師，吳興武康人，沈約之孫。梁武帝永定元年（557）拜相，任中書令。翌年因誹毁朝廷，賜死。沈衆善文學，嘗奉旨撰《竹賦》，武帝稱贊其“文體翩翩，可謂無忝而祖”。

[6] 蕭子雲（487—549），字景齊，南蘭陵人，南齊高帝蕭道成之孫。纍遷北中郎外兵參軍，晋安王府文學、司徒、主簿。善草隸書法，梁武帝贊其“筆力駿勁，心手相應。巧逾杜度（東漢草書家），美過崔實，當與元常并驅争先。”太清三年（549）三月，臺城失守，蕭子雲東奔晋陵，餒卒於顯靈寺。

[7] 葛剛正《三續千字文》於“昭勛族胄”句下注引《葛氏族譜》稱：“自唐天祐末遠祖濤自廣陵徙居江陰，家世簪纓，爲浙西望族。纍世儒科，詳見郡圖經及載國史。理宗皇帝寶慶二年建閣，圖繪纍朝功臣，御書名曰‘昭勛崇德之閣’，伯祖丞相文定公邲配享。光宗皇帝廟廷繪像於閣，剛正忝在從孫之列，故曰族胄。”

[8] “率更”，即歐陽詢。歐陽詢（557—641），字信本，潭州臨湘（今湖南長沙）人，官至太子率更令、弘文館學士，封渤海縣男。其書法於平正中見險絶，世稱“歐體”，與虞世南、褚遂良、薛稷并稱唐初四大書法家，傳世碑刻有《九成宮醴泉銘》《化度寺邕禪師塔銘》《虞恭公碑》等，編有《藝文類聚》一百卷。

[9] 王紹曾補《楹書隅録》“宋本《三續千字文注》一卷一册”條稱：“此本當非葛氏原刻，實爲宋人重刻之本。”與楊以增之説不同。

重修光岳樓記^[1]

　　東昌爲古東郡^[2]。水有黃河故道，九河雖蕪没，猶可辨識。論者謂魏博^[3]千里，沃野曠衍，惜無山作鎮，形勢闕焉。然無山，而有足以爲屬城之保障者，曰光岳樓。樓建於明洪武七年，名餘木樓，厥後西平李贊改名“光岳”，取其近魯有光於岱岳也^[4]。岱爲五岳之長，郡距岱二百五十里，每曈曨破曉，晴光晃漾，天門、日觀諸峰，如星斗排布霄漢，望之穹然。上挹三光，混茫無際，而岱岳之千彙萬狀，悉收於一覽中。蓋樓爲東郡之鎮山久矣。溯明成化、嘉靖、萬曆屢事重修，載於郡志。國朝順治十七年，知府盧鉉修。後至乾隆二十年，知府蔡學頤復加培葺，時太歲在乙亥也。自乙亥迄今又九十餘年，風雨漂搖，岌岌乎有棟折榱崩之懼。

　　道光庚子間，以增方與傅子繩勛讀禮家居^[5]，詹子恩^[6]以樓爲全郡保障，及此不修，後將愈難爲力，遂呈明祝太守、章明府定議興修^[7]。太守、明府以下及西商之懋遷於吾郡者^[8]皆捐金有加，郡人士亦各相佽助。工始於道光二十年□月，迄二十一年□月工竣，共用制錢□千□百□緡^[9]，石基磚座木材一一堅實，檐楹户牖丹漆黝堊，焕然惟新。郡人士乃歡忻鼓舞，以落其成也。僉曰：“大工克舉，非狀⁽¹⁾觀也，非供吟眺也。書雲物，察栽^[10]祥，地靈人杰，科第其日盛矣乎！”顧吾謂此樓之建已五百年，得岱岳扶輿，清淑之氣磅礴鬱積，其間之起而名世者代不乏人。啓文書院有胡太守德琳^[11]楹榜云：“接武巍科三狀首，傳薪正學七先生。”^[12]紀其略也。相國星岩傅公、少宗伯悔廬鄧公^[13]皆以大魁致通顯。而所稱七先生者，其槁項黃馘與正笏垂紳之彦并祀於鄉。是達而爲名臣，窮而爲名儒，其道不同。其應運而興，秉道而爲後起之儀型，則一也。“維岳降神，生甫及申”^[14]，區區科第云乎哉！都人士生逢聖世，通經學古，踐履居先。處而修之於家，則孝弟忠信；出而膺廊廟之選，則必思有濟天下後世，庶足爲岱岳光也，其無負樓以岳名之意乎！

是役也，武舉詹恩督辦總理，始終其事。監工暨司出納者，則舉人某、貢生某、文生某某、武生某某、監生某某、耆老某某也。捐金姓名附泐碑陰。

是爲記。

校勘：

〈1〉"狀"，陳慶蕃修，葉錫麟、靳維熙纂［宣統］《聊城縣志》卷十三《藝文志》作"壯"，當據改。

注釋：

［1］此記又見陳慶蕃修，葉錫麟、靳維熙纂［宣統］《聊城縣志》卷十三，［宣統］《聊城縣志》所錄此文標題下有"道光二十一年"。

［2］"東郡"，古郡名，詳見前楊以增《〈九水山房文存〉序》注釋。

［3］"魏博"，即唐代設立的魏博節度使，轄魏州、博州、相州、貝州、衛州、澶州六州，屬唐河北道。清代東昌府所在地聊城在唐代屬博州。

［4］"取其近魯有光於岱岳也"，按明弘治九年（1496），吏部考工員外郎李贊訪太守金天錫，登此樓，作《題光岳樓詩》："霄漢憑陵日月懸，下臨無地上通仙。平生放眼惟輸此，天下名樓漫數千。望入青徐光并岳，勢尊正北位當乾。百年勝事題新額，欲賦慚非宋玉篇。"詩前有序："余過東昌，訪太守金天錫先生。城中一樓，高壯極目。天錫携余登之，直至絕閣，仰視俯臨，毛髮欲竪。因嘆斯樓天下所無，雖黃鶴、岳陽亦當拜望。乃今百餘年矣，尚寰落無名稱，不亦屈乎？因與天錫評，命之曰'光岳樓'，取其近魯有光於岱岳也。乃和敖翰林詩一律，以歸天錫，不知斯樓以爲如何？"（傅以漸纂修［康熙］《聊城縣志》卷四）

［5］按道光庚子爲道光二十年（1840），時楊以增自湖北安襄鄖荊道任上

歸鄉丁其父楊兆煜及繼母趙太夫人憂。時傅繩勛正丁其父傅廷輝憂，二人均在聊城家居。

［6］“詹子恩”，即詹恩。詹恩，聊城人，嘉慶三年（1798）武舉人。

［7］“祝太守”，即祝慶穀。祝慶穀，字善之，號詒亭，河南固始人，嘉慶二十二年（1817）署理樂亭知縣，道光中歷任東昌府知府、濟南府知府、濟東泰武臨道道員。“章明府”，即章敩。章敩，浙江歸安人，時任聊城縣知縣。［宣統］《聊城縣志》卷六稱其“待士尤厚，遇事以仁慈爲主，總不苛責於人。漕項兑費日增，甘自賠累，不少加。因病卸事，貧不能歸。”

［8］“西商之懋遷於吾郡者”，指在聊城經商的山西、陝西商人。明清以來，運河暢通，聊城作爲運河沿綫重要城市，吸引了大量山西、陝西商人前來經商。聊城山陝會館藏嘉慶十四年（1809）碑文稱聊城“地臨運漕，四方商賈雲集者不可勝數，而吾山陝爲居多”。

［9］以上三句，楊以增記文原有空格。

［10］“烖”，同“灾”。

［11］“胡太守德琳”，即胡德琳。胡德琳，廣西臨桂人，乾隆十七年（1752）進士，歷任四川什邡知縣，補山東濟陽、歷城知縣，擢濟寧直隸州知州，乾隆三十五年（1770）任東昌府知府，四十年（1775）去任，四十二年（1777）復任。積極聘請地方文人，先後主持纂修濟陽、歷城、濟寧、東昌等地方志。喜好藏書，著有《碧腴齋詩》《東閣閑吟》《書巢尺牘》《西山雜咏》《燕貽堂詩文集》等。啓文書院，［宣統］《聊城縣志》卷四稱：“啓文書院，在孫家胡同，乾隆三十九年知府胡德琳售郡人孫啓淑舊宅改建。”

［12］“三狀首”，即明代以來東昌府三位狀元朱之藩、傅斯年、鄧鍾岳，“七先生”即聊城七賢祠供奉的王道、穆孔輝、孟秋、王汝訓、逯中立、張後覺、趙維新等七位儒家學者。

［13］“相國星岩傅公”，即傅以漸，“少宗伯悔廬鄧公”即鄧鍾岳。傅以漸生平詳見前文楊以增撰《重修〈傅氏族譜〉叙》注釋。鄧鍾岳（1674—

1748），字東長，號悔廬，山東聊城人，康熙六十年（1721）狀元，入翰林。雍正元年（1723）充江南副考官，以母喪歸，四年（1726）後起任江蘇學政，刊《近思録》《白鹿洞規》等書以教育士子。七年（1729）以少詹學士任廣東學政，官至内閣學士兼禮部侍郎。

[14]"維岳降神，生甫及申"，見《詩經·大雅·嵩高》："維岳降神，生甫及申。維申及甫，維周之翰，四國於蕃，四方於宣。"《毛傳》："岳降神靈和氣，以生申甫之大功。"申指周代名臣申伯，後因以"申生"爲祝壽或賀人生子之語。

傅公映宸家傳[1]

公姓傅氏，諱廷輝，字映宸，山東聊城人，順治丙戌一甲一名進士、大學士少保公之曾孫也[2]。考諱永綬[3]，號西齋，浙江台州府同知，貤贈中憲大夫。妣氏何、繼妣楊、生妣黄皆贈恭人[4]。公生於平陰學署，美豐儀，讀書通大義。少孤苦，就從九品職，得河南。冀謀禄養，歷署歸德府經歷，延津、林縣典史，而未及真除[5]，上官皆不以末吏待。隨同蔣方伯繼勛[6]查賑，條舉章程，爲同事所不及，特器重之。方攝延津事，值嘉慶癸酉李文成之變[7]，毗連滑縣。公倡守城議，布置周密，得無虞。難民數千爲賊所追逐，邑令欲不納。公力爭使入城，全活無算。且夫縣尉卑官耳，權篆暫時耳，非有社稷民人之寄也。平日越俎而代，魚肉斯民，雖令甲森嚴，有所不恤。洎大難甫起，輒股栗却步，作壁上觀，弃民命若弁髦以爲則。有司存於我無與者，殆比比然也，而公可爲法於天下矣。然公初不以此自喜，篤倫理，樂名教，能人所不能。西齋公由平陰教諭令於浙，升台州府同知，忤巡撫王亶望[8]，抑鬱致疾，旋殁於杭。楊太恭人携公兩弟[9]方家居。公年未冠，侍疾侍殮，不啻成人。扶柩東還，跋涉二千餘里，抵家後囊空如洗。爲家督[10]，揭拄維艱，坐是廢學。後七年，楊太恭人以婚嫁畢殉節[11]。公號泣，泪盡繼之以血，眼疾終其身。爲貧而仕，親老，遂決計歸事黄太恭人。先意承志，飲食皆手自調進，依依膝下歡笑作兒戲狀。黄太恭人壽至九十有四，而公亦行年六十矣。養葬盡禮，以修祠宇，戀墓田，不赴二子養。同懷弟二人[12]垂老友愛，視弟之子猶子。性通脱，不拘拘繁文縟節，待人謙和如一。無貴賤少長，皆樂與公親。而外圓内方，於義利之辨，以介固守，不可干以私。年七十七卒，公抱經濟才而不竟其用。子繩勛，以甲戌庶常改工部，直樞垣，薦〈1〉升浙江鹽運使。子繼勛，乙酉科選拔貢生，廷試一等，安徽廬江縣知縣。孫五人[13]，伯孫浚[14]，丁酉科選貢舉，庚子鄉魁。然後知爲善無不報，而孝友之流澤長也。爰次之以爲傳。

　　楊以增曰：“公與先大夫先後請養歸里，性情氣誼大略相同，故投契最深。無三日不過從，如是者廿年。公以戊戌八月二日考終，距先大夫之弃養襄陽甫月餘耳。嗚呼！元伯、巨卿[15]，誰謂古今人不相及哉！”

校勘：
〈1〉“薦”字，傅繩勛重修《傅氏族譜》作“洊”，當據改。

注釋：
[1]本文又見傅繩勛重修之道光二十三年（1843）嘉蔭亭刻本《傅氏族譜》卷首。

[2]“大學士少保公”，即傅以漸。傅以漸生平詳見文前文楊以增撰《重修〈傅氏族譜〉叙》注釋。

[3]“永綏”，即傅永綏（1714—1779），傅以漸之孫，乾隆十七年（1752）舉人，“授平陰教諭，課最，擢浙江泰順令，換永嘉，歷權瑞安、樂清及湖、温二府通判事。所至莫不以教孝弟、勤鞫訊、勸農桑、恤煢獨爲先務，而尤長於弭盜……加通判銜，尋擢同知，檄權台州府同知，甫五月卒。”（傅繩勛重修《傅氏族譜》）

[4]傅永綷"初授奉政大夫，以孫繩勛官贈中憲大夫。原配何宜人、繼楊宜人、副室黃宜人俱以孫繩勛官贈恭人。"（傅繩勛重修《傅氏族譜》）

[5]"真除"，即實授官職。

[6]"蔣方伯繼勛"，即蔣繼勛。蔣繼勛（1754—1829），字培元，蘇州府常熟縣人。歷任元江直隸州知州、雲南鹽法道、金衢嚴道道員，嘉慶十四年（1809）任河南布政使，并署理河南巡撫，故楊以增有方伯之稱。傅永綷時任職河南，爲蔣繼勛屬員。

[7]"嘉慶癸酉李文成之變"，嘉慶辛酉爲六年（1801）。李文成（？—1813），河南滑縣人，天理教首領，有教徒數萬人，與林清約定於嘉慶十八年（1813）九月十五日同時起義，後因機密泄露，在滑縣被捕。其教徒提早於九月初七日起義，攻占滑縣，破獄，李文成被推爲大明天順李真主，河北長垣、東明及山東金鄉教徒紛紛響應。李文成率部攻克定陶、曹縣等地，聲勢浩大。嘉慶帝聞變，從熱河趕回北京，調陝甘總督那彦成爲欽差大臣，節制直隸、河南、山東三省軍務，統率精兵馳赴河南鎮壓。李文成率教徒轉戰至輝縣，戰敗自焚死。

[8]"巡撫王亶望"，王亶望（？—1781），山西臨汾人，巡撫王師子。自舉人捐納知縣，纍遷至浙江布政使，乾隆三十九年（1774）轉任甘肅布政使，與總督勒爾謹改監糧爲輸糧，又捏災冒賑，貪污銀兩。四十二年（1777）擢浙江巡撫，四十五年（1778）迎高宗南巡，供張奢靡。次年因甘肅貪污事發，處斬籍没。

[9]"兩弟"，其一爲傅繩勛弟繼勛。傅繼勛（1807—1866），字述之，山東聊城人，歷任徽州、太平、安慶等府知府，署理安徽布政使，後辭官家居。其另一弟生平不詳。

[10]"家督"，即家中長子。

[11]"楊太恭人以婚嫁畢殉節"，王金策《崙西傅公暨原配何恭人繼配楊恭人副室黃恭人合葬墓誌銘》稱："楊恭人激烈識大體，公之卒，以子幼不獲殉，居常號泣。逾七年，視婚嫁畢，卒殉於柩側。生以雍正十年九月初七日，卒以

乾隆五十年十二月十六日，享年五十四。"

［12］"同懷弟二人"，傅廷輝與二弟廷椿、廷松俱爲黃恭人所出。廷椿字山有，行二，候選布政司理問。廷松字雪嶠，號對峰，行三，歷任直隸東光、内邱、保定、東光、豐潤縣典史，署天津縣葛沽巡檢。

［13］"孫五人"，分別爲傅浚、傅沅、傅漢、傅澝、傅澐。

［14］"伯孫浚"，即傅浚。傅浚，字伯明，號東泉，行一，道光丁酉科拔貢生，庚子恩科第五名經魁，甲辰科進士，官吏部主事。

［15］"元伯、巨卿"，即張劭、范式。范曄《後漢書·獨行列傳》："范式字巨卿，山陽金鄉人也，一名氾。少游太學，爲諸生，與汝南張劭爲友。劭字元伯，二人并告歸鄉里。式謂元伯曰：'後二年當還，將過拜尊親，見孺子焉。'乃共剋期日。後期方至，元伯具以白母，請設饌以候之。母曰：'二年之別，千里結言，爾何相信之審邪？'對曰：'巨卿信士，必不乖違。'母曰：'若然，當爲爾醞酒。'至其日，巨卿果到，升堂拜飲，盡歡而別。式仕爲郡功曹。後元伯寢疾篤，同郡郅君章、殷子徵晨夜省視之。元伯臨盡，嘆曰：'恨不見吾死友！'子徵曰：'吾與君章盡心於子，是非死友，復欲誰求？'元伯曰：'若二子者，吾生友耳。山陽范巨卿，所謂死友也。'尋而卒。式忽夢見元伯玄冕垂纓屣履而呼曰：'巨卿，吾以某日死，當以爾時葬，永歸黃泉。子未我忘，豈能相及？'式怳然覺寤，悲嘆泣下，具告太守，請往奔喪。太守雖心不信而重違其情，許之。式便服朋友之服，投其葬日，馳往赴之。式未及到，而喪已發引。既至壙，將窆，而柩不肯進。其母撫之曰：'元伯，豈有望邪？'遂停柩移時，乃見有素車白馬，號哭而來。其母望之，曰：'是必范巨卿也。'巨卿既至，叩喪言曰：'行矣元伯！死生路異，永從此辭！'會葬者千人，咸爲揮涕。式因執紼而引，柩於是乃前。式遂留止冢次，爲修墳樹，然後乃去。"

《蕉聲館集》叙[1]

董子曰："善言古者，必有驗於今。"[2]《魯論》曰："誦詩三百，授之以政，不達；使於四方，不能專對。雖多，亦奚以爲？"近世學者動輒言胸有萬卷，議論古人亦確鑿可聽。一旦臨事，其茫然無措，隨俗波靡，與平日未嘗學問者等。此先儒如得畫餅、作書中一蠹之誚，所由來矣。

原任漕運總督平湖朱蕉堂先生〈1〉，建生與釋褐[3]皆先於予十七、八年，著籍則異南北，任職又別中外。雖夙聞其博學能文，又工鐘鼎書，知名遠近，而未嘗得望眉宇、接謦欬[4]以爲憾。兹承乏南河，先生之猶子山泉別駕[5]實屬同舟。別駕裒集先生遺文八卷付梓氏，而乞序於予。後進末學，豈能勝皇甫之任？受讀卒業，見其考卯酉偏旁、論古王者錫命諸侯典禮，皆旁稽載籍，并以金石證經典之缺，穿穴貫串，不愧真讀書人，匪直積古齋金石文字見重於藝林也[6]。其《居西臺請查封禁山》一疏杜漸防微，謀及深遠；《請禁水師配駕商船》《查直隸被水情形》《查抑阻捐振》《禁奸商囤積私販》《修浚江浙海口壅塞》《酌籌内外緝捕》六疏則皆事繫民瘼，政切國本。而諸弊迄今未能盡除，則外吏奉行不力之故，非言者所逆料也。《裁汰各部院無當册籍》一疏祛部胥之需索，減有司之浮費。《鼓勵宗學》一疏勸課公族，儲材培本，於正體所關尤鉅。其督漕南服也，與有漕督撫函商恤丁，以官經理閘壩諸費，塞夫頭之弊源而不爲已甚，遴選能事大員兼司閘壩事宜，又不苦以所難，致荒本務，一切近於人情。是以雖值時勢艱阻，而卒能有濟。至家乘諸篇，記述先德皆日用之常，詞無溢美。然先生支柱内外，撫育群從，内行之修飭具見。庶幾有體有用，本末兼該，非畫餅蠹魚者所可同年語矣。至其進御詩賦，情抒忠孝，寓頌於規。此外書傳小文憲章望溪湔潔，亦人所難及。若壽祭諸篇，其中亦不無應酬之作，當分別觀之。

予待罪河干，歲幾四匝，河事多故，重空阻滯，心力徒瘁，而於事無補^[7]。讀先生轉漕諸書，益爲之嘆息神往，遂不能以無言。故書此以復別駕云。

校勘：

〈1〉"蕉"當作"椒"。按朱爲弼號椒堂，楊以增於此處稱其爲"蕉堂"，或因其文集名"蕉聲館集"，且"蕉""椒"同音而致誤。

注釋：

［1］此文又見楊以增刻《蕉聲館集》卷首。《蕉聲館集》，八卷，朱爲弼撰，咸豐二年（1852）刻本。此本白口，左右雙邊，單黑魚尾。張舜徽《清人文集別録》稱"是集文字，以卷一説字、釋器、詮禮之作爲最精，幾乎篇篇可傳。卷二爲賦、論、記、贊，卷三爲奏疏，卷四爲書劄，卷五爲序跋，卷六爲壽序，卷七爲祭文，卷八爲傳志，大氐應俗之作爲多。"楊以增此文亦見於國家圖書館藏宣統元年（1909）刻《續修月譚朱氏遷浙支譜》。

朱爲弼（1770—1840）字右甫，號椒堂，浙江平湖人，嘉慶十年（1805）進士，授兵部主事，遷員外郎，道光十三年（1833）任倉場侍郎，十四年（1834）任漕運總督，翌年告老還鄉，朱爲弼通經學，精研金石，尤嗜鐘鼎文，著有《椒聲館詩文集》《續纂積古齋彝器款識》《吉金文釋》等。

［2］"善言古者，必有驗於今"，班固《漢書》卷五十六《董仲舒傳》："善言天者必有徵於人，善言古者必有驗於今。"此句爲漢武帝所頒制書之語，楊以增此序以之爲董仲舒語，有誤。

［3］"釋褐"，脱去平民衣服，喻始任官職。

［4］"謦欬"，原指咳嗽，後指談笑言語。

［5］"別駕"，官名，漢置，爲刺史佐吏，刺史巡視轄境時，別駕乘驛車隨行，故名。後稱通判爲別駕。

［6］朱爲弼精金石文字，著有《積古齋鐘鼎彝器款識》十卷，著録商、周、

秦、漢、晋銅器 551 件，其體例爲先摹文字，再加考釋，爲研究清代所見古銅器銘文的專著，有清嘉慶九年（1804）刻本。

［7］楊以增道光二十八年（1848）九月授江南河道總督，同年十二月到任，至咸豐二年（1852）任職已約四年。咸豐元年（1848）八月，黃河在豐北廳決口，他因辦理堵口工程不力，被處以革職留任處分。《清文宗實録》卷五十八録咸豐二年四月六日上諭稱："陸建瀛、楊以增奏豐工未能堵合，懇請展緩，并自請嚴加治罪一折。南河豐北漫口，責成該督等辦理堵築，由部撥派鉅款，以濟工需。該河督等宜如何盡心竭力，妥慎督辦？乃自興工數月以來，兩次走占，以致不克合龍，請於霜降水落後補築，糜帑殃民，曷勝憤懣！……楊以增著即革職，暫留工次，督辦河務。"楊以增此處因有"待罪河干"之説。

襄陽節署[1]古井銘并序

　　道光十有五年，歲在旃蒙協洽且月之吉[2]，節署東偏，揆日作室[3]，闢除瓦礫，古井出焉。夫八家之象，解自《説文》；五祀之儀[4]，著爲典禮。兹乃得於堂皇之左[5]，溯諸湮遠之餘，地不雨而凉生，桐先秋而葉落。丸泥封後，靜夜無波；甃石劈來，清流見底。廣州鑿飲，有異坡仙[6]；越國浚修，曾聞白傅[7]。豈直未年六月，應福地於星官；甲館百楹，繪祥徵於水藻已哉。李尤之尚泉冽[8]，執憲若斯；柳子之美日新，於政疇似。敢援此義，爲之銘曰：

> 澤氣涵中，地靈復始。通塞靡常，歷年莫紀。
> 道在逢原，心如止水。推陳出新，是之取爾。
> 匪資厭勝[9]，亥豕巳蛇(1)。匪耽玩宴，沈李浮瓜。
> 句漏丹砂，長生注籙。陋彼稚川，求令南服。
> 西鎮襄河，北臨酈谷。勸相勞民，王明受福。

原注：

（1）節署已亥向，堪輿家謂得井鎮之吉。

注釋：

［1］"襄陽節署"，即湖北安襄鄖荆道道署。道光十四年（1834）九月，楊以增調署湖北安襄鄖荆道，此銘作於他任職湖北之翌年。

［2］"歲在旃蒙協洽"，采用歲星紀年法，即乙未年。道光乙未爲道光十五年（1835）。"且月"爲農曆六月。

［3］"揆日"，即測量日影，古人多以此確定營造方位。

［4］"五祀"，即祭祀住宅内外的五種神。《禮記·月令·孟冬》："是月也……天子乃祈來年於天宗，大割祠於公社及門閭，臘先祖五祀。"鄭玄注稱："此周禮所謂蠟祭也。天宗，謂日月星辰也。大割，大殺群牲割之也。五祀，門、户、中霤、灶、行也。"

［5］"堂皇"，此指官吏治事的廳堂。班固《漢書·胡建傳》稱："於是當選士馬日，監御史與護軍諸校列坐堂皇上。"顏師古注稱："室無四壁曰皇。"

［6］"廣州鑿飲，有異坡仙"，此處用蘇東坡鑿井典故。蘇東坡被貶廣州後，自覺北歸無望，遂於紹聖三年（1096）四月，於貶所動工興建新居。因新居周圍没有水井，而到東江邊釣磯挑水，山路陡峭難行，他決定在新居門前左邊空地上打一口水井。一直鑿到四丈深，石盡纔得甘泉。此井不但解決自己一家飲用，附近鄰居及行人用水都得到瞭解決。

［7］"越國浚修，曾聞白傅"，此處用白居易典故。長慶二年（822），白居易上書論當時河北軍事，不被采用，於是請求到外地任職，同年被任命爲杭州刺史。在杭州任上，他見杭州有六口古井因年久失修，便主持疏浚六井，以滿足杭州人飲水之需。

［8］"李尤之尚泉冽"，李尤（約44—約126），字伯仁，廣漢雒人，東漢文史學家，少時以能文著稱，後應詔至京師，撰函谷關、辟雍、德陽殿、平樂

觀、東觀諸觀賦、銘，拜爲蘭臺令史。安帝時爲諫議大夫，受詔與謁者僕射劉珍等共撰《東觀漢記》。後帝廢太子爲濟陰王，尤上書諫争。順帝即位，遷樂安相，年八十三卒。李尤喜作"銘"，時稱"門階户席，莫不有銘"。著有《果賦》《政事論》《和帝哀策》等。歐陽詢《藝文類聚》卷九《水部》下之《井》録李尤《井銘》："井之所尚，寒泉冽清；法律取象，不概自平；多取不損，少汲不盈；執憲若斯，何有邪傾。"

[9]"厭勝"，即厭而勝之，爲舊時中國民間一種避邪祈吉的習俗，係用法術詛咒或祈禱，以達到制勝所厭惡的人、物或魔怪的目的。

端勤公家傳[1]

梅增亮撰

公諱以增，字益之，一字至堂，聊城人。父兆煜，官即墨教諭。公以道光二年進士知縣貴州，權長寨同知。有夫出婦者，公朝勸至暮，不爲斷離，卒兩悔而泣。有老吏，視事必侍側聽，時點頭太息。蓋訟者之僞，隱於官，而不能隱於吏，故嘆公能察微也。補荔波縣，多苗民[2]。同官曰："苗民懼縣役，君來獨否，疑有操切術。顧君日與書院生説經習文，此何術也？"[3]以明保循良第一[4]。調貴筑，陞松桃廳、興義府知府，調貴陽，陞廣西左江道，調湖北安襄鄖荆道[5]。俗忕堅多盜，提督羅公思舉有古名將風，視大吏無如也，獨重公，謂能治盜[6]。父憂，服闋，授河南開歸道，轉兩淮鹽運使[7]。未赴，擢甘肅按察使[8]。捕妖民夏長春、李一元，其黨與散四方者，與川督寶公興、陝撫李公星沅密函飛書[9]，悉就擒捕。中衞有貞女，家誣以忤逆，答死，雪而旌之。其時禱雨即沛，人以比東海于公[10]。權布政使，時有履勘邊地之旨。公曰："甘省瘠貧，泉源不可恃。按畝徵，必爲民困。"任其事者以朝旨不可違，然以升科復停者數十縣，猶公力也。旋擢陝西布政使，關中旱饑，巡撫林文忠公奏請自代[11]。上慰留文忠，以公權巡撫。公聞命，禱神祠，素衣齋食，入陝得微雪。望闕謝恩，雪大作，晝夜霢霂[12]，文忠乃折簡賀。及陞巡撫，諭屬吏曰：“三輔土厚，民風純。然大災後元氣弱，牧民者無事更張也。”比歲大熟。回疆警，命權陝甘總督，總理糧臺事[13]。

已轉江南河道總督[14]，或以河事爲慮，勸引歸。公曰：“吾知稔矣。徒以受皇上特達恩，以縣令超擢至此，欲決去，誠不忍於心。”未至南河，時已先減河工費[15]。故公至，盡力搘柱者二年，後一年而豐工決。與總督陸公[16]除夕風雪中，幕宿河上，薪炭鹽米，不以費屬吏官錢。官吏興奮，歸實費於工。及成而敗，然較嘉慶中費不什一，故有餘以爲後圖。而粵匪事起，犯江寧，江南北騷然。關津租調費歸河工者一歸於糧臺，而工惟用鈔。又以公兼理鹽務，然商逃利空，不足有所增補，河事倚閣不行。而鄉勇備坊<1>堵，方日日索哺。公先機運微，籌畫兵食，不見罅漏，兵民安謐於無事。浦之南江寧、鎮江、瓜洲，西北則廬州，北則河南，賊或據或流，烽火相望不絕，獨麗浦郡縣民飲食得安樂，商賈得販賣，熙熙然不知數百里外有十萬環寇師，豈非公心力之爲之歟？[17]而公之心神亦自此傷矣[18]。咸豐五年十二月十八日薨於署，年六十九。淮揚民常困水，就食江南。近三四年，江南民渡江者數十萬人，而水不告災，米不增價，此非人力所至，故人皆歸福於公。而公則以塞河未成自悼嘆，臨終時猶籌度其事未已已也[19]。

配徐夫人，繼娶朱夫人。子紹穀，雲南大理府通判。次子紹和，二品蔭生，舉人，改內閣中書。孫保彝。女四人，所適皆彬彬詩禮家焉。

梅曾亮曰：“林文忠公可謂知人矣。其言曰：‘楊至堂乃聖賢門中人也。’夫自守而不能容人，隨人而不能自守者，皆不足以運世。聖賢者，能運世者也。至堂守身如金城湯池，粟私不可攻至。與人接務，恢恢乎如河岳之無涯量。鯨鰕之巨細、犀象虎豹之珍怪，無不容納於其間。自縣令至封疆，守正無婟婀，而一無所齟齬。蓋不以處己者望人之同，故正人與之。即志行殊者，亦信其無私利心，能推利於人，而不害其事也。

　　予館署中，對案食者一年。公晨見賓客，治文書。事畢即手一卷。晚食後，會談文藝及往舊事。其事父母，待兄弟朋友，及和調家庭，言動有常節，一以宋儒之禮法爲歸。而名物、象數、音聲、訓詁，亦勤懇研究。陸立夫嘗語予曰：“吾向以至堂好蓄書，今乃知其得一書必閱一書也。”公亦自言：“古人曰歸耕，吾不能矣。若著氈冠，披羊皮裘，課鄉里小童經書，吾誠樂之。”其所得之深遠如此，吾於是益嘆文忠爲知人也。姚姬傳先生嘗言：“近世言漢學者無宋儒苦身力行之學，而摘其文義小疵相詬病，是妄人也。”公深契乎先生之言，而刊其尺牘[20]，即公之所以自處者可見矣〈2〉。

校勘：

〈1〉“坊”字，楊氏海源閣刻本《柏梘山房文集》作“防”，當據改。

〈2〉“可見矣”後，楊氏海源閣刻本《柏梘山房文集·文續集》附錄楊紹穀、楊紹和識語稱：“先君子校刊伯言先生文集成，續校詩集、駢體文。刊未及半，而先君子薨。穀等泣請先生爲傳志之文。時先生患鼻衄，旋淮安寓舍，逾旬撰家傳寄示。不數日，先生亦卒，是爲咸豐六年正月十二日，距先君子薨僅二十四日。嗚呼。追穀等促工刊葳詩及駢體十五卷，都文集爲三十一卷，先生已不及見矣。此傳編列文續集之末，目仍分年而爲丙辰，特著一篇，愴誦攀號，追慕罔極！孤紹穀、紹和泣識。”

注釋：

[1]此傳又見楊氏海源閣咸豐六年（1856）刻之梅曾亮《柏梘山房文集·文續集》，題爲“兵部侍郎江南河道總督楊公家傳”，題目下并以小字注“丙辰”。“端勤”，楊以增謚號。

〔2〕"補荔波縣，多苗民"，《崇祀鄉賢録》稱："四年，補荔波縣知縣。"嵩溥道光八年（1828）五月二十四日《揀員調補要缺知縣折》："（楊以增）山東進士，以知縣用，分發貴州，題補今職（按：即荔波縣知縣），道光四年十月二十五日到任苗疆。"

〔3〕龍啓瑞《兵部侍郎都察院右都御史江南河道總督楊公神道碑》稱："荔波苗號難治，公日坐書院，與諸生指授文字，而苗民俯首帖耳，争就役恐後，同官驚服以爲神。"（龍啓瑞《經德堂文集》卷四）

〔4〕"以明保循良第一"，署理貴州巡撫、布政使吳榮光於道光四年（1824）十月上《遵旨保奏屬員折》稱："查得荔波縣知縣楊以增……係山東聊城縣壬午科進士，榜下分發貴州，補授今職。該員才識練達，任事實心，歷署長寨同知、清鎮知縣，俱得民心。在清鎮任内，兼能振興文學，離任時百姓攀留者甚衆。現在甫任荔波，循聲已著，洵爲明幹有爲之員。"（録副奏折）

〔5〕《崇祀鄉賢録·事實》稱："十四年，升廣西左江道，調湖北安襄鄖荆道。"

〔6〕許乃普《江南河道總督楊公墓誌銘》稱："十四年，升廣西西左江道，旋調湖北安襄鄖荆道。所轄境與秦楚豫壤相錯，俗悍率爲盜，且出没不易獲。公時與提軍羅公思舉會哨於鄖，宵小戢迹。羅久歷行陣，戰功高，遇貴戚重臣不爲禮，獨敬禮公。"（〔宣統〕《聊城縣志》附《耆獻文徵》卷又下）楊以增亦對羅思舉評價頗高，林則徐於道光十四年（1834）五月初十日上奏稱："臣到任時，適羅思舉進京陛見，即其由京回任，亦不經過省垣，是以尚未接晤。惟據安襄鄖道楊以增、襄陽縣紀昌期先後因公來省，咸稱該提督訓練有方，習勞不倦。"（《林則徐全集》第二册《奏折卷》）

〔7〕"授河南開歸道，轉兩淮鹽運使"，《崇祀鄉賢録·事實》稱："二十一年服闋，授河南開歸陳許道……二十三年，升兩淮鹽運使、甘肅按察使。"楊以增五月初四日《恭謝恩授甘肅按察使謝恩折》稱："竊臣於本年四月二十五日，在河南開歸道任接奉署撫臣鄂順安行知准吏部咨開：四月初三日奉上諭：'兩淮

鹽運使員缺著楊以增補授。'欽此。當即恭設香案，望闕謝恩。越日恭閱邸鈔，四月十七日奉上諭：'甘肅按察使員缺著楊以增補授。'欽此。敬聞之下，感悚尤深。"（錄副奏折）道光二十三年四月庚寅（十七日）"以兩淮鹽運使楊以增爲甘肅按察使。"（《清宣宗實錄》卷三九一）許乃普《江南河道總督楊公墓誌銘》稱："二十三年，升兩淮鹽運使，未之任，擢甘肅按察使。"（［宣統］《聊城縣志》附《耆獻文徵》卷下）

［8］"擢甘肅按察使"，楊以增於道光二十三年（1843）五月初四日上《恭謝恩授甘肅按察使謝恩折》稱："竊臣於本年四月二十五日，在河南開歸道任接奉署撫臣鄂順安行知准吏部咨開：四月初三日奉上諭：'兩淮鹽運使員缺著楊以增補授。'欽此。當即恭設香案，望闕謝恩。越日恭閱邸鈔，四月十七日奉上諭：'甘肅按察使員缺著楊以增補授。'欽此。敬聞之下，感悚尤深。"（中國第一歷史檔案館錄副奏折）

［9］"川督寶公興"，即寶興。寶興（1776—1848），字獻山，鑲黄旗滿洲人。嘉慶十五年（1810）進士，歷任少詹事、禮部侍郎等職。道光十七年（1037）署四川總督，逾年實授。二十六年（1846）充上書房總師傅，兼翰林院掌院學士。二十八年（1848）卒，諡文莊。"陝撫李公星沅"，即李星沅。李星沅（1797—1851），字子湘，號石梧，湖南湘陰人。道光十二年（1832）進士，歷任漢中府知府、河南按察使等職，二十二年（1842）擢任陝西巡撫，二十五年（1845）後任江蘇巡撫、兩江總督，卒諡文恭，著有《芋香山館詩文集》《李文恭公奏議》《李星沅日記》等。

［10］"東海于公"，班固《漢書·于定國傳》稱："于定國字曼倩，東海郯人也。其父于公爲縣獄吏、郡決曹，決獄平，羅文法者于公所決皆不恨。郡中爲之生立祠，號曰于公祠。東海有孝婦，少寡，亡子，養姑甚謹，姑欲嫁之，終不肯。姑謂鄰人曰：'孝婦事我勤苦，哀其亡子守寡。我老，久纍丁壯，奈何？'其後姑自經死，姑女告吏：'婦殺我母。'吏捕孝婦，孝婦辭不殺姑。吏驗治，孝婦自誣服。具獄上府，于公以爲此婦養姑十餘年，以孝聞，必不殺也。太守

不聽，于公爭之，弗能得，乃抱其具獄，哭於府上，因辭疾去。太守竟論殺孝婦。郡中枯旱三年。後太守至，卜筮其故，于公曰：'孝婦不當死，前太守強斷之，咎當在是乎？'於是太守殺牛自祭孝婦冢，因表其墓，天立大雨，歲孰。郡中以此大敬重于公。"

［11］林則徐於道光二十六年（1846）十一月上《患病未痊請開缺調治折》，請以楊以增代任陝西巡撫："微臣自十月患病，至今未痊，現仍力疾辦公……請將印務賫交新任藩司楊以增護理……該司歷在湖北、河南、甘肅等省辦理諸務，臣見其誠正清勤，明敏諳練，實爲臣所不能及。今蒙聖主擢任陝西藩司，洵屬得力。該司奉到諭旨，自必奏請進京謝恩請訓，理應先另迎折北上，俟陛見後再來新任。無如臣力疾在任，已逾浹月，過此以往，恐更難以支持。而楊以增由甘肅進京，必先經過陝省，臣已催其速來，不過旬日內外可到西安。合無仰懇皇上天恩俯念臣患病實情，准令楊以增先在陝西護理巡撫印務，俾臣得以交卸調治，庶免誤公。"（《林則徐全集》第四冊《奏折》）

［12］《崇祀鄉賢錄・事實》："本紳奉命攝巡撫事，素衣齋食，默申虔禱，受任之日，即得瑞雪。"楊以增道光二十六年（1846）十二月十三日上《優霑瑞雪片》："臣經過陝甘地方，入冬雪少，而陝省各屬因秋間被旱，待澤尤殷，隨查省城先經設壇祈禱，於十二月初五日得雪寸餘。茲又於十二日辰刻得雪，起疏密相間，至是夜丑刻除融化外，積地四寸有餘，十三日猶霏霏未已。伏念祥霙迭沛，尚在立春以前，不但宿麥可以盤根，即未經播種者亦可於開春後另種雜糧，藉資潤澤。當此同雲廣布，可期一律均沾。"（《先都御史公奏疏》卷二）

［13］"命權陝甘總督，總理糧臺事"，按《崇祀鄉賢錄・事實》："回疆告警，欽差督辦軍營糧臺，并署理陝甘總督。"道光二十六年（1846）八月甲子（十八日）上諭："陝甘總督著文慶署理，即馳驛前往。未到任以前，著楊以增馳驛前往署理。恒春著署理陝西巡撫，陝西臬司嚴良訓、甘肅鎮迪道明誼著先行馳驛前往辦理糧臺事務。所有陝西藩、臬兩司著恒春派員署理，鎮迪道印務著楊以增派員署理。文慶到任後，所有糧臺事務著楊以增督同嚴良訓、明誼辦理。至

設立糧臺，分別遠近，共有幾處俾資接遞，著楊以增迅速先行籌畫，無誤轉輸，欽此。"（《清宣宗實錄》卷四四六，《清實錄》第三九冊）楊以增於同年八月二十四日上《恭謝奉旨署陝甘總督并辦理糧臺折》稱："至於設立糧臺，分別遠近，共有幾處俾資接遞，查道光六年、十年回疆兩次軍需辦理軍餉等務，均分蘭、肅二局。蘭局則安於省會，肅局則設在肅州。俱系後路總匯，調撥供支，最爲緊要……容臣克日抵甘，相機籌度共應安設幾處，再當馳奏辦理。除現飭臬司嚴良訓即日馳赴肅州，會同該處道員先行妥商酌辦外，至鎮迪道明誼所遺印務系屬口外要缺，且現亦供應軍需，統容臣到甘接篆後，再遴員往署，庶期得力。"（《先都御史公奏疏》卷三）

[14]"轉江南河道總督"，按楊以增道光二十八年（1848）九月十七日上《補授南河總督謝恩并請覲見折》稱："竊照九月十四日臣接吏部咨開，道光二十八年九月初四日奉上諭：'江南河道總督著楊以增補授，未到任以前，著李星沅兼署。'等因，欽此。臣即恭設香案，望闕碰頭，虔謝天恩……聞命之下，悚懼交并。"（録副奏折）《清宣宗實錄》卷四五九稱："九月甲戌（初四日），江南河道總督潘錫恩因病解任。以陝西巡撫楊以增爲江南河道總督。未到任前，以兩江總督李星沅兼署。"

[15]"未至南河，時已先減河工費"，兩江總督李星沅於道光二十八年十一月十九日上《附奏請裁河工浮費片》云："臣竊惟鹽、漕、河工爲江南三大政，顧生財者鹽，漕久已困於不足，而耗財者河工，稍可節其有餘……故欲杜絕虛糜，必自革除浮費始。欲革除浮費，必自嚴飭道廳始。欲嚴飭道廳，必自河臣正己無私始。以臣約略計之，南河四屬二十三廳，每年尋常例用當以三百萬兩爲率……要之成算在先，所請例銷正款孰虛孰實，無難參考分明。設有另生新工，河臣督同該道立即馳往勘估驗收，復加核實……新任河臣楊以增計日到浦接篆，其廉明静密，熟練修防，非臣所能企及。惟當和衷商權，務令全力勾稽，以期浮費先裁，虛靡漸絕，各清各款，無濫無苛。"道光帝對李星沅所奏頗爲認可，遂於道光二十九年（1849）三月初二日准户部諮稱："前據李星沅

奏每年尋常例用當以三百萬兩爲率，自係體察情形，確有把握。"但與李星沅所奏之語相比，去掉"約略計之"四字，且又要求除每年實用三百萬兩之外如有餘剩，即於河款內扣除。

［16］"總督陸公"，即陸建瀛。陸建瀛（1792—1853），字立夫，湖北沔陽人，道光二年（1822）進士，道光二十六年（1846）擢任雲南巡撫，同年任江蘇巡撫，二十九年（1849）任兩江總督，咸豐三年（1853）江寧城破時被殺。

［17］馬新貽於同治八年（1870）四月二十九日上《已故河臣勤勞懋著籲懇賜謚折》稱："已故河臣楊以增總督河南，興利除弊，竭慮殫精，工程則力求其堅，款目則必核其實……及奉命督防江北，當癸丑之春，江寧、鎮、揚相繼失陷。清江爲南北門戶，該河臣籌餉募兵，力扼上游，迎剿高、寶以下，迭毀賊營，并分兵嚴防盱眙之浮山、泗州之潼河，遏賊繞襲之路。維時現任四川總督吳棠方任清河縣令，該河臣知其力能任事，授以方略，剿除旁近州縣捻匪、洋匪不下十餘起，消患於無形，厥功尤偉。前後四年，清淮終無失事，至今闔郡士民感念不忘。"（馬新貽《馬端敏公奏議》卷七）

［18］"公之心神亦自此傷矣"，按楊以增於咸豐五年（1855）十二月十八日上《自報病危折》稱："臣年甫屆七旬，身體素健，方以爲犬馬之勞堪以長效。詎自三年粵匪竄擾金陵、鎮揚之後，清淮相距甚近，賊氛既咫尺相侵，土匪復到處竊發，督臣、撫臣均在江南堵剿，所有江北之徐州、淮海一帶幅員遼闊，防禦甚難。經臣設局籌防，練兵團勇。加以餉糈無出，設法勸捐抽厘，購銅鑄錢，鼓勵各屬，齊心團練。仰賴聖主洪福，官民并力，是以土匪、海寇均得隨時剿辦，未致釀成巨患。而三年來籌餉之難，辦事之苦，心力交瘁，每至徹夜無眠。入秋以來，忽患泄瀉之疾，延醫診視，僉以爲思慮傷脾，投以安神培土之劑，亦無大效。凡河務軍務，臣仍帶病勉力經理，不敢以微疾具折請假，致煩聖心。嗣於冬至節後泄瀉日加，飲食日減，復進參芪補劑，如石投水。總緣下泄日久，氣血虧極。現在飲食不進，危在旦夕，君恩未報，賫恨無窮。"（錄副奏折）

[19]楊以增於咸豐五年（1855）十一月上《豐工舊口門仍請賠堵折》稱：
"伏查豐工口門下游被災以來，哀鴻四散，於今數載。適值黃流北溢，百姓扶老
携幼，踉蹌歸來，希冀及時復業，係屬實在情形。若口門緩堵，則上游數百里
漫灘雨水均足下注爲災，溝壑餘生，殊堪憫惻。且本年東豫被水災民備趁無方，
竊慮皖匪煽誘，流而爲匪，亦急需以工代賑，冀免他虞。謹據實覆陳，仰懇天
恩俯念災民望堵情殷，准照前奏賠堵……現離冬至不遠，凍土施工，難期堅實。
如蒙俞允，容臣督催工員，豫雇人夫，一俟交春，天氣融合，即可擇日興工趕
辦。"（録副奏折）時距楊以增去世僅月餘。

[20]"公深契乎先生之言，而刊其尺牘"，按楊以增對主張宋學的姚鼐極
爲推崇，并刊刻姚鼐所撰《惜抱先生尺牘》。梅曾亮《〈惜抱先生尺牘〉序》稱：
"同年楊至堂侍郎（按：楊以增曾兼任兵部左侍郎，故有此稱）深企慕乎先生之
爲人，以爲其超俗者非獨文與詩也。即尺牘亦德人之雅音……蓋先生所論學術，
非獨與流俗殊也，即稱爲學人者，亦未嘗俯同之，故信而好者或鮮。然則侍郎
固有過人之識，而能心知其意者哉。"楊以增海源閣本《惜抱先生尺牘》八卷刊
於咸豐五年九月，十行十八字，版心上鐫"惜抱軒尺牘"，下鐫頁數及"海源閣"。
首爲陳用光原《序》，次爲梅曾亮《序》，次正文，次郭汝驄原《跋》。此本爲楊
以增囑高均儒據新城陳氏刊本校勘，并手寫上版，字體渾穆，堪稱精刻。

端勤公墓誌銘[1]

許乃普撰

兵部侍郎、都察院右副都御史、江南河道總督聊城楊公，以咸豐五
年十二月十八日終於官。公久任宣防，勞勚懋著。比年寇氛未靖，督辦(1)
防堵，勞倍於前，遂積疾致不起。訃聞，天子軫悼，照軍營病故例賜恤，
晉贈右都御史，蔭長孫保彝知縣[2]，公之仰膺主眷也至矣！越二年戊午，

公子紹穀、紹和卜葬於聊城縣西鄉田家莊之原[3]，先期遣一介走京師，請予志公墓。余乙酉歲奉使貴州，時公任都匀。一見即深相契，投分遂密。後公子紹和復從余游[4]，卅年交誼，兼以通家[5]，言雖不文，其何敢辭？

按狀，公諱以增，字益之，一字至堂。曾祖考帝錫，候選郎中。祖考如蘭，候選州吏目[6]。考兆煜，嘉慶戊午科舉人，即墨縣教諭。妣和氏、趙氏。三世皆以公貴，贈榮祿大夫、陝西巡撫、江南河道總督；妣皆一品太夫人。公幼而穎異，博覽群籍。年十七補博士弟子員，旋食餼，名噪一黌，每試必屈其儕輩。嘉慶二十四年舉於鄉，道光二年成進士，以知縣用，分發貴州。甫抵省，權長寨同知，有夫出婦者訟於公，公婉諭之竟日，夫婦皆感悟拜泣去。公每視事堂上，有老吏必傾聽作首肯狀，若不勝太息者。洎解任，吏送公曰："小人年七十矣，未見有慈父母如公者也。"公筮仕伊始，其以誠感人已如此。

四年，補荔波縣。八年，調貴筑，乙酉、戊子兩充鄉試同考官，所取多知名士。九年，升松桃直隸廳同知。十二年，升興義府知府。明年，調貴陽。凡一省重獄，必經首府讞決，案乃定。公至任，清釐積牘至數百件之夥。時黎平有賄買頂凶者，將就戮矣。公鞫之，廉得其情。以爲縱有罪，戮無辜，漸不可長，嚴緝正犯，遂得平反焉[7]。十四年，升廣西左江道，旋調湖北安襄鄖荆道。所轄境與秦楚豫壤相錯，俗悍率爲盜，且出没不易獲。公時與提軍羅公思舉會哨於鄖，宵小斂迹。羅久歷行陣，戰功高，遇貴戚重臣不爲禮，獨敬禮公。十八年，以父憂歸里，旋丁趙太夫人憂，喪葬皆如禮。服闋，授河南開歸陳許道。時河決祥符，詔大學士王文恪公臨視。公奉檄督兩壩事，昕夕莅工次，雖風濤衝擊，身屹立不少避，閱數月遂蔵工[8]。

二十三年，升兩淮鹽運使，未之任，擢甘肅按察使。會垣民夏長春、毛智遠等聚徒衆，習白蓮教非一日，公至捕獲。而首犯李一元隸四川，黨與分布他省，尤藪於陝。公密函川督、陝撫，并移文他省，悉得就擒。中衛縣民某以養媳忤故笞死。公閱其牘，媳故室女，而傷遍體無完膚，慮有他故。嚴鞫之，某乃吐實。女蓋鬻而爲娼者，逼不從，炮烙而斃。公遂請旌女，而置某於法。二十六年，升陝西布政使。時巡撫爲林文忠公，深契公，至舉公自代。公旋權撫篆，明年遂有眞除之命[9]。歷一年，升江南河道總督。公自州縣起家，洊歷開府，未嘗以峭核自見。迨後位愈高，任亦愈重。而勤以律身，誠以報主，歷始終如一日。故雖河伯爲災，豐工告險，而九重之優眷有加無已，至有"楊某熟諳河務，如有所見，不妨據實直陳"之諭[10]。乃上意方嚮用公，而公之疾已不可爲矣。其孤之狀如此。

　　余竊反復於公之生平，而嘆公之功爲不可及也。方癸丑之春，粵匪東下，金陵、維揚相繼陷，江南北咸震動。清江爲南北孔道，無城郭可守，人情益驚懼。公所領河標兵率不諳戰，公亟徵兵募勇，勤訓練，信賞必罰，聯衆志若一。當是時，軍書旁午，當事者分或尊於公。公既力不能與抗，有所擘畫，類尼之使不得行。而究之坐鎮不動，俾淮徐千百里間瀕於危而復安，迄今三五年來，民不至罹鋒鏑之患者，公之力也。初，兩淮鹽課歲輸以鉅萬計。自粵匪據長江，引滯不銷。公時兼理鹺務，設法徵解，廬州、揚州兩大營軍鑲(2)得無匱，而淮徐亦以愈安，可不謂偉歟？他如周恤知交、創興義舉，以及撫災黎、汲寒畯，美德非一端，不具志，志公之大者。

　　公生於乾隆五十二年九月十六日，春秋六十有九。元配徐氏，贈一品夫人。繼配朱氏，封一品夫人。子二，紹縠，雲南大理府通判，本籍團練，加同知銜；紹和，正二品蔭生，咸豐壬子舉人，改內閣中書。女四，適劉蘭緒，候選教諭；李慶翔，候選通判[11]；烏夢麟，翰林院待詔[12]；劉廷桓[13]。孫一，保彝，蔭生知縣。孫女一，適候選訓導李孟浦。銘曰：

赤泉之族關西雄[14]，間世挺生聊城公。清白吏承先世風[15]，卓哉不朽推立功。

公路浦當南北衝，羽檄飛馳群情洶。言言屹屹無崇墉，惟公成算操諸胸。

飛挽芻粟兵食充，偵緝蟊賊內不訌。千里保障夷庚通，舟楫往來忘傳烽。

報國盡瘁臣鞠躬，唐臣昔數睢陽忠[16]。以身捍難攖賊鋒，得使郭李收關中。

論功今古誰與同？張以殉節公令終，厥勛皆當銘景鐘。

大星既霣新阡封，佳城永妥氣郁蔥。銘詞視此無愧容，垂之千秋無終窮。

校勘：

〈1〉“辨”字，陳慶藩修，葉錫麟、靳維熙纂［宣統］《聊城縣志》附錄《耆獻文徵》卷又下所錄此文作“辦”，當據改。

〈2〉“鑲”字，陳慶藩修，葉錫麟、靳維熙纂［宣統］《聊城縣志》附錄《耆獻文徵》卷又下所錄此文亦作“鑲”，或誤。

注釋：

［1］此銘又見陳慶藩修，葉錫麟、靳維熙纂［宣統］《聊城縣志》附錄《耆獻文徵》卷又下，題爲“江南河道總督楊公墓誌銘”。許乃普（1787—1866），字季鴻，一字經厓，浙江錢塘人。清嘉慶二十五年（1820）殿試一甲二名進士，授翰林院編修，歷官貴州、江西學政，兵部、工部、刑部、吏部尚書，實錄館總裁，多次充任殿試、朝考讀卷官、閱卷大臣，卒謚文恪。許乃普與楊以增相識於道光五年（1835），許乃普稱：“余乙酉歲奉使貴州，時公任都勻。一見即深相契，投分遂密。”二人函劄往還頗多，許乃普曾多次寄贈楊以增書籍。

　　〔2〕咸豐六年（1856）正月初四日内閣奉上諭：“江南河道總督楊以增由知縣升任府道，洊歷封圻，調任河督，宣力有年。前因豐工漫口，降旨革職留任。比年因淮徐一帶逼近賊氛，督辦防堵事宜，不辭勞瘁，諸臻妥協。兹聞溘逝，軫惜殊深。楊以增著加恩開復革職留任處分，并照軍營病故例賜恤。”（《咸豐朝上諭檔》第六册）咸豐六年正月壬戌（初四日）“予故江南河道總督楊以增祭葬恤蔭，如軍營病故例。”（《清文宗實録》卷一八八）《崇祀鄉賢録·事實》：“五年十二月卒於官，年六十有九，奉恩旨照軍營病故例議恤，晋贈右都御史銜，蔭一子入監讀書，期滿以知縣銓選。”

　　〔3〕“田家莊之原”即聊城西南三十里田莊西一里許的“楊家林”。道光十三年（1833），楊以增官貴陽府知府時赴京引見，途經聊城時，請風水先生勘定楊家塋地。“楊家林”占地約二百餘畝，座西朝東，有墓葬墳地、林道牌坊、護林住所等，又有華表、石羊、石猪、石馬、翁仲等依次排列，而周圍又有楊家購買的大片土地，號稱“楊十八頃”。

　　〔4〕“後公子紹和復從余游”，按楊紹和編《海源閣珍存尺牘》存録許乃普致楊以增函劄中對此多有涉及。楊紹和於咸豐二年（1852）中舉，當年冬，許乃普致信楊以增稱：“新科舉人覆試例於二月望日在貢院開考，其未到者准於二月廿五日在殿廷補試。賢郎務於新正抵都，一切較爲從容。”咸豐五年（1855）七月，許乃普再次致信楊以增稱：“秋闈在即，北上者紛紛……深盼緦卿來京，當差之暇，仍可下闈研究也。”

　　〔5〕“通家”，指彼此世代交誼深厚、如同一家，即世交。范曄《後漢書·孔融傳》：“語門者曰：‘我是李君通家子弟。’”

　　〔6〕“祖考如蘭，候選州吏目”，陳慶藩修，葉錫麟、靳維熙纂〔宣統〕《聊城縣志》卷八《人物志》：“楊如蘭，字德馨，性剛介，有志略。出爲縣吏，值教匪王倫之亂，隨撫軍及本郡守查辦餘黨。胥役索賕多，蔓引麗册者萬餘人。廉知其冤而不敢言，中途夜燔其帳，原册燼焉。及旦，自縛請罪。撫軍驚怒，繼而太息曰：‘不惜一身以救萬人之命，德量之宏，吾不及也！後世其昌乎！’

孫星衍爲作《義士傳》。”

[7]“嚴緝正犯，遂得平反焉”，按道光十四年（1834）九月己丑（十二日）上諭稱：“裕泰奏前獲解審脱逃絞犯審非正身，請將原拿錯誤之署理各知府分別革職解任一折。此案黎平府民王潰生因毆傷無名乞丐身死擬絞，解審脱逃。嗣經該署都勻府協獲，訊擬解勘。現據審明該犯實係王開祥，并非王潰生。王開祥係求乞平民，猝被府役梁貴誣爲脱逃絞犯，何竟甘心誣認，自取死罪？况王潰生一案係該署府王應模承審，犯逃未久，真僞一覽可知，梁貴豈不慮及該署府識破？膽敢妄拿無辜，教供塞責。該署府何竟被其朦混，難保非規避處分，授意梁貴賄囑頂凶。至王開祥既經都勻府役首先拿獲，及梁貴將其解至府署，又係該署府李安中會同審訊，亦難保無知情串囑之事，均應逐一究明，據實嚴辦。署黎平府事同知借補都江通判王應模著先行革職，署都勻府事台拱同知李安中著一并解任，交該撫提同案内犯證研訊究辦。再此案前據臬司招解，該撫亦未能審出實情，咎無可辭，裕泰著先行交部議處。尋奏訊明王應模於王潰生之案并未照例覆審，以致不能記清王潰生面目，將王開祥認爲正犯，事後又毫無覺察，實屬溺職，業已革職，應無庸議。李安中會同審訊，并不悉心研鞫，應交部議處。升任貴陽府楊以增、按察使楊殿邦失入絞罪未决，後經自行查出，獲犯審正，請照例議處。”（《清宣宗實録》卷二五七）

[8]“閲數月遂蕆工”，按楊以增治河勞績頗受上司認可，河東河道總督朱襄於道光二十二年（1842）六月二十七日上《道員請免回避折》稱：“（楊以增）并聲明自上年（按即道光二十一年）十月二十八日在祥工接印，即奉委總理東壩，兼管總理局，并查催引河……查該道楊以增秉性端方，老成練達，自上年到任後，委辦大工，實能細心講求，認真經理，且不避勞怨，毫無河工習氣。”（録副奏折）

[9]“明年遂有真除之命”，按楊以增於道光二十七年（1847）四月初二日上《擢任陝西巡撫恭謝天恩折》稱：“竊臣於本年三月二十八日接撫臣林則徐行知准吏部咨開，道光二十七年三月十六日欽奉上諭：‘楊以增著補授陝西巡撫，

於明年冬間來京陛見，陝西布政使著恒春補授.’等因，欽此。聞命之下，感激悚惶，莫能名狀。當即恭設香案，望闕捵頭，叩謝天恩。伏念臣一介寒微，至愚極陋，由道光二年進士，即用知縣，洊升甘肅臬司。上年十月蒙恩補授陝西布政使，并先暫護撫篆。本年二月十五日交卸後，始到藩司本任。受事甫及四旬，辦理尚無寸效，惟恪供於職守，或幸免夫謗尤。乃蒙簡畀之優加，遽擢封圻之重任。隆施逾格，非夢想所敢期；異數連膺，倍心驚而滋懼。”（《先都御史公奏疏》卷三）

　　［10］按咸豐五年（1855）九月甲子（初四日）上諭稱：“蘭陽漫口，議者有謂宜因勢利導，使河流徙歸北趨，由大清河入海者。此時命張亮基等查勘，祗爲目前緩築之計。若欲從此徙河北流，事關大局，尚需特派大員詳加履勘，非可草率從事。楊以增熟諳河務，於古今治河源流諒能通曉。如有所見，不妨據實敷陳，以備采擇。”（《清文宗實錄》卷一七六）

　　［11］“李慶翔，候選通判”，按李慶翔（1827—1894），字石瑚，咸豐九年（1859）舉人，青城縣教諭，檄委監理濼源書院，并在歷城協辦團練，賑濟灾民，後任江西德安知縣。因母喪未赴任，不久病故。著有《魯經齊諧山館文集》《桐蔭軒詩賦鈔》，藏於家。有子三人，伯福沂，江蘇常熟知縣；仲福瀚，舉人，河南候補知府；季福沬，安徽休寧知縣。從兄李慶翱（1811—1889），字公度，咸豐二年（1852）進士，授翰林院編修，歷任河東道、山西按察使，光緒元年（1875）任河南巡撫。著有《來青館詩集》，有一子福鑾。慶翱父廷芳，乾隆五十九年（1794）舉人，授英德縣知縣，調清江，後調海澄，卒於任上，有治績，民爲立生祠，著有《湘浦詩鈔》。

　　［12］“烏夢麟，翰林院待詔”，烏夢麟爲山東博平人。據《博平烏氏族譜》：烏夢麟爲烏竹芳孫、烏應昌子，廩貢生候選通判。烏夢麟之父烏應昌（竹芳三子）爲“廣東候補縣丞，歷署昌化縣、定安縣知縣……崖州知州，咨補直隸新雄縣縣丞，調補河間縣縣丞……歷署阜城、吳橋知縣，景州知州。”據《博平烏氏族譜》，烏夢麟妻有楊氏、李氏。楊氏即楊以增之三女，有子烏士楷。楊氏卒

後，烏夢麟續娶李氏。

[13]"劉廷垣"，山東荏平人，縣郡庠生、翰林院待詔。劉氏爲荏平望族，據《荏平縣志》，明清以來，劉氏一族出過一進士（劉廷榆）、二舉人（劉廷榆、劉廷梓）、五貢生（劉光閭、劉漪、劉澇、劉澧、劉廷榆）、一刑部（劉廷梓）、二知縣（劉澧、劉廷樸），因此有"荏僖弦誦之風郁郁颯颯，文學士蓋彬彬矣，然必於萊劉莊（現爲蔡劉村）劉氏首屈一指"之稱。劉廷垣父劉漪爲嘉慶癸酉科拔貢，劉廷垣兄劉廷榆爲道光朝進士、翰林院庶吉士，劉廷樸爲山西長子縣知縣。楊以增四女十九歲時，嫁給劉廷垣爲妻。七年後，劉廷垣病逝，楊氏立志守節，含辛茹苦養育二女。楊氏去世后，族人於光緒十三年（1887）爲建節孝坊，并樹石碑，陽面有"荏平縣郡庠生翰林院待詔劉廷垣之妻楊氏節孝坊"，陰面爲楊氏事迹，凡五百餘字，禮部尚書畢遠道撰文，翰林院編修朱學篤書丹。劉廷榆，字孟白，號星實，一號紫垣，以拔貢朝考一等，授蒙陰縣訓導，道光十九年（1839）舉人，二十一年（1841）進士，選任庶吉士。曾自作對聯稱："無事何須投筆起，此生原爲讀書來。"著有《館課詩賦鈔》《課弟文草》。

[14]"赤泉之族關西雄"，指楊氏先人赤泉侯楊喜。楊喜（？—前168），字幼羅，號德嘉，華陰人。楊喜爲西漢初猛將，曾任郎中騎都尉（管理宮廷車騎門户的武官），又執掌宮中更值宿衛（負責宮中夜間安全的武官），後因在東城（今安徽定遠）斬殺項羽有功而封赤泉侯。

[15]"清白吏承先世風"，稱贊楊以增繼承先世楊震清廉之風。楊震（？—124），字伯起。華陰人。楊震少時師從太常桓鬱研習《歐陽尚書》，有"關西孔子楊伯起"之稱。至五十歲時被大將軍鄧騭征辟，又舉茂才，歷荆州刺史、東萊太守。元初四年（117）入朝爲太僕，遷太常。永寧元年（120），升司徒。延光三年（124）於被罷免歸鄉途中飲鴆而卒。楊震以清廉正直著稱，范曄《後漢書·楊震傳》稱："當之郡，道經昌邑，故所舉荆州茂才王密爲昌邑令，謁見，至夜懷金十斤以遺震。震曰：'故人知君，君不知故人，何也？'密曰：'暮夜無知者。'震曰：'天知，神知，我知，子知。何謂無知！'密愧而出。後轉涿郡

太守。性公廉，不受私謁。子孫常蔬食步行，故舊長者或欲令爲開産業，震不肯，曰：‘使後世稱爲清白吏子孫，以此遺之，不亦厚乎！’”楊以增有藏書印稱：“禄易書，千萬值。小胥鈔，良友詒。閣主人，清白吏。讀曾經，學何事。愧蠹魚，未食字。遺子孫，承此志。”亦可見楊震清白之風對楊以增的影響。

[16]“唐臣昔數睢陽忠”，將唐代張巡、許遠抗擊安禄山叛軍與楊以增防守長江以北相比。唐肅宗至德元年（756），張巡撤出雍丘後，率衆沿睢陽渠向南撤至睢陽，與太守許遠及城父縣令姚闇合兵一處，堅守睢陽十月之久，殺敵十二萬餘人，遲滯了叛軍進攻，爲朝廷平叛争取了主動。楊以增自咸豐三年（1853）起督防江北，管理糧臺，訓練兵勇，堵截太平軍北上，頗盡臣子之責，與張巡守睢陽有相似之處。

楊承訓跋[1]

先曾祖端勤公起家縣令，洊躋通顯，文章經濟，彪炳當時。生平學問淵博，尤邃於漢鄭氏之學[2]。性嗜書，琳琅萬軸，闢海源閣以庋之。顧爲文無專稿，其見於書刻叙跋者復寥寥十數篇而止。余小子守殘抱缺，盡[3]焉傷之。爰就所及見者，彙鈔成帙，以爲手澤之存，猶懼其久而散佚也。謹將前鈔遺文十有三篇，并續蒐輯二篇，附以家傳、墓誌，共付剞劂，以揚先芬而永世澤。俾知端勤公敷政持躬之大節，由經術發爲治術，其有關於國家致治者甚大，當不僅此區區文字已也。

曾孫楊承訓恭述，歲在著雍敦牂如月朔日。

注釋：

[1]“楊承訓”，即楊敬夫。楊敬夫（1900—1970），原名承訓，1921年入濟南山東省立法政專門學堂學習，1923年輟學赴北京，任北洋政府教育部秘書廳行走，後任職於京奉鐵路局文書科、京漢鐵路總務處、北洋政府交通部。1927

年定居天津。1935年冀察政務委員會成立，聘爲參議。

[2]"尤邃於漢鄭氏之學"，指楊以增頗重鄭學。楊紹和稱："先公畢生邃於經學，服膺北海。"（楊紹和宋本《周禮鄭注》題識，《楹書隅録》卷一）楊以增在《六藝堂詩禮七編》序中亦稱："鄉先生北海鄭君《經》《傳》洽孰，爲世儒宗，其所注《易》《書》《論語》皆佚，今所傳者《詩箋》《禮注》而已。自後儒空言義理，而鄭君之學微。然王禕謂朱子《詩集傳》訓詁多用毛、鄭。朱子《論孟精義序》云：'漢儒正音讀，通訓詁，考制度，辨名物，其功博矣。學者苟不先涉其流，則亦何以用力於此？'《孟子集注》以《柏舟》爲'衛之仁人'，《白鹿洞賦》'廣青衿之疑問'，仍用毛、鄭舊説。至《儀禮經傳通解》徵引《三禮》，備載鄭注。讀經而不由鄭學，猶欲入室而不由門户也。"可見與後儒的"空言義理"不同，鄭學的特點是"微"。所以在楊以增看來，鄭玄治經考證精密，爲世儒宗。即使提倡宋學、崇尚義理的朱熹在治經時，鄭氏注《詩》《禮》仍然必不可少。由此可見，精研鄭學爲治經的必由之路。

[3]"盡"，悲傷。《尚書·酒誥》："民罔不盡傷心。"

楊以增佚作

《史禮堂先生前後論文三十則》識語[1]

右史禮堂先生[2]前後論文三十則，高不礙格，低不入時，誠學海之津梁、藝林之模範也。余向於友人吳素園處借録一通，奉爲枕秘。兹一備官黔省，與諸同學論及之[3]。竊謂簡練揣摩，未有精於是者，爰付剞劂，以代傳鈔云。

道光歲次壬午[4]仲秋朔，聊攝楊以增謹識。

注釋：

[1] 此識語録自楊以增手抄本《溧陽史禮堂先生論文三十則》之末。此抄本末署道光壬午，即道光二年（1822），時楊以增任貴州長寨同知。或謂楊氏抄本當有專門鈔紙，此抄紙版心朱字題“群芳書屋”，下題“天福主人製”，檢索無此室名及主人，初不解。後思之，楊以增是年考中進士，初入仕途，官職低微，并無專門抄紙。至爲官日久、官階漸崇，乃有楊氏海源閣抄紙。此抄本

小字雅緻，楷法清秀，清心悦目，確爲楊氏真迹。抄本後附史可法《復睿親王書》兩通，當爲楊以增録增之文，原書當無。據楊以增識語，此論文三十則當已刊行，而刻本今查不存，亦未見其他書著録，楊以增此抄本當爲僅存孤本，頗可珍惜。

　　［2］"史禮堂先生"，即史祐。史祐曾與林則徐有交，《林則徐日記》"嘉慶十八年六月二十五日"條稱："午後往謝芝田（凝道，丙辰進士，禮部郎中，與其子辛未同年）處赴席。同席者，史禮堂名祐，侍御，江南人，居諫職時多所條陳，奏折甚工。"史祐撰有《史禮堂奏議》一卷，清刻本，9行25字，白口，左右雙邊，單魚尾，今存國圖（72896）。史祐曾於嘉慶十五年（1810）刻錢世熹撰《周禮彙纂》二卷，當有序，待查。

《史禮堂先生前後論文三十則》，清道光二年（1822）楊以增抄本（二）

　　［3］"備官黔省，與諸同學論及之"，楊以增自道光二年（1822）考中進士，分發貴州，任長寨同知，頗有關愛百姓、興學重教之名。護理貴州巡撫布政使吳榮光《遵旨保奏屬員折》稱楊以增"歷署長寨同知、清鎮知縣，俱得民心。在清鎮任内，兼能振興文學"。龍啓瑞《兵部侍郎都察院右副都御史江南河道總督楊公神道碑》記述楊以增在荔波知縣任内之施政稱："荔波苗號難治，公日坐書院，與諸生指授文字，而苗民俯首帖耳，爭就役恐後，同官驚服以爲神。"則重教化、興學業實爲楊以增爲官施政之重要措施，且成效頗著。據此亦可推斷，楊以增在任長寨同知時，當亦常與當地同僚、友朋及學子切磋文藝。而史祐之論文三十則頗爲精要，楊以增遂加刊刻，以備當地友朋及學子之需。此跋語實爲楊氏刻書之最早記録。

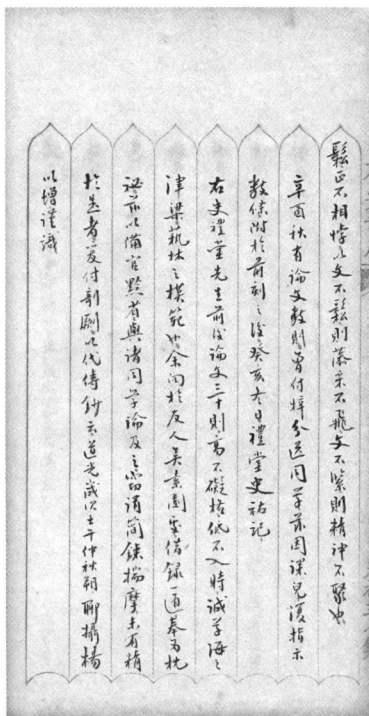

［4］"道光歲次壬午"，即道光二年，時楊以增初入仕途，尚在貴州長寨同知任上。

《淵雅堂集》題識[1]

《淵雅堂集》原編先詩後文，讀惕甫先生[2]《自序》云："於詩未嘗措力，所志焉而未逮者，古文辭也。"用是以文先之，外集附各編之末，仍以《寫韵齋》《波遺》二稿殿焉[3]，分上下函十八冊。

道光十有五年乙未[4]仲夏，楊以增謹識。

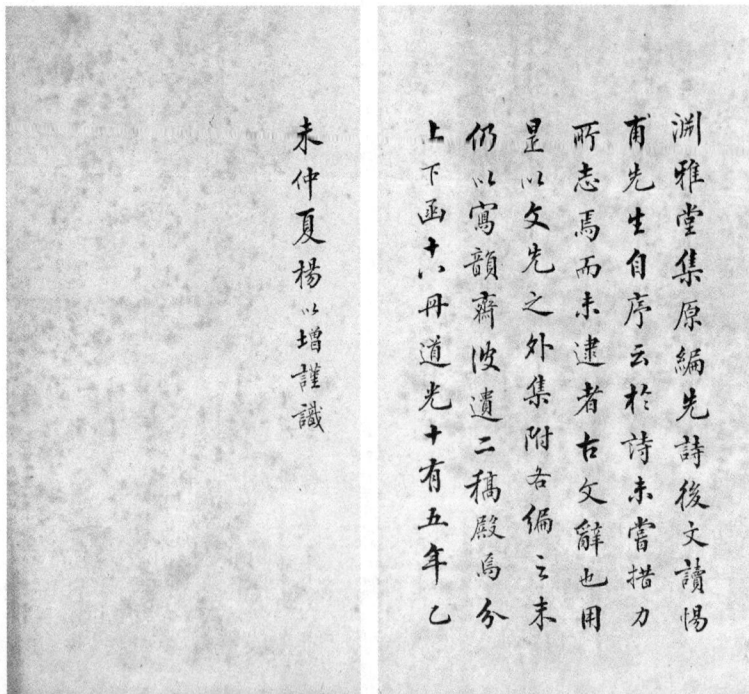

《淵雅堂集》五十六卷，（清）王芑孫撰，清嘉慶九年（1804）刻本

注釋：

［1］此題識爲楊以增手寫，以白紙另粘附於《淵雅堂集》扉頁，海源閣舊藏，今存山東省圖書館。《淵雅堂集》五十六卷，王芑孫撰，嘉慶中刻本，封面題"嘉慶甲子夏日印行／本家藏板"，半葉十行二十一字，白口，左右雙邊，單黑魚尾。前有沈慈《序》。

［2］"惕甫先生"，即王芑孫。王芑孫（1755—1817），字念豐，又字歐波，號惕甫，一作鐵夫，又號雲房、楞伽山人，江蘇長洲人。乾隆五十三年（1788）召試舉人，官華亭教諭。客京師，館董浩、梁詩正、王杰、劉墉、彭元瑞家，爲諸人代作文，後充教習，又與館閣之士游。王芑孫肆力於詩文，時與法式善、何道生、張問陶、楊芳燦等作詩酒會，又有《碑版廣例》《楞伽山房集》。王昶《湖海詩傳》稱其詩"癯然以瘦，戛然以清""上溯杜、韓，而出入於郊、島間"，可與法式善、張問陶相頡頏。秦瀛則謂其詩"不必盡宗杜，又時時有緣情綺靡之作"（《楞迦山人詩集序》）。

［3］"仍以《寫韵齋》《波遺》二稿殿焉"，此書子目依次爲《惕甫未定稿》二十六卷、《淵雅堂詩文續集》一卷、《淵雅堂詩文外集》四卷、《讀賦卮言》一卷、《淵雅堂編年詩稿》二十卷、《淵雅堂編年詩續稿》一卷、《淵雅堂編年詩外集》二卷、《寫韵軒小稿》二卷（清曹秀貞撰）、《波餘遺稿》一卷（清王翼孫撰）。

［4］"道光十有五年乙未"，據此可知，楊以增藏書活動早在其擔任湖北安襄鄖荆道員時即已開始。

《古文奇賞》題識[1]

陳明卿先生[2]選《古文奇賞》，自周秦漢魏下及唐宋，廣收博采，裒成大觀。惟《前編》分大作手、持世、榮世，《續編》分經、傳、子、集。《序》曰："《文武》曰：殺生縱屬寓言，究乖選理，其逐加圈點，割裂《文苑英華》，尤時文習氣。"然淵海珍異，觸目琳琅，汲古探原，未始非文津之寶筏也。

　　道光丁酉[3]三月上浣，楊以增識於襄陽節署。

注釋：

　　[1]此題識爲楊以增手寫，以白紙另粘附於《古文奇賞》扉頁，海源閣舊藏，今存山東省圖書館。《古文奇賞》二十二卷《續古文奇賞》三十四卷，陳仁錫輯評，萬曆四十六（1618）年至天啓中刻本，半葉十行二十字，小字雙行同，白口，四周單邊，無魚尾。《四庫全書總目》稱："是書初集，自屈平《離騷》至南宋文天祥、王炎午，依時代編次。前有萬曆戊午自序，謂折衷往古，有一代大作手，有一代持世之文，有一代榮世之文。其目錄内即以此三者或標注人名之下，或標注篇題之旁。而於注文中又各分類標題。或以人爲類，則分天子、侯王、郡守相、皇太子、藩國、將帥、邊塞、學者；或以事爲類，則分應制、薦舉、彈駁、乞休、理財、議禮、灾異、籌邊、議律、頌冤、治河、策士、奏記；其最異者，又別立一代超絶學者，一代超絶才子之目。自漢以後，又改此例，仍以時代爲序。體例殊爲龐雜。其續集序稱'文章有殺生而無奇正。殺生奇也，奇外無正。文，兵也。兵，禮也。始武經，繼戴禮，終《文苑英華》以此。蓋武事之不張，由文心之不足'云云。其議論紕繆，編次亦甚不倫。"據此，則陳仁錫此書内容龐雜，編次尚有可議之處。惟采録豐富，其價值亦未可輕泯。

　　[2]"陳明卿先生"，即陳仁錫。陳仁錫（1581—1636），字明卿，號芝臺，江蘇長洲人。明天啓二年（1622）進士，授翰林院編修，因得罪權宦魏忠賢被罷職。崇禎初復官，官至國子監祭酒。陳仁錫講求經濟，性好學，喜著述，有《四書備考》《經濟八編類纂》《重訂古周禮》《陳太史無夢園初集》《潛確居類書》等。

　　[3]"道光丁酉"，即道光十七年（1837）。許乃普《江南河道總督楊公墓誌銘》："（道光）十四年，升廣西左江道……旋調湖北安襄鄖荆道。"此題識作於是年，時楊以增仍在湖北安襄鄖荆道任上，故稱"識於襄陽節署"。

《賦料類聯詳注》序[1]

　　昔西河氏[2]序詩，詩有六義，其二曰賦。蓋賦者，古詩之流也。自荀況仕楚，創爲五賦[3]，屈、宋、唐勒繼之。漢興，賈、枚、揚、馬、班、張之流，製作尤盛。三國、兩晋以迄六朝，變而爲俳。至唐、宋變而爲律，以之取士，迨元明始不列於科目。我朝稽古右文，凡大考翰林散館，教習庶常，學使者彙考生童，皆試以律賦。以故人才輩出，彬彬乎溯漢、周而上之，匪直跨越宋、唐已也。顧其體不宜空衍，劉勰云“老莊告退，山水方滋”之文，考云，功績存乎辭，法音昭乎聲，言主於敷陳，而不違乎“賦者，富也”之訓也。宋吳淑撰《事類賦》[4]凡一百篇，皆礱栝故實，以一題爲一賦。康熙中，華希閔[5]復病其未備而廣之。思爲作賦者薈萃群書，便於誦記，然博取是務，且爲韵脚所縛，不無牽强龐雜之嫌，續者憾焉。同里應仲劉丈與先大夫同研習，且有聯袂之誼，少即蜚聲詩賦，既乃弃而窮經，精於訓詁。茲因課徒，成《賦料類聯》，見其約而能賅，博而能雅，其於裁對法之虛實、假借干支卦名，無不著手成春，夫〈1〉然湊泊。雖沿《事類》，賅而變通，其體例有過之無不及焉。蓋又特饋貧之糧，而實渡津之筏也。初學於此擷庶子之春華，勿忘家丞之秋實，采芹采藻，於樂鼓鐘。他日拜手颺言，已具九能之一。詩人之賦麗以則，不且步武前賢，蘄工合西河氏序詩之遺緒也耶？爰慫恿付梓，而爲之序。

　　道光二十年歲在上章困敦壯月上浣[7]，聊攝楊以增序并書。

校勘：

〈1〉“夫”，字，或當作“天”。

注釋：

[1] 此序録自《賦料類聯詳注》卷首。《賦料類聯詳注》二十卷，目録及各

卷首之下均題“聊攝劉淑壎應仲編”。此本半葉九行，行十九字，左右單邊，版心上鎸“賦料類聯詳注”，中鎸卷×。卷首爲楊《序》，次目録，次正文。據楊以增序稱，此書爲劉淑壎“因課徒”之需而編，當爲聊城本地書莊所刻，以供日常教授律賦之用，故紙張粗糙，刻印不精，無書牌等刊刻信息。劉淑壎，聊城人，生平不詳，據楊以增《序》，劉淑壎曾與楊以增父同學，善詩賦，精訓詁，曾教授生徒於里中。

［2］“西河氏”，即子夏。子夏（前507—？），即卜商，春秋末晋國温人，孔子的著名弟子，“孔門十哲”之一。子夏才思敏捷，以文學著稱。司馬遷《史記·仲尼弟子列傳》：“孔子既没，子夏居西河教授，爲魏文侯師。”

［3］“荀况仕楚，創爲五賦”，即《荀子·賦篇》中的五篇賦，分别寫禮、知、雲、蠶、箴五種事物，文體以四言爲主，半詩半文，韵散間出，結構是設爲問答，表現手法是“遁詞以隱意，譎譬以指事”（《文心雕龍·諧隱》），有隱語猜謎的特點。

［4］“宋吴淑撰《事類賦》”，吴淑（947—1002），字正儀，潤州丹陽人，幼俊爽敏捷，爲韓熙載、潘佑所器重。仕南唐，以校書郎直内史。入宋，試學士院，授大理評事，預修《太平御覽》《太平廣記》《文苑英華》等書，歷官太府寺丞、著作佐郎、秘閣校理。《事類賦》，吴淑撰，并自注。此書“天部三卷，歲時部二卷，地部三卷，寶貨部二卷，樂部一卷，服用部三卷，什物部二卷，飲食部一卷，禽部二卷，獸部四卷，草木部、果部、鱗介部各二卷，蟲部一卷”（永瑢等《四庫全書總目提要》），凡三十卷，子目一百。吴淑《進注事類賦狀》述其本末甚悉：“右臣先進所著《一字題賦》百首，退惟蕪累，方積兢憂，遽奉訓辭，俾加注釋。伏以類書之作，相沿頗多，蓋無綱條，率難記誦。今綜而成賦，則焕焉可觀。然而所徵既繁，必資箋注，仰聖謨之所及，在陋學以何稱？今并於逐句之下，以事解釋，隨所稱引，本於何書，庶令學者知其所自。又集類之體，要在易知，聊存解釋，不復備舉。必不可去，亦具存之。凡讖緯之書及謝承《後漢書》、張璠《漢記》《續漢書》《帝系譜》、徐整《長歷》《玄中記》《物理論》之類，

皆今所遺逸，而著述之家相承爲用，不忍弃去，亦復存之。前所進二十卷，加以注解，卷秩差大，今廣爲三十卷，目之曰《事類賦》。乏張華之博物，叨預升聞；謝陸賈之著書，敢期稱善？徒傾鄙思，曷副宸心？伏乞皇帝陛下俯録微能，特紆睿覽，苟乾坤之施，不遺芻狗之微，則鉛槧之勤，庶耀縑緗之末。冒瀆斧扆，兢惶載深。”

[5]“華希閔”，（1672—1751），字豫原，號劍光，江蘇無錫人，康熙五十九年（1720）舉人，授安徽涇縣訓導。乾隆元年（1736）召舉博學鴻詞，不赴試。工花卉，著有《延綠閣集》等。曾撰《廣事類賦》，《四庫全書總目》卷一百三十九“子部”四十“類書類”存目三：“希閔因校刻吳淑《事類賦》，病其未備，乃廣爲此編，附刻其後，凡二十七門，一百九十一一子目，亦如淑例自注，然終不逮淑書也。”華希閔《重訂廣事類賦序》：“《事類賦》一百篇，宋秘閣校理丹陽吳淑所著也。時太宗崇尚文藝，嘗輯《太平御覽》《廣記》《文苑英華》，淑皆與焉，以優博見賞。既進是賦，又奉詔爲分注三十卷，遂傳於世。歷五百餘年，予六世祖都事公當有明嘉靖承平之日，重鋟以行，板藏學宫。又二百年，而家君子收之，散佚之後，重加校閱。間有未備者，命希閔增廣，凡四十卷。夫類書之作，捃拾四部，或繁而蕪，或簡而陋。是書差爲綜要，又以事類隸賦，用便記誦，於初學尤宜。今天子重鴻博之選士，樂以詞賦自見，是書或亦鼓吹之少助也。然淑自進賦後，再選職方，嘗請命諸路轉運使圖上州郡地形險要，蓋留心經世之務。而我都事起布衣，以風義聞海內，非止以博洽爲名高者也。予既承嚴命增輯，又推明前人志趣以自廣焉……康熙三十八年三月望日。”記述增廣《事類賦》本末甚悉。

[7]“道光二十年歲在上章困敦壯月上浣”，道光二十年（1840），“上章困敦”采用太歲紀年法，即庚子年。“壯月”即農曆八月。是年楊以增因父親及繼母先後去世，丁憂家居。其父執劉淑壎作此書以課徒，遂請楊以增作序。

海源閣匾識語[1]

先大夫[2]議立家廟未果，今於寢東先建此閣[3]，以承祀事，并藉藏書。取《學記》"先河後海"語，顔曰"海源"[4]，蓋寓追遠之思，亦仿鄞范氏以"天一"名閣[5]云。

時道光二十年歲次庚子亥月中浣[6]，以增敬書并識。

注釋：

[1]此識語録自聊城海源閣舊存牌匾。此匾右側爲楊以增手書楷體大字"海源閣"，左側爲楊以增手書楷體小字識語，文末鈐"楊以增印""至堂"二印，今藏山東省圖書館海源閣特藏書庫。

[2]"先大夫"，指其父楊兆煜。兆煜（1768—1838），字炳南，又字熙崖，晚年自號實夫。先世自華陰遷洪洞，至明有官指揮者，占籍臨清。入清遷東昌，爲聊城人。兆煜少年時即爲長沙劉公器重，舉嘉慶三年（1798）舉人，癸酉銓即墨縣教諭，未幾遂因母病思里，即去官奉母歸。學識廣博，論帖、品詩、讀畫具有鑒裁，不矯富貴，常至山水泉石，盡意乃返。十六年（1836），赴子湖北安襄鄖荆道楊以增署就養，遍覽襄陽、隆中、峴山、鹿門諸勝，觴咏其間。室名曰"厚遺堂""袖海廬"。十八年（1838）六月，楊兆煜卒於襄陽。林則徐《日記》"六月二十七日"條稱："署廉訪楊至堂聞訃丁外艱其太翁於十九日終於襄陽道署，壽七十一，往唁之，午回。"（《林則徐全集》第九冊《日記》，第342頁）其"六月三十日"條稱："卯刻，楊至堂往襄陽奔喪，與同人赴其寓中送之。"（《林則徐全集》第九冊《日記》，第342頁）自此直至道光二十一年（1841）服闋，楊以增一直在聊城故里丁憂守制。

[3]"先建此閣"：即海源閣。此閣由楊以增創建於聊城光岳樓南大街西側、萬壽觀前街東首路北楊氏住宅第三進院的東跨院内，專藏宋元佳槧及名家校抄。閣分上下兩層，有東西長廊。樓下祭祀先人，樓上五間北屋，東屋内置子部，

東屋裏間置經部，西屋內置史部，西屋裏間置集部。又於第五進院北房五間藏明清書籍及碑帖書畫等。

［4］"顏曰'海源'"，"海源"本爲"祀事"，即追遠先輩之思，但又合治學之意。所謂"源"是指經史子集的原典作品。"海"則是指根據這些原典衍生出來的無數經史子集著作。楊以增云："書自漢以後，家置一說，人各一師，立一書於此。而後之人從而附合緣飾之，又從而排擊之，捃摭之，且剽竊之，附而相推，激而相摧，演而愈淆，引而愈支，使人惶惑而無所歸心。故書猶海也，流之必至於海也，勢也。"（《海源閣藏書記》）梅曾亮進而稱："昔班固志藝文，自六藝而外，別爲九流，則凡書之次六藝，如諸子者，皆流也，非其源也。況又次於諸子，如詩賦諸略者乎？然當秦火後，餘裁數經。至漢成帝時，間二百年，書已至萬數千卷之多。而自漢以後，幾二千年以至於今，附而相推，激而相催，演而愈淆，醨而愈支，昔之所謂流者，且溯而爲源，而流益浩乎其無津涯。"（《海源閣記》）可見，狹義而言，這裏所謂"源"即指六藝——"易、書、詩、禮、樂、春秋"，但隨著時代的演進，一些原來爲"流"者亦成爲"源"，如諸子者即是。以增又云："昔之人有言曰：'十三經、十七史外，豈有奇書？'夫古今才人，如此其衆也，著書垂後，怪奇偉麗者，如此其多也。而云爾者，是之源者也。"（《海源閣藏書記》）所以，廣義的"源"是指十三經、十七史以及諸子等初創原典著作。至於由"源"而衍生出的作品，兩千年來，則浩如海洋，難以數計。簡而言之，學者治學的最高境界就是涉海歸源，即既要博覽群書，更要精研原典，以辨析源流，廓清是非。這是楊以增根據自己治學的切身體會總結出的經驗之道，并以"海源"加以提煉概括，其意義則不同一般。楊以增邃於漢鄭之學，酷愛龍門、班、范之書，這是他治學的根基。同時，他對宋明理學亦不偏廢，對經史子集都有涉獵，熟於兵河鹽務諸書，作詩追慕陶孟，愛讀陶詩、離騷。正如梅曾亮在《海源閣記》中所稱："同年友楊至堂無他好，一專於書，然博而不溺也，名藏書閣曰'海源'，是涉海而能得所歸者歟！"從藏書來看，"四經四史"諸本顯然是楊氏藏書之"源"，同時，海源閣藏書幾乎涵蓋了四庫的所

有門類，内容上無所不包，亦即藏書之“海”。

　　[５]“以‘天一’名閣”，天一閣位於浙江省寧波市海曙區，由明朝兵部右侍郎范欽於嘉靖四十年至四十五年（1561—1566）主持建造，爲我國著名藏書樓。古代藏書樓多毀於火，范欽取“天一生水，地六成之”古語中之吉象，爲天一閣命名。楊以增以“海源”名閣，亦借鑒“天一”閣名“以水制火”之意。

　　[６]“道光二十年歲次庚子亥月中浣”，即道光二十年（1840）農曆十月中旬，時楊以增丁父憂家居。

《續修張氏族譜》序[1]

　　昔歸太僕[2]云：“古者諸侯世國，大夫世家，故氏族之傳不亂，子孫皆能知其所自始。迨周之季，諸侯相侵暴，國亡族散，已不可稽考。漢司馬子長搜集遺文古書，僅見五帝系牒、尚書集世紀[3]。其後，如《官譜》《氏族篇》稍稍間出。迨九品中正之法[4]行，而氏族始重。迄五季之亂，譜牒復散。然自魏以來，故家大族蓋數百年傳系不絶，可謂盛矣！士大夫崇本厚始之道，猶爲不遠於古文。今世譜學尤廢，雖當世大官，或三四世子孫不知書。迷其所出，往往有之，以譜之亡也。孰知故家大族實有與國相維持者，係風俗世道之隆污，所不可不重也！況孝子仁人木本水源[5]之思乎？”[6]

　　清平岩峰張君諱峻嶺，考與余弟同學蘅峰鄧先生[7]之門，因續修譜，屬序於余。余謂皇帝子少昊青陽氏第五子爲弓正，始制弓矢，賜姓張氏。周宣王時，有卿士張仲，其裔也。自時厥後，代有達人。前明洪、永間，有以屯官自萊陽遷清平者，遂爲馬廠著姓，家世耕讀，科第相承。譜之作，初成於皇朝順治十二年末，越雍正癸卯、乾隆乙酉、嘉慶乙丑，歷次興修，綿延勿替。計乙丑至今又三十五年，約同族人復加增補，於以追遠合散、敦本睦族於歸太僕所謂“諸族世國、大夫世家”者。今不異

於古所云，而仁人孝子木本水源之思，其在斯乎，其在斯乎？爰書之以
爲序。

　　道光二十有一年歲在辛丑三月上浣[8]，賜進士出身、誥授中憲大夫、
湖北安襄鄖荊道、署按察使聊攝楊以增撰。

注釋：

　　［１］此序録自《重修張氏族譜》卷首。馬明琴在《關於楊以增一篇佚文的
發現》一文中，記述輯録此文的過程："1989年秋天，聊城師範學院歷史系學
生于洪找我查一個清代張姓的進士名字。因爲這個張進士的名字很古怪，查遍
了所有的字書，都沒有解決問題。根據于洪同學的介紹，我查了《明清進士題
名碑録索引》。結果確有張進士的那個名字，祗是不知其讀何音。我問這個進士
是哪里人，于洪同學告知我是原山東省清平縣屬馬廠張姓家族的人，并説該族
家譜上有楊以增寫的序。我聽了如獲至寶，因爲我是研究海源閣藏書的。所以
我請于洪同學把楊以增寫的序抄來我看。不幾天，我終於看到了楊以增的佚文
《續修張氏族譜序》。"楊以增時正在家鄉聊城丁憂守制，因張峻嶺之請而作此序。
是年九月，楊以增服闋後即赴河南祥符黃河決口工地，就任開歸陳許道道員，
負責辦理治黃堵口工程。

　　［２］"歸太僕"，即歸有光。歸有光（1507—1571），字熙甫，別號震川，
又號項脊生，世稱震川先生，江蘇太倉人。嘉靖十九年（1540）中舉，之後
八次參加會試皆不第，遂徙居嘉定安亭江上，讀書談道，學徒衆多。四十四年
（1565）中進士，歷任長興知縣、順德通判、南京太僕寺丞，留掌内閣制敕房，
參修《世宗實録》，隆慶五年（1571）病逝。歸有光散文風格樸實，感情真摯，
爲明代"唐宋派"代表作家，後人稱其散文爲"明文第一"，著有《震川先生集》。

　　［３］"僅見五帝系牒、尚書集世紀"，按司馬遷《史記·三代世表》："於是
以《五帝系牒》《尚書》集世紀黃帝以來迄共和爲世表。"司馬貞索引稱："按《大
戴禮》有《五帝德》及《帝系篇》。蓋太史公取此二篇之牒及《尚書》，集而紀

黄帝以來爲系表也。”歸有光文此處似誤“集世紀”爲書名，因此文句頗不可解。

［4］“九品中正之法”，即九品中正制，魏文帝曹丕於黄初元年（220）施行，由各州郡分別推選大中正一人，大中正再産生小中正。將人才分爲九等，分別品第，并加評語，以之爲依據任命官吏。

［5］“木本水源”，木本爲樹的根，水源爲水流的源頭，後以此比喻推究事物的根本。江藩《漢學師承記》卷八：“菜瓜祭飲食之人，芹藻釋謦宗之奠，乃木本水源之意也。”

［6］此段引文出自歸有光《震川集》卷二《華亭蔡氏新譜序》。

［7］“薇峰鄧先生”，即鄧琳枝。趙文連、匡超等［民國］《增修膠志》卷十八稱：“鄧琳枝，字薇峰，聊城人。嘉慶己卯舉人，始署即墨教諭，遷膠州訓導。抵任後殫心教育，與諸生論文，娓娓不倦。栽培士類，人才輩出。一時登賢書、捷南宫者皆出其門。俸滿後升曹州府學正，加内閣中書銜，以道遠年老，遂籍於膠。殁後，門生匡源、范承緄、匡懋緐、楊際清等共擬醵資請旨入祠。旋以辛酉捻匪之亂，不果行。”

［8］“上浣”，指上旬。唐宋官員行旬休，即在官九日，休息一日。休息日多行浣洗。因以上浣指農曆每月上旬的休息日或泛指上旬。

《笏山詩集》題識[1]

先大夫[2]讀笏山先生《送袁簡齋改官江南》七律四章[3]，以爲清超華妙，得晚唐人勝境。覓《全集》未獲，用是憾焉。增承乏梁園[4]，於坊間破書堆撿出此本，裝池成帙，而先大夫乃不及見矣，爰茹痛志之。

時道光癸卯三月中浣[5]，以增書於習勤補拙之齋[6]。

注釋：

［1］此題識爲楊以增手寫，以白紙另粘附於《笏山詩集》扉頁。《笏山詩集》

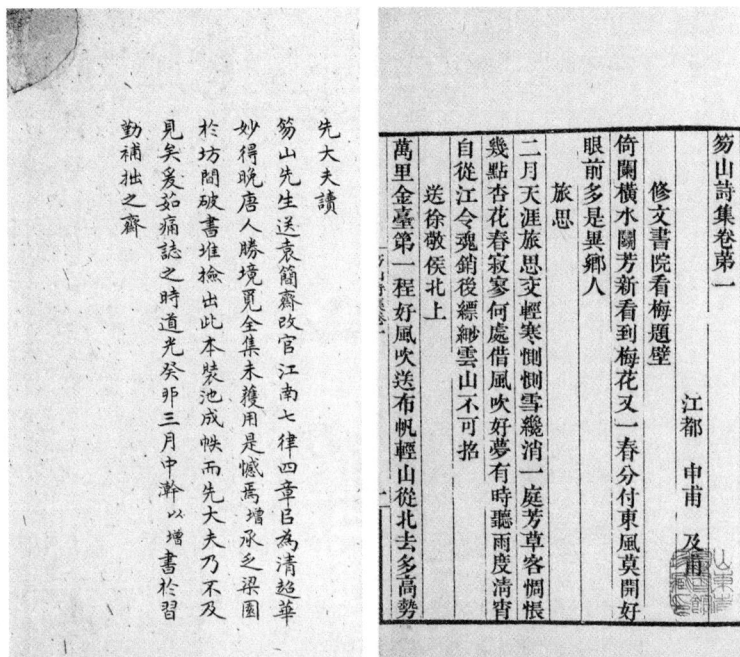

《笏山詩集》十卷，（清）申甫撰，清乾隆五十七年（1792）畢沅
刻本

十卷，申甫撰，乾隆五十七年（1792）畢沅刻本，半葉十一行二十一字，黑口，
左右雙邊，無魚尾，前有袁枚序，爲海源閣舊藏，今存山東省圖書館。

申甫（1705—1778），揚州人，乾隆六年（1741）舉人，翌年任中書舍人，
十四年（1749）任內閣侍讀，二十九年（1764）任大理寺卿，三十一年（1766）
任督察院左副都御史，四十三年（1778）卒。申甫“最以詩鳴，常以重陽日同
查、禮諸君集陶然亭。君詩先成，四座閣筆稱嘆。先時寓時晴齋，爲汪文端公
故第。春暮藤花開，必招集同志，留連小飲。又賞芍藥於豐臺，尋菊於憫忠寺，
歲以爲常，故詩亦最夥。君詩源於白香山，出入於劍南、石湖，放而之楊誠齋，
在本朝於查悔餘爲近。每扈從，幸熱河，恭和御製詩。既進，傳旨嘉賞，故世
益以其詩爲工。”（王昶《都察院左副都御史申君墓誌銘》）

［2］“先大夫”，即楊以增父楊兆煜。海源閣藏書實始於兆煜，此即可爲

一證。

[3]"《送袁簡齋改官江南》七律四章"，今檢楊以增題跋本，未見此題。此本卷四有《送袁子才之江南》一詩，爲送別袁枚任職江南時所作，與楊以增提及之詩題相合，或即楊以增所指之作。今録於下，以備檢擇："鵷行驚失鳳池春，百里初除墨綬新。簿領竟須煩史筆，朝廷元自重詞臣。交情未免憐今別，公論尤應惜此人。終是讀書能有用，他時定不負斯民。"

[4]"承乏梁園"，梁園爲西漢梁孝王劉武在梁國都城睢陽營造皇家園林，以宏大壯麗著稱，其舊址在今河南商丘附近。楊以增時任河南開歸陳許道道員，故有此稱。

[5]"時道光癸卯三月中浣"，即道光二十三年（1843）三月中旬。

[6]"習勤補拙之齋"，楊以增官河南、陝西時所用齋名，蓋取治學自勵之意。除此題識署此齋名外，楊以增於道光二十六年（1846）題海源閣鈔本《居士集》時，其末亦署"東郡海源閣主人識於金城臬署習勤補拙之齋"。

跋劉松嵐觀察《謁虛谷先生墓》詩後[1]

增束髮受書，嘗聞先大夫言偃師武虛谷先生[2]爲博山令，多惠政，以杖緹騎、忏權相罷官。嘉慶四年，睿廟親政，詔部咨取，而先生先一月歿矣。生平深於漢學，著作繁富，而考核金石尤精[3]。食飲兼人，貌岸異，瞻矚非常。黃小松司馬[4]謂漢武梁祠有畫像與先生神似，不誣也。蓋乾隆甲寅、乙卯間[5]，先大夫嘗從先生游，故稔其詳，而以之詔小子也，增心識之不敢忘[6]。嗣讀先生所著書及家存手迹，愈竊竊嚮往之[7]。道光辛丑[8]，河決祥符，增奉命監司來豫[9]。適先生孫稼堂學博[10]監理大梁書院，出劉松嵐觀察《謁先生墓》詩卷屬題。觀察爲吾鄉詞伯，是詩勁直蒼凉，能括先生梗概。先生爲獨行，爲循吏，爲儒林，小谷世丈復克家祀江西名宦，稼堂亦能甘淡泊，以紹家風，先生可無遺憾。唯增趨庭之訓，根觸當年，追溯淵源，爲刊先生《三禮義證》、詩文集，以廣其傳，而先大夫亦不及見矣。爰茹痛書此，以與稼堂交相勗勵云。

　　道光二十三年歲在癸卯四月下浣[11]，聊攝楊以增并識。

注釋：

　　[1]此跋載道光二十三年（1843）武耒刻本《授堂文鈔》八卷《續集》二卷卷首，跋後有武億孫武耒（字稼堂）題識云："辛丑冬，聊攝楊至堂先生觀察來豫，詢悉先大夫遺書有未刻者《三禮義證》十二卷、《詩鈔》八卷，慨斂俸金，俾耒以次刊布。先生嘗諾以序文，會陳臬甘肅，以去未暇也。適讀先生《跋劉松嵐觀察謁先大夫墓詩後》曾及之，爰付梓人，以當序言，以志感洳云。耒謹識。"可見，武億三集由楊以增於開封爲官時出資刊印，曾諾以序，後調甘未及，會有《跋劉松嵐觀察〈謁虛谷先生墓〉詩後》一文，交代其刻梓緣由，恰可代序。

　　[2]"武虛谷先生"，即武億。武億（1745—1799），字虛谷，一字小石，自號半石山人，河南偃師人，先世曾居於山東聊城。乾隆四十五年（1780）進士，五十六年（1791）授山東博山知縣。在任僅七月即罷官，貧不能歸，教授齊魯豫等地，聲聞大著。

　　[3]"考核金石尤精"，錢儀吉《〈三禮義證〉序》云："虛谷先生《三禮義證》之作，亦宗鄭學。其尊信愛護，同於正經，疏失鄭意，則正其訛。鄭舉漢制，并發其隱，是亦禮家不可不讀之書。先生以循良氣節聞，一皆本於經術。即傳列儒林，著書行海内矣。"

　　[4]"黄小松司馬"，即黄易。黄易（1744—1802），字大易，號小松，又號秋庵，浙江錢塘人，曾任濟寧同知。精篆刻，爲乾嘉中書、畫、印名家，"西泠八家"之一。工隸書，擅山水，沉著有致，筆墨清雋。喜收藏金石文字，官山東時廣搜石刻，并據所見詳加考證，撰有《岱岩訪古記》《嵩洛訪古記》等，又著有《小蓬萊閣詩鈔》。

　　[5]"乾隆甲寅、乙卯間"，乾隆甲寅、乙卯，爲乾隆五十九年（1794）、

六十年（1795）。道光癸卯年重刊《群經義證》之武億《序》：“乾隆五十八年
歲癸丑秋八月，館東昌啓文書院”，又據楊以增是《跋》“乾隆甲寅、乙卯間，
先大夫嘗從先生游”，可知武億曾於乾隆五十八年秋至六十年講學於東昌啓文書
院，亦即此時，楊以增父楊兆煜從游於武億。

　　[6]“增心識之不敢忘”，武億博通經史子集，士大夫慕其學問，多願與交，
然億簡傲真率，意趣不同者不屑與之來往，故兆煜與武億之交當不同一般。兆
煜并以武億事迹教導後代，以增遂“心識之不敢忘”。

　　[7]“愈竊竊嚮往之”，楊以增刊印武集淵源頗深。武億是乾嘉間著名的經
學家、金石考據學家，爲乾嘉洛學大師。其治學宗漢鄭之學，所撰《三禮義證》
專宗鄭注，凡賈、孔之疏失鄭意者悉加訂正。兆煜任教諭時，所傳經義即以漢
鄭爲主，從學諸學曾贈其“傳經北海”匾額，以志紀念。而楊以增秉承庭訓，
精研漢鄭之學，其致許瀚函，認爲“教重傳經，溯淵源於高密”（《楊至堂致許
印林書八通》之一）。正因治學相投，故對武億“愈竊竊嚮往之”。

　　[8]“道光辛丑”，爲道光二十一年（1841）。

　　[9]“增奉命監司來豫”，河東河道總督朱襄於道光二十二年（1842）六
月二十七日上《道員請免回避折》稱：“（楊以增）并聲明自上年（按即道光
二十一年）十月二十八日在祥工接印，即奉委總理東壩，兼管理總局，并查催
引河……查該道楊以增秉性端方，老成練達，自上年到任後，委辦大工，實能
細心講求，認真經理，且不避勞怨，毫無河工習氣。”（録副奏折）

　　[10]“稼堂學博”，即武億孫武耒。武耒，字伯耕，河南偃師人，拔貢，
道光十七年（1837）任項城縣教諭，後改任開封縣教諭。

　　[11]“道光二十三年歲在癸卯四月下浣”，時楊以增被迭授兩淮鹽運使、
甘肅按察使之職。楊以增道光二十三年（1843）五月初四日上《恭謝恩授甘肅
按察使謝恩折》稱：“竊臣於本年四月二十五日，在河南開歸道任接奉署撫臣鄂
順安行知准吏部咨開：四月初三日奉上諭：‘兩淮鹽運使員缺著楊以增補授。’欽
此。當即恭設香案，望闕謝恩。越日恭閱邸鈔，四月十七日奉上諭：‘甘肅按察

使員缺著楊以增補授。'欽此。敬聞之下，感悚尤深。"（録副奏折）

《居士集》題識[1]

此原鈔目録，其次第當有所本，故未敢更張。惟前輩論歐陽公碑志文上接昌黎，最爲超特。是以彙鈔成册，以備揣摩。首奏議，次論，次記，次序，次書，次祭文，而以碑志終焉，其史論則別爲一册。

道光丙午壯月[2]十七日，東郡海源閣主人識於金城臬署習勤補拙之齋。

注釋：

[1]此題識在楊氏海源閣鈔本《居士集》目録之後。《居士集》，歐陽修撰，楊氏鈔本凡兩種，均藏山東省圖書館。第一種即文中所稱之"原鈔"，爲楊兆煜厚遺堂鈔本，不分卷，四册一函，九行二十字，白口，四周雙邊，紅格，單紅魚尾，版心下鍥"厚遺堂"。前有嘉興王啓元題序："則痛删之，存其什之二三。"據此知爲王氏選輯，共録七十四篇。文中眉批、行批比比皆是，篇後又附歸有光總評，知爲歸氏評點本。楊氏鈔本第二種爲楊以增海源閣鈔本。此本山東省圖書館編《山東省圖書館館藏〈海源閣書目〉》題"震川先生評選歐陽文忠公文鈔"，又題"歸有光輯評"。目驗《居士集》海源閣鈔本，實由厚遺堂鈔本而來，兩本目録同，前均有王啓元序，正文亦同，惟次序有異。故山東省圖書館所題輯評者均爲歸有光，實誤。海源閣鈔本亦不分卷，四册一函，九行二十字，白口，四周雙邊，紅格，單紅魚尾，版心上鍥"歐陽文忠文鈔"，下鍥"海源閣"。兩鈔本版式同，而海源閣鈔本尺寸更闊。

[2]"道光丙午壯月"，爲道光二十六年（1846）八月，楊以增時任甘肅按察使。

《試篆存稿》序[1]

元吾子行著《學古編》[2]，於摹印之法叙述特詳，所謂三十五舉[3]者也。蓋三代時無印，《周禮》之璽注曰：印其實爲手執之節，正面刻字，如秦璽而不可印。漢代始用銅玉，唐宋因之，元王冕以鐫石。聞至明文嘉乃有花乳、燈光、桃花凍[4]諸石品。其刻篆大抵由樸入巧，而其法實備載於三十五舉之中。閩江黃朗村參軍[5]承尊翁餘亭先生[6]家學，工於摹印，一以《説文》、鍾鼎、秦漢碑碣爲法，不尚時趨。餘亭先生官東河時，嘗蓄所作之最工者托寄友人，輾轉致歸烏有。朗村復於濟上得之，出以潤世。今將自作各章另爲一集，問序於余[7]。余前備兵梁苑，知朗村之才，擢儀封經歷，讀《禮》居汴。凡五金之屬，以及晶玉、牙角、磁石、竹木之類，無不講求，實有得於《説文》、鍾鼎、秦漢碑碣，而於吾子行之三十五舉先後同符焉。抑念篆法原於小學，而小學本諸經訓。君家小松司馬[8]前莅東河，殫心篆隸，曾輯石經殘字及武梁畫像，摹刻精良，爲《小蓬萊閣金石文字》[9]，傳播藝林，亦世其家學者也。朗村研究不已，技也進道，上裨經訓之高深，則小松司馬不得專美於前矣。是爲序。

道光戊申夏仲[10]，聊攝楊以增撰。

注釋：

[1] 此序載《試篆存稿》卷首。《試篆存稿》一名《試篆印存》，八卷，黃鵷撰，清道光二十七年（1847）黃鵷求是齋鈐印本，現藏美國哈佛大學哈佛燕京圖書館，國內未見藏本。黃鵷（1798—1855後），字朗村，號雄飛、三餘，福建閩縣人。自幼習六書學，研篆刻之技，刻輯印譜多種，如《求是齋印稿》《慎思堂印譜》等。現存篆刻之作，除《試篆存稿》外，又有清道光二十九年（1849）鈐印本《印癡篆稿》四卷、清咸豐三年（1853）鈐印本《三餘印可》四卷、胡

恩光臥韜軒民國十六年（1927）鈐印本《臥韜軒藏黄朗村詩品印譜》等。楊以增官河南開歸陳許道時，黄鵠亦於開封爲官，兩人交誼頗深，故有是序。

［2］“元吾子行著《學古編》”，“吾子行”即吾丘衍。吾丘衍（1272—1311），字子行，號貞白，又號竹房、竹素，浙江開化人，世稱貞白先生。通經史百家言，工篆隸，諳音律，長篆隸，尤善治印。著有《周秦石刻釋音》《閑居録》《竹素山房詩集》《學古編》等。《學古編》成書於大德庚子（四年，1300），卷一爲《三十五舉》，爲我國最早研究印學理論的著述，對後世影響很大。

［3］“三十五舉”，見吾丘衍《學古編》，主要論述篆文、科斗字、隸書和印章的各種問題，共分三十五小節，每小節爲一舉，每舉論一個問題，因此稱爲三十五舉。

［4］“花乳、燈光、桃花凍”，均爲凍石。凍石，簡稱“凍”，晶瑩潤澤，是用於雕刻工藝品和印章的材料。如燈光凍微黄純净細膩，温潤柔和，色澤鮮明，半透明，光照下燦若燈輝，故名。燈光凍質雅易刻，明初已用於刻印，名揚四海，“高出壽山諸石之上”，爲青田石之極品。桃花凍爲壽山石中水坑石的一種，一名“桃花水”，又名“桃花紅”“浪滚桃花”，在白色透明的石質中，含鮮紅色細點，或密或疏，其狀如片片桃花瓣浮沉於清水中，嬌艷無比。毛奇齡《後觀石録》稱：“桃花水：石有名桃花片者，浸於定磁片水中，則水作淡淡紅色，是其象也。或曰：如釀花天，碧落濛濛，紅光晻然，宜名桃花天。舊品所稱‘桃花雨後，霽色蘢葱’，庶幾似之。”

［5］“閩江黄朗村參軍”，即黄鵠。

［6］“餘亭先生”，黄鵠父黄家積，字餘亭，精金石學，收藏古銅印甚富，爲著名篆刻家。黄鵠幼承父教，黄氏父子篆刻之作集有道光十三年（1833）古閩黄氏延古堂刻朱印本《延古堂印譜》四卷續三卷附《印文合璧》一卷。

［7］“另爲一集，問序於余”，該書另有一序，爲林則徐於同年夏所作：“老友黄餘亭嗜古鍾鼎文字，覃心篆刻，著有《印約》一編，於篆法刀法所辨析者

甚勤。令嗣朗村復能世其家學，若元暉之於阿章。予前後治河，賢喬梓皆與同事。至今齊頭小印成於朗村者爲多焉。予自塞外歸來，餘亭既邈若山河，朗村亦奉諱旋里，枌楡南望，正切懷思。迨丁未冬，朗村郵書寄滇，以所著《試篆印存》屬序，乃知弓裘之寄，所勤勤於是者，至今猶弗輟焉。”黃氏父子皆與林則徐相交，而楊以增亦與林則徐極契。林則徐印章有不少爲黃鵷所鎸，楊以增當亦如是。

［8］“君家小松司馬”，即黃易，生平見前楊以增《跋劉松嵐觀察〈謁虛谷先生墓〉詩後》注釋。

［9］“《小蓬萊閣金石文字》”，黃易輯刻，爲輯録考釋漢碑文字的著作。前有嘉慶五年（1800）錢大昕《序》及翁方綱題記、題詩。書中將洛陽出土的熹平石經《尚書》《論語》殘字和魏元丕碑、范式碑、三公山、譙敏碑、王稚子闕、武梁祠畫像、圉令趙君碑、咸陽靈臺碑、朱龜碑共十種漢代石刻及碑文鈎摹收入，并依次編排。其中熹平石經、魏元丕碑、范式碑、王稚子闕、圉令趙君碑、譙敏碑、咸陽靈臺碑、朱龜碑皆依舊拓原字鈎摹。其他續訪得之三公碑、范式碑及唐拓武梁祠畫像缺字，則依現存原石縮寫摹入。世所罕傳者，則據舊拓鈎摹以留其真；其續得者，則據原石縮寫以存其字。每刻後附有黃易及各家考釋。

［10］“道光戊申夏仲”，即道光二十八年（1848），時楊以增任陝西巡撫。

《蠛蠓集》跋[1]

《蠛蠓集》，論者多謂皮傅[2]《騷》《選》，遂與夢陽、鳳洲[3]之學古文，視同一轍。歙凌次仲廷堪[4]特加推崇，今録其贊詞於後[5]。《四庫全書目録》云：是集“一意往還，真氣坌湧，無刻畫徒澤之習，不與七子爭聲名，亦不隨七子學步趨，可謂毅然自立矣。”[6]此定評也。

道光□□□月，楊以增識。

注釋：

［1］此跋載《蟪蟓集》卷末。《蟪蟓集》五卷，盧柟撰，萬曆三十年（1602）張其忠刻本，爲楊氏海源閣舊籍，今藏上海圖書館。其卷末有凌廷堪《序》，次爲楊以增《跋》，跋尾鈐有白文“增印”。

盧柟（？—1569），字少楩，一字子木，直隸浚縣人。性情豪放，不拘小節，少負才敏，博學强記，好古文辭，以貲爲國子監生。因負才忤縣令，令誣以殺人，榜掠論死，淹羈數年，臨清謝榛走京師爲稱冤。適縣令已罷，平湖陸光祖代之，乃平反其獄，得不死。在獄向壁而立，怨憤至極，作《幽鞫賦》《放招賦》及詩多首。出獄後，游於士大夫間，以詩文相交，隆慶三年（1569）病逝。盧詩“激烈悲愴，有古先秦漢策士之風，《明史》有傳。《四庫全書總目提要》稱：‘是集爲嘉靖癸卯柟所自編，凡雜文二卷、賦一卷、詩二卷。前有《自序》，稱“蟪蟓者，醯雞也。取其潔於自奉，介於自守，不如蚊蚋之侵穢强喙。又以事系獄，類蟪蟓之厄燕吭、罹蛛網，振其音而暗暗者。故以名集。’史稱其騷賦最爲王世貞所稱，詩亦豪放，如其爲人。”給予了較高的評價。

［2］“皮傅”，憑膚淺的認識牽强附會。

［3］“夢陽、鳳洲”，指李夢陽、王世貞，分別爲明代前、後七子代表人物，二人均曾大力提倡古文。李夢陽（1473—1530），字獻吉，號空同，前七子領袖，提倡“文必秦漢，詩必盛唐”，强調復古。王世貞（1526—1590），字元美，號鳳洲，又號弇州山人，後七子領袖，著有《弇州山人四部稿》《弇山堂別集》等。

［4］“凌次仲廷堪”，即凌廷堪，其生平見前楊以增《〈禮理篇〉書後》注釋。

［5］“今録其贊詞於後”，盧氏騷賦，論者殊異，楊以增持論嘉贊，故録凌廷堪《盧少楩贊并序》爲證。凌氏云：“盧少楩之騷賦，蓋屈宋之嫡子、馬揚之遺音。盛漢而後千有餘年，無此作矣！班、張、崔、蔡且不能過，況魏晉六朝唐宋五季乎？”又引《四庫全書總目》視爲“定評”。

［6］楊以增所引《四庫全書總目》與原提要稍異，姑録之以資對勘。《總目》卷一七二集部二五別集類《蟪蟓集》提要云：“一意往還，真氣坌涌，絕不染鈎

棘塗飾之習。蓋其人光明磊落，藐玩一時。不與七子爭聲名，故亦不隨七子學步趨。然而榛救之，世貞稱之，柟反因是重於世，亦可謂毅然自立、無所依附者矣！"

《釋奠考》序[1]

君子曰："禮樂不可斯須去身。"[2]是以古之時學術正，吏道隆，民業安。蓋禮主敬，樂主和，敬以和，何事不行？斯之謂矣。

我朝治定功成，禮明樂備，而禮樂之用施於國家之朝祭大典，非士庶所得聞見。其俎豆簠簋笙磬羽籥[3]，一切猶可想古人遺意，與天下以

《釋奠考》三册，清咸豐元年（1851）楊以增刻本（一）

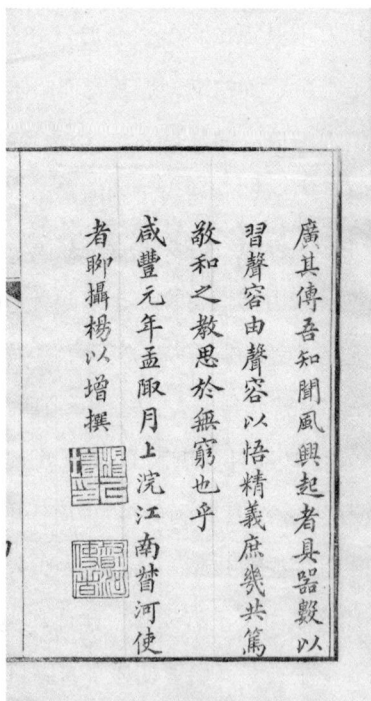

《釋奠考》三册，清咸豐元年（1851）楊以增刻本（二）

共見共聞者，惟黌宮丁祀[4]。而有司視爲具文，任其耗弊。觚觶[5]雜之杯盤，歌舞代以鼓吹，苟簡從俗，莫知其始。文人學士於黌宮祀事之名物制度，蓋有終身未嘗目寓其器、身習其數者。增承乏南河，以清河爲治所，其有事於先師，增實主鬯[6]。清河故江淮間都會，而祀事苟簡，與僻鄉下邑無異。河儲觀察法君可庵[7]述其哲兄燕山尚書[8]前撫豫時遍檢典籍，詳稽程度，集幼學之秀穎求能者教授之，數月遂彬彬可觀采。因釀貲赴吳中，創製各器如定式，延訪教師。而清河紳士響風慕義，各遣其子弟端雋能文者就師肄習，教成以給丁祀，觀禮者如堵。親見籩豆有踐[9]，笙鏞[10]具奏，牲牢豐潔，行綴齊一，莫不嘆羨奮發，興陶身淑心之意。絕無有如眉陽所謂聞嘽諧唱嘆之聲，則切倚而思，臥見盤辟俯僂之容，則捭口而笑者[11]，然后信先王禮樂感人之深，而其教未始不可行於今日也。可庵又言尚書於製備各器之後，輯其器數聲容，勒成圖册，刊布所屬，各就其地仿行之。增受讀卒業，深佩尚書與人爲善之意思深長，而可庵之諄承家學，爲不可及，爰重鐫以廣其傳。吾知聞風興起者，具器數以習聲容，由聲容以悟精義，庶幾共篤敬和之教思於無窮也乎！

　　咸豐元年孟陬月上浣[12]，江南督河使者聊攝楊以增撰[13]。

注釋：

[1]此序載楊以增刻《釋奠考》卷首。《釋奠考》凡三册，咸豐元年（1851）刻本，分別爲《釋奠考》《禮器樂器全圖》及《中龢韶樂》，而總冠以《釋奠考》之名，《禮器樂器全圖》卷末有法良跋。此書各公私書目未見著錄，見於2018年5月4日江蘇兩漢·四禮堂蘇州古籍善本春季拍賣會，今爲延峰收藏，爲國內僅見之本。此本左右雙邊，單魚尾，半葉九行二十字，小字雙行同。其第二册《禮器樂器全圖》每頁上刻禮器樂器之圖釋，其下配圖，刊刻精工。據楊以增此序，實爲有感於清河當地儒學祭孔儀式之鄙簡，遂詳定祭儀及祭器，以求嚴整齊備，

使學儒觀禮者得受教育。由此亦可見楊以增對儒學及禮教之重視與踐行。

[2]"禮樂不可斯須去身"，語出《禮記·樂記》。

[3]"其俎豆簠簋笙磬羽籥"，俎豆爲古代祭祀時用來盛祭品的兩種禮器。俎爲木板，下端有足，用於放肉。豆爲木製高脚盤，用於盛放黍稷或肉羹等。簠簋爲古代祭祀時盛稻粱黍稷的兩種禮器。簠爲長方形，有兩耳；簋爲圓形，腹下有足，兩旁有耳。笙磬爲古代祭祀時所用的兩種樂器。《禮記·樂記》："簠簋俎豆，制度文章，禮之器也。"笙一般用十三根長短不同的竹管製成；磬狀如曲尺，爲玉或石製成的打擊樂器。羽籥爲古代祭祀時舞者所持的舞具和樂器。羽爲雉羽，籥爲編組多管樂器。

[4]"黌宫丁祀"，黌宫即學宫。清代祭孔，每年大祭兩次，分別在仲春上旬丁月和仲秋上旬丁日，所謂"上丁祭孔"，是爲丁祀。

[5]"觚觶"，觚觶爲禮器，多爲青銅製。觚爲飲酒器，細腰圓足，有喇叭狀的口；觶形似尊而小。

[6]"主鬯"，即主掌宗廟祭祀。鬯爲古代祭祀用的一種香酒。

[7]"河儲觀察法君可庵"，即法良。法良，字可盦，滿洲正紅旗人，閩浙總督玉德第六子，工詩，官至江南河庫道。著有《漚羅盦詩集》。梅曾亮云："詩之境，宜於嵯峨蕭瑟，不涉凡近。可盦生長華胄，平近富貴，而清曠之氣獨得於詩如是。其性情之邁於流俗，爲不可及。"

[8]"燕山尚書"，即桂良。桂良（1785—1862），字燕山，滿洲正紅旗人，閩浙總督玉德第三子。歷任兵部尚書、吏部尚書、直隸總督、東閣大學士、文華殿大學士、軍機大臣。同治元年（1862）卒，諡文端。桂良於道光十四年（1834）至十九年（1839）任河南巡撫。楊以增之刻《釋奠考》，即受桂良撫豫時教授禮樂禮儀之啓發。

[9]"籩豆有踐"，指古代舉辦重大喜慶活動，用竹制器皿放滿食品，整齊地排列於活動場所。語出《詩經·豳風·伐柯》："伐柯伐柯，其則不遠。我覯之子，籩豆有踐。"

［10］"鏞"，即大鐘。

［11］"則揜口而笑者"前數句，眉陽即眉山，蘇軾曾自稱"眉陽蘇軾"，此處以眉陽代指蘇軾。此數句出自蘇軾《策別·安萬民》第一："儒者乃始以三代之禮所謂名者而繩之，彼見其登降揖讓盤辟俯僂之容，則掩口而竊笑；聞鐘鼓管磬希夷嘽緩之音，則驚顧而不樂。如此，而欲望其遷善遠罪，不已難乎？"

［12］"咸豐元年孟陬月上浣"，孟陬月即農曆正月。時楊以增在江南河道總督任上。

［13］"聊攝楊以增撰"後，又有楊以增私印"楊以增印""督河使者"兩方。

《六藝堂詩禮七編》序[1]

鄉先生北海鄭君[2]經傳洽孰[3]，爲世儒宗，其所注《易》《書》《論語》皆佚，今所傳者《詩箋》《禮注》而已。自後儒空言義理，而鄭君之學微。然王禕[4]謂朱子《詩集傳》訓詁多用毛、鄭。朱子《論孟精義序》[5]云："漢儒正音讀，通訓詁，考制度，辨名物，其功博矣。學者苟不先涉其流，則亦何以用力於此？"《孟子集注》以《柏舟》爲衛之仁人[6]，《白鹿洞賦》廣青衿之疑問[7]，仍用毛、鄭舊說。至《儀禮經傳通解》[8]徵引《三禮》，備載鄭注。讀經而不由鄭學，猶欲入室而不由門戶也。

山陽丁儉卿同年[9]覃精研思，諸經皆有撰述，篤好鄭學，於《詩箋》《禮注》

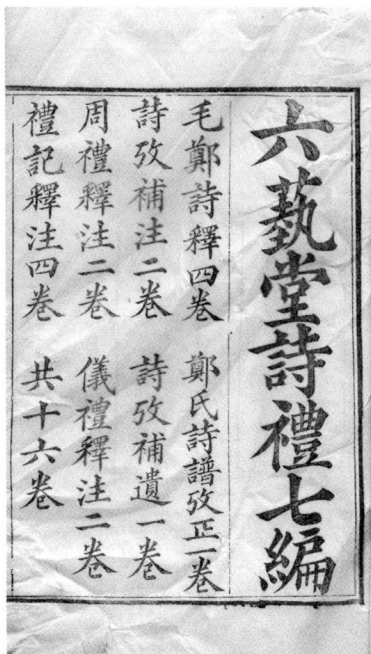

《六藝堂詩禮七編》十七卷附《年譜》一卷，（清）丁晏撰，清咸豐二年（1852）楊氏海源閣刻本（一）

研討尤深。以毛公之學得聖賢之正傳，其所稱道，與周、秦諸子相出入。鄭君申暢《毛義》，修敬作《箋》。孔疏不能尋繹，誤謂破字，改毛援引疏漏，多失鄭旨。因博稽互考，證之故書雅記，義若合符，撰《毛鄭詩釋》四卷。《鄭君詩譜》，宋歐陽氏補亡，今有通志堂刊本，訛脱蹐駁，爰據《正義》排比重編，撰《鄭氏詩譜考正》一卷。鄭君兼采三家詩，王應麟有《三家詩考》[10]，附刊《玉海》之後，舛謬錯出，世無善本，乃搜采原書，校讎是正，撰《詩考補注》二卷、《補遺》一卷。

　　鄭氏注《禮》至精，去古未遠，不爲憑虛臆説。迄今可考見者，如《儀禮·喪服》，注多依馬融師説。《士虞禮》："中月而禫"，注"二十七月"，

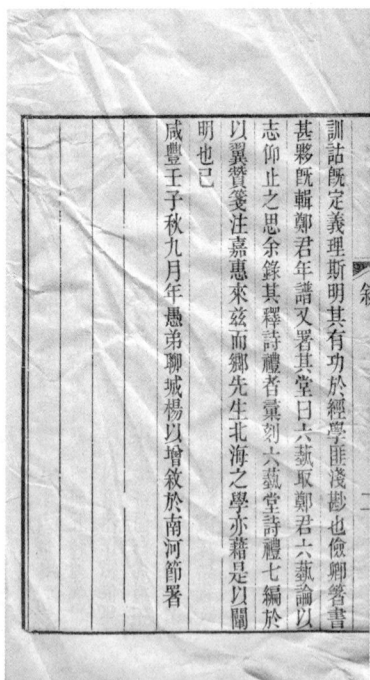

《六藝堂詩禮七編》十七卷附《年譜》一卷，（清）丁晏撰，清咸豐二年（1852）楊氏海源閣刻本（二）

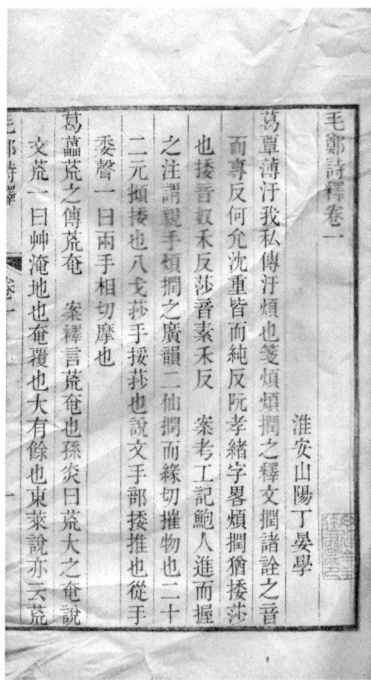

《六藝堂詩禮七編》十七卷附《年譜》一卷，（清）丁晏撰，清咸豐二年（1852）楊氏海源閣刻本（三）

依《戴禮》"喪服變除"。《周禮·大司樂》："鼓""韶"，注依許叔重説，與先鄭不同。《小胥》："縣鐘磬"，注"二八十六枚而在一虡"，依劉向《五經要義》[11]。《小宗伯》注："五精帝"，依劉向《五經通義》[12]。《射人》注稱"今儒家"，依賈侍中注。《考工記》："山以章"，注作"獐"，依馬季長注。《禮記·檀弓》："瓦不成味"，注當作"沫"，依班固《白虎通》。《王制》："大綏小綏"，注當作"緌"，依劉子政《説苑》。《玉藻》："玄'端'朝日"，鄭讀爲"冕"，依《大戴禮》"朝事"義。《祭法》："幽'宗'""雩'宗'"，鄭讀爲"禜"，依許氏《説文》。鄭君信而好古，原本先儒，確有依據。凡此釋義，補孔之遺闕，皆前人未發之秘。疏通證明，燦若爝火。撰《三禮釋注》共八卷，深明小學，形正舊文，申奥析疑，平易醇實，無穿鑿傅會之辭，亦無高遠詭僻之論，俾學者循覽易曉，訓詁既定，義理斯明，其有功於經學匪淺少也。

儉卿著書甚多，既輯《鄭君年譜》，又署其堂曰"六藝"，取鄭君《六藝論》[13]，以志仰止之思。余録其釋《詩》《禮》者，彙刻《六藝堂詩禮七編》，於以翼贊箋、注，嘉惠來兹，而郷先生北海之學亦藉是以闡明也已。

咸豐壬子秋九月[14]，年愚弟聊城楊以增叙於南河節署。

注釋:

[1]此序載楊以增刻《六藝堂詩禮七編》卷首。《六藝堂詩禮七編》十七卷（附《年譜》一卷）計有《毛鄭詩釋》三卷《續録》一卷、《鄭氏詩譜考正》一卷、《詩考補注》二卷、《詩考補遺》一卷、《周禮釋注》二卷、《儀禮釋注》二卷、《禮記釋注》四卷，附《鄭君年譜》一卷，咸豐二年（1852）刻本。此本半葉十行二十二字，白口，左右雙邊，單黑魚尾，有書牌"咸豐二年聊城海源閣梓行"，山東省圖書館藏三種，國家圖書館、南京圖書館藏有全帙。

[2]"郷先生北海鄭君"，即鄭玄。鄭玄（127—200），字康成，北海高密人，

東漢末年儒家學者、經學大師。鄭玄曾入太學攻《京氏易》《公羊春秋》及《三統曆》《九章算術》，又從張恭祖學《古文尚書》《周禮》《左傳》，最後從馬融學古文經。游學歸里後，聚徒授課，弟子達數千人。

[3]"經傳洽孰"，洽孰即博通審悉。孰，通"熟"。范曄《後漢書·鄭玄傳》："玄質於辭訓，通人頗譏其繁。至於經傳洽孰，稱爲純儒，齊魯間宗之。"

[4]王禕（1321—1372），字子充，義烏人，師柳貫、黃溍，以文章著名，太祖召授江南儒學提舉。後同知南康府事，多惠政。洪武初，詔與宋濂爲總裁，與修明史。書成，擢翰林待制。以招諭雲南，死於節，諡忠文。

[5]"朱子《論孟精義序》"，朱熹《論孟精義》三十四卷，南宋朱熹撰。此書爲朱熹所輯録的《論語》《孟子》十二家解説，其中《論語》二十卷、《孟子》十四卷，又各有綱領一篇，旨在發明二程學説，認爲二程繼承和發展了孔孟的學説，"言雖近而索之無窮，指雖遠而操之有要……其所以興起斯文，開悟後學，可謂至矣"。

[6]"《孟子集注》以《柏舟》爲衛之仁人"，朱熹《孟子集注·盡心章句下》在"詩云：'憂心悄悄，慍於群小。'孔子也。'肆不殄厥愠，亦不隕厥問。'文王也"句下注稱："本言衛之仁人見怒於群小。孟子以爲孔子之事，可以當之。"

[7]"《白鹿洞賦》廣青衿之疑問"，朱熹《白鹿洞賦》："盼黃卷以置郵，廣青矜之疑問。樂《菁莪》之長育，拔隽髦而登進。迨繼照於咸平，又增修而罔倦。"涉及對《詩經》中《子衿》《菁莪》兩篇詩旨的不同理解。漢儒《子衿序》稱："子衿，刺學校廢也，亂世則學校不脩焉。"《菁莪序》稱："菁菁者莪，樂育材也，君子能長育人材，則天下喜樂之矣。"朱熹《詩集傳》未采此説，但在《白鹿洞賦》中則加以采用，楊以增舉此例，用以證明朱熹對毛、鄭之説的重視。邱濬《大學衍義補》稱："臣按此二詩，朱熹《集傳》皆以其序説爲非，及觀所作《白鹿洞賦》，有曰'廣青矜之疑問'，又曰'樂菁莪之長育'，則又用序説。蓋以此二詩爲學校而作，自漢以來則然矣。雖其詩中所言與序説若不類者，然序謂亂世則學校廢，治世則樂育賢才，可見世道之治亂繫乎人材之有無，人材之有無由

乎學校之興廢也。"肯定了漢儒觀點的價值，這亦爲朱熹在《白鹿洞賦》中取漢說之原因。

［8］"《儀禮經傳通解》"，爲朱熹晚年親自主持編纂的一部禮制方面的著作，凡六十六卷。前三十七卷於朱熹生前完成修訂，續二十九卷在朱熹逝世後主要由門人黄榦主持編纂，其中仍未完成者，則由楊復繼續主持，至最後完成。此書既是彙集古代禮制記載的集大成之作，也是朱熹禮學思想最主要、最集中的反映。

［9］"山陽丁儉卿同年"，即丁晏。丁晏（1794—1875），字儉卿，號柘堂，晚號石亭居士，山陽人，篤好鄭學，有"江淮經師"之稱。丁晏與楊以增爲同年友，交誼頗深，以增卒於官，丁晏曾作《祭同年楊河帥文》以托哀思。

［10］"王應麟有《三家詩考》"，永瑢等《四庫全書總目》評述稱："《詩考》一卷，宋王應麟撰。應麟有《周易鄭康成注》，已著録。此編則考三家之《詩》說者也。《隋書·經籍志》云：'《齊詩》魏代已亡，《魯詩》亡於西晋。《韓詩》雖存，無傳之者。'今三家《詩》惟《韓詩外傳》僅存，所謂《韓故》《韓内傳》《韓説》者亦并佚矣。應麟檢諸書所引，集以成帙，以存三家逸文。又旁搜廣討，曰《詩異字異義》，曰《逸詩》，以附綴其後。每條各著其所出。所引《韓詩》較夥，齊、魯二家僅寥寥數條。蓋《韓詩》最後亡，唐以來注書之家引其説者多也。卷末别爲《補遺》，以掇拾所闕。其搜輯頗爲勤摯。"

［11］"《五經要義》"，西漢劉向撰，早佚，有元末明初陶宗儀輯本，收入《説郛》卷二。又有洪頤煊輯本一卷，收入《問經堂叢書》；宋翔鳳輯本一卷，收入《浮谿精舍叢書》；王仁俊輯本一卷，收入《玉函山房輯佚書續編》。

［12］"《五經通義》"，西漢劉向撰。宋祁、歐陽修等《新唐書·藝文志》著録爲九卷，已佚。有陶宗儀輯本一卷，收入《説郛》卷二。又有王謨輯本一卷，收入《漢魏遺書鈔》；洪頤煊輯本一卷，收入《問經堂叢書》；宋翔鳳輯本一卷，收入《浮谿精舍叢書》；劉學寵輯本一卷，收入《清照堂叢書》；馬國翰輯本一卷，收入《玉函山房輯佚書》。

[13]"《六藝論》"，東漢鄭玄撰，房玄齡等《隋書·經籍志》著録一卷。相傳鄭玄先作此書，再遍注群經。論次《易》《書》《詩》《禮》《樂》《春秋》，叙述經學傳授的源流。原書已佚，清馬國翰《玉函山房輯佚書》有輯本。又皮錫瑞曾撰《六藝論疏證》八卷、《鄭記考證》一卷，可參考。

[14]"咸豐壬子秋九月"即咸豐二年（1852）九月，楊以增時任江南河道總督。

《劉武仲字册》跋[1]

往讀嘉興錢警石泰吉學博《曝書雜記》[2]云："二十年前，見茗估[3]持書目，有《助字辨略》[4]，謂是鄉學究啓悟童蒙，俾免杜温夫之誚[5]爾。及得其書而讀之，則先秦兩漢舊籍，引據賅洽，實爲小學書之創例。撰人爲確山劉淇武仲，凡五卷。《自序》謂其類三十：曰重言，曰省文，曰助語，曰斷辭，曰疑辭，曰咏嘆辭，曰急辭，曰緩辭，曰發語辭，曰語已辭，曰設辭，曰別異之辭，曰繼事之辭，曰或然之辭，曰原起之辭，曰終竟之辭，曰頓挫之辭，曰承上，曰轉下，曰語聲，曰通用，曰專辭，曰僅辭，曰嘆辭，曰幾辭，曰極辭，曰總括之辭，曰方言，曰倒文，曰實字虛用。釋訓之凡例六：曰正訓，曰反訓，曰通訓，曰借訓，曰互訓，曰轉訓，班諸四聲，因以爲卷。其書刻於康熙五十年，海城盧承琰[6]撰序，謂所著尚有《周易通説》《禹貢説》若干卷。謹檢《四庫總目》，俱未著録。則劉君所著，鮮傳本矣。後讀陸朗夫先生《切問齋文鈔》[7]第十五卷，録《堂邑志·賦役論》，乃知劉君一字龍田，號南泉，濟寧人，有《衛園集》，《皇朝經世文編·爵里考》同。近時王伯申尚書，著《經傳釋詞》十卷[8]，其撰著之意略同此書，詁訓益精密；然創始之功，不能不推劉君也。"云云。余讀而識之，遇濟上契好，即詢此君及此書，無知者。咸豐壬子[9]冬，有人詒字册於豐北工次[10]。見書法入古，於晋唐宋諸賢，具體而微。款落劉淇，後附其弟汶書，亦饒有古意。濟寧黄氏跋尾云："先生名淇，字龍田，一字武仲，號衛園。其先河南確山人，本姓劉，後以從龍故，賜姓何。弟汶，字魯田，晚寓濟寧，遂家焉。"

余因念劉君經學若彼，書法若此，其《賦役論》又有心濟世者也；生既淪落，般則已焉！《助字辨略》雖梓行，而未能流布。《周易通説》《禹貢説》，僅著其名。世之懷才不偶如劉君者，何可勝道！爲嘘唏者久之。乃録錢、黄跋語，以存其梗概云。

咸豐三年三月初吉[11]，聊攝楊以增書。

注釋：

[1] 原載劉淇撰《劉武仲字册》册末。《山東省立圖書館季刊》第一種第一期（1931年）載《〈劉武仲字册〉跋尾》，并録王獻唐記述山東省圖書館收入此書之情形："本館近收得濟寧劉武仲、劉魯田兄弟合作字册二十六幀，爲聊城楊氏海源閣舊藏。有楊至堂跋尾，及濟寧黄艮園題記二段。楊跋字迹，似出嘉興高伯平手，以與劉氏生平及山東文獻掌故有關，爲迻録於次。至劉氏《助字辨略》，海源閣有重刻本，此跋乃重刻以前所作也。"據此，則山東省圖書館入藏《劉武仲字册》在民國二十年（1931）。此册今已不存，所幸《山東省立圖書館季刊》第一種第一期全篇迻録此跋，今即據此整理。

劉淇，字武仲，又字龍田，號南泉，祖籍河南確山，與其弟汶居於濟寧。劉氏兄弟兩人均受知於清世宗，時人稱爲"二難"。劉淇著述頗豐，除此册外，又有《助字辨略》《周易通説》《堂邑志》《衛園集》等。

[2] "嘉興錢警石泰吉學博《曝書雜記》"，錢泰吉（1791—1863），字輔宜，號警石，別署深廬、冷齋，浙江嘉興人，錢儀吉從弟（儀吉號衎石）。二人才學出衆，鄉里推敬，遂有"嘉興二石"之目。錢泰吉於道光七年（1827）以廪貢生官海寧訓導，前後近三十年，後主講海寧安瀾書院。咸豐十年（1860）春，避太平軍之亂，赴安慶依其次子錢應溥，不久病卒。《曝書雜記》，凡三卷，

主要爲作者知見的各類書籍的著述情況、傳刻源流、體例與內容要旨、校勘及版本異同等情形，并對各學者的校勘工作，諸家刻書、鈔書、藏書的情況及同時代學者的學術研究活動頗有記述。

〔3〕"茗估"，即書販，蘇杭間販書商賈多茗（歸安）人。

〔4〕《助字辨略》，爲研究古漢語虛詞的專著，劉淇撰。國泰《助字辨略》序稱劉淇"博聞强記，生平喜著書，性格恬澹，不妄與人交"。全書收詞476個，按平水韵排列，分爲重言、有文、斷辭等三十類，所收例句，除先秦兩漢古書以外，下及唐詩宋詞，範圍廣泛。

〔5〕"杜温夫之誚"，用柳宗元作《復杜温夫書》之典。唐憲宗元和十四年（819）春，杜温夫將從荆州到柳州，謁見柳宗元、劉禹錫、韓愈等人，希望得到賞譽。柳宗元在此信中一針見血地指出了他在思想上、學業上的毛病，要求他端正態度，其中指出杜温夫在虛詞使用上的錯誤頗多："但見生用助字不當律令，唯以此奉答。所謂乎、歟、耶、哉、夫者，疑辭也；矣、耳、焉、也者，決辭也。今生則一之。宜考前聞人所使用，與吾言類且異，慎思之則一益也。"免杜温夫之誚，即免於出現虛詞等文字使用上的錯誤。

〔6〕"海城盧承琰"，盧承琰，字禹錫，籍奉天海城，鑲黃旗滿洲人，例監生，康熙四十五年（1706）任堂邑縣知縣。在堂邑縣任職務時，曾延聘劉淇纂修《堂邑志》。

〔7〕"陸朗夫先生《切問齋文鈔》"，陸朗夫即陸燿。陸燿（1723—1785），字朗夫，一字青來，江蘇吳江人。乾隆間舉順天鄉試，授中書，纍官至湖南巡撫。陸燿工詩，善書畫，曾輯《切問齋文鈔》，多經世之文。此外又著有《河防要覽》《甘薯錄》《切問齋古文》等。陸燿輯《切問齋文鈔》凡三十卷，收録清初以來有裨經世之文。此書雖無經世文之名，而上承《明經世文編》之餘緒，實爲清代經世文編之首作，是清代第一次經世思潮的總括。此書改以人物排序爲以類分卷，此後清代諸經世文編之纂集皆依其編例，具有較大影響。

〔8〕"王伯申尚書，著《經傳釋詞》十卷"，王伯申尚書即王引之。王引

之（1765—1834），字伯申，號曼卿，江蘇高郵人，著名訓詁學家。嘉慶四年（1799）進士，初授翰林院編修，纍官至工部尚書，卒謚文簡。王引之於乾隆五十五年（1790）赴京從其父學習經義，對經籍虛詞深加研究，於嘉慶三年（1798）完成《經傳釋詞》。王引之在序言中記述寫作情況稱："及聞大人論《毛詩》'終風且暴'，《禮記》'此若義也'諸條，發明意恉，涣若冰釋，益復得所遵循，奉爲稽式，乃遂引而申之，以盡其義類。自九經、三傳及周、秦、西漢之書，凡助語之文，遍爲搜討，分字編次，以爲《經傳釋詞》十卷。"此書搜集周、秦、西漢古書中的虛字一百六十多個，對其中原訓釋有誤者加以糾正，對其中原無訓而難通者加以訓釋。所訓皆持之有據，言之成理。每字必先説明用法，後引例證，追溯原始，明其演變。他自稱該書對前人所未及者補之，誤解者正之，其易曉者則略而不論，爲研究儒家經籍的重要參考書。有嘉慶二十四年（1819）刻本。

[9]"咸豐壬子"，即咸豐二年（1852）。

[10]"有人詒字册於豐北工次"，咸豐元年（1851）八月，黄河在徐州豐北決口，楊以增正任江南河道總督，積極主持堵口。梅曾亮《江南河道總督楊公家傳》稱："與總督陸公除夕風雪中，幕宿河上，薪炭鹽米，不以費屬吏官錢。"但當年冬季堵口未能成功，不得已請求緩堵，被革職留任。咸豐二年冬，楊以增加緊辦理堵筑豐北決口工程，至十一月，引河已經挑成五分以上，至十二月中旬，金門收窄至二十餘丈，工程推進雖頗爲艱難，但總體尚稱順利。在繁忙公務之餘，他仍保持對藏書的濃厚興趣，遂收此册，并爲其作跋語。

[11]"咸豐三年三月初吉"，初吉，即陰曆初一日。《詩經·小雅·小明》："二月初吉，載離寒暑。"楊以增自咸豐二年（1852）冬辦理豐北堵口工程，至三年（1853）正月二十六日成功堵合決口。楊以增《豐北大工合龍穩固全黄歸正折》："彼時西壩門占三丈業已撐足，金門僅存四丈，愈收愈窄，北注之溜勢如懸瀑，湍急異常。當飭在壩文武趕將挑水壩星夜接進埽占四丈，以資蓋護，并將兩壩門占盤壓堅鞏，即於二十六日午刻敬祀河神，挂纜合龍。臣等親捧籹

秸下兜，員弁兵夫踴躍争先，料土并進，一晝夜之力追壓到底，壩前業已斷流，大溜悉歸故道。"咸豐帝得報非常高興，於是年二月初二日下旨稱："楊以增經理得宜，不負委任，著加恩開復革職留任處分，給還頂戴，賞加三級，其前次捐輸河工經費并著交部從優議叙。查文經襄辦大工，始終奮勉，更能認真稽查，節省錢糧。著加恩開復處分，并賞戴花翎。"時豐工合龍、楊以增開復原官，正在辦理善後工程，河工壓力較小，因此楊以增方有暇作此跋，以記其本末。

《六藝綱目》跋[1]

大興朱笥河先生[2]手校《六藝綱目》，元至正本也。吾鄉劉燕庭方伯[3]影鈔藏弆，經徐君青方伯[4]改正，九數中脱誤若干字。燕庭開藩兩浙，就文瀾閣本復事校勘付梓。見殆是書卷分上下，藝蘊畢賅，四言諧韵，尤便童蒙。小學首基，所宜必讀，重加剞劂，用廣其傳。

咸豐三年歲在癸丑孟夏月，聊攝楊以增跋。

注釋：

[1]此跋載《六藝綱目》卷末。《六藝綱目》二卷，元舒天民撰，元舒恭注，明趙宜中附注，道光二十八年（1848）劉喜海刻本。是書取《周禮》保氏六藝之文集爲章句，分五禮、六樂、五射、五御、六書、九數，各括以四字韵語，聲韵和諧，便於通記。其《序》稱："人生八歲，教以灑掃應對進退之節，禮樂射御書數之文。此雖小學之事，而世之擊蒙授徒者往往僅能泛舉其大概以語之，而於衆目之詳，已不復記憶。覼縷析對，必資檢閲而後罄焉。此藝風舒先生《六藝綱目》之所由作也。"楊以增喜教童蒙，自稱"若著氈冠，披羊皮裘，課鄉里小童經書，吾誠樂之"（梅曾亮《兵部侍郎江南河道總督楊公家傳》），故對此書頗爲推重。

[2]"大興朱笥河先生"，即朱筠。朱筠（1729—1781），字竹君，一字美叔，

順天大興人，乾隆十九年（1754）進士，後授編修，爲贊善，擢翰林院侍讀學士，乾隆三十六年（1771）提督安徽省學政，後充《四庫全書》纂修官，兼充《日下舊聞考》總纂，著有《笥河集》。

[3]“劉燕庭方伯”，即劉喜海。劉喜海（1793—1852），字燕庭，山東諸城人，著名藏書家、刻書家、金石學家。嘉慶二十一年（1816）舉人，歷任陝西延榆綏道、四川按察使、浙江布政使，并署浙江巡撫等職。葉昌熾《藏書紀事詩》稱其“卅載搜奇書滿家，藏來寶刻遍天涯。斜陽古市無人迹，爲讀殘碑剔蘚花”。藏書樓有“嘉蔭簃”“味經書屋”“清愛堂”等。

[4]“徐君青方伯”，即徐有壬。徐有壬（1800—1860），字鈞卿，又作君青，順天宛平人。道光九年（1839）進士，歷任戶部主事、四川成綿龍道、廣東鹽運使、四川按察使、雲南布政使、江蘇巡撫。咸豐十年（1860）戰殁於蘇州。

《王右軍年譜》序[1]

魯通甫孝廉[2]以所作《王右軍年譜》見示，而乞爲之序。余細閱之，其生卒之歲及與人書帖之年月，非獨於張懷瓘、黃長睿諸人[3]有所糾正，即史傳之差誤，亦因是而得之，其用心可謂密矣。夫古人不易言知也，在善論其世而已。於并世之人事相涉者，得其先後本末，而一人之先後本末可因以定矣。朝政之得失，人材之進退，得其梗概，而一人之升沉與意氣之盛衰可推而見矣。考羲之生平，前則庾亮許其裁鑒[4]，後惟與殷浩相契獨深[5]。浩即用事，深爲引重，遂有馳驅關隴之志。時朝廷方用浩，以擬桓温[6]，羲之固知其非温敵也[7]。然使浩不求度外之功，自取覆敗，温雖内忿，其因勢而抵巇，亦不至若是速也[8]。浩敗於姚襄，而温之威名盛於平蜀。廢浩之事行，温勢益專，而廢立之禍見矣。此羲之所以深阻北伐之師，而太息於殷生之見廢也。《誓墓》之作，當殷浩廢而王述代爲揚州之年，豈非以同志摧阻，不復有意於當世耶[9]？

然非鈎校年月，得其情事，亦安知其非宴安江沱之人，而以一藝名後世者哉？吾故以通甫之用心爲不可及也。昔曾子固作《臨川墨池記》，以爲羲之不可强以仁，而極東方出滄海，又嘗徜徉肆恣，而自休於此，似未詳其曾守臨川者[10]。則是譜也，亦可補會記之缺云。

　　咸豐五年五月，聊城楊以增序。

注釋：

　　[1] 此序載魯一同撰《王右軍年譜》卷首。《王右軍年譜》凡一册，魯一同編，咸豐五年（1855）刻本，湖南省社會科學院圖書館藏。此本封面隸書題"王右軍年譜"，九行二十一字，單魚尾，版心上鎸"右軍年譜"，下鎸頁數。卷首列楊以增《序》，次正文，末爲鉛山熊嘉澍《跋》。魯一同（1805—1863），字蘭岑，一字通甫，江蘇安東人，著名古文家、詩人。道光十五年（1835）舉人，此後屢次會試不第。工詩文，善丹青，究心時事，曾助吳棠積極防禦太平軍，著有《通甫類稿》《通甫詩存》等。魯一同爲吳棠摯友，吳棠防堵太平軍頗爲得力，後丁母憂，清河士民爲地方寧謐計，委托魯一同向楊以增請求讓吳棠暫緩丁憂，楊以增體恤民情，遂允准吳棠歸家守孝百日後，即戴孝回任。

　　[2]"魯通甫孝廉"，即魯一同。其生平詳見上條注釋。

　　[3]"張懷瓘、黄長睿諸人"，張懷瓘，江蘇海陵人，唐代書法家、書學理論家，開元中官翰林供奉、右率府兵曹參軍，著有《書議》《書斷》《書估》《畫斷》《六體書論》等，爲書學理論重要著作。黄長睿，爲黄伯思字。黄伯思，別字霄賓，自號雲林子，北宋元符中進士，授秘書郎，黄伯思對古文字頗有研究，尤善辨識彝器款識，工詩文，善書畫，篆隸正行草飛白各體均善，著有《翼題》《東觀餘論》等。

　　[4]"庾亮許其裁鑒"，鑒裁即觀察、衡量他人的才能與德性。庾亮爲晋明帝穆皇后之兄，對王羲之頗爲稱許，在任征西將軍時，辟王羲之"爲參軍，纍遷長史"。後庾亮"臨薨，上疏稱羲之清貴有鑒裁，遷寧遠將軍，江州刺史"。

[５]“惟與殷浩相契獨深”，殷浩（303—356），字淵源，陳郡長平人，早年以見識度量清明高遠知名，後應會稽王司馬昱徵召，入朝任建武將軍、揚州刺史。當時桓溫朝中勢大，司馬昱爲和桓溫抗衡，而有意栽培殷浩，桓溫和殷浩兩派鬥爭日趨激化。王羲之與殷浩友善，曾寫信勸阻殷浩不要參與黨爭，但并未奏效。殷浩後因與桓溫爭權失敗被免職，永和十二年（356）病逝。房玄齡等《晋書·王羲之傳》：“羲之既少有美譽，朝廷公卿皆愛其才器，頻召爲侍中、吏部尚書，皆不就。復授護軍將軍，又推遷不拜。揚州刺史殷浩素雅重之，勸使應命，乃遺羲之書曰：‘悠悠者以足下出處足觀政之隆替，如吾等亦謂爲然。至如足下出處，正與隆替對，豈可以一世之存亡，必從足下從容之適？幸徐求衆心。卿不時起，復可以求美政不？若豁然開懷，當知萬物之情也。’”

[６]“時朝廷方用浩，以擬桓溫”，房玄齡等《晋書·殷浩傳》：“時桓溫既滅蜀，威勢轉振，朝廷憚之。簡文以浩有盛名，朝野推伏，故引爲心膂，以抗於溫，於是與溫頗相疑貳。”

[７]“羲之固知其非溫敵也”，房玄齡《晋書·王羲之傳》：“時殷浩與桓溫不協，羲之以國家之安在於内外和，因以與浩書以戒之，浩不從。及浩將北伐，羲之以爲必敗，以書止之，言甚切至。”

[８]“亦不至若是速也”以上數句，永和五年（349），後趙皇帝石虎病死，諸子爭位，關中大亂，東晋朝廷任殷浩爲中軍將軍，出兵北伐。永和九年（353），殷浩中計，兵敗許昌，桓溫趁機上表彈劾，朝廷只得將殷浩廢爲庶人，流放東陽。

[９]“不復有意於當世耶”以上數句，房玄齡等《晋書·王羲之傳》：“時驃騎將軍王述少有名譽，與羲之齊名，而羲之甚輕之，由是情好不協……述後檢察會稽郡，辯其刑政，主者疲於簡對。羲之深恥之，遂稱病去郡，於父母墓前自誓曰：‘維永和十一年三月癸卯朔，九日辛亥，小子羲之敢告二尊之靈。羲之不天，夙遭閔凶，不蒙過庭之訓。母兄鞠育，得漸庶幾，遂因人乏，蒙國寵榮。進無忠孝之節，退違推賢之義，每仰咏老氏、周任之誡，常恐死亡無日，憂及宗祀，豈在微身而已！是用寤寐永嘆，若墜深谷。止足之分，定之於今。謹以

今月吉辰肆筵設席，稽顙歸誠，告誓先靈。自今之後，敢渝此心，貪冒苟進，是有無尊之心而不子也。子而不子，天地所不覆載，名教所不得容。信誓之誠，有如皦日！’”

[10]“似未詳其曾守臨川者”以上數句，曾鞏《墨池記》：“方羲之之不可強以仕，而嘗極東方，出滄海，以娛其意於山水之間，豈其徜徉肆恣，而又嘗自休於此邪？”認爲王羲之爲淡泊出世之人，所論似有偏頗，故楊以增於此辨之。

致許印林書之一[1]

印林先生二兄大人[2]史席：

曩者由翟文泉、李方赤處[3]，得悉聲華。近與琪園觀察[4]、孟慈太守[5]共事一方，尤得備詳品概。學先識字，循軌轍於汝南[6]；教重傳經，溯淵源於高密[7]。比以主講沛上[8]，桃李盈門，傳道吾徒，兼修志乘[9]，洵無愧評持月旦[10]，鑒握人倫者矣。叨在同鄉，彌恭敬止。

桂未谷先生著有《説文義證》[11]，原稿存曲阜孝廉孔蒨華家[12]。此老一生心血，畢在是書。弟欲代爲刊行，而苦於不能校正[13]。因爲孟慈太守言及閣下精於六書之學，敢煩先覓鈔胥，逐一校正。然後付諸剞劂，久遠流傳，可無遺憾。吾輩與未谷先生，誼均桑梓，閣下亦必不憚勤劬也。

寄來許先生地理書[14]，亦必傳之作，似須及早寫樣，聞此間刻手尚佳也。孟慈太守已另函呈明矣。弟走俗抗塵，不堪回首。始則沉淪帖括，繼則迷悶簿書。老大徒傷，且悔且恨。祇以性無他嗜，結習難忘，鞅掌[15]餘閑，見獵心喜[16]。眷懷雅範，神已先馳。爲此肅械布達，敬候文祺，統容晤叙不一。

愚弟楊以增頓啓[17]。

注釋：

〔1〕楊以增致許印林書，凡八通，録自《海源閣珍存尺牘》。楊以增平生篤交際，與林則徐、薩迎阿、翁同書、崇恩、陳官俊、吴榮光、吴式芬、錢益吉、王筠、許瀚等官員、學者交往頗多，其函札由楊紹和於同治中精裱錦裝二十册，名爲《海源閣珍存尺牘》，末有清光緒二十年（1894）廣西臨桂龍繼棟題跋。今存兩册，藏山東省圖書館。此八通書札起於道光二十二年（1842），止於二十八年（1848），主要商討刻書事宜。原藏許瀚家，後歸山東濰縣陳介祺（許氏遺稿部分落在陳氏家），後被楊家收得，輯入《海源閣珍存尺牘》。

〔2〕"印林先生二兄大人"，即許瀚。許瀚（1797—1866），字印林，室名攀古小廬，山東日照人，清代著名樸學家、校勘學家、金石學家、方志學家和書法家。嘉慶二十年（1815）補州學生員，道光五年（1825），爲山東學政何凌漢拔爲貢生。同年進京，與何紹基、紹業兄弟朝夕過從。六年（1826），爲國子監生員。十五年（1835）中順天鄉試舉人。十九年（1839），得濟寧知州徐宗幹薦舉，主講漁山書院。二十年（1840），并任《濟寧直隸州志》總纂。楊以增擬刻桂馥《説文解字義證》，致函許瀚，延董理校勘之事，遂擬《説文解字義證校例》寄楊氏。因汪喜孫從中阻撓，故校書、刻書進度緩慢。尋以楊以增調陝，《説文義證》僅於濟寧刻一册，遂中止。二十四年（1844），至沂州府，主講琅琊書院，所獲新碑拓本甚多，有《沂州石刻題跋》三十種。二十五年（1845）夏，受江南河道總督潘錫恩之邀，往清江浦增訂章學誠《史籍考》。二十八年（1848）冬返日照。咸豐元年（1851）八月，選授山東滕縣訓導。三年（1853）四月返日照，大病，至八月下旬始稍愈。四年（1854）校海源閣刊本《蔡中郎集》。五年（1855）八月，應浙江學政吴式芬邀請，赴杭州校文。次年，自杭州返山東，居沂州，助吴式芬編《捃古録金文》，致力於金文考釋。七年（1857），高均儒據所存許瀚手稿，在清江浦彙刻一册，延丁晏作序，名《攀古小廬文》，爲許氏述作中最先刊行者。八年（1858）正月，病偏痹，回日照。同治五年（1866）遭捻軍亂，書稿散佚，抑鬱而卒，年七十。

〔3〕"由翟文泉、李方赤處"，翟文泉即翟雲升。翟雲升，字舜堂，號文泉，山東掖縣人，精於文字音韵之學，著有《説文諧聲後案》《説文辨異》《古韵考》《隸篇》《文泉古人雜著》等。生平見前文楊以增《隸篇叙》注釋。李方赤即李璋煜。李璋煜（1784—1857），字方赤，號月汀，山東諸城人。嘉慶二十五年（1820）進士，道光十七年（1837）任江蘇常州府知府，兼署揚州府，後轉任蘇州府知府，歷任江蘇布政使、浙江按察使、廣東布政使。所至皆以"綏賢良、除强暴、敦教化"爲務。三十年（1850）以病告歸，咸豐七年（1857）病逝。李璋煜精於小學，深研金石，工詩善書，主持校勘桂馥《説文解字義證》，并著《律例撮要》《洗冤録辨證》等。

〔4〕"琪園觀察"，琪園即莊瑶。莊瑶（1791—1865），字琪園，號小琅嬛館，山東莒州人。嘉慶二十二年（1817）進士，曾任工部都水司主事、營繕司員外郎、都水司郎中、湖北荆宜施兵備道、河南彰懷衛道，後稱病回鄉。咸豐十一年（1861），捻軍活動於大店一帶，莊瑶奉旨在家鄉督辦民團，防堵農民起義軍。同治四年（1865）去世，贈太僕寺卿。莊瑶善書，攻顔書《東方朔畫贊》，頗見功力。著有《聲韵易知》《式古編》《小琅嬛館雜體詩草》等。

〔5〕"孟慈太守"，孟慈即汪喜孫。汪喜孫（1789—1847），一名喜荀，字孟慈，號荀叔，江蘇揚州人。嘉慶十二年（1807）舉人，援例任内閣中書，出爲河南懷慶府知府，以積勞病卒於官。喜孫博覽群書，於文學、音訓多所研究，尤能融會漢、宋，力除門户之見。楊以增於道光二十一年（1841）九月，服闋授河南開歸陳許道員時，曾與之共事。喜孫子保和、延熙云："楊至堂撫部以增……莫不禮貌相加，期許甚至。"（《孟慈府君行述》）楊紹和則云兩前輩"訂交最密"（《宋本〈説文解字〉題識》）。楊以增延聘許瀚爲《義證》總校，也是由於喜孫力薦。之後校刊《義證》和《方輿考證》時，楊以增并聘喜孫校勘。兩人在藏書上交往頗多，楊紹和《楹書隅録》卷一宋本《説文解字》識語稱："向藏江都汪容甫先生家，其哲嗣孟慈太守官豫中，適先公分巡大梁，訂交最密，太守因以此本爲贅。時道光之辛丑、壬寅間也。"宋本《周禮鄭注》十二卷六册

購“於揚州汪容甫先生之子孟慈太守家”（《宋本〈周禮鄭注〉題識》）。宋巾箱本《春秋經傳集解》，“向爲青浦王德甫先生所藏，後歸揚州汪孟慈太守。道光己酉（1849），先公於太守之子延熙處得之”（《宋本〈春秋經傳集解〉題識》）。其他如宋本《揚子法言》鈐有“汪喜孫”印，金本《新刊韵略》鈐有“汪大喜孫”“孟慈父”印。故葉昌熾云：“讀《楹書隅録》，聊城楊氏記其所藏書也，士禮居物居十之五，皆自藝芸歸之，其他則汪孟慈家物也。”（《緣督廬日記》）

[6]“循軌轍於汝南”，汝南即指許慎。許慎（約28—149），字叔重，汝南召陵人。范曄《後漢書・許慎傳》：“性淳篤，少博學經籍，馬融常推敬之，時人爲之語曰‘五經無雙許叔重’。爲郡功曹，舉孝廉，再遷除洨長。卒於家。初，慎以五經傳說臧否不同，於是撰爲《五經異義》，又作《說文解字》十四篇，皆傳於世。”

[7]“溯淵源於高密”，高密即指鄭玄。鄭玄生平見前楊以增《六藝堂詩禮七編序》注釋。

[8]“主講沛上”，沛上即今山東濟寧，道光十九年（1839）至二十三年（1843），許瀚應濟寧直隸州知州徐宗幹之請，任濟寧漁山書院山長。

[9]“兼修志乘”，指許瀚在講學漁山書院之時，應徐宗幹之邀，纂修《濟寧直隸州志》。《濟寧直隸州志》十卷、首一卷、末一卷，徐宗幹修，許瀚纂。徐宗幹（1796—1866），字伯楨，江蘇通縣人，進士，道光十八年（1838）任濟寧州知州。徐宗幹以州志自乾隆四十三年（1778）知州王道亨纂修後，一直未再續修，於是邀請許瀚，召集邑紳，設局纂輯，至道光二十三年（1843）志稿粗就，未及刊行，而宗幹調任，後盧朝安於咸豐九年（1859）重加修訂付梓。此志“較之乾隆中會修之志，擷萃汰縟，補漏拾遺”，尤於水利、賦役、兵事、農林等有關民生者，記述更詳，其考證亦精審，可資後人參考。

[10]“洵無愧評持月旦”，汝南許劭兄弟評論鄉里人物，每月一換議題，稱“月旦評”。後遂用以指對人物或作品的評論鑒定。范曄《後漢書・許劭傳》：“初，劭與靖俱有高名，好共核論鄉黨人物，每月輒更其品題，故汝南俗有‘月

旦評’焉”。

［11］“桂未谷先生著有《説文義證》”，桂未谷先生即桂馥。桂馥（1736—1805），字未谷，一字冬卉，山東曲阜人。清乾隆五十五年（1790）進士，曾任雲南永平知縣。後專研聲韵金石，顔其室爲十三篆師精舍。桂馥精於説文聲韵，認爲“士不通經，不足致用；而訓詁不明，不足以通經”，遂取許慎《説文解字》與諸經義相疏證，著《説文解字義證》五十卷，又作《説文統系圖》《札樸隨筆》十卷、《繆篆分韵》五卷、《晚學集》十二卷。《説文義證》即《説文解字義證》，凡五十卷，此書引群書用字之例以證許慎原著，羅列古籍而不下己意，分肌擘理，脉絡貫通。對於所引文獻，“前説未盡則以後説補苴之，前説有誤則以後説辨證之。凡所稱引皆有次第，取足達許説而止”。引據雖繁，條理自密。此書與段玉裁《説文解字注》、王筠《説文釋例》《説文句讀》、朱駿聲《説文通訓定聲》并稱，對後世影響很大。

［12］“原稿存曲阜孝廉孔蒨華家”，桂馥《説文解字義證》原稿完成後未刻，傳至其孫桂顯忱（字樸堂），以“老病無子，恐失傳也”，遂寄藏曲阜孔憲恭（字蒨華）、孔憲彝（字綉山）兄弟家中。

［13］“弟欲代爲刊行，而苦於不能校正”，《許瀚年譜》稱楊以增擬刻桂馥《説文義證》，并延許瀚董理校勘之事。許瀚應允，并手寫《説文義證寫刻帳目》（稿本現藏山東博物館），内稱：“楊至堂觀察寫刻桂未谷大令《説文義證》，屬瀚校理。所有書籍版片寫刻支發，凡經手諸事，總登此册。”下署“壬寅臘”，即道光二十二年（1842）冬季。

［14］“許先生地理書”，即許鴻磐《方輿考證》。許鴻磐（1747—1826），字漸逵，號雲嶠，又號雪帆、六觀樓主人，山東濟寧人。乾隆四十六年（1781）進士，歷官安徽同知、泗州知州。少負才名，博涉群籍，尤致力於輿地之學，凌廷堪以爲“海内輿地之學，以鴻磐爲第一專家”。地理著作有《方輿考證》《泗州考古録》《尚書札記》《河源述》《金川考略》。許鴻磐亦善詩文戲曲，著有《六觀樓文》《詩存》《潁尾集》《雪帆雜著》《六觀樓北曲六種》等。

[15]“鞅掌”，謂職事紛擾煩忙。《詩經·小雅·北山》：“或栖遲偃仰，或王事鞅掌。”《毛傳》：“鞅掌，失容也。”鄭玄箋：“鞅猶何也，掌謂捧之也。負何捧持以趨走，言促遽也。”孔穎達疏：“傳以鞅掌爲煩勞之狀，故云失容。言事煩鞅掌然，不暇爲容儀也，今俗語以職煩爲鞅掌，其言出於此傳也。故鄭以鞅掌爲事煩之實，故言鞅猶荷也。”劉昫《舊唐書·王播傳》：“播長於吏術，雖案牘鞅掌，剖析如流，黠吏詆欺，無不彰敗。”

[16]“見獵心喜”，比喻舊習難忘，見其所好，便想嘗試。周敦頤《周子遺事》：“（明道先生）又曰：‘吾十六七時，好田獵。既而自謂已無此好。周茂叔曰：‘何言之易也！但此心潛隱未發，一日萌動，復如初矣！’後十二年，暮歸，在田間見獵者，不覺有喜心。因見果知未也。’”

[17]“愚弟楊以增頓啓”，此札未署年月，從內容考之，當在清道光二十二年（1842），時楊氏在河南開歸陳許道任內。

致許印林書之二

印林仁兄大人閣下：

接讀手書，領悉種種。就惟高堂侍福，吉葉元旋爲慰。《地輿書》俟問山[1]到豫，弟即專托升齋先生[2]會同吾兄審定。《説文義證》未免有涉蕪雜之處，摘其尤者，略爲删汰，似亦無妨[3]。方赤信來，亦云吾兄有用硃鈎勒之本[4]，想於此書致力已深也。珊林刺史[5]近亦有信來，論及《義證》一書，已鈔寄孟慈，可取來一閲也。南來書手刻手，不便賦閑，可否先刻《地輿書》？祈與孟慈商之。《地輿書》盡可用宋字，《説文》樣本應用何體，尚希會商示知。經費容即專人賫送，不致誤延。《説文義證》交孟慈與自江南來者分任其勞，尤望吾兄之總校也。弟隨同帥節上下奔馳，約念前可以回署耳。此復順頌文祺，并攀璧晚謙稱[6]不具。

愚弟楊以增頓首。

注釋：

[1]"問山"，即王緒昆。王緒昆（1780—1855），字裕賢，一字問山，號鏡湖，山東濟寧人。道光元年（1821），援例捐同知，分發江蘇。二年（1822），補揚州清軍廳，後署貴州仁懷廳，以卓異升大定府知府，道光十八年（1838）罷官歸，二十四年（1844）援例以同知改歸東河。七年（1837）辦理河工，勤勞備著。二十八年（1848）題補懷慶府黃沁同知，咸豐五年（1855）辦理蘭陽河工，積勞病卒。楊以增作此札時，王緒昆罷職家居，"時濟寧東玉帶河淤久成平地，公謂有關人文，倡議疏浚之。與徐樹人（即徐宗幹）州牧糾集衆紳，重修學宫，建栖流所，以收養流亡。舉凡倡一議，修一工，皆竭力捐資不少吝，其急公好義，性固然也"，爲當地關注地方事業之士紳。

[2]"升齋先生"，疑爲李福泰。李福泰，字星衢，濟寧人，道光進士，曾官廣東巡撫。

[3]"摘其尤者，略爲刪汰，似亦無妨"，許瀚對校刻此書頗感爲難，因當時對如何整理校訂此書，學者有不同看法。許瀚記述稱："丙戌、丁亥間，瀚在京師，爲李方赤觀察分校此書，同人厭其蕪雜，欲從事刪汰者甚衆，鄙意亦云然。獨安邱王菉友（筠）孝廉以爲未可輕議。""桂書可覆案也，此不須辨。某先生之學，瀚夙所欽佩。此校則謬誤層出，蓋其意別有在，遂悍然罔顧也。瀚實不敢曲徇，以獲罪名於桂君。爰擇其巨謬，條辨如右。"（見《攀古小廬雜著》卷五）此處"某先生"即指汪喜孫，時力主刪汰。楊以增因參與整理學者觀點不一，故稱"略爲刪汰，似亦無妨"。

[4]"方赤信來，亦云吾兄有用硃鈎勒之本"，此説不確。許瀚致楊以增函稱："李觀察云，瀚有用硃勾勒之本，實無其事，或誤記家珊林刺史節鈔本耶？"

[5]"珊林刺史"，即許槤。許槤（1787—1862），字珊林，號叔夏，浙江海寧人。道光十三年（1833）進士，曾任山東平度州知州，善於治獄，素留心檢驗尸傷，訂《洗冤録詳議》。後任淮安、鎮江、徐州知府，升江蘇糧儲道。精研《説文解字》，撰《説文解字統箋》《識字略》《古均閣遺著》等。

　　〔6〕"摹璧晚謙稱"，摹璧謙稱字面意爲退回寫信人的謙稱。許瀚致函楊以增時曾自稱"晚"，楊以增認爲過於謙抑，因此在回函末稱"摹璧晚謙稱"，以示不敢當。此爲當時函札慣用敬語。

致許印林書之三

　　前有一函奉復，諒入鑒原。未谷先生《説文》可以不删者，自應概照原文，以待天下後世之論定。惟記乙未六月[1]，芸臺相國過襄[2]，言及此書，嫌其不無蕪雜，須巨眼人通爲校正，乃成完璧。近接方赤、珊林來信，所言亦不約而同。尚希逐加核定，可存盡存[3]。其有援引牽强，或前人之僞造各書，似無妨量爲删减[4]，仍候鈞裁。方赤鈔本[5]只三十二册，似可照此册數。兹寄來庫紋三百兩存於尊處，一切使用，概由尊處領支。至許雲嶠先生《方輿書》，祈與升齋先生酌定體例，由榮庭兄[6]校對，再呈吾兄覆校，然後發刊[7]，此等事固應不厭精詳也[8]。弟與吾兄曾未謀面，自覺同心，統希照料一切，庶幾用歸撙節，書極精工，可無遺憾耳。此布順頌文綏，餘容續寄，惟照不一。

　　愚弟楊以增頓首[9]。

　　方赤鈔本附呈，幸無損失。

注釋：

　　〔1〕"乙未六月"，爲清道光十五年（1835）六月，時楊以增任湖北安襄鄖荆道道員。

　　〔2〕"芸臺相國過襄"，"芸臺"即阮元。

　　〔3〕"尚希逐加核定，可存盡存"，此句及以上數句反映楊以增對校刊桂馥《説文解字義證》的看法。楊以增認爲桂書雖頗有價值，但不乏蕪雜之處，因此有必要加以删汰。阮元作爲學術大家，且爲楊以增之上司，并有提携之恩，亦

主張加以校正，此觀點對楊以增有較大影響。此外，李璋煜、許楗亦持此説。許瀚態度更爲謹慎，其致楊以增書稱："丙戌、丁亥間，瀚在京師，爲李方赤觀察分校此書，同人厭其蕪雜，欲從事删汰者甚衆，鄙意亦云然。獨安邱王篍友（筓）以爲未可輕議。當時不甚解其意，輾轉十餘年後，初見頓易。竊謂《説文解字》，字書也。凡有字，《説文》無不取資。凡有字，無不取資於《説文》……其書包孕甚廣，後人爲之疏證，徵采不能不博。太博則近雜，理勢然也。"

[4]"似無妨量爲删減"及此前數句，楊以增在此提及桂書中援引牽强及引用僞書部分可酌加删減，當爲受到汪喜孫、李璋煜等人觀點之影響。許瀚對此觀點并不認可，其致楊以增札稱："至於《古文尚書》《家語》《孔叢》之屬，桂君詎不知其僞？惟《説文》以前之書，《説文》所本；《説文》以後之書，本諸《説文》。近人之説，猶尚取之。諸書即僞，固魏晉間作者，古言古訓，觸目皆是。義有相需，何嫌取證乎？書中有引《鄧子》，或譏其杜撰，當云'鄧析子'。案'荀卿子'亦曰'荀子'，'韓非子'亦曰'韓子'，'鄒衍子'亦曰'鄒子'，'范子計然'亦曰'范子'，是前人引書固有此例。又天字下引《中庸》'峻極於天'，或譏其不引《毛詩》。案《中庸》作從山之'峻'，鄭云：'峻，高大也。'《毛詩》作從馬之駿，鄭云：'駿，大也。'許解天曰：'至高無上。'故引《中庸》訓高之峻爲證，若《毛詩》，則以駿爲大，而以崧爲高，非其義矣。"據此，則許瀚對楊以增之觀點亦不能認可。

[5]"方赤鈔本"，李璋煜鈔本《説文解字義證》，約爲清道光七年（1827）鈔本，今尚存，藏國家圖書館。

[6]"榮庭兄"，即李聯榜。李聯榜，字榮庭，山東濟寧人，舉人，官清平縣教諭。與許瀚等同纂《濟寧直隸州志》，二人過從甚密。《六君子傳合本》有李聯榜題詩，署款："庚子仲秋，印林先生命題，即求大雅正韵。"

[7]"然後發刊"，盧朝安修《濟寧直隸州續志》録李福泰《六硯樓文集拾遺序》稱："蓋先生（許鴻磐）畢生之精力萃於是（即《方輿考證》）矣。先生無子，歿而孝廉（指李榮庭）藏其稿，視若拱璧，不輕以示人。及予館部郎汪

孟慈家，而楊志（應爲“至”）堂先生爲開歸道，聞先生是書，謀集貲爲之付梓，甫刻目録數卷。”

［8］“此等事固應不厭精詳也”，據此，則楊以增將刊刻許鴻磐《方輿考證》交由許瀚辦理，許瀚《説文義證寫刻帳目》稱：“壬寅冬，刻《方輿考證》，記收到寫樣三十七葉，計字二萬三千八百七十八，合錢十千九百三十八文，收到刻板印樣十葉，計字四千四百零五，合錢十一千八百五十六文……此書底本係由李榮庭先生借出，現經李升齋先生、王問山先生借出李佑亭先生所藏定本，與此迥異，因將已寫刻之葉，姑且停工，另由升齋先生鈔寫定本，寫訖再商鏤刻。二月二十六日瀚記。”

［9］“愚弟楊以增頓首”，此信亦作於清道光二十二年（1842）。

致許印林書之四

印林先生仁兄函丈：

接讀還章，捧讀校刻廿條，刻書事宜十二條[1]，縷悉精詳，紉佩無似。弟現奉都轉兩淮之命[2]，此事又有變遷。弟擬交卸後，繞道任城[3]，可以面商一切。緣道員俸滿，先奉調取引見之部文也。汪、管二兄[4]或在濟，或回里襄校，統俟到濟後商定。每位祈先各送五十金，以資寄用。匆匆拜復，順頌文祺，敬璧尊謙，統容晤叙不一。

愚弟楊以增頓首[5]。

注釋：

［1］“校刻廿條，刻書事宜十二條”，因桂馥《説文解字義證》用例宏博詳備，在如何删改校正方面，許瀚與汪喜孫存在較大分歧。許瀚在致楊以增函中表明了自己的態度：“作者用心細於毫髮，鹵莽如瀚，輒欲縱尋斧柯，誠知其難也。若其顯有沿誤、舛錯、脱漏、重複，管窺所及，亦未敢苟同。”其態度較爲謹慎，

印林先生仁兄函丈接奉
還章捧讀
校刻廿條刻書事宜十二條縷悉精詳紉佩無似
弟現奉郡轉兩淮之
命此事又有變還弟擬交卸後遠道任城可以面商一切
緣道員俸滿先奉調取引
見之部文也

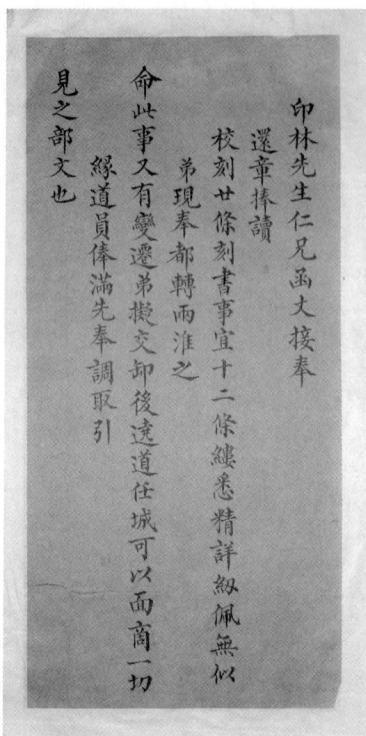

《致許印林書》，楊以增撰（一）

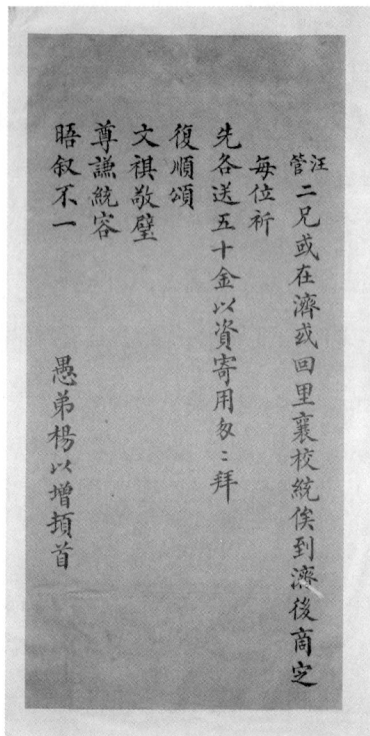

汪
管二兄或在濟或回里襄校統俟到濟後商之
每位祈
先各送五十金以資寄用匆匆二拜
復順頌
文祺敬壁
尊謙統容
晤叙不一
　　　愚弟楊以增頓首

《致許印林書》，楊以增撰（二）

以求最大限度保留桂著之原貌，避免誤刪誤改。汪喜孫則主張大加刪改，遣汪士鐸（梅村）、管嗣復（小異）來濟寧，撰《說文義證校例》，紕漏百出，許瀚頗爲不滿，遂作《桂注說文某先生校語條辨》及《補例》《改例》。許瀚《桂注說文某先生校語條辨》按語稱："桂書可覆案也，此不須辨。某先生之學，瀚夙所欽佩，此校則謬誤層出，蓋其意別有在，遂悍然罔顧也。瀚實不敢曲徇，以獲罪名於桂君。爰擇其巨謬，條辨如右。癸卯五月十七日三鼓草。"再按《滂喜齋叢書》收錄《許印林遺著》（即《桂注說文某先生校語條辨》）附識云："右廿條本無須辯，恐有誤信其說者，則於桂書大有害，不得已而辯之，懼得罪於先達也。姑隱其名，庶幾後有悔焉。癸卯五月十四日四鼓許瀚草。"許瀚又稱汪喜孫《校例》，"覆視諸條，往往以桂氏引書之文，誤以作桂氏語。此其病由讀他書不熟，於桂氏書又不細心，尋繹段落，率爾雌黄，故動成笑柄。"可見，許瀚對汪喜孫本無成見，僅就其校勘桂書之不當處，深致不滿，此亦楊以增此次刻書進展緩慢、終致中輟的主要原因。

咸豐三年（1853），許瀚致王筠書，再次憶及此事："所論桂書誠是，弟初意亦如此辦，而楊公爲衆説所撓，屢以書囑删正，不得已乃定前例，如此則删亦無多，仍是不欲删之意也。不料大拂孟慈意，與南來二位朋友（自注：汪梅村、管小異）大翻云：'汝等本由我薦來，何以不依附我，而依附許印林？'遂奮筆批評桂書，以寄楊公。迨楊公以所批示者示弟，弟始知之，《儒林》《循吏》《孝子》傳中人做事如此，一何可笑？"再按柳詒徵《説文句讀稿本校記》（《江蘇省立圖書館年刊》1928年）稱："集桂書，邇頗有大力者謀爲刊行……以有所撓而罷。原稿作'爲宵人所撓而罷'。菉友批其上云：'宵人指汪孟慈。孟慈意恐未谷奪茂堂之席也。不知未谷去茂堂遠甚，惟嚴鐵橋足以奪其席，次之則我耳。'"對照上文許瀚稱汪喜孫"蓋其意別有在，遂悍然罔顧也"，所指與此同，不過用語稍微含蓄。此或可爲汪喜孫與許瀚校刻桂書之争提供注脚。

［2］"弟現奉都轉兩淮之命"，楊以增於道光二十三年（1843）四月初三日，被任命爲兩淮鹽運使。

［3］"任城"，即濟寧。時許瀚在濟寧主講漁山書院，而楊以增自河南任上交卸差事，北上京城引見，遂有途經濟寧，并與許瀚面商之計劃。

［4］"汪、管二兄"，即汪士鐸（梅村）、管嗣復（小異）。汪士鐸（1802—1889），字梅村，江蘇江寧人，道光二十年（1840）舉人，後任國子監助教，曾先後爲胡林翼、曾國藩幕僚。工詩文，通三《禮》，後專治地理學，著有《漢志志疑》《水經注圖》《水經注釋文》《南北史補志》等。管嗣復（？—1860），字小異，江蘇上元人，諸生，父管同爲桐城派重要人物。嗣復幼承家學，曾中秀才。汪士鐸等纂《續纂江寧府志》卷十四謂其爲"揚州汪孟慈未取婿也，博雅好經術，一時耆彦方聞之士多折行輩與之交。又研算術，窺代微積之略"。咸豐三年（1853）後，在無錫遇傳教士艾約瑟，隨艾到上海，入墨海書館。與合

信醫生合譯西醫著作《西醫略論》《內科新説》《婦嬰新説》。咸豐十年（1860），在蘇州遭戰亂，顛沛而卒。

　　[5]"愚弟楊以增頓首"，楊以增任兩淮鹽運使在道光二十三年（1843）四月初三日，旋於四月十七日任甘肅按察使。據此，則楊以增作此函，當在是年四月。

致許印林書之五

印林先生仁兄函丈：

　　昨復一函，訂於節後取道任城，面商一切。乃今奉甘臬之命[1]，例應迎折北上，未便繞道而東矣。一面緣慳，何勝悵悵！未谷先生《説文義證》，本立意及早刻成，奈甘肅路遥，何能時時商榷？爲今之計，祇好先請汪、管二先生回南，俟弟升調近省，再爲敦請，以了前緣。此間仍求閣下會同孟慈太守代爲校勘。先覓好書手，鈔出底本，將月汀本并曲阜本[2]一一核之。目下或隨校隨刊，抑或暫停刻工，將從前工價開清，令書手、刻手暫回南京，另作後圖之處，聽候示知照辦。弟約初十後束裝北上，出京後，仍過任城，尚可一晤。如不進京，即改途赴濟，總擬面領教言也。專此布達，附呈百金，祈莞存爲幸。此頌文祺，諸惟荃照不既。鄉愚弟楊以增頓首。

　　如何通盤籌畫，總以能辦不歇手爲望，需資當再寄也。又及。

　　曲阜孔藎華處所存桂本，祈吾兄札取[3]，恐不肯交付他人也。弟信并呈。

　　注釋：

　　[1]"奉甘臬之命"，即奉到被任爲甘肅按察使之命。《清宣宗實録》卷三九一："（四月庚寅）以兩淮鹽運使楊以增爲甘肅按察使。"

　　［2］"將月汀本并曲阜本"，"月汀本"即李璋煜本。繆荃孫《桂氏說文義證原刻跋》："諸城李方赤方伯得其稿，延許印林、許珊林、王菉友諸小學家校訂。"然李氏所得并非桂氏稿本，而是傳鈔之本，現藏國家圖書館，有"東武李氏方赤收藏"印。道光二十二年（1842），楊以增延許瀚董理《義證》，李璋煜將此鈔本寄給楊以增，以增又轉寄印林。上文楊以增致許瀚札第三通稱："近接方赤、珊林來信……方赤鈔本只三十二冊，似可照此冊數。茲寄來庫紋三百兩存於尊處……方赤鈔本附呈，幸無損失。"下文第七通稱："方赤先生校本，仍暫存尊處，他日遇便，寄交可耳。"可見李方赤本此後即在許瀚處，許瀚獨校此書，即用此爲原鈔本。"曲阜本"即孔府收藏本。桂馥卒後，《義證》稿本存其孫桂顯忱處，又歸曲阜孔憲恭（蒨華）、憲彝（綉山）兄弟。孔憲彝《韓齋文稿》卷三《桂未谷大令戴花騎象圖跋》："余既爲未谷先生刻《晚學集詩集》，其孫樸堂茂才遂以此卷及先生手著《說文義證》、《札樸》稿本、《說文統系圖》、《送行詩冊》屬藏韓齋。以老病無子，恐失傳也。"

　　［3］"曲阜孔蒨華處所存桂本，祈吾兄札取"，許瀚《說文義證寫刻始末》："壬寅臘，汪孟慈先生由河南帶到《說文義證》十冊（第一冊至第十冊），餘存曲阜孔蒨華先生處。""癸卯二月十九日，孟慈先生將前書十冊交存書院，覓寫手詩人分鈔。"此處所指之桂本，即桂氏稿本。

致許印林書之六

　　印林先生仁兄函丈。使回，接讀還章，聆悉種種。桂書本應如此辦理，尚希逐一校正，精確不磨爲望。桂大兄[1]來豫，適值帥節遄臨。弟令人告知暫住寓所，俟送過使節回，再行晤叙。乃三月十七日自上南回省，而桂大兄十六日起行矣。傳語舛誤，悵歉至今。閣下既云可以幫辦，即遵照歲奉四十金，延請同校可也。

　　《北堂書鈔》《白孔六帖》[2]，奉上查收。弟無《古微書》[3]，其《百三名家》[4]尚存舍下，容續寄可耳。《地輿書》亦望吾兄盡心核正，其板樣字樣，孟慈頗有見解，亦無妨商榷及之也。弟十二日迎折北上，俟出都後，擬將繞道任城也。此復順頌文祺，惟希荃照不一。

注釋：

[1]"桂大兄"，即桂馥之孫桂顯忱。

[2]"《北堂書鈔》《白孔六帖》"，此二書均爲楊氏海源閣藏書。前者一百六十卷，明萬曆刻本；後者爲一百卷，明嘉靖刻本，均見山東省圖書館館藏《海源閣書目》。

[3]《古微書》，又名《删微》，爲緯書集彙，凡三十六卷，孫瑴編。孫瑴，字子雙，生於明季，湖南華容人。孫瑴從《十三經注疏》、二十一史書志、《太平御覽》、《玉海》、《通典》、《通考》、《通志》諸書中摘引緯書佚文，加以編排，包括緯書十種，分別爲《尚書緯》《春秋緯》《易緯》《禮緯》《樂緯》《詩緯》《論語緯》《孝經緯》《河圖緯》《洛書緯》。

[4]"《百三名家》"，即《漢魏六朝百三名家集》，張溥輯，凡一百十八卷，將自漢賈誼至隋薛道衡共一百零三人之詩文組成一編，并有所增益。

致許印林書之七

印林先生仁兄函丈：

前寄一椷，《白孔六帖》等書諒登收照。比惟祉隨序懋，桃李爭榮爲頌。未谷先生《説文義證》，祈會同桂世兄細加校正，繕成副本，以爲刊刻先資。囑覓《百三名家》十函，遵呈鄴架。方赤先生校本，仍暫存尊處。他日遇便，寄交可耳[1]。弟自都返汴，已在七月初旬。河憲[2]駐工，不便再赴濟上，悵歉奚如？附呈百金，半爲別敬，半希轉致桂世兄以爲脩費。匆匆泐此，順頌文祺，統容續布不一。

鄉愚弟楊以增頓啓。

書箱無便寄去，如接到此信，祈付一覆字。又及。

即交問山大兄[3]。

注釋：

[1]"方赤先生校本，仍暫存尊處。他日遇便，寄交可耳"，許瀚携帶桂馥《説文解字義證》，并時加鈔録，整理不輟。如道光二十四年（1844）正月，赴沂州琅琊書院任教。《許瀚日記》甲辰正月二十二日稱："王菉友信囑帶《繫傳》去校，又囑帶桂《説文》。臨行檢點桂原書，帶二十本。餘并樸堂（桂顯忱）借書，俱存木箱内。其鈔本則全帶，惟四十一與四十二兩本未鈔，檢原書帶之備查。又新鈔未校者六本亦帶，原本未校者，浮面皆未題書名。"

[2]"河憲"，此指時任河東河道總督朱襄。

[3]"即交問山大兄"，按此後有許瀚手書："此信似六七月間，信十月十二日由問山先生處送到，書箱未見。"

致許印林書之八

印林仁兄大人史席：

自癸卯[1]後，音敬久疏。甲辰年[2]曾接名箋，知卷資已邀鑒納。乙巳年[3]寄贈，仍將原信帶回，云公車未曾北上[4]，未識停雲何所。屋梁落月[5]，時切懷思，念甚歉甚。

邇聞清江安硯，修學著書[6]。此間爲閻百詩先生寄籍[7]，實事求是，媲美亭林[8]。閣下望古興懷，當必後先輝映也。未谷先生《説文》，想已校勘録出[9]。聞此書已有人在江南付梓，未知確否？[10]吾輩刊行之意，原爲闡揚起見，既有人刻，吾輩又何必再勞剞劂，似與争名耶？李月亭六兄鈔本，屢次來討，不啻再三。敢祈吾兄將未谷先生元稿，并校勘新録本及月汀鈔本，一并寄至都中吾鄉李硯農太史處太史名湘華[11]。再爲領取分還，不勝翹切之至。桂大兄現居何處，有館地否？祈寄聲候之。弟四載隴中，冰兢日切，乃秩遷屏翰，已愧濫竽，節擁旌旄，尤虞覆餗。尚希指南時賚，俾有持循爲禱。專此布達，順請著安，諸惟荃照不一。鄉愚弟楊以增頓首。

關中較江南去鄉稍遠，未知文駕肯西來否？[12]并及。

桂書如有新刻者，祈覓寄一部爲望[13]。戊申[14]三月

注釋：

[1]“癸卯”，即道光二十三年（1843），此年及此後兩年，楊以增均在甘肅按察使任上。

[2]“甲辰年”，即道光二十四年（1844）。

[3]“乙巳年”，即道光二十五年（1845）。

[4]“云公車未曾北上”，道光二十七年（1847）爲會試年，是年許瀚未赴京會試，楊以增遂有此説。按許瀚於道光二十四年（1844）自日照赴京應會試，報罷。此爲許瀚第四次落第。張穆《許鄦齋先生壽序》：“印林五六年來，不上公車。”此序作於道光二十八九年（1848—1849）間，據此則道光二十五年（1845）、二十七年（1847），許瀚均未應試，此後亦未進京。

[5]“屋梁落月”，比喻殷切思念朋友的心情。杜甫《夢李白》：“落月滿屋梁，猶疑照顏色。”

[6]“邇聞清江安硯，修學著書”，指許瀚於是年受江南河道總督潘錫恩之邀，至清江浦校訂《史籍考》。《許印林先生吉金考釋》附録牟所（字一樵，山東栖霞人）致許瀚札稱：“印林大弟同年閣下：昨見河憲潘芸閣先生，據云有《史籍考》一書欲發刻，而校正乏人，非吾弟不可，托兄專書相邀。聞吕鶴田同年（自注：清江書院之長）云，館金似不甚豐（自注：至大不過二百之數），尚可有兩乾館，便可敷衍。且吾弟所到之處，誰不傾倒？此行似不負人。四五百里之遥，

就道不難。若惠然肯來，吾兄弟藉圖一聚，亦佳事也。如今年有館，必不能舍彼而就此，可否辭脱明年之局，或延至秋間而至，即或延至冬間而至，雖遲遲尚可及也。望速速明白示一回信，至要，至要！”是年秋，許瀚離沂州，赴清江浦。

［7］“此間爲閻百詩先生寄籍”，閻百詩即閻若璩。閻若璩（1638—1704），字百詩，號潛丘，山西太原人，僑居江蘇淮安府山陽縣，清代漢學（或考據學）發軔之初最重要的代表人物之一。康熙十七年（1678），詔徵博學鴻儒科，落策後仍寓居京師，日以論學爲事。三十三年（1694）返回淮安府山陽縣。四十三年（1704），被皇四子親王胤禛邀至京師，備受尊禮，同年六月病卒。閻若璩著述頗多，所著《尚書古文疏證》在前人研究的基礎上，從篇數、篇名、典章制度、曆法、文字句讀、地理沿革和古今行文異同等多方面進行考證，并引《孟子》《史記》《説文》等書作爲旁證，得出東晋梅賾所獻《古文尚書》及孔安國《尚書傳》爲後世僞作的定論，解決了千百年來學術史上的一大疑案。

［8］“實事求是，媲美亭林”，此指閻若璩治學風格與顧炎武相似，均以學風嚴謹、成就突出而得到後人的景仰。此外，二人亦有交往。康熙元年（1662），閻若璩改歸太原故籍。此後數次返籍鄉試，但都名落孫山。康熙十一年（1672），他第四次返歸故里，恰逢顧炎武游太原，二人一道考晋祠古迹，辨晋水源流及太原之沿革、唐晋之分封。顧炎武以“所撰《日知録》相質”，“即爲改定數條，顧虛心從之”。

［9］“想已校勘録出”，許瀚多年來一直將桂書帶在身邊，并時加校勘。二十六年（1846），許瀚在清江浦爲潘錫恩校訂《史籍考》。三月，張石洲（穆）書勸印林爲楊墨林（尚文）刻桂書。張穆曾札詢“桂《説文》原本副本均在行篋否？”二十七年（1847），許瀚因校訂《説文解字義證》與校訂《史籍考》難以兼顧，又延請薛壽、田普實分校《義證》。五月，印林大病，八月旋里。越年三月返清江，因二人校刻謬誤百出，乃辭謝二人，工程停辦，嗣後獨任校讎。

［10］“聞此書已有人在江南付梓，未知確否？”桂馥《説文解字義證》原

由楊以增於道光二十二年（1842）主持刊刻，因許瀚與汪喜孫校刻觀點不一、楊以增於次年赴甘肅任職等原因，僅刻一册即告中止。但楊以增對刊刻桂書頗爲重視，時刻記挂於心。道光二十六年（1846），桂馥《説文解字義證》改由楊尚文（墨林）刊刻。王筠道光二十五年（1845）《與許印林書》稱："楊墨林欲刻《説文義證》，弟已極力慫恿之。"《許印林先生吉金考釋》附録道光二十六年（1846）張石舟與許印林書稱："敝鄉楊墨林尚文敬士好書，出於天性。第從臾任刻此書，深爲欣諾。但渠力量頗遜昔年。吾兄通盤核計，共需資若干，或尚可有相助之人，迅速示知。大約千金上下，墨林一人可辦。如需用過多，尚須將伯之呼耳。弟意趁此機會刻布此書有數善。居近淮揚，費省而書佳，一善也。吾兄獨任校讎，無半瓶醋相擾，二善也。墨林此數年内尚不至捉襟見肘，現刻此一書，勝化閑錢萬萬，三善也。至於如何措資相寄之處，得尊報後再以相聞。"至道光二十八年（1848），《説文解字義證》刻近三卷，并未刻完。因所請薛壽、田普實校勘多誤，許瀚頗不滿意。

　　[11]"李硯農太史處太史名湘華"，李湘華，原名漢鉉，字子蔚，號研農，山東安丘人。道光十七年（1837）舉人，二十一年（1841）進士，選庶吉士，散館授編修，記名監察御史。

　　[12]"未知文駕肯西來否"，時楊以增任陝西巡撫，邀請許瀚入其幕府。此札作於道光二十八年（1848）三月，六月後，楊以增即接到就任江南河道總督之命。

　　[13]"桂書如有新刻者，祈覓寄一部爲望"，楊以增致函許瀚時，桂馥《説文解字義證》雖已開始刊刻，但遠未完成。道光二十九年（1849）二三月間，《説文解字義證》校勘粗就，許瀚乃赴清江浦，謀劃重新開工刊刻。五月，親往南京覓刻工，六月到清江浦，準備七月開工，忽接父病家信，乃星夜返回日照。此時楊以增已任職江南河道總督，駐節清江浦，但二人均無交往之記述。或因六月伏汛已至，楊以增巡查防汛事務，并未在署，是以二人未能相見。道光三十年（1850），《説文解字義證》改在江蘇贛榆縣青口鎮設局刊刻，是年二

月正式開工。至咸豐二年（1852），終於刊成《説文解字義證》全書。原刊本封面鎸"咸豐二年五月訖工"，據許瀚致王筠函，刻竣在是年七八月間。此刻由楊尚文出資，因經費不足，許瀚又向楊以增、魏源、吕賢基等人借貸。咸豐三年（1853）許瀚致王筠函稱："弟刻桂書，負累千有餘金（自注：至堂先生河平六百，默深二百，吕鶴田一百，朱子良一百，馮春野一百，周子堅五十）。"據此，因刻費不足，許瀚曾求助於楊以增，然二人相關函札等資料今已不存。

［14］"戊申"，即道光二十八年（1848）。

致丁晏書[1]

儉卿三兄年大人[2]閣下：

　　昨承來翰，一切均聆。比惟祉與時偕，階庭集慶，深慰鄙懷。刻字人已支過九三大錢一百千、實銀一百兩，合足錢二百千零，催其趕緊刊刻爲妥。將來可單行亦可，作《詩禮》七種[3]似無不可。惟鑒定云，必應删去，勿貽笑大方也。皮面上刊"海源閣藏版"或"梓行"，尚無礙於理耳。河庫各種書謹呈一分，存慎翁[4]處兩箱，内有《安瀾紀要》[5]《南河祀典》二種，帶往豐工，回時可奉上也。汪世兄館地[6]難覓，容爲設法成全也。弟即日赴工[7]，專此布復，順請文祺，諸惟荃照不一。年愚弟楊以增頓首。

注釋：

［1］此函爲楊以增手稿，録自稿本《山陽丁氏投贈書牘》（二册，南京圖書館藏），爲《書牘》首篇。信末未署年月，據《六藝堂詩禮七編》刻於咸豐二年（1852）可知，此信當作於《六藝堂詩禮七編》刻成之前。

［2］"儉卿三兄年大人"，即丁晏。丁晏（1794—1875），字儉卿，號柘唐，江蘇山陽人。性嗜典籍，勤學不輟，尤好鄭學，著有《六藝堂詩禮七編》，

并治《易》、《書》、金石等，亦有專著。嘗在籍辦理堤工，主持賑務，咸豐十年（1860），因防範捻軍擾淮安北關有功，由侍讀銜內閣中書加三品銜。楊以增與丁晏爲同年同門，嘉慶二十四年（1819）同舉於鄉，道光二年（1822）同問學於蕭山湯金釗。丁晏《頤志齋感舊詩・楊至堂河帥》云："余乙卯同年，又同侍蕭山師相之門，講學論文，契洽無間。"

［3］"《詩禮》七種"，《六藝堂詩禮七編》既有單行本，又有合訂本。如國家圖書館既藏有《周禮釋注》二卷、《儀禮釋注》二卷等單行本，又藏《七編》十七卷合訂本。

［4］"慎翁"，即包世臣。世臣曾館楊以增南河節署，助以增校刻書籍。丁壽恒《柘唐府君年譜》稱："兩先生（指梅曾亮與包世臣）館端勤公署中，每延府君（丁晏）談藝，旬日不休。端勤公欲盡刊府君説經等書，先以《鄭氏詩譜考正》鏤版，接刊《詩禮七編》，共十七卷。"

［5］"《安瀾紀要》"，清徐端撰，二卷。是書成於道光間，上卷論述簽堤、水溝、浪窩、堵漫灘決口、堤漏、捕獾鼠及埽工、石工等修堤、護堤措施；下卷爲河工律例成案。有道光二十二年（1842）刻本。據包世臣《中衢一勺・郭君傳》所記，該書與《回瀾紀要》均當爲王全一所著，記述其治河經驗，後被徐端采用。

［6］"館地"，指幕賓或塾師的職位。

［7］"弟即日赴工"，咸豐元年（1851）八月，黃河在豐北廳豐下汛決口。楊紹和編《先都御史公奏疏》卷十八録楊以增咸豐元年（1851）年十一月奏折稱："時已仲冬下旬，距來年桃汛僅八十餘日，勢難再緩。除查照部咨，暫借藩關各庫銀兩濟用外，謹諏吉於本月二十五日興工，分別趕辦，以期仰副聖主廑念要工、奠安黎庶之至意。"此札稱"弟即日赴工"，當在咸豐元年（1851）十一月。

致友人書[1]

前奉訃音，驚悉祖太夫人瑤池證果，兜率歸天，捧讀之餘，莫名悲

《致友人書》，楊以增撰（一）

《致友人書》，楊以增撰（二）

愀。伏念祖太夫人榮膺封誥，壽享期頤[2]，身世無復遺憾。尚希節哀順變，以當大事，以慰先靈，是所禱切。承囑代投各信，當即分別妥交矣。弟承乏南河，冰兢日切，撫蚊肩而滋懼，感駒影之如馳。泐此布唁，并呈奠分貳百金，略抒芻獻，順候孝履不具。

愚弟楊以增頓首。令叔九先生均此致唁。

注釋：

[1] 此函載陳烈主編《小莽蒼蒼齋藏清代學者書札》第 579 頁，未標明收信人姓名。據其中"弟承乏南河，冰兢日切"之句，可判斷當作於楊以增擔任江南河道總督一段時間之後。

[2] "期頤"，指百歲。《禮記·曲禮篇》："人生十年曰幼，學。二十曰弱，

冠。三十曰壯，有室。四十曰強，而仕。五十曰艾，服官政。六十曰耆，指使。七十曰老，而傳。八十、九十曰耄。七年曰悼，悼與耄，雖有罪，不加刑焉。百年曰期，頤。”

募修荔泉書院小引[1]

夫事莫難於創始，而物尤貴於成終。荔邑向無書院，自前任蔡君[2]倡議興修，至武君[3]乃庀材鳩工，而書院之規模略備[4]。第講堂、魁星閣尚未畢工，而齋房更屬闕如。若不急爲添葺，不惟後效難收，抑且前功盡弃，爲可惜也。爰與諸同人商榷，赴各里募化。凡我荔邑之人皆當量力施助，庶幾衆擎易舉，不致半途而廢。觀乎人文以成化，亦將蒸蒸日上矣[5]。

注釋：

[1]此文載光緒元年（1875）蘇忠廷修，李肇同、董成烈纂稿本［光緒］《荔波縣志·藝文志》（1965年貴州省圖書館據此影印，《中國地方志集成》第24冊收入），署名爲“知縣楊以增”。按楊以增於道光二年（1822）中進士後，即分發貴州，歷任長寨同知、清鎮知縣，四年（1824）任荔波知縣。許乃普《江南河道總督楊公墓誌銘》亦稱：“四年，補荔波縣。”再據［光緒］《荔波縣志》卷五《學校志》稱：“道光八年，知縣楊以增復增修奎星閣五間、講堂五間、齋房九間。”［光緒］《荔波縣志》卷七《秩官志》稱：“楊以增字致堂（按：“致”誤，當作“至”），山東人，道光初到任。下車之始，增修荔泉書院，培植人才。居官數年，有惠政。去後，邑人思之，立位祀於文廟之名宦祠。”則此文當爲楊以增於道光八年（1828）知荔波縣時所作。

[2]“蔡君”，即蔡元禧。蔡元禧嘉慶十八年（1813）任荔波知縣。

[3]“武君”，即武占熊。武占熊，嘉慶二十三年（1818）、二十四年（1819）

任荔波知縣。

[4]“書院之規模略備”，楊以增之前兩任荔波縣令亦重視書院之修建，[光緒]《荔波縣志》卷五《學校志》稱：“嘉慶十九年，知縣蔡元陵（“陵”字誤，當爲“禧”）創修，題其額曰荔波書院。二十四年，知縣武占熊繼修。”可見荔泉書院之修，實爲歷任知縣努力不輟之成果。

[5]“觀乎人文以成化，亦將蒸蒸日上矣”，楊以增施政頗重教化，龍啓瑞《兵部侍郎都察院右副都御史江南河道總督楊公神道碑》云：“荔波苗號難治，公日坐書院，與諸生指授文字，而苗民俯首貼耳，爭就役恐後，同官驚服以爲神。”亦可與此文相印證。

傅母朱恭人家傳[1]

恭人朱姓，爲大司空鼎延公[2]六世孫女[3]，自平陰遷聊城。考衍詩，邑庠生，母鄧氏。恭人生而端敏，少失怙[4]，事母以孝聞。針黹之餘，兼通文學，於古今賢孝節義事，尤所究心。年十八，歸從九品封中憲大夫映宸傅公。傅故巨族，舅司馬公方歿[5]，家中落。痛繼姑楊太恭人殉節，哀毀逾恒。封公以生母黃太恭人在堂，急謀升斗，捧檄河南，需次十八年，禄實不足以爲養。伯子繩勛方七歲，女四歲，仲子繼勛猶在繈褓。恭人仰事俯畜，心力俱瘁。遇人急難，仍設法周恤之。姒娣前歿，黃太恭人衣食起居，惟恭人是賴，故最得歡心。伯子癸酉、甲戌連捷成進士[6]，選庶常[7]，乞假歸省，封公乃請養歸里。仲子亦補博士弟子員，女適劉宜其家，黃太恭人皆及見之。迨黃太恭人棄養，伯子由工部直軍機[8]，仲子以乙酉[9]選貢生，朝考優等，令安徽[10]，禄入浡豐。恭人兩至京，一至歙，惟以盡心職守、無貽先人羞爲勖。不久即言旋，佐封公經營喪葬，盡禮盡哀，戚族推重。待侍妾有恩，撫庶子女如己出。其秀而殤者，尤痛惜焉。恭人積勞成疾，每冬春患嗽，時發時愈。辛卯[11]，伯子出守瓊州，恭人以母鄧在殯，不肯赴養，而疾旋作矣。即於是年十一月卒，年六十有六。

嗟乎！方恭人窮困時，上奉姑，下教子，無一隴之植，中外揩拄幾二十載。紡織、縫紉、炊爨、浣濯之事，靡不躬親。至屑穅核雜樹葉爲食，而進於姑者必甘脆是求，饌館師不豐而潔。典質措貸，艱苦備嘗，豈逆料二子之必能繼起，遠紹家聲哉？只以爲所當爲，有如是則安，不如是則不安者。後雖顯榮，依然抑損，無一日不在憂患中。此都轉兄弟[12]所以與人言之，輒汍然流涕而不能自已也。恭人卒後，伯子升浙江鹽運使，仲子授安徽廬江縣知縣。孫五人：浚，丁酉選拔貢生，中式庚子科舉人[13]；餘幼。

楊以增曰：吾鄉之稱婦德者，舉恭人爲首，數十年無異詞。余內子與恭人同系朱，而於傅則爲彌甥[14]。都轉又余之總交角[15]也。登堂拜母，知之較詳。余欲慰都轉兄弟之悲，而宣揚母德也，爲叙其梗概如此。

注釋：

［1］此文載《東郡傅氏族譜》（道光二十三年（1843）嘉蔭亭刻本，國家圖書館藏）。此本刊刻情況，詳見前文楊以增《重修〈傅氏族譜〉序》注釋。

［2］"大司空鼎延公"，即朱鼎延。朱鼎延（1603—1668），字元孚，號嵩若，山東平陰人，後徙居聊城。崇禎十六年（1643）進士，入清後歷任禮部主事、雲南道御史，官至工部尚書，順治十五年（1658）乞歸養母，康熙七年（1668）卒。

［3］"六世孫女"，朱家世爲聊城望族，朱氏六世祖朱鼎延，進士出身，爲順治朝工部尚書；四世祖朱輝珏，康熙三十三年（1694）甲戌科進士，選授翰林院庶吉士；曾祖父朱續澤，雍正元年（1723）癸卯科舉人，丁未（1727）科明通榜，曾任甘肅安定縣知縣；祖父朱光祖，太學生。

［4］"失怙"，指父親去世。《詩經·小雅·蓼莪》："無父何怙？"

［5］"舅司馬公方歿"，司馬公即傅永紓。楊以增《重修〈傅氏族譜〉序》

稱其“由平陰教諭令於浙，升台州府同知，忤巡撫王亶望，抑鬱致疾，旋歿於杭”。傅永綏生平詳見前楊以增《重修〈傅氏族譜〉序》注釋。

［6］“伯子癸酉、甲戌連捷成進士”，伯子即朱恭人長子傅繩勛。繩勛字接武，號秋屏，自幼穎慧，受母嚴教，刻苦讀書，於嘉慶十七年（1812）中舉後，即於十八年（1813）考中甲戌科二甲四十七名進士，入翰林。

［7］“庶常”，即庶吉士，爲明、清兩朝時翰林院内的短期職位，由有潛質的進士擔任，爲皇帝近臣，負責起草詔書，爲皇帝講解經籍等。

［8］“由工部直軍機”，傅繩勛於道光二年（1822）八月入直軍機處，任漢軍機章京。

［9］“乙酉”，即道光五年（1825）。

［10］“令安徽”，傅繼勛曾任安徽廬江縣知縣、安慶府知府。

［11］“辛卯”，即道光十一年（1831）。

［12］“都轉兄弟”，都轉爲都轉鹽運使的別稱，主要處理各地鹽務事宜。傅繩勛曾任浙江、廣東鹽運使。

［13］“中式庚子科舉人”，庚子爲道光二十年（1840）。傅繩勛長子傅浚，字伯明，號東泉，道光十七年（1837）拔貢生，道光二十四年（1844）進士，任吏部主事、文選司郎中。

［14］“彌甥”，即遠甥，外甥之子，此指外甥之女。《左傳·哀公二十三年》：“以肥之得備彌甥也。”杜預注：“彌，遠也。康子父之舅氏，故稱彌甥。”

［15］“總交角”，童年相交的好友。沈復《浮生六記·坎坷記愁》：“琢堂名韞玉，字執如，琢堂其號也，與余爲總角交。”

重修松桃直隸廳城隍廟碑記[1]

城隍[2]之見於載籍者，莫先於《易》[3]，邱文莊[4]以爲祀於開元之後。考諸《戴記》：“天子大蜡八。”注：蜡八，水神庸居七。水，隍也；

庸，城也。此正祭城隍之始。北齊慕容儼鎮鄴城時，先有神祠，號城隍神[5]，是六朝已著此稱矣。蓋一方之水旱疾疫，神實司之，必妥其神，而後人民安雨暘。若松桃，故苗疆地，雍正八年建城，爲銅仁分郡。嘉慶初，因苗變，奏改直隸廳，廟創於始建城時。乾隆三十二年曾經修理，歷年既久，風雨剝落。道光辛卯正月，增來守此土，竊見規模湫隘，殿宇滲漏，怒焉人之〈1〉。爰與士民約重加繕葺，咸踴躍捐資，購拓地基，改建門樓，以爲演戲所。大殿之廢者，整而新之，翼以旁舍，固其垣墉，工凡五閱月而畢。本年夏秋之交，水澤愆期，設壇祈禱，立沛甘霖。益信靈應昭著，實與先農、先嗇[6]同爲春祈秋報之神。夫而後降福穰穰，水旱疾疫之不作，嘉惠於我民苗者，詎有已時哉！

　　是爲記。

校勘：

〈1〉“人之”，此二字原文如此，其意不詳，疑有誤。

注釋：

[1] 此文載徐鉉修、蕭琯纂［道光］《松桃廳志》卷二十八《記》，署名“楊以增，進士，山東聊城人，現任湖北襄陽道”。（《中國地方志集成·貴州府縣志輯》第四十六册收入）。［道光］《松桃廳志》卷十五《職官》之“直隸同知年表”云：“楊以增，山東聊城縣進士，道光十一年正月署。”亦可與此文“道光辛卯正月，增來守此土”句相印證。據此，則此文爲楊以增道光十一年（1831）任松桃直隸廳同知後所作。楊以增堪稱循吏，此文可爲例證。

[2]“城隍”，爲神話中守衛城池的保護神。中國古代城市多用土築城墻，城墻四周挖有護城的塹壕，有水的稱池，無水的稱隍。城隍神原爲城鎮守護神，後來漸由守護神演變爲對應於人間政府所派“陽官”的“陰官”，專門負責這一地區的大小陰間事務。

［３］“莫先於《易》”，《周易·泰卦》云：“城復於隍。”

［４］“邱文莊”，即邱濬。邱濬（1421—1495），字仲深，瓊山人，景泰五年（1454）進士，官至户部尚書兼武英殿大學士。邱濬多年“皆司文墨”，但注意經世致用之學，“尤熟國家典故，以經濟自負”，爲明代中期著名的思想家、史學家、政治家、經濟學家和文學家，著有《大學衍義補》，卒謚文莊。

［５］“號城隍神”，李百藥《北齊書·慕容儼傳》載：北齊文宣帝天保六年（555），慕容儼鎮守郢城，被南朝梁軍包圍，梁軍以荻洪截斷水路供應，形勢危急，“城中先有神祠一所，俗號城隍神，公私每有祈禱。於是順士卒之心，乃相率祈請，冀獲冥佑。須臾，衝風歘起，驚濤涌激，漂斷荻洪”。

［６］“先農、先嗇”，爲古代傳説中最先教民耕種的農神。

海源閣藏書記[1]

書自漢以後，家置一説，人各一師。立一書於此，而後之人從而附合緣飾之，又從而排擊之，捃摭[2]之，且剽竊之。附而相推，激而相摧，演而愈淆，引而愈支，使人惶惑而無所歸心。故書猶海也，流之必至於海也，勢也；學者而不觀於海焉，陋矣。雖然是海也，久其中而不歸，茫洋浩瀚，愈遠而不知其所窮，惝然不知吾所如，帆檣傾側，卒不得自休，以終其身，爲風波之民，豈不惑哉？昔之人有言曰：“十三經、十七史外豈有奇書？”[3]夫古今才人如此其衆也，著書垂後、怪奇偉麗者，如此其多也。而云爾者，是之源者也。知其源，則百家衆説之歧趨異派者，無不可以尋源而得其歸矣。有史焉，足以記事矣。今且類其事而分之，通其事而合之，以千百書演一書之事而未盡也[4]。由今以觀周秦人之經，於漢人之外，別無見也。由今以觀魏晋人説經，於唐人之外，別無見也。□今之説者，不惟視唐加詳也，且視漢而加□□□，□唐人之……（以下缺）

注釋:

[1] 此記爲碑文，碑原立於海源閣院内。其後閣遭毀壞時，石碑斷殘，并散落於院外，現存於海源閣紀念館東鄰姜氏家。據聞曾作搓衣板使用，又風雨摧之，部分字迹已漫滅不清。此碑高 57 厘米，寬 63 厘米（殘）。由於碑殘，祇存三百餘字，無落款署名。但從碑之出處及文字内容來看，《海源閣藏書記》爲海源閣主人楊以增所作無疑。《崇祀鄉賢録·事實》曾云楊以增"著志學之箴，海源名閣"，"志學之箴"即《志學箴》，而"海源名閣"當爲此篇，故此碑文應爲閣主楊以增建閣時所志也。海源閣爲楊以增於道光二十年（1840）丁憂期間所建，閣檐正中懸楊以增親書"海源閣"匾額（此匾現存山東省圖書館海源閣特藏書庫）。其跋語曰："先大夫欲立家廟未果，今於寢東先建此閣，以承祀事。取《學記》'先河後海'語，顏曰'海源'，蓋寓追遠之思，并仿鄞范氏以'天一'名閣云。""海源"本爲"祀事"，即追遠先輩之思，但又有藏書、治學之意。道光二十二年（1842），以增同年友梅曾亮循此意詳其説，作《海源閣記》。由於此碑文埋没已久，人們祇知《海源閣記》，而不知楊氏《海源閣藏書記》。

今移録梅曾亮《海源閣記》於下："昔班固志藝文，自六藝而外，別爲九流，則凡書之次六藝如諸子者，皆流也，非其源也。况又次於諸子，如詩賦諸略者乎？然當秦火後，餘裁數經。至漢成帝時間二百年，書已至萬數千卷之多。而自漢以後幾二千年，以至於今，附而相推，激而相摧，演而愈淆，釃而愈支，昔之所謂流者，且溯而爲源，而流益浩乎其無津涯。故書猶海也，流之必至於海也，勢也。學者而不觀於海焉，陋矣！雖然，是海也，久其中而不歸，茫洋浩瀚，愈遠而不知其所窮，惝然不知吾之所如，浮游乎無所歸休，以終其身爲風波之民，不亦憊哉！然則何從而得其歸？曰：有史焉，足以紀事矣；有子焉，足以辨道術矣。今且類其物而分之，比其物而合之，摭一書爲千百書，而其勢猶未已也。由今以觀，周秦人書於漢人見之外，別無見也。由今以觀，魏晉人説經於唐人載之外，別無見也。其見於史、見於集者，亦希矣。然今之説者，不惟視唐加詳也，且視漢而加詳也。夫漢唐人之書具是矣，其後此者，非衍詞也，即變文也。不然，則鑿空者也。而作者勤焉，學者鶩焉，以千萬言説書之一言，而其辯猶未知所息也。昔之人有言曰：《十三經》《十七史》外，豈有奇書？夫古今才人，如此其衆也；著書垂後、怪奇偉麗者，如此其多也。而云爾者，是知源者也。同年友楊至堂無他好，一專於書，然博而不溺也。名藏書閣曰‘海源’，是涉海而能得所歸者歟？或曰：信如子言，凡書之因而重、駢而枝者，悉屏絶之，其可乎？曰：烏乎可！游濫觴之淵，而未極乎稽天；浴日月之大浸，是未知海之大也，又安能知源之出而不可窮也哉！”（《柏梘山房集》卷十一）

　　［２］“攟摭”，摘取，搜集。班固《漢書·刑法志》：“三章之法不足以禦奸，於是相國蕭何攈摭秦法，取其宜於時者，作律九章。”

　　［３］“十七史外豈有奇書”，梅曾亮《海源閣記》即襲用楊以增此之句。梅《記》作於道光二十二年（1842），在楊以增建成海源閣後二年，則梅《記》之作，當亦晚於楊《記》。

　　［４］“以千百書演一書之事而未盡也”，據楊以增此《記》，如十三經、十七史，源也。而後爲演一書所出“千百書”，謂之海也。

梁本恭墓誌銘[1]

　　皇清敕授文林郎、山東沂州府教授、前安徽東流縣知縣梁先生墓誌銘。

　　賜進士出身、誥授中憲大夫、湖北安襄鄖荆道、署按察使、受業楊以增頓首拜撰；誥授奉直大夫、河南魯山縣知縣、前廣東欽州知州、丁卯科舉人、門人興化鄭鑾[2]書丹[3]；賜進士出身、誥授通議大夫、福建臺灣道按察使銜兼管學政、門人桐城姚瑩[4]篆蓋[5]。

　　先大夫重交游，而同研席、同補博士弟子、同與計偕、先後同爲校官、誼深且久者，莫如梁味愚先生。道光戊戌，同歸道山。餘先生之孤携持行狀來，曰：“先君子在殯，將營窀穸[6]，子之服闋矣，敢請銘。”以增嘗及先生門，思誼篤摯，奚忍以不文辭？

謹按狀：先生諱本恭，字尚銘，號味愚。系出梁伯後世，居晋陽。宋建隆平遥遷介休。曾祖榮振，太學生，誥贈武德將軍。祖欽彩，東昌府崇武驛丞，嗣由江南繁昌縣典史歸東昌，遂爲聊城人。父元捷，東河曹縣巡檢，妣劉孺人。本生父元龍，太學生，妣王孺人，均以先生官封贈如例。先生年十三考妣繼歿，哀切如成人。旋入郡庠，食廪餼。乾隆甲寅[7]舉於鄉，嘉慶壬戌[8]成進士，補安徽東流縣知縣，充丁卯、戊辰、庚午江南鄉試同考官。東流爲水陸交冲，先生以古循良自期，酌古準今，靡政不舉。不屑屑炫能干譽，所謂安静之吏、悃愊無華者耶！平反橇，鞫獄算，上臺稔其賢，欲舉爲百城首，而先生不願也。洎本生父卒於東流，服除，甫强仕[9]耳。先生高識遠韵，改就儒容，教授沂州十餘年，士風日上。先生願引歸，歸七年而卒，時道光十八年七月十二日也，年六十八。

先生嗣父母早故，依本生父母，居養葬皆以禮。同懷兄二人友於無間，讀書穎悟絶人，論文有物爲宗，從學者多所成就。分校士捷南宫五人，而經濟文章之最著者，爲臺灣道姚君瑩。户部郎中梅君曾亮學與姚埒，應庚午之薦而未售者也。赴簾聘時，宿旅店，聞鄰婦哭甚哀，詢知爲儒素家，因夫亡，鬻女爲人妾也。先生付百金，俾焚其券而去。在沂州，爲劉瞽女完婚，雪范貞女之誣，并爲立傳。與同寅捐廉施粥掩骼，蓋先生仁心爲質，樂名教，敦詩書，超然於軒冕之外也。已配劉孺人以孝謹稱，生子女各一，嘉慶丙子年卒。繼配和孺人，通文學，視子女如己出。子俊，邑庠生[10]；女適宋延澤。孫三：寶瀛、寶第、寶醇。以道光二十二年三月十八日葬先生於聊城南鄉顧家莊之原，劉孺人念歲行在戌[11]。先大夫所交游者，瑩石朱丈歿於四月，先大夫以六月十九日弃養襄陽，未三旬而先生之訃至，映宸傅丈亦於八月考終。苫塊[12]之餘，愴懷父執，而心喪已矣。築室未能木，哲人吾將安放？銘曰：

皖公保障民熙熙，富貴於我浮雲馳。

一盤苜蓿甘如飴[13]，言之有物工文辭。

旁羅珊綱多瑰奇，觴酒豆肉朋儕嬉。

香山九老[14]其庶幾，守黑守雌天下蹊[15]。

克昌厥後復奚疑，有幽斯竁龍崗碑。

注釋：

[1] 此文爲墓誌銘，原碑現藏於聊城城南之南顧莊許氏家。南顧莊即文中"聊城南鄉顧家莊"，亦梁本恭之葬地也。陳慶藩修，葉錫麟、靳維熙纂［宣統］《聊城縣志》卷八《人物》之《梁本恭傳》稱："梁本恭，字味愚，爲人沈潛緘默，不以言語才智高人。由嘉慶壬戌進士，任安徽東流縣知縣。勤於聽斷，獄無重囚。流民至境，計口授糧，不使擾及閭里。奸民周履中結黨尅法，捕治之。有世族鬻女者，貸以百金，焚其券。以憂歸，遂告降授沂州府學教授，益以端風化、勵名節爲先務。時劉女瞽，幾不婚，爲成之。范氏女受誣，作《貞女傳》，以表其烈。年六十八，卒於任。子俊，官惠民縣訓導。"據此銘文可知，梁本恭與楊以增父兆煜"誼深且久"，且以增又"嘗及先生門，思誼篤摯"。故在楊以增服闋後，梁本恭子即於道光二十二年（1842）"請銘"於以增，遂有此作。

[2] "興化鄭鑾"，鄭鑾（？—1853），字子硯，江蘇興化人，鄭燮重孫。嘉慶十二年（1807）舉人，嘉慶二十二年（1817）以知縣分發廣東，後任河南魯山知縣，創琴臺書院。晚年歸里，蒔花種竹，不與外事。咸豐三年（1853），太平軍陷興化，憂憤而卒。工書法，亦能詩詞散文，著有《嶺海集》《梁園集》《魯山集》。

[3] "書丹"，指刻碑時，先用朱筆在石上寫所要刻的文字，後泛指書寫碑誌。《隸釋》："《石經》，蔡邕書丹，使工鐫刻。"

[4] "桐城姚瑩"，姚瑩（1785—1853），字石甫，號明叔，晚號展和，安徽桐城人。從祖姚鼐，爲桐城派古文主要創始人。嘉慶十二年（1807）中舉，次年中進士，後於福建、江蘇任地方官，道光十六年（1836）權兩淮鹽運使。

後以知州分發四川，兩使西藏。道光三十年（1850）協助陸建瀛主持鹽務。咸豐初，奉旨赴廣西贊理軍務，鎮壓太平軍，任廣西、湖南按察使，卒於官。

〔5〕"篆蓋"，古時墓誌銘例用石相合，以一石爲蓋。蓋石題死者爵姓里名，習慣用篆書，稱篆蓋。

〔6〕"窀穸"，即墓穴。袁枚《祭妹文》："惟汝之窀穸尚未謀耳。"

〔7〕"乾隆甲寅"，即乾隆五十九年（1794）。

〔8〕"嘉慶壬戌"，即嘉慶七年（1802）。

〔9〕"强仕"，爲四十歲代稱。《禮記·曲禮上》："四十曰强，而仕。"

〔10〕"邑庠生"，明清時稱縣學爲邑庠，邑庠生即縣學生。

〔11〕"歲行在戌"，古代天文學有歲星紀年法，歲星即木星，每十二年一周天，歲行在戌即戌年。

〔12〕"苫塊"，即寢苫枕塊。苫即草席，塊即土塊。古禮居父母之喪，孝子以草薦爲席，土塊爲枕。

〔13〕"一盤苜蓿甘如飴"，苜蓿原産西域，漢武帝時，張騫使西域，始從大宛傳入。司馬遷《史記·大宛列傳》："（大宛）俗嗜酒，馬嗜苜蓿。漢使取其實來，於是天子始種苜蓿。"後以食苜蓿代指生活清苦。王定保《唐摭言》"閩中進士"條："薛令之，閩中長溪人，神龍二年及第，纍遷左庶子。時開元東宮官僚清淡，令之以詩自悼，復紀於公署，曰：'朝旭上團團，照見先生盤。盤中何所有，苜蓿長闌干。飯澀匙難綰，羹稀筋易寬。無以謀朝夕，何由保歲寒？'"程登吉《幼學瓊林》稱："桃李在公門，稱人弟子之多；苜蓿長闌干，奉師飲食之薄。"

〔14〕"香山九老"，指唐代白居易、胡杲、吉旼、鄭據、劉真、盧慎、張渾、狄兼謩、盧貞等人，在洛陽龍門寺聚會，稱香山九老。

〔15〕"守黑守雌天下蹊"，守黑，謂安於暗昧，保持玄寂，《老子》第二十八章："知其白，守其黑，爲天下式。"河上公注："白以喻昭昭，黑以喻默默。人雖自知昭昭明白，當復守之以默默，如闇昧無所見。"守雌，爲以柔弱的態度處

世。《老子》第二十八章："知其雄，守其雌。"吴澄注："雄，謂剛强；雌，謂柔弱。"

奉命致祭西岳華山文[1]

欽差兵部侍郎兼都察院右副都御史、巡撫陝西等處地方、贊理軍務兼理糧餉楊以增奉命致祭於西岳華山之神曰：

欽承皇帝諭旨："前因陝西雨雪愆期，虔取靈湫。仰荷神庥普被，叠沛甘霖，實深寅感。朕親製匾額，發去大藏香十炷，交該撫祗領，虔詣廟中，代朕拈香，敬謹懸挂，用昭誠慤而肅明禋。"欽此。當將御書匾額敬謹懸挂，祗肅拈香[2]。惟神功高西極，德沛秦疆，仙掌露濃[3]，百穀芘靈膏之潤；帝居日近，四時調玉燭之祥。屢昭聖迹於熙朝，三公并秩；聿焕奎章於琳宇，四岳同尊。敬爇御香，恭承祀事，伏希靈爽，歆此苾芬[4]。尚饗！

注釋：

[1] 此文載李恩繼、文廉修，蔣湘南纂 [咸豐]《同州府志》卷首《聖製紀》。道光二十七年（1847），陝西雨水稀少，二麥收成不佳。楊以增於是年四月十二日上《二麥約收分數折》："查陝省各屬上年秋冬雨雪，惟南山一帶調匀，而平原地方均形稀少。天燥土乾，以致二麥未能播種齊全，較之向年收成差遜……除蒲城縣被旱較重，業經前升任撫臣林則徐奏明，將上忙地丁錢糧全緩，并平糶倉糧，勸諭紳富捐濟。現已飭查收成分數，應俟題報實收案内再爲核辦外，所有西安等九府州屬七十一廳州縣多寡牽算，二麥約收六分有餘。"（《先都御史公奏疏》卷三）正因如此，在陝西得雨後，道光帝遂命楊以增赴華山祭祀神祇。

[2] "當將御書匾額敬謹懸挂，祗肅拈香"，楊以增遵旨祭神，并將相關情形彙報給道光帝。楊以增道光二十七年（1847）五月二十四日上《遵旨虔詣

岳廟恭懸御書匾額折》："臣即於五月二十一日捧賫出省，馳抵華陰縣地方，於二十四日敬詣岳廟灝靈正殿，恭懸御額，虔爇寶香，祇申祀謝，仰奎文之炳耀，輝映蓮峰；挹瑞靄之氤氳，馨升玉井。逾日甘霖迭沛，悉荷至誠感格之庥。從茲靈佑彌彰，永昭聖德懷柔之應。群黎瞻仰，歡感同聲。"（《先都御史公奏疏》卷三）

　　［3］"仙掌露濃"，班固《漢書·郊祀志上》："其後又作柏梁、銅柱、承露仙人掌之屬。"注引《三輔故事》："建章宫承露盤高二十丈，大七圍，以銅爲之，上有仙人掌承露，和玉屑飲之。蓋張衡《西京賦》所云'立修莖之仙掌，承雲表之清露，屑瓊蕊以朝餐，必性命之可度'也。"

　　［4］"苾芬"，本指祭品的馨香，後代指祭品。

大理石畫屏識語[1]

　　道光己酉正月二十日，祝阮太傅[2]八旬晋六壽辰，承賜大理石畫屏、吉羊漢磚硯各一，此石屏即"石詩記"中所首載者也，附識於此。
　　海源閣藏。

注釋：

　　［1］此文爲楊以增題阮元贈"湘烟春霽"大理石屏之識語，下鈐印"海原閣"。此大理石屏今藏山東省圖書館。道光二十九年（1849）正月二十日，阮元八十六歲大壽，楊以增賀壽并獲贈此屏。

　　［2］"阮太傅"，即阮元。

吉羊漢磚硯識語[1]

門下門生，備員屬誠。匪直私淑[2]，八載傳經。南來仰止，老成典刑^[3]。端溪小友，常此心銘。

　　增出蕭山湯相國門下^[4]，蕭山登庸衣鉢，受之於儀徵阮太傅。太傅總制滇黔，增由黔令洊升左江道^[5]，今秉河鉞^[6]，得挈經遺硯，銘而識之。追溯淵源，敢忘所自？

注釋：

　　[1]此文爲楊以增獲贈阮元吉羊漢磚硯後所作之識語。漢磚多有圖案文字，高古淳樸，且磚質細膩，宜於制硯。以漢磚爲原料所製的硯，稱爲漢磚硯。吉羊爲磚硯之裝飾圖案。

　　[2]"私淑"，指没有得到某人的親身教授，而又敬仰他的學問，并尊之爲師，受其影響。《孟子·離婁下》："予未得爲孔子徒也，予私淑諸人也。"趙岐注曰："淑，善也。我私善之於賢人耳，蓋恨其不得學於大聖人也。"

　　[3]"典刑"，指舊法、模範。《詩經·大雅·蕩》稱："雖無老成人，尚有典刑。"干寶《晋紀總論》稱："是以昔日之有天下者，所以長久也，夫豈無僻主，賴道德典刑以維持之也。"亦作"典型"。

　　[4]"增出蕭山湯相國門下"，"湯相國"即湯金釗。湯金釗（1772—1856），字敦甫，一字勛兹，蕭山人。嘉慶四年（1799）進士，選庶吉士，授編修。十三年（1808）入直上書房，因母喪回籍。二十一年（1816），仍入直上書房，旋升禮部侍郎，嘉慶二十五年（1820）轉吏部左侍郎。道光元年（1821）兼户部侍郎。道光七年（1827），任左都御史、禮部尚書，充上書房總師傅，調任吏部尚書、工部尚書、户部尚書。道光十八年（1838），以協辦大學士調回吏部。咸豐四年（1854）加封太子太保銜，卒謚文端。楊以增與丁晏同年同門。嘉慶二十四年（1819），兩人同舉於鄉，并於道光二年（1822）同問學於蕭山師相湯金釗。丁晏《頤志齋感舊詩·楊至堂河帥》："余乙卯同年，又同侍蕭山師相之門，講學論文，契洽無間。"

　　[5]"洊升左江道"，楊以增於道光十四年（1834）二月升任廣西左江道。

〔6〕"今秉河鉞"，指楊以增自道光二十八年（1848）九月起，擔任江南河道總督一職。

松柏有本性賦(1)[1]

〔題解〕此題以松柏之本性比君子之節操，然題無如字，未若清如玉壺冰之比喻顯然。只宜就第二段或後路原題處用雙關語，以發明正意，而中數段第就松柏有本性，次第鋪叙，而正意自在言外，乃爲得法。如舍本題而單作喻意，則失之遠矣。

古幹參天，貞心閱世，谷處岩栖，深根固蒂(2)。維松柏之不凡，貫始終而勿替(3)。措之則正，是率性以爲常；質有其文，非變本而加厲(4)。天與霜中之操，亦以禦冬；人爭事後之知，曰爲改歲(5)。爾其(6)枝如虬屈，狀作龍蟠。到耳濤聲，時聞謖謖(7)；凝眸黛色，可咏□□(8)。松之爲容，而積中不敗；柏之言迫，而所止以安(9)。杳莫紀其春秋，由來耐久；不與時爲榮落，已慣經寒(10)。不見夫(11)凍深入地，氣上騰天，山圍腰瘦，冰結腹堅(12)。彼後彫之尚在，泂異秉之能全(13)。體曲而直，意靜而專(14)。任剝復之相因，共識其容不改；得乾坤之正氣，縱教易地皆然(15)。是其性也不渝，故若本之克守(16)。等皇降之有恒，驗物生之非偶(17)。燠寒代謝，計時惟有歷年；梅竹偕盟，此外何堪爲友(18)？思與大椿并壽，定有開之必先；羞同小草知名，每爭芳之恐後(19)。徒觀其(20)品居冷淡，貌似支離，本來面目，絕世豐姿(21)。素影盤雲，鶴醒游仙之夢；彩囊承露，人歌采藥之詩(22)。異桃李之妍華，含章自信；問冰霜之閱歷，樹德誰知(23)？卓爾不群，翛然獨遠(24)。初未合乎時宜，又何驚於歲晚？動直以方之概，有此孤高；老當益壯之年，無嫌偃蹇(25)。詢前因於石上，料應有美在中；著亮節於人間，漫謂不揣其本(26)。他如^{（27）}蘭灑雪而稱幽，草當風而知勁^{（28）}。念孤衷之逾辣，桂樹冬榮；愛晚節之猶香，鞠華秋映^{（29）}。亦皆賜以嘉名，秉其至正^{（30）}。孰若此^{（31）}緬增美釋回之喻，儗必於倫；取徂徠新甫之材，成之者性^{（32）}。是蓋^{（33）}昭其質而無虧，原於心而弗假^{（34）}。豈終老於岩阿，肯寄人之籬下^{（35）}。性由天命，是須工則度之；本立道生，即等形而上者^{（36）}。自古爲楨，於王國亶其然乎？迄今作棟，於天家良有以也^{（37）}。

　　［疏義］首段從松柏説入，直捷了當，遂即點明題字，翳障全空。有本性，從何處驗出？故用禦冬改歲以揭明之，筆意顯豁呈露。二段鋪叙松柏，典切不浮。末韵恰好説道歲寒。三段用"不見夫"提起筆來，講論歲寒之時，筆圓調湛，一片宮商，末韵暗暗落到木性。四段從木性説來，語語雙關，亦不抛荒題面，是以雅俗共賞。五段言性存乎中，如徒觀其外，而不求其內，何以知其本性？中用分疏，末就桃李冰霜驗其品概，早已超絶恒流。六段挺接不俗，仍就本性刻畫松柏，雙管齊下，八面玲瓏，鈍根人何以能喻？七段用旁襯法，而徵引典故，俱與本題相比附，方不是有文無題。轉合本題，尤覺情切工穩。八段用原題作結，正喻俱到，是一是二，眼前成語，人所共曉。一經運化，無陳非新，別具仙心，真不食人間烟火者。

　　［總評］此篇通體清華，朗潤尤妙。在第三段用"不見夫"一提，通體骨節俱靈。立局既寬，筆亦跌宕不群。第五段用徒觀其外，而不察其內，不足以知松柏爲本性。二字洗發透澈，能使題蘊畢宣。至其運用成語，皆成妙諦，尤關靈心妙腕，毫無滯機，洵足爲法。

　　［注釋］劉楨詩："豈不罹凝寒，松柏有本性。"古榦。李洞《古柏》詩："古榦經龍嗅。"參天。杜甫《古柏行》："黛色參天二千尺。"貞心。范雲《咏松》詩："凌風知勁節，負雪見貞心。"深根，固蒂。《晋書·劉頌傳》："深根固蒂，則延祚無窮。"霜操。錢爾仲《小松》

詩："愛此凌霜操，移來獨占春。"虬枝。釋德洪詩："古木出虬枝。"
謖謖。《世說》："世目李元禮謖謖如勁松下風。"松之爲容。《説文》：
"松，古文從木，從容作□。"柏之言迫。《史記·漢高紀》："柏也者，
迫於人也。"腹堅。《禮記·月令》："季冬之月，水澤腹堅。"梅竹友。
類書："松竹梅爲歲寒三友。"小草。《世説》："郗公取遠志，以問謝
安曰：'此藥又名小草，何一物而有二稱？'時郝隆在座，應聲答曰：
'此甚易解，處則爲遠志，出則爲小草。'"支離。《硯莊雜記》："鮮
于伯璣得怪松一株，呼爲支離叟。"彩囊，承露。《續齊諧記》："鄧
紹入華山，見一童子，執五彩囊承柏上露。"灑蘭雪。李白詩："清
風灑蘭雪。"風知勁。《蕭瑀傳》："帝賜詩曰：'疾風知勁草，板蕩識
忠臣。'"

原注：

（1）以歲寒然後知本性也爲賦。

（2）從松柏直起不用虛字，最爲緊醒，而喻意自在言外。

（3）急爲點明題字，眉目清醒。

（4）性字本字，對點工整，語皆現成。

（5）揭明題義，妙極自然，運用成語，咸如己出。

（6）此二字是就松柏鋪叙的語氣。

（7）音"速"。

（8）切定松柏，研練生新，措詞秀韵。

（9）松柏用分疏法，字字典切，足徵腹笥便便。

（10）將本性略爲發明，并非實詮，剛剛説到歲寒。

（11）用此三字作提筆，陡然説入歲寒，接得跳脱不滯。蓋上段説到寒字，
此段若用順接，仍舊松柏鋪叙，作者恐其太平，不足動人。故陡然寫入寒字，
以避平冗。○凡賦中用"不見夫""徒見夫""今夫""且夫""夫以"等字者，

皆是提筆。

（12）裁對工整，歲寒從天地山川大處寫來。

（13）説向松柏，方不寬泛。

（14）句法長短相間，迥異平順。

（15）時雖改而容不改，由於性得其正。

（16）題字對醒，一筆不苟。

（17）以物比人，妙語雙關。

（18）藻不妄抒，切當不移。

（19）彼此較量，木性二字，不擊自破。

（20）此三字，是舍其内而觀其外，爲本性二字頰上添毫。

（21）就形於外者，但觀其品貌豐姿。

（22）松柏分疏，不同凡艷。

（23）抉題之奥，如顔魯公書，力透紙背。

（24）秃接有力，筆意英挺。

（25）是木是人，面面俱圓。

（26）拈來即是，著手生春，點化之妙，得未曾有。

（27）此二字與“彼夫”相似，是旁襯的語氣。

（28）蘭稱雪蘭，草云勁草，雖用旁襯，皆有關合。

（29）桂有辣性，菊矜晚節，與木性本自比附，是謂儗必於倫，并非泛引草木。

（30）總束一筆，再爲轉向本題。

（31）推尊本題發説，見鶯棱篇。

（32）運用成語，有得心應手之妙。

（33）此二字是題後原題語氣。

（34）隨筆驅遣，無不入妙。

（35）説松柏皆有人在内。

（36）用雙收之筆，將性字、本字照顧完全，是真滴水不漏。

（37）參用活筆，點化成語，文人之心，真能化腐臭爲神奇。

注釋：

［1］此賦載《詳批律賦標準》卷一。《詳批律賦標準》，葉祺昌選，同治十年（1872）刻本，首頁上題“同治癸酉新鋟”，中欄題“詳批律賦標準”，右欄題“武水葉吟舫評選”，左欄題“書業德記梓”，次葉祺昌序，次爲目錄，目錄下題“聊攝葉祺昌吟舫編次”。正文半葉八行二十字，版心上鋟“律賦標準”，中鋟卷 × 及頁數，下鋟“書業德”。

此書編者葉祺昌爲楊兆煜、楊以增業師葉葆從孫，葉葆生平見前楊以增撰《九水山房文存叙》注釋。受葉葆影響，葉氏後人職業多與教育有關，如葉錫麟曾任高苑縣教諭，葉允平曾任臨朐縣教諭，葉錫鳳曾執教於道南家塾。葉祺昌字吟舫，聊城人。此書封面題其籍貫爲“武水”，按李吉甫《元和郡縣圖志》卷十六《河北道一》稱：“武水縣……本漢陽平縣地，屬東郡。隋開皇八年，改陽平爲清邑縣，十六年分清邑置武水縣，屬莘州……在武水溝之南，因名之。大業三年廢莘州，改屬魏州。”據此，則“武水”與此書目錄下所題之“聊攝”均指聊城。葉祺昌爲晚清東昌著名塾師，道光二十六年（1846）副貢，曾任直隸易州州判。祺昌曾編寫不少“舉業指南”類書籍，聊城著名書莊好友堂將《青雲集》原注、增注“合注”并加重印，曾請葉祺昌作序。祺昌父葉錫嘏，字純甫，歲貢生。喜古文，善草書。因家學淵源，祺昌長於文學，多有著述，并編選、評注《詳批律賦精腋》《詳批初學正本集》《詳批律賦標準二集》《四勿齋訓蒙草初集二集》等，《詳批律賦標準》亦爲此類著作。此書所選均爲律賦，每篇前有解題，正文有圈點、評語，文末有疏義、總評、注釋，爲方便初學的律賦讀本。此選本將楊以增此賦列入卷一之第二篇，足見推崇重視之意。其中固然有楊以增爲葉葆高徒之原因，而此賦本身之較高價值亦爲重要因素。楊以增所作詩今皆不存，所作文多序跋、信札之類應用文，而偏重文學之著述，其得以考見者僅有此篇。

《詳批律賦標準》爲聊城書業德刻本。書業德始建於清康熙中，爲聊城清代四大書莊之一，光緒中達到頂峰，有院子百餘間，分作客廳、作坊、倉庫、宿舍，刻工、印刷工、裝訂工凡百餘人。除聊城總號外，書業德還在山西太原、祁縣、忻縣、介休、平遥及山東濟南等地設有十多個分號和代銷處。書業德刻書主要有兩類。一類爲“府書”，自産自銷爲主，開本較小，多用毛太紙、粉連紙印刷，品質較差。一類爲“南書”，爲從南京、蘇州、福建等南方買來印好的書頁裝訂成書，開本大，多用上等毛邊紙印刷，紙質潔白柔韌，厚薄均匀。今檢《詳批律賦標準》，所用紙質黃暗，刊刻印刷粗糙，當爲書業德本地刻印的“府書”，爲供給當地文人學子日常閲讀的習見之書。

是知其不可而爲之者與[1]

以不可而爲譏聖人，不知聖人者也。夫夫子視天下無不可爲之時也。晨門以知其不可譏之，豈知聖人者哉？意曰，君子之行藏，惟其時而已。時而盛，則出其身以與天下；時而衰，則弃天下以全吾身。乃滔滔者既已莫辨，而栖栖者猶若有求，豈本心之不明，何見幾之不作也？子來自孔氏，夫孔氏何爲者哉？明王其不興矣，誰是舉國以從者？而奈何皇皇莫定，絕無卷懷之思。天下其無邦矣，誰是可擇而仕者？而奈何戚戚靡騁，不辭風塵之苦？惟然，而吾竊有疑於是。是或閲歷未悉，未見天下之莫易，則其爲也，猶得以不知（下缺）

注釋：

[1]此文載《粲花文集》。《粲花文集》，扉頁上題“同治丁卯年重鎸”，中題“粲花文集”，右題“拜孔書屋讀本”，左題“書業德記梓行”。半葉九行二十五字，無界欄，正文楷體，然寫刻不精。書業德爲書坊名，創設於清初康

熙間，資東爲陝西郭姓，地址在山東聊城東門裏路南明代吏部尚書許贊故居，直至民國二十年（1931）前後資東郭子安返回陝西老家，書坊纔衰落下去。書業德刻印的書籍包括經、史、子、集各個方面，最盛時書版多達上千種，除聊城總店以外，還在濟南、太原、祁縣等地設分店。書業德還從江、浙、川、閩等省購進大量書頁，自行裝訂，加蓋書業德印章銷售，多達數百種，稱爲"南書"其自刻的書則稱"府書"。"拜孔書屋"未詳，當爲聊城本地書塾，此書或爲聊城書塾委託書業德所刻之科舉讀本。

志學箴[1]

士希賢　《説文》："士，孔子曰：'推十合一爲士。'[2]段氏注曰：'數始一終十，學者由博返約，故云推十合一。若一以貫之，則聖人之極致矣。'○士希賢，賢希聖，聖希天[3]，士其始基也。"

曰尚志　程瑶田《論學小記》[4]云："隱居以求其志，求其所達之道也。當其求時，猶未及行，故謂之志。行義以達其道，行其所求之志也。及其行時，不止於求，故謂之道。志與道通一無二。故曰：'士何事，曰尚志。'"[5]

惇五典　《尚書傳》曰："天次敘人之常情，各有分義。當敕正我五常之教，使合於五厚，厚天下。"○《疏》曰：五典，父義、母慈、兄友、弟恭、子孝是也。"

敬五事[6]　《説文》："敬，自急敕也。"《尚書傳》曰："五事在身，用之必敬，乃善。"

先植基　《説文》："植，户植也。"《玉篇》："根生之屬曰植。"《爾雅·釋詁》："基，始也。"《揚子法言》："基，據也。在下物得依據也。"

經與史　《説文》："經，織縱絲也。"段氏注曰："必先有經，而後有緯。是故三綱、五常、六藝[7]，謂之天地之常經。"《説文》："史，記事之書也。"○歷代廿三史，唐以《史記》、兩《漢書》、《三國志》三史立科，史之尤善者也。漢唐宋漢學精於訓詁，唐學詳於疏證，宋學邃於義理[8]。學無異非漢唐則典章制度無存，故注疏爲尚。非程、朱則風俗人心莫挽，故踐履爲先。其於學之實事求是，一也。

凡《七略》　《漢書·藝文志》：“劉歆總群書而奏其《七略》。故有緝略，有六藝略，有諸子略，有詩賦略，有兵書略，有術數略，有方伎略。”

原其始　《周易》之爲書也，原始要終[9]。

若九能　《毛詩·定之方中》：“《傳》：建邦能命龜，田能施命，作器能銘，使能造命，升高能賦，師旅能誓，山川能説，喪紀能誄，祭祀能語。君子能此九者，可謂有德音，可以爲大夫。”[10]

餘技耳　《唐韵》：“技，藝也。又方術也。”《禮·王制》：“凡執技以事上者，祝、史、射、御、以及百工。”[11]

思濟人　《孟子》：“禹思天下有溺者，由己溺之也。稷思天下之民，匹夫匹婦有不被堯舜之澤者，若己推而納之溝中。”

務求己　《論語》：“古之學者爲己，君子求諸己。仁者以天地萬物爲一體，莫非己也。”○程朱由踐履入，陸王[12]由覺悟入，所由異，求己同也。步趨程朱，自無流弊；攻擊陸王，吾無取焉。

依於仁　《中庸》：“仁者，人也。”鄭注：“讀如相人偶之人。”《論語》：“夫仁者，己欲立而立人，己欲達而達人。”濟人求己，不外乎是。○仁者，人也。親親爲大，爲仁由己，非禮四勿[13]，仍歸諸五典五事而已。

壽命久　《論語》：“仁者壽。”《孟子》：“修身以俟之，所以立命也。”○久，古讀若己。《詩·旄邱》“久”與“以”韵，《六月》“久”與“喜”韵，《蓼莪》“久”與“耻”韵”。○漢鏡銘：“長保二親利孫子，作吏高官壽命久。”

侯官林少穆先生[14]讀書經世，中外蜚聲，欽遲久矣。丁酉、戊戌，先生總制荆湘，檄余陳枲[15]。自時厥後，搴茭河上，秉鍤隴中，皆與追隨，備蒙陶冶[16]。金城[17]賦別，以“學有經法，通知時務，行無瑕尤，直到古人”書贈楹帖[18]。愧余淺陋，萬不克承。而先生眕睞日加，誘之至道。循循若此，敢不拜嘉？因作《志學箴》，發明疏證。蓋有志未逮也，願學非能也。質諸先生，請事斯語[19]。

丙午孟秋[20]，楊以增并識。

注釋：

[1]《志學箴》，咸豐三年（1853）楊氏海源閣刻本，半葉五行二十字，經文每行三字，下疏證雙行每行十四字，大黑口，四周雙邊，單黑魚尾，國家圖書館、湖南省圖書館有藏，陳慶藩修，葉錫麟、靳維熙纂［宣統］《聊城縣志·楊氏軼事》亦録其文。楊以增《跋》後又有高行信《識語》，對相關背景及意旨記述頗悉，今迻録於下："至堂先生《志學箴》因林少穆尚書所贈楹帖之意而作也，一昨以示家君。行信竊從坐隅讀之，欽論學之大公，熄群儒之聚訟。遂檢《説文》，依字作篆。自詒稚陋，何敢書名末簡？惟行信學篆，由往歲十月獲見鄧完白處士所書《弟子職》，始稍識用筆之法。而鄧書爲先生所藏，假示鉤摹，實同提命。家君乃許敬跋數言，以志先生嘉惠。咸豐三年十月朔有三日高行信謹識。"陸以湉《冷廬雜識》之"楊至堂"條稱："楊至堂河督與林文忠公同官有年，文忠以'學有經法，通知時務；行無瑕尤，直到古人'書贈楹帖，河督因作《志學箴》以發明其意云：'士希賢，曰尚志。惇五典，敬五事。先植基，經與史。凡《七略》，原其始。若九能，餘技耳。思濟人，務求己。依於仁，壽命久。'吾友高伯平之子行信以《説文》字作篆刊之，附跋謂論學大公，熄群儒之聚訟，良然。"據此可見，楊以增此《箴》刊刻之後，江南學者文士頗有見者，故陸以湉方能知之如此之悉。

[2]按此句出自許慎《説文解字》卷一"士部"，原文稍詳："事也。數始於一，終於十。从一从十。孔子曰：'推十合一爲士。'"

[3]"士希賢，賢希聖，聖希天"，此語出自周敦頤《周子通書》之"志學第十"："聖希天，賢希聖，士希賢。伊尹、顏淵，大賢也。伊尹恥其君不爲堯舜，一夫不得其所，若撻於市。顏淵不遷怒，不貳過，三月不違仁。志伊尹之所志，學顏子之所學，過則聖，及則賢，不及則亦不失於令名。"

[4]"程瑤田《論學小記》"，程瑤田（1725—1814），字易田，一字易疇，號讓堂，安徽歙縣人。與戴震同師事江永，精通訓詁，在數學、天文、地理、生物、農業種植、水利、兵器、農器、文字、音韵等領域，皆有深入研究，著有《通藝録》《釋蟲小記》《釋草小記》等。《論學小記》共分兩卷，上卷《志學篇》《博文篇》《慎獨篇》《立禮篇》《進德篇》《主讓篇》等主要論個人道德修養，下卷《述己》《述性》《述情》《述命》等主要闡述他的理氣、情欲觀，也最能代表他的義理思想。《清儒學案》卷八四稱程瑤田之儒學："其學長於涵泳經文，得其真解。嘗爲《論學小記》三卷，嚴義利之辨，謂'聖教歸於自治'。述性諸説，於孔子性近習遠及孟子性善之旨均有發明。"在此，《學案》特別指出程氏治學重義理所得，而不斤斤於考據。其資料摘抄部分對《論學小記》下卷内容幾乎全文收録，充分顯示了《學案》編纂者對程瑤田義理學的重視。

[5]此段引文出自程瑤田《論學小記》卷下《述己》。

[6]"敬五事"，"五事"，《尚書·洪範》稱："五事，一曰貌，二曰言，三曰視，四曰聽，五曰思。"

[7]"三綱、五常、六藝"，"三綱"指君爲臣綱，父爲子綱，夫爲妻綱；"五常"指仁、義、禮、智、信；"六藝"指禮、樂、射、御、書、數。

[8]"漢學精於訓詁，唐學詳於疏證，宋學邃於義理"，漢學指漢代經學中重考據訓詁之學的古文經學派，注重訓詁，不爲章句，主張通訓詁，舉大意。漢代古文經學派至東漢大盛，鄭玄破除今古文經學藩籬，"囊括大典，網羅衆家，删裁繁誣，刊改漏失"，遍注群經，對後世經學有很深遠的影響。唐學指唐代經學。唐初統治者爲改變儒學多門、師法各異、章句繁雜、義疏不同的狀況，令顏師古、孔穎達正定五經文字，撰著五經義訓，完成官修《五經定本》《五經正義》。皮錫瑞《經學歷史》稱："夫漢學重在明經，唐學重在注疏。"對唐代經學特色進行了精準的概括。宋學主要指宋代的理學派別，以"理"爲宇宙的最高本體，將"理"看做哲學思辨的最高範疇，注重"性命義理"之學。宋學派別甚多，主要有朱熹的理學派、陸九淵的心學派、葉適的永嘉學派、陳亮的永

康學派，以及吕祖謙的金華學派。程顥"主静"，强調正心誠意；程頤"主敬"，強調格物致知；朱熹認爲人有"天命之性"與"氣質之性"，在認識論上，强調通過格物致知，提升修養的境界，建立起完善宏大的理學思想體系，標志著宋代理學的成熟。宋學各派紛争不斷，江藩《宋學淵源記》稱："爲宋學者，不第攻漢儒而已也，抑且同室操戈矣。爲朱子之學者攻陸子，爲陸子之學者攻朱子。"黄宗羲《宋元學案》記述宋學本末甚悉。

［9］"原始要終"，指探求事物發展的起源和結果。原爲探究，始爲起源，開始，要爲推求，終爲結果。見《易經·繫辭下》："《易》之爲書也，原始要終，以爲質也。"

［10］"君子能此九者，可謂有德音，可以爲大夫"及前數句，語出《毛詩·鄘風·定之方中》中"卜云其吉"之傳文，涉及君子之"九能"。一是"建邦能命龜"，孔穎達疏稱："建邦能命龜者，命龜以遷取吉之義。"二是"田能施命"。孔穎達疏稱："田能施命者，謂於田獵而能施教命以設誓。"三是"作器能銘"，孔穎達疏稱："作器能銘者，謂既然、作器能爲其銘……銘者，名也。所以因其器名而書以爲戒也。"四是"使能造命"，孔穎達疏稱："使能造命者，謂隨前事應機造其辭命以對，若屈完之對齊侯、國佐之對晋師，君無常辭也。"五是"升高能賦"，孔穎達疏稱："升高能賦者，謂升高有所見，能爲詩賦其形狀，鋪陳其事勢也。"六是"師旅能誓"，師旅是派兵打仗，誓是出征時告誡將士的話，即在派兵打仗時，能有充分的理由和富有説服力的言辭動員全體將領和士兵保持旺盛的鬥志。七是"山川能説"，孔穎達疏稱："山川能説者，謂行過山川能説其形勢，而陳述其狀也。"八是"喪紀能誄"，誄是陳述死者功德，以示哀悼，孔穎達疏稱："喪紀能誄者，謂於喪紀之事，能累列其行，爲文辭以作諡。"九是"祭祀能語"，孔穎達疏稱："祭祀能語者，謂於祭祀能祝告鬼神而爲言語，若荀偃禱河、蒯聵禱祖之類也。"

［11］"凡執技以事上者，祝、史、射、御、以及百工"，此句有删減，原文作："凡執技以事上者，祝、史、射、御、醫、卜及百工。"注稱："言技謂此七者。"

正義稱："七者謂祝一，史二，射三，御四，醫五，卜六，百工七。"《禮記・王制》
又稱："凡執技以事上者，不貳事，不移官，出鄉不與士齒。"

［12］"陸王"，即陸九淵和王陽明，二人爲儒家心學重要代表人物。陸九
淵主張"宇宙便是吾心，吾心便是宇宙"；又倡"心即理"說，斷言"天理、人理、
物理衹在吾心之中。人同此心，心同此理，往古來今，概莫能外"。他認爲治學
的方法，主要是"發明本心"，不必多讀書外求，"學苟知本，六經皆我注腳"。
王陽明主張"心本論"，認爲"心外無物""心外無理""心者身下主宰，目雖視
而所以視者，心也；耳雖聽而所以聽者，心也；口與四肢雖言動而所以言動者，
心也""凡知覺處便是心"（《傳習錄》下）。王陽明又主張"知行合一"的認識
論，認爲"心雖主於一身，而實管乎天下之理；理雖散在萬事，而實不外於一
人之心。……外心以求理，此知行之所以二也。求理於吾心，此聖門知行合一
之教，吾子又何疑乎？"（《傳習錄》中）"知行如何分得開？""知之真切篤實
處即是行，行之明覺精察處即是知。"（《答顧東橋書》）"今人學問，衹因知行
分作兩事，故有一念發動雖有不善，然却未曾行，便不去禁止"，"我今說個知
行合一，正要人曉得一念發動處，便即是行了。發動處有不善，就將這不善的
念克倒了，須要徹根徹底，不使一念不善潛伏在胸中，此是我立言宗旨。"（《傳
習錄》下）"求理，此知行之所以二也。求理於吾心，此聖門知行合一之教，吾
子又何疑乎？"（《傳習錄》中）此即楊以增稱"陸王由覺悟入"之所本。

［13］"非禮四勿"，語出《論語・顏淵》："顏淵問仁。子曰：'克己復禮爲仁。
一日克己復禮，天下歸仁焉。爲仁由己，而由人乎哉？'顏淵曰：'請問其目。'
子曰：'非禮勿視，非禮勿聽，非禮勿言，非禮勿動。'顏淵曰：'回雖不敏，請
事斯語矣。'"

［14］"侯官林少穆先生"，即林則徐。林則徐生平詳見前文楊以增《思退
堂詩鈔後叙》注釋。

［15］"丁酉、戊戌，先生總制荆湘，檄余陳杲"，道光丁酉、戊戌，爲道
光十七年（1837）、十八年（1838）。林則徐時任湖廣總督，故稱總制荆湘。

楊以增任安襄鄖荆道道員，爲林則徐下屬。按察使即梟臺，橄余陳梟指林則徐曾奏請由楊以增署理湖北按察使一職。

［16］“搴茭河上，秉鉞隴中，皆與追隨，備蒙陶冶”，考兩人之交往，始於道光十七年（1837）。時林則徐任湖廣總督，以增授安襄鄖荆道員，《林則徐日記》中多有對二人交往之記述。道光二十一年（1841）六月，黄河於河南祥符決口，被貶往伊犁途中的林則徐奉旨回河工效力贖罪。同年九月，楊以增被授開歸陳許道之職，十月到祥工接印，兩人同甘共苦堵築黄河決口長達六月。此即楊以增所稱之“搴茭河上”。道光二十三年（1843）四月，楊以增任甘肅按察使，二十六年（1846）十月任陝西布政使。時林則徐任陝西巡撫，因病無法理政，遂上折奏請由楊以增代理巡撫之責。道光二十七年（1847）三月，林則徐升任雲貴總督，楊以增得林則徐大力舉薦，遂接任陝西巡撫，此即楊以增所稱之“秉鉞隴中”。楊以增服膺林則徐之品格才幹，二人深相結納，交往頗爲深摯，遂有“備蒙陶冶”之語。

［17］“金城”，爲蘭州之別稱。

［18］“書贈楹帖”，《志學箴》跋後有高均儒之子高行信題識曰：“至堂先生《志學箴》，因林少穆尚書所贈楹帖之意而作也。”

［19］“質諸先生，請事斯語”，楊以增著成此文後，曾寄送林則徐，林則徐回函稱：“昨讀大著《志學箴》，語簡意賅，詢足提要鈎元，爲正學樹之正鵠。而分注及後跋，猶復過自卑牧，且於鄙陋推獎逾情，讀之但多愧汗耳。謹將鈔本留於兒輩，想檀几上別有副墨，即不復奉繳矣。”（《林則徐致楊以增手劄》第11封，山東省圖書館藏）

［20］“道光丙午”，爲道光二十六年（1846），楊以增時任甘肅按察使。

儀晋觀堂詩鈔

[**解題**]《儀晋觀堂詩鈔》一卷，清楊紹和撰，儀晋觀堂爲楊紹和之書齋名。楊氏收藏宏富，不僅以藏書精善著稱，且多藏字畫碑帖，楊紹和《楹書隅録》卷四宋本《陶靖節先生詩》條稱："家藏思陵内府本《太清樓帖》（即《大觀帖》）五卷，第二、第四、第六、第八、第十五卷，視北平翁氏第六卷右軍書無毫髮異，皆南宋精拓。援竊取翁氏'晋觀名堂'之意，自署曰'儀晋觀堂'，復以兩《陶集》爲之配，藉於山陰彭澤寓景仰之思云。"其珍視晋人之書畫及碑帖於此可見一斑。其詩集名爲《儀晋觀堂詩鈔》，蓋源出於此。楊紹和爲楊以增次子，自幼聰慧異常，深得其祖兆煜、父以增之喜愛。兆煜晚年就養於以增襄陽節署，喜登臨，楊紹和《楹書隅録》卷四稱其祖"遇佳山水泉石，攀陟幽勝，盡意乃返……紹和時甫六齡，最爲先大父鍾愛，游躋所至，必追隨杖履，以侍左右"。楊以增與林則徐交誼深厚，紹和"年七歲，以賦詩受知於林文忠公，遂執贄爲弟子"。楊紹和早年隨侍南河，協助其父以增辦理河務，曾"受經學八法於包大令世臣，受古文辭於梅郎中曾亮"，學問得以日進。且家富藏書，家學淵源，父師提命，得益甚多。張英麟稱他"贍於

文辭，援筆立就，而義法精密，不愧古之作者"（張英麟《翰林侍講學士楊公墓誌銘》）。對其文才頗爲服膺推崇。楊紹和咸豐二年（1852）中舉，同治四年（1865）中進士，任翰林院編修，後任侍講學士，光緒元年（1875）京察一等，覃恩晉階通議大夫，同年卒於京師。此集爲楊紹和之孫楊承訓所輯，有民國九年（1920）聊城楊氏海源閣刻本。此本卷首有"庚申春月海原閣刊"牌記，半葉九行二十一字，版心上鋑"儀晉觀堂詩鈔"，下標頁碼及"海源閣"。此集收録楊紹和詩作凡一百四十五首，其排列殊無次序，當爲楊承訓搜集家藏舊稿，彙爲一册，校勘文字後即付剞劂，雖未能條分部列，清晰眉目，然"先人之清芬賴以不墜"，頗可據以瞭解楊紹和之生平經歷與志趣所在。

　　此集所收，多記述往事、懷念故人之作，實爲楊紹和生平片段之深情追憶。如《感懷舊游》十首，其自序稱："予生二十有九年矣，隨侍先公，宦轍幾遍天下。邇來備員民部，作客京華，追想前塵，曷勝於邑。感賦長句，聊以攄懷舊之蓄念云爾。"此十首律詩以時間爲序，所記均爲自己之經歷。他自稱"隨侍先公，宦轍幾遍天下"，其記述涉及地域廣闊，内容豐富細緻，對瞭解楊紹和之生平，具有很大的價值。如其《感懷舊游》其九記述在清淮之經歷："宣房南國總師干，淮浦風雲大將壇。獨以一身當劇寇，那堪隻手挽狂瀾。"所記雖爲其父楊以增，但他時正侍奉左右，此即其所目睹之實在情形。在"宣房南國總師干"句下，楊紹和自注稱："先公任南河總督。癸丑，粤氛東下，金陵、鎮、揚相繼失陷。先公奉命督防江北，募勇徵兵，力籌備禦，麗浦郡縣得以危而復安。"而楊紹和則爲楊以增防堵太平軍的得力助手。張英麟所作墓誌銘稱："端勤公以河督奉命治軍江北，兼江南北糧臺大臣。公侍端勤公於戎幕，贊畫機宜，凡盤錯之事，皆畀公任之。"從這個意義上說，此詩實爲楊紹和對此段經歷生動細緻的回憶。其《歲暮懷人詩》凡二十首，均爲他對師友的懷念之作。如其《劉漁村廣文夫子》爲對其業師劉廣文的回憶。其稱劉廣文"經師與人師，天禄閣巍然"，認爲他既爲"經師"，又爲"人師"，從學問及品格兩方面對劉廣文給予了很高的評價。此句并以漢代皇家藏書處天禄閣作比，并稱自己受業於劉廣文，"久坐春風中，慧業三生緣"，充分表達了對業師的眷戀與尊重。再如《高伯平茂才均儒》稱高均儒"先生大雅林，精義相磨研"。高均儒不喜著書，而善校書，嘗任浙江書局總校。咸豐間客游江淮，爲楊以增校刻書籍，校勘精細。高均儒與楊以增志趣相投，多辨析疑義，商討文字，楊紹和所作《〈柏梘山房文稿〉跋》稱："侍郎由陝撫來督南河，均儒來游，友人有屬以校勘事者，刊本爲侍郎所賞，遂出所藏古籍及近儒撰著，示榷訂談。"自注稱："茂才爲先君校刻書十餘種。"楊以增刻書，高均儒爲主要的校勘者。時紹和隨侍楊以增左右，受高均儒教誨頗深，遂有此作以記之。

此集所收，多咏嘆舊迹、追懷古人之作，實爲楊紹和人生志趣的生動寫照。楊紹和豪放有大志，其理想信念與人生追求，往往通過懷古咏史的方式曲折地表達出來，較爲集中地表現了他的志向與愛好。如其《咏史四首》，分別寫汲黯、劉寔、王旦、張咏，四人雖爲漢至北宋之名宦，但其出生地濮州、大名、平原等，均距楊紹和故鄉聊城不遠，紹和遂以鄉賢視之，并分別作詩咏嘆。其一《汲長孺》稱汲黯"逆鱗手批憐臣戇，啄雁心傷爲國憂"；其二《劉子真》稱劉寔"學從麟狩傳高業，貧到牛衣老異才"；其三《王文正》詩稱"畢竟偉才真宰相，江淮疾苦念斯民"，均對他們的品格與業績推崇備至，也以曲折的方式表達了對建立功業、實現人生價值的渴望之情。其《同人詩課分賦》凡四首，據題目可知爲同人之間切磋學問、準備科舉的詩課之作。其三《羊公碑》稱："峴山勝迹楚江濱，緩帶輕裘儒將身。豈止襄陽同墮泪，最難涕泣到吳人。"對羊祜之品格及才德給予了很高的評價。"羊公"即羊祜，曾坐鎮襄陽，屯田興學，以德懷柔，深得軍民之心。"峴山勝迹"用羊祜喜登臨之典，他曾謂從事中郎鄒湛等曰："自有宇宙，便有此山。由來賢達勝士，登此

　　遠望，如我與卿者多矣！皆湮滅無聞，使人悲傷。如百歲後有知，魂魄猶應登此也。”表達了人生短暫、世事無常的感慨。“涕泣到吳人”，稱羊祜深受愛戴，“南州人徵市日聞祜喪，莫不號慟罷市，巷哭者聲相接。吳守邊將士亦爲之泣”。其《魯仲連臺懷古》一詩，則用藝術的筆法，對魯仲連慷慨倜儻、排難解紛而無所求的高士品格，進行了生動的記述，其“慷慨明大義，却軍五十里。長揖辭平原，功成身隱矣”之句，用語簡單，風格質樸，但對魯仲連的過人才幹、慷慨氣節進行了生動的描繪，讀來凛凛而有生氣，顯示出楊紹和出衆的語言駕馭能力。

　　此集所收，多記述經歷、抒發所感之作，實爲楊紹和個人經歷的真實記述。楊紹和在清代藏書史上有一定的地位，其所撰《楹書隅録》更爲後人所推崇，但細緻記述楊紹和個人經歷的文獻相對較少。通過其自作詩文，可以更爲直接深入地瞭解楊紹和的生平，具有很大的價值。如其《感懷四首》其四稱：“驚心頓覺炎涼異，彈指真教歲月閑。最憶兒時書味好，青鐙夜對綠窗間。”因時光流失，年華不再，因此更加懷念幼年時於窗前讀書的時光，顯示出他對兒時美好經歷的珍惜與眷戀。再如楊紹和所寫赴京行程的組詩。他應許乃普之邀赴京，其《過高唐州》《德州晚渡》《劉智廟曉發》《雄縣道中》《望西山》等詩實爲對他此次北京之行的詳細記述。如其《劉智廟曉發》稱：“一鞭星月五更餘，聽得雞人報曉初。枕畔吟魂醒未了，又扶殘夢上征車。”寫自己五更時分，“枕畔吟魂醒未了”，即“扶殘夢上征車”，行程頗爲艱辛。其《雄縣道中》則對雄縣景色進行了生動的描繪：“趙北燕南地，虹飛十二橋。雲容連水闊，帆影接天遥。”其“十二橋”即十二連橋，地處任丘、雄縣交界處。據《任丘縣志》記載，“十二連橋”中八座建於明弘治中，四座建於清雍正中，其中木橋四座，石橋八座，長度形態各異，廣惠橋邊舊有碑亭一座，題“燕南趙北”四字。再比如《偕同人登光岳樓觀日出》一詩寫登光岳樓觀日出的情景：“翔陽逸駭扶桑紅，藻景初晰光瞳瞳。紺碧萬道朝霞烘，金輪浴海升鮫宮。"對登樓遠望所見紅日初升的景色進行了生動傳神的描述。楊紹和對自己的日常家居生活，也進行了記述，有較强的生活氣息。如其《招同人賞菊小飲》詩稱：因"秋容忽已老，寒香透東籬"，而園中秋菊正艷，故"折簡招良朋，相與斟酌之"，請友人同來賞菊。其描寫菊花"風雨幽徑畔，兩三傲霜枝"，"佳色紛燦陳，金葆兼翠蕤"，語言華麗，生動細緻。在此詩之末，他總結了種菊之理："亦知種花人，好花勤護持。勞勞一年中，花事渾如癡。費盡栽培心，乃成貞秀姿"，在賞花的基礎上，藉精心培育菊花，升華出勞作與收穫的道理。

楊紹和之詩風清新之中又有蒼凉之感，殊少柔媚之氣，境界較爲闊大。如其《感懷舊游》其六記述隨父在甘肅之經歷稱：

> 葡萄美酒古凉州，四度蕭關匹馬游。虎帳千軍青海月，龍沙萬里玉門秋。于公疑獄憐貞操，充國屯田重遠謀。爲祝烽烟銷紫塞，籌邊獨倚拂雲樓。

對西北蒼凉雄壯的景象進行了生動的記述，頗有邊塞剛健勁節之氣。張英麟稱楊紹和隨父宦迹半國中，"其詩之氣韵天成，得力於江山之助已多"，頗爲精當到位。楊紹和之詩同時也有淡雅自然的一面，如其《游淨業禪林》一詩："小步河梁外，言尋古刹來。秋痕雙樹合，風影半帆開。鉢咒譚經苑，鐘鳴説法臺。黃花原般若，好向講堂栽。"對景色的描繪生動細緻，其"秋痕雙樹合，風影半帆開"一句對仗工整，用語清新，節奏平和，顯示出楊紹和駕馭文字的高超能力和多樣化的創作特色。

《儀晉觀堂詩集》序[1]

同治乙丑，余獲交聊城彥合同年[2]，不知其能詩也。同入詞館，每遇館課詩賦，彥合名次輒列前茅，同譜皆驚異之。嗣因館差得保舉，洊升學士，指顧可登極品。乃不數年，竟遇微痾，遽歸道山，聞者莫不傷之。又隔三十年，而其哲嗣鳳阿中翰[3]繼逝。鳳阿之子敬夫爲余孫婿[4]，姿稟沈潛，學亦邃密，所造正未可量。一日出其令祖彥合公《儀晉觀堂詩》，浼余作序，將壽諸梓，以永其傳。余思詩之善視乎才，才之充由於學。彥合出身名門，隨侍數省，其詩之氣韵天成，得力於江山之助者已多。而書卷紛綸，又能貫穿而得其要領，是其功力之所到，有非尋常所能擬議者。雖所存祇有此數，而再三雒誦，猶想見刻意揣摩，不囿於世胄豪華之習，而同官倡和，他山之攻錯尤多。故能出風入雅，絕無剽竊沿襲之迹，而唐人之遺規如將見之，是不亦可貴矣乎！敬夫年力方富，而能繩其祖武[5]，俾先人之清芬[6]賴以不墜，亦可謂能世其家矣。余雖衰老，而回憶同譜之結契，如在目前；快睹大集之流傳，爲之色喜。是皆作者精神之所寄，其光華有不可掩者，余不禁爲彥合同年幸。而余得附名簡末，亦不覺私心竊幸也。

賜進士出身、誥授光禄大夫、都察院都御史加二級、年姻愚弟[7]張英麟頓首拜序。

《儀晉觀堂詩鈔》一卷，（清）楊紹和撰，民國九年（1920）楊氏海源閣刻本

注釋:

[1]此序作者爲張英麟。張英麟（1838—1925），字振卿，號菊坪，濟南歷城人，同治四年（1865）進士，任翰林院編修，歷任内閣學士、順天學政、吏部侍郎，光緒二十九年（1903），充任會試副總裁，主持河南考試期間，改試策論、經義，嚴格批閲，録取博學多才之人。正逢改官制，以侍郎遷任副都統，不久即晋升都統。三十四年（1908），任都察院左都御史。當時議行"憲政"，准許官員百姓上書，張英麟盡力詳審，代爲上達。宣統帝即位後，攝政王載灃監國，重興輪講典制。張英麟撰寫《資治通鑑》講章進呈。1912 年 1 月清帝退位詔書下後，辭官回鄉。

[2]"獲交聊城彦合同年"，按楊紹和（1830—1875），字彦合，一字念徵，號勰卿。生有夙慧，齠齔即知向學。性端重，喜怒不形於色。年十八爲縣學生，咸豐二年（1852）舉於鄉。三年（1853），楊以增奉旨督防江北，兼江南北糧臺大臣，紹和侍於戎幕，輔佐贊畫機宜。五年（1855）父卒，紹和哀痛之餘，檢覆文書，鈎稽錢穀出入，皆井井有條。歷官内閣中書、户部候補郎中，擢道員，記名簡放。然紹和不欲外任，上書巡撫，請假省親。巡撫既留，陝甘總督又邀赴陝。紹和請示朱太夫人，夫人復書云："汝父未葬，吾已老，其善辭之。"同治四年（1865）中進士，改庶吉士，散館一等，授翰林院編修，擢詹事府右春坊、右贊善、右中允、司經局洗馬，賞戴花翎。再擢翰林院侍讀，賞三品銜，升用侍講學士，充日講起居注官、文淵閣校理。大考二等，遇缺題奏。光緒元年（1875）京察一等，晋階通議大夫，十二月卒於官。妻傅氏，江蘇巡撫傅繩勛長女。一子保彝。張英麟與楊紹和均中同治四年進士，故有同年之稱。

[3]"鳳阿中翰"，鳳阿爲楊紹和子楊保彝之號。中翰爲明清時期内閣中書的别稱，楊保彝曾任此官。

[4]楊敬夫先與張英麟之孫女成婚，妻早卒。民國九年（1920），又娶陽信勞之常女爲妻。

[5]"繩其祖武"，繩爲繼續，武爲足迹，意爲踏着祖先的足迹繼續前進，

喻繼承祖業。《詩經·大雅·下武》：“昭茲來許，繩其祖武。”

〔6〕“清芬”，喻高潔的德行。陸機《文賦》：“咏世德之駿烈，誦先人之清芬。”

〔7〕“年姻愚弟”，“年弟”爲對同年登科者的自稱。“姻愚弟”爲對子女配偶父母的自稱。張英麟與楊紹和爲同年，且其孫女爲楊紹和孫承訓之妻，故自稱年姻愚弟。

上元鐙詞[1]

絳紗白絹绿玻璃，駕得紅雲萬朵齊。
鐙火何如烽火好，連朝鼙鼓[2]鳳城西。

注釋：

〔1〕“上元”，即元宵節，又稱小正月、元夕或燈節，爲每年農曆正月十五日。

〔2〕“鼙鼓”，爲古代軍中的一種小鼓，用以激勵士氣。《周禮·春官·鍾師》：“掌鼙鼓縵樂。”《六韜·兵征》：“金鐸之聲揚以清，鼙鼓之聲宛以鳴。”此處借指戰事。文天祥《平原》稱：“一朝漁陽動鼙鼓，大江以北無堅城。”

不夜天開興欲狂，傳柑佳節[1]酒千觴。
張鐙不是昆侖宴，忍説當年狄武襄[2]。

注釋：

〔1〕“傳柑佳節”即指農曆正月十五。舊時皇室於是日夜召近臣侍飲，王公貴戚有以黃柑相贈之俗，謂之傳柑。陳元靚《歲時廣記·傳黃柑》引《詩話》稱：“上元夜登樓，貴戚宮人以黃柑遺近臣，謂之傳柑。”

〔2〕“忍説當年狄武襄”句，用狄青典。狄青（1008—1057），字漢臣，汾州

西河人，北宋名將。狄青出身貧寒，自少入伍，仁宗時纍官延州指揮使，以功升樞密副使，後因朝廷猜忌抑鬱而終，追贈中書令，諡武襄。狄青平生二十五戰，以皇祐五年（1053）夜襲昆侖關、平定廣源州儂智高反叛最爲著名。元脱脱等《宋史·狄青傳》稱："皇祐中，廣源州蠻儂智高反，陷邕州，又破沿江九州，圍廣州，嶺外騷動……青上表請行，翌日入對，自言：'臣起行伍，非戰伐無以報國。願得蕃落騎數百，益以禁兵，羈賊首致闕下。'帝壯其言，遂除宣徽南院使、宣撫荆湖南北路、經制廣南盜賊事……已而頓甲，令軍中休十日。覘者還，以爲軍未即進。青明日乃整軍騎，一晝夜絶昆侖關，出歸仁鋪爲陣……青執白旗麾騎兵，縱左右翼，出賊不意，大敗之，追奔五十里，斬首數千級，其黨黄師宓、儂建中智中及僞官屬死者五十七人，生擒賊五百餘人，智高夜縱火燒城遁去。"

鼓吹依然頌太平，銀花火樹滿春城。
偶然憶起靈岩句[1]，不聽歌聲聽雨聲。

注釋：

[1]"靈岩"，一名硯石，山名。《越絶書》："吳人於硯石山作館娃宮。"即其處。歷代詩人對靈岩多有吟咏，明代王鏊於正德七年（1512）作《靈岩山》，有"天末遥瞻塔影層，今朝携酒試同登。吳中信是佳山水，人世依然感廢興"之句，即表達了對世代更迭、人事變遷之慨嘆，與楊紹和所嘆略同。

撾鼓漁陽莫浪猜[1]，踏歌我自愧無才。
朗吟肯負三更月，爲有青藜太乙來[2]。

注釋：

[1]"撾鼓漁陽"句，用三國時禰衡典故。范曄《後漢書》卷八十下《禰衡傳》

稱："（禰衡）少有才辯，而尚氣剛傲，好矯時慢物……（孔）融既愛衡才，數
稱述於曹操。操欲見之，而衡素相輕疾，自稱狂病，不肯往，而數有恣言。操
懷忿，而以其才名，不欲殺之。聞衡善擊鼓，乃召爲鼓史，因大會賓客，閱試
音節。諸史過者，皆令脱其故衣，更著岑牟（鼓史戴的帽子）單絞之服。次至衡，
衡方爲《漁陽》參撾，蹀躞而前，容態有異，聲節悲壯，聽者莫不慷慨。衡進
至操前而止，吏訶之曰：'鼓史何不改裝，而輕敢進乎？'衡曰：'諾。'於是先
解祖衣，次釋餘服，裸身而立。徐取岑牟、單絞而著之，畢，復參撾而去，顏
色不怍。操笑曰：'本欲辱衡，衡反辱孤。'"紹和此句用禰衡之典，稱擊鼓而無
譏諷之意，可與句中"莫浪猜"并讀。

　　[2]"爲有青藜太乙來"句，按《三輔黃圖·閣》稱："劉向於成帝之末，校書
天禄閣，專精覃思。夜有老人著黃衣，植青藜杖，叩閣而進。見向暗中獨坐誦
書，老父乃吹杖端，烟然，因以見向，授《五行》《洪範》之文。恐詞説繁廣忘
之，乃裂裳及紳，以記其言，至曙而去。請問姓名，云：'我是太乙之精，天帝
聞卯金之子有博學者，下而觀焉。'"

放歌行贈王君夢泉[1]

唾壺擊缺[2]寒生光，悲歌倚劍呼王郎。
王郎豪氣自天矯，雲中白鶴[3]凌天表。
廿八星宿羅心胸，茫茫下視塵寰空。
獨我入林共把臂，膠漆雷陳[4]篤雅誼。
與君築詩城，我爲詩會君詩盟。
與君闢酒國，君銘酒勛我酒德。
我酒欲藉古人傳，狂呼清聖濁之賢。
我詩欲邀古人和，險語天驚石亦破。
詩千首，酒八斗。十二萬年一大笑，落落青蓮[5]唯我友。

彼法説生滅，無乃顛風顛世間，何物爲神仙？

斯人感榮枯，盡是浮雲浮世間，何物爲公侯？

山自青青水自緑，秋月春花興不足。

從來老子其猶龍[6]，肯作轅駒[7]局且促。

指揮如意捫虱談[8]，戰餘爽颯英姿酣。

俗眼誰青孔北海[9]，要知魯國多奇男。

吁嗟乎，莽莽乾坤戰塵裏，忠魂裹尸馬革死[10]。

馬革死，蜂盗起，浩劫成灰苦未已。

何如詩壇之將酒陣兵，風馳電掃星欃槍，詩天酒地同廓清。

注釋：

[1] 王夢泉，山東寧海州人，紳士，著有《咸豐十一年九月被難大小男子婦女節義紀實》。

[2] "唾壺擊缺"，典出劉義慶《世説新語·豪爽》："王處仲（王敦）每酒後輒咏'老驥伏櫪，志在千里。烈士暮年，壯心不已'。以如意打唾壺，壺口盡缺。"

[3] "雲中白鶴"，像雲彩中的白鶴一般，喻志行高潔之人。典出陳壽《三國志·魏志·邴原傳》裴松之注引《原别傳》："邴君所謂雲中白鶴，非鶉鷃之網所能羅矣。"

[4] "膠漆雷陳"，指朋友之間的深厚友誼，典出范曄《後漢書》卷八十一《獨行列傳》："陳重字景公，豫章宜春人也。少與同郡雷義爲友，俱學《魯詩》《顏氏春秋》。太守張雲舉重孝廉，重以讓義，前後十餘通記……雷義字仲公，豫章鄱陽人也……舉茂才，讓於陳重，刺史不聽，義遂陽狂被髮走，不應命。鄉里爲之語曰：'膠漆自謂堅，不如雷與陳。'三府同時俱辟二人。義遂爲守灌謁者。"

[5] "青蓮"，即李白。李白號青蓮居士。此處表明楊紹和對詩仙李白之推崇。

[6] "老子其猶龍"，典出司馬遷《史記·老子韓非列傳》："孔子去，謂弟子曰：'鳥，吾知其能飛；魚，吾知其能游；獸，吾知其能走……至於龍吾不能知，其乘風

雲而上天。吾今日見老子，其猶龍邪！"後以"老子猶龍"謂高深奇妙、變化難測。

[7]"轅駒"，即轅下駒，典出司馬遷《史記·魏其武安侯列傳》：魏其侯、武安侯不合，争訟於朝廷，漢武帝令朝臣論二人之是非，朝臣皆不敢言。武帝怒曰："公平生數言魏其、武安長短，今日廷論，局趣效轅下駒。"後指胸無大志、畏縮不進之人。

[8]"捫虱談"，典出房玄齡等《晉書·王猛傳》："桓温入關，猛被褐而詣之，一面談當世之事，捫虱而言，旁若無人。温察而異之，問曰：'吾奉天子之命，率鋭師十萬，杖義討逆，爲百姓除殘賊，而三秦豪杰未有至者，何也？'猛曰：'公不遠數千里，深入寇境，長安咫尺，而不渡灞水。百姓未見公心故也，所以不至。'温默然無以酬之。"

[9]"孔北海"，即孔融。孔融（153—208），字文舉，山東曲阜人，孔子二十世孫，曾任北海相，時稱孔北海。喜抨議時政，因觸怒曹操而被殺。明人張溥輯有《孔北海集》。

[10]"裹尸馬革死"，典出范曄《後漢書·馬援傳》："援曰："方今匈奴、烏桓尚擾北邊，欲自請擊之。男兒要當死於邊野，以馬革裹尸還葬耳，何能卧床上在兒女子手中邪？"

聞庚子仙長河帥[1]率士民奉先公栗主[2]入祀景行祠誌感

南邦遺愛[3]問如何？遥望江雲涕泪多。
朱邑[4]新祠供俎豆，黄壚[5]舊雨慨山河。
三年敢説鞠躬瘁(1)[6]，七國曾傳棠蔭歌(2)[7]。
父老故鄉思祭社，更聞有疏上鑾坡(3)[8]。

自注：
（1）先公自癸丑歲，奉命督防江北。

（2）歷任黔、粤、楚、豫、秦、隴、吳七省。

（3）郡人士方請祀鄉賢祠。

注釋：

［1］"庚子仙長河帥"，即庚長。庚長，滿洲鑲黃旗人，咸豐三年（1853）由兩淮鹽運使調任直隸布政使，六年（1856）升任江南河道總督。太平軍攻占揚州後，奏陳河務及裏下河地區防務空虛，請飭高郵、寶應各州縣迅辦民團，協助官軍嚴守要隘。八年（1858）太平軍與捻軍進攻廬州鳳陽地區，奉命籌辦清江、淮陰地區防務。九年（1859）兼任漕運總督。次年因堵擊捻軍失敗，革職被逮。

［2］"栗主"，即用栗木做的神主，行練祭時以栗主易桑主，栗主之上題有名諱謚號，待守喪期滿后，藏入宗廟。《公羊傳·文公二年》："虞主用桑，練主用栗。用栗者，藏主也。"

［3］"南邦遺愛"，按楊以增任職江南河道總督時，在太平天國戰事中，於保障江北寧謐頗有勞績，當地士民頗爲感戴。

［4］朱邑（？—前61），字仲卿，西漢廬江舒縣人，爲官以秉公辦事、不貪錢財，而深受吏民愛戴，官至大司農，掌管全國租稅、錢穀、鹽鐵和財政收支。班固《漢書》稱朱邑"爲人淳厚，篤於故舊，然性公正，不可交以私。天子器之，朝廷敬焉"。此處將朱邑與楊以增作比。

［5］"黃壚"，有悼亡之意。劉義慶《世説新語·傷逝》云："王濬冲爲尚書令，著公服，乘軺車，經黃公酒壚下過。顧謂後車客：'吾昔與嵇叔夜、阮嗣宗共酣飲於此壚。竹林之游，亦預其末。自嵇生夭、阮公亡以來，便爲時所羈紲。今日視此雖近，邈若山河。'"壚爲安放酒甕的土臺。

［6］"三年敢説鞠躬瘁"句，按楊以增《自報病危摺》記述此段經歷甚悉："詎自三年粵匪竄擾金陵、鎮揚之後，清淮相距甚近，賊氛既咫尺相侵，土匪復到處竊發，撫臣均在江南堵剿，所有江北之徐州、淮海一帶幅員遼闊，防禦甚難。

經臣設局籌防，練兵團勇。加以餉糈無出，設法勸捐抽厘，購銅鑄錢，鼓勵各屬，齊心團練，仰賴聖主洪福，官民并力，是以土匪、海寇均得隨時剿辦，未致釀成巨患。而三年來籌餉之難，辦事之苦，心力交瘁，每至徹夜無眠。入秋以來，忽患泄瀉之疾，延醫診視，僉以爲思慮傷脾，投以安神培土之劑，亦無大效。凡河務軍務，臣仍帶病勉力經理，不敢以微疾具摺請假，致煩聖心。嗣於冬至節後泄瀉日加，飲食日減，復進參芪補劑，如石投水。總緣下泄日久，氣血虧極。現在飲食不進，危在旦夕，君恩未報，賷恨無窮。"（録副奏摺）

〔7〕"棠蔭歌"，指楊以增因惠政而得百姓之愛戴懷念。《詩經·國風·召南·甘棠》云："蔽芾甘棠，勿翦勿伐，召伯所茇。蔽芾甘棠，勿翦勿敗，召伯所憩。蔽芾甘棠，勿翦勿拜，召伯所説。"《毛詩序》稱："甘棠，美召伯也。召伯之教，明於南國。"司馬遷《史記》卷三十四《燕召公世家》稱："召公之治西方，甚得兆民和。召公巡行鄉邑，有棠樹，決獄政事其下，自侯伯至庶人各得其所，無失職者。召公卒，而民人思召公之政，懷棠樹不敢伐，歌咏之，作甘棠之詩。"

〔8〕"鑾坡"，按唐德宗時，嘗移學士院於金鑾殿旁的金鑾坡上，後遂以鑾坡爲翰林院的別稱。如王安石《送鄆州知府宋諫議》稱："綸掖清光注，鑾坡茂渥沾。"

送別晏偉安方琦[1]買舟赴浙

雲泥何幸托苔岑[2]，空谷居然喜足音[3]。
萍迹相逢千里面，蘭言[4]結契兩人心。
搏鵬壯志[5]輸君早，附驥[6]微名愛我深。
友道從來知己重，不須車笠[7]費沈吟。

注釋：

〔1〕"晏偉安方琦"，即晏方琦。晏方琦，江蘇儀徵人，晏端書之子。同治

四年（1865）署理萊州府知府，光緒十三年（1887）刊刻《晏彤甫大中丞程紀》。

［2］“雲泥”，指兩人相去甚遠，差距很大，此爲楊紹和自謙之辭。范曄《後漢書·逸民傳·矯慎》：“（吳蒼）遺書以觀其志曰：‘仲彥足下：勤處隱約，雖乘雲行泥，栖宿不同，每有西風，何嘗不嘆！’”“苔岑”，指志同道合的朋友。郭璞《贈温嶠》稱：“人亦有言，松竹有林。及余臭味，異苔同岑。”

［3］“空谷居然喜足音”，用“空谷足音”典，指在寂静山谷裏聽到脚步聲，喻極難得的音信或言論。《詩經·小雅·白駒》：“皎皎白駒，在彼空谷。”《莊子·徐無鬼》：“聞人足音，跫然而喜也。”

［4］“蘭言”，指心意相投的言論，語出《周易·繫辭上》：“同心之言，其臭如蘭。”

［5］“搏鵬壯志”，指高遠的志向，語出《莊子·逍遥游》：“《諧》之言曰：‘鵬之徙於南冥也，水擊三千里，搏扶摇而上者九萬里，去以六月息者也。’”

［6］“附驥”，指蚊蠅附在馬尾上，可以遠行千里，喻依附名人而出名。司馬遷《史記·伯夷列傳》：“伯夷、叔齊雖賢，得夫子而名益彰。顔淵雖篤學，附驥尾而行益顯。岩穴之士趣舍有時若此，類名堙滅而不稱，悲夫！閭巷之人，欲砥行立名者，非附青雲之士，惡能施於後世哉？”

［7］“車笠”，指貴賤貧富不移的深厚友誼。《太平御覽》卷四〇六引周處《風土記》：“越俗性率樸，意親好合，即脱頭上手巾，解腰間五尺刀，以與之爲交，拜親跪妻，初定交有禮……祝曰：‘卿雖乘車我戴笠，後日相逢下車揖；我雖步行卿乘馬，後日相逢卿當下。’”

交情宜贈吕虔刀[1]，百尺元龍[2]意氣豪。
爲抱杞憂[3]驚鶴唳[4]，愁看菜色[5]憫鴻嗷(1)[6]。
麒麟文筆青錢選，珠玉詞壇白雪高(2)。
翹首蓬壺春正麗，望他柳汁染宮袍。

自注：

（1）梓鄉議設粥廠，偉安施金助賑。

（2）偉安好倚聲，其先元獻公有《珠玉詞鈔》。

注釋：

［1］"呂虔刀"，即寶刀。房玄齡等《晉書·王祥傳》："初，呂虔有佩刀，工相之，以爲必登三公，可服此刀。虔謂祥曰：'苟非其人，刀或爲害。卿有公輔之量，故以相與。'祥固辭，强之乃受。祥臨薨，以刀授覽，曰：'汝後必興，足稱此刀。'覽後奕世多賢才，興於江左矣。"

［2］"百尺元龍"，指地位高下懸殊。陳壽《三國志·魏志·陳登傳》："（許）氾曰：'昔遭亂過下邳，見元龍（陳登）。元龍無客主之意，久不相與語，自上大床臥，使客臥下床。'（劉）備曰：'……君求田問舍，言無可采，是元龍所諱也。何緣當與君語？如小人，欲臥百尺樓上，臥君於地，何但上下床之間邪？'"

［3］"杞憂"，指不必要的憂慮。《列子·天瑞》："杞國有人，憂天地崩墜，身亡所寄，廢寢食者。"

［4］"鶴唳"，指驚恐憂慮，自相驚擾。房玄齡等《晉書·謝玄傳》："聞風聲鶴唳，皆以爲王師已至。"

［5］"菜色"，指饑民營養不良的臉色。《禮記·王制》："雖有凶旱水溢，民無菜色。"鄭玄注："菜色，食菜之色。民無食菜之饑色。"

［6］"鴻嗷"，形容饑民哀號求食的慘狀。《詩經·小雅·鴻雁》："鴻雁于飛，哀鳴嗷嗷。"

裙屐[1]風流是此身，天台有路問仙津[2]。

肯令曼舞嬌歌地，竟作愁紅悶翠人。

金粉六朝才子艷，鶯花三月少年春。

當筵纔顧周郎曲[3]，底事陽關入耳頻。

注釋:

[1]"裙屐",裘同"裙",下裳;屐,木底鞋。"裙屐"原指六朝貴游子弟的衣著。後泛指富家子弟的時髦裝束。唐孫華《送同年范國雯出守延平》:"讓齒肩隨賴有君,少俊風流羨裙屐。"

[2]"天台有路問仙津",用劉晨、阮肇入天台山典故。劉義慶《幽明錄》:"漢明帝永平五年,剡縣劉晨、阮肇共入天台山取穀皮,迷不得返,望山上有一桃樹,遂采桃充饑。後遇二女子,姿質妙絶,見劉、阮,便呼其姓,如似有舊,乃相見忻喜。問:'來何晚邪?'因邀還家。至暮,令各就一帳宿,女往就之,言聲清婉,令人忘憂。其地草木氣候常如春時。二人停半年還鄉,子孫已歷七世。"

[3]"纔顧周郎曲",用周瑜典故。陳壽《三國志·吳志·周瑜傳》稱:"瑜少精意於音樂,雖三爵之後,其有闕誤,瑜必知之,知之必顧,故時人謠曰:'曲有誤,周郎顧。'"

日日清談足宴娛,一朝分袂唱驪駒[1]。
誰能遣此魂應斷,且住爲佳語轉無。
杯酒殷勤慚北海[2],雲山迢遞夢西湖。
河梁執手忩忩[3]別,目送征帆十幅蒲。

注釋:

[1]"唱驪駒",意爲告別。典出班固《漢書·王式傳》:"(式)既至,止舍中,會諸大夫博士,共持酒肉勞式,皆注意高仰之。博士江公世爲《魯詩》宗,至江公著《孝經説》,心嫉式,謂歌吹諸生曰:'歌《驪駒》。'式曰:'聞之於師:客歌《驪駒》,主人歌《客毋庸歸》。今日諸君爲主人,日尚早,未可也。'江翁曰:'經何以言之?'式曰:'在《曲禮》。'江翁曰:'何狗曲也!'式耻之,陽醉逿墜。式客罷,讓諸生曰:'我本不欲來,諸生强勸我,竟爲竪子所辱!'"

[2]"慚北海",指慚愧於没有相見之術。《列異傳》稱:"北海營陵有道人,

能使人與死人相見。同郡人婦死已數年，聞而往見之，曰：'願令我一見死人，不恨。'遂教其見之。於是與婦人相見，言語悲喜，恩情如生。良久，乃聞鼓聲悢悢，不能出户，掩門乃走。其裾爲户所閉，掣絶而去。後歲餘，此人死，家葬之，開見婦棺，蓋下有衣裾。"

［3］"忩"，同"匆"。

感懷四首[1]

薄寒輕暖早春天，獨倚東風思悄然。
自愧觓觓今日鶴[2]，敢忘清白舊時鱣[3]。
慈顔願效萊衣舞[4]，傲骨翻愁葛帔憐。
萬卷牙籤藏鄴架[5]，須知教德一經傳。

注釋：

［1］楊以增於咸豐五年（1855）去世後，楊紹和奉母朱太夫人家居。張英麟《翰林院侍講學士楊公墓誌銘》稱："（辛酉春）户部侍郎濱州杜公（翻），奉命爲山東團練大臣，乃奏公自隨，一切倚辦於公……杜公召還，巡撫譚端恪公復留公總軍務。"後因軍功"擢道員，記名簡放。然公雅不欲外吏……請於朱太夫人，太夫人復書曰：'汝父未葬，吾已老，其善辭之。'……居三年，成進士，受職編修，仍爲京朝官。"詩中"慈顔願效萊衣舞""萬卷牙籤藏鄴架"（其一）等句實爲紹和家居生活之寫照。據此，則此詩當作於同治三年（1864）之前數年中。

［2］"觓觓"，羽毛鬆散、神態懈怠的樣子。劉義慶《世説新語·排調》："昔羊叔子有鶴善舞，嘗向客稱之。客試使驅來，觓觓而不肯舞。"紹和以此鶴自喻。

［3］"清白舊時鱣"，用楊震典。范曄《後漢書·楊震傳》載，東漢楊震明

經博覽，屢召不應，有鸛雀銜三鱣魚飛集講堂前，人謂蛇鱣爲卿大夫服之象；數三，爲三臺之兆。後果位至太尉。後多用以指登公卿高位的吉兆。

[4]"萊衣舞"，指子女精心孝養父母。《藝文類聚》卷二十引《列女傳》："老萊子孝養二親，行年七十，嬰兒自娱，著五色采衣。嘗取漿上堂，跌仆，因卧地爲小兒啼，或弄烏鳥於親側。"杜甫《送韓十四江東覲省》："兵戈不見老萊衣，嘆息人間萬事非。"

[5]"鄴架"，典出唐代李泌，喻人藏書豐富。李泌博涉經史，精究《易象》，善屬文，尤工詩，封鄴縣侯，世稱李鄴侯。李泌家中藏書極豐，書均插架，有三萬餘軸，一一懸牙籤。韓愈《送諸葛覺往隨州讀書》："鄴侯家多書，插架三萬軸。一一懸牙籤，新若手未觸。"

纔説豐城又管城，筆光劍氣兩縱橫。
未能如意憐羊祐[1]，可許凌雲似馬卿[2]。
鸞鳳幾年栖枳棘[3]，神仙何處有蓬瀛[4]。
棋分勝負誰先著，黑白忩忩付一枰。

注釋：

[1]"祐"，或誤，似當作"祜。"羊祜（221—278），字叔子，泰山南城人。羊祜博學能文，清廉正直。司馬昭建立五等爵制，封鉅平縣開國子，與荀勖共掌機密。西晋成立後，司馬炎懷有吞吳之心，乃命羊祜坐鎮襄陽，都督荆州諸軍事。羊祜屯田興學，以德懷柔，深得軍民之心；繕甲訓卒，廣爲戎備，做好了伐吳的軍事和物質準備。吳將陸抗去世後，上表奏請伐吳，遭到衆臣反對。咸寧四年（278），羊祜抱病回到洛陽，十一月病故，臨終前舉薦杜預自代，追贈侍中、太傅，謚曰"成"。

[2]"凌雲"，典出司馬遷《史記·司馬相如列傳》："天子既美子虚之事，相如見上好仙道，因曰：'上林之事未足美也，尚有靡者。臣嘗爲《大人賦》，

未就，請具而奏之。'相如以爲列仙之傳居山澤間，形容甚臞，此非帝王之仙意
也，乃遂就《大人賦》……相如既奏《大人》之頌，天子大説，飄飄有凌雲之氣，
似游天地之間意。"

[3]"枳棘"，指枳木與棘木，因其多刺而稱惡木，此指艱難險惡的環境。
語出范曄《後漢書・仇覽傳》："枳棘非鸞鳳所栖，百里豈大賢之路？"

[4]"蓬瀛"，即蓬萊和瀛洲，相傳爲仙人所居之處，此泛指仙境。

聲聲畫角暮吹哀，杞爲憂深轉自猜。
五夜有雞聞越石[1]，千金無駿市燕臺[2]。
天涯棨戟[3]忠魂渺，人世滄桑戰劫開。
一疏可能陳政事，輸他年少賈生才[4]。

注釋：

[1]"五夜"，即五更。古代民間把夜晚分成五個時段，用鼓打更報時，五
夜即第五更。"越石"，即劉琨。劉琨（271—318），字越石，中山魏昌人，年
輕時曾爲金谷二十四友之一，後纍遷至并州刺史。永嘉之亂後，劉琨據守晋陽
近十年，抵禦前趙。建興三年（315）年任司空，都督并、冀、幽三州諸軍事。
不久并州失陷，投奔幽州刺史段匹磾，建武二年（318）被殺。房玄齡等《晋
書・劉琨傳》稱："琨少負志氣，有縱橫之才，善交勝己，而頗浮誇。與范陽祖
逖爲友，聞逖被用，與親故書曰：'吾枕戈待旦，志梟逆虜，常恐祖生先吾著
鞭。'其意氣相期如此。"房玄齡等《晋書・祖逖傳》稱："與司空劉琨俱爲司州
主簿，情好綢繆，共被同寝。中夜聞荒雞鳴，蹴琨覺，曰：'此非惡聲也。'因
起舞。"

[2]"無駿市燕臺"，典出《戰國策・燕策一》："（燕昭王求賢，郭隗云）古
之君人，有以千金求千里馬者，三年不能得。涓人言於君曰：'請求之。'君遣之，
三月得千里馬。馬已死，買其首五百金，反以報君。君大怒曰：'所求者生馬，

安事死馬，而捐五百金？'涓人對曰：'死馬且買之五百金，況生馬乎？天下必以王爲能市馬，馬今至矣！'於是不能期年，千里之馬至者三。"楊紹和用此典，有對志士未能及時施展才幹的感慨。

[3]"棨戟"，有繒衣或油漆的木戟，用爲官吏出行時前導的儀仗，後亦列於門庭。班固《漢書·韓延壽傳》稱："功曹引車，皆駕四馬，載棨戟。"范曄《後漢書·輿服志上》稱："公以下至二千石，騎吏四人；千石以下至三百石，縣長二人，皆帶劍，持棨戟爲前列。"唐時，官吏三品以上，得於門前列棨戟，以顯示權力、身份與等級。

[4]"賈生才"，典出司馬遷《史記·屈原賈生列傳》："賈誼，雒陽人也，年十八，以能誦詩書屬文稱於郡中。河南守吳公聞其秀材，召置門下，甚幸愛。文帝初立，聞河南守吳公治平爲天下第一……徵以爲廷尉。廷尉乃言誼年少，頗通諸家之書。文帝召以爲博士。是時，誼年二十餘，最爲少。每詔令議下，諸老先生未能言，誼盡爲之對，人人各如其意所出。諸生於是以爲能。文帝說之，超遷，歲中至太中大夫。"此處楊紹和用賈生典，表達了自己關心時政，并想有所建白的想法。

雪泥鴻爪[1]半塵寰，回首萍踪去復還。

千里相思惟舊雨，廿年別夢是名山。

驚心頓覺炎涼異[2]，彈指真教歲月閑。

最憶兒時書味好，青鐙夜對綠窗間。

注釋：

[1]"雪泥鴻爪"，語出蘇軾《和子由澠池懷舊》："人生到處知何似？應似飛鴻踏雪泥。泥上偶然留指爪，鴻飛那復計東西。"此語原意爲鴻鵠在融化著雪水的泥上踏過，留下指爪的印迹，後用來比喻人生往事留下的痕迹。

[2]"驚心頓覺炎涼異"，時楊紹和父以增已去世，紹和時家居養親，生活

同在以增河督銜署之時相比出現很大變化，故有此嘆。

寄示雪門弟

春草何青青，東風如我戶。

白日偶看雲，時還夢見汝。

汝已舞勺年[1]，少小力宜努。

摛藻[2]爲春華，寸心知千古[3]。

賈茂更董醇[4]，龍門[5]群言祖。

卿雲[6]各綺麗，靡靡到徐庾[7]。

振起八代衰，日月光吏部[8]。

擊撞百斛鼎，筆力一何巨。

此中有坦途，可爲知者語。

茫茫九寰內，雕蟲亦奚補[9]？

所貴必己出，予懷自機杼。

牙慧且羞拾，陳言安足取？

莫令兔穎[10]笑，休負螢囊[11]苦。

汝兄乃草舍，聊以庇風雨。

手造五鳳樓，殷勤爲汝許。

注釋：

[1]"舞勺年"，典出《禮記·內則》："十有三年學樂誦詩舞勺。成童舞象學射御。"後以舞勺指男孩十三歲左右。

[2]"摛藻"，指鋪陳辭藻，施展文才。班固《答賓戲》："雖馳辯如濤波，摛藻如春華，猶無益於殿最。"

[3]"寸心知千古"，語出杜甫《偶題》："文章千古事，得失寸心知。作者

皆殊列，名聲豈浪垂。"

　　[４]"賈茂董醇"，爲對賈誼、董仲舒文風之評價。陳沆《士先器識而後文藝賦》："生平著作，何曾有賈茂董醇；半世聲名，不過争盧前王後。"陳衍《石遺室論文》對賈誼及董仲舒之文論述頗悉："漢代文章，世稱賈茂董醇。茂，盛也，即樹木枝葉暢茂之意。賈生之策論根本盛大，枝葉扶疏，茂不難解也。董之醇在何處乎？均是此意此言，在他人言之透露，而董言之含蓄；他人言之激烈，而董言之委婉，不肯求其簡捷。三策原以灾異作主，而第一篇開口曰'以觀天人相與之際'，曰'天盡欲扶持而安全之'，曰'事在强勉而已矣'，曰'可使還至而立有效者也'皆説得親切近情。曰'非道亡也，幽厲不繇也'，曰'非天降命，不可得反'。其所操持悖謬失其統也，委婉中又説得鄭重，視天難諶命靡常者較親切矣。曰'刑罰不中，則生邪氣'云云，曰'天任德不任刑'，曰'陽不得陰之助'云云，曰'故先王莫之肯爲也'，皆頗有至理。曰'四方正遠近，莫敢不一於正，而亡有邪氣奸其間'者，則煞句頗峭，以其上'正心以正朝廷'各句，已堂堂正正説之，此處正收太平，故反足一句。又足以'陰陽調，風雨時'。至'王道終矣'一段，以鼓舞修德之心，文氣可謂厚矣。又反足以'鳳鳥不至，至不得致也'數句，厚之至也。曰'自古以來未嘗有以亂濟亂，大敗天下之民如秦者也'，文氣已足矣；又重之曰'其遺毒餘烈，至今未滅，使習俗薄惡，人民嚚頑抵冒殊捍熟爛，如此之甚者也'，皆文氣至厚處。又肯説多餘話，而説來不討厭，使人動聽，如'人君莫不欲安存而惡危亡'云云是也。"

　　[５]"龍門"，代指司馬遷。司馬遷《史記·太史公自序》："遷生龍門，耕牧河山之陽。"

　　[６]"卿雲"，指司馬相如和揚雄。司馬相如字長卿，揚雄字子雲，二人均爲漢代著名賦家，其作品以宏大華美著稱。

　　[７]"徐庾"，指南朝梁代徐摛、徐陵父子與庾肩吾、庾信父子。李延壽《北史·庾信傳》稱他們的詩文風格綺艷纖麗，世稱"徐庾體"。

　　[８]"吏部"，即指韓愈。韓愈官至吏部侍郎，故有此稱。蘇軾《潮州韓文

公廟碑》："獨韓文公起布衣，談笑而麾之，天下靡然從公，復歸於正，蓋三百年於此矣。文起八代之衰，而道濟天下之溺；忠犯人主之怒，而勇奪三軍之帥。"劉熙載《藝概·文概》："韓文起八代之衰，實集八代之成。蓋惟善用古者能變古，以其無所不包，故能無所不掃也。"章學誠《文史通義》："近世文宗八家，以爲正軌，而八家莫不步趨韓子。"

[9]"雕蟲"，語出揚雄《法言·吾子》："或問：吾子少而好賦？曰：然，童子雕蟲篆刻。俄而曰：壯夫不爲也。"實爲對麗淫其質、文淹其道的辭賦之作的鄙薄。

[10]"兔穎"，本指兔毛所製之筆，後泛指毛筆。

[11]"螢囊"，語出房玄齡等《晋書·車胤傳》："胤恭勤不倦，博學多通，家貧，不常得油，夏月則練囊盛數十螢火以照書，以夜繼日焉。"

應許滇生夫子[1]招將赴京師口占

春明柳色尚依然，又促征輪舊夢牽。
鯉信[2]遙傳千里外，鴻泥怕憶五年前。
自慚抱負班超筆[3]，敢望功名祖逖鞭[4]。
海上三山應在望，莫教風力引回船。

注釋：

[1]"許滇生"，即許乃普。許乃普，字經厓，別字滇生，其生平見前。

[2]"鯉信"，即書信。在紙張出現以前，書信多寫在白色絲絹上，爲使傳遞過程中不致損毀，古人常把書信扎在兩片竹木簡中，簡多刻成魚形，故稱。漢樂府詩《飲馬長城窟行》："客從遠方來，遺我雙鯉魚。呼兒烹鯉魚，中有尺素書。"

[3]"班超筆"，語出范曄《後漢書·班超傳》："永平五年，兄固被召詣校

書郎，超與母隨至洛陽。家貧，常爲官傭書以供養。久勞苦，嘗輟業投筆嘆曰：'大丈夫無他志略，猶當效傅介子、張騫立功異域，以取封侯，安能久事筆研間乎？'"

［4］"祖逖鞭"，語出房玄齡等《晋書‧劉琨傳》："琨少負志氣，有縱橫之才……與范陽祖逖爲友。聞逖被用，與親故書曰：'吾枕戈待旦，志梟逆虜，常恐祖生先吾著鞭。'其意氣相期如此。"

偶　題

六年三踏軟塵[1]紅，篤速雲山跨玉驄。
爲向天台仙子道[2]，桃花時在夢魂中。

注釋：

［1］"軟塵"，即飛揚的塵土，代指都市的繁華熱鬧。陸游《仗錫平老自都城回見訪索怡雲堂詩》："東華軟塵飛撲帽，黄金絡馬人看好。"鄭燮《飲李復堂宅賦贈》："老去翻思踏軟塵，一官聊以蔽其身。"林則徐《致龔自珍書》："月前述職在都，碌碌軟塵，刻無暇晷，僅得一聆清誨，未罄積懷。"

［2］"天台仙子"，用劉晨、阮肇典。

車中望雨

隱隱原上村，依依林間樹。
漠漠籠寒烟，冥冥起薄霧。
天低大野[1]圓，蒼茫正四顧。
吹面忽如絲，輕塵濕芳路。
布穀聲催耕，時聞好鳥諪[2]。

牧兒披蓑笠，叱犢行且住。

下尺升上尺，一犁渥甘澍[3]。

昨歲蝗爲災，穀歉民困苦。

嗟哉爾窮黎，誰能夏雨雨。

注釋：

［1］"大野"，廣大的原野。李邕《石賦》："植杖大野，周目層岩。"

［2］"謼"，古同"呼"，大聲號叫。

［3］"澍"，及時的雨。范曄《後漢書·明帝紀》："長吏各潔齋禱請，冀蒙嘉澍。

過高唐州[1]

驅車過高唐，觸目空搔首。

廢壘臥夕陽，荒烟揖敗柳。

憑吊禾黍悲，愴然亂離後。

昨歲烽火紅，驀驚賊騎蹂。

釜底游殘魂，州城大如斗[2]。

岩岩鸛鵝軍[3]，困之十月久。

雉堞半已頹，無復女墻陡。

何用懸布登[4]，直可挾輴走[5]。

四圍斬以濠，乃若鴻溝守。

賊弗虞兵來，兵翻苦賊誘。

斫營[6]聞夜呼，倉皇諸功狗[7]。

萬鬼青燐燐，傷心酹[8]杯酒。

注釋：

［1］"高唐州"，明清時爲山東交通樞紐，［光緒］《高唐州志》稱其"西南至東昌府一百一十里，東至濟南省會一百六十里，西北至京師陸程八百五十里，水程一千二百里，州治距清平魏家灣水次六十里"。同治七年（1868）捻軍侵擾高唐。據此詩"昨歲烽火紅，驀驚賊騎蹂"等句，則此詩當作於翌年。

［2］"釜底游殘魂，州城大如斗"，所記當爲同治七年（1868）捻軍侵擾高唐之事。［光緒］《高唐州志》卷二《兵革考略》："同治七年三月，皖匪張總愚由直隸南竄，數逼城下，州牧帥及團紳王長申、汪雲萼、李培滋、杜維屏等守禦得計，城賴以保。是年，州境被賊，往來數次，蹂躪殊甚。六月下旬，總兵劉銘傳、陳國瑞諸軍圍賊於黄運之間，連戰擊滅之。"

［3］"鸛鵝軍"，指列陣的軍隊。《左傳·昭公二十一年》："丙戌，與華氏戰於赭丘。鄭翩願爲鸛，其御願爲鵝。"杜預注稱："鸛、鵝皆陳名。"楊伯峻注稱："《埤雅·釋鳥》：鵝自然有行列。故《聘禮》曰'出如舒雁'（雁即鵝）。古者兵有鸛、鵝之陳也。舊説江淮謂群鸛旋飛爲鸛井。則鸛善旋飛，盤薄霄漢，與鵝之成列正異，故古之陳法或願爲鸛也。"

［4］"懸布登"，用秦堇父勇於登城作戰之典。《左傳·襄公十年》："晉荀偃、士匄請伐偪陽，而封宋向戌焉。荀罃曰：'城小而固，勝之不武，弗勝爲笑。'固請。丙寅，圍之，弗克。孟氏之臣秦堇父輦重如役……主人縣（通"懸"）布，堇父登之，及堞而絶之。隊（通"墜"），則又縣之，蘇而復上者三。主人辭焉，乃退。帶其斷以徇於軍三日。"

［5］"挾輈走"，用潁考叔典。輈爲車轅，後以喻勇武有力的人。《左傳·隱公十一年》："鄭伯將伐許，五月甲辰，授兵於大宮。公孫閼與潁考叔争車，潁考叔挾輈以走，子都（公孫閼字子都）拔棘（即戟）以逐之。"

［6］"斫營"，即攻擊敵人的營壘。

［7］"功狗"，典出司馬遷《史記·蕭相國世家》："高帝曰：'夫獵，追殺獸

兔者，狗也；而發踪指示獸處者，人也。今諸君徒能得走獸耳，功狗也。至如蕭何，發踪指示，功人也。’”後以功狗喻殺敵立功的人。

［8］“酹”，把酒澆在地上，以示祭奠。

德州[1]晚渡

碧天無語望晴空，冷暖商量酒思融。
流水三篙鴨頭綠[2]，夕陽十里馬蹄紅。
梁因舟造維風纜，岸有橈停曬雨篷。
怪得征人添別緒，家書新寄故園中。

注釋：

［1］“德州”，爲明清運河沿綫重要商業城市。自隋朝開永濟渠，特別是元代運河南北貫通，就成爲通往北京的水陸要衝。因河南、河北、山東、江蘇、安徽、浙江、江西、湖北、湖南等九省進京的水路、旱路均經由德州，故稱“九達天衢”。德州城內“車舟所會，食貨集散”，運河碼頭“漕糧船擠、游人如織”，此次楊紹和北上亦經由德州北上。

［2］“鴨頭綠”，原指鴨綠江水，典出宋祁、歐陽修等《新唐書·東夷傳》：“有馬訾水，出靺鞨之白山，色若鴨頭，號鴨涤水，歷國內城西，與鹽難水合。”後用以形容水色如鴨頭綠色。

劉智廟[1]曉發

一鞭星月五更餘，聽得鷄人[2]報曉初。
枕畔吟魂醒未了，又扶殘夢上征車。

注釋：

［1］“劉智廟”，在德州西北二十五里。高懋功《雲中紀程》卷上：“衛河本衛、漳、黃河諸水合流，自東昌府武城縣入州境，北經河間府入海，又二十里至劉智廟，山東之路止於此。出旅店北行，則北直河間之景州往京師大道。”吳熾昌《客窗閑話》卷四：“劉智者，不知何許人。不事生產，而性好施捨，家貲蕩然，妻孥無存，流離失所。至山左德州，通衢之側有古刹存焉。户毁垣傾，殿廷將圮，僧衆皆散……廟雖破落，香火猶存。每年四月八日，近村之人必大舉廟會，商賈雲集，百貨俱陳。以蓆結棚，列分街道，居然鬧市。而廟之三面爲不逞之徒大開賭局，銀錢出入，盈千纍萬，童叟勿欺。智日游其間，不覺心動，乞得數錢，姑以壓寶。隨其意之所至，無不勝者。旬餘，將前後左右所有賭局之貲本，咸歸智一人矣，計之，得金錢數萬。或勸之開業成家，以爲富室。智慨然曰：‘余，丐也，而暴富不祥，當思有以禳之。且余孑然一身，與僧等耳，願以貲修復廟宇，而奉其香火，得保首領以没，神之祐也。’乃遍拜紳士，爲之助力，鳩工庀材，拓疆啓宇，頓改舊觀。俾智主持其中，而四方士君子之道出其間者咸游覽也。至今相傳百十年，凡歷是境者莫不呼之曰劉智廟。”

［2］“鷄人”，指宮廷中專管更漏之人。《周禮·春官·鷄人》：“鷄人掌共鷄牲，辨其物。大祭祀，夜呼旦以嘼百官。”

雄縣[1]道中

趙北燕南地，虹飛十二橋[2]。
雲容連水闊，帆影接天遥。
此地多悲慨[3]，無心問沉寥。
休誇玉顔美，客夢怕魂銷。

注釋：

[1]“雄縣”，地處河北省中部，以境內有大、小雄山得名。明洪武七年（1374）設雄縣，屬保定府，清代沿之。

[2]“十二橋”，即十二連橋，地處任丘、雄縣交界處。據《任丘縣志》記載，“十二連橋”中八座建於明弘治中，四座建於清雍正中，其中木橋四座，石橋八座，長度形態各異。其中廣惠橋邊舊有碑亭一座，題“燕南趙北”四字。

[3]“此地多悲慨”，典出《燕丹子》：“荆軻入秦，不擇日而發，太子與知謀者皆素衣冠，送之於易水之上。荆軻起爲壽，歌曰：‘風蕭蕭兮易水寒，壯士一去兮不復還。’高漸離擊筑，宋意和之。爲壯聲則髮怒衝冠，爲哀聲則士皆流涕。”

望西山[1]

里居經歲別峰巒，憶到清游卧亦難。
今日相逢勞慰藉，好山都當故人看。

注釋：

[1]“西山”，爲太行山北端餘脉，峰嶺連延，歷房山、門頭溝、石景山、昌平等地，主要有翠微山、平坡山、盧師山、香山以及西山餘脉荷葉山、甕山等。西山林海蒼茫、烟光嵐影，四時俱勝。

苦熱行

元冰丸[1]，飛雪散，暴坐十爐火不暖[2]。
奇術欲尋抱樸子，方士仲都呼之起。
東野丈人[3]塗困寒，求熱得熱何其難。
我亦曾聞無熱邱，乘風那得昆侖游[4]？

塵世上下已歊焱^[5]，慎莫近前手可炙。

攀炎誰顧泚其顙，從來炎官本赫赫。

赫赫炎官竟若此，萬頃枯苗旱欲死。

無乃比年虐河伯，欲使斯民閉氣胎息^[6]深水底。

吁嗟乎！暑風烈扇日當昦，熬然傾然天下苦。

搔首仰視蒼蒼雲，久似無心作霖雨。

注釋：

［1］"元冰丸"，陳元靚《歲時廣記》卷二"服丸散"："《抱樸子》曰：或問不熱之道。曰：'服元冰丸、飛雪散，王仲都等用此方也。'梁劉孝威《苦暑詩》曰：'元冰術難驗，赤道漏猶長。'"

［2］"暴坐十爐火不暖"，陳元靚《歲時廣記》卷二"環爐火"條："《桓子新論》：元帝被病，廣求方士。漢中逸人王仲都者，詔問所能。爲對曰：'但能忍寒暑耳。'因爲待詔。至夏大暑日，使暴坐，又環以十爐火，不言熱，而身汗不出。"

［3］"東野丈人"，典出房玄齡等《晉書·王沉傳》："王沉，字彥伯，高平人也。少有俊才，出於寒素，不能隨俗沉浮，爲時豪所抑，仕郡文學掾，鬱鬱不得志，乃作《釋時論》，其辭曰：東野丈人觀時以居，隱耕污腴之墟。有冰氏之子者出自沍寒之谷，過而問塗。丈人曰：'子奚自？'曰：'自涸陰之鄉。''奚適？'曰：'欲適煌煌之堂。'丈人曰：'入煌煌之堂者必有赫赫之光，今子困於寒，而欲求諸熱，無得熱之方。'冰子瞿然曰：'胡爲其然也？'丈人曰：'融融者皆趣熱之士，其得爐冶之門者，惟挾炭之子。苟非斯人，不如其已。'"

［4］"昆侖游"，典出酈道元《水經注》卷一："穆王於昆侖側瑤池上觴西王母，云去宗周瀍澗萬有一千一百里……而今以後乃知昆侖山爲無熱丘。"

［5］"歊焱"，歊，或作歍；焱，大赤也，字見《楚辭·大招》。

［6］"胎息"，即不用口和鼻子呼吸，如在孕胎之中。語見葛洪《抱樸子·釋滯》："得胎息者，能不以口鼻噓吸，如在胞胎之中。"

懺　悔

懺悔都從悟後知，蕉蔭夢幻[1]醒來時。
不填恨海[2]人真慧，欲補情天我已癡。
入幕蓮花原自賞，登樓柳色莫相思。
問卿到底干何事？春水由他皺一池[3]。

注釋：

［1］“蕉蔭夢幻”，即蕉夢，比喻人生爲變幻莫測的夢境。《列子·周穆王》；“鄭人有薪於野者，遇駭鹿，御而擊之，斃之。恐人見之也，遽而藏諸隍中，覆之以蕉，不勝其喜。俄而遺其所藏之處，遂以爲夢焉。順塗而咏其事。傍人有聞者，用其言而取之。既歸，告其室人曰：‘向薪者夢得鹿而不知其處；吾今得之，彼直真夢者矣。’室人曰：‘若將是夢見薪者之得鹿邪？詎有薪者邪？今真得鹿，是若之夢真邪？’夫曰：‘吾據得鹿，何用知彼夢我夢邪？’薪者之歸，不厭失鹿。其夜真夢藏之之處，又夢得之之主。爽旦，案所夢而尋得之。”

［2］“恨海”，指無窮無盡的怨恨。龔自珍《己亥雜詩》之二六八稱：“萬一天填恨海平，羽琌安穩貯雲英。仙山樓閣尋常事，兜率甘遲十劫生。”

［3］“春水由他皺一池”，語出馮延巳《謁金門》：“風乍起，吹皺一池春水。閑引鴛鴦香徑裏，手挼紅杏蕊。”

偕同人登光岳樓觀日出

翔陽逸駭扶桑紅，藻景初晰光瞳瞳。
紺碧萬道朝霞烘，金輪浴海升鮫宮[1]。
華丹直射日觀峰，岩嶤尺五[2]天門雄。
羲和弭節乘六龍[3]，齊州九點烟痕濃[4]。

憑欄人立危樓中，秋水一翦明雙瞳。

騰步延眺蕩其胸，把臂之英皆雍容。

瀛洲學士將毋同，還如二八偕登庸[1]。

興復不淺老庾公[2]，春來王粲詩尤工[3]。

游以卒時莫匆匆，蒼茫憑吊攄幽衷。

荒陵巢牧遺清風[4][5]，射書約矢高臺空[5][6]。

聖泉仙閣青苔封[6]，巍然靈光聊攝東。

韓陵片石鎪玲瓏，爲感先澤予心恫[7][7]。

回憶雪爪天邊鴻，廿年萬里浮萍踪。

巨靈手擘凌蒼穹，雲關岫幪衡與嵩。

冀野曾控千金驄，恒山渺望衹崆峒[8]。

漢武之柏秦皇松，岱麓足音空谷跫。

前塵五岳心惺忪，一圖久卧南朝宗。

登臨今愧江才窮[9]，碧紗頹首宣城翁[8][10]。

聯袂且下丹梯重，人間高挂銅鉦銅。

原注：

（1）同會者十八人，朱壽民、葛會庵未至。

（2）陳德圃、傅吉人兩丈年最長。

（3）王夢泉工於詩。

（4）縣治有巢父牧陵。

（5）魯連射書臺在郡城之東。

（6）聖泉携雨、仙閣雲護，聊城八景之二。

（7）己亥重修，先君作碑記。

（8）壁上有施愚山先生題句。

注釋：

［1］"鮫宮"，謂鮫人所居之宮。鮫人爲傳説居住於海中的怪人。張華《博物志》："南海水有鮫人，水居如魚，不廢織績，其眼能泣珠。"

［2］"尺五"，即一尺五寸，極言離高處距離之近。杜甫《贈韋七贊善》："時論同歸尺五天。"自注："俚諺曰：'城南韋杜，去天尺五。'"

［3］"羲和弭節乘六龍"，語出屈原《離騷》："欲少留此靈瑣兮，日忽忽其將暮。吾令羲和弭節兮，望崦嵫而勿迫。路曼曼其修遠兮，吾將上下而求索。"

［4］"齊州九點烟痕濃"，指俯視九州，小如烟點。語出李賀《夢天》："遥望齊州九點烟，一泓海水杯中瀉。"

［5］"荒陵巢牧遺清風"，按巢父爲傳説中的高士，因築巢而居，人稱巢父。堯以天下讓之，不受。後隱居聊城，以放牧終老。聊城古有巢陵，爲巢父葬處，在今聊城市東昌府區許營村西北北二里許，聊城縣治曾移此。其墓旁傳爲當年巢父遺牧處，爲聊城古八景之一，曰"巢父遺牧"。

［6］"射書約矢高臺空"，按司馬遷《史記·魯仲連鄒陽列傳》："燕將攻下聊城，聊城人或讒之燕，燕將懼誅，因保守聊城，不敢歸。齊田單攻聊城歲餘，士卒多死，而聊城不下。魯連乃爲書，約之矢以射城中，遺燕將……燕將見魯連書，泣三日，猶預不能自決。欲歸燕，已有隙，恐誅；欲降齊，所殺虜於齊甚衆，恐已降而後見辱。喟然嘆曰：'與人刃我，寧自刃。'乃自殺。聊城亂，田單遂屠聊城。歸而言魯連，欲爵之。魯連逃隱於海上，曰：'吾與富貴而詘於人，寧貧賤而輕世肆志焉。'"嵩山修、謝香開纂［嘉慶］《東昌府志》卷四十四《古迹》稱："魯仲連臺在古聊城。聊城故城東門有層臺秀出，魯仲連所謂還高唐之兵、却聊城之衆者也。《水經注》：射城即仲連射書遺燕將處。《永樂舊志》：臺在聊城西北十五里古聊城中，高七十餘尺。《一統志》：按今府治東門外亦有魯連臺，乃明萬歷三十五年知府陸夢履所建，國朝康熙四十七年知府黄汝銓重修，非故臺也。"

［7］楊以增倡修光岳樓事，詳見上文楊以增《重修光岳樓記》注釋。

［8］"豅豅"，山谷空深的樣子。司馬遷《史記·司馬相如列傳》："岩岩深山之豅豅兮。"

［9］"江才窮"，用江淹典。鍾嶸《詩品》："文通詩體總雜，善於摹擬。筋力於王微，成就於謝朓。初，淹罷宣城郡，遂宿治亭，夢一美丈夫，自稱郭璞，謂淹曰：'我有筆在卿處多年矣，可以見還。'淹探懷中，得五色筆以授之。爾後爲詩，不復成語，故世傳江淹才盡。"

［10］"宣城翁"，即施閏章。施閏章（1619—1683），字尚白，號愚山，江南宣城人。順治六年（1649）進士，授刑部主事，十三年（1656）擢山東提學僉事。施閏章博覽經史，勤學強記，爲文意樸而氣靜，詩與宋琬齊名，有"南施北宋"之譽。與邑人高咏生主持東南詩壇數十年，時稱"宣城體"。施閏章於順治十三年（1656）冬登光岳樓，作《登光岳樓詩》："危樓千載瞰滄溟，泰岱東來作翠屏。拂檻寒星晴歷歷，侵衣銀漢盡泠泠。地連朔雪孤城白，天入齊烟一帶青。尊酒未酣人欲散，西風黃鵠度空冥。"其詩碑今存光岳樓上。

咏史四首

汲長孺[1]

十載淮陽當臥游[2]，那容多病老歸休。

逆鱗手批憐臣戇[3]，嗷雁心傷爲國憂。

朝有公卿文法吏[4]，權傾將相武安侯[5]。

讓他折節將軍衛[6]，愧煞賢良第一流。

注釋：

［1］"汲長孺"，即汲黯。汲黯（？—前112）字長孺，濮陽人。漢景帝時任太子洗馬，武帝時官至主爵都尉，列於九卿。汲黯爲人耿直，好直諫廷諍，後以小罪免官，居田園數年，召拜淮陽太守，卒於任上。

　　［2］"十載淮陽當卧游"，典出司馬遷《史記·汲鄭列傳》："上以爲淮陽，楚地之郊，乃召拜黯爲淮陽太守。黯伏謝不受印，詔數强予，然後奉詔……上曰：'君薄淮陽邪？吾今召君矣。顧淮陽吏民不相得，吾徒得君之重，卧而治之。'……黯居郡如其故治，淮陽政清。後張湯果敗……令黯以諸侯相秩居淮陽。七歲而卒。"

　　［3］"憐臣戇"，典出司馬遷《史記·汲鄭列傳》："天子方招文學儒者，上曰吾欲云云，黯對曰：'陛下内多欲而外施仁義，奈何欲效唐虞之治乎！'上默然，怒，變色而罷朝。公卿皆爲黯懼。上退，謂左右曰：'甚矣，汲黯之戇也！'群臣或數黯，黯曰：'天子置公卿輔弼之臣，寧令從諛承意，陷主於不義乎？且已在其位，縱愛身，奈辱朝廷何！'"

　　［4］"文法吏"，指張湯。司馬遷《史記·汲鄭列傳》："上方向儒術，尊公孫弘。及事益多，吏民巧弄。上分別文法，湯等數奏決讞以幸。而黯常毁儒，面觸弘等徒懷詐飾智以阿人主取容，而刀筆吏專深文巧詆，陷人於罪，使不得反其真，以勝爲功。上愈益貴弘、湯，弘、湯深心疾黯，唯天子亦不説也。"

　　［5］"權傾將相武安侯"，典出司馬遷《史記·汲鄭列傳》："當是時，太后弟武安侯蚡爲丞相，中二千石來拜謁，蚡不爲禮。然黯見蚡未嘗拜，常揖之。"

　　［6］"折節將軍衛"，典出司馬遷《史記·汲鄭列傳》："大將軍青既益尊，姊爲皇后，然黯與亢禮。人或説黯曰：'自天子欲群臣下大將軍，大將軍尊重益貴，君不可以不拜。'黯曰：'夫以大將軍有揖客，反不重邪？'大將軍聞，愈賢黯，數請問國家朝廷所疑，遇黯過於平生。"

劉子真[1]

　　飪鼎元臣列上臺，懸車七十賦歸哉[2]。
　　學從麟狩傳高業[3]，貧到牛衣老異才[4]。
　　幔外誤將紅綫引，帳前驚入絳紋來[5]。
　　劇憐崇讓留名論[6]，瞥眼銅駞事可哀[7]。

注釋:

［1］"劉子真"，即劉寔。劉寔（220—310），字子真，平原郡高唐人。劉寔出身寒苦，品德清潔，好學不倦。初任計吏，後遷任尚書郎、吏部郎等職。西晉建立後，歷任少府、太常、尚書，因其子劉夏受賄獲罪免官。後起用爲國子祭酒、散騎常侍。元康初年（291）進爵爲侯，升太子太保，加侍中。元康九年（299）拜司空，遷任太保，其後轉任太傅，永嘉四年（310）去世，謚曰元。

［2］"懸車七十賦歸哉"，按懸車即指官吏退休或致仕歸隱。班固《白虎通·致仕》稱："臣年七十懸車致仕者，臣以執事趨走爲職，七十陽道極，耳目不聰明，跂踦之屬，是以退老去避賢者路，所以長廉遠恥也。"房玄齡等《晉書·劉寔傳》："（元康）九年，策拜司空，遷太保，轉太傅。太安初，寔以老病遜位，賜安車駟馬，錢百萬，以侯就第。及長沙、成都之相攻也，寔爲軍人所掠，潛歸鄉里。惠帝崩，寔赴山陵。懷帝即位，復授太尉。寔自陳年老，固辭不許。左丞劉坦上言曰：'夫堂高級遠，主尊相貴。是以古之哲王莫不師其元臣，崇養老之教，訓示四海，使少長有禮。七十致仕，亦所以優異舊德，厲廉高之風。太尉寔體清素之操，執不渝之潔，懸車告老二十餘年，浩然之志老而彌篤，可謂國之碩老、邦之宗模。'"

［3］"學從麟狩傳高業"，指劉寔精於儒家經典。房玄齡等《晉書·劉寔傳》稱："自少及老，篤學不倦。雖居職務，卷弗離手，尤精三《傳》，辨正《公羊》，以爲衛輒不應辭以王父命，祭仲失爲臣之節。舉此二端，以明臣子之體，遂行於世。又撰《春秋條例》二十卷。"

［4］"貧到牛衣"，按房玄齡等《晉書·劉寔傳》："寔少貧苦，賣牛衣以自給……寔少貧窶，杖策徒行，每所憩止，不累主人，薪水之事皆自營給。及位望通顯，每崇儉素，不尚華麗。"

［5］"帳前驚入絳紋來"，按房玄齡等《晉書·劉寔傳》："嘗詣石崇家如厠，見有絳紋帳，裀褥甚麗，兩婢持香囊。寔便退，笑謂崇曰：'誤入卿内。'崇曰：'是厠耳。'寔曰：'貧士未嘗得此。'乃更如他厠。"

[６]“劇憐崇讓留名論”，指劉寔曾作《崇讓論》。房玄齡等《晋書·劉寔傳》：“以世多進趣，廉遜道闕，乃著《崇讓論》以矯之。其辭曰：‘古之聖王之化天下，所以貴讓者，欲以出賢才、息爭競也。夫人情莫不欲己之賢也，故勸令讓賢，以自明賢也，豈假讓不賢哉？故讓道興，賢能之人不求而自出矣，至公之舉自立矣，百官之副亦豫具矣。”

[７]“銅駝事可哀”，銅駝爲銅制的駱駝，古代置於宮門外，用以形容國土淪陷後的殘破景象。房玄齡《晋書·索靖傳》：“靖有先識遠量，知天下將亂，指洛陽宮門銅駝，嘆曰：‘會見汝在荆棘中耳。’”劉寔去世後數年，遂有永嘉之亂，晋室南遷，洛陽宮殿化爲丘墟。

王文正[１]

肯教私室拜恩頻，推轂賢良密疏陳[２]。

錢幣不妨通北使[３]，鹽梅[４]未可屬南人。

封珠有賜非明主，刻玉無功誤老臣[５]。

畢竟偉才真宰相，江淮疾苦念斯民[６]。

注釋：

[１]“王文正”，即王旦。王旦（957—1017），字子明，大名莘縣人。太平興國五年（980）進士，歷任同知樞密院事、參知政事。景德三年（1006）拜相，監修《兩朝國史》。天禧元年（1017）去世，謚“文正”。

[２]“推轂賢良密疏陳”，按脱脱等《宋史·王旦傳》：“旦爲相，賓客滿堂，無敢以私請。察可與言及素知名者，數月後，召與語，詢訪四方利病，或使疏其言而獻之。觀才之所長，密籍其名，其人復來，不見也。每有差除，先密疏四三人姓名以請，用者帝以筆點之。同列不知，爭有所用，惟旦所用，奏入無不可。丁謂以是數毀旦，帝益厚之。故參政李穆子行簡，以將作監丞家居，有賢行，遷太子中允。使者不知其宅，真宗命就中書問旦，人始知行簡爲旦所薦。

旦凡所薦，皆人未嘗知。旦没後，史官修《真宗實録》，得内出奏章，始知朝士多旦所薦云。”

[3]“錢幣不妨通北使”，按脱脱等《宋史·王旦傳》：“契丹奏請歲給外别假錢幣。旦曰：‘東封甚近，車駕將出，彼以此探朝廷之意耳。’帝曰：‘何以答之？’旦曰：‘止當以微物而輕之。’乃以歲給三十萬物内各借三萬，仍諭次年額内除之。契丹得之，大慚。次年，復下有司：‘契丹所借金幣六萬，事屬微末，今仍依常數與之，後不爲比。’西夏趙德明言民饑，求糧百萬斛。大臣皆曰：‘德明新納誓而敢違，請以詔責之。’帝以問旦，旦請敕有司具粟百萬於京師，而詔德明來取之。德明得詔，慚且拜曰：‘朝廷有人。’”

[4]“鹽梅”，即鹽和梅子。鹽味鹹，梅味酸，均爲調味所需，亦喻指國家所需的賢才。《尚書·説命下》：“若作和羹，爾惟鹽梅。”脱脱等《宋史·王旦傳》：“帝欲相王欽若，旦曰：‘欽若遭逢陛下，恩禮已隆，且乞留之樞密，兩府亦均。臣見祖宗朝未嘗有南人當國者，雖古稱立賢無方，然須賢士乃可。臣爲宰相，不敢沮抑人，此亦公議也。’真宗遂止。”

[5]“刻玉無功誤老臣”，按脱脱等《宋史·王旦傳》：“契丹既受盟，寇準以爲功，有自得之色，真宗亦自得也。王欽若忌準，欲傾之，從容言曰：‘此《春秋》城下之盟也，諸侯猶恥之，而陛下以爲功，臣竊不取。’帝愀然曰：‘爲之奈何？’……欽若曰：‘唯有封禪泰山，可以鎮服四海，誇示外國……’帝思久之，乃可，而心憚旦，曰：‘王旦得無不可乎？’……召旦飲，歡甚，賜以尊酒，曰：‘此酒極佳，歸與妻孥共之。’既歸發之，皆珠也。由是凡天書、封禪等事，旦不復異議。大中祥符初，爲天書儀仗使，從封泰山，爲大禮使，進中書侍郎兼刑部尚書……五年，爲玉清奉聖像大禮使。景靈宮建，又爲朝修使。七年，刻天書，兼刻玉使，選御厩三馬賜之。”

[6]“江淮疾苦念斯民”，脱脱等《宋史·王旦傳》：“薛奎爲江淮發運使，辭旦，旦無他語，但云：‘東南民力竭矣。’奎退而曰：‘真宰相之言也。’張士遜爲江西轉運使，辭旦求教，旦曰：‘朝廷権利至矣。’士遜迭更是職，思旦之言，

未嘗求利。"

張忠定[1]

乖崖氣節古賢風[2]，西顧恩威鎮蜀中[3]。

雅望登科推李沆，奇才入相勉萊公[4]。

焚香危坐枯禪靜，擊劍狂歌大將雄[5]。

招隱陳摶孤舊約，華雲回首夢魂通[6]。

注釋：

[1]"張忠定"，即張詠。張詠（946—1015），字複之，號乖崖，濮州鄄城人，太平興國五年（980）進士，纍擢樞密直學士，真宗時官至禮部尚書，尤以治蜀著稱，卒謚忠定。

[2]"乖崖氣節古賢風"，按宋祁《張尚書行狀》："惟公稟尊嚴之氣，疑隱正之量。"朱熹《五朝名臣言行錄》引蔡襄語稱："張乖崖鎮蜀，當遨時，士女環左右，終三年，未嘗回顧。此君殊重厚，可以爲薄末之檢押。"

[3]"西顧恩威鎮蜀中"，脫脫等《宋史·張詠傳》稱："出知益州，時李順構亂，王繼恩、上官正總兵攻討，緩師不進。詠以言激正，勉其親行，仍盛爲供帳餞之。酒酣，舉爵屬軍校曰：'汝曹蒙國厚恩，無以塞責，此行當直抵寇壘，平蕩丑類。若老師曠日，即此地還爲爾死所矣。'正由是決行深入，大致克捷。繼恩帳下卒縋城夜遁，吏執以告。詠不欲與繼恩失歡，即命縶投眢井，人無知者。時寇略之際，民多脅從，詠移文，諭以朝廷恩信，使各歸田里，且曰：'前日李順脅民爲賊，今日吾化賊爲民，不亦可乎？'"

[4]"奇才入相勉萊公"，王素《文正王公遺事》稱："故尚書張詠嘗謂人曰：'吾榜中得人最，慎重有雅望，無如李文靖；深沈有德望，鎮服天下，無如王公；面折庭爭，有風采，無如寇公；當方面寄，則詠不敢辭。'"

[5]"擊劍狂歌大將雄"，脫脫等《宋史·張詠傳》："（詠）少任氣，不拘小

節，雖貧賤客游，未嘗下人……真宗嘗稱其材任將帥，以疾不盡其用。"

　　［6］"華雲回首夢魂通"，《古今類事》引《筆談》稱："乖崖公張咏太平興國二年科場試《不陣成功賦》，蓋太宗明年有河東之舉。公賦云：'包戈卧鼓，豈煩師旅之威；雷動風行，舉恊乾坤之德。'自謂擅場。既而有司以對偶顯失黜之，選胡旦爲狀元。公憤然欲學道。陳希夷（陳摶）相之曰：'必爲貴公卿，一生辛苦。譬如人家張筵，方笙歌鼎沸，而中庖火起。坐客無奈，惟賴子滅之。'以詩遺曰：'征吳入蜀是尋常，鼎沸笙歌救火忙。乞得江南佳麗地，却應多謝鬢邊瘡。'初不曉其言，後二年，公乃及第，兩入蜀，定均順之亂，又急移餘杭，剪左道僧紹倫之叛，此征吳入蜀之驗也。縶乞閑地不允，復以鬢瘡乞金陵養疾，方許。希夷之言，一無差誤。"

同人詩課分賦

林宗巾[1]

記曾仙侶舊同舟[2]，得入龍門共勝游。
怪底爭傳巾一角[3]，中郎片石已千秋[4]。

注釋：

　　［1］"林宗"，即郭泰（范曄《後漢書》因避諱作"太"）。郭泰（128—169），字林宗，太原郡介休縣人，東漢名士，與李膺等交游，名重洛陽，被太學生推爲領袖。後閉門授徒，弟子達千人。建寧元年（168），聞知陳蕃謀誅宦官事敗遇害，哀慟逝世。

　　［2］"記曾仙侶舊同舟"，范曄《後漢書·郭符許列傳》稱："就成皋屈伯彦學，三年業畢，博通墳籍。善談論，美音制。乃游於洛陽。始見河南尹李膺，膺大奇之，遂相友善，於是名震京師。後歸鄉里，衣冠諸儒送至河上，車數千兩。

林宗唯與李膺同舟而濟，衆賓望之，以爲神仙焉。"

[3]"争傳巾一角"，范曄《後漢書·郭符許列傳》："郭太字林宗，太原界休人也。家世貧賤，早孤……性明知人，好訓士類。身長八尺，容貌魁偉，褒衣博帶，周游郡國。嘗於陳梁閑行遇雨，巾一角墊，時人乃故折巾一角，以爲'林宗巾'。其見慕皆如此。"

[4]"中郎片石已千秋"，范曄《後漢書·郭符許列傳》："建寧元年，太傅陳蕃、大將軍竇武爲閹人所害，林宗哭之於野，慟……明年春，卒於家，時年四十二。四方之士千餘人，皆來會葬。同志者乃共刻石立碑，蔡邕爲其文，既而謂涿郡盧植曰：'吾爲碑銘多矣，皆有慚德，唯郭有道，無愧色耳。'"

王喬舃[1]

尚書賜履故飛飛[2]，葉令來朝拜禁闈[3]。
此日雙鳧當日鶴[4]，仙人子晋[5]是耶非。

注釋：

[1]"王喬"，即王子喬（約前565—？），姬姓，名晋，字子喬，周靈王姬泄心長子，喜音律，吹玉笙，游於伊水、洛水之間。博學多識，尤善音律，後因病去世，五代時受封爲"元弼真君"，徽宗政和三年（1113）封"元應真人"，高宗紹興（1131—1162）中封"善利廣濟真人"。

[2]"尚書賜履故飛飛"，范曄《後漢書·方術列傳》："王喬者，河東人也。顯宗世爲葉令。喬有神術，每月朔望，常自縣詣臺朝。帝怪其來數，而不見車騎，密令太史伺望之。言其臨至，輒有雙鳧從東南飛來。於是候鳧至，舉羅張之，但得一隻舃焉……則四年中所賜尚書官屬履也。"

[3]"葉令來朝"，范曄《後漢書·方術列傳》："（王喬）每當朝時，葉門下鼓不擊自鳴，聞於京師。"

[4]"當日鶴"，劉向《列仙傳》："王子喬者，周靈王太子晋也。好吹笙，

作鳳凰鳴，游伊洛間，道士浮丘公接以上嵩高山上。三十餘年後，來於山上，告桓良曰：'告我家，七月七日待我於緱氏山頭。'至時，果乘白鶴駐山頭。望之不得見，舉手謝時人，數日而去。"

［5］"仙人子晉"，范曄《後漢書·方術列傳》："後天下玉棺於堂前，吏人推排，終不搖動。喬曰：'天帝獨召我邪？'乃沐浴服飾寢其中，蓋便立覆。宿昔葬於城東，土自成墳。其夕，縣中牛皆流汗喘乏，而人無知者。百姓乃爲立廟，號葉君祠。牧守每班錄，皆先謁拜之。吏人祈禱，無不如應。若有違犯，亦立能爲祟。帝乃迎取其鼓，置都亭下，略無復聲焉。或云此即古仙人王子喬也。"

羊公碑[1]

峴山勝迹[2]楚江濱，緩帶輕裘儒將身[3]。
豈止襄陽同墮淚[4]，最難涕泣到吳人[5]。

注釋：

［1］"羊公"，即羊祜。羊祜（221—278），字叔子，泰山南城人，博學能文，清廉正直。司馬昭建五等爵制，封鉅平縣開國子，與荀勖共掌機密。西晉建立後，羊祜受命坐鎮襄陽，屯田興學，以德懷柔，深得軍民之心；繕甲訓卒，廣爲戎備，建伐吳之策。咸寧四年（278）病逝，追贈侍中、太傅，謚曰成。

［2］"峴山勝迹"，房玄齡等《晉書·羊祜傳》："祜樂山水，每風景，必造峴山，置酒言咏，終日不倦。嘗慨然嘆息，顧謂從事中郎鄒湛等曰：'自有宇宙，便有此山。由來賢達勝士，登此遠望，如我與卿者多矣！皆湮滅無聞，使人悲傷。如百歲後有知，魂魄猶應登此也。'"

［3］"緩帶輕裘儒將身"，房玄齡等《晉書·羊祜傳》："（羊祜）在軍常輕裘緩帶，身不被甲，鈴閣之下，侍衛者不過十數人，而頗以畋漁廢政。嘗欲夜出，軍司徐胤執棨當營門曰：'將軍都督萬里，安可輕脱！將軍之安危，亦國家之安危也。胤今日若死，此門乃開耳。'祜改容謝之，此後稀出矣。"

[4]“襄陽同墮淚”，楊守敬《湖北金石志》卷三：“羊祜卒後，襄陽百姓於公平生憩游之所建碑立廟，歲時饗祭焉。望其碑者莫不流涕，杜預名爲‘墮淚碑’。”蕭子顯《南齊書·張敬兒傳》稱其“欲移羊叔子墮淚碑，於其處立臺，綱紀諫曰：‘羊太傅遺德，不宜遷動。’敬兒曰：‘太傅是誰？我不識也。’”此碑或於此時損壞。梁大同十年（544），重建羊公碑，存《金石録》，題《梁重立羊祜碑》。陳思《寶刻叢編》卷三引《集古後録》：“羊公墮淚碑，不著書撰人名氏。《襄陽耆舊傳》謂李與初撰也。梁大同十年，雍州刺史以故碑闕落，命別駕從事史劉伯雄模立此本。故碑一丈一尺，開元間故碑尚無蓋，李翰林有‘龜頭剥落生莓苔’之句，今不存矣。”

[5]“涕泣到吳人”，房玄齡等《晉書·羊祜傳》：“（羊祜）每與吳人交兵，克日方戰，不爲掩襲之計。將帥有欲進譎詐之策者，輒飲以醇酒，使不得言。人有略吳二兒爲俘者，祜遣送還其家。後吳將夏詳、邵顗等來降，二兒之父亦率其屬與俱。吳將陳尚、潘景來寇，祜追斬之，美其死節而厚加殯斂。景、尚子弟迎喪，祜以禮遣還。吳將鄧香掠夏口，祜募生縛香，既至，宥之。香感其恩甚，率部曲而降。祜出軍行吳境，刈穀爲糧，皆計所侵，送絹償之。每會衆江沔游獵，常止晉地。若禽獸先爲吳人所傷而爲晉兵所得者，皆封還之。於是吳人翕然悦服，稱爲羊公，不之名也……疾漸篤，乃舉杜預自代。尋卒，時年五十八。帝素服哭之，甚哀。是日大寒，帝涕淚沾鬚鬢，皆爲冰焉。南州人征市日聞祜喪，莫不號慟，罷市，巷哭者聲相接。吳守邊將士亦爲之泣。其仁德所感如此。”

謝公墩[1]

霖雨蒼生社稷臣[2]，一邱嘯咏偶閒身[3]。
我名公字偏争訟[4]，只恐山靈也笑人。

注釋：

[1]“謝公”，即謝安。謝安（320—385），字安石，陳郡陽夏人。謝安少

以清談知名，歷任征西大將軍司馬、吳興太守、侍中、吏部尚書、中護軍等職，後在淝水之戰中大敗前秦。太元十年（385）病逝，贈太傅、廬陵郡公，謚文靖。胡祥翰《金陵勝迹志》稱："在半山亭里許，有石埠隆起，相傳爲謝公墩。謝安與王羲之嘗登此，或又謂舊名康樂坊。因謝玄封康樂公，至孫靈運猶襲封。所謂謝公墩者，蓋玄及其子孫所居也。"

[2]"霖雨蒼生社稷臣"，按房玄齡等《晉書·謝安傳》："征西大將軍桓溫請爲司馬，將發新亭，朝士咸送，中丞高崧戲之曰：'卿纍違朝旨，高臥東山，諸人每相與言，安石不肯出，將如蒼生何！蒼生今亦將如卿何！'安甚有愧色。既到，溫甚喜，言生平，歡笑竟日。""謝安除吳興太守，在官無當時譽，去後爲人所思。"

[3]"偶閒身"，按房玄齡等《晉書·謝安傳》："寓居會稽，與王羲之及高陽許詢、桑門支遁游處，出則漁弋山水，入則言咏屬文，無處世意。"

[4]"我名公字偏争訟"，按王安石晚年兩度罷相，回到南京，其宅故址在今後宰門半山園。其《謝公墩》二首（其一）稱："我名公字偶相同，我宅公墩在眼中。公去我來墩屬我，不應墩姓尚隨公。"

贈史崧雲獻書[1]

戰船東下大江橫，陡地烽烟滿冶城[2]。
劫外飄零悲舊夢，賊中辛苦感餘生。
寶田已看桐枝長，金屋還將桃葉迎。
王粲遠游能作賦[3]，登樓莫使客心驚。

爾汝交情[4]耐久朋，兩心相映玉壺冰[5]。
當年馬帳[6]人趨侍，此日龍門我幸登。
赤弩星飛收鐵甕[7]，紅旗電掣指金陵。

江南倘得聞三捷，歸夢知君喜不勝。

注釋：

［1］“史獻書”，字文昭，號彤軒，道光丙戌歲貢，候選訓導。性穎悟，淹貫經史，善屬文，從學者數百人，且有不遠千里郵傳問字者。生平謙恭善下，即僕婢不加以辭色。尤工歐陽書法，求者嘗踵門。三子兩孫一曾孫俱列膠庠，壽八十有五，所著詩古文詞稿多散佚。

［2］“冶城”，位於南京市秦淮區朝天宮一帶，是南京最早的土城。吳王夫差繼承王位後，爲抗衡楚國，進而逐鹿中原，在今南京一帶建造了一座大規模的冶煉作坊，稱爲冶城。陳沂《金陵古今圖考》：“金陵在春秋本吳地，未有城邑。惟石頭東有冶城。”此處楊紹和以冶城代指金陵。

［3］“遠游能作賦”，陳壽《三國志·魏書·王粲傳》：“（王粲）年十七，司徒辟，詔除黃門侍郎，以西京擾亂，皆不就。乃之荆州依劉表。表以粲貌寢而體弱通侻，不甚重也。”《文選·王粲〈登樓賦〉》李善注引盛弘之《荆州記》曰：“當陽縣城樓，王仲宣登之而作賦。”劉良注：“仲宣避難荆州，依劉表，遂登江陵城樓，因懷歸而有此作，述其進退危懼之狀。”王粲《登樓賦》：“登茲樓以四望兮，聊暇日以銷憂。覽斯宇之所處兮，實顯敞而寡仇……華實蔽野，黍稷盈疇。雖信美而非吾土兮，曾何足以少留！遭紛濁而遷逝兮，漫逾紀以迄今。情眷眷而懷歸兮，孰憂思之可任……人情同於懷土兮，豈窮達而異心！”

［4］“爾汝交情”，爾汝，彼此以爾汝相稱，表示親昵，指交情親密，不拘形迹。劉義慶《世説新語·言語》劉孝標注引《文士傳》：“少與孔融作爾汝之交，時衡未滿二十，融已五十。”

［5］“玉壺冰”，喻品格高潔清廉。鮑照《代白頭吟》：“直如朱絲繩，清如玉壺冰。”黃庭堅《奉和公擇舅氏送呂道人研長韵》：“奉身玉壺冰，立朝朱絲弦。”

［6］“馬帳”，指通儒的書齋或儒者傳業授徒之所。范曄《後漢書·馬融傳》：“融才高博洽，爲世通儒，教養諸生，常有千數……善鼓琴，好吹笛，達生任性，

不拘儒者之節。居宇器服，多存侈飾。常坐高堂，施絳紗帳，前授生徒，後列
女樂，弟子以次相傳，鮮有入其室者。"

[7]"鐵甕"，即鐵甕城，指京口北固山前的一座古城，爲三國時孫權所築，
此處楊紹和用以代指金陵。

七　夕

洗車昨夜雨初收，十二珠簾盡挂鈎。
天上星河雙夕[1]渡，人間風露一年秋。
癡心慣作驪山語，放眼誰爲鶴嶺[2]游。
却笑吾生原大拙，問他乞得巧來不(1)。

原注：

（1）鮑昭《七夕》詩：匹命無單年，偶影有雙夕。

注釋：

[1]"雙夕"，即七夕，爲農曆七月初七，又名乞巧節、雙七等。班固《漢
書・地理志》："粤（越）地，牽牛（牛郎）婺女（織女）之分野也。"漢代後七
夕被賦予了婦女向織女星乞巧的人文内涵。東漢時七夕出現了人格化的描寫：
"織女七夕當渡河，使鵲爲橋。"已經具備了後世牽牛織女故事的雛形。

[2]"鶴嶺"，仙道所居的山嶺。元稹《臺中鞫獄憶開元觀舊事呈損之兼贈
周兄四十韵》："不如周道士，鶴嶺臨鐘灣。"

晚涼坐雨

涼風吹送雨絲絲，四壁孤檠[1]獨坐時。

瘦到休文[2]抻縱酒，懶如叔夜[3]敢言詩。

歡場伴侶皆星散，愁國年華易電馳。

爲問楹書能讀否？潸潸賸有泪痕滋。

注釋：

[1] 檠：燈架，此處指燈。

[2]“瘦到休文”，“休文”即沈約。沈約（441—513），字休文，吳興武康人，南朝文學家、史學家，爲劉、梁文壇領袖，學問淵博，精通音律，與周顒等創“四聲八病”之説。其詩與王融諸人之詩皆注重聲律對仗，號“永明體”。姚思廉《梁書·沈約傳》稱：沈約與徐勉素善，遂以書陳情於勉，言己老病，“百日數旬，革帶常應移孔，以手握臂，率計月小半分。以此推算，豈能支久？”

[3]“懶如叔夜”，“叔夜”即嵇康。嵇康（224—263），字叔夜，譙國銍縣人，三國時期曹魏思想家、音樂家、文學家。官至中散大夫，世稱“嵇中散”。後隱居不仕，屢拒爲官。因得罪鍾會，遭其構陷，被司馬昭處死。嵇康與阮籍等竹林名士共倡玄學新風，主張“越名教而任自然”“審貴賤而通物情”，爲“竹林七賢”的精神領袖。嵇康生性疏懶，在《與山巨源絕交書》中，他自稱：“筋駑肉緩，頭面常一月十五日不洗，不大悶癢，不能沐也。每常小便而忍不起，令胞中略轉乃起耳。又縱逸來久，情意傲散，簡與禮相背，懶與慢相成，而爲儕類見寬，不攻其過。”

中元[1]泛舟城河

打槳女墻[2]根，烟波月下村。

前游蘇子[3]壁，故事木連盆。

蕭瑟生秋感，蒼茫話夢痕。

去年今夜裏，曾與倒芳樽。

注釋:

［1］"中元"，即農曆七月十五日，爲祭祀亡故親人、緬懷祖先的日子，也是傳統"八節"之一。

［2］"女墻"，即城墙上面呈凹凸形的小墙，建於城墙頂的内側。《釋名·釋宮室》:"城上垣，曰睥睨……亦曰女墙，言其卑小比之於城。"

［3］"蘇子"，即蘇軾。蘇軾（1037—1101），字子瞻，號東坡居士，眉州眉山人。嘉祐二年（1057）進士，神宗時曾在鳳翔、杭州、密州、徐州、湖州等地任職。元豐三年（1080）因"烏臺詩案"被貶爲黃州團練副使。宋哲宗即位後，曾任翰林學士、侍讀學士、禮部尚書等職，并出知杭州、潁州、揚州、定州等地，晚年因新黨執政被貶惠州、儋州。宋徽宗時獲大赦北還，病逝於常州。

招同人賞菊小飲

秋容忽已老，寒香透東籬^[1]。

采采餐夕英^[2]，叩門來白衣^[3]。

豈無忘憂物^[4]，泛此酒一巵。

折簡^[5]招良朋，相與斟酌之。

客至見花好，昧昧有所思。

風雨幽徑畔，兩三傲霜枝。

古人稱隱逸，名與孤芳宜。

一朝升中堂，五美竟若斯。

佳色紛燦陳，金葆兼翠蕤。

始信花不俗，位置各有時。

亦知種花人，好花勤護持。

勞勞一年中，花事渾如癡。

費盡栽培心，乃成貞秀姿。

珍重語主人，此言良非欺。

主人聞客言，粲然聊解頤[6]。

狂呼一大白[7]，奉觴前致辭。

請客爲花壽，花亦療其飢。

注釋：

[1]"東籬"，語出陶淵明《飲酒》："采菊東籬下，悠然見南山。"後因以"東籬"指種菊花的地方。

[2]"夕英"，指晚間開的花。屈原《離騷》："朝飲木蘭之墜露兮，夕餐秋菊之落英。"

[3]"白衣"，爲古代平民服，因以指無功名或無官職的士人。司馬遷《史記·儒林列傳序》："及竇太后崩，武安侯田蚡爲丞相，絀黄老刑名百家之言，延文學儒者數百人，而公孫弘以《春秋》白衣爲天子三公，封以平津侯。"

[4]"忘憂物"，指酒。陶潛《飲酒》（其七）："泛此忘憂物，遠我遺世情。"

[5]"折簡"，即寫信。葉紹翁《四朝聞見録·孝宗御制賜吳益》："（孝宗）手書御札一聯云：'稱此一天風月好，橘香酒熟待君來。'命近璫持此賜益。益入對，頓首稱謝。上笑曰：'聊復當折簡耳。'"

[6]"解頤"，指開顏歡笑。班固《漢書·匡衡傳》："匡説《詩》，解人頤。"顏師古注引如淳曰："使人笑不能止也。"

[7]"狂呼一大白"，即爲痛飲一大杯酒。劉向《説苑·善説》："魏文侯與大夫飲酒，使公乘不仁爲觴政，曰：'飲不釂者，浮以大白。'"原意爲罰飲一滿杯酒，後亦稱滿飲或暢飲酒爲浮白。

對菊偶成

偶從陶令[1]問前身，微笑拈花悟夙因[2]。

寂寞疏窗無个事，一鐙如對古詩人。

注釋：

［1］"陶令"，即陶淵明。陶淵明（365—427），字元亮，又名潛，世稱靖節先生，潯陽柴桑人。曾任江州祭酒、建威參軍、鎮軍參軍、彭澤縣令，此后歸隱田園，被稱爲"古今隱逸詩人之宗"。

［2］"微笑拈花悟夙因"，原意爲對禪理有透徹的理解，引申爲彼此默契、心神領會、心意相通、心心相印。

蕭齋兀坐即深山，風雨重陽好閉關[1]。
不是此花偏耐冷，要留傲骨在人間。

注釋：

［1］"閉關"，爲佛教用語，指僧人獨居一處，靜修佛法，不與任何人交往，滿一定期限纔外出。

潭上懷人感易生，蒼松合與歲寒[1]盟。
能從淡處留香久，落落孤芳有性情。

注釋：

［1］"歲寒"，是每年天氣最寒冷的時候。《論語·子罕》："歲寒，然後知松柏之後凋也。"

點綴西風入畫圖，黃花[1]老圃足吟娛。
春來多少閑桃李，晚節還能似此無？

注釋：

［1］"黄花"，即菊花。蘇軾《九日次韵王鞏》詩："相逢不用忙歸去，明日黄花蝶也愁。"

苦蝗行

吁嗟乎！兵生蝗，天胡不吊民罹殃。

比歲洶洶盜蜂起，蟻聚蜂屯擾未已。

九扈[1]無暇趣九農[2]，維魚那復歌屢豐。

去年今年虐旱魃[3]，千尺入地苦無雪。

一朝遺種蝮蚼[4]出，萬嶜[5]黄雲驀似割。

法通有語來梵天[6]，辟之以符理或然。

操一豚蹄一盂酒，老農野祭如穰田[7]。

塹塯誰家子，五里復十里。

烈日何㷀焚，飢腸曝欲死。

投畀炎火渾無功，安得風吹入海水。

君不見開元四載山東灾，姚崇作相經綸才[8]。

又不見青州平原綉壤并，太守之賢不入境[9]。

望古遥集心茫茫。吁嗟乎，兵生蝗。

注釋：

［1］"九扈"，相傳爲少皞時主管農事之官。《左傳·昭公十七年》："九扈爲九農正。"杜預注："扈有九種也……以九扈爲九農之號，各隨其宜以教民事。"

［2］"九農"，泛指各種農事活動。駱賓王《上兖州刺史啓》："外勗九農，內宏五教。"

［3］"旱魃"，爲中國古代神話傳説中引起旱灾的怪物。《詩·大雅·雲漢》：

"旱魃爲虐，如惔如焚。"

　　[4]"蝝蝻"，未生翅的蝗蟲幼蟲。

　　[5]"營"，同"畇"，平坦整齊。《詩·小雅·信南山》："畇畇原隰，曾孫田之。"

　　[6]"梵天"，亦稱造書天、婆羅賀摩天、净天，是印度婆羅門教的創造之神，與毗濕奴、濕婆并稱三主神。梵天是仁慈無比、有求必應的神靈，祇要向他許願，都會得到應允。

　　[7]"老農野祭如穰田"，司馬遷《史記·滑稽列傳》："今者臣從東方來，見道傍有穰田者，操一豚蹄，酒一盂，而祝曰：'甌窶滿篝，污邪滿車，五穀蕃熟，穰穰滿家。'臣見其所持者狹而所欲者奢，故笑之。"

　　[8]"姚崇作相經綸才"，典出宋祁、歐陽修等《新唐書·姚崇傳》："開元四年，山東大蝗，民祭且拜，坐視食苗不敢捕。崇奏：'《詩》云：秉彼蟊賊，付畀炎火。漢光武詔曰：勉順時政，勸督農桑。去彼螟蜮，以及蟊賊。此除蝗誼也。且蝗畏人易驅，又田皆有主，使自救其地，必不憚勤。請夜設火，坎其旁，且焚且瘞，蝗乃可盡。古有討除不勝者，特人不用命耳。'乃出御史爲捕蝗使，分道殺蝗。汴州刺史倪若水上言：'除天灾者當以德，昔劉聰除蝗不克而害愈甚。'拒御史不應命。崇移書誚之曰：'聰僞主，德不勝祅，今祅不勝德。古者良守，蝗避其境，謂修德可免，彼將無德致然乎？今坐視食苗，忍而不救，因以無年，刺史其謂何？'若水懼，乃縱捕，得蝗十四萬石。時議者喧嘩，帝疑，復以問崇，對曰：'庸儒泥文不知變。事固有違經而合道，反道而適權者。昔魏世山東蝗，小忍不除，至人相食；後秦有蝗，草木皆盡，牛馬至相啖毛。今飛蝗所在充滿，加復蕃息。且河南、河北家無宿藏，一不獲則流離，安危繫之。且討蝗縱不能盡，不愈於養以遺患乎？'"

　　[9]"太守之賢不入境"，典出范曄《後漢書·趙憙傳》："趙憙字伯陽，南陽宛人也。少有節操……遷憙平原太守。時平原多盜賊，憙與諸郡討捕，斬其渠帥，餘黨當坐者數千人。憙上言：'惡惡止其身，可一切徙京師近郡。'帝從之，

乃悉移置潁川、陳留。於是擢舉義行，誅鋤奸惡。後青州大蝗，侵入平原界輒死，歲屢有年，百姓歌之。"

感懷舊游十首[1]

予生二十有九年矣[2]，隨侍先公，宦轍幾遍天下。邇來備員民部[3]，作客京華，追想前塵，曷勝於邑[4]。感賦長句，聊以攄懷舊之蓄念云爾。

天涯雪爪印泥鴻[5]，山色黔靈[6]在夢中。
十里鐙樓金竹月(1)，三月花信玉蘭風(2)。
咳名曾説充閭喜(3)[7]，書考猶傳保障功。
當日鯉庭聞報最[8]，治平第一媲吳公(4)[9]。
　　貴州

原注：

（1）黔俗，正月沿河街結鐙樓。
（2）黔地玉蘭最盛。
（3）辛卯孟春，予生於貴筑。
（4）先公官黔中守令，兩膺明保，有循良第一之稱。

注釋：

[1]《感懷舊游》詩凡十首，爲楊紹和自記人生軌迹，間或評述往事，并及人生感觸。《感懷舊游》（其一）自注稱"辛卯孟春，予生於貴筑"，據此可知楊紹和生於道光十一年（1831），再據小序稱"予生二十有九年矣"，則此組詩當作於咸豐十年（1860）。張英麟《翰林院侍講學士楊公墓誌銘》："年十八爲縣學生，旋中咸豐二年舉人。歷官內閣中書，戶部候選郎中，以

軍功擢候補道，軍機處記名。”時紹和任職户部，故自稱“邇來備員民部，作客京華”。

［2］“予生二十有九年矣”，按楊紹和生年據上引小注，當在道光十一年（1831）一月。張英麟《翰林院侍講學士楊公墓誌銘》稱楊紹和“光緒元年十二月二十二日卒。距生於道光十年十二月二十二日，年四十有六”，則認爲紹和生於道光十年（1830）十二月。上述二説相距僅一月餘，揆諸情理，當以紹和自述更爲可靠。

［3］“民部”，官署名，西漢時置，掌管全國土地、户籍、賦税、財政收支等事務。唐初避李世民諱，改稱户部，後世沿用。

［4］“於邑”，亦作“於悒”，即憂鬱煩悶。屈原《九章·悲回風》：“傷太息之愍憐兮，氣於邑而不可止。”

［5］“天涯雪爪印泥鴻”，化用蘇軾《和子由澠池懷舊》“人生到處知何似？應似飛鴻踏雪泥”之句，以大雁踩過的雪地，比喻往事所遺之痕迹。楊以增自道光二年（1822）中進士分發貴州，至道光十四年（1834）升任廣西左江道止，爲官貴州凡十二年。

［6］“山色黔靈”，即“黔靈山色”，按黔靈山在明代以前“因其生於邊鄙，埋没於荒烟寒雨中”，知之者尚少。明代以來，其秀麗奇詭的自然風光纔漸爲世人所知。康熙十一年（1672），佛教臨濟正宗第三十三代傳人赤松和尚於山中創建弘福寺，黔靈山遂成爲冠於黔南的佛教名山。

［7］“充閭”，有賀人生子之意，胡繼宗《書言故事·子孫類》：“賀生子，云‘充閭之慶’。”

［8］“報最”，即舊時長官考察下屬，把政績最好的列名報告朝廷。在貴州任上，楊以增因治績突出，多次受到上司舉薦。貴州布政使臣吳榮光於道光四年（1824）十月二十二日上《遵旨保奏屬員折》（詳見前文《端勤公家傳》注釋），由此亦可見楊以增在貴州之治績。

［9］“吳公”，西漢人，有治聲。班固《漢書·賈誼傳》：“孝文皇帝初立，

聞河南守吳公治平爲天下第一，故與李斯同邑而嘗學事焉，乃徵以爲廷尉。"

榕門秋色畫中行，驂到飛鸞著録成[1]。
桂嶺插天峰突兀，灕江如鏡水晶瑩。
瓊琚玉佩懷遷客，翠羽黄柑憶舊情。
最是滄桑藤峽路，問誰將略似陽明[2]。
　　廣西

注釋：

[1] 按楊以增升任廣西左江道在道光十四年（1834）二月。按清國史館《楊以增列傳》："十四年二月，授廣西左江道。"其他文獻則多僅記年，而不及月。如《崇祀鄉賢録·事實》："十四年，升廣西左江道。"許乃普《江南河道總督楊公墓誌銘》："十四年，升廣西左江道。"時楊紹和三歲。

[2] "問誰將略似陽明"，用王陽明典。王陽明於嘉靖六年（1527）以左都御史總督兩廣兼巡撫，領兵進入廣西。次年初招撫思恩府、田州土酋盧蘇、王受，建議實行土流并治，七月率軍攻破潯州府大藤峽起義軍營地，十一月行至江西南安時病逝。王陽明對少數民族起義軍采取了"可撫則撫，可捕則捕"的兩手策略，對思恩和田州起義軍的首領盧蘇、王受實行"行撫"，而對八寨、大藤峽的起義軍則采取了軍事剿滅的手段。

岳陽樓迴接蒼冥，木葉蕭蕭下洞庭[1]。
篷底湖光三楚[2]白，樽前山色九疑[3]青。
朗吟誰識仙人句，騁望空愁帝子靈[4]。
一枕秋聲催雁過，瀟湘暮雨幾回聽。
　　湖南

注釋：

［1］"木葉蕭蕭下洞庭"，按清國史館《楊以增列傳》："（道光十四年）九月，調湖北安襄鄖荆道。"據此則楊以增任廣西左江道僅七月，即自廣西北上湖北，轉任安襄鄖荆道。楊紹和此行在道光十四年（1834）九月接到任命之後，途經湖南岳陽，所見之景色頗有秋韵。

［2］"三楚"，古地名，其説不一，而以司馬遷之説爲最早。司馬遷《史記·貨殖列傳》："自淮北沛、陳、汝南、南郡，此西楚也……彭城以東，東海、吳、廣陵，此東楚也……衡山、九江、江南、豫章、長沙，是南楚也。"錢大昕《十駕齋養新録》辨析稱："據此文，彭城是東楚，非西楚矣。項羽都彭城，而東有吳、廣陵、會稽郡。乃以西楚霸王自號者，羽兼有梁楚地。梁在楚西，言西楚，則梁地亦在其中矣。又考三楚之分，大率以淮爲界。淮北爲西楚，淮南爲南楚，唯東楚跨淮南北。吳、廣陵在淮南，東海在淮北，彭城亦在淮北，而介乎東西之閒，故彭城以東可稱東楚，彭城以西亦可稱西楚也。又孟康《漢書注》：'舊名江陵，爲南楚，吳爲東楚，彭城爲西楚。'《太平寰宇記》：'楚文王徙都於郢，故江陵是爲西楚。漢封元王交於彭城，是爲東楚。又封屬王胥於廣陵，是爲南楚。'"此又一説，與《史記·貨殖傳》不合。

［3］"九疑"，即九嶷山，又名蒼梧山，南接羅浮山，北連衡岳，峰巒叠嶂，深邃幽奇。酈道元《水經注》："蒼梧之野，峰秀數郡之間，羅岩九峰，各導一溪，岫壑負阻，異嶺同勢，游者疑焉，故曰九嶷山。"

［4］"騁望空愁帝子靈"，相傳舜南巡途中崩於山間，葬於山前。司馬遷《史記·五帝本紀》："舜南巡，崩於蒼梧之野，葬於江南九嶷。故老相傳，舜嘗登此。"二妃娥皇、女英溯瀟水而上，沿大小紫荆河而下，由於九峰相仿，令人疑惑，終未得見。

芳草晴川[1]打槳過，落梅[2]笛裏送烟波。

大江東去銅琶曲[3]，烏鵲南飛鐵槊歌[4]。

人訪鹿門詩思健[5]，山登羊峴泪痕多[6]。

范喬更有傷心處，執硯難禁喚奈何^{(1)[7]}。

湖北

原注：

（1）先公觀察荆襄，迎養先大父於署，予嘗侍游鹿門、峴山諸勝。

注釋：

〔1〕楊以增自道光十四年（1834）九月起，至十八年（1838）六月止，在湖北爲官三年有餘。此詩所記，多爲湖北勝迹。"芳草晴川"，化用崔顥"晴川歷歷漢陽樹，芳草萋萋鸚鵡洲"之句，寫湖北江漢一帶之景色。

〔2〕"落梅"，用謝朓《咏落梅》之典。謝朓此詩有"新葉初冉冉，初蕊新霏霏。逢君後園宴，相隨巧笑歸"之句。按南齊武帝永明八年（490），謝朓由隨王蕭子隆鎮西功曹轉爲隨王文學，次年荆州刺史隨王"親府州事"，謝朓也跟隨到荆州。在江陵，他介入皇室内部的矛盾鬥爭，被捲進政治旋渦，所以憂心忡忡，惶惶不安，故借咏落梅來表達深沉的政治感慨。

〔3〕"大江東去銅琶曲"句中，"大江東去"用蘇軾《浪淘沙·赤壁懷古》之典。蘇軾此詩稱："大江東去，浪淘盡，千古風流人物。故壘西邊，人道是，三國周郎赤壁。亂石穿空，驚濤拍岸，捲起千堆雪。江山如畫，一時多少豪杰。"所寫亦爲湖北境内長江之歷史風貌。"銅琶曲"，爲對蘇軾豪放派詞風之評述。俞文豹《吹劍續録》："東坡在玉堂日，有幕士善歌，因問：'我詞何如柳七（指柳永）？'對曰：'柳郎中詞，祇合十七八女郎，執紅牙板，歌楊柳岸，曉風殘月。學士詞，須關西大漢，銅琵琶，鐵卓板，唱大江東去。'東坡爲之絶倒。"

〔4〕"烏鵲南飛鐵槊歌"，"烏鵲南飛"，爲曹操《短歌行》之句："月明星稀，烏鵲南飛。繞樹三匝，何枝可依？山不厭高，海不厭深。周公吐哺，天下歸心。"以沉穩頓挫的筆調抒寫出詩人求賢如渴的思想感情和統一天下的雄心壯志。"鐵

槊歌”，即“橫槊賦詩”，指能文能武的英雄豪邁氣概。元稹《唐故檢校工部員外郎杜君墓繫銘》：“建安之後，天下文士遭罹兵戰，曹氏父子鞍馬間爲文，往往橫槊賦詩。故其抑揚怨哀悲離之作，尤極於古。”蘇軾《前赤壁賦》亦稱：“（曹操）釃酒臨江，橫槊賦詩，固一世之雄也。”

[5]“人訪鹿門詩思健”，用孟浩然典。孟浩然（689—740），名浩，字浩然，襄州襄陽人，世稱孟襄陽。他未曾入仕，曾隱居鹿門山，是唐代著名的山水田園派詩人。《襄陽記》載：“鹿門山舊名蘇嶺山。建武中，襄陽侯習鬱立神祠於山，刻二石鹿夾神廟道口，俗因謂之鹿門廟，後以廟名爲山名，并爲地名也。”孟浩然家在襄陽城南郊外之峴山附近、漢江西岸，名曰“南園”或“澗南園”。鹿門山在漢江東岸、沔水南畔，與峴山隔江相望，乘船前往，數時可達。其《夜歸鹿門山歌》記述其生活稱：“山寺鐘鳴晝已昏，漁梁渡頭争渡喧。人隨沙岸向江村，余亦乘舟歸鹿門。鹿門月照開烟樹，忽到龐公栖隱處。岩扉松徑長寂寥，惟有幽人自來去。”此詩通過描寫詩人夜歸鹿門山的所見所聞所感，抒發了詩人的隱逸情懷，在清閑脱俗的隱逸情趣中隱寓著孤寂無奈的情緒。楊紹和祖父楊兆煜自道光十六年（1846）居於楊以增衙署，頗喜登臨，酷好孟浩然詩。楊紹和宋本《孟浩然詩集》識語稱：“丙申，迎養先大父至官署。先大父平生喜登臨，遇佳山水泉石，攀陟幽勝，盡意乃返。襄陽故多漢、唐名賢及詩人栖隱迹，如隆中、峴山、鹿門、習池諸勝。支笻攝屐，日游其間，賦詩觴咏以爲樂。嘗繪圖紀事曰：‘以續吾九水二勞之游也。’署東偏有孟亭，供浩然先生石刻畫像，乃乾隆辛丑吳門陳公大文所葺，即毛會建詩‘一在襄陽一石城’者也。日久頹廢，先大父因重新之……紹和時甫六齡，最爲先大父鍾愛，游躅所至，必追隨杖履以侍左右。”（《楹書隅録》卷四）

[6]“山登羊峴泪痕多”，用西晉羊祜登峴山之典。峴山在湖北襄陽南，又名峴首山，東臨漢水，爲襄陽南面要塞。羊祜都督荊州諸軍事，鎮襄陽時，常登此山，置酒吟咏。

[7]“執硯難禁喚奈何”，用西晉范喬典。范喬（221—298），陳留外黄人，

字伯孫。少有學行，聞於鄉里。劉毅、王琨、張華等先後表薦起用之，凡一舉孝廉、八薦公府，再舉清白異行，又舉寒素，一無所就。房玄齡等《晋書·范喬傳》稱："喬字伯孫，年二歲時，祖馨臨終，撫喬首曰：'恨不見汝成人！'因以所用硯與之。至五歲，祖母以告喬，喬便執硯涕泣。九歲請學，在同輩之中言無媟辭。弱冠，受業於樂安蔣國明。濟陰劉公榮有知人之鑒，見喬，深相器重。友人劉彦秋夙有聲譽，嘗謂人曰：'范伯孫體應純和，理思周密，吾每欲錯其一事而終不能。'"

　　河聲挾雨渡滎陽[1]，廣武西風百戰場[2]。
　　艮岳鶯花[3]春寂寞，樊樓歌舞[4]酒悲凉。
　　機雲年少同游洛[5]，詞賦才高更客梁[6]。
　　記得中牟留惠政，生前民已祝馨香(1)。
　　　　河南

原注：

（1）癸卯河決中牟，先公已去開歸道任。惓懷舊治，助賑萬金，邑人感之，立生祠以祀。

注釋：

[1] 楊以增道光十八年（1838）丁父憂，十九年（1839）續丁繼母憂，在鄉守孝，道光二十一年（1841）九月服闋，授河南開歸陳許道道員，同年十月二十八日於黃河祥工工地就任。在辦理祥工時，他"奉檄督兩壩事，昕夕蒞工次。雖風濤衝擊，身屹立不少避，閱數月遂蕆工。"（許乃普《江南河道總督楊公墓誌銘》）道光二十三年（1843）四月，楊以增升任兩淮鹽運使，同月改任甘肅按察使，在河南任職一年餘。"河聲挾雨渡滎陽"，即爲楊紹和對道光二十一年（1841）黃河在河南祥符決口之記述。河東河道總督文冲上奏此次決

口情形甚悉。其於同年六月十七日奏稱："各廳水志，一日之間報長六七八尺，積存至二丈二尺，較之上年盛漲，大逾二三尺不等。兩岸普律漫灘，一望無際，堤根水深八九尺及一丈二三尺，加以狂風驟雨，各廳紛紛報險……大河之水，於十六日卯時又復接長，灘水加增，長堤搶加子堰不及，人力難施。據報，祥符上汛三十一堡無工處所，灘水漫過堤頂。"是月二十五日，文冲又上奏稱："臣即飛飭兩岸州縣協濟現錢，并提河北道銀錢接濟。一面趕緊撥運料物，竭七晝夜之力將各溝槽一律堵截，僅餘東北大溝一道。方幸漲水消退，一二日即可堵閉，正在兩邊土料并進，并於上道灘滑搶拋磚石壩挑禦。詎料二十二日戌刻，大溜南臥，勢若排山，由東北大溝直趨下注，缺口立即刷寬八十餘丈，掣溜七分，人力難施。"（録副奏折）此即楊以增任職開歸陳許道後面臨之治河形勢。

　　[２]"廣武西風百戰場"，按廣武古城，處滎陽市東北廣武山上，在敖倉西，有東西二城，分別爲項羽、劉邦所築，相距二百餘步，中隔廣武澗。爲劉邦、項羽對峙處。司馬遷《史記·項羽本紀》：漢王四年（前203），漢王"引兵渡河，復取成皋，軍廣武，就敖倉食"，即在此地。李白《登廣武古戰場懷古》："秦鹿奔野草，逐之若飛蓬。項王氣蓋世，紫電明雙瞳。呼吸八千人，橫行起江東。赤精斬白帝，叱咤入關中。兩龍不并躍，五緯與天同。楚滅無英圖，漢興有來功。按劍清八極，歸酣歌大風。"

　　[３]"艮岳鶯花"，用北宋徽宗耗費民力修造艮岳之典。艮爲地處宮城東北隅之意，宋徽宗於此地營建艮岳。此園岡連阜屬，東西相望，前後相續，左山而右水，後溪而旁壟，連綿而彌滿，吞山而懷谷。園內植奇花美木，養珍禽異獸，構飛樓杰觀，極盡奢華，可謂"括天下之美，藏古今之勝"。此園落成後，宋徽宗趙佶曾親寫《御制艮岳記》。爲修建此園，徽宗搜刮天下，大興"花石綱"，以致民怨沸騰，國力困竭，金兵乘虛而入，汴京失守。元人郝經作詩稱："萬歲山來窮九州，汴堤猶有萬人愁。中原自古多亡國，亡宋誰知是石頭？"

　　[４]"樊樓歌舞"，"樊樓"本名白礬樓，後改爲酒館，遂呼爲"礬樓"。徽宗宣和中爲粉飾太平，在城內建欣樂、和樂、豐樂三酒樓。豐樂樓即在樊樓基

礎上擴建而成。孟元老《東京夢華録》載："白礬樓，後改爲豐樂樓，宣和間更修三層相高，五樓相向，各用飛橋欄檻明暗相通，珠簾綉額，燈燭晃耀。"詩人劉子翬南渡杭州後，作詩回憶在汴情景："梁園歌舞足風流，美酒如刀解斷愁，憶得少年多樂事，夜深燈火上樊樓。"

[5]"機雲年少同游洛"，用陸機、陸雲兄弟入洛陽之典故。房玄齡等《晋書·陸機傳》稱："至太康末，與弟雲俱入洛，造太常張華。華素重其名，如舊相識，曰：'伐吳之役，利獲二俊。'又嘗詣侍中王濟，濟指羊酪謂機曰：'卿吳中何以敵此？'答云：'千里蓴羹，未下鹽豉。'時人稱爲名對。"《陸士衡集·徐民瞻序》稱陸機、陸雲"兄弟以文章并駕齊驅於兵戈擾攘之間，聲聞閭肆，人無能出其右者，時號二陸。"兩人一時名噪河洛。陸機天才秀逸，辭藻宏麗。張華評陸機稱："人之爲文，常恨才少，而子更患其多。"房玄齡等《晋書·張載傳》稱："洎乎二陸入洛，三張減價。考核遺文，非徒語也。""三張"爲張載與其弟張協、張亢。三人均爲西晋著名文學家，然"二陸"至洛陽後，蓋過了"三張"的名聲。

[6]"詞賦才高更客梁"，用鄒陽、司馬相如等游梁孝王梁園之典。司馬遷《史記·梁孝王世家》稱，梁孝王劉武"築東苑，方三百里，廣睢陽城七十里。大治宮室，爲複道，自宮連屬平臺三十里"。葛洪《西京雜記》："梁孝王苑中有落猿岩、栖龍岫、雁池、鶴洲、鳧島。諸宮觀相連，奇果佳樹，珍禽異獸，靡不畢備。"枚乘《梁王菟園賦》："於是晚春早夏，邯鄲、襄國、易、涿容麗人及燕汾之游子，相予雜還而往焉。"梁孝王愛才，喜風雅，重金高位招攬天下人才，尤其以枚乘、鄒陽、莊忌及司馬相如最爲著名。枚乘爲辭賦大家，寫於梁園的《七發》爲漢賦代表作。司馬相如曾任景帝武騎常侍，見孝王惜士愛才，遂稱病追隨孝王，客居梁園，作《子虛賦》。魯迅《漢文學史綱要》稱："天下文學之盛，當時蓋未有如梁者也。"

葡萄美酒古凉州[1]，四度蕭關[2]匹馬游。

虎帳千軍青海月，龍沙萬里玉門秋[3]。

于公疑獄憐貞操(1)，充國屯田重遠謀(2)[4]。

爲祝烽烟銷紫塞[5]，籌邊獨倚拂雲樓(3)[6]。

　　甘肅

原注：

（1）先公秉臬隴西，有貞女被誣，雪而旌之。時禱雨即沛，人比東海于公。

（2）先公權甘藩，方有履勘邊地之旨，移書當事，慨切爭之，陳可慮者五。

（3）丁未，新疆回城告警。先公奉命總理糧臺，兼攝陝甘督篆，督署有樓曰"拂雲"。

注釋：

[1]楊以增於道光二十三年（1843）四月轉任甘肅按察使，至二十六年（1846）十月升任陝西布政使，在甘肅爲官三年有餘。"葡萄美酒古涼州"，涼州，古稱雍州、蓋臧、姑臧、休屠，爲雍涼文化發源地。涼州地勢平坦遼闊，爲河西最大的沖積平原，地處漢羌邊界，民風剽悍，爲涼州府、甘涼道、甘肅總兵駐地。"葡萄美酒"句用王翰《涼州詞》："葡萄美酒夜光杯，欲飲琵琶馬上催。醉臥沙場君莫笑，古來征戰幾人回。"渲染了出征前盛大華貴的酒筵以及戰士們痛快豪飲的場面，表現了戰士們將生死置之度外，曠達、奔放的思想感情。

[2]"蕭關"，在今寧夏固原東南，地處六盤山山口，依險而立，扼守自涇河方向進入關中的通道，是關中西北方向的重要關口。王維《使至塞上》："蕭關逢侯騎，都護在燕然。"

[3]"青海""玉門"，皆地處西北，此聯化用唐人詩句。王昌齡《從軍行》："青海長雲暗雪山，孤城遙望玉門關。黃沙百戰穿金甲，不破樓蘭終不還。""龍沙"，指白龍堆沙漠，後泛指塞外。范曄《後漢書·班超傳》："坦步葱嶺，咫尺龍沙。"賀鑄《石洲引》："烟橫水際，映帶幾點歸鴉，東風銷盡龍沙雪。"

　　[4]"充國屯田重遠謀"，用東漢趙充國屯田典。趙充國（前137—前52），字翁孫，隴西上邽人，後移居湟中。漢武帝時，隨貳師將軍李廣利出擊匈奴，歷任車騎將軍長史、大將軍都尉、中郎將、水衡都尉、後將軍。宣帝即位後，封營平侯。神爵元年（前61），計定羌人叛亂，上奏屯田策，指出屯田"內有亡費之利，外有守禦之備"，并提出屯田有十二便，出兵則失十二利，罷騎留萬人屯田，此坐肢解羌虜之具也，兵決可期月而望。漢軍在湟水流域興修水利，整修交通設施，將內地先進的生產技術用於屯田，對發展當地生產起到了推動作用，也爲西北邊疆的穩定發揮了積極作用。龍啓瑞《兵部侍郎都察院右副都御史江南河道總督楊公神道碑》稱，楊以增在署理甘肅布政使期間，"有履勘邊地之旨，公奏記大府，謂西陲瘠貧，地畝穫無幾，苟驟議加增，必民不堪命。大府雖不盡用，然升科復停者數十縣，卒賴公言"，其保民善政與趙充國相仿。

　　[5]"紫塞"，指北方邊塞。崔豹《古今注·都邑》："秦築長城，土色皆紫，漢塞亦然，故稱紫塞焉。"鮑照《蕪城賦》："南馳蒼梧漲海，北走紫塞雁門。"

　　[6]"籌邊獨倚拂雲樓"，楊以增於道光二十七年（1847）八月受命暫署陝甘總督。按是月十八日上諭稱："陝甘總督著文慶署理，即馳驛前往，未到任以前，著楊以增馳驛前往署理。恒春著署理陝西巡撫，陝西臬司嚴良訓、甘肅鎮迪道明誼著先行馳驛前往辦理糧臺事務，所有陝西藩、臬兩司著恒春派員署理，鎮迪道印務著楊以增派員署理。文慶到任後，所有糧臺事務著楊以增督同嚴良訓、明誼辦理。至設立糧臺，分別遠近，共有幾處俾資接遞，著楊以增迅速先行籌畫，無誤轉輸，欽此。"（《清宣宗實錄》卷四四六，《清實錄》第三九册）楊以增接命後積極辦理回疆事務，并於是年閏八月二十四日上《恭謝奉旨署陝甘總督并辦理糧臺折》："至於設立糧臺，分別遠近共有幾處，俾資接遞。查道光六年、十年回疆兩次軍需辦理軍餉等務，均分蘭、肅二局。蘭局則安於省會，肅局則設在肅州。俱係後路總匯，調撥供支，最爲緊要……容臣克日抵甘，相機籌度，共應安設幾處，再當馳奏辦理。除現飭臬司嚴良訓即日馳赴肅州，會同該處道員先行妥商酌辦外，至鎮迪道明誼所遺印務係屬口外要缺，且

現亦供應軍需，統容臣到甘接篆後，再遴員往署，庶期得力。"(《先都御史公奏疏》卷三）

棠陰召伯[1]黍苗郁，遺愛而今尚在民(1)[2]。
伯起敢忘先世澤[3]，少陵曾作壯游人[4]。
四方猛士風思漢[5]，萬里長城月照秦。
回首十年成底事，柳枝空負灞橋春[6]。
　　　陝西

自注：
（1）丙午，關中旱饑。先公任巡撫，議賑蠲租，全活者衆。闔省士庶籲請崇祀名宦祠。

注釋：
［1］楊以增於道光二十六年（1846）十月任陝西布政使，二十七年（1847）三月任陝西巡撫，直至二十八年（1848）九月升任江南河道總督，在陝西任職凡三年。"棠陰召伯"，喻惠政或良吏的惠行。

［2］"遺愛而今尚在民"，楊以增任職陝西期間頗多惠政。龍啓瑞《兵部侍郎都察院右副都御史江南河道總督楊公神道碑》稱："任陝藩，賑饑慎擇官紳，使互相稽核，惠得下究，流民用鳩。任巡撫，以三輔民俗樸厚，大災後元氣未復，諭屬吏務休養生息，毋煩苛擾民。"陝西士紳馬百齡、聶澐等於咸豐九年（1859）呈請楊以增入祀名宦祠，其《崇祀名宦錄·公呈》稱："茲有已故江南河道總督、前陝西巡撫楊公以增鍾靈東國，擢第南宮，始筮仕於黔中，嗣宣猷於楚豫，理釐淮上，陳臬隴西。道光二十六年升任陝西布政使，次年升任巡撫，二十八年升任江南河道總督，咸豐五年十二月在任病故。豐功偉烈，幾遍寰區，善政流風，尚濡關輔。當公移節之始，正全陝告旱之秋，修己格天，安民奠國，飛霙陡霈，

下車而望慰雲霓；發粟頻聞，籲闕而民知雨露。整吏治則勾稽肅簿，峻官箴則饋謁杜門。鹿洞風澄，教養振菁莪之澤；鴟厓日射，威棱靖刀劍之聲。韜鐸高懸，野無滯抑，筐筐疊綏，吏罷追呼。迨膺開府之權，恩威彌普；更攝兼圻之任，兵食親籌。帝曰股肱，民之父母。回憶元圭南指，睹轅攀轍卧以群悲；迄今素旌西聞，更巷哭衢謳而莫撤。謂非實心所洽，何以衆志僉同？"

[3]"伯起敢忘先世澤"，用魏收修《魏書》重譜牒之典。魏收（506—572），字伯起，鉅鹿下曲陽人。初以父功，遷北魏太學博士，歷仕北魏、東魏、北齊三朝，與溫子升、邢子才并稱"北地三才"。魏收自北魏末年節閔帝普泰元年（531）即參修國史。天保元年（550），除中書令，仍兼著作郎，二年（551）詔撰魏史。楊愔嘗謂魏收："此謂不刊之書，傳之萬古。但恨論及諸家枝葉親姻，過爲繁碎，與舊史體例不同耳。"魏收回答説："往因中原喪亂，人士譜牒遺逸略盡，是以具書其枝流。"（李百藥《北齊書》卷三七《魏收傳》）

[4]"少陵曾作壯游人"，少陵即杜甫。杜甫早年頗喜游歷，趙子櫟《杜工部草堂詩年譜》稱："（開元）二十五年丁丑，史云：公少不自振，客游吳越齊趙。故《壯游》曰：'東下姑蘇臺，已具浮海航。到今有遺恨，不得窮扶桑。……歸帆拂天姥，中歲貢舊鄉。……忤下考功第，獨辭京尹堂。放蕩齊趙間，裘馬頗清狂。春歌叢臺上，冬獵青丘旁。'"

[5]"四方猛士風思漢"，用劉邦典。漢高祖十二年（前196）十月，淮南王英布反，軍勢甚盛，劉邦不得不親自出征。在擊敗英布後，他途經故鄉沛縣，與親友歡飲時，興創作了《大風歌》："大風起兮雲飛揚，威加海内兮歸故鄉，安得猛士兮守四方！"

[6]據此組詩之小序，時年楊紹和二十九歲，則此詩作於咸豐十年（1860）。按楊以增道光二十八年（1848）自陝西赴江南，任江南河道總督。則紹和作此詩時，距楊以增離開陝西已十年有餘。

二分明月[1]片帆遲，瓜步寒潮夜落時[2]。

幕府冰清新使節[(1)][3]，儒林風雅古經師[(2)]。

江山北固蟠雄鎮[4]，金粉南朝獵艷詞[5]。

差喜此行無俗韵，畫眉采筆錦囊詩[6]。

　　江南

自注：

（1）己酉，予授室後，携内子赴蘇，傅秋屏外舅甫自豫章移撫三吳。

（2）劉漁村夫子偕行。

注釋：

[1] 楊以增於道光二十八年（1848）九月升任江南河道總督，同年十二月上任。此詩爲楊以增任職南河之記述。"二分明月"，古人認爲天下明月共三分，揚州獨占二分，以此形容揚州繁華昌盛的景象。徐凝《憶揚州》："蕭娘臉上難生泪，桃葉眉頭易得愁。天下三分明月夜，二分無賴是揚州。"

[2] "瓜步寒潮夜落時"，"瓜步"，又名桃葉山。水際謂之步，古時此山南臨大江，相傳吳人賣瓜於江畔，因以得名。"瓜步寒潮"用劉長卿《瓜步送客》之句："瓜步寒潮送客，楊柳暮雨沾衣。故山南望何處，秋草連天獨歸。"

[3] "幕府冰清新使節"，"使節"指派駐一方的官員。杜甫《嚴中丞枉駕見過》："川合東西瞻使節，地分南北任流萍。""幕府"爲權臣、戎帥、疆吏、牧守引薦親信士人以入府署參與行事決策之制度，後世將地方軍政大吏的府署稱作幕府。清代幕僚爲官員私聘，入聘後既非正官屬吏，又無固定的任期和薪俸，實爲各級幕主處理政務公事的智囊和代辦。

[4] "江山北固蟠雄鎮"，"北固"，即北固山，在今江蘇省鎮江市東北長江邊，有南、中、北三峰。北峰三面臨江，形勢險要，故稱"北固"。梁武帝曾登此山，謂可爲京口壯觀，改曰"北顧"。王灣《次北固山下》："客路青山外，行舟綠水前。潮平兩岸闊，風正一帆懸。海日生殘夜，江春入舊年。鄉書何處達？

歸雁洛陽邊。”

[5]“獵艷詞”，搜求麗辭。劉勰《文心雕龍·辨騷》：“故才高者菀其鴻裁，中巧者獵其艷辭。”楊慎《星回之夕夢中作》：“鴻裁誰獵艷，空自拾江蘺。”

[6]“畫眉采筆錦囊詩”，此聯記述楊紹和於携妻南行途中作詩紀行的經歷。“采筆”即五色筆，即文思泉湧、文采飛揚的妙筆。鍾嶸《詩品》卷中：“淹罷宣城郡，遂宿冶亭，夢一美丈夫，自稱郭璞，謂淹曰：‘我有筆在卿處多年矣，可以見還。’淹探懷中，得五色筆以授之。爾後為詩，不復成語，故世傳江淹才盡。”脫脫等《宋史·范質傳》：“質生之夕，母夢神人授以五色筆。九歲能屬文，十三治《尚書》，教授生徒。”“錦囊詩”用李賀典。李商隱《李賀小傳》：“每旦日出與諸公游，未嘗得題然後為詩，如他人思量牽合以及程限為意。恒從小奚奴，騎距驢，背一古破錦囊，遇有所得，即書投囊中。及暮歸，太夫人使婢受囊出之，見所書多，輒曰：‘是兒要當嘔出心乃已爾。’上燈，與食。長吉從婢取書，研墨叠紙足成之，投他囊中。非大醉及吊喪日，率如此。”

　　宣房南國總師干[1]，淮浦風雲大將壇。
　　獨以一身當劇寇(1)，那堪隻手挽狂瀾[2]。
　　八州遺廟山河壯(2)，五丈荒原鼓角寒[3]。
　　太息先臣邀異數，哀榮天鑒寸心丹(3)[4]。
　　　　清淮

自注：

（1）先公任南河總督。癸丑，粵氛東下，金陵、鎮、揚相繼失陷。先公奉命督防江北，募勇徵兵，力籌備禦，麗、浦郡縣得以危而復安。

（2）先公崇祀清淮名宦祠。

（3）乙卯，先公歿於軍中，贈右都御史，諭賜祭葬。

注釋：

［1］此詩主要記述楊以增自咸豐三年（1853）以來在清江浦一帶堵擊太平軍，最終積勞成疾卒於任上之經歷。"宣房南國總師干"，"宣房"，宮殿名，借指該處之黃河水，泛指防河治水，典出司馬遷《史記·河渠書》："自河決瓠子後二十餘歲，歲因以數不登，而梁楚之地尤甚。天子既封禪，巡祭山川，其明年旱，乾封少雨。天子乃使汲仁、郭昌發卒數萬人塞瓠子決。於是天子已用事萬里沙，則還自臨決河，沈白馬玉璧於河，令群臣從官自將軍已下皆負薪寘決河。是時東流郡燒草，以故薪柴少，而下淇園之竹以爲楗……於是卒塞瓠子，築宮其上，名曰宣房宮。而道河北行二渠，復禹舊迹，而梁、楚之地復寧，無水災。""師干"，本指軍隊的防禦力量，後用以指軍隊。《詩·小雅·采芑》："其車三千，師干之試。"毛《傳》："師，衆；干，捍；試，用也。"陳奐《傳疏》："言軍士之衆，足爲扞禦之用也。"

［2］"那堪雙手挽狂瀾"，指楊以增奮力支撐江淮戰局，頗有勞績。《崇祀鄉賢錄·部議》稱："咸豐癸丑春，督防江北，江寧、鎮江、揚州相繼陷，清淮爲南北門户，仍徵餉募勇，力籌防禦。乘機潛發者，分兵剿捕擒其魁，江浦以安。至於保衛鄉里，厥功尤偉。先是，郡城年久就傾，議修者怵於工鉅，獨力成之。不十年粵氛北擾，官民藉以捍禦，以保閭郡。平日量宏施濟，戚族待舉火者數十家。按月分金，計人貸粟，其無力讀書者及婚嫁喪葬者，隨時優給。"

［3］"五丈荒原鼓角寒"，"五丈原"，位於今陝西省寶雞市岐山縣，南靠秦嶺，北臨渭水，東西皆深溝，形勢險要。五丈原爲三國時諸葛亮北伐曹魏、屯兵用武、死而後已的古戰場。三國時期，諸葛亮屯兵五丈原與司馬懿隔渭河對陣，後因積勞成疾病逝於五丈原，五丈原由此聞名於世。温庭筠《過五丈原》："鐵馬雲雕久絶塵，柳營高壓漢營春。天清殺氣屯關右，夜半妖星照渭濱。下國臥龍空寤主，中原逐鹿不由人。象床錦帳無言語，從此譙周是老臣。"

［4］"哀榮天鑒寸心丹"，楊以增積勞成疾，卒於任上。咸豐六年（1856）正月初四日内閣奉上諭："江南河道總督楊以增由知縣升任府道，洊歷封圻，調

任河督，宣力有年。前因豐工漫口，降旨革職留任。比年因淮徐一帶逼近賊氛，督辦防堵事宜，不辭勞瘁，諸臻妥協。茲聞溘逝，軫惜殊深。楊以增著加恩開復革職留任處分，并照軍營病故例賜恤。"（《咸豐朝上諭檔》第六册第8頁）

長安三踏軟紅來[1]，敢道凌雲氣壯哉！
一顧儻能空冀野[2]，千金可許市燕臺。
飄萍踪迹懷前事，摛藻文章愧俊才。
試向大羅天[3]上望，神山何處有蓬萊。

注釋：

[1]"長安三踏軟紅來"，此爲楊紹和對自己生平的記述。"長安"此代指京師。楊紹和於咸豐二年（1852）、五年（1855）及同治四年（1865）三次赴京，故有此句。

[2]"空冀野"，指有才能的人遇到知己而得到提拔。韓愈《送溫處士赴河陽軍序》："伯樂一過冀北之野，而馬群遂空。夫冀北馬多天下，伯樂雖善知馬，安能空其群耶？解之者曰：'吾所謂空，非無馬也，無良馬也。伯樂知馬，遇其良，輒取之，群無留良焉。苟無良，雖謂無馬，不爲虛語矣。'"

[3]"大羅天"，按道教分天爲三十六，其最高一重稱大羅天。張君房《雲笈七籤》："《玉京山經》曰：'玉京山冠於八方，諸天羅，其山自然生七寶之樹，一株乃彌覆一天，八樹彌覆八方大羅天矣。'"《元始經》："大羅之境，無復真宰，惟大梵之氣，包羅諸天。頌曰：'三界之上，眇眇大羅，上無色根，雲層峨峨。'"

歲暮懷人詩[1]

劉漁村廣文夫子[2]

經師與人師[3]，天禄閣[4]巍然。

負笈一萬里，問字^[5]十九年。

久坐春風中，慧業三生緣^{(1)[6]}。

自注：

（1）師偕先君幕游豫、秦、雍、吳四省，和自己亥受業至今。

注釋：

[1]《歲暮懷人詩》凡二十首，所懷皆楊紹和曾交往之師友故人。據《劉漁村廣文夫子》"問字十九年"句及此詩末句小注"師（漁村）偕先君幕游豫、秦、雍、吳四省，和自己亥受業至今"，可知此組詩作於道光己亥（1839）后十九年，即咸豐八年（1858），時紹和扶父喪還鄉，正在丁憂守孝中。

[2]"劉漁村廣文夫子"，按劉廣文，號漁村，葉錫麟《聊城縣志稿序》："咸豐甲寅，余客睢陵，將捧檄之菀城，時楊至堂先生開府袁江，劉漁村同年來自歷下，爰往小聚，同流連節轅者十日。"《聊城縣志》卷八《楊紹和傳》："（紹和）生前篤於師友，如劉漁村、梅伯言、包慎伯，故後均刻其著作行世。"

[3]"經師與人師"，按經師指漢代以儒家經學教授學徒的學官。班固《漢書・平帝紀》："郡國曰學，縣、道、邑、侯國曰校。校學置經師一人。鄉曰庠，聚曰序。序、庠置《孝經》師一人。"後泛稱傳授儒家經學的學者。人師指德行學問等各方面可以爲人表率的人。《荀子・儒效》："四海之内若一家，通達之屬莫不從服，夫是之謂人師。"

[4]"天禄閣"，爲漢宮御用藏書處。此處用以稱劉漁村學養之深厚、才識之高邁。

[5]"問字"，用揚雄典。揚雄曾校書天禄，多識古文奇字，班固《漢書・揚雄傳》："劉棻嘗從雄學作奇字。"後稱從人受學或向人請教爲"問字"。

[6]"久坐春風中"，語出朱熹《伊洛淵源録》卷四："朱公掞見明道於汝州，逾月而歸。語人曰：'光庭在春風中坐了一月。'"按道光己亥爲道光十九年

（1839），時紹和九歲，始從學於劉廣文。

許滇生尚書夫子[1]

懸弧歲辛卯[2]，公昔來典試[3]。

壬子重持衡，厠名登科記[4]。

和凝傳衣鉢[5]，淵源良有自(1)。

自注：

（1）和中式十三名，與師禮闈名次相同。

注釋：

[1] 許滇生即許乃普。許乃普生平見前。因許乃普曾歷任工部、刑部、吏部尚書，紹和故稱"尚書夫子"。

[2] "懸弧歲辛卯"，懸弧即指家中生男。古代風俗尚武，家中有男孩出生，則於門左挂弓一張，後因稱生男爲懸弧。《感懷舊游十首》（之一）"咳名曾説充閭喜"句注稱："辛卯孟春，予生於貴筑。"與此詩所記可相印證。

[3] "典試"，主持考試。張廷玉等《明史·選舉志二》："天啓二年壬戌會試，命大學士何宗彦、朱國祚爲主考。故事，閣臣典試，翰、詹一人副之。"

[4] "持衡"，指以秤稱物，比喻公允地評量人才。杜甫《上韋左相二十韵》："持衡留藻鑒，聽履上星辰。""壬子"即咸豐二年（1852），是年楊紹和中舉，許乃普爲是年考官。張英麟《翰林院侍講學士楊公墓誌銘》："年十八爲縣學生，旋中咸豐二年舉人。""厠名登科記"亦爲楊紹和自記中是年舉人之事。"登科記"，又稱登科録、題名録，詳載鄉、會試中式人數、姓名、籍貫、年歲以及考官以下官職姓名，并三場試題目。

[5] "和凝傳衣鉢"，用和凝典，喻得愛徒或秘授。海源閣舊藏宋刻本丁度等撰《附釋文互注禮部韵略五卷》，有楊紹和"和凝衣鉢十三名"之印。紹和因中舉

名次與和凝相同，故引典製印，喻其思想、學問得許乃普之傳。王辟之《澠水燕談録·貢舉》："和魯公凝，梁貞明三年薛廷珪下第十三人及第。後唐長興四年知貢舉，獨愛范魯公質程文，語范曰：'君文合在第一，輒屈居第十三人，用傳老夫衣鉢。'時以爲榮。其後相繼爲相，當時有贈詩者曰：'從此廟堂添故事，登庸衣鉢盡相傳。'""傳衣鉢"，本爲佛家語，指師將衣鉢傳給弟子，爲傳法的信證。又唐、宋時，應試人與主司人前後科考名次相同，也叫傳衣鉢。和凝喜愛范質之文，故意將其録爲第十三名進士，與自己原科考名次相同，故和凝稱"用傳老夫衣鉢"。

<h3 style="text-align:center">鄧薇峰廣文年丈琳枝[1]</h3>

高密[2]漢通侯，膠西唐博士。

風味苜蓿盛[3]，一官冷如此。

化雨正及時，公門多桃李(1)[4]。

自注：

（1）廣文任膠州。

注釋：

［1］鄧琳枝，字薇峰，山東聊城人，嘉慶二十四年（1819年）舉人，"始署即墨教諭，遷膠州訓導……俸滿後，升曹州府學正，加内閣中書銜。以道遠年老，遂籍於膠。殁後，門生匡源、范承緒、匡懋綸、楊際清等共擬醵資請旨入祠，旋以辛酉捻匪之亂，不果行。"道光十八年（1838）楊以增父兆煜去世，"門下士鄧琳枝等，綜先生服官侍親生平行誼之實，上鄉諡，衆議僉允，遂僉稱爲孝直先生。"（趙文連、匡超等《膠志》卷十八）鄧琳枝與楊以增均曾從學於葉葆，"楊君以增、鄧君琳枝同中經魁。以增係兆煜子，兩世及門，尤爲府君所青盼"（葉葆編、葉錫琳續編《跛奚年譜》）鄧琳枝爲楊紹和父輩，故紹和以"年丈"相稱。

［2］"高密"，漢代大儒鄭玄爲高密人，鄧琳枝亦曾爲教諭、訓導，以治經

育才爲務，故楊紹和以鄭玄相比。鄭玄生平，詳見前楊以增《六藝堂詩禮七編》注釋。

〔3〕"風味苜蓿盛"，苜蓿原産西域各國，漢武帝時，張騫使西域，始從大宛傳入。後以食苜蓿代指生活清苦。詳見前楊以增《梁本恭墓誌銘》注釋。

〔4〕鄧琳枝曾任膠州訓導，悉心教誨士子，趙文連、匡超等《膠志》卷十八稱，鄧琳枝"抵任後，殫心教育，與諸生論文，娓娓不倦，栽培士類，人材輩出，一時登賢書、捷南宫者皆出其門"。

于蓮亭觀察克襄[1]

交情四十載，長者爲父執[2]。
班荆訪故人[3]，折梅贈雅什。
我愧譽鳳毛，几杖頻侍立(1)[4]。

自注：

（1）觀察訪先君於淮浦，有留別之章。和方學作古文，頗蒙獎掖。

注釋：

〔1〕于克襄，字貽芳，號蓮亭，山東文登人。嘉慶十年（1805）進士，改翰林院庶吉士，初授刑部主事，遷員外，晋郎中，出爲貴陽知府。《貴州通志·宦迹志》稱："道光九年任巡道時，古州雖開闢百餘年，尚未設學立廟。克襄甫下車，即議創建。以母老將告養，意移游，母王氏賢，而明諭之曰：'我雖老，精神尚健，與其爲我去，曷若爲地方留？如果詳准設學，亦地方人之福也。'遂詳大府，奉准，而其母没，克襄深慟之。廳人戴其德，爲之立太恭人祠於學宫側，祠之。"署湖北鹽法道，官至湖北按察使。著有《鐵槎山房聞見録》十卷、《鐵槎山詩存》六卷。

〔2〕"父執"，父親的朋友。《禮記·曲禮上》："見父之執，不謂之進，不敢進；不謂之退，不敢退；不問，不敢對。"孔穎達疏："見父之執，謂執友與父同

志者也。"于克襄年輩高於楊紹和，故有此語。

　　[3]"班荆"，即"班荆故道"，用荆鋪在地上，坐在臨時鋪的荆上談説過去的事情。形容朋友路途相逢，共叙舊情。《左傳·襄公二十六年》："伍舉奔鄭，將遂奔晋。聲子將如晋，遇之於鄭郊，班荆相與食，而言復故。"

　　[4]"几杖頻侍立"，"几杖"爲坐几和手杖，皆老者所用，故常用爲敬老之物。《禮記·曲禮上》："謀於長者，必操几杖以從之。"楊紹和以此句表示對於克襄的敬重之意。

周容齋户部爾墉[1]

前身歐率更[2]，一枝如椽筆。

出示皇甫碑[3]，曾入崔儦室[4]。

孔李先世交[5]，殷殷劇情密(1)。

自注：

（1）户部工歐書，爲先大父門人。壬子謁於京邸，出示宋拓《皇甫君碑》。

注釋：

　　[1]周爾墉（1792—？），字容齋，浙江嘉善人，嘉慶六年（1801）副貢，歷官户部郎中，有《學福樓詩鈔》。徐世昌輯《晚晴簃詩彙》："少年侍宦河雒，老居郎署，以忤時宰引疾歸。長君勉民方伯士鑲時官河南汝寧知府，因復就養。入中州，主講彝山書院。先後客汴幾四十年，故與余家世篤交好。殁後，勉民哀其遺迹，鑱石曰'學福樓墨刻'。詩爲其甥曹治豐所輯，多少年之作。"

　　[2]"前身歐率更"，徐世昌輯《晚晴簃詩彙》："容齋先生工書，承其家法，官京師，與昆明趙文恪齊名。"歐率更即歐陽詢（557—641），字信本，潭州臨湘人，其書於平正中見險絶，與同代的虞世南、褚遂良、薛稷并稱初唐四大家。

　　[3]"皇甫碑"，即《皇甫誕碑》，唐于志寧撰文，歐陽詢書。此碑用筆緊密

内斂，剛勁不撓。翁方綱稱："是碑由隸成楷，因險絶而恰得方正，乃率更行筆最見神采，未遽藏鋒，是學唐楷第一必由之路也。"此碑用筆研潤，雖爲歐陽詢早年作品，但已具備了歐體嚴整險絶的基本特點。

[4]"崔儦室"，崔儦字岐叔，清河武城人，世爲著姓。魏徵《隋書·崔儦傳》："初舉秀才，爲員外散騎侍郎，遷殿中侍御史。與熊安生、馬敬德等議五禮，兼修律令。尋兼散騎侍郎，使陳。還，待詔文林館，歷尚書郎，與頓丘李若俱見稱重，時人語曰：'京師灼灼，崔儦、李若。'……隋開皇四年，徵授給事郎，兼内史舍人……仁壽中，卒於京師。"崔儦學識淹博，"少與范陽盧思道、隴西辛德源同志友善。每以讀書爲務，負恃才地，大署其户曰：'不讀五千卷者，無得入此室。'"楊紹和稱周爾墉"曾入崔儦室"，意在贊其學養深厚。

[5]"孔李先世交"，用孔融、李膺之典。劉義慶《世説新語》稱："孔文舉年十歲，隨父到洛。時李元禮有盛名，爲司隸校尉。詣門者皆雋才清稱及中表親戚乃通。文舉至門，謂吏曰：'我乃李府君親。'既通，前坐。元禮問曰：'君與僕有何親？'對曰：'昔先君仲尼與君先人伯陽有師資之尊，是僕與君奕世爲通好也。'元禮及賓客莫不奇之。"

方習之茂才甡[1]

绿水依芙蓉，幕府何其麗。
白髮老蕭騷[2]，彭城身如寄。
辛慰高堂心，捧檄有毛義(1)[3]。

自注：
（1）茂才爲先君記室多年，令子以少尉需次徐州。

注釋：
[1]"茂才"，即秀才，東漢時爲避光武帝劉秀諱，將秀才改爲茂才，後來

因稱秀才爲茂才。

　　［２］“蕭騷”，蕭條凄凉。曾協《水龍吟·別故人》：“秋氣蕭騷，月華如洗，一天風露。望重重烟水，吴淞萬頃，曾約舊時鷗鷺。”

　　［３］“捧檄有毛義”，用“毛義捧檄”典。范曄《後漢書》卷六九：“廬江毛義少節，家貧，以孝行稱。南陽人張奉慕其名，往候之。坐定，而府檄適至，以義守令。義奉檄而入，喜動顔色。奉者，志尚士也，心賤之，自恨來，固辭而去。及義母死，去官行服，數辟公府，爲縣令，進退必以禮。後舉賢良，公車徵，遂不至。張奉嘆曰：‘賢者固不可測。往日之喜，乃爲親屈也。斯蓋所謂家貧親老，不擇官而仕者也。’”楊紹和此句以毛義出仕喻方岜之子在徐州任職，同樣可慰父心。

宗滌樓給諫稷辰[1]

臺閣生風霜，綉衣稱直指[2]。

賈讓出治河[3]，時方決瓠子[4]。

寄語且行行，驄馬避御史(1)。

自注：

（１）給諫曾奏陳河事，近以京員學習東河。

注釋：

　　［１］宗稷辰（1788—1867），字迪甫，號滌樓、雪盧，浙江會稽人。道光元年（1821）舉人，清咸豐、同治中曾在濟寧任運河道四年有餘，整修戴村壩，民賴以安。工書法，有《躬耻齋集》。

　　［２］“給諫”，在唐宋時爲給事中及諫議大夫的合稱，清代爲六科給事中的別稱，此指宗稷辰曾任此職。“臺閣生風霜，綉衣稱直指”，贊宗稷辰爲官頗有風力。“綉衣直指”爲漢代受中央派遣，奉行“捕盗”“治獄”等特殊使命的吏員。

漢武帝天漢二年（前 99），使光禄大夫范昆及曾任九卿的張德等衣綉衣，持節及虎符，用軍興之法（依照戰時制度），發兵鎮壓農民起義，因有此號。

［3］“賈讓”，爲西漢時期籌畫治理黄河的代表人物。因黄河頻繁决溢，灾患嚴重，朝廷徵集治河方案。綏和二年（前 7），賈讓應詔上書，提出治理黄河的上、中、下三策。上策主張不與水争地，針對當時黄河已成懸河的形勢，提出人工改道，避高趨下之策，“徙冀州之民當水冲者，决黎陽遮害亭，放河使北入海”，雖然“敗壞城郭、田廬、冢墓以萬數”，但可以使“河定民安，千載無患”。中策爲開渠引水，達到分洪、灌溉和發展航運等目的，雖不能一勞永逸，但可興利除害，維持數百年。下策爲保守舊堤，年年修補，勞費無窮。

［4］“决瓠子”，司馬遷《史記·河渠書》：“自河决瓠子後，二十餘歲，歲因以數不登。”楊紹和用此典指晚清咸豐中黄河决口。

許印林廣文瀚[1]

《説文》八千字，汝南承家學[2]。

窮年事丹鉛[3]，觀書眼卓犖。

何用酒一甒，刊謬資商榷(1)。

自注：

（1）廣文曾借宋板《説文解字》，校刊桂氏《説文義證》，因書“畏友恨難終日對，異書喜是故人藏”句見贈。

注釋：

［1］許瀚（1797—1867），字印林，山東日照人。嘉慶二十年（1815）補州學生員，道光五年（1825）爲國子監生員。生平喜好研究古文字聲韵之學，後師從王念孫、王引之父子。十五年（1835）中式舉人，十九年（1839）撰成《古今字詁疏證》，“以形義明其演變，以聲音證其通轉，羅列衆説，自下

己見，不苟同立異，與王氏《廣雅疏證》同其精密"，龔自珍稱其"北方學者第一"。二十五年（1845）夏，爲潘錫恩增訂章學誠未成之《史籍考》，并撰《擬史籍考校例》。咸豐元年（1851）八月，選授山東滕縣訓導，五年（1855）八月，應浙江學政吳式芬之邀，赴杭州校文。同治五年（1866）卒。楊鐸搜輯遺稿，於光緒元年（1857）刊成《攀古小廬雜著》。

[2]"汝南承家學"，"汝南"即許慎。許慎生平，見前楊以增《致許印林書之一》注釋。《清史稿》稱許瀚"博綜經史及金石文字，訓詁尤深"。許瀚精於《説文》，且與許慎同姓，楊紹和遂有"家學"之譽。按道光七年（1827），李璋煜邀校桂馥《説文解字義證》，同時合校者有王筠、袁練、陳宗彝等。七月，王引之任武英殿總裁，奉命修《康熙字典》，許瀚考充校録。道光十一年（1831），何凌漢出任浙江學政。十二月，許瀚應命赴浙，在杭州學署校訂影宋本《説文解字》。楊以增擬刻桂馥《説文解字義證》，致函許瀚，延董理校勘之事，遂擬《説文解字義證校例》寄楊氏，因有汪喜孫從中阻撓，故校書、刻書進度緩慢，尋以楊以增調陝，《説文義證》僅於濟寧刻一册，遂中止。

[3]"丹鉛"，指點勘書籍用的朱砂和鉛粉，亦借指校訂之事。

高伯平茂才均儒[1]

嚴君退食暇，孜孜學不倦[2]。
先生大雅林，精義相磨研[3]。
秘籍授梓人[4]，千秋文譽擅(1)。

自注：
（1）茂才爲先君校刻書十餘種。

注釋：
[1]高均儒（1812—1869），字伯平，一字茂才，號鄭齋，浙江秀水人。

均儒不喜著書，而善校書，嘗任浙江書局總校。咸豐間客游江淮，爲楊以增校刻書籍，校勘精細。晚年主杭州東城講舍，以朱子小學及程氏讀書分年日程，啓迪後生，士之好學者多歸之。著《續東軒遺集》三卷。均儒性耿介，吳昆田《〈續東軒遺集〉序》稱：“及君三至淮上，已抱病困悴特甚。某總兵復以三百金乞丁儉卿先生持贈，不受，勸之，怒，作色起立而言曰：‘均儒旦暮人耳，豈有死人而受人金哉？’言畢面赤氣逆。儉卿先生怏怏而去，狷介皆此類也。”

[2]“嚴君退食暇，孜孜學不倦”，“嚴君”乃楊紹和稱其父以增。此句爲楊紹和對楊以增好讀書之記述。高均儒《〈禮理篇〉跋》稱：“先生（按：指楊以增）藏書數萬卷，退食劬讀，日昃不遑。”梅曾亮《兵部侍郎江南河道總督楊公家傳》記述其與楊以增交往細節稱：“公晨見賓客，治文書。事畢即手一卷。晚食後，會談文藝及往舊事。其事父母，待兄弟朋友，及和調家庭，言動有常節，一以宋儒之禮法爲歸。而名物、象數、音聲、訓詁，亦勤懇研究。陸立夫嘗語予曰：‘吾向以至堂好蓄書，今乃知其得一書必閱一書也。’”

[3]“精義相磨研”，高均儒與楊以增志趣相投，多辨析疑義，商討文字，其所作《〈柏梘山房文稿〉跋》稱：“侍郎由陝撫來督南河，均儒來游，友人有屬以校勘事者，刊本爲侍郎所賞，遂出所藏古籍及近儒撰著，示榷訂談。”

[4]“秘籍授梓人”，按楊以增刻書得高均儒襄助最多，王獻唐《聊城楊氏海源閣藏書之過去現在》：“得嘉興高均儒致慎伯手劄，又見吾鄉許印林與王菉友函稿，及校本楊刻《蔡中郎集》題辭，始悉楊氏幕中，其治校勘、版本學者，最推高君……海源閣所刻書籍，多出高君校勘。”據現有材料統計，在楊氏刻書中，由均儒經手校刊的共九種，其中，《惜抱先生尺牘》和《跂奚年譜》兩種爲均儒手寫上版。咸豐六年（1856）楊以增、胡珽刻本《爾雅郭注義疏》二十卷，乃均儒得嚴鶴山所鈔郝懿行足本後，楊以增讀而稱善，遂刻之。咸豐三年（1853）刻本《禮理篇》，均儒爲之撰寫長《跋》。咸豐六年（1856）刻本《柏梘山房集》三十一卷，均儒云：“侍郎曰：‘伯言文集已刻而板未勘正，盍見校之？’校畢，刻工滯至十月始修成。十一月校詩集，刻未三卷，十二月侍郎

麑……先是，户部苦鼻塞減食，二十二日，旋淮郡，寮舍瀕水，語均儒曰：'楊公子善體先志，期必刻完拙集，讎校仍倚君。'均儒諾之。二月，楊公子奉侍郎喪還，泣申前意。均儒且校且刻，三月告蕆。"楊氏足本《石笱山房集》二十三卷的刊刻，爲高均儒"司其事"，咸豐二年（1852）春鳴泰《跋》曰："伯平悉心校核校正原刊錯字甚夥。"均儒亦曰："受而讀之，參互詳核。"現在魯圖存有清鈔本《石笱山房文集》六卷《詩集》四卷，即是刻本的底本，上有高均儒批校之語纍纍，可見均儒爲刊刻是集所付出的勞動。咸豐二年（1852）刻本《九水山房文存》二卷，楊以增云："道光三十年，先生長嗣文昭存增於南河署，詢求遺書，僅存此册。而傳鈔不無錯誤，因屬嘉興高君伯平詳校，付之梓人。"咸豐五年（1855）刻本《惜抱先生尺牘》，梅曾亮《序》云："延高君伯平重爲校刊，伯平遂悉乎寫之於版。"咸豐六年（1856）刻本《跋奚年譜》一卷，均儒《跋》云："屬均儒書付諸版，原稿有羨改塗乙。侍郎鄭重摩核，更屬均儒重校。"咸豐五年（1855）刻本《助字辨略》，劉毓菘跋曰："延秀水高君伯平精校授梓。"而咸豐二年（1852）刻本《蔡中郎集》，從《凡例》到文中數千條校勘記的撰寫更是傾注了均儒的心血。

韓樹年方伯椿[1]

先臣重推轂[2]，上疏曾彌薦[3]。

兩浙歌棠陰，召公爲屏翰[4]。

蒼生望霖雨，未許東山戀(1)[5]。

自注：

（1）方伯爲先君所舉，任浙江藩司。

注釋：

［1］韓椿（1797—？），字樹年，號梅清，漢軍鑲白旗人，道光十三年

（1833）進士，選庶吉士，散館改主事，由兵部郎中考選江南道御史，後任浙江鹽運使，咸豐三年（1853）任福建按察使，四年（1854）升任浙江布政使。韓椿善書法，見稱於時。

　　［2］"推轂"，薦舉，援引。司馬遷《史記·魏其武安侯列傳》："魏其、武安俱好儒術，推轂趙綰爲御史大夫。"《南齊書·陸厥傳》："永明末，盛爲文章，吳興沈約、陳郡謝朓、琅邪王融以氣類相推轂。"

　　［3］"上疏曾彌薦"，韓椿曾爲楊以增之下屬，楊以增曾多次上折舉薦，如道光三十年（1850）八月初六日上《附保前淮徐道韓椿片》稱："前淮徐道升任浙江鹽運使韓椿，年五十三歲，漢軍鑲白旗進士，由庶吉士散館改兵部主事，洊升吏科掌印給事中，保送南河學習。期滿留工，以道員用，補淮揚道，調淮徐道。該員才猷練達，矢慎矢勤，熟習河工機宜，毫無河工習氣。"

　　［4］"屏翰"，指國家重臣。《詩·大雅·板》："价人維藩，大師維垣。大邦維屏，大宗維翰。懷德維寧，宗子維城。無俾城壞，無獨斯畏！"

　　［5］"東山戀"，用東晋謝安典，指隱居不仕，生活安閒。房玄齡等《晋書·謝安傳》："嘗往臨安山中，坐石室，臨浚谷，悠然嘆曰：'此去伯夷何遠！'""蒼生望霖雨"句，語出房玄齡等《晋書·謝安傳》："征西大將軍桓溫請爲司馬，將發新亭，朝士咸送，中丞高崧戲之曰：'卿累違朝旨，高臥東山，諸人每相與言，安石不肯出，將如蒼生何！蒼生今亦將如卿何！'安甚有愧色。"

蕭伯香太守時馨、仲香觀察時馥[1]

携琴宋趙扑[2]，正笏齊管仲[3]。
相輝花萼樓[4]，才名文中鳳。
蜀山與吳水，迢迢役魂夢(1)。

自注：

（1）太守分省四川，觀察任江南鹽道。

注釋：

［1］蕭時馨、蕭時馥，均爲貴州開州人。蕭時馨中道光二十四年（1844）進士，任户部候補主事。蕭時馥，字仲蘔，中道光二十年（1840）進士，選庶吉士，散館授編修，官至浙江道監察御史。二人均擅長書法。

［2］"携琴宋趙抃"，典出脱脱等《宋史·趙抃傳》："神宗立，召知諫院。故事，近臣還自成都者，將大用，必更省府，不爲諫官。大臣以爲疑，帝曰：'吾賴其言耳，苟欲用之，無傷也。'及謝，帝曰：'聞卿匹馬入蜀，以一琴一鶴自隨，爲政簡易，亦稱是乎？'未幾，擢參知政事。抃感顧知遇，朝政有未協者，必密啓聞，帝手詔褒答。"

［3］"管仲"（前723—前645），名夷吾，齊僖公三十三年（前698），輔助公子糾。齊桓公元年（前685），任齊相。管仲在任内大興改革，富國强兵，在經濟、哲學、軍事等方面均有建樹，齊桓公四十一年（前645）病逝。

［4］"相輝花萼樓"，花萼樓始建於開元八年（720），位於長安興慶宫内，爲唐代長安著名皇家建築。此樓之名來自《詩經》"常（棠）棣之華（花），鄂（萼）不韡韡。凡今之人，莫如兄弟"，楊紹和此處以棠棣之花與萼相生比喻兄弟之間的深厚情誼。

吴讓之茂才熙載[1]

師門溯安吴[2]，後先慚同席[3]。

君能傳高業，鴻文博群籍。

爲乞蔡中郎，青山一片石(1)。

自注：

（1）茂才與和全受業於包慎伯夫子。先君家傳，茂才作八分上石，并爲書後之文。

注釋：

［1］吳熙載（1799—1870），原名廷揚，字熙載，後以字行，改字讓之，號讓翁、晚學居士、方竹丈人等，江蘇儀徵人，清代篆刻家、書法家。善書畫，尤精篆刻。少時即追摹秦漢印作，後直接取法鄧石如，得其神髓，又綜合自己的學識，發展完善了"鄧派"篆刻藝術，在明清流派篆刻史上具有重要地位。吳昌碩評曰："讓翁平生固服膺完白，而於秦漢印璽探討極深，故刀法圓轉，無纖曼之氣，氣象駿邁，質而不滯。余嘗語人：'學完白不若取徑於讓翁。'"

［2］"師門溯安吳"，"安吳"即包世臣（1775—1855），字慎伯，晚號倦翁、小倦游閣外史，安徽涇縣人。嘉慶二十年（1815）舉人，學識淵博，喜兵家言，對農政、貨幣及文學等均有研究，爲清代著名學者、書法家、書學理論家。包世臣二十八歲時遇鄧石如，師從學篆隸，後又研學北魏，晚年習二王。吳熙載爲包世臣的入室弟子，其楷書、行書、草書均學習包世臣，對包世臣頗爲崇敬，并名其齋爲"慎師齋"。

［3］"同席"，指同學，葉適《厲君墓誌銘》："東陽厲詳，自余居永嘉及吳也，東西數百里來學，歲時不歸，同席畏其專。"

張怡琴太史桐[1]

絳帳[2]君請業，而我方髫齡[3]。
愧賦高軒過[4]，學詩鯉趨庭[5]。
鸞掖[6]聲價重，翹首望蓬瀛。

注釋：

［1］張桐（1809—1870），字華甫，號怡琴，河南祥符人，生而穎異，奮志讀書，道光十九年（1839）進士，曾任山西鄉試主考官，官至翰林院侍講，後任廣東惠州知府十年，居官明清正，屬官奉法，百姓爲立生祠。同治二年（1863）引疾歸，著《周易注解》，未完而逝。

［2］"絳帳"，指師門、講席，用馬融典。范曄《後漢書·馬融傳》："融才高博洽，爲世通儒，教養諸生，常有千數。涿郡盧植、北海鄭玄，皆其徒也。善鼓琴，好吹笛，達生任性，不拘儒者之節。居宇器服，多存侈飾。常坐高堂，施絳紗帳，前授生徒，後列女樂，弟子以次相傳，鮮有入其室者。"

［3］"鬌齡"，指幼年。王勃《〈四分律宗記〉序》："筍抱顯於鬌齡，蘭芳凝於丱齒。"按張桐考中進士在道光十九年（1839），其請業於楊以增當在此前，時紹和尚不足十歲，故有"而我方鬌齡"之稱。

［4］"愧賦高軒過"，此處楊紹和謙稱自己無李賀之才，典出宋祁、歐陽修等《新唐書·李賀傳》："七歲能辭章，韓愈、皇甫湜始聞未信，過其家，使賀賦詩，援筆輒就如素構，自目曰《高軒過》，二人大驚，自是有名。"。

［5］"學詩鯉趨庭"，用孔鯉典。《論語·季氏》："陳亢問於伯魚曰：'子亦有異聞乎？'對曰：'未也。嘗獨立，鯉趨而過庭。曰："學《詩》乎？"對曰："未也。""不學詩，無以言。"鯉退而學《詩》。他日又獨立，鯉趨而過庭。曰："學《禮》乎？"對曰："未也。""不學《禮》，無以立。"鯉退而學《禮》。聞斯二者。'陳亢退而喜曰：'問一得三，聞《詩》，聞《禮》，又聞君子之遠其子也。'"

［6］"鸞掖"，即鸞臺，爲門下省別名，借指朝廷。楊汝士《宴楊僕射新昌里第》："文章舊價留鸞掖，桃李新陰在鯉庭。"

孔綉山舍人憲彝[1]

筆力鼎可扛[2]，文章衰能起[3]。
慨念黃公壚[4]，佳傳付知己。
清白吏子孫[5]，安用千斛米(1)[6]。

自注：

（1）舍人顏其齋曰韓允，爲先君作傳。

注釋：

［1］孔憲彝（1808—1863），字叙仲，號绣山，山東曲阜人。道光十七年（1837）舉人，官内閣中書，工詩、畫、篆刻。與梅曾亮交好。咸豐八年（1858）曾與京師同人祭奠梅曾亮。著有《對岳樓詩録》。

［2］"鼎可扛"，原指雙手能舉起鼎一樣沉重的東西，形容力氣大，後亦用來比喻筆力雄健。司馬遷《史記·項羽本紀》："籍長八尺餘，力能扛鼎，才氣過人，雖吴中子弟皆已憚籍矣。"

［3］"文章衰能起"，以韓愈發起古文運動的巨大成就，贊揚孔憲彝之文才。見蘇軾《潮州韓文公廟碑》："自東漢以來，道喪文弊，異端并起，歷唐貞觀、開元之盛，輔以房、杜、姚、宋而不能救。獨韓文公起布衣，談笑而麾之，天下靡然從公，復歸於正，蓋三百年於此矣。文起八代之衰，而道濟天下之溺；忠犯人主之怒，而勇奪三軍之帥。"

［4］"黄公壚"，見前《聞庚子仙長河帥率士民奉先公栗主入祀景行祠誌感》注釋。

［5］"清白吏"，見前《端勤公墓誌銘》注釋。

［6］"安用千斛米"，用陳壽典。房玄齡等《晋書·陳壽傳》："或云丁儀、丁廙有盛名於魏，壽謂其子曰：'可覓千斛米見與，當爲尊公作佳傳。'丁不與之，竟不爲立傳。"楊紹和此句化用此典，一方面贊揚了孔憲彝正直廉介，有史官之才，另一方面也對楊氏清廉家風頗有自信。

許仁山太史彭壽、星叔舍人庚身[1]

大宋魁天下[2]，簪毫玉堂署[3]。
接武直南齋[4]，花磚學士步[5]。
子京[6]亦才華，高吟紫薇句。

注釋：

［1］許彭壽（？—1866），字仁山，號師竹，浙江錢塘人，許乃普子。道光二十七年（1847）丁未會試第一名，殿試二甲第一名進士，授編修。歷爲貴州鄉試副考官，湖北、江西鄉試正考官，會試和順天鄉試同考官，歷任侍讀學士、少詹事、太常寺卿、内閣學士，署禮部侍郎。許庚身（1825—1894），字星叔，又字吉珊，浙江仁和人。咸豐二年（1852）進士，考取内閣中書。參與撰修《宣宗成皇帝本紀》、皇室宗譜及《臣工列傳》等書。九年（1859）叙功以侍讀待用，十年（1860）任軍機章京。官至兵部尚書。

［2］“大宋魁天下”，用宋庠中狀元典故。脱脱等《宋史·宋祁傳》：“祁字子京，與兄庠同時舉進士，禮部奏祁第一，庠第三。章獻太后不欲以弟先兄，乃擢庠第一，而置祁第十。人呼曰‘二宋’，以大小别之。”許彭壽爲道光二十七年（1847）會試第一名，紹和因稱其“魁天下”。

［3］“簪毫玉堂署”，“簪毫”，即簪筆，班固《漢書·昌邑王傳》：“佩玉環，簪筆持牘趨謁。”蓋古人插筆於首，有事則書於笏。“玉堂署”，漢代侍詔在玉堂殿，後遂以玉堂署稱翰林院。楊紹和以此句贊許彭壽、許庚身在考中進士後均在翰林院任職。

［4］“南齋”，爲清代皇帝文學侍從值班之所，在北京故宫乾清宫西南，北向，故有此稱。本爲康熙帝讀書處，俗稱南齋。翰林入值南書房，初爲文學侍從，隨時應召侍讀、侍講，備顧問，論經史，談詩文，皇帝每外出巡幸亦隨扈，即興作詩、發表議論等皆記注，進而常代皇帝撰擬詔令諭旨，參預機務。

［5］“花磚學士步”，此指許彭壽、許庚身入值内閣。按唐代内閣北廳階前有花磚道，翰林學士常視花磚道上日影爲候，冬季日至五磚，則學士入值，後以此指翰林學士。

［6］“子京”，即宋祁（998—1061），河南雍丘人，天聖二年（1024）進士，任復州軍事推官，經皇帝召試，授直史館，歷官龍圖閣學士、史館修撰、知制誥，曾與歐陽修等合修《新唐書》，著名文學家、史學家、詞人。

王少鶴户部錫振[1]

今年上燕臺[2]，識面如封侯。

逸少書蘭亭，子厚隸柳州[3]。

高風追前哲，當世罕其儔(1)。

自注：

（1）户部籍隸柳州。

注釋：

[1]"王錫振"（1815—1876），字少鶴，後改名拯，廣西馬平人，道光二十一年（1841）進士，任户部主事，咸豐十一年（1861）任内閣侍讀學士，同治三年（1864），任太常寺卿，署左副都御史，後升任通政使。王拯能詩文，爲晚清粤西名家，詞開粤西詞群之先聲。著有《龍壁山房文集》《龍壁山房詩集》《龍壁山房詞》（有《茂陵秋雨詞》四卷、《瘦春詞》一卷）。在北京爲官期間，與廣西籍京官龍啓瑞、朱綺等向桐城派散文家梅曾亮學習散文、詞令的"義法"。臨桂人唐啓發將梅曾亮、吕璜、朱綺、王拯、龍啓瑞、彭顯堯等六人詩文刊爲《涵通樓師友文》。

[2]"燕臺"，相傳燕昭王築臺以招納天下賢士，故稱賢士臺、招賢臺。

[3]"子厚隸柳州"，柳宗元（773—819），字子厚，河東人，唐代文學家、哲學家，唐宋八大家之一。元和十年（815），柳宗元被改貶爲柳州刺史，至元和十四年（819）在柳州任上去世，在柳州爲官凡五年，後人因稱"柳柳州"。

張畫船明府調[1]

吉金共樂石，歐趙能博古[2]。

相與辨款識，時時揮談塵[3]。

漢鏡出尚方，青鸞雙對舞(1)。

自注：

（1）舊藏漢鏡甚多，有黑漆古尚方鏡，又銀背六出鏡，即六朝人所謂"青鸞對舞、水鳥孤鳴"者也。

注釋：

［1］"明府"，即"明府君"之略稱。漢代對太守之尊稱。班固《漢書·龔遂傳》："明府且止，願有所白。"唐代別稱縣令爲明府，稱縣尉爲少府，後世相沿不改。

［2］"歐趙能博古"，指歐陽修和趙明誠，二人均以精通金石鼎彝著稱。歐陽修自稱"吾家藏書一萬卷，集録三代以來金石遺文一千卷"，并據以編《集古録》十卷，即《集古録跋尾》。此書凡所收鐘鼎彝器銘刻，必摹勒銘辭原文，再附釋文於後，并盡可能簡述該器的出土、收藏情況、所屬年代及其遺聞逸事等。凡石刻文字，也必考其立石原委，時代更迭及所記史實之始末。趙明誠、李清照收集大量金石拓本、書籍、古器，據以撰《金石録》三十卷，其體例仿照《集古録》，著録所見從上古三代至隋唐五代以來，鐘鼎彝器的銘文款識和碑銘墓誌等石刻文字，是中國最早的金石目録和研究專著之一。此書考訂精核，評論獨具卓識。

［3］"揮談麈"，"麈"爲鹿一類的動物，其尾可做拂塵。談麈指古人清談時所執的麈尾。揮談麈泛指清談。房玄齡等《晉書·王衍傳》："魏正始中，何晏、王弼等祖述老莊……衍甚重之。惟裴頠以爲非，著論以譏之，而衍處之自若。衍既有盛才美貌，明悟若神，常自比子貢。兼聲名籍甚，傾動當世。妙善玄言，唯談老莊爲事。每捉玉柄麈尾，與手同色。義理有所不安，隨即改更，世號'口中雌黄'。"

杜方圃明府防

秦中戟門^[1]開，談經設皋比^[2]。

座隅每追陪，人在方壺裏。

十年別離情，何時寄雙鯉⁽¹⁾。

自注：

（1）李石瑚姊丈隨先君長安節署，延明府教讀，設帳小方壺齋中。

注釋：

［1］“秦中戟門”，設戟於門，故謂之戟門。引申指顯貴之家或顯赫的官署。錢起《秋霖曲》：“貂裘玉食張公子，炰炙熏天戟門裏。”楊紹和以“秦中戟門”指楊以增擔任陝西巡撫時之節署。

［2］“設皋比”，“皋比”，指揮虎皮。古人坐虎皮講學，後因以指講席。戴叔倫《寄禪師寺華上人次韵》之二：“禪心如落葉，不逐曉風顛。猊坐翻蕭瑟，皋比喜接連。”

楊石卿明府鐸^[1]

停雲思袁浦^[2]，花間共斟酌。

剪燭夜説詩，歡情恍似昨。

莫憶海上籌，清素悲一鶴⁽¹⁾。

自注：

（1）明府題贈《松鶴圖》，有“憶銜海上籌”及“一鶴同清素”句。

注釋：

［1］楊鐸，號石卿，又號石道人，河南商城人。天資穎異，酷嗜金石之學。少歲即遍齊、魯、燕、趙、吳、越、江、漢，尋碑訪碣，孜孜不倦。結交多勝流名士，高譚雄辯，徵逐於酒旂歌板閒，頗有晋人風味。畫善花卉，下筆俊爽，

迅掃疾馳，數十幅立盡。有李復堂、黃瘦瓢逸趣，同人咸推重之。楊鐸與許瀚交好，曾爲作《許印林先生傳》。

〔2〕"袁浦"，地處錢塘江彎曲部，三面環江，地勢平坦，浦、溪、渠、河、塘密布，河運方便，爲魚米富庶之鄉。

李霄驤太守慶翱[1]

青蓮乃供奉，投筆亦從戎[2]。

一麾雲中守[3]，量移到蒲東。

斯人志澄清，攬轡何雍容(1)。

自注：

（1）太守由大同調任蒲州。

注釋：

〔1〕李慶翱（1811—1889），原名綎，字公度，一字小湘，山東歷城人，咸豐進士。授山西大同知府，後改知蒲州，鎮壓太平軍和陝甘回民起義。同治七年（1868）擢河東道，光緒元年（1875）升河南巡撫，三年（1877）以病去職。

〔2〕"投筆亦從戎"，投筆從戎，用東漢班超典，見前楊紹和《應許滇生夫子招將赴京師口占》注釋。咸豐三年（1853）太平軍北伐，進逼山東，李慶翱奉旨回籍會辦山東團練，楊紹和故有此句。

〔3〕"一麾雲中守"，用魏尚典。司馬遷《史記·張釋之馮唐列傳》："魏尚爲雲中守，其軍市租盡以饗士卒，（出）私養錢，五日一椎牛，饗賓客、軍吏、舍人，是以匈奴遠避，不近雲中之塞。虜曾一入，尚率車騎擊之，所殺甚衆……斬首捕虜，上功莫府，一言不相應，文吏以法繩之。其賞不行，而吏奉法必用。臣愚以爲陛下法太明，賞太輕，罰太重。且雲中守魏尚坐上功首虜差六級，陛

下下之吏，削其爵，罰作之。由此言之，陛下雖得廉頗、李牧，弗能用也……文帝説，是日令馮唐持節赦魏尚，復以爲雲中守。"

咏　雪

六出飛花向晚來，冷筇[1]獨倚幾徘徊。
揣稱侔色談何易，要仗梁園作賦[2]才。

注釋：

[1]"筇"，手杖。因筇竹可爲杖，即稱杖爲筇。

[2]"梁園作賦"，用司馬相如受孝王命，於梁園賦雪之典。謝惠連《雪賦》："歲將暮，時既昏，寒風積，愁雲繁。梁王不悦，游於兔園。乃置旨酒，命賓友，召鄒生，延枚叟。相如末至，居客之右。俄而微霰零，密雪下。王乃歌《北風》於衛詩，咏《南山》於周雅。授簡於司馬大夫，曰：'抽子秘思，騁子研辭，侔色揣稱，爲寡人賦之。'"侔，相等；揣，估量；稱，好。揣稱侔色意爲描寫景物恰到好處。

紙帳銅瓶[1]書掩門，香熏心字[2]一爐温。
飛鴻踪迹年年幻，怕憶天涯舊爪痕[3]。

注釋：

[1]"紙帳銅瓶"，紙帳，用藤繭紙做成的帳子，以絺布爲頂，取其透氣，帳上常繪有梅花、蝴蝶，情致清雅。紙帳銅瓶喻書齋中的潔净環境。

[2]"香熏心字"，按爲便於香粉燃點，將香粉用模子壓印成固定的字型或花樣，然後點燃，循序燃盡，這種方式稱之爲"香篆"。唐宋時人點香計時，以香料搗成末，調匀後灑在銅制印盤裏，一般成篆文"心"字形狀，點其一端，

依香上的篆形印記，燒盡計時。唐白居易《酬夢得以予五月長齋延僧徒絕賓友見戲十韻》："香印朝烟細，紗燈夕焰明。"王建《香印》："閑坐印香燒，滿户松柏氣。"

［3］用蘇軾《和子由澠池懷舊》典，見楊紹和《感懷四首》（其四）注釋。

歌咏梁山記得不，望雲今夕倍生愁。
可憐八百孤寒[1]者，失却當年白傅裘[2]。

注釋：

［1］"八百孤寒"，用李德裕典。王定保《唐摭言》："李太尉德裕頗爲寒畯開路，及謫官南去，或有詩曰：'八百孤寒齊下泪，一時南望李崖州。'"

［2］"白傅裘"，典出白居易《新製布裘》："桂布白似雪，吳綿軟於雲。布重綿且厚，爲裘有餘温。朝擁坐至暮，夜覆眠達晨。誰知嚴冬月，支體暖如春。中夕忽有念，撫裘起逡巡。丈夫貴兼濟，豈獨善一身？安得萬里裘，蓋裹周四垠。穩暖皆如我，天下無寒人。"

静掩空庭鶴在陰，書聲讀到夜深深。
倘能醖釀成霖雨，不負東皇[1]翦水[2]心。

注釋：

［1］"東皇"，即東皇太一，"太"即大，"一"即不二，"太一"即至大無比。東皇太一是楚人信仰中最尊貴的天神，即上帝。

［2］"翦水"，指雪花飛舞。語出陸暢《驚雪》："天人寧許巧，剪水作花飛。"王安石《次韵王勝之咏雪》："玲瓏翦水空中墮。"

宛如朗朗玉山行，入世還應結素盟[1]。

壺裏冰心相映好[2]，知他一樣净聰明。

注釋：

［1］"素盟"，平生的交情。趙夢麟《師子窩》（二首）其一："佳水佳山地，終當結素盟。"

［2］"壺裏冰心相映好"，典出鮑照《代白頭吟》："直如朱絲繩，清如玉壺冰。"玉壺爲玉製的壺，冰爲玉壺中的冰晶，用以比喻品格的高潔。

軟紅[1]十丈隔飛塵，獨向人間占早春。
應在瓊樓[2]最高處，可知金粟[3]是前身。

注釋：

［1］"軟紅"，指鬧市中飛揚的塵土。蘇軾《次韵蔣穎叔從駕景靈宫》："半白不羞垂領髮，軟紅猶戀屬車塵。"自注："前輩戲語，西湖風月，不如東華軟紅香土。"後人即以軟紅形容繁華熱鬧的地方。

［2］"瓊樓"，原指傳說中月宫裏的宫殿。後用於形容仙宫中的樓臺或華美的建築。蘇軾《水調歌頭》："我欲乘風歸去，又恐瓊樓玉宇，高處不勝寒。"

［3］"金粟"，即桂花。因其色黄如金，花小如粟，故有此稱。范成大《中秋後兩日自上沙回，聞千岩觀下岩桂盛開，復檥石湖，留賞一日，賦兩絶》（其一）："金粟枝頭一夜開，故應全得小詩催。"

比較陶家與党家[1]，此中茶味有爭差。
偶然畫壁尋常事[2]，誤説旗亭籠碧紗[3]。

注釋：

［1］"陶家與党家"，即指北宋陶穀、党進家。《錦綉萬花谷・前集》"雪"稱：

"陶穀妾，本党進家姬。一日雪下，穀令取雪水煎茶，問曰：'党家有此景否？'曰：'彼粗人，安識此景？但能於銷金帳下淺斟低唱，飲羊羔兒酒耳。'"後人因以"陶家"指情調高雅人家，以"党家"指稱富裕但粗俗的人家。

[２]"偶然畫壁尋常事"，用王昌齡、高適、王之渙旗亭畫壁賭唱典。薛用弱《集異記》："開元中，詩人王昌齡、高適、王之渙齊名。時風塵未偶，而游處略同。一日，天寒微雪，三詩人共詣旗亭貰酒小飲。忽有梨園伶官十數人登樓會宴，三詩人因避席隈映，擁爐火以觀焉。俄有妙妓四輩尋續而至，奢華艷曳，都冶頗極，旋則奏樂，皆當時之名部也。昌齡等私相約曰：'我輩各擅詩名，每不自定其甲乙。今者可以密觀諸伶所謳，若詩入歌詞之多者則爲優矣。俄而，一伶拊節而唱，乃曰：'寒雨連江夜入吳，平明送客楚山孤。洛陽親友如相問，一片冰心在玉壺。'昌齡則引手畫壁曰：'一絕句。'尋又一伶謳之曰：'開篋淚沾臆，見君前日書。夜臺何寂寞，猶是子雲居。'適則引手畫壁曰：'一絕句。'尋又一伶謳曰：'奉帚平明金殿開，強將團扇共徘徊。玉顏不及寒鴉色，猶帶昭陽日影來。'昌齡則又引手畫壁曰：'二絕句。'之渙自以得名已久，因謂諸人曰：'此輩皆潦倒樂官，所唱皆《巴人》《下俚》之詞耳，豈《陽春》《白雪》之曲，俗物敢近哉？'因指諸妓之中最佳者曰：'待此子所唱，如非我詩，吾即終身不敢與子爭衡矣。脫是吾詩，子等當須列拜床下，奉吾爲師。'因歡笑而俟之。須臾次至雙鬟發聲，則曰：'黃沙遠上白雲間，一片孤城萬仞山。羌笛何須怨楊柳，春風不度玉門關。'之渙即擫歙（同揶揄）二子曰：'田舍奴，我豈妄哉？'因大諧笑。諸伶不喻其故，皆起詣曰：'不知諸郎君何此歡噱？'昌齡等因話其事，諸伶競拜曰：'俗眼不識神仙，乞降清重，俯就筵席。'三子從之，飲醉竟日。"

[３]"誤說旗亭籠碧紗"，用王播題壁詩典故。王定保《唐摭言》："王播少孤貧，嘗客揚州惠昭寺木蘭院，隨僧齋餐。諸僧厭怠，播至已飯矣。後二紀，播自重位出鎮是邦，因訪舊游，向之題已皆碧紗幕其上。播繼以二絕句曰：'二十年前此院游，木蘭花發院新修。而今再到經行處，樹老無花僧白頭。''上堂已了各西東，慚愧闍黎飯後鐘。二十年來塵撲面，如今始得碧紗籠。'"

光搖銀海[1]渺茫中，悟得禪機色色空。
潔白自能留浄質，不妨飛絮[2]亂因風。

注釋：

[１]"光搖銀海"，語出蘇軾《雪後書北臺壁二首》（其二）："城頭初日始翻
鴉，陌上晴泥已没車。凍合玉樓寒起粟，光搖銀海眩生花。"詩中之"玉樓起
粟""銀海生花"爲蘇軾改造道家語而成。趙令畤《侯鯖録》一："東坡在黄州日，
作《雪詩》……人不知其使事也。後移汝海，過金陵，見王荆公，論詩及此，云：
'道家以兩肩爲玉樓，以目爲銀海，是使此否？'坡笑之。"此處指眼睛接觸到
積雪反射的陽光而昏花，後來用以借指寒冬大雪後的景色。因此語爲東坡借用
道家語，故楊紹和遂有"悟得禪機"之稱。

[２]"飛絮"，即柳絮。庾信《楊柳歌》："獨憶飛絮鵝毛下，非復青絲馬尾垂。"

冷眼[1]伊誰著意看，偏他青影自珊珊[2]。
從來未肯因人熱[3]，且與梅花伴歲寒。

注釋：

[１]"冷眼"，即冷静、客觀的眼光。徐夤《上盧三拾遺以言見黜》："冷眼
静看真好笑，傾懷與説却爲冤。"

[２]"青影自珊珊"，"青影"，即青色的光影。黄庭堅《夏日夢伯兄寄江南》：
"幾度白沙青影裹，審聽嘶馬自揩筜。""珊珊"，即高潔飄逸之態。袁枚《隨園
詩話》卷一引《和高青邱梅花》稱："珊珊仙骨誰能近，字與林家恐未真。"

[３]"未肯因人熱"，原意爲不依靠別人燒飯的餘熱燒飯，後用以喻不仰賴
別人。典出劉珍等《東觀漢記》："常獨坐止，不與人同食。比舍先炊已，呼鴻
及熱釜炊。鴻曰：'童子鴻，不因人熱者也。'滅竈更燃火。"

瑤華底事語蟬知[1]，高卧袁安[2]入夢思。

咫尺青雲[3]應有路，明朝已是快晴[4]時。

注釋：

[1]"瑤華底事語蟬知"，"瑤華"指霜雪。張九齡《立春日晨起對積雪》："忽對林亭雪，瑤華處處開。""底事"即何事。劉肅《大唐新語》："天子富有四海，立皇后有何不可，關汝諸人底事，而生異議！"

[2]"高卧袁安"，指身處困窮但仍堅守節操的行爲。范曄《後漢書·袁安傳》李賢注引《汝南先賢傳》：漢時袁安未達時，洛陽大雪，人多出乞食，安獨僵卧不起，洛陽令按行至安門，見而賢之，舉爲孝廉，除陰平長、任城令。

[3]"咫尺青雲"，青雲指高官顯位。咫尺喻離得很近，僅一步之遥，此處用以稱即將飛黄騰達。李清照《長壽樂·南昌生日》："更值棠棣連陰，虎符熊軾，夾河分守。況青雲咫尺，朝暮重入承明後。"

[4]"快晴"，爽朗的晴天。陸游《新晴出門閑步》："一夜風號作快晴，披裘扶杖出門行。青山繞舍雪封盡，丹葉滿街霜染成。"

無　題

爲續游仙夢，爭傳得寶歌[1]。

迢迢盈一水，脉脉托微波[2]。

楊柳聞新曲[3]，胭脂認舊坡[4]。

重陽高會好，肯負菊花多。

注釋：

[1]"得寶歌"，典出鄭棨《開天傳信記》："上於弘農古函谷關得寶符，白

石篆文，正成‘乘’字。識者解之曰：‘乘者四十八，所以示聖人御歷之數也。’及帝幸蜀之來歲，正四十八年。得寶之時，天下歌之曰：‘得寶耶？弘農耶？弘農耶？得寶耶？’”再按劉昫等《舊唐書·韋堅傳》：“至開元二十九年，田同秀上言：‘見玄元皇帝，云有寶符在陝州桃林縣古關令尹喜宅。’發中使求而得之，以爲殊祥，改桃林爲靈寶縣。及此潭成，陝縣尉崔成甫以堅爲陝郡太守，鑿成新潭，又致揚州銅器，翻出此詞，廣集兩縣官，使婦人唱之，言：“得寶弘農野，弘農得寶耶。潭裏船車鬧，揚州銅器多。三郎當殿坐，看唱《得寶歌》。”

　　［2］“迢迢盈一水，脉脉托微波”，此句化用《古詩十九首·迢迢牽牛星》：“迢迢牽牛星，皎皎河漢女。纖纖擢素手，札札弄機杼。終日不成章，泣涕零如雨。河漢清且淺，相去復幾許！盈盈一水間，脉脉不得語。”

　　［3］折楊柳，爲古橫吹曲名，初多叙出征兵陣之事，辭多哀苦，後更突出親朋好友別離寄思之意。蕭繹《折楊柳》：“巫山巫峽長，垂柳復垂楊。同心且同折，故人懷故鄉。山似蓮花艷，流如明月光。寒夜猿聲徹，游子泪沾裳。”

　　［4］燕脂坡，地名，李濂《汴京遺迹志》：“胭脂坡在開封府城西北，朝暮斜暉照之如胭脂，俗呼爲紅沙岡。”宋蘇軾《百步洪》：“不學長安閭裏俠，貂裘夜走胭脂坡。”

　　　　對影搖珠珥[1]，分行近翠翹[2]。
　　　　爭纏頭上錦[3]，持贈手中綃。
　　　　艷粉梨花傅，名香柏子燒[4]。
　　　　一般珍重意，慚愧報瓊瑶[5]。

注釋：

　　［1］“珠珥”，綴珠的耳飾。劉向《説苑·貴德》：“鄭子產死，鄭人丈夫舍玦佩，婦人舍珠珥，夫婦巷哭，三月不聞竽琴之聲。”

　　［2］“翠翹”，翠鳥尾上的長羽。《楚辭·招魂》：“砥室翠翹，挂曲瓊些。”

王逸注："翠，鳥名也；翹，羽也。"

　[3]"爭纏頭上錦"，古時舞者用彩錦纏頭，當賓客宴集，賞舞完畢，常贈羅錦給舞者爲彩，稱爲"纏頭"。後把送給歌伎或妓女之財物稱爲"纏頭"。白居易《琵琶行》："五陵年少爭纏頭，一曲紅綃不知數。"

　[4]"名香柏子燒"，即指柏子香，把柏樹籽進行簡單加工，做成香或香丸，在香爐內熏烤，能起清安心神的作用。

　[5]"慚愧報瓊瑶"，典出《詩經·衛風·木瓜》："投我以木桃，報之以瓊瑶。匪報也，永以爲好也！"

　　密意憐辛苦，狂懷誤子虛。
　　已成長勺鼓[1]，莫望短轅車[2]。
　　絮恨沾泥後，花愁墜溷餘。
　　玉琴彈不得，惆悵馬相如[3]。

注釋：

　[1]"已成長勺鼓"，"長勺鼓"典出《左傳·莊公十年》："公與之乘，戰於長勺。公將鼓之。劌曰：'未可。'齊人三鼓。劌曰：'可矣。'齊師敗績，公將馳之。劌曰：'未可。'下視其轍，登軾而望之，曰：'可矣。'遂逐齊師。"

　[2]"莫望短轅車"，"短轅車"用王導典。李昉《太平廣記》引虞通之《妒記》："王導妻曹氏，甚妒忌，制丞相不得有侍御。乃至左右小人有妍少者，必加誚責。乃密營別館，衆妾羅列，有數男。曹氏知，大驚恚，乃將黃門及婢二十人，人持食刀，欲出討尋。王公遽命駕，患遲，乃親以塵尾柄助御者打牛，狼狽奔馳，乃得先至。司徒蔡謨聞乃詣王，謂曰：'朝廷欲加公九錫，知否？'王自敘謀（《世說新語·輕詆》作"謙"）志。蔡曰：'不聞餘物，惟聞短轅犢車、長柄塵尾耳。'導大憨。"

　[3]"玉琴彈不得，惆悵馬相如"，用司馬相如典。司馬遷《史記·司馬相

如列傳》："相如不得已，强往，一坐盡傾。酒酣，臨邛令前奏琴曰：'竊聞長卿好之，願以自娛。'相如辭謝，爲鼓一再行。是時，卓王孫有女文君，新寡，好音，故相如繆與令相重，而以琴心挑之。相如之臨邛，從車騎，雍容閒雅甚都。及飲卓氏，弄琴，文君竊從户窺之，心悦而好之，恐不得當也。既罷，相如乃使人重賜文君侍者，通殷勤，文君夜亡奔相如，相如乃與馳歸成都。"

綺筵來御史[1]，雲鬟見司空[2]。
酒本爲歡伯[3]，詩偏唱惱公[4]。
離鸞[5]歌草草，栖鳳語悤悤。
笛裏休三叠，陽關曲未終[6]。

注釋：

[1]"綺筵來御史"，用杜牧典。孟棨《本事詩·高逸第三》："杜爲御史，分務洛陽。時李司徒罷鎮閑居，聲伎豪華爲當時第一，洛中名士咸謁見之。李乃大開筵席，當時朝客高流無不臻赴。以杜持憲，不敢邀置。杜遣座客達意，願與斯會。李不得已馳書。方對花獨酌，亦已酣暢，聞命遽來。時會中已飲酒，女奴百餘人皆絕藝殊色。杜獨坐南行，睖目注視，引滿三巵，問李云：'聞有紫雲者，孰是？'李指示之。杜凝睇良久，曰：'名不虚得，宜以見惠。'李俯而笑，諸妓亦皆回首破顔。杜又自飲三爵，朗吟而起曰：'華堂今日綺筵開，誰唤分香御史來。忽發狂言驚滿座，兩行紅粉一時回。'意氣閑逸，傍若無人。"

[2]"雲鬟見司空"，用劉禹錫典。李昉《太平廣記》卷二百七十三"劉禹錫"條："劉禹錫赴任姑蘇，道過揚州，州帥杜鴻漸飲之酒，大醉，而歸驛稍醒，見二女子在旁，驚非己有也。乃曰：'郎中席上與司空詩，特令二樂妓侍寢。'且醉中之作都不記憶。明旦，修啓致謝，杜亦優容之。夫禹錫以郎吏州牧，而輕忤三司，豈不過哉？詩曰：'高髻雲鬟宫樣妝，春風一曲杜韋娘。司空見慣尋常事，斷盡蘇州刺史腸。'"《太平廣記》卷一七七"李紳"條："劉尚書禹錫罷和州，

爲主客郎中。集賢學士李紳罷鎮在京，慕劉名，嘗邀至第中，厚設飲饌。酒酣，命妙妓歌以送之。劉於座上賦詩曰：‘鬌鬢梳頭宮樣妝，春風一曲杜韋娘。司空見慣渾閑事，斷盡江南刺史腸。’李因以妓贈之。”記述稍有異，均爲楊紹和此句所本。

[3]“歡伯”，酒的別稱，以其能銷解煩惱，使人歡樂，故名。焦延壽《易林》稱：“酒爲歡伯，除憂來樂。”陸龜蒙《對酒》：“後代稱歡伯，前賢號聖人。”

[4]“詩偏唱惱公”，李賀曾作長詩《惱公》，惱公即惱人，此詩細緻描寫了一位歌女的音容笑貌，穿著打扮及參加歌舞宴席等的生活場景，其中有“宋玉愁空斷，嬌嬈粉自紅。歌聲春草露，門掩杏花叢。注口櫻桃小，添眉桂葉濃”等句，葉蔥奇認爲此詩爲李賀對自己與一位歌女柔情蜜意交往過程的描述。

[5]“離鸞”，比喻與配偶分開的人。李商隱《當句有對》：“但覺游蜂饒舞蝶，豈知孤鳳憶離鸞。”

[6]“笛裏休三疊，陽關曲未終”，化用“陽關三疊”典，陽關置於西漢，故址在玉門關之南，故名陽關，與玉門關均爲當時對西域的交通門戶。陽關三疊爲根據王維《送元二使安西》譜寫的一首琴歌。全曲分三大段，基本上用一個曲調作變化反復，迭唱三次，故稱“三迭”。

鮫濕盈盈帕[1]，蛾顰[2]淡淡妝。

座中看慘綠[3]，帳裏怨流黃[4]。

背合寒宜主[5]，腰真瘦沈郎[6]。

折梅空問訊[7]，此別已茫茫。

注釋：

[1]“鮫濕盈盈帕”，用鮫綃典故。陸游《釵頭鳳》：“泪痕紅浥鮫綃透。”

[2]“蛾顰”，即皺眉。柳永《少年游》：“當初爲倚深深寵，無個事、愛嬌嗔。想得別來，舊家模樣，祇是翠蛾顰。”

[３]“慘緑”，即黲緑，深緑色，原指服色深緑的少年，後指風度翩翩的青年男子，語出張固《幽閑鼓吹》：“子孟陽（指潘孟陽）初爲户部侍郎，夫人憂惕，謂曰：‘以爾人材而在丞郎之位，吾懼禍之必至也。’户部解諭再三，乃曰：‘試會爾同列，吾觀之。’因遍招深熟者。客至，夫人垂簾視之。既罷會，喜曰：‘皆爾之儔也，不足憂矣！末後慘緑少年何人也？’答曰：‘補闕杜黄裳。’夫人曰：‘此人自别是有名卿相。’”

[４]“流黄”，以蠶絲織成的淡黄色的絹，常用以製禮服、冠、帽。范曄《後漢書·禮儀志》下：“近臣及二千石以下，皆服留黄冠。”郭茂倩《樂府詩集·相和歌辭九·相逢行》：“大婦織綺羅，中婦織流黄。”沈佺期《獨不見》：“盧家少婦郁金堂，海燕雙栖玳瑁梁。九月塞砧催木葉，十年征戍憶遼陽。白狼河北音書斷，丹鳳城南秋夜長。誰謂含愁獨不見，更教明月照流黄。”

[５]“背合寒宜主”，用趙飛燕典，趙飛燕又名趙宜主。班固《漢書·外戚列傳下》：“孝成趙皇后，本長安宫人。初生時，父母不舉，三日不死，迺收養之。及壯，屬陽阿主家，學歌舞，號曰飛燕。”伶玄《飛燕外傳》：“飛燕貧，與合德共被。夜雪，期射鳥者於舍旁。飛燕露立，閉息順氣，體温舒，亡疹粟。射鳥者異之，以爲神仙。”

[６]“腰真瘦沈郎”，用沈約典。李延壽《南史·沈約傳》：“約久處端揆，有志台司，論者咸謂爲宜，而帝終不用，乃求外出，又不見許。與徐勉素善，遂以書陳情於勉”，言已老病，“百日數旬，革帶常應移孔。以手握臂，率計月小半分”。後因以“沈腰”爲腰圍减損的代稱。李煜《破陣子》：“一旦歸爲臣虜，沈腰潘鬢消磨。”柳永《蝶戀花》：“衣帶漸寬終不悔，爲伊消得人憔悴。”

[７]“折梅空問訊”，借用“折梅”之俗。南朝民歌《西洲曲》：“憶梅下西洲，折梅寄江北。單衫杏子紅，雙鬢鴉雛色。”古人亦常折梅送别，以表達依戀之意。嚴羽《江上送客》：“留君夜飲北風寒，且折梅花耐醉歡。明日桐廬潮去遠，孤帆天際若爲看。”

江令魂銷日[1]，莊生夢醒時[2]。
青衫四弦泪[3]，紅豆一鐙思[4]。
侍女雲和奏，仙人月夜吹。
桃源前度事，重問轉迷離[5]。

注釋：

[1]"江令魂銷日"，南朝梁江淹曾爲建安吳興令和建元東武令，後世稱爲"江令"。"銷魂日"出江淹《別賦》："黯然銷魂者，唯別而已矣。"

[2]"莊生夢醒時"，用莊周夢蝶典。《莊子·齊物論》："昔者莊周夢爲胡蝶，栩栩然胡蝶也，自喻適志與，不知周也。俄然覺，則蘧蘧然周也。不知周之夢爲胡蝶與，胡蝶之夢爲周與？周與胡蝶，則必有分矣。此之謂物化。"

[3]"青衫四弦泪"，"四弦"指琵琶。琵琶爲木製，音箱呈半梨形，上裝四弦，故稱爲"四弦"。白居易《琵琶行》："曲終收撥當心劃，四弦一聲如裂帛……莫辭更坐彈一曲，爲君翻作《琵琶行》。感我此言良久立，却坐促弦弦轉急。凄凄不似向前聲，滿座重聞皆掩泣。座中泣下誰最多？江州司馬青衫濕。"

[4]"紅豆一鐙思"，語出王維《相思》："紅豆生南國，春來發幾枝。願君多采擷，此物最相思。"

[5]"桃源前度事，重問轉迷離"，語出陶淵明《桃花源記》："晉太元中，武陵人捕魚爲業。緣溪行，忘路之遠近。忽逢桃花林，夾岸數百步，中無雜樹，芳草鮮美，落英繽紛……既出，得其船，便扶向路，處處志之。及郡下，詣太守，説如此。太守即遣人隨其往，尋向所志，遂迷，不復得路。"

城南春眺

小橋曲檻跨瓏玲，閑步城南屢偶停。

倒影樓臺涵雉堞，夕陽雲樹罬漁汀[1]。

蘆針繡水千絲碧，柳綫穿風萬縷青。

斗酒雙柑詩鼓吹，春鶯擬向上林聽[2]。

注釋：

[1]"罬漁汀"，罬，捕鳥或捕魚的網。漁汀，捕魚的地方。汀，沙洲。

[2]"斗酒雙柑詩鼓吹，春鶯擬向上林聽"，此兩句用戴顒典。馮贄《雲仙散録·俗耳針砭詩腸鼓吹》引《高隱外書》："戴顒春携雙柑斗酒，人問何之。曰：'往聽黃鸝聲。此俗耳砭針、詩腸鼓吹，汝知之乎？'"

咏史四首

諸葛武侯[1]

火井重炎[2]不世勲，南陽未許老耕耘[3]。

茅廬嘯傲吟梁父[4]，草澤英雄遇使君。

兩表功名煩六出[5]，一公安樂失三分[6]。

蒼茫秋色空山裏，萬古風雲護定軍[7]。

注釋：

[1]"諸葛武侯"，即諸葛亮。諸葛亮（181—234），字孔明，號卧龍，徐州琅琊陽都人。早年隨叔父諸葛玄到荆州，遂隱居襄陽隆中。後輔佐劉備，聯孫抗曹，於赤壁之戰大敗曹軍，形成三國鼎足之勢。建安十六年（211）攻取益州。繼又擊敗曹軍，奪得漢中。蜀章武元年（221），劉備在成都建立蜀漢政權，諸葛亮被任命爲丞相，主持朝政。蜀後主劉禪繼位，諸葛亮被封爲武鄉侯，領益州牧。前後六次北伐中原，終因積勞成疾，於蜀建興十二年（234）病逝於五丈原，劉禪追封其爲忠武侯。

　　〔2〕"火井重炎"，典出劉敬叔《異苑》："蜀郡臨邛縣有火井，漢室之隆，則炎赫彌熾。暨桓、靈之際，火勢漸微，諸葛亮一瞰而更盛。至景曜元年，人以燭投即滅。其年蜀并於魏。"此稱諸葛亮有使漢室重興之功。閻苑《述賢亭賦》："黃星既殞，火井重炎。孔明志在電掃荆、揚，席捲許、洛。布四頭八尾於平沙之上，乃昔人臨流感嘆之所。"

　　〔3〕"南陽未許老耕耘"，用諸葛亮出仕前在南陽躬耕之典。諸葛亮《前出師表》："臣本布衣，躬耕於南陽，苟全性命於亂世，不求聞達於諸侯，先帝不以臣卑鄙，三顧臣於草廬之中。"諸葛亮《黃陵廟記》："僕躬耕南陽之畝，遂蒙劉氏顧草廬。"李賢、彭時等《大明一統志》卷三十《南陽府》"山川"條："卧龍崗在府西七里。起自嵩山之南，綿亘數百里，至此截然而往，回旋如巢，然草廬在其中。世人喻孔明爲卧龍，因號其崗云。其下平如掌，即孔明躬耕處。"

　　〔4〕"吟梁父"，陳壽《三國志·蜀志·諸葛亮傳》："亮躬耕隴畝，好爲《梁父吟》。"按《梁父吟》即《梁甫吟》："步出齊城門，遥望蕩陰里。里中有三墳，纍纍正相似。問是誰家墓？田疆古冶氏。力能排南山，又能絕地紀。一朝被讒言，二桃殺三士。誰能爲此謀，相國齊晏子。"

　　〔5〕"兩表功名煩六出"，"兩表"爲前後《出師表》。《出師表》載陳壽《三國志·諸葛亮傳》，爲諸葛亮於蜀漢建興五年（227）決定北上伐魏之前所上表文。《後出師表》載於張儼《默記》，立論於漢賊不兩立和敵強我弱的嚴峻現實，向蜀漢後主劉禪闡明北伐不僅是爲實現先帝的遺願，也是關係到蜀漢的生死存亡的大事，以堅定劉禪北伐的態度。

　　〔6〕"一公安樂失三分"，"一公安樂"即指劉禪。劉禪後期寵信黃皓，致使蜀漢逐漸走向衰弱。景耀六年（263），蜀漢滅亡，劉禪被遷往洛陽居住，受封爲安樂公，故有此稱。陳壽《三國志·蜀書·後主傳》："司馬文王與禪宴，爲之作故蜀技，旁人皆爲之感愴，而禪喜笑自若。王謂賈充曰：'人之無情，乃可至於是乎！雖使諸葛亮在，不能輔之久全，而况姜維邪？'充曰：'不如是，殿下何由并之。'他日，王問禪曰：'頗思蜀否？'禪曰：'此間樂，不思蜀。'郤正

聞之，求見禪曰：‘若王後問，宜泣而答曰，先人墳墓遠在隴、蜀，乃心西悲，無日不思。因閉其目。’會王復問，對如前。王曰：‘何乃似郤正語邪？’禪驚視曰：‘誠如尊命。’左右皆笑。”

[7]“萬古風雲護定軍”，“定軍”即定軍山，三國時，蜀將黃忠斬夏侯淵、趙顒處。諸葛亮病逝於五丈原後，亦葬於定軍山。陳壽《三國志·蜀書·諸葛亮傳》：“亮遺命葬漢中定軍山，因山爲墳，冢足容棺，斂以時服，不須器物。”

李鄴侯[1]

枕膝聊眠帝座傍[2]，客星也欲效嚴光[3]。
江山有幸存靈武[4]，李郭無謀取范陽。
青史十年賢相業[5]，白衣半世道人裝[6]。
要知國本維持重，一樣安劉仗子房[7]。

注釋：

[1]“李鄴侯”，即李泌。李泌（722—789），字長源，京兆人。李泌自幼聰穎，深得唐玄宗賞識，令其待詔翰林，爲東宮屬官，後歸隱。安史之亂時，唐肅宗即位靈武，召李泌參謀軍事。因被權宦李輔國誣陷而隱居衡岳。唐代宗即位後，召爲翰林學士。屢遭宰相元載、常袞排斥，出外任職。唐德宗時入朝拜相，官至中書侍郎、同平章事，封鄴縣侯，世稱“李鄴侯”。

[2]“枕膝聊眠帝座傍”，李繁《鄴侯外傳》：“（李泌）曰：‘若臣之所願，則特與他人異。’肅宗曰：‘何也？’泌曰：‘臣絕粒無家，祿位與茅土皆非所欲。爲陛下幃幄運籌，收京師後，但枕天子膝睡一覺，使有司奏客星犯帝座，一動天文足矣。”

[3]“客星也欲效嚴光”，范曄《後漢書·逸民列傳》：“（劉秀）復引光入，論道舊故，相對累日。帝從容問光曰：‘朕何如昔時？’對曰：‘陛下差增於往。’因共偃臥，光以足加帝腹上。明日，太史奏客星犯御坐甚急。帝笑曰：‘朕故人

嚴子陵共卧耳。'"

［4］"江山有幸存靈武"，宋祁、歐陽修等《新唐書・李泌傳》："肅宗即位靈武，物色求訪，會泌亦自至。已謁見，陳天下所以成敗事，帝悦，欲授以官，固辭，願以客從。"

［5］"青史十年賢相業"，李昉《太平廣記》卷三八《李泌》："嘗讀書衡岳寺，異其所爲，曰：'非凡人也。'聽其中宵梵唱，響徹山林。泌頗知音，能辨休戚，謂懶殘經音先凄愴而後喜悦，必謫墮之人，時至將去矣。候中夜潛往謁之，懶殘命坐，撥火出芋以餡之，謂泌曰：'慎勿多言，領取十年宰相。'泌拜而退。"

［6］"白衣半世道人裝"，宋祁、歐陽修等《新唐書・李泌傳》："入議國事，出陪輿輦，衆指曰：'著黄者聖人，著白者山人。'帝聞，因賜金紫，拜元帥廣平王行軍司馬。"

［7］"子房"，即張良。張良（約前250—前186），字子房，穎川城父人，劉邦的主要謀士之一，秦漢之際杰出政治家、謀略家，漢初三杰之一。張良出身於韓國貴族之家，祖、父五任韓相。秦始皇二十九年（前218），張良指揮大力士於博浪沙擊殺秦始皇失敗，隱居下邳，從圯上老人學習《太公兵法》。後助劉邦取南陽，破嶢關，入咸陽。漢二年（前205），聯合英布、彭越，重用韓信，終於擊敗項羽。漢朝建立後，被封爲留侯。

岳武穆[1]

亭前黑獄起風波[2]，説到黄龍恨事多[3]。
北塞無心迎玉輦[4]，南朝有泪哭金陀[5]。
不容趙鼎餘生在[6]，可奈秦城王氣[7]何。
從此中原繁一夢，箕山醉倚斷腸歌[8]。

注釋：

［1］"岳武穆"，即岳飛（1103—1142），字鵬舉，相州湯陰縣人，南宋中

興四將之首。靖康元年（1126）應招在相州參加趙構爲大元帥的部隊。紹興三年（1133），被任命爲沿江制置使。四年（1134）春收復襄陽六郡，六年（1136）率師北伐，順利攻下伊、洛、商、虢等州。十年（1140），完顏兀术毀盟攻宋，岳飛揮師北伐，先後收復鄭州、洛陽等地，又於郾城、潁昌大敗金軍，進軍朱仙鎮。後受誣入獄，十二年（1142）遇害。宋孝宗時岳飛冤獄被平反，改葬於西湖畔栖霞嶺。追謚武穆，後又追謚忠武，封鄂王。

[2]"亭前黑獄起風波"，脱脱等《宋史·岳飛傳》："兀术遺檜書曰：'汝朝夕以和請，而岳飛方爲河北圖。必殺飛，始可和。'檜亦以飛不死，終梗和議，己必及禍，故力謀殺之。以諫議大夫万俟卨與飛有怨，風卨劾飛。又風中丞何鑄、侍御史羅汝楫交章彈論……簿録飛家，取當時御札藏之以滅迹。又逼孫革等證飛受詔逗遛，命評事元龜年取行軍時日雜定之，傅會其獄。歲暮，獄不成，檜手書小紙付獄，即報飛死，時年三十九。"

[3]"説到黃龍恨事多"，脱脱等《宋史·岳飛傳》："金將軍韓常欲以五萬衆内附。飛大喜，語其下曰：'直抵黃龍府，與諸君痛飲爾！'"

[4]"北塞無心迎玉輦"，脱脱等《宋史·岳飛傳》："蓋飛與檜勢不兩立，使飛得志，則金讎可復，宋耻可雪。檜得志，則飛有死而已。昔劉宋殺檀道濟，道濟下獄，瞋目曰：'自壞汝萬里長城！'高宗忍自弃其中原，故忍殺飛。嗚呼冤哉，嗚呼冤哉！"

[5]"有泪哭金陀"，《金陀》即《金陀粹編》的省稱，岳飛孫岳珂撰。珂在嘉興金陀坊有別業，因用爲書名。秦檜當國時，國史中有關岳飛功績的記載多被删削，珂撰《金陀粹編》，搜輯岳飛的傳記資料，并爲飛辯誣。後因以"金陀"爲辯誣的典故。陶孚尹《懷友》："又見靈光劫後存，《金陀》遺事共誰論。"

[6]"不容趙鼎餘生在"，脱脱等《宋史·趙鼎傳》："鼎嘗辟和議，與檜意不合，及鼎以爭璩封國事拂上意，檜乘間擠鼎，又薦蕭振爲侍御史。振本鼎所引，及入臺，劾參知政事劉大中罷之。鼎曰：'振意不在大中也。'振亦謂人曰：'趙丞相不待論，當自爲去就。'會殿中侍御史張戒論給事中勾濤，濤言：'戒之

擊臣，乃趙鼎意。'因詆鼎結臺諫及諸將。上聞益疑，鼎引疾求免，言：'大中
持正論，爲章惇、蔡京之黨所嫉。臣議論出處與大中同，大中去，臣何可留？'
乃以忠武節度使出知紹興府，尋加檢校少傅，改奉國軍節度使。檜率執政往餞
其行，鼎不爲禮，一揖而去，檜益憾之。"後趙鼎被遷至吉陽居住，"在吉陽三年，
潛居深處，門人故吏皆不敢通問，惟廣西帥張宗元時饋醪米。檜知之，令本軍
月具存亡申。鼎遺人語其子汾曰：'檜必欲殺我。我死，汝曹無患；不爾，禍及
一家矣。'先得疾，自書墓中石，記鄉里及除拜歲月。至是，書銘旌云：'身騎
箕尾歸天上，氣作山河壯本朝。'遺言屬其子乞歸葬，遂不食而死，時紹興十七
年也，天下聞而悲之。明年，得旨歸葬。"

〔7〕"秦城王氣"，指秦檜的勢焰。脱脱等《宋史·秦檜傳》："静江有驛名
秦城，知府吕願中率賓僚共賦《秦城王氣》詩以媚檜……願中由此得召。"

〔8〕"箕山醉倚斷腸歌"，用許由典。許由隱於箕山讀書。帝堯使人召之，
欲以天下禪位於由。由曰："不願聞喧煩之事。"遂臨河洗耳。

王文成[1]

何須奇夢問雲中，出塞關山放眼空。
自有文臣通武略，不勞天子作元戎[2]。
龍場風雨[3]年華易，猺洞勛名劍佩雄[4]。
畢竟良知承陸氏[5]，轉因講學惜明公。

注釋：

〔1〕"王文成"，即王守仁。王守仁（1472—1529），字伯安，號陽明，浙
江紹興府餘姚縣人。弘治十二年（1499）進士，歷任刑部主事、貴州龍場驛丞、
廬陵知縣、右僉都御史、南贛巡撫、兩廣總督等職，晚年官至南京兵部尚書、
都察院左都御史。因平定宸濠之亂而被封爲新建伯，隆慶年間追贈新建侯，卒
謚文成。王守仁爲陸王心學之集大成者，世稱姚江學派。

[2]"自有文臣通武略，不勞天子作元戎"，用王守仁平定朱宸濠叛亂之典。張廷玉等《明史·王守仁傳》："（正德）十四年六月，命勘福建叛軍。行至豐城而寧王宸濠反，知縣顧佖以告。守仁急趨吉安，與伍文定徵調兵食，治器械舟楫，傳檄暴宸濠罪，俾守令各率吏士勤王……己酉次豐城，以文定爲前鋒，先遣奉新知縣劉守緒襲其伏兵。庚戌夜半，文定兵抵廣潤門，守兵駭散……明日，宸濠方晨朝其群臣，官軍奄至。以小舟載薪，乘風縱火，焚其副舟，妃婁氏以下皆投水死。宸濠舟膠淺，倉卒易舟遁，王冕所部兵追執之。士實、養正及降賊按察使楊璋等皆就擒。南康、九江亦下。凡三十五日而賊平。京師聞變，諸大臣震懼。王瓊大言曰：'王伯安居南昌上游，必擒賊。'至是，果奏捷。帝時已親征，自稱威武大將軍，率京邊驍卒數萬南下。"

[3]"龍場風雨"，張廷玉等《明史·王守仁傳》："正德元年冬，劉瑾逮南京給事中御史戴銑等二十餘人。守仁抗章救，瑾怒，廷杖四十，謫貴州龍場驛丞。龍場萬山叢薄，苗、獠雜居。守仁因俗化導，夷人喜，相率伐木爲屋，以栖守仁。"

[4]"猺洞勛名劍佩雄"，張廷玉等《明史·王守仁傳》："嘉靖六年，思恩、田州土酋盧蘇、王受反。總督姚鏌不能定，乃詔守仁以原官兼左都御史，總督兩廣兼巡撫……十二月，守仁抵潯州，會巡按御史石金定計招撫。悉散遣諸軍，留永順、保靖土兵數千，解甲休息。蘇、受初求撫不得，聞守仁至益懼，至是則大喜。守仁赴南寧，二人遣使乞降，守仁令詣軍門。二人竊議曰：'王公素多詐，恐紿我。'陳兵入見。守仁數二人罪，杖而釋之。親入營，撫其衆七萬。奏聞於朝，陳用兵十害，招撫十善。因請復設流官，量割田州地，別立一州，以岑猛次子邦相爲吏目，署州事，俟有功擢知州。而於田州置十九巡檢司，以蘇、受等任之，并受約束於流官知府。帝皆從之。斷藤峽瑤賊，上連八寨，下通仙臺、花相諸洞蠻，盤亘三百餘里，郡邑罹害者數十年。守仁欲討之，故留南寧。罷湖廣兵，示不再用。伺賊不備，進破牛腸、六寺等十餘寨，峽賊悉平。遂循橫石江而下，攻克仙臺、花相、白竹、古陶、羅鳳諸賊。令布政使林富率蘇、受

兵直抵八寨，破石門，副將沈希儀邀斬軼賊，盡平八寨。"

[5]"畢竟良知承陸氏"，張廷玉等《明史·王守仁傳》："守仁天姿異敏。年十七謁上饒婁諒，與論朱子格物大指。還家，日端坐，講讀《五經》，不苟言笑。游九華歸，築室陽明洞中。泛濫二氏學，數年無所得。謫龍場，窮荒無書，日繹舊聞。忽悟格物致知，當自求諸心，不當求諸事物，喟然曰：'道在是矣。'遂篤信不疑。其爲教，專以致良知爲主。謂宋周、程二子後，惟象山陸氏簡易直捷，有以接孟氏之傳。而朱子《集注》《或問》之類，乃中年未定之説。學者翕然從之，世遂有'陽明學'云。"

夜雨獨坐東石瑚[1]予將有濟南之行

雨聲吹送徑三三[2]，茶熟香温酒半酣。
孤負杏花好時節，一般惆悵憶江南[3]。

注釋：

[1]"石瑚"，即李慶翔，李慶翔（1827—1894），字石瑚，生平詳前《端勤公家傳》注。

[2]"徑三三"：李漁《笠翁對韵》："秋七七，徑三三，海色對山嵐。"陶淵明《歸去來兮辭》："三徑就荒，松菊猶存。"

[3]"憶江南"，本爲隋唐時詞牌名，原名《望江南》《夢江南》《江南好》《春去也》，《金奩集》入"南吕宫"。白居易作《憶江南》三首，調名遂改名爲《憶江南》。白居易《憶江南》："江南好，風景舊曾諳。日出江花紅勝火，春來江水緑如藍。能不憶江南？　江南憶，最憶是杭州。山寺月中尋桂子，郡亭枕上看潮頭。何日更重游？　江南憶，其次憶吳宫。吳酒一杯春竹葉，吳娃雙舞醉芙蓉。早晚復相逢？"

小樓靜掩讀書幢，獨夜沈沈對玉釭[1]。
幾日逢君重翦燭，夢痕相與話西窗[2]。

注釋：

［1］"玉釭"，精美的燈。劉基《水龍吟·夜聞銅瓶湯響作》："玉釭開盡丹葩，畫檐深宿蟾蜍影。"

［2］"幾日逢君重翦燭，夢痕相與話西窗"，李商隱《夜雨寄北》："君問歸期未有期，巴山夜雨漲秋池。何當共剪西窗燭，却話巴山夜雨時。"爲楊紹和此句所本。

贈陳與堂丈

敢云仙侶快同舟，杖履親陪仰太邱[1]。
一代詞壇歌白雪[2]，卅年酒國領青州[3]。
憑君猶見靈光殿[4]，笑我真成薄幸樓。
知否銷魂狂杜牧，鶯花已悔舊時游[5]。

注釋：

［1］"太邱"，即陳寔（104—187），字仲躬，潁川許縣人。曾任督郵，後爲郡西門亭長，四爲郡功曹，五辟豫州，六辟三府，再辟大將軍府。司空黃瓊辟選理劇，補聞喜長，宰聞喜半歲，遷太丘長，故後世稱爲陳太丘。與子陳紀、陳諶并著高名，時號"三君"，又與同邑鍾皓、荀淑、韓韶等以清高有德行聞名於世，合稱"潁川四長"。

［2］"歌白雪"，宋玉《對楚王問》："客有歌於郢中者，其始曰：《下里》《巴人》，國中屬而和者數千人……其爲《陽春》《白雪》，國中屬而和者不過數十人。"

［3］"卅年酒國領青州"，用青州從事典。劉義慶《世說新語·術解》："桓

公有主簿善別酒，有酒輒令先嘗，好者謂‘青州從事’，惡者謂‘平原督邮’。”

　　[4]“猶見靈光殿”，“靈光殿”爲漢景帝子魯恭王所建的宮殿，故址在今山東曲阜市東。王延壽《魯靈光殿賦》序：“魯靈光殿者，蓋景帝程姬之子恭王余之所立也……遭漢中微，盜賊奔突，自西京未央、建章之殿，皆見隳壞，而靈光巋然獨存。”後以喻碩果僅存的人或事物。趙翼《吳門喜晤王述庵司寇》：“始知天予老健身，特教巋作靈光殿。”楊紹和以此與陳與堂作比。

　　[5]“鶯花已悔舊時游”，用杜牧《遣懷》句：“落魄江湖載酒行，楚腰纖細掌中輕。十年一覺揚州夢，贏得青樓薄幸名。”

夏日遣懷

居然中夏[1]似含霜，蓮漏[2]沈沈日正長。
湘水波遮三尺影，博山篆裊一爐香。
閑招紅友[3]心都醉，倦倚青奴[4]夢也涼。
襯襪[5]不須嘲熱客，閉門且任世人忙。

注釋：

　　[1]“中夏”，即夏季之中，爲農曆五月，後亦指盛夏。皮日休《吳中苦雨因書一百韵寄魯望》：“須權元化柄，用拯中夏酷。”

　　[2]“蓮漏”即蓮花漏，爲使用溢流法製造的計時器。唐彦謙《叙別》：“譙樓夜促蓮花漏，樹陰搖月蛟螭走。”

　　[3]“紅友”，即指酒。羅大經《鶴林玉露》：“常州宜興縣黃土村，東坡南遷北歸，嘗與單秀才步田至其地。地主攜酒來餉曰：‘此紅友也。’”

　　[4]“青奴”，又名竹夫人，爲竹青篾編成，用以夏日休憩取凉的卧具。黃庭堅《趙子充示〈竹夫人詩〉，蓋凉寢竹器憩臂休膝，似非夫人之職，予爲名曰“青奴”，并以小詩取之》二首：“青奴元不解梳妝，合在禪齋夢蝶床。公自有人

同枕簟，肌膚冰雪助清涼。”“穠李四弦風拂席，昭華三弄月侵床。我無紅袖堪娛夜，政要青奴一味涼。”

〔5〕“襬襫”，衣服粗重寬大，既不合身，也不合時。程曉《嘲熱客》：“今世襬襫子，觸熱到人家。”

　　浮沈瓜李[1]宴南皮，回首游踪憶往時。
　　飲酒讀騷名士趣，江雲渭樹[2]故人思(1)。
　　竹林裙屐長康畫(2)[3]，栗里[4]桑麻靖節詩(3)。
　　最是山陽惆悵甚，不堪重向笛中吹[5]。

自注：

（1）予隨侍青門袁浦。

（2）曾繪《清宴園雅集圖》。

（3）甲寅在陶南別墅，有《山居遣懷》之作。

注釋：

〔1〕“浮沈瓜李”，即“浮瓜沈李”，指以寒泉洗瓜果解渴，後指消夏生活。曹丕《與朝歌令吳質書》：“浮甘瓜於清泉，沈朱李於寒水。”

〔2〕“江雲渭樹”，喻深厚的離情別意。杜甫《春日憶李白》：“渭北春天樹，江東日暮雲。何時一尊酒，重與細論文。”

〔3〕“長康畫”，指顧愷之畫作。顧愷之（348—409），字長康，小字虎頭，晉陵無錫人。顧愷之博學多才，擅詩賦、書法，尤善繪畫，精於人像、佛像、禽獸、山水等，以畫絕、文絕、癡絕爲時人譽爲“三絕”，與曹不興、陸探微、張僧繇合稱“六朝四大家”。

〔4〕“栗里”，地名，在今江西九江市西南，陶潛曾居於此。蕭統《陶靖節傳》：“淵明嘗往廬山，（江州刺史王）弘命淵明故人龐通之齎酒具於半道栗里之

間。”白居易《訪陶公舊宅》：“柴桑古村落，栗里舊山川。”

［5］“最是山陽惆悵甚，不堪重向笛中吹”，用向秀思念嵇康、吕安典。向秀《思舊賦序》：“余與嵇康、吕安居止接近，其人并有不羈之才。嵇意遠而疏，吕心曠而放，其後并以事見法。嵇博綜伎藝，於絲竹特妙。臨當就命，顧視日影，索琴而彈之。逝將西邁，經其舊廬。於時日薄虞淵，寒冰凄然。鄰人有吹笛者，發音寥亮。追思曩昔游宴之好，感音而嘆，故作賦云。”

蕭寂門庭事事幽，偶揮談塵與勾留。
敢思賭郡羊元保[1]，且學居鄉馬少游[2]。
明月幾曾淆素影，惠風原不憚清流[3]。
瑶琴彈罷茶烟緑[4]，疑是昆侖無熱邱[5]。

注釋：

［1］“敢思賭郡羊元保”，“羊元保”，即“羊玄保”，避康熙帝玄燁諱而改。李延壽《南史·羊元保傳》：“頃之，入爲黄門侍郎。善奕棋，品第三，文帝亦好奕，與賭郡。玄保戲勝，以補宣城太守。”

［2］“居鄉馬少游”，馬少游，馬援從弟，以追求功名利禄爲苦事，曾勸馬援當滿足於温飽。范曄《後漢書·馬援傳》：“（援）從容謂官屬曰：吾從弟少游常哀吾慷慨多大志，曰：‘士生一世，但取衣食裁足，乘下澤車，御款段馬，爲郡掾史，守墳墓，鄉里稱善人，斯可矣。致求盈餘，但自苦耳。’當吾在浪泊、西里間，虜未滅之時，下潦上霧……卧念少游平生時語，何可得也！”

［3］“惠風原不憚清流”，喻人的智慧多用無傷，語出劉義慶《世説新語·言語》：“孝武將講《孝經》，謝公兄弟與諸人私庭講習。車武子難苦問謝，謂袁羊曰：‘不問則德音有遺，多問則重勞二謝。’袁曰：‘必無此嫌。’車曰：“何以知爾？”袁曰：‘何嘗見明鏡疲於屢照，清流憚於惠風？’”

［4］“茶烟緑”，指燒茶煮水、泡茶時茶水上飄着的烟霧。陸樹聲《茶寮記》：

"園居敞小寮於嘯軒坤垣之西，中設茶竈，凡瓢汲罌注濯拂之具咸庀擇一人稍通茗事者主之，一人佐炊汲。客至，則茶烟隱隱起竹外。"鄭巢《送琇上人》："古殿焚香外，清羸坐石棱。茶烟開瓦雪，鶴迹上潭冰。"

〔5〕"無熱邱"，見前《苦熱行》注釋。

逍遥板榻[1]獨沈吟，恰好冰壺一片心[2]。
風起拂塵聊舉扇，雨餘釣水自披襟。
亭開荷芰[3]秋先覺，室有楠檀暑不侵。
羨煞祁公無俗慮，良宵靜坐息深深。

注釋：

〔1〕"板榻"，指木板所制狹長而較矮的坐卧之具。吳敬梓《夏日讀書正覺菴示兒烺》："呼兒移卧具，來就老尊宿。板榻䑰雲眠，草裳離塵服。"

〔2〕"冰壺一片心"，見前楊紹和《咏雪》注釋。

〔3〕"荷芰"，荷葉與菱葉。語本《楚辭·離騷》："制芰荷以爲衣兮，集芙蓉以爲裳。"釋皎然《送陳秀才赴舉》："休隱脱荷芰，將鳴矜羽儀。"

前詩賦就怦然有感再成六律

陰陰萬柳讀書堂，少日橫馳翰墨場。
一卷《春秋》元凱[1]癖(1)，十年醒醉次公狂[2]。
微名自分宜高閣，豪氣何甘卧下床[3]。
根觸[4]不禁前度感，百端交集對茫茫。

自注：

（1）幼時喜讀《春秋》，曾鐫"臣有左癖"小印。

注釋：

［1］"元凱"，即杜預。杜預（222—285），字元凱，京兆杜陵人。歷任曹魏尚書郎、西晉河南尹、安西軍司、秦州刺史、度支尚書、鎮南大將軍，官至司隸校尉。滅吳功成之後，耽思經籍，博學多通，多有建樹，被譽爲"杜武庫"。著有《春秋左氏經傳集解》及《春秋釋例》等。

［2］"十年醒醉次公狂"，班固《漢書·蓋寬饒傳》："蓋寬饒，字次公，魏郡人也……許伯自酌，曰：'蓋君後至。'寬饒曰：'無多酌我，我迺酒狂。'丞相魏侯笑曰：'次公醒而狂，何必酒也。'坐者皆屬目卑下之。"

［3］"豪氣何甘臥下床"，用東漢陳登典。陳登字元龍，許汜來訪，他慢待之，自上大床臥，讓客人臥下床。陳壽《三國志·魏志·陳登傳》："元龍無客主之意，久不相與語。自上大床臥，使客臥下床。"

［4］"根觸"，觸犯，觸動。宋祁、歐陽修等《新唐書·儒學傳下·褚無量傳》："廬墓左，鹿犯所植松柏，無量號訴曰：'山林不乏，忍犯吾塋樹邪？'自是群鹿馴擾，不復根觸。"

才華敢擬半千孫[1]，每誦清芬有淚痕。
人道銜環遺厚澤[2]，我思授硯[3]痛深恩。
輕裘緩帶登羊峴[4]，疏雨微雲到鹿門[5]。
杖履追隨襄水曲，當年舊夢怕重論(1)。

自注：

（1）先君迎養先大父於襄陽道署，嘗侍游峴山、鹿門諸勝迹。

注釋：

［1］"半千孫"，即員俶，員半千孫，齊州全節人。宋祁、歐陽修等《新唐書·李泌傳》："玄宗開元十六年，悉召能言佛、道、孔子者，相答難禁中。有

員俶者，九歲升坐，詞辯注射，坐人皆屈。”後進《太玄幽贊》，召試及第，直弘文館。

　　[2]“人道銜環遺厚澤”，典出吳均《續齊諧記》：“弘農楊寶性慈愛，年九歲，至華陰山，見一黃雀爲鴟梟所搏逐樹下，……寶懷之以歸，……置巾箱中，啖以黃花。逮十餘日，毛羽成，……乃去。是夕寶三更讀書，有黃衣童子曰：‘我西王母使者，……蒙君之仁愛而救，今當受賜南海。’別以四玉環與之，曰：‘令君子孫潔白，且從登三公事如此環矣。’”

　　[3]“授硯”，見前楊紹和《感懷舊游》（其四）范喬典。

　　[4]“輕裘緩帶登羊峴”，用羊祜典。房玄齡等《晋書·羊祜傳》：“在軍常輕裘緩帶，身不被甲，鈴閣之下，侍衛者不過十數人，而頗以畋漁廢政。”

　　[5]“疏雨微雲到鹿門”，用孟浩然典。孟浩然隱居鹿門，多寫山水田園及隱居逸興。其《夜歸鹿門山歌》：“山寺鐘鳴畫已昏，漁梁渡頭爭渡喧。人隨沙岸向江村，余亦乘舟歸鹿門。鹿門月照開烟樹，忽到龐公栖隱處。岩扉松徑長寂寥，惟有幽人自來去。”

　　　手澤重緡倍泫然，楹書猶記一經傳[1]。
　　　箕裘未易承門業[2]，霜露祇餘哭墓田。
　　　彈指駒光虛子舍[3]，傷心鯉學負丁年[4]。
　　　無聊我欲青天問，斯事還容慰九泉。

注釋：

　　[1]“手澤重緡倍泫然，楹書猶記一經傳”，按楊以增喜藏書，楊紹和《楹書隅錄自序》：“先端勤公平生無他嗜，一專於書。所收數十萬卷，庋海原閣藏之。屬伯言梅先生爲之記，別闢書室，曰‘宋存’，藏天水朝舊籍，而以元本、校本、鈔本附焉。”楊氏海源閣藏書之富，獨步山左。楊紹和繼爲海源閣主人，雖穎悟好學，然仍以未能承父讀書之志爲憾。如楊紹和跋《北宋本〈新序〉十卷五册

一函》："絳雲之書久付紅羊，今存者至罕。故澗蘋居士《百宋一廛賦》著録此本，以爲庚寅焚如、歷劫偏完也。邇來南天烽火垂十餘年，燎原之烈，雖祖龍一炬，莫是過焉。此本又以早歸吾齋，得離兵燹。信知世間神物固自度百千劫而不磨矣。卷首載信陽王氏所刊温公訓子語一則，與先公珍護縹緗及所以教和者，正先後同揆，孰謂古今人不相及耶？惟是手澤如新，言猶在耳。而和也不肖，楹書莫讀，老大徒傷，執卷涕零，悲烏能已。同治癸亥八月，楊紹和濡泪敬識。"

［2］"箕裘未易承門業"，"箕裘"指祖上的事業，子弟由於耳濡目染，往往能繼承父兄之業。《禮記·學記》："良冶之子，必學爲裘；良弓之子，必學爲箕。"孔穎達疏："善冶之家，其子弟見其父兄世業鈎鑄金鐵，以補治破器，皆令全好，故子弟仍能學爲袍裘，補續獸皮，片片相合，以至完全也……善爲弓之家，使幹角撓屈調和成弓，故子弟仍學取柳撓之成箕也。"此處楊紹和反用其意，言繼承家學父業之難。

［3］"子舍"，謂子女。富弼《韓國華神道碑》："教子舍悉用經術，而濟之以嚴。"

［4］"丁年"，即成年、壯年。李陵《答蘇武書》："丁年奉使，皓首而歸。"

棣華輝映樹三株[1]，手足情深篤友于[2]。
敢説龍文千里外，那堪雁序[3]一行孤。
池塘春夢空懷謝[4]，風雨秋心莫憶蘇[5]。
此後若當重九會，有人不忍插茱萸[(1)][6]。

自注:

（1）長兄弱弟後先去世。

注釋:

［1］"棣華輝映樹三株"，《詩·小雅·常棣》："常棣之華，鄂不韡韡，凡今

之人，莫如兄弟。死喪之威，兄弟孔懷。原隰裒矣，兄弟求矣。”毛《傳》：“燕兄弟也。”後因以棠棣指兄弟情誼。據“輝映樹三株”，楊紹和自述原本有兄弟三人。龍啓瑞《江南河道總督楊公神道碑》：“子紹縠，雲南大理府通判，本籍團練，加同知銜；紹和，二品廕生，咸豐壬子科舉人，內閣中書。”再據錢儀吉致楊以增函稱：“六月十日得至堂先生書，知有第三郎之戚，述懷奉慰，率成三章。”在此詩中，錢儀吉稱楊以增此子“髫齡筆五色，早擬文成章”，但“倉促以藥誤，追憶知中懣”，因得急病服藥不當去世。錢儀吉此函又稱楊以增“綢繆結遐思，使節懷秦疆”，則此子之去世，當在道光二十八年（1848）楊以增任陝西巡撫之前。

［2］“友于”，指兄弟。《尚書》卷十八《周書·君陳》：“王若曰：‘君陳，惟爾令德孝恭。惟孝友於兄弟，克施有政。”范曄《後漢書·史弼傳》：“陛下隆於友于，不忍過絕。”

［3］“雁序”：有秩序地飛行的雁群。杜甫《天池》詩：“九秋驚雁序，萬里狎漁翁。”

［4］“池塘春夢空懷謝”，“謝”即謝靈運，謝靈運（385—433），字靈運，世稱謝客。祖籍陳郡陽夏，生於會稽始寧，襲康樂公，世稱謝康樂。曾任大司馬行軍參軍、撫軍將軍記室參軍、太尉參軍等職。劉宋代晋後，降封康樂侯，歷任永嘉太守、秘書監、臨川內史，元嘉十年（433）被宋文帝劉義隆以叛逆罪名殺害。其詩與顔延之齊名，并稱“顔謝”。“池塘春夢”，化用謝靈運《登池上樓》句：“初景革緒風，新陽改故陰。池塘生春草，園柳變鳴禽。祁祁傷豳歌，萋萋感楚吟。”

［5］“風雨秋心莫憶蘇”，“蘇”即蘇軾。蘇軾（1037—1101），字子瞻，號東坡居士，眉州眉山人。嘉祐二年（1057）後在鳳翔、杭州、密州、徐州、湖州等地任職。元豐三年（1080）因“烏臺詩案”被貶爲黃州團練副使。宋哲宗即位後，曾任翰林學士、侍讀學士、禮部尚書等職，并出知杭州、潁州、揚州、定州等地，晚年因新黨執政被貶惠州、儋州。宋徽宗時獲大赦北還，途中於常

州病逝。宋高宗時追贈太師，謚文忠。蘇軾是北宋中期的文壇領袖，與黃庭堅并稱"蘇黃"，與辛弃疾并稱"蘇辛"，與歐陽修并稱"歐蘇"，爲"唐宋八大家"之一。蘇軾亦善書，爲"宋四家"之一。"風雨"，蘇軾《定風波·莫聽穿林打葉聲》："回首向來蕭瑟處，歸去，也無風雨也無晴。"

　［6］"有人不忍插茱萸"，王維《九月九日憶山東兄弟》："獨在異鄉爲異客，每逢佳節倍思親。遥知兄弟登高處，遍插茱萸少一人。"

　　　束髮[1]從師念此身，坐風久被杏壇春(1)[2]。
　　　閣中劉向談經日[3]，門外楊時請業人[4]。
　　　萬里關河勞負笈[5]，廿年衣鉢悟傳薪[6]。
　　　汝南月旦[7]吾尤愧，襟染餘香桂一輪(2)[8]。

自注：

（1）受業於劉漁村夫子，自己亥至今，備蒙誘掖。
（2）壬子科領鄉薦，座師爲許滇生尚書夫子。

注釋：

　［1］"束髮"，男孩十五歲時束髮爲髻，以示成童。《禮記·玉藻》："童子之節也，緇布衣，錦緣，錦紳并紐，錦束髮。"孔穎達疏："錦束髮者，以錦爲總而束髮也。"按前文《歲暮懷人詩·劉漁村廣文夫子》自注："和自己亥受業至今。"則楊紹和從師劉漁村，在道光十九年（1839），楊紹和時年九歲。

　［2］"坐風久被杏壇春"，"坐風"喻同品德高尚且有學識的人相處并受到薰陶，典出朱熹《伊洛淵源録》卷四："朱公掞見明道於汝州，逾月而歸。語人曰：'光庭在春風中坐了一月。'""久被杏壇春"，爲楊紹和自稱多年來備受教誨。"杏壇"本爲孔子講學之所。《莊子·漁父》："孔子游於緇帷之林，休坐乎杏壇之上。弟子讀書，孔子弦歌鼓琴。"天聖二年（1024）孔子第四十五代孫孔道輔監修

孔廟時，在原大成殿舊址“除地爲壇，環植以杏，名曰杏壇”。

　　［3］“閣中劉向談經日”，“劉向談經”，魏徵等《隋書·經籍志》：“至於孝成，秘藏之書，頗有亡散，乃使謁者陳農求遺書於天下。命光禄大夫劉向校經傳諸子詩賦，步兵校尉任宏校兵書，太史令尹咸校數術，太醫監李柱國校方技。每一書就，向輒撰爲一録，論其指歸，辨其訛謬，叙而奏之。”再按，“劉向談經”又有仙人燃青藜授劉向《五行洪範》事，見楊紹和《上元鐙詞》（其四）注。

　　［4］“門外楊時請業人”，楊時（1053—1135），字中立，號龜山，南劍將樂人。熙寧九年（1076）進士，歷官瀏陽、餘杭、蕭山知縣，荊州教授、工部侍郎，以龍圖閣直學士專事著述講學。先後學於程顥、程頤，同游酢、吕大臨、謝良佐并稱程門四大弟子。又與羅從彦、李侗并稱爲“南劍三先生”。晚年隱居龜山，學者稱龜山先生。“門外”用楊時“程門立雪”典。脱脱等《宋史·楊時傳》：“一日見頤，頤偶瞑坐，時與游酢侍立不去，頤既覺，則門外雪深一尺矣。……德望日重，四方之士不遠千里從之游，號曰龜山先生。”再按朱熹輯《二程語録·侯子雅言》：“游、楊初見伊川，伊川瞑目而坐，二人侍立。既覺，顧謂曰：‘賢輩尚在此乎？日既晚，且休矣。’及出門，門外之雪深一尺。”

　　［5］“萬里關河勞負笈”，按前文《歲暮懷人詩·劉漁村廣文夫子》楊紹和自注：“師偕先君幕游豫、秦、雍、吴四省。”據前楊紹和自稱“和自己亥受業至今”，則劉廣文入楊以增幕當在道光十九年（1839）之前楊以增任安襄鄖荊道時。是時紹和隨父在襄陽，正當髫齡向學之際。

　　［6］“廿年衣鉢悟傳薪”，“衣鉢”，衣爲袈裟，鉢爲鉢盂，原指佛教中師徒間傳授道法，後指徒弟繼承師傅的學問技能。劉昫等《舊唐書·方伎傳·神秀》：“昔後魏末，有僧達摩者，本天竺王子，以護國出家，入南海，得禪宗妙法，云自釋迦相傳，有衣鉢爲記，世相付授。”脱脱等《宋史·范質傳》：“舉進士時，和凝以翰林學士典貢部，覽質所試文字，重之，自以登第名在十三，亦以其數處之，貢闈中謂之‘傳衣鉢’。”“傳薪”，即傳火於薪，前薪盡而火又傳於後薪，

火種傳續不絕。語出《莊子·養生主》：“指窮於爲薪，火傳也，不知其盡也。”

　　［7］“汝南月旦”，見前楊以增《致許印林書之一》注釋。

　　［8］“襟染餘香桂一輪”，用“蟾宮折桂”典，喻科舉考試中式。房玄齡等《晉書·郤詵傳》：“（郤詵）累遷雍州刺史，武帝於東堂會送，問詵曰：‘卿自以爲如何？’詵對曰：‘臣舉賢良封策，爲天下第一，猶桂林之一枝，昆山之片玉。’”

　　霓裳法曲衆仙聽[1]，風引舟偏海上停。
　　卿相漫誇頭尚黑[2]，文章試問眼誰青[3]。
　　空餘三紙書驢券[4]，可有千金相馬經[5]。
　　冀北倘逢孫伯樂[6]，莫將天駟比凡星。

注釋：

　　［1］“霓裳法曲衆仙聽”，“霓裳法曲”，唐朝大曲中的法曲精品，係唐玄宗爲道教所作之曲，用於在太清宮祭獻老子時演奏，表現仙真在上界的生活情狀，有“上元點鬟招萼綠，王母揮袂別飛瓊”（白居易《霓裳羽衣歌》）等道教神話場景。

　　［2］“卿相漫誇頭尚黑”，語出杜甫《晚行口號》：“遠愧梁江總，還家尚黑頭。”《陳書·江總傳》：“侯景寇京都，詔以總權兼太常卿，守小廟。臺城陷，總避難崎嶇……天嘉四年以中書侍郎徵還朝，直侍中省……開皇十四年，卒於江都，時年七十六。”按江總三十一歲時因避侯景之亂，離開都城建康，到天嘉四年（563）被徵還朝，前後十四年，還朝時四十五歲，故頭尚黑。

　　［3］“文章試問眼誰青”，“眼誰青”用阮籍“青眼”典故，表示對人的賞識或喜愛。房玄齡等《晉書·阮籍傳》：“籍又能爲青白眼，見禮俗之士，以白眼對之。及嵇喜來吊，籍作白眼，喜不懌而退。喜弟康聞之，乃齎酒挾琴造焉，籍大悅，乃見青眼。”

　　［4］“空餘三紙書驢券”，語出顏之推《顏氏家訓·勉學》：“問一言輒酬數百，責其指歸，或無要會。鄴下諺云：‘博士買驢，書券三紙，未有驢字。’”後

用以指語言繁冗，不及要旨。宋陸游《詩書》：“文辭博士書驢券，職事參軍判馬曹。”此爲楊紹和對自己著述的自謙之詞。

［5］“相馬經”，中國最早的相馬術著作，相傳爲春秋戰國時期孫陽（伯樂）撰。伯樂（約前680—前610），原名孫陽，春秋中期郜國人，以相馬立功，得到秦穆公信賴，被封爲“伯樂將軍”。

［6］“冀北倘逢孫伯樂”，語出韓愈《送温處士赴河陽軍序》：“伯樂一過冀州之野，而馬群遂空。夫冀北馬多天下，伯樂雖善知馬，安能空其群邪？解之者曰：‘吾所謂空，非無馬也，無良馬也。伯樂知馬，遇其良，輒取之，群無留良焉。苟無良，雖謂無馬，不爲虚語矣。’”楊紹和此句表達了希望得到賞識和選拔的願望。

魯仲連臺[1]懷古

登臨聊攝東[2]，高臺巋然峙。

相傳遺燕將，射書曾約矢。

憑吊重太息，嗟哉魯連子。

秦王赫按劍[3]，狼貪與虎視[4]。

趙城圍邯鄲[5]，聲威震白起。

魏兵止蕩陰[6]，嗫嚅羞晋鄙[7]。

新衍欲帝秦，惟冀秦王喜[8]。

勝也何敢言，内外患難弭[9]。

先生乃畫策，俶儻而奇偉。

三公脯醢憂，萬乘僕妾恥[10]。

不忍爲之民，蹈海誓一死[11]。

慷慨明大義，却軍五十里[12]。

長揖辭平原，功成身隱矣[13]。

何嘗爲田單，卑卑作説士。

燕將守期年，力窮勢已靡[14]。

涕泣而自殺，實以畏讒毀[15]。

片語竟屠城[16]，怪事烏有此。

千古受其欺，龍門誠謗史[17]。

注釋:

[1]"魯仲連臺"，即魯仲連射書臺。魯仲連及射書臺，見前文楊紹和《偕同人登光岳樓觀日出》注釋。

[2]"聊攝東"，即聊城一帶。《左傳·昭公二十年》:"聊攝以東。"杜注:"聊、攝，齊西界也。"洪頤煊曰:平原聊城縣東北有攝城。

[3]"秦王赫按劍"，徐晶《阮公體》:"秦王按劍怒，發卒戍龍沙。雄圖尚未畢，海內已紛拏。黃塵暗天起，白日斂精華。唯見長城外，僵尸如亂麻。"

[4]"狼貪與虎視"，像狼一樣貪婪，像老虎一樣睜大眼睛盯著，比喻野心很大。洪昇《長生殿·陷關》:"狼貪虎視威風大，鎮漁陽兵雄將多。待長驅直把崤函破，奏凱日齊聲唱歌。"

[5]"趙城圍邯鄲"，司馬遷《史記·廉頗藺相如列傳》:"明年，秦兵遂圍邯鄲，歲餘，幾不得脫。賴楚、魏諸侯來救，乃得解邯鄲之圍。"

[6]"魏兵止蕩陰"，《戰國策·趙策》:"秦圍趙之邯鄲。魏安釐王使將軍晉鄙救趙，畏秦，止於蕩陰不進。"又司馬遷《史記·魏公子列傳》:"魏安釐王二十年，秦昭王已破趙長平軍，又進兵圍邯鄲……魏王使將軍晉鄙將十萬衆救趙。秦王使使者告魏王曰:'吾攻趙旦暮且下，而諸侯敢救者，已拔趙，必移兵先擊之。'魏王恐，使人止晉鄙，留軍壁鄴，名爲救趙，實持兩端以觀望。"

[7]"嚄唶羞晉鄙"，司馬遷《史記·廉頗藺相如列傳》:"侯生曰:'……臣客屠者朱亥可與俱，此人力士。晉鄙聽，大善;不聽，可使擊之。'於是公子泣。侯生曰:'公子畏死邪? 何泣也? '公子曰:'晉鄙嚄唶宿將，往恐不聽，必當殺之，是以泣耳，豈畏死哉? '"

[8]“新衍欲帝秦，惟冀秦王喜”，《戰國策·趙策》：“魏王使客將軍辛垣衍間入邯鄲，因平原君謂趙王曰：‘秦所以急圍趙者，前與齊閔王爭强爲帝，已而復歸帝，以齊故。今齊閔王益弱，方今唯秦雄天下，此非必貪邯鄲，其意欲求爲帝。趙誠發使尊秦昭王爲帝，秦必喜，罷兵去。’”平原君猶豫未有所決。”

[9]“勝也何敢言，内外患難弭”，《戰國策·趙策》：“此時魯仲連適游趙，會秦圍趙，聞魏將欲令趙尊秦爲帝，乃見平原君，曰：‘事將奈何矣？’平原君曰：‘勝也何敢言事！百萬之衆折於外，今又内圍邯鄲而不去。魏王使客將軍辛垣衍令趙帝秦，今其人在是。勝也何敢言事！’”

[10]“三公脯醢憂，萬乘僕妾恥”，《戰國策·趙策》：“魯仲連曰：‘固也！待吾言之：昔者鬼侯、鄂侯、文王，紂之三公也。鬼侯有子而好，故入之於紂，紂以爲惡，醢鬼侯；鄂侯爭之急，辨之疾，故脯鄂侯；文王聞之，喟然而嘆，故拘之於牖里之庫百日，而欲令之死。曷爲與人俱稱帝王，卒就脯醢之地也？……今秦萬乘之國，梁亦萬乘之國，交有稱王之名。睹其一戰而勝，欲從而帝之，是使三晋之大臣，不如鄒、魯之僕妾也。’”

[11]“不忍爲之民，蹈海誓一死”，《戰國策·趙策》“魯連曰：‘世以鮑焦無從容而死者，皆非也。今衆人不知，則爲一身。彼秦，弃禮義、上首功之國也，權使其士，虜使其民，彼則肆然而爲帝，過而遂正於天下，則連有赴東海而死耳，吾不忍爲之民也！’”

[12]“慷慨明大義，却軍五十里”，《戰國策·趙策》：“於是辛垣衍起，再拜謝曰：‘始以先生爲庸人，吾乃今日而知先生爲天下之士也！吾請去，不敢復言帝秦！’秦將聞之，爲却軍五十里。適會魏公子無忌奪晋鄙軍以救趙擊秦，秦軍引而去。”

[13]“長揖辭平原，功成身隱矣”，《戰國策·趙策》：“於是平原君欲封魯仲連。魯仲連辭讓者三，終不肯受。平原君乃置酒，酒酣，起，前，以千金爲魯連壽。魯連笑曰：‘所貴於天下之士者，爲人排患釋難、解紛亂而無所取也。即有所取者，是商賈之人也。仲連不忍爲也。’遂辭平原君而去，終身不復見。”

［14］“燕將守期年，力窮勢已靡”，司馬遷《史記·魯仲連鄒陽列傳》：“燕將攻下聊城，聊城人或讒之燕，燕將懼誅，因保守聊城，不敢歸。齊田單攻聊城歲餘，士卒多死，而聊城不下。”

［15］“涕泣而自殺，實以畏讒毁”。司馬遷《史記·魯仲連鄒陽列傳》：“魯連乃爲書，約之矢以射城中，遺燕將……燕將見魯連書，泣三日，猶豫不能自決。欲歸燕，已有隙，恐誅；欲降齊，所殺虜於齊甚衆，恐已降而後見辱。喟然嘆曰：‘與人刃我，寧自刃。’乃自殺。”

［16］“片語竟屠城”，司馬遷《史記·魯仲連鄒陽列傳》：“聊城亂，田單遂屠聊城。歸而言魯連，欲爵之。魯連逃隱於海上，曰：‘吾與富貴而詘於人，寧貧賤而輕世肆志焉。’”

［17］“龍門誠謗史”，“龍門”，代指司馬遷。司馬遷《史記·太史公自序》：“遷生龍門，耕牧河山之陽。”“謗史”即謗書，范曄《後漢書·蔡邕傳》：“（王允曰）昔武帝不殺司馬遷，使作謗書，流於後世。”後世不少學者對司馬遷“謗史”之説并不認同。錢大昕《潛研堂文集》卷三十四《與梁燿北論〈史記〉書》：“自王子師（即王允）詆子長爲謗史，宋、元、明儒者訾議尤多，僕從未敢隨聲附和。蓋讀古人書，誠愛古人而欲尋其用意之所在，不肯執單詞以周内文致也。”此處楊紹和認爲司馬遷《史記》所記魯仲連射書後，燕將遂自殺，而導致“田單遂屠聊城”是不合邏輯、難以相信的，因此稱司馬遷此記述爲“謗史”。這僅爲楊紹和對《史記》中的此段記述不認可。但對《史記》整體及司馬遷本人，楊紹和則非常崇敬。前文楊紹和《寄示雪門弟》有“摛藻爲春華，寸心知千古。賈茂更董醇，龍門群言祖”之句，即對司馬遷給予了很高的評價。

湯君調笙索閲拙詩，獎許過當，賦此奉謝，并送其赴京兆試[1]

五色何人筆夢花[2]，拂塵敢忘碧籠紗[3]。

慚無實學肱三折^[4]，浪説浮名手八叉^{(1)[5]}。
貌不如邢羞見尹^[6]，曲偏過郢肯容巴^[7]。
啞鐘^[8]幸得知音遇，忘却雷門布鼓^[9]撾。

自注：

（1）調笙以予詩近於飛卿，并有"此道三折肱"之譽。

注釋：

〔1〕"京兆試"，即順天府鄉試。京兆，漢代京畿地區，爲三輔之一，後因稱京師爲京兆。

〔2〕"五色何人筆夢花"，"五色"見前注。"筆夢花"，王仁裕《開元天寶遺事》"夢筆頭生花"條："李太白少時，夢所用之筆頭上生花。後天才贍溢，名聞天下。"

〔3〕"拂塵敢忘碧籠紗"，"碧籠紗"見前注。

〔4〕"肱三折"，語出《左傳·定公十三年》："三折肱，知爲良醫。"後喻對某事閱歷多，富有經驗，自能造詣精深。黄庭堅《寄黄幾復》："持家但有四立壁，治病不蘄三折肱。"

〔5〕"浪説浮名手八叉"，"手八叉"，用溫庭筠典。溫庭筠（約812—約866），字飛卿，太原祁人。因得罪權貴，屢試不第，後被襄陽刺史署爲巡官，授檢校員外郎，不久離開襄陽，客於江陵。唐懿宗時曾任方城尉，官終國子助教。溫庭筠工詩，與李商隱齊名，時稱"溫李"。其詞刻意求精，被尊爲"花間詞派"鼻祖，且與韋莊齊名，并稱"溫韋"。溫庭筠富有天賦，文思敏捷，每入試，押官韻，八叉手而成八韵，有"溫八叉"之稱。

〔6〕"貌不如邢羞見尹"，司馬遷《史記·外戚世家》："尹夫人與邢夫人同時并幸，有詔不得相見。尹夫人自請武帝，願望見邢夫人，帝許之。即令他夫人飾，從御者數十人，爲邢夫人來前。尹夫人前見之，曰：'此非邢夫人身也。'

帝曰："何以言之？'對曰：'視其身貌形狀，不足以當人主矣。'於是帝乃詔使邢夫人衣故衣，獨身來前。尹夫人望見之，曰：'此真是也。'於是乃低頭俛而泣，自痛其不如也。諺曰：'美女入室，惡女之仇。'"

〔7〕"曲偏過郢肯容巴"，宋玉《對楚王問》："客有歌於郢中者，其始曰《下里》《巴人》，國中屬而和者數千人。其爲《陽阿》《薤露》，國中屬而和者數百人。其爲《陽春》《白雪》，國中有屬而和者，不過數十人。引商刻羽，雜以流徵，國中屬而和者，不過數人而已。是其曲彌高，其和彌寡。"

〔8〕"啞鐘"，不敷實用的鐘。朱弁《曲洧舊聞》卷五："東坡言，唐初即用隋樂，武德九年，始詔祖孝孫、竇璡等定樂。初，隋用黃鐘一宮，惟擊七鐘，五懸而不擊，謂之啞鐘。"

〔9〕"雷門布鼓"，謂不自量，妄炫其能。班固《漢書·王尊傳》："尊曰：'毋持布鼓過雷門。'"顏師古注："雷門，會稽城門也，有大鼓。越擊此鼓，聲聞洛陽。故（王）尊引之也。布鼓，謂以布爲鼓，故無聲。"

蓮花幕府[1]小勾留，風鶴[2]應多故國愁。
人道元瑜工記室[3]，我知王粲感登樓。
千金燕市邀真賞，一曲霓裳快勝游。
桂子天臺香正滿，廣寒高步玉蟾秋。

注釋：
〔1〕"蓮花幕府"，用以稱贊幕僚、屬員之優秀。《南史·庾杲之傳》："（王儉）乃用杲之爲衛將軍長史，安陸侯蕭緬與儉書曰：'盛府元僚，實難其選。庾景行泛淥水，依芙蓉，何其麗也。'時人以入儉府爲蓮花池，故緬書美之。"

〔2〕"風鶴"，房玄齡等《晉書·謝玄傳》："決戰肥水南，堅中流矢，臨陣斬融，堅衆奔潰，自相蹈藉投水死者不可勝計，肥水爲之不流。餘衆弃甲宵遁，聞風聲鶴唳，皆以爲王師已至。草行露宿，重以飢凍，死者十七八。"

［3］"人道元瑜工記室"。"元瑜"，即阮瑀。阮瑀（約165—212），字元瑜，陳留尉氏人，後徙爲丞相倉曹掾屬，詩歌語言樸素，爲建安七子之一。阮瑀所作章表書記很出色，當時軍國書檄文字，多爲阮瑀與陳琳所擬。名作有《爲曹公作書與孫權》。陳壽《三國志·王衛二劉傅傳》："瑀少受學於蔡邕。建安中都護曹洪欲使掌書記，瑀終不爲屈。太祖并以琳、瑀爲司空軍謀祭酒，管記室。"引《典略》："太祖嘗使瑀作書與韓遂，時太祖適近出，瑀隨從，因於馬上具草，書成呈之。太祖攬筆欲有所定，而竟不能增損。"

感事示諸同人

鼠穴牛車[1]事有無，迷藏暗捉太模糊。
水邊波起風偏陡，天外雲沈月易孤。
敢道碔砆淆美玉[2]，可知薏苡累明珠[3]。
笑他眇眇[4]何爲者，一例相看碧似朱。

注釋：

［1］"鼠穴牛車"，即坐車進入老鼠洞，比喻不合情理，無法辦到的事。劉義慶《世説新語·文學》："未嘗夢乘車入鼠穴，搗韲噉鐵杵，皆無想無因故也。"

［2］"碔砆淆美玉"，指以假亂真，似是實非。碔砆爲一種像玉的石頭。司馬相如《子虛賦》："碝石碔砆。"李善注引張揖曰："碝石、碔砆，皆石之次玉者……碔砆，赤地白采，葱蘢白黑不分。"

［3］"可知薏苡累明珠"，"薏苡累明珠"，指顛倒黑白，糊弄是非。范曄《後漢書·馬援傳》："初，援在交阯，常餌薏苡實，用能輕身省欲，以勝瘴氣。南方薏苡實大，援欲以爲種，軍還，載之一車。時人以爲南土珍怪，權貴皆望之。援時方有寵，故莫以聞。及卒後，有上書譖之者，以爲前所載還皆明珠文犀。馬武與於陵侯侯昱等皆以章言其狀，帝益怒。援妻孥惶懼，不敢以喪還舊塋，

裁買城西數畞地槁葬而已，賓客故人莫敢吊會。嚴與援妻子草索相連，詣闕請罪。帝乃出松書以示之，方知所坐，上書訴冤，前後六上，辭甚哀切，然後得葬。”

[4]“眇眇”，即微末。《尚書·顧命》：“王再拜，興，答曰：‘眇眇予末小子，其能而亂四方，以敬忌天威。’”孔傳：“眇眇，微也。”

　　最難忘却去來今，懊惱歌[1]成子細吟。
　　對我不須説韓信[2]，殺人未必怨曾參[3]。
　　媒原是鳩多飛語[4]，友果求鶯載好音[5]。
　　爲向同游知己告，憑將止水鑒吾心[6]。

注釋：

[1]“懊惱歌”，爲抒寫男女愛情受到挫折而苦惱的民歌，又作“懊憹歌”“懊儂歌”。房玄齡等《晋書·五行志中》：“安帝隆安中，百姓忽作《懊憹》之歌，其曲曰：‘草生可攬結，女兒可攬擷。’尋而桓玄篡位，義旗以三月二日掃定京都，誅之。”沈約《宋書·五行志二》作“懊惱歌”。郭茂倩《樂府詩集·清商曲辭三·懊儂歌》題解引南朝陳智匠《古今樂録》：“《懊儂歌》者，晋石崇、緑珠所作，唯‘絲布澀難縫’一曲而已。後皆隆安初民間訛謠之曲。宋少帝更製新歌三十六曲。齊太祖常謂之《中朝曲》，梁天監十一年，武帝敕法雲改爲《相思曲》。”

[2]“對我不須説韓信”，用蒯通説韓信自立爲王之典。班固《漢書·韓信傳》：“漢方困於滎陽，遣張良即立信爲齊王，以安固之。項王亦遣武涉説信，欲與連和……（蒯通説韓信稱王）‘當今之時，兩主縣命足下。足下爲漢則漢勝，與楚則楚勝。臣願披心腹，墮肝膽，效愚忠，恐足下不能用也。方今爲足下計，莫若兩利而俱存之，參分天下，鼎足而立，其勢莫敢先動。夫以足下之賢聖，有甲兵之衆，據強齊，從燕、趙，出空虛之地以制其後，因民之欲，西鄉爲百姓請命，天下孰敢不聽！足下按齊國之故，有淮、泗之地，懷諸侯以德，深拱

揖讓，則天下君王相率而朝齊矣。蓋聞天與弗取，反受其咎；時至弗行，反受
其殃。願足下孰圖之。'……天下既定，後信以罪廢爲淮陰侯，謀反被誅，臨死
嘆曰：'悔不用蒯通之言，死於女子之手！'高帝曰：'是齊辯士蒯通。'乃詔齊
召蒯通。通至，上欲亨之，曰：'若教韓信反，何也？'通曰：'狗各吠非其主。
當彼時，臣獨知齊王韓信，非知陛下也。且秦失其鹿，天下共逐之，高材者先得。
天下匈匈，爭欲爲陛下所爲，顧力不能，可殫誅邪！'上乃赦之。"

[3]"殺人未必恕曾參"，用曾參殺人典，喻流言可畏。《戰國策·秦策二》：
"人告曾子母曰：'曾參殺人。'曾子之母曰：'吾子不殺人。'織自若。有頃焉，
人又曰："曾參殺人！"其母尚織自若也。頃之，一人又告之曰："曾參殺人！"
其母懼，投杼逾牆而走。夫以曾參之賢與母之信也，而三人疑之，則慈母不能
信也。"

[4]"媒原是鴆多飛語"，用鴆媒典，指善用讒言害人的人。屈原《楚辭·離
騷》："吾令鴆爲媒兮，鴆告余以不好。"王逸注："鴆羽有毒，可殺人，以喻讒佞
賊害人也。"

[5]"友果求鶯載好音"，用鶯友典，指好友。《詩·小雅·伐木》："伐木丁
丁，鳥鳴嚶嚶……嚶其鳴矣，求其友聲。"李商隱《喜聞太原同院崔侍御臺拜兼
寄在臺三二同年之什》："若向南臺見鶯友，爲傳垂翅度春風。"

[6]"憑將止水鑒吾心"，指心如止水，淡泊無求。劉禹錫《和僕射牛相公
寓言》："心如止水鑒常明，見盡人間萬物情。"

中元夕小酌蓉鏡閣偕同人看玉蘭會[1]

香閣宵開宴，芙蓉鏡裏人。
寶幢僧解夏，綉幰[2]客尋春。
燈火三更後，樓臺一水濱。
倚欄見明月，金粟[3]問前身(1)。

自注：

（1）李郢詩："江南水寺中元夜，金粟欄邊見月娥。"

注釋：

[1]"中元"，即中元節，俗稱七月半、鬼節或地官節，爲每年農曆七月十五日，與上元節、下元節合稱三元，民間有祀亡魂、放河燈、焚紙錠的習俗。"玉蘭會"指佛教盂蘭盆節，亦爲七月十五。盂蘭盆即"解倒懸"之意。印度佛教儀式中佛教徒爲了追薦祖先舉行"盂蘭盆會"，合乎中國慎終追遠的觀念，於是益加普及。

[2]"幰"，古代車上的帷幔。

[3]"金粟"，桂花的別名。因其色黄如金，花小如粟，故有此稱。范成大《中秋後兩日自上沙回，聞千岩觀下岩桂盛開，復檥石湖留賞一日賦兩絕》之一："金粟枝頭一夜開，故應全得小詩催。"

看花曲

姹紫嫣紅春色媚，嬌魂倩影春心醉。

青春最好是花時，試問花宮花放未。

綠章[1]夜奏到通明，花王殿裏乞花卿。

願將天上衆香國，移作人間佳麗城。

一夕東風散花手，百花付與春消受。

殷勤先自托蜂媒，宛轉不妨招燕友。

丁字簾櫳亞字欄，相於花下列花筵。

那聞灼灼能爭麗，要使娉娉各鬥妍。

訪遍南朝還北部，黄金選勝群芳譜。

祇憑一信遞番風，何用三撾催羯鼓[2]。

姍姍來處是耶非，頃刻華堂簇錦圍。

卅六鴛鴦相對舞，一雙蝴蝶作團飛。

瓊葩珠蕊嬌無比，雲作衣裳霞作帔。

艷曲幾人玉樹歌[3]，香名今日茗華[4]記。

含情脉脉兩心知，座上都成連理枝。

如意偏他能解語，合歡從此種相思。

五色渾迷看花目，夢中采筆青蓮續。

休論墜溷與飄茵[5]，且自量紅更較綠。

東閣觀梅詩興長[6]，芙蓉雅愛集爲裳[7]。

猗蘭[8]也有琴三叠，指下朱弦鳳引凰[9]。

韶光肯使等閑度，帳掩琉璃塵莫污。

高照紅妝銀燭燒，低垂綉幕金鈴護。

療愁翻是惹愁時，底事花心花太癡。

偶得團欒逢月姊[10]，便疑零落妒風姨[11]。

忽憶禪家踏七寶[12]，百結曼陀殊了了。

請看曇雲優鉢羅[13]，早令一切除煩惱。

我向花言花粲然，花十八分酒十千。

我欲吞花花亦醉，有花有酒仙中仙。

注釋：

[1]“綠章”，即青詞。舊時道士祭天時所寫的奏章表文，用硃筆寫在青藤紙上，故名。李賀《綠章封事爲吴道士夜醮作》：“綠章封事諮元父，六街馬蹄浩無主。”

[2]“羯鼓”，兩面蒙皮，腰部細，用公羊皮做鼓皮，南北朝時經西域傳入内地，盛行於唐開元、天寶年間。南卓《羯鼓録》：“如漆桶，山桑木爲之，下以小牙床承之。擊用兩杖……杖用黄檀、狗骨、花楸等木。……棬用剛鐵，鐵

當精煉，捲當至勻。”

　　［3］“玉樹歌”，即《玉樹後庭花》，原爲教坊曲名，後用作詞調名。王灼《碧鷄漫志》：“《後庭花》:《南史》云，陳後主每引賓客，對張貴妃等游宴，使諸貴人及女學士與狎客共賦新詩相贈答，采其尤麗者爲曲調。其曲有《玉樹後庭花》。”

　　［4］“菬華”，美玉名，後以指德容美好的女子。《竹書紀年》：“癸命扁伐山民，山民女於桀二人，曰琬，曰琰。后愛二人，女無子焉。斫其名于菬華之玉，菬是琬，華是琰。”

　　［5］“墜溷與飄茵”，茵爲茵席、墊褥，溷爲糞坑。花朵飄落，有的墜在席墊上，有的落在糞坑裏。比喻境遇的不同，取決於偶然的機遇。姚思廉《梁書·儒林傳·范縝傳》：“子良問曰：‘君不信因果，世間何得有富貴，何得有賤貧？’縝答曰：‘人之生譬如一樹花，同發一枝，俱開一蒂，隨風而墮，自有拂簾幌墜於茵席之上；自有關籬墻落於糞溷之側。墮茵席者，殿下是也；落糞溷者，下官是也。貴賤雖復殊途，因果竟在何處？’”

　　［6］“東閣觀梅詩興長”，杜甫《和裴迪登蜀州東亭送客逢早梅相憶見寄》：“東閣官梅動詩興，還如何遜在揚州。此時對雪遥相憶，送客逢春可自由。”何遜《咏早梅》：“兔園標物序，驚時最是梅。銜霜當路發，映雪擬寒開。枝横却月觀，花繞凌風臺。朝灑長門泣，夕駐臨邛杯。應知早飄落，故逐上春來。”注：“遜爲建安王水曹，王刺揚州，遜廨舍有梅花一株，日吟咏其下，賦詩云云。後居洛思之，再請其任，抵揚州，花方盛開，遜對花彷徨，終日不能去。”

　　［7］“芙蓉雅愛集爲裳”，語出屈原《離騷》：“製芰荷以爲衣兮，集芙蓉以爲裳。”

　　［8］“猗蘭”，即“猗蘭操”，蔡邕《琴操·猗蘭操》：“《猗蘭操》者，孔子所作也。孔子歷聘諸侯，諸侯莫能任。自衛反魯，過隱谷之中，見薌蘭獨茂，喟然嘆曰：‘夫蘭當爲王者香，今乃獨茂，與衆草爲伍，譬猶賢者不逢時，與鄙夫爲倫也。’乃止車援琴鼓之云：‘習習谷風，以陰以雨。之子於歸，遠送於野。

何彼蒼天，不得其所。逍遥九州，無所定處。世人暗蔽，不知賢者。年紀逝邁，
一身將老。'自傷不逢時，托辭於薌蘭云。"

［9］"鳳引凰"，即鳳求凰，傳説是漢代的古琴曲，演繹了司馬相如與卓文
君的愛情故事。司馬遷《史記・司馬相如列傳》："酒酣，臨邛令前奏琴曰：'竊
聞長卿好之，願以自娛。'相如辭謝，爲鼓一再行。是時，卓王孫有女文君新寡，
好音，故相如繆與令相重，而以琴心挑之。"索引引張揖語稱："其詩曰：'鳳兮
鳳兮歸故鄉，游遨四海求其皇。有一艷女在此堂，室邇人遐毒我腸，何由交接
爲鴛鴦？'又曰：'鳳兮鳳兮從皇栖，得托子尾永爲妃，交情通體必和諧，中夜
相從別有誰？'"

［10］"月姊"，傳説中的月中仙子、月宮嫦娥。李商隱《水天閑話舊事》："月
姊曾逢下彩蟾，傾城消息隔重簾。"

［11］"風姨"，古代神話傳説中的司風之神。《北堂書鈔》引《太公金匱》："風
伯名姨。"劉克莊《送雷宜叔右司追録》："東皇太乙方行令，寄語風姨且霽威。"

［12］"七寶"，佛教用語，指七種珍寶。《法華經》以金、銀、琉璃、硨磲、
瑪瑙、真珠、玫瑰爲七寶，《無量壽經》以金、銀、琉璃、珊瑚、琥珀、硨磲、
瑪瑙爲七寶，後世泛指多種寶物。《西京雜記》卷三："有琴長六尺，安十三弦，
二十六徽，皆用七寶飾之。"

［13］"優鉢羅"，即紅蓮花。千手觀音四十手中有持紅蓮花者，稱紅蓮花手，
爲求生諸天宫者所觀想。

李仙舟連日抱病，余亦患嘔，作此奉懷

西風凄以凉，落葉驚素秋[1]。
空階雨瀟瀟，四壁蛩啾啾。
孤鐙照夜寒，輾轉衾與裯。
攬衣起徬徨，花徑水自流。

三益[2]胡不來，邈焉其寡儔。

青蓮謫仙人，百篇詩語遒。

仙才一何逸，笑傲凌滄州[3]。

如何維摩病[4]，拈花[5]不自由。

衲衣[6]掛長松，寂寂丈室幽。

丹竈[7]聞妙香，一炷烟光浮。

停雲結遐想，念子悵悠悠[8]。

侍臣有文園，亦抱采薪憂[9]。

一飯三吐哺，好賢乃如周[10]。

僕尤非荀卿，拊循而呢嘔[11]。

越人饗之鯉，秦客攫其喉。

醫者以情度，所診每不投。

五花馬，千金裘。

君家故事君憶不，一飲能消萬古愁[12]。

世路曲屈多愆尤，富貴營營何所求[13]。

弃我去者不可留[14]，行樂會須秉燭游[15]。

舉杯邀月月當頭[16]，壯懷對此酣高樓[17]。

噫嘻乎！飲人雖狂藥[18]，厥疾良可瘳。

注釋：

[1]“素秋”，指秋季。古代五行之説，秋屬金，其色白，故稱素秋。劉楨《魯都賦》：“及其素秋二七，天漢指隅，民胥祓禊，國於水游。”

[2]“三益”，語出《論語·季氏》：“孔子曰：‘益者三樂，損者三樂。樂節禮樂，樂道人之善，樂多賢友，益矣。樂驕樂，樂佚游，樂宴樂，損矣。”

[3]“笑傲凌滄州”，語出李白《江上吟》：“屈平辭賦懸日月，楚王臺榭空山丘。興酣落筆搖五岳，詩成笑傲凌滄洲。”

[4]"維摩病"，維摩即維摩詰，早期佛教著名居士、在家菩薩，維摩詰意爲以潔净、没有染污而著稱的人。《維摩詰經》記載，維摩居士自妙喜國土化生於娑婆世界，示家居士相，輔翼佛陀教化，爲法身大士。維摩病，見《維摩經·文殊師利問疾品》：佛在毗耶離城庵摩羅園，城中五百長者子至佛所請説法時，居士維摩詰故意稱病不往。佛遣舍利弗及文殊師利等問疾。文殊問："居士是疾何所因起？"維摩詰答曰："一切衆生病，是故我病；若一切衆生病滅，則我病滅。"後用"維摩病"謂佛教徒生病。

[5]"拈花"，佛家語，示説法也。普濟《五燈會元》："世尊在靈山會上，拈花示衆。是時衆皆默然，唯迦葉尊者破顔微笑。"

[6]"衲衣"，即僧衣。蕭子顯《南齊書·張欣泰傳》："欣泰通涉雅俗，交結多是名素。下直輒游園池，著鹿皮冠，衲衣錫杖。"

[7]"丹竈"，道家術士煉丹時所用的爐竈。

[8]"停雲結遐想，念子悵悠悠"，借用陶淵明《停雲》詩，表達對親友的思念。此詩《序》稱："停雲，思親友也。樽湛新醪，園列初榮，願言不從，嘆息彌襟"。此詩稱："靄靄停雲，濛濛時雨。八表同昏，平路伊阻。静寄東軒，春醪獨撫。良朋悠邈，搔首延佇。"

[9]"采薪憂"，采薪爲打柴，病了不能打柴，爲自稱有病的婉辭，後因以"采薪之憂"指患病。《孟子·公孫丑下》："昔者有王命，有采薪之憂，不能造朝。"朱熹集注："采薪之憂，言病不能采薪。"

[10]"一飯三吐哺，好賢乃如周"，一飯三吐哺指一頓飯之間，多次停食，以接待賓客，比喻求賢殷切。語出《韓詩外傳》卷三："成王封伯禽於魯，周公誡之曰：'往矣！子其無以魯國驕士。吾，文王之子，武王之弟，成王之叔父也，又相天子，吾於天下亦不輕矣，然一沐三握髮，一飯三吐哺，猶恐失天下之士。'"

[11]"僕尤非荀卿，拊循而呃嘔"，語出《荀子·富國》："垂事養民，拊循之，呃嘔之。""拊循"，楊倞注稱："拊循，慰悦之也。"意爲安撫，撫慰。"呃嘔"，楊倞注稱："呃嘔，嬰兒語聲也。"梁啓雄引郝懿行曰："呃嘔，爲小兒語聲，慈愛之也。"

［12］"一飲能消萬古愁"，此句及以上數句語出李白《將進酒》："五花馬，千金裘，呼兒將出換美酒，與爾同銷萬古愁。"

［13］"富貴營營何所求"，語出李白《古風五十九首》："莊周夢蝴蝶，蝴蝶爲莊周。一體更變易，萬事良悠悠。乃知蓬萊水，復作清淺流。青門種瓜人，舊日東陵侯。富貴固如此，營營何所求。"

［14］"弃我去者不可留"，語出李白《宣州謝朓樓餞別校書叔雲》："弃我去者，昨日之日不可留；亂我心者，今日之日多煩憂。"

［15］"行樂會須秉燭游"，語出《古詩十九首》："生年不滿百，常懷千歲憂。晝短苦夜長，何不秉燭游！爲樂當及時，何能待來茲？愚者愛惜費，但爲後世嗤。仙人王子喬，難可與等期。"

［16］"舉杯邀月月當頭"，語出李白《月下獨酌四首》(其一)："花間一壺酒，獨酌無相親。舉杯邀明月，對影成三人。"

［17］"壯懷對此酣高樓"，語出李白《宣州謝朓樓餞別校書叔雲》："長風萬里送秋雁，對此可以酣高樓。"

［18］"狂藥"，指酒。劉義慶《世說新語・任誕》："以彼任率之性，又好飲狂藥，昏醉之後，亦復何所不至？"

東朱子繩

孔李推先世[1]，蘇程是至親[2]。

此情非泛泛，相語況諄諄。

爲我浮名誤，勞君雅愛真。

斯言同藥石，敢望子張紳[3]。

注釋:

［1］見前文"孔李先世交"句注釋。

[2]"蘇程是至親"，語出蘇軾《表弟程德孺生日》："仗下千官散紫庭，微聞小語説蘇程。長身自昔傳甥舅，壽骨遥知是弟兄。"

[3]"敢望子張紳"，語出《論語·衛靈公》："子張問行。子曰：'言忠信，行篤敬，雖蠻貊之邦，行矣。言不忠信，行不篤敬，雖州里，行乎哉？立則見其參於前也，在輿則見其倚於衡也，夫然後行。'子張書諸紳。"邢昺疏："紳，大帶也。子張以孔子之言書之紳帶，意其佩服無忽忘也。"

負却殷勤意，前盟竟已寒。
始知歌者苦，偏是解人難[1]。
噩夢何心問，癡情有淚彈。
不堪愁叠處，獨向鏡中看。

注釋：

[1]"始知歌者苦，偏是解人難"，語出《古詩十九首》："一彈再三嘆，慷慨有餘哀。不惜歌者苦，但傷知音稀。"

游净業禪林[1]

小步河梁外，言尋古刹來。
秋痕雙樹合，風影半帆開。
鉢咒譚經苑，鐘鳴説法臺。
黄花原般若[2]，好向講堂栽(1)。

自注：

(1)寺多蒔菊。

注釋:

[1]"禪林",初指僧人陵地,後借指寺院。庾信《陝州弘農郡五張寺經藏碑》:"春園柳路,變入禪林;鸁月桑津,回成定水。"

[2]"黄花原般若",黄花指菊花。《禮記·月令》:"(季秋之月)鞠有黄華。"陸德明釋文:"鞠,本又作菊。"李清照《醉花陰·重陽》:"莫道不銷魂,簾捲西風,人比黄花瘦。""般若",梵語譯音,佛教用以指如實理解一切事物的智慧。劉義慶《世説新語·文學》:"殷中軍被廢東陽,始看佛經,初視《維摩詰》,疑般若波羅密太多,後見《小品》,恨此語少。"劉孝標注:"波羅密,此言到彼岸也。經云到者有六焉……六曰般若。般若者,智慧也。"

百寶莊嚴地[1],三生歡喜緣。

法雷[2]聞上界,花雨散諸天[3]。

居士如來後,文人靈運前。

會修净土業,結社遠公蓮[4]。

注釋:

[1]"百寶莊嚴地",語出《圓覺經》:"復有種種劫樹,金銀爲葉,無數百寶種種莊嚴。"

[2]"法雷",喻佛法能破除衆生之迷妄而使其開悟,有如雷霆之震駭衆生。又喻法音雄猛猶如震雷。《無量壽經》卷上:"震法雷,曜法電。"《無量壽經義疏》卷上:"法無礙智,化衆生也。天雷一動,卉藝生牙;法音一聞,闡道快成。"故又喻衆生聽聞法音,頓生法芽,猶如春雷一動,草木生芽。

[3]"花雨散諸天",諸天爲贊嘆佛説法之功德而散花如雨,後用以贊頌高僧,頌揚佛法。《仁王經·序品》:"無色界雨諸香華,香如須彌,華如車輪。"李華《潤州鶴林寺故徑山大師碑銘》:"十里花雨,四天香雲,幢幡蓋網,光蔽日月。"

　　[4]"結社遠公蓮"，晋代高僧慧遠主持廬山東林寺時，同慧永、慧持和劉遺民、雷次宗等高僧、名儒結社精修，誓願往生西方净土，又掘池植白蓮，稱白蓮社。廬山白蓮社爲佛教净土宗社團，集結了隱居在廬山和其周邊地區僧俗兩界隱士高人一百二十三人，其中以慧遠爲首十八人，稱十八高賢。

試　馬

俶儻[1]從來不受羈，世無伯樂少真知。
漫云棧豆駑應戀[2]，會有青雲一蹴時[3]。

注釋：

　　[1]"俶儻"，卓異不凡。司馬遷《史記·魯仲連鄒陽列傳》："魯仲連者，齊人也。好奇偉俶儻之畫策，而不肯仕宦任職，好持高節。"司馬貞索隱引《廣雅》云："俶儻，卓異也。"

　　[2]"棧豆駑應戀"，駑即劣馬、跑不快的馬；棧即馬棚。劣馬惦記的只是馬棚裏的飼料，比喻無能的人祇貪圖安逸，無遠大志向。房玄齡等《晋書·宣帝紀》："爽與範内疏而智不及，駑馬戀棧豆，必不能用也。"

　　[3]"青雲一蹴時"，指奮力一搏即可成功。朱翌《送鄭公績赴試金陵》："青雲付一蹴。"

茌平道中

策蹇茌山[1]道，怦怦獨感時。
曙星[2]千里散，舊雨十年思。
紅袖塵誰拂？黃壚[3]酒易悲。
魯連村[4]畔路，搔首苦低垂(1)。

自注：

（1）謂劉還浦。

注釋：

［1］"茌山"，地名，在山東省茌平縣，縣治東北，土脉赤墳，横亘五百餘步，相傳金元時取土築城，其山遂平。

［2］"曙星"，拂曉時所見之星，多指啓明星。沈約《宋書·后妃傳》："夕不見晚魄，朝不識曙星。"

［3］"黄壚"，見前楊紹和《聞庚子仙長河帥率士民奉先公栗主入祀景行祠誌感》注釋。

［4］"魯連村"，在山東省茌平縣東北二十里，相傳爲魯仲連所居。毛奇齡《過魯連村懷大聲》："荒村寂寂散朝烟，何處還尋魯仲連。欲向村前騎馬過，一時泪盡緑楊邊。"

德法三銓大令^[1]饋盤飱^[2]賦謝

入境謳歌滿^[3]，惟聞頌長官。
大才展驥足^[4]，小住累猪肝^[5]。
我幸攀穭^[6]早，民偏借寇^[7]難。
聊陽纔百里，棠蔭^[8]幾回看。

自注：

（1）大令曾攝篆吾邑。

注釋：

［1］"大令"，古時縣官多稱令，後以大令爲對縣官的敬稱。沈濤《瑟榭叢談》

卷下：“錢塘蔡莘腴大令任由庶常改官畿輔，三黜屢空，困躓不偶。”

〔2〕“盤飧”，爲盤盛食物的統稱。《左傳·僖公二十三年》：“乃饋盤飧，寘璧焉。”杜甫《客至》：“盤飧市遠無兼味，樽酒家貧祇舊醅。”

〔3〕“入境謳歌滿”，贊德法三任縣令政績頗佳，百姓愛戴。蔡允恭《奉和出潁至淮應令》：“久倦川塗曲，忽此望淮圻。波長泛淼淼，眺迥情依依。稍覺金烏轉，漸見錦帆稀。欲知仁化洽，謳歌滿路歸。”

〔4〕“驥足”，喻高才。陳壽《三國志·蜀書·龐統傳》：“先主領荆州，統以從事守耒陽令，在縣不治，免官。吳將魯肅遺先主書曰：‘龐士元非百里才也，使處治中、別駕之任，始當展其驥足耳。’諸葛亮亦言之於先主，先主見與善譚，大器之，以爲治中從事。親待亞於諸葛亮，遂與亮并爲軍師中郎將。亮留鎮荆州。統隨從入蜀。”

〔5〕“累豬肝”，指因自己的衣食拖累地方。皇甫謐《高士傳》卷中《閔貢》：“閔貢字仲叔，太原人也，世稱節士，雖周黨之潔清，自以弗及也……客居安邑，老病家貧，不能得肉，日買豬肝一片，屠者或不肯與。其令聞，敕吏常給焉。仲叔怪，問知之。乃嘆曰：‘閔仲叔豈以口腹累安邑邪？’遂去，客沛，以壽終。”

〔6〕“攀嵇”，指賢士之間互相交往。語出顏延年《五君咏·向常侍》：“交呂既鴻軒，攀嵇亦鳳舉。”李善注引《向秀別傳》曰：“秀常與嵇康偶鍛於洛邑，與呂子灌園於山陽，收其餘利以供酒食之費。”李白《贈饒陽張司户燧》：“慕藺豈曩古，攀嵇是當年。”

〔7〕“借寇”，指百姓挽留地方官吏。語出范曄《後漢書·寇恂傳》：“願從陛下復借寇君一年。”按東漢初年，上谷昌平人寇恂，家中世代爲地方豪强。劉秀占據河内，任他爲河内太守，負責轉輸軍需物資。後寇恂又任潁川太守、汝南太守。隨劉秀出征經過潁川時，百姓攔路懇求願從陛下處再借寇君一年，於是寇恂被留任。白居易《客》：“常未徵黃霸，湖猶借寇恂。愧無鎛脚政，徒忝犬牙鄰。”

〔8〕“棠蔭”，見前楊紹和《聞庚子仙長河帥率士民奉先公栗主入祀景行祠

志感》注釋。

齊河縣渡河

泛濫愁吾人，浩旰[1]慮河伯。

乙卯歲六月，驚濤兩岸拍[2]。

橫決邑蘭陽，其流折而北[3]。

迤歷曹濮間，穿運張秋驛[4]。

東入大清河，勢猛倍衝激[5]。

噫乎何不仁，昏墊[6]民兆億。

齊魯千里餘，幾成一水國[7]。

畇畇[8]原隰田，茫茫蛟龍宅。

哀鳴鴻雁嗷[9]，于飛集中澤。

猶思順其性，謬爲賈讓策[10]。

改道由北條，空論紛建白[11]。

帝懷儆予恫，已飢更已溺。

天語咨先臣，親承九重敕。

古今洞源流，嘉謀期汝翼(1)。

再拜荷溫綸，兢兢補袞職。

秉燭夜作奏，利害爭之力。

封章未及上，盡瘁疾已劇[12]。

箕尾忽沈星[13]，宣房莫底績[14]。

野渡驅車來，臨淵重太息。

自注：

（1）乙卯，河決蘭陽，紛紛議改道，先公奉廷寄，有"楊某熟諳河務，於古今治河源流必能洞悉，如有所見，不妨直陳”之旨。

注釋：

［１］“浩旴”，水勢浩大，沒有邊際。

［２］“乙卯歲六月，驚濤兩岸拍”，“乙卯歲六月”指咸豐乙卯（即咸豐五年，1855）六月。是年六月，黃河發生大汛。咸豐五年（1855）六月十八日，署河東河道總督蔣啓揚奏稱：“一交伏汛，溜力即勁，上提下坐，兩岸險工迭出。厢舊補新，兼旬以來，幾致搶辦不遑。幸歲防秸麻磚石，均於汛前采購齊全，足資應手。方冀次第厢修平穩，詎知六月十五至十七日，下北廳志椿驟長水積至一丈一尺以外，勢極湍激。加以大雨一晝夜，上游各河之水匯注。以致兩岸普律漫灘，一望無際。間多堤水相平之處，水長下卸。下北廳蘭陽汛銅瓦厢三堡以下無工之處，登時塌寬三四丈，僅存堤頂丈餘。簽椿厢埽，抛護磚石，均難措手，而河水仍有長無消。”

［３］“橫決邑蘭陽，其流折而北”，詳見《山東通志》.“是年六月，黃河向西北斜注，淹及河南封邱、祥符二縣。復折轉東北，漫注河南蘭儀、考城，直隸長垣、東明等縣。”

［４］“迤歷曹濮間，穿運張秋驛”，詳見《山東通志》：“復分三股，一股由趙王河，走山東曹州府南下注，兩股由直隸東明，南北分注。經山東濮州、范縣，至張秋鎮，穿過運河，漫入大清河歸海。”

［５］“東入大清河，勢猛倍衝激”，詳見《山東通志》：“是年，河南蘭陽汛銅瓦厢三堡決水，由直隸東明、長垣，山東濮州、范縣，至張秋鎮，穿運入大清河。由鐵門關北神廟以下二河蓋牡蚵嘴入海。”

［６］“昏墊”，陷溺，指困於水灾。《尚書·益稷》：“洪水滔天，浩浩懷山襄陵，下民昏墊。”孔穎達疏：“言天下之人遭此大水，精神昏瞀迷惑，無有所知，又若沉溺，皆困此水灾也。鄭云：‘昏，沒也；墊，陷也。禹言洪水之時，人有沒陷之害。’”

[7]"齊魯千里餘，幾成一水國"，按黃河決口，洪水東北漫溢於山東西部州縣。咸豐五年（1855）六月二十七日，山東巡撫崇恩奏稱："河南下北廳蘭陽汛北岸黃水漫溢，東省曹府等府地居下游，正在飭查間。據署曹州府知府王德寬稟報，黃水由直隸東明縣境，直注該府所屬之荷澤縣，平地陡長水四五尺，勢甚洶湧，郡城四面一片汪洋，廬舍田禾盡被淹没等情。伏查東省軍務甫竣，方冀年穀順成，藉以培復元氣。忽遭黃水爲災，實出意計之外。"《山東通志》："濮范以下、壽張、東阿以上盡遭淹没。其他如東平、汶上、平陰、茌平、長清、肥城、齊河、歷城、濟陽、齊東、惠民、蒲臺、濱州、利津，沿河各州縣均被波及，災民甚衆。"

[8]"畇畇"，指田地平坦整劉，又指田地墾辟的樣子。《詩·小雅·信南山》："畇畇原隰，曾孫田之。"毛傳："畇畇，墾辟貌。"馬瑞辰通釋："畇畇者，田已均治之貌，故傳訓爲墾辟貌。"

[9]"哀鳴鴻雁嗷"，喻在天災人禍中流離失所、呻吟呼號的饑民。《詩經·小雅·鴻雁》："鴻雁於飛，哀鳴嗷嗷。"

[10]"猶思順其性，謬爲賈讓策"，賈讓爲西漢籌畫治理黃河的代表人物。西漢末年，黃河頻繁決溢，水患嚴重，朝廷徵集治河方案，綏和二年（前7），賈讓應詔上書，提出治理黃河的上、中、下三策。其中"上策"主張不與水爭地，"徙冀州之民當水冲者，決黎陽遮害亭，放河使北入海"。這是針對當時黃河已成懸河的形勢，提出人工改道，避高趨下的方案。他認爲，實行這一方案，雖要付出重大代價，"敗壞城郭、田廬、冢墓以萬數"，但可以使"河定民安，千載無患"。對這種觀點，楊紹和并不認同，而是仍然堅持堵筑決口，讓黃河重回自江蘇入海之故道。

[11]"改道由北條，空論紛建白"，在黃河此次北徙之後，也有人提出要順河勢，使黃河自山東入海。如咸豐五年（1855）七月十八日，安徽巡撫福濟奏稱："敬陳治河方略，請順水勢，改由北條入海，以復故道，以省大工……今順其勢而導之，有二便，有四利。大清河起東阿迄利津，乃天然歸墅之正道。

今河既北決，自然入漕。若第就大清河兩岸展寬，或間創遥堤爲節制，事半功倍，一便也。借至清迅駛之濟，滌至濁淤滯之河，力足相敵，非淮泗恒流不足刷黃者比，二便也。河自順流入海，則歲修可減，搶修可裁，南河自督臣以下廳汛各官，又大半可撤，每年省費甚多，利一。自蘭儀至海口千餘里，兩岸涸出民田無數，墾荒升科，驟增賦額，利二。洪澤湖暢出入海，高堰可不蓄水，安徽鳳泗各境化澤國爲良田，利三。五壩不啓，下河不灾，淮揚數十萬頃膏腴皆爲樂土，利四。況河南流則於都城爲反弓，北流即於都城爲環拱，域中形勢，尤屬相宜。或謂有妨運道，不知漕必灌塘濟運，可灌於南，何不可灌於北？漕以復，不以黃復。水由南旺湖北行百三十餘里，至張秋入清河，建瓴而下，是南岸通漕甚易。北自東阿至臨清二百餘里，但塞減水壩，築石壩於臨清黃運之間，即可灌塘通運。亦視南河禦黃較易，於漕運仍屬無妨。惟河工積習已深，數千百冗員、數百萬靡費、數百年私弊，一旦廓而清之，必阻撓紛起。東省士庶亦或懼以鄰爲壑，嘩然議之。機會一失，是大可惜……今南駛既未能順軌，而北潰又無力堵修，不得已於窮則思變之時，籌轉敗爲功之計。”

[12]“封章未及上，盡瘁疾已劇”，見前《端勤公家傳》注釋。

[13]“箕尾忽沈星”，箕尾，星宿名，指箕宿和尾宿，此以箕尾之隕落喻楊以增之卒於南河總督任上。《莊子·大宗師》：“傅説得之，以相武丁，奄有天下，乘東維，騎箕尾，而比於列星。”劉因《橫翠樓賦》稱：“星分箕尾，州別冀幽。”

[14]“宣房莫底績”，宣房，西漢宮殿名，後指防河治水。司馬遷《史記·河渠書》：西漢元光中，黃河決口於瓠子，二十餘年不能堵塞，漢武帝親臨決口處，發卒數萬人，并命群臣負薪以填。功成之後，築宮其上，名爲宣房宮。底績，指揮獲得成功，取得成績。劉勰《文心雕龍·銓賦》：“太冲安仁，策勳於鴻規；士衡子安，底績於流製。”

雪後偕李石瑚[1]泛舟大明湖

雲黯黯[2]，風颲颲，布衾一夜冷於鐵。

客夢蘧蘧[3]不可闌，開門忽見滿天雪。

雪中掃徑呼袁安[4]，李膺訪我來至前[5]。

煗寒嘉會莫閑度，乘興相邀放船去。

一枝柔櫓搖明湖，湖烟湖水春模糊。

鵲橋疑向銀河駕，蝶粉描成白澤圖[6]。

天女飛瓊[7]散花手，瀛州玉塵[8]十萬斗。

更似神仙藐姑射[9]，凌波獨立嬌無偶。

瑤臺璇室蕊珠宮，四望峥嶸銀海空。

匹練遙遙極天外，一痕盡破青天界[10]。

著我鷫鸘裘[11]，蕩我芙蓉舟。

飄然如跨緱山鶴[12]，閶風吹送逍遙游。

君不見淺酌低斟党太尉，帳裏銷金粗可愧[13]。

又不見會稽山樵朱百年[14]，夜半負薪貧可憐。

惟有旗亭共賈酒，羌笛春風唱楊柳[15]。

更騎驢背灞橋東，破帽冷壓梅花紅[16]。

此境此情差不俗，今人聊爲古人續。

吁嗟乎！鐵甲寒沈十萬兵，陣雲高擁蔡州城[17]。

將軍制勝出奇計，打起一池鵝鴨聲[(1)][18]。

我輩詩壇作屏翰，長城豈有偏師患。

三申號令聚星堂，健筆亦能矜白戰[19]。

自注：

（1）崇雨鈴撫部方督師曹濟。

注釋：

［1］“石瑚”，即李慶翔，李慶翔（1827—1894），字石瑚，生平詳前《端勤公家傳》注。

［2］“黤黤”，雲黑色。束皙《華黍詩》：“黤黤重雲，輯輯和風。”李善注：“黤黤，雲色不明貌。”

［3］“蘧蘧”，爲悠然自得的樣子。《莊子·齊物論》：“昔者莊周夢爲蝴蝶，栩栩然蝴蝶也。自喻適志與，不知周也。俄然覺，則蘧蘧然周也。”

［4］“雪中掃徑呼袁安”，用東漢袁安典。袁安（？—92），字邵公，汝南汝陽人，歷任楚郡太守、河南尹、太僕、司空、司徒，名重朝廷。袁安微時窮困有節，范曄《後漢書·袁安傳》李賢注引《汝南先賢傳》：“時大雪積地丈餘，洛陽令身出案行，見人家皆除雪出。有乞食者，至袁安門，無有行路，謂安已死。令人除雪入戶，見安僵臥。問何以不出。安曰：‘大雪人皆餓，不宜干人。’令以爲賢，舉爲孝廉。”

［5］“李膺訪我來至前”，用東漢李膺訪徵君典。李膺（110—169），字元禮，潁川郡襄城縣人，舉孝廉，爲司徒胡廣所辟，歷任青州刺史及漁陽、蜀郡太守、司隸校尉，後遭黨錮之禍，笞死。黃憲《天禄閣外史》：“李膺訪徵君於衡門，雪甚，道遇郭泰而問曰：‘子得見叔度耶？’曰：‘泰昔以布衣交，安得不見？子以軒冕交，亦軒冕者謁之耳，安得見？’李膺有慚色，乃税駕於野，與郭泰乘寒驢而造焉。有樵者臨溪浣足而歌曰：‘衡門之雪霏霏兮，有客緼袍。寒谿濟而無聲兮，木落遠皋。’二子聞而凄然。”

［6］“白澤圖”，白澤爲《山海經》所載異獸之一。《白澤圖》所載多爲精怪，在後世流傳中，多有“辟除邪魅”的性質，在東晉時期即被視爲與道教經書、符籙等作用的典籍。《淵鑒類函》卷四三二《白澤》條載：“《山海經》曰：‘東望山有獸名曰白澤，能言語，王者有德，明照幽遠則至。’《黃帝内傳》曰：‘帝巡狩東至海，登桓山，於海濱得白澤神獸，能言，達於萬物之情，因問天下鬼神之事，自古及今，精氣爲物，游魂爲變者，凡萬一千五百二十種，白澤言之，

帝令以圖寫之，以示天下，乃作辟邪之文以記之。'"

［7］"天女飛瓊"，即許飛瓊，傳説中的仙女名，西王母之侍女。《漢武帝内傳》："（王母）又命侍女許飛瓊鼓震靈之簧。"孟棨《本事詩·事感》："（許渾）賦詩云：'曉入瑶臺露氣清，坐中唯有許飛瓊。塵心未盡俗緣在，十里下山空月明。'"

［8］"瀛州玉塵"，喻雪。白居易《酬皇甫湜早春對雪見贈》："漠漠復雰雰，東風散玉塵。"陸游《雪後尋梅偶得絶句》（其二）："定知謫墮不容久，萬斛玉塵來聘歸。"

［9］"神仙藐姑射"，原指藐姑射山的得道仙女，後爲掌雪之神。《莊子·逍遥游》："藐姑射之山，有神人居焉，肌膚若冰雪，淖（綽）約若處子。不食五穀，吸風飲露。乘雲氣，御飛龍，而游乎四海之外。其神凝，使物不疵癘而年穀熟。"

［10］"一痕盡破青天界"，張光烈《天開一綫》："復道蟠松麋鹿行，洞中時有隙光明。一痕界破青天色，岩底乾坤小入瀛。"

［11］"鷫鸘裘"，相傳爲司馬相如所著的名貴裘衣。葛洪《西京雜記》卷二："司馬相如初與卓文君還成都，居貧愁懣，以所著鷫鸘裘就市人陽昌貰酒，與文君爲歡。"

［12］"飄然如跨緱山鶴"，緱山鶴，相傳王子喬於緱山乘鶴成仙。劉向《列仙傳》："王子喬者，周靈王太子晋也。好吹笙，作鳳凰鳴。游伊洛之間，道士浮丘公接以上嵩高山。十餘年後，求之於山上，見柏良曰：'告我家，七月七日待我於緱氏山巔。'到時果乘白鶴駐山頭，望之不得到，舉手謝時人，數日而去。"

［13］"帳裏銷金粗可愧"，用北宋党進典，見前楊紹和《咏雪》注釋。

［14］"會稽山樵朱百年"，朱百年，南朝宋隱士。沈約《宋書·隱逸傳》："朱百年，會稽山陰人也。祖愷之，晋右衛將軍。父濤，揚州主簿。百年少有高情，親亡服闋，携妻孔氏入會稽南山，以伐樵采箬爲業。每以樵箬置道頭，輒爲行人所取，明旦亦復如此。人稍怪之，積久方知是朱隱士所賣，須者隨其所堪多少，留錢取樵箬而去。或遇寒雪，樵箬不售，無以自資，輒自捧船送妻還孔氏，

天晴復迎之。"

［15］"惟有旗亭共貰酒，羌笛春風唱楊柳"，用旗亭畫壁典，見前注釋。

［16］"更騎驢背灞橋東，破帽冷壓梅花紅"用孟浩然典，陰時夫編《韵府群玉》："孟浩然嘗於灞水冒雪騎驢尋梅花，曰：'吾詩思在風雪中驢子背上。'"

［17］"陣雲高擁蔡州城"，用李愬雪夜入蔡州典。司馬光《資治通鑑·唐紀》："時大風雪，旌旗裂，人馬凍死者相望。天陰黑，自張柴村以東道路皆官軍所未嘗行，人人自以爲必死，然畏愬，莫敢違……四鼓，愬至城下，無一人知者。李祐、李忠義鑕其城爲坎以先登，壯士從之。守城卒方熟寐，盡殺之，而留擊柝者，使擊柝如故，遂開門納衆。"

［18］"將軍制勝出奇計，打起一池鵝鴨聲"，用李愬雪夜入蔡州典。司馬光《資治通鑑·唐紀》載，李愬趁雪夜襲蔡州，"夜半雪愈甚，行七十里，至州城。近城有鵝鴨池，愬令擊之以混軍聲。"

［19］"健筆亦能矜白戰"，白戰，本指徒手作戰，藉以喻禁止使用某些常用字眼的詩歌。宋佚名《漫叟詩話》："歐陽文忠守潁日，因小雪，會飲聚星堂，賦詩，約不得用玉、月、梨、梅、練、絮、白、舞、鵝、鶴等事。歐公篇略云：'脫遺前言笑塵雜，搜索萬象窺冥漠。'自後四十餘年，莫有繼者。元祐六年，東坡在潁，因禱雪於張龍公獲應，遂復舉前令，篇末云：'汝南先賢有故事，醉翁詩話誰能説？當時號令君聽取，白戰不許持寸鐵。'"

留別石瑚[1]姊夫

濟南似江南，風景饒湖山。

昔我雙蠟屐[2]，選勝相躋攀。

光陰白駒馳[3]，彈指倏七年。

一編自讀《禮》，却掃常杜門。

五岳圖四壁，臥游宗少文[4]。

今春祥琴[5]御，褰裳正思君。

君復頻我招，尺素[6]遺殷勤。

道是湖山意，勞勞延故人。

我聞君此語，逸興狂且顛。

輒命呂安駕[7]，篤速玳瑁鞍[8]。

惆悵事中阻，偏使俗慮牽。

歷夏更涉秋，自分盟已寒。

豈知風雪中，忽來剡溪船[9]。

感君開東閣，榻爲下陳蕃[10]。

乃與恣登眺，重尋舊巢痕。

扣舷肆酣歌，艤舟歷亭[11]邊。

騰步一舒嘯，北極層臺巔[12]。

兩點望鵲華[13]，空翠何悠然。

拱手如揖我，多少峰與巒。

入林況把臂，班荆契蘭言[14]。

申旦坐不寐，談深忘宵分。

十日作劇飲，聚首勝平原[15]。

恖恖整歸裝，又賦河梁篇[16]。

臨歧黯魂銷[17]，相對殊辛酸。

丈夫志四方，詎愁別離顏。

我心有所觸，難禁下汝瀾。

回憶公路浦，槐花促征輪。

亥子兩秋試[18]，同爲觀國賓[19]。

銜枚戰士勇，橫欲掃千軍。

當時不知樂，過眼成浮雲。

而今變滄桑，往事那可論。

樹靜風不止，痛絕罔極恩。

執卷每涕泣，手澤猶如新[20]。

鄴架三萬軸，庀閣藏海源[21]。

珍重教舊德，寧惟一經傳。

楹書竟莫讀，箕裘愧承先[22]。

計偕[23]在伊邇，瞬將赴春官[24]。

筆耕久荒蕪，何以豐硯田[25]？

摩霄乏健翮，何以鵬程摶[26]？

敢冀曲江杏[27]，容我慰九泉。

矧不理眾口，幾成積毀身[28]。

月暈還礎潤，風雨或有因[29]。

亦識杯裏影，蛇弓誤紛紛[30]。

鶏鳩卉易淆[31]，薏苡珠亂真[32]。

從古投杼惑，誰解曾參冤[33]。

與君膠漆固[34]，不啻骨肉親。

鮑叔能知我[35]，聊將含意伸。

噫嘻悠悠者，安足挂齒間。

壯志我未消，奇氣尚鬱盤。

黃金峙高臺[36]，駿馬方市燕[37]。

北望且行行，快著祖逖鞭[38]。

注釋：

[1]"石瑚"，即李慶翔，李慶翔（1827—1894），字石瑚，生平詳前《端勤公家傳》注。

[2]"蠟屐"，即以蠟塗木屐，代指閑淡的生活態度。劉義慶《世說新語·雅量》："祖士少好財，阮遙集好屐，并恒自經營，同是一累，而未判其得失。人

有詣祖，見料視財物，客至，屏當未盡。餘兩小簏，箸背後，傾身障之，意未能平。或有詣阮，見自吹火蠟屐，因嘆曰：'未知一生當箸幾量屐？' 神色閑暢，於是勝負始分。"

［3］"光陰白駒馳"，比喻時間過得快，光陰易逝。《莊子·知北游》："人生天地之間，若白駒之過隙，忽然而已。"

［4］"五岳圖四壁，卧游宗少文"，卧游，即以欣賞山水畫代替游覽，此處用宗炳典。宗炳（375—443），字少文，南陽郡涅陽人，擅長書法、繪畫和彈琴，曾參加廬山僧慧遠主持的白蓮社，作有《明佛論》。漫游山川，西涉荊巫，南登衡岳，曾將游歷所見景物，繪於居室之壁，著有《畫山水序》。沈約《宋書·宗炳傳》："有疾，還江陵，嘆曰：'老疾俱至，名山恐難遍睹，唯當澄懷觀道，卧以游之。'凡所游履，皆圖之於室。"

［5］"祥琴"，謂親喪大祥祭日爲節哀而彈奏素琴。語出《禮記·檀弓上》："孔子既祥，五日彈琴而不成聲，十日而成笙歌。"又《喪服四制》："祥之日，鼓素琴，告民有終也。"鄭玄注："鼓素琴，始存樂也。三年不爲樂，樂必崩。"孔穎達疏："大祥之日，得鼓素琴，告教其民使衰有終極也。"蘇軾《次韻趙景貺督兩歐陽詩破陳酒戒》："祥琴雖未調，餘悲不敢留。"

［6］"尺素"，古代稱白絹爲素。在白絹上寫成的書信稱爲尺素，後來代指書信。

［7］"吕安駕"，語出劉義慶《世説新語·簡傲》："嵇康與吕安善，每一相思，千里命駕。安後來，值康不在，喜出户延之，不入，題門上作'鳳'字而去。喜不覺，猶以爲欣。故作'鳳'字，"凡鳥"也。

［8］"玳瑁鞍"，玳瑁甲片裝飾的馬鞍。沈約《登高望春》："寶瑟玫瑰柱，金羈玳瑁鞍。"

［9］"剡溪船"，語出《世説新語·任誕》："王子猷居山陰，夜大雪，眠覺，開室，命酌酒。四望皎然，因起仿偟，咏左思《招隱詩》。忽憶戴安道，時戴在剡，即便夜乘小船就之。經宿方至，造門不前而返。人問其故，王曰：'吾本乘

興而行，興盡而返，何必見戴？’”

　　［10］“榻爲下陳蕃”，指對摯友的親近與禮遇。范曄《後漢書·徐稚傳》：“時陳蕃爲太守，以禮請署官曹。稚不免之，既謁而退。蕃在郡，不接賓客，唯稚來，特設一榻，去則縣之。”王勃《滕王閣序》：“人杰地靈，徐孺下陳蕃之榻。”

　　［11］“歷亭”，距大明湖南岸不遠，水中有一小島，島上有亭名歷下亭，其前身爲客亭。酈道元《水經注》：“其水北爲大明湖，西即大明寺，寺東北兩面側湖，此水便成净池也。池上有客亭，左右楸桐，負日俯仰，目對魚鳥，極（望）水木明瑟，可謂濠梁之性，物我無違矣。”

　　［12］“北極層臺巔”，北極層臺即指北極閣。北極閣又名北極廟、真武廟，坐落在大明湖東北岸，爲道教廟宇。

　　［13］“鵲華”，橋名。是橋在大明湖南岸。朱彝尊《省方賦》：“橋號鵲華，湖名蓮子，逾歷下之舊城，尋介丘之遺趾。”

　　［14］“班荆契蘭言”，班荆，見前楊紹和《于蓮亭觀察克讓》注釋。

　　［15］“十日作劇飲，聚首勝平原”，用戰國平原君趙勝典，後指朋友連日歡聚。司馬遷《史記·范雎蔡澤列傳》：“（秦昭王）乃詳爲好書遺平原君曰：‘寡人聞君之高義，願與君爲布衣之友，君幸過寡人，寡人願與君爲十日之飲。’”

　　［16］“又賦河梁篇”，河梁即橋，李陵《與蘇武詩》：“携手上河梁，游子暮何之？”

　　［17］“臨歧黯魂銷”，臨歧，古人送別常送到岔路口，後以稱臨別。李嘉祐《送内弟閻伯均歸江州》：“莫怪臨歧獨垂泪，魏舒偏念外家恩。”

　　［18］“秋試”，即秋闈，指科舉制度中的鄉試。鄉試是由南、北直隸和各布政使司舉行的地方考試，由於考期在秋季八月，故又稱秋闈、秋試。

　　［19］“觀國賓”，杜甫《奉贈韋左丞丈二十二韵》：“甫昔少年日，早充觀國賓。”

　　［20］“執卷每涕泣，手澤猶如新”，見前楊紹和《前詩賦就怦然有感再成六律》注釋。

　　［21］“鄴架三萬軸，庀閣藏海源”，見前楊紹和《感懷四首》注釋。

［22］“箕裘愧承先”，見前楊紹和《前詩賦就怦然有感再成六律》注釋。

［23］“計偕”，指漢朝時被徵召的士人皆與計吏同上京師，後指舉人入京會試。司馬遷《史記·儒林列傳序》：“郡國縣道邑有好文學、敬長上、肅政教、順鄉里、出入不悖所聞者，令相長丞上屬所二千石，二千石謹察可者，當與計偕，詣太常，得受業如弟子。”司馬貞索隱：“計，計吏也。偕，俱也。謂令與計吏俱詣太常也。”

［24］“赴春官”，春官，唐代光宅年間曾改禮部爲春官，後春官爲禮部的別稱。上春官指舉人進京會試。

［25］“硯田”，文人恃文墨爲生，故謂硯爲“硯田”。蔣超伯《南漘楛語·硯》：“近得一硯，上有（伊秉綬）先生銘云：‘惟硯作田，咸歌樂歲。墨稼有秋，筆耕無稅。’”

［26］“何以鵬程搏”，語出《莊子·逍遥游》：“鵬之徙於南冥也，水擊三千里，搏扶摇而上者九萬里。”

［27］“敢冀曲江杏”，唐代進士於曲江杏園初宴，稱“探花宴”，以同榜俊秀少年進士二三人爲探花使。楊紹和以此指考中進士。

［28］“幾成積毀身”，“積毀”，指多次毀謗，足以致人於毀滅之地。司馬遷《史記·張儀列傳》：“臣聞之，積羽沉舟，群輕折軸，衆口鑠金，積毀銷骨，故願大王審定計議，且賜骸骨辟魏。”

［29］“月暈還礎潤，風雨或有因”，月暈出現，將要颳風；礎石濕潤，就要下雨，比喻從某些徵兆可以推知將會發生的事情。蘇洵《辨奸論》：“事有必至，理有固然，惟天下之静者，乃能見微而知著，月暈而風，礎潤而雨，人人知之。”

［30］“亦識杯裏影，蛇弓誤紛紛”，用杯弓蛇影典，喻疑神疑鬼，自相驚擾。應劭《風俗通義·怪神》：“予之祖父郴爲汲令，以夏至日請見主簿杜宣，賜酒。時北壁上有懸赤弩，照於杯中，其形如蛇。宣畏惡之，然不敢不飲，其日便得胸腹痛切，妨損飲食，大用羸露，攻治萬端，不爲愈。後郴因事過至宣家闚視，問其變故，云：‘畏此蛇，蛇入腹中。’郴還聽事，思惟良久，顧見懸弩，必是也。

則使門下史將鈴下侍徐扶輦載宣於故處設酒，杯中故復有蛇，因謂宣：'此壁上弩影耳，非有他怪。'宣意遂解，甚夷懌，由是瘳平。"

[31]"鶗鴂卉易凋"，鶗鴂即杜鵑，是在暮春時節啼叫的鳥，叫聲很悲切。屈原《楚辭·離騷》："恐鶗鴂之先鳴兮，使夫百草爲之不芳。"王逸注："鶗鴂……常以春分鳴也。"

[32]"薏苡珠亂真"，見前楊紹和《感事示諸同人》（其一）注釋。

[33]"從古投杼惑，誰解曾參冤"，見前楊紹和《感事示諸同人》（其二）注釋。

[34]"與君膠漆固"，見前楊紹和《放歌行贈王君夢泉》注釋。

[35]"鮑叔能知我"，語出司馬遷《史記·管晏列傳》："管仲曰：'吾始困時，嘗與鮑叔賈，分財利多自與，鮑叔不以我爲貪，知我貧也。吾嘗爲鮑叔謀事而更窮困，鮑叔不以我爲愚，知時有利不利也。吾嘗三仕三見逐於君，鮑叔不以我爲不肖，知我不遭時也。吾嘗三戰三走，鮑叔不以我爲怯，知我有老母也。公子糾敗，召忽死之，吾幽囚受辱，鮑叔不以我爲無恥，知我不羞小節而恥功名不顯於天下也。生我者父母，知我者鮑子也。'"

[36]"黃金臺"，亦稱招賢臺，爲燕昭王尊師郭隗之所。《戰國策·燕策一》："於是昭王爲（郭）隗築宮而師之，樂毅自魏往，鄒衍自齊往，劇辛自趙往，士爭湊燕。"

[37]"駿馬方市燕"，見前楊紹和《感懷四首》（其三）注釋。

[38]"快著祖逖鞭"，語出房玄齡等《晋書·劉琨傳》："琨少負志氣，有縱橫之才，善交勝己，而頗浮誇。與范陽祖逖爲友，聞逖被用，與親故書曰：'吾枕戈待旦，志梟逆虜，常恐祖生先吾著鞭。'其意氣相期如此。"

鄒平謁伏生[1]祠

列聖文章一綫延，瓣香心祝拜祠前。

百年劫火秦坑歷^[2]，千古經生漢室傳^[3]。

蕭相祇能收舊籍^[4]，魯王猶未出殘編^[5]。

藉非口授憑嬌女^[6]，典册誰留廿八篇。

注釋：

[1]"伏生"，即伏勝，字子賤，曾爲秦博士。秦時焚書，於壁中藏《尚書》。漢初，僅存二十九篇，以教齊魯之間。伏生所藏的《尚書》原本以秦朝流行的小篆寫成。他傳授時則改用了漢代的隸書，後被稱爲《今文尚書》。

[2]"百年劫火秦坑歷"，指秦始皇三十四年（前213）、三十五年（前212）焚毀書籍、坑殺"犯禁者四百六十餘人"對傳統文化造成嚴重摧殘。孔安國《〈尚書〉序》："及秦始皇滅先代典籍，焚書坑儒，天下學士逃難解散。"司馬遷《史記·秦始皇本紀》："臣（李斯）請史官非秦記皆燒之。非博士官所職，天下敢有藏《詩》、《書》、百家語者，悉詣守、尉雜燒之。有敢偶語詩書者弃市，以古非今者族，吏見知不舉者與同罪。令下三十日不燒，黥爲城旦。所不去者，醫藥、卜筮、種樹之書。若欲有學法令，以吏爲師……始皇聞（侯生、盧生）亡，乃大怒曰：'吾前收天下書不中用者盡去之，悉召文學方術士甚衆，欲以興太平，方士欲練以求奇藥。今聞韓衆去不報，徐市等費以巨萬計，終不得藥，徒奸利相告日聞。盧生等吾尊賜之甚厚，今乃誹謗我，以重吾不德也。諸生在咸陽者，吾使人廉問，或爲訞言以亂黔首。'於是使御史悉案問諸生，諸生傳相告引，乃自除。犯禁者四百六十餘人，皆坑之咸陽，使天下知之，以懲後，益發謫徙邊。"

[3]"千古經生漢室傳"，指伏生傳授《尚書》。班固《漢書·儒林傳》："伏生，濟南人也，故爲秦博士。孝文時，求能治《尚書》者，天下亡有，聞伏生治之，欲召。時伏生年九十餘，老不能行，於是詔太常，使掌故朝錯（即晁錯）往受之。秦時焚《書》，伏生壁藏之。其後大兵起，流亡。漢定，伏生求其《書》，亡數十篇，獨得二十九篇，即以教於齊、魯之間。齊學者由此頗能言《尚書》，山東大師亡不涉《尚書》以教。伏生教濟南張生及歐陽生。張生爲博士，而伏生孫以治《尚

書》徵，弗能明定。是後魯周霸、雒陽賈嘉頗能言《尚書》云.”

[4]“蕭相只能收舊籍”，見班固《漢書·蕭何曹參傳》：“沛公至咸陽，諸將皆爭走金帛、財物之府分之，何獨先入收秦丞相、御史律令圖書臧之。沛公具知天下厄塞、户口多少、强弱處、民所疾苦者，以何得秦圖書也.”

[5]“魯王猶未出殘編”，用西漢魯恭王在拆除孔子故宅一段墙壁時，發現壁藏《尚書》，因其用先秦六國時的字體書寫，又稱《古文尚書》。班固《漢書·藝文志》：“武帝末，魯共王壞孔子宅，欲以廣其宫，而得《古文尚書》及《禮記》《論語》《孝經》凡數十篇，皆古字也.”

[6]“藉非口授憑嬌女”，嬌女即伏生之女，曾奉父命傳《尚書》於晁錯。班固《漢書·儒林傳》“使掌故朝錯（即晁錯）往受之.”顏師古注引衛宏《定古文尚書序》：“伏生老，不能正言，言不可曉也，使其女傳言教錯.”

題　畫

丹青^[1]雅譽重三吳，直筆^[2]而今事有無。
最是低徊何限意，教人神往《五松圖》^{（1）}。

自注：
（1）復堂嘗作《五松圖》，賦詩紀事。

注釋：
[1]“丹青”，丹指丹砂，青指青臒，均爲繪畫顏料，後用以代指繪畫。班固《漢書·蘇武傳》：“竹帛所載，丹青所畫.”房玄齡等《晋書·顧愷之傳》：“尤善丹青.”
[2]“直筆”，根據事實秉筆直書，如實記載。

板橋妄意度前賢[1]，偶拂生綃[2]一憫然。
縱使彭宣爲弟子[3]，高名豈惜相公傳(1)。

自注：

（1）板橋謂復堂爲南沙弟子。

注釋：

[1]“板橋妄意度前賢”，板橋即鄭燮。鄭板橋（1693—1765），原名鄭燮，字克柔，號板橋，江蘇興化人。乾隆元年（1736）進士，曾任山東范縣、濰縣縣令，政績顯著，後客居揚州，以賣畫爲生，詩書畫世稱“三絶”，爲“揚州八怪”之一。楊紹和此句所本爲鄭板橋題《修竹圖》：“文與可畫竹，胸有成竹；鄭板橋畫竹，胸無成竹。濃淡疏密，短長肥瘦，隨手寫去，自爾成局，其神理具足也。藐兹後學，何敢妄擬前賢？然有成竹無成竹，其實只是一個道理。”

[2]“生綃”，爲未漂煮過的絲織品，古時多用以作畫，因亦以指畫卷。韓愈《桃源圖》：“流水盤回山百轉，生綃數幅垂中堂。”

[3]“縱使彭宣爲弟子”，用西漢張禹、彭宣典。班固《漢書·張禹傳》：“禹成就弟子尤著者，淮陽彭宣至大司空，沛郡戴崇至少府九卿。宣爲人恭儉有法度，而崇愷弟多智，二人異行。禹心親愛崇，敬宣而疏之。崇每候禹，常責師宣置酒設樂與弟子相娛。禹將崇入後堂飲食，婦女相對，優人管弦鏗鏘極樂，昏夜乃罷。而宣之來也，禹見之於便坐，講論經義，日晏賜食，不過一肉卮酒相對。宣未嘗得至後堂。及兩人皆聞知，各自得也。”

畫手真看遠擅場，閑臨舊譜寫群芳。
倦翁[1]妙喻還須記，雙鵠摩天[2]萬里翔(1)。

自注：

（1）册中東河師跋引岳倦翁語，故及之。

注釋：

［1］"倦翁"，即包世臣。包世臣（1775—1855），字慎伯，晚號倦翁，安徽涇縣人。包世臣生平見前楊紹和《歲暮懷人詩·吳讓之茂才熙載》注釋。

［2］"雙鵠摩天"，摩天指迫近藍天，形容極高。王粲《從軍》（其五）："寒蟬在樹鳴，鸛鵠摩天游。"

詩句無端唱《惱公》(1)[1]，憑誰珍重語東風。
生香活色[2]渾難辨，相對知音一笑中。

自注：

（1）用復堂句意。

注釋：

［1］"《惱公》"，李賀詩作，詳見前文《無題》（其四）注釋。

［2］"生香活色"，形容詩畫所描繪的景物生動逼真。王惲《繁杏錦鳩圖》："盡堪活色生香裏，擁顧雙栖過一春。"

重陽後二日龍松岑[1]招同芝浦[2]、葭浦、杉華、洪生游天靈寺，即席口占

岩嶤仙闕帶城皋，爲展重陽式燕敖[3]。
雅謔豈真嗤畫餅(1)，奇才未必窘題糕[4]。
醉餘濁酒心還壯(2)，香到寒花興倍豪(3)。

佳日不須慚我後，追歡一樣賦登高[5]。

自注：

（1）席間杉華見示近作。

（2）“壯心還倚醉中來”，明允《九日》詩也。

（3）是日偕同人賞菊。

注釋：

[1]“龍松岑”，即龍繼棟，龍啓瑞子。龍繼棟（1845—1900），原名維棟、字松琴，一字松岑，號槐廬，廣西臨桂人，同治元年（1862）舉人，官至户部候補主事。光緒八年（1882）因捲入雲南奏銷案被奪職，次年遣戍，因繆荃孫請李鴻章出資贖還後，主講萬全書院，光緒十七年（1891）任江南官書局《圖書集成》總校，二十一年（1895）任江南尊經書院山長。

[2]“芝浦”，即張端卿。張端卿，雲南太和人，同治四年（1865）進士，曾任翰林院編修，爲楊紹和進士同年。

[3]“燕敖”，宴飲遨游。語出《詩·小雅·鹿鳴》：“我有旨酒，嘉賓式燕以敖。”鄭玄箋：“敖，游也。”

[4]“題糕”，用劉禹錫重陽題詩不敢用“糕”字之典。邵博《聞見後録》：“劉夢得作《九日詩》，欲用糕字，以《五經》中無之，輒不復爲。宋子京以爲不然。故子京《九日食糕》有咏云：‘飆館輕霜拂曙袍，糗餈花飲鬥分曹。劉郎不敢題糕字，虚負詩中一世豪。’”

[5]“賦登高”，指登高見廣，賦詩以述其感受。《韓詩外傳》卷七：“孔子游於景山之上，子路、子貢、顔淵從。孔子曰：‘君子登高必賦，小子願者何？言其願，丘將啓汝。’”

達泉大弟見和游天靈寺之作叠韵奉詶

秋色涵空净綠皋，海王村[1]畔小游敖。
我無兼味惟加飯(1)，君有奇逢定祀糕(2)。
文酒猶思前輩勝(3)，襟懷莫負少年豪。
郢中豈乏知音者，祇恐陽春曲未高(4)[2]。

自注：

（1）是日同游廠肆，集厲齋小飲。

（2）君將應禮部試。

（3）購得許思仁、朱允修兩先生墨迹，皆吾邑人也。

（4）來詩有"君是逸才真和寡"之句。

注釋：

［1］"海王村"，今琉璃廠，乃明時官窑製琉璃瓦之地，基址尚存。在元爲海王村，清初尚不繁盛，至乾隆間始成市肆。凡骨董、書籍、字畫、碑帖、南紙各肆，皆麇集於是，幾無他物焉。上至公卿，下至士子，莫不以此地爲雅游而消遣歲月。

［2］"祇恐陽春曲未高"，見前楊紹和《贈陳與堂丈》注釋。

齋中菊華盛開，招同人小飲，達泉大弟以詩見示，久而屬和，時屆仲冬矣

芳筵[1]草草列尊彝，點綴秋容醉有宜。
豈向霜天矜傲骨，聊從月夜見清姿。
花遲方覺香能久，味澹偏教遇更奇。
知否歲寒梅是伴，春來先發水邊籬[2]。

注釋：

［1］"芳筵"，美好的宴席。劉禹錫《傷秦姝行》："芳筵銀燭一相見，淺笑低鬟初目成。"

［2］"水邊籬"，林逋《梅花》詩："雪後園林纔半樹，水邊籬落忽橫枝。"

擬唐楊巨源《春日奉獻聖壽無疆詞》[1]十首
依原韵，丁卯三月大課[2]第一

建極皇猷懋[3]，斟元[4]帝道康。

地符騰玉版[5]，天瑞燦瑶章[6]。

華祝綿千禩[7]，嵩呼[8]集萬方。

慶霄雲糾縵[9]，化宇日舒長。

柳拂襜褕[10]暖，花迎劍佩香。

陽春欣有脚[11]，獻壽共來王。

注釋：

［1］"楊巨源《春日奉獻聖壽無疆詞》"，楊巨源（755—？），字景山，河中治所人。貞元五年（789）進士。初爲張弘靖從事，由秘書郎擢太常博士，遷虞部員外郎。出爲鳳翔少尹，復召授國子司業。長慶四年（824），辭官退休，執政請以爲河中少尹，食其禄終身。余成教《石園詩話》卷二："楊景山（巨源）《春日奉獻聖壽無疆詞》十首，胡元瑞謂其'典雅精工，莊嚴律切，有沈、宋風骨，中唐諸作，此最杰然'。愚謂十首雖氣象鴻麗，而詞意多複，不如《上劉侍中》《和吕舍人》二首，體律務實，聲韵鏗鏘，對仗天成，無不諧適也。"

［2］"丁卯三月大課"，清代官學考試的一種形式。趙爾巽等《清史稿·選舉志》："祭酒、司業月望輪課《四書》文一、詩一，曰大課。祭酒季考，司業月課，

皆用《四書》《五經》文，并詔、誥、表、策論。"丁卯年，爲同治六年（1867）。按楊紹和同治四年（1865）中進士，入翰林院任庶吉士，至七年（1868）散館一等，授翰林院編修。則此組詩爲他任庶吉士時，在翰林院大課考試中之應考之作。

〔3〕"建極皇猷懋"，建極，典出《尚書·周書·洪範》："皇建其有極。"建，立也。極，中也。孔安國傳云："大中之道，大立其有中，謂行九疇之義。"原義爲屋脊之棟，引申爲中正的治國最高準則。皇猷，帝王的謀略或教化。沈約《齊太尉文憲王公墓銘》："帝圖必舉，皇猷諧煥。"

〔4〕"斟元"，斟酌元氣，有執政治民之意。袁宏《後漢紀·順帝紀》："天有北斗，所以斟酌元氣。"

〔5〕"地符騰玉版"，地符爲大地的符瑞。《周易·繫辭上》："河出圖，洛出書。"孔穎達疏引《春秋緯》云："河以通乾出天苞，洛以流坤吐地符。"《宋書·符瑞志中》："赤龍、《河圖》者，地之符也。"玉版爲上有圖形或文字，象徵祥瑞盛德或預示休咎的玉片。王嘉《拾遺記·唐堯》："帝堯在位，盛德光洽，河洛之濱得玉版方尺，圖天地之形。"

〔6〕"天瑞燦瑤章"，天瑞爲天地之靈瑞、自然之符應。

〔7〕"華祝縣千禩"，華祝即華封三祝，爲祝頌辭。《莊子·天地》："堯觀乎華，華封人曰：'嘻！聖人，請祝聖人，使聖人壽！'堯曰：'辭。''使聖人富！'堯曰：'辭。''使聖人多男子！'堯曰：'辭。'"千禩，即千年。謝瞻《張子房詩》："惠心奮千禩，清埃播無疆。"

〔8〕"嵩呼"，漢元封元年春，武帝登嵩山，從祀吏卒皆聞三次高呼萬歲之聲，後指臣下祝頌帝王，高呼萬歲。司馬遷《史記·孝武本紀》："三月，遂東幸緱氏，禮登中岳太室。從官在山下聞若有言'萬歲'云。問上，上不言；問下，下不言。於是以三百户封太室奉祠，命曰崇高邑。東上泰山，山之草木葉未生，乃令人上石立之泰山顛。"

〔9〕"慶霄雲糾縵"，慶雲，亦作景雲、卿雲，爲瑞雲天象之一。司馬遷

《史記・天官書》："若烟非烟，若雲非雲，郁郁紛紛，蕭索輪囷，是謂卿雲。卿雲，喜氣也。若霧非霧。衣冠而不濡，見則其域被甲而趨。"糾縵，爲縈回繚繞貌。沈約《宋書・符瑞上》記舜禪位於禹："舜……乃薦禹於天，使行天子事。於時和氣普應，慶雲興焉，若烟非烟，若雲非雲，郁郁紛紛，蕭索輪囷，百工相和而歌慶雲。帝乃倡之曰：'慶雲爛兮，糾縵縵兮。日月光華，旦復旦兮。'"

［10］"襜褕"，漢時男女通用之寬長袍，有直裙、曲裙二式。班固《漢書・何并傳》："林卿迫窘，乃令奴冠其冠，被其襜褕自代。"顏師古注："襜褕，曲裾襌衣也。"

［11］"陽春欣有脚"，用有脚陽春典，稱頌官吏的德政。王仁裕《開元天寶遺事・有脚陽春》："宋璟愛民恤物，朝野歸美，時人咸謂璟爲有脚陽春，言所至之處，如陽春煦物也。"

聖啓丹陵[1]後，歡承紫閣[2]前。
祥暉[3]延愛日，喬采麗非烟。
蒲篗[4]搖龍寢，蘭陔[5]播鳳弦。
垂裳[6]逢舜世，擊壤[7]戴堯天。
壽寓[8]謳歌洽，春臺[9]景色妍。
孝思宏錫類[10]，莪禄[11]頌長年。

注釋：

［1］"丹陵"，地名，傳說爲堯的誕生地。皇甫謐《帝王世紀》："（慶都）孕十四月，而生堯於丹陵。"江淹《爲建平王慶王太后正位章》："丹陵蘊德，玄丘栖聖。"

［2］"紫閣"，金碧輝煌的殿閣，多指帝居。崔琦《七蠲》："紫閣青臺，綺錯相連。"

　　［3］"祥暉"，吉祥的日光。唐中宗《祀昊天樂章》："堂堂聖祖興，赫赫昌基泰。戎車盟津偃，玉帛塗山會。舜日啓祥暉，堯雲卷征斾。風猷被有截，聲教覃無外。"

　　［4］"蒲箑"，編織扇子的蒲草，此指扇子。陸機《羽扇賦》："昔者武王玄覽，造扇於前，而五明安衆，世繁於後，各有托於方圓，蓋受則於箑蒲。"

　　［5］"蘭陔"，指孝養父母。《詩經·小雅·南陔序》："《南陔》，孝子相戒以養也……有其義而亡其辭。"

　　［6］"垂裳"，即垂衣裳，衣爲上衣，裳爲下服。以衣在上者象天，以裳在下者象地，故衣裳製作取象乾坤。後遂以稱頌帝王無爲而治。《周易·繫辭下》："黃帝、堯、舜，垂衣裳而天下治，蓋取諸乾坤。"孔穎達疏："垂衣裳者，以前衣皮，其製短小，今衣絲麻布帛，所作衣裳其製長大，故云垂衣裳也。"

　　［7］"擊壤"，爲古代的一種投擲類游戲。王充《論衡·藝增篇》："傳曰：有年五十擊壤於路者，觀者曰：'大哉，堯德乎！'擊壤者曰：'吾日出而作，日入而息，鑿井而飲，耕田而食，堯何等力！'"

　　［8］"壽寓"，即壽域，指人人得盡天年的太平盛世。班固《漢書·王貢兩龔鮑列傳》："驅一世之民，濟之仁壽之域。"

　　［9］"春臺"，爲禮部的別稱。

　　［10］"孝思宏錫類"，謂以孝思施及衆人。《詩經·大雅·既醉》："孝子不匱，永錫爾類。"毛傳："類，善也。"鄭玄箋："孝子之行非有竭極之時，長以與女之族類，謂廣之以教道天下也。"

　　［11］"莆禄"，"莆"通"福"。《詩經·大雅·卷阿》："莆禄爾康矣。"鄭玄箋："莆，福也。"

　　偉望天同峻，淵懷谷若虛。
　　風從徵子惠[1]，星拱仰辰居[2]。
　　大寶垂簾早，洪疇訪道初。

禮爲王者御，德是聖人車。

松棟韶華滿，蓂[3]階瑞靄餘。

熙春方有慶，蹈咏樂于胥[4]。

注釋：

[1]"子惠"，待以慈愛；施以仁惠。《尚書·太甲中》："先王子惠困窮，民服厥命，罔有不說。"宋祁、歐陽修等《新唐書·劉蕡傳》："陛下有子惠之心，百姓無繇而信。"

[2]"辰居"，即宸居，指帝王居處。謝莊《歌太祖文皇帝》："維天爲大，維聖祖是則，辰居萬宇，綴旒下國。"

[3]"蓂"，爲傳說中堯時的一種瑞草，亦稱"曆莢"。唐堯時階下生草，每月一日長出一片莢，至月半共長十五莢。以後每日落去一莢，月大則莢落盡，月小則留一莢，焦而不落，稱爲蓂。

[4]"樂于胥"，指歌舞和樂。《詩經·魯頌·有駜》："有駜有駜，駜彼乘黄。夙夜在公，在公明明。振振鷺，鷺於下。鼓咽咽，醉言舞。于胥樂兮！"

寶業輝金闕，貞符[1]炳玉宸。

聲靈光有夏，胞與[2]靄如春。

雨沛隨車澤，風揚解網仁。

九州安樂土，萬物太平身。

鶴算[3]推明主，鵷班[4]逮小臣。

馨香隆郅治[5]，錫羨福維新。

注釋：

[1]"貞符"，禎祥的符瑞，指受命之符。司空圖《太尉琅琊五公河中生祠碑》："貞符奉我，誕命惟唐，跨轢三古，牢籠萬方。"

　　〔2〕"胞與靄如春"，胞與即"民胞物與"，指以民爲同胞，以物爲朋友，後指泛愛一切人和物。張載《西銘》："民吾同胞，物吾與也。"

　　〔3〕"鶴算"，即指鶴壽、長壽。劉克莊《賀新郎·二鶴》詞："古云鶴算誰能紀。嘆歸來，山川如故，人民非是。"

　　〔4〕"鵷班"，鵷是傳説中類似鳳凰的鳥。鵷鳥行列整齊，故用以比喻官員上朝的行列。

　　〔5〕"郅治"，天下大治，清明太平到極點。托渾布《山陽謁座師汪文端公墓》："伊吕經綸襄郅治，皋夔翊贊播宏謨。"

　　神武征苗布，皇威破竹同。

　　攻車[1]占吉日，仗鉞[2]懔雄風。

　　魚陣[3]三軍肅，狼烽[4]萬竈空。

　　師貞[5]誇爪士，震疊奏膚功[6]。

　　偃伯[7]膺天祜，凝旒[8]贊帝聰。

　　如川徵壽考[9]，四海盡朝宗。

注釋：

　　〔1〕"攻車"，古代用以進攻的戰車。李延壽《北史·韋孝寬傳》："城外又造攻車，車之所及，莫不摧毀。"

　　〔2〕"仗鉞"，手持黄鉞，展現將帥的權威，引申指統帥軍隊。陳壽《三國志·吴志·孫堅傳》："古之名將，仗鉞臨衆，未有不斷斬以示威者也。"杜甫《北征》："桓桓陳將軍，仗鉞奮忠烈。"

　　〔3〕"魚陣"，軍陣名，即魚麗陣。《左傳·桓公五年》："爲魚麗之陳。"杜預注："《司馬法》：'車戰二十五乘爲偏。'以車居前，以伍次之，承偏之隙而彌縫闕漏也。五人爲伍。此蓋魚麗陳法。"吴均《戰城南》："五歷魚麗陣，三入九重圍。"劉過《沁園春·御閲還上郭殿帥》："旌旗蔽滿寒空，魚陣整、從

容虎帳中。”

　　[4]“狼烽”，古時邊防燃狼糞以報警的烽火。蘇轍《落葉滿長安分題》:“衣信催煩杵，狼烽報極邊。”

　　[5]“師貞”，謂用兵之道，利於得正。《周易·師》:“師貞，丈人，吉，無咎。”孔穎達疏:“師，衆也。貞，正也。丈人，謂嚴莊尊重之人。言爲師之正，唯得嚴莊丈人監臨主領，乃得吉無咎。若不得丈人監臨之，衆不畏懼，不能齊衆，必有咎害。”後用以指軍隊。唐德宗《元日退朝觀軍仗歸營》:“端旒揖群后，回輦閲師貞。”

　　[6]“膚功”，即大功。《詩經·小雅·六月》:“薄伐玁狁，以奏膚公。”毛傳:“膚，大；公，功也。”焦贛《易林·臨之既濟》:“陰陽變化，各得其宜，上下順通，奏爲膚功。”王安石《次韵元厚之平戎慶捷》:“文武佐時慚吉甫，宣王征伐自膚公。”

　　[7]“偃伯”，亦作偃霸，指休戰。范曄《後漢書·馬融傳》:“臣聞昔命師於鞬橐，偃伯於靈臺，或人嘉而稱焉。”李賢注:“偃，休也。伯，謂師節也。”令狐德棻《周書·武帝紀下》:“方當偃伯靈臺，休牛桃塞，無疆之慶，非獨在余。”

　　[8]“凝旒”，冕旒静止不動，形容帝王態度肅穆專注。韋莊《和鄭拾遺秋日感事》:“負扆勞天眷，凝旒念國章。”劉昫《舊唐書·楊虞卿傳》:“陛下初臨萬宇，有憂天下之志，宜日延輔臣公卿百執事，凝旒而問，造膝以求，使四方内外，有所觀焉。”

　　[9]“壽考”，指年高，長壽。《詩經·大雅·棫樸》:“周王壽考，遐不作人。”鄭玄箋:“文王是時九十餘矣，故云壽考。”

　　　雅化開昌運，文謨[1]焕聖時。
　　　瓊章鸞聳立，金檢[2]鳳威遲。
　　　一代薰風曲[3]，千秋湛露詩[4]。
　　　柏臺騰紫蓋[5]，芝殿耀青旗[6]。

喜起傳嘉會，賡颺^[7]答睿思。

無疆歌曼壽^[8]，軒舞列瑤墀。

注釋：

〔1〕"文謨"，指文章謀略。方孝孺《倭研銘》："産乎夷，成乎琢。宣文謨，佐帷幄。"

〔2〕"金檢"，文稿的美稱。吳均《登壽陽八公山》："瑤繩盡玄秘，金檢上奇篇。"

〔3〕"薰風曲"，即指《南風歌》："南風之薰兮，可以解吾民之慍兮。南風之時兮，可以阜吾民之財兮。"此詩相傳爲舜帝所作，抒發了先民對南風的讚美和祈盼。《禮記‧樂記》："昔者舜作五弦之琴以歌《南風》。"智匠《古今樂録》："舜彈五弦之琴，歌《南風》之詩。"司馬遷《史記‧樂書》："歌《南風》而天下治，……夫《南風》之詩者，生長之音也。舜樂好之，樂與天地同意，得萬國之歡心，故天下治也。"

〔4〕"湛露詩"，即指《詩經‧小雅‧湛露》："湛湛露斯，匪陽不晞。厭厭夜飲，不醉無歸。湛湛露斯，在彼豐草。厭厭夜飲，在宗在考。湛湛露斯，在彼杞棘。顯允君子，莫不令德。其桐其椅，其實離離。豈弟君子，莫不令儀。"此詩描寫了貴族們在舉行宴會，盡情飲樂，互相讚揚的情景。《毛詩序》："《湛露》，天子燕（宴）諸侯也"。《左傳‧文公四年》："衛寧武子來聘，公與之宴，爲賦《湛露》及《彤弓》。不辭，又不答賦。使行人私焉。對曰：'臣以爲肄業及之也。'昔諸侯朝正於王，王宴樂之，於是乎賦《湛露》，則天子當陽，諸侯用命也。"

〔5〕"柏臺騰紫蓋"，"柏臺"即御史臺。漢代御史府中列植柏樹，常有野烏數千栖其上。後因以柏臺稱御史臺。班固《漢書‧薛宣朱博傳》："是時御史府吏舍百餘區井水皆竭；又其府中列柏樹，常有野烏數千栖宿其上，晨去暮來，號曰'朝夕烏'。""紫蓋"即紫色車蓋，爲帝王儀仗。沈約《齊故安陸昭王碑文》：

"陪龍駕於伊洛，侍紫蓋於咸陽。"

[6]"芝殿耀青旗"，劉珍《東觀漢記》："明帝永平七年，公卿以芝生前殿，表賀，奉觴上壽。"李義府《宣正殿芝草》："明王敦孝感，寶殿秀靈芝。""青旗"借指帝王車駕、師旅。李慈銘《越縵堂讀書記·釣磯立談》："一旦青旗入洛，社稷邱墟，其時故老遺臣，猶未盡没，黍離之感，曠古爲昭。"

[7]"賡颺"，謂飛揚輕舉連續而歌。趙爾巽等《清史稿·樂志四》："險鬬蠲叢歸指掌，決勝廟謨長。凱聲競奏，《喜起》賡颺。"

[8]"曼壽"，指長壽。班固《漢書·禮樂志》："德施大，世曼壽。"顏師古注："曼，延也。"李紓《唐德明興聖廟樂章·亞獻終獻》："慶彰曼壽，祚撤嘉薦。"

申命宏休鬯[1]，寅衷盛世和。
簪裾[2]三殿溢，雨露九霄多。
楓陛[3]排仙仗，槐街[4]散曉珂。
龍光瞻繡黻[5]，虎拜擁笙歌。
介壽[6]銀卮奉，行春翠輦過。
百僚齊祝嘏[7]，浩蕩沐恩波。

注釋：

[1]"申命宏休鬯"，"宏休"即洪福。宋祁、歐陽修等《新唐書·韓愈傳》："鋪張對天之宏休，揚厲無前之偉迹。""鬯"通"暢"，旺盛。班固《漢書·郊祀志》："草木鬯茂。"

[2]"簪裾"，古代貴族的服飾，借指顯貴。庾信《奉和永豐殿下言志》（其二）："星橋擁冠蓋，錦水照簪裾。"

[3]"楓陛"，陛爲皇宮的臺階，此代指朝廷。陳元光《示珦》："恩銜楓陛渥，策向桂淵弘。"

[4]"槐街"，即唐代長安皇城内的承天門街，爲皇城中央南北大街，南與

朱雀大街相直。因道路兩旁種植整齊的槐樹，俗稱槐街。又因它直通皇帝居住和處理朝政的太極宮，故又稱爲天街。

[５]“黼黻”，指禮服上所綉的華美花紋，亦指綉有華美花紋的禮服。《淮南子·説林訓》：“黼黻之美，在於杼軸。”高誘注：“白與黑爲黼，青與赤爲黻，皆文衣也。”

[６]“介壽”，爲祝壽之詞。《詩·豳風·七月》：“爲此春酒，以介眉壽。”鄭玄箋：“介，助也。”

[７]“祝嘏”，本爲賀天子壽，後泛指賀壽。袁枚《嚴道甫侍讀五十壽序》：“雖然有介壽之文，而無期頤昌熾尋常祝嘏之詞，則自余始也。”

昀昀[１]環禹甸，膴膴[２]拱周京。

悦豫[３]民情茂，乘離帝象明。

綏眉來赤縣[４]，拜手遍蒼生。

獻曝[５]重霄朗，瞻雲九陌晴。

兕觥稱壽愷，雁户[６]樂時清。

率土延釐[７]候，春光正滿城。

注釋：

[１]“昀昀”，見前楊紹和《齊河縣渡河》注釋。

[２]“膴膴”，膏腴，肥沃。《詩經·大雅·緜》：“周原膴膴，堇荼如飴。”毛傳：“膴膴，美也。”

[３]“悦豫”，喜悦，愉快。班固《兩都賦序》：“是以衆庶説豫，福應尤盛。”

[４]“綏眉來赤縣”，綏眉即“綏我眉壽”。《詩經·周頌·雝》：“綏我眉壽，介以繁祉，既右烈考，亦右文母。”赤縣指華夏、中國、中土。司馬遷《史記·孟子荀卿列傳》：“中國名曰赤縣神州。”

[５]“獻曝”，即對所獻建議菲薄、淺陋但出於至誠的自謙之詞。《列子·楊

朱篇》：“宋國有田夫，常衣縕黂，僅以過冬。暨春東作，自曝於日，不知天下之有廣厦隩室、綿纊狐貉。顧謂其妻曰：‘負日之暄，人莫知者，以獻吾君，將有重賞。’”

［6］“雁户”，指流動無定的民户。劉禹錫《洛中送崔司業使君扶侍赴唐州》：“洛苑魚書至，江村雁户歸。”

［7］“延釐”，爲祝頌語，謂迎來福祥。釐，通“禧”。張行孚《與陳藍洲書》：“敬諗勛祺葉吉，旅祉延釐。”

風聲馳月竁[1]，雉貢到鷄林[2]。

環獻西王遠[3]，籌添北海深[4]。

衣冠叢卉服[5]，文字譯蕃音。

六合遥張幕，千齡永暢襟。

梯航[6]人引領，玉帛世歸心。

圖會開春宴，蟠桃靄緑陰。

注釋：

［1］“月竁”，指月亮，傳説月亮上有兔窟。顔延年《宋郊祀歌》之一：“月竁來賓。”

［2］“雉貢到鷄林”，雉貢指古越裳國進貢白雉事，喻國家强盛，人民安居樂業。范曄《後漢書·南蠻傳》：“周公居攝六年，製禮作樂，天下和平，越裳以三象重譯而獻白雉。”鷄林即指新羅。東漢永平八年（65），新羅王夜聞金城西始林間有鷄聲，遂更名鷄林。楊夔《送日東僧游天臺》：“回首鷄林道，唯應夢想通。”

［3］“環獻西王遠”，用西王母獻白環典。徐幹《中論·爵禄》：“西王母來獻白環。”《太平御覽·貢賦下》：“西王母慕舜德，來獻白環及玦。”《太平御覽·環》：“西王母乘白鹿來獻白環。”

[４]“籌添北海深”，爲用於祝人長壽之語。蘇軾《東坡志林·三老語》：“嘗有三老人相遇，或問之年……一人曰：海水變桑田時，吾輒下一籌，爾來吾籌已滿十間屋。”

[５]“卉服”，原指用絺葛做的衣服。《尚書·禹貢》：“島夷卉服。”孔傳：“南海島夷，草服葛越。”孔穎達疏：“舍人曰：‘凡百草一名卉’，知卉服是草服，葛越也。葛越，南方布名，用葛爲之。”後借指邊遠地區少數民族或島居之人。魏收《魏書·匈奴等傳序》：“辮髮之渠，非逃則附；卉服之長，琛贐繼入。”

[６]“梯航”，即“梯山航海”，謂長途跋涉。李隆基《賜新羅王》：“玉帛遍天下，梯杭（通“航”）歸上都。”

　　寵被詞臣[１]選，恩叨國士[２]知。
　　宮花摛麗藻，禁樹集高枝。
　　芸館簪毫入[３]，蘭臺珥筆隨[４]。
　　東郊霞彩絢，南極斗杓垂。
　　昌熾源常遠，升恒[５]道不卑。
　　凌雲慚奏賦[６]，漸陸肅鴻儀[７]。

注釋：

[１]“詞臣”，舊指文學侍從之臣，如翰林之類。劉禹錫《江令宅》：“南朝詞臣北朝客，歸來唯見秦淮碧。”楊紹和同治四年（1865）中進士，入翰林，爲庶吉士，故有此稱。

[２]“國士”，指國中才能最優秀的人物。《左傳·成公十六年》：“皆曰：國士在，且厚，不可當也。”《戰國策·趙策一》：“知伯以國士遇臣，臣故國士報之。”

[３]“芸館簪毫入”，芸館指書齋。陸采《明珠記·珠園》：“椒房寂寞，冷繫臂之紅綃；芸館淒涼，閑畫眉之妙手。”簪毫即簪筆，謂插筆於冠或笏，以備

書寫。古代帝王近臣、書吏及士大夫均有此裝束。班固《漢書·趙充國傳》："（張安世）本持橐簪筆事孝武帝數十年，見謂忠謹，宜全度之。"顏師古注引張晏曰："近臣負橐簪筆，從備顧問，或有所紀也。"

［4］"蘭臺珥筆隨"，蘭臺爲漢代宮內收藏典籍之處。班固《漢書·百官公卿表上》："御史大夫……有兩丞，秩千石。一曰中丞，在殿中蘭臺，掌圖籍秘書。"焦贛《易林·巽之明夷》："典策法書，藏閣蘭臺，雖遭潰亂，獨不逢災。"後泛指宮廷藏書處。李延壽《南史·徐勉傳》："方領矩步之容，事滅於旌鼓；蘭臺石室之典，用盡於帷蓋。"珥筆指古時官吏、諫官入朝，或近臣侍從，把筆插在帽子上，以便隨時記録、撰述。曹植《求通親親表》："執鞭珥筆。"

［5］"升恒"，指國運興盛繁榮。《詩經·小雅·天保》："如月之恒，如日之升。"

［6］"凌雲慚奏賦"，用司馬相如典，司馬遷《史記·司馬相如列傳》："相如既奏《大人》之頌，天子大説，飄飄有凌雲之氣。"此處爲楊紹和自謙之詞。

［7］"漸陸肅鴻儀"，比喻美德善行可爲人表率。語出《周易·漸》："鴻漸於陸，其羽可用爲儀。"孔穎達疏："其羽可用爲物之儀表，可貴可法也。"范仲淹《南京書院題名記》："觀夫二十年間，相繼登科，而魁甲英雄，儀羽臺閣，蓋翩翩焉。"

楊紹和佚作

《爭座位帖》跋^[1]

袁桷《清容集》^[2]云：《爭坐》真迹在北京兆安氏家，嘗刻以傳世。吳中復守永興，以安工所刻盡筆意，因再模刻。王虛舟《竹雲題跋》^[3]云：或謂關中本即安氏刻也。考吳中復以龍圖閣學士出守在熙寧間，則安氏刻此石當在熙寧前也。

辛丑夏四月廿四日，於國學御書樓東廡下手剔重刻《爭坐帖》，石已裂爲四段。據《楊東里集》^[4]，明永樂二年，民有治圃得之者，則是明初以前所摹刻矣。拓者尤當珍護也。

注釋：

[1] 此《跋》載宋拓《爭座位帖》帖末。《爭座位帖》今藏北京故宮博物院（該跋由故宮博物院施安昌先生提供）。從藏印來看，此帖當先爲楊以增收藏，一直傳至楊敬夫。該帖還有唐翰題跋，唐氏曾客楊以增督署。楊紹和何時作是《跋》，未署時間。上海古籍出版社 2006 年影印上海圖書館藏本，施先生在撰

《前言》引用了紹和跋，并稱此跋作於道光二十一年（1841）後，當據"辛丑夏四月廿四日"之記述。

　　海源閣不僅喜藏書，而且對金石帖硯亦盡行搜羅。楊紹和自稱"惟與金石翰墨爲緣"（楊紹和《楹書隅録》卷四《宋本〈陶靖節先生詩〉題識》）。這種嗜好自然促發了他們的收藏欲，不僅收藏多，且品質很高。如宋拓孤本《争座位帖》之二、四、六、八、十卷，今亦藏故宫博物院。《争座位帖》亦稱《論座帖》《與郭僕射書》，爲顏真卿行草精品，約六十四行。帖爲唐廣德二年（764）顏真卿寫給僕射郭英义的書信手稿。米芾云："此帖在顏最爲杰思，想其忠義憤發，頓挫鬱屈，意不在字，天真罄露在於此書。"又云"《争座位帖》有篆籀氣，爲顏書第一。字相連屬，詭異飛動得於意外"。（米芾《書史》，文淵閣《四庫全書》本）此稿真迹傳有七紙，宋時曾歸長安安師文，安氏以此上石，石在陝西西安碑林，真迹已不傳。是帖歷來爲書家所重視，與王羲之《蘭亭序》并稱"行書雙璧"，又與《祭侄文稿》《告伯父文稿》被譽爲顏書三稿。其傳世刻本頗多，以西安本（上海圖書館藏）刻工最佳。此本字口清晰可見，墨色醇古，是較早的宋拓本。所鈐楊氏藏印有"至堂""宋存書室""宋存書室珍藏""楊紹和審定""楊氏仲子""楊印承訓"等。由藏印可知，該帖爲楊以增購得，遞藏紹和、保彝後，於民國間從海源閣第四世主人楊敬夫手中散出，後轉歸北京故宫博物院。

　　［2］"袁桷《清容集》"，袁桷（1266—1327），字伯長，號清容居士，浙江鄞縣人。大德元年（1297）薦爲翰林國史院檢閲官，升應奉翰林文字，同知制誥兼國史院編修官。延祐年間（1314—1319）遷侍制，任集賢直學士，未幾任翰林直學士，知制誥同修國史。至治元年（1321）遷侍講學士，參與纂修纍朝學録，泰定元年（1324）辭歸。卒贈中奉大夫、江浙中書省參政，封陳留郡公，謚文清。袁桷喜藏書，藏書樓名"清容居"，藏書之富甲於浙東。《清容集》即《清容居士集》，凡五十卷。袁桷文章"博碩偉麗，文風風流"，所撰《清容居士集》凡辭賦二卷，詩十四卷，文三十四卷，所撰碑銘、墓誌、行狀、傳

記八十餘篇，多可用以補證史事，爲研究元代中後期政治、文化的重要文獻。

[3]"王虛舟《竹雲題跋》"，王澍（1668—1743），字若霖，號虛舟，江蘇金壇人。康熙五十一年（1712）進士，入翰林，後告歸，書法益精，四體并工，於唐代歐、褚兩家致力尤深，著有《淳化閣帖考正》《古今法帖考》《虛舟題跋》等。《竹雲題跋》，凡四卷，收録比干銅盤銘等凡一百二十二種。所評以右軍、魯公帖最多，餘不能備，蓋傳寫之值存者。卷首沈德潛《序》稱："《竹雲題跋》者，虛舟王先生評騭其所臨摹碑帖以成書，而苕溪錢君壽泉爲之鋟板以行世者也。虛舟以工書名海内，故能鈎玄抉奧，窺見古人精神之所寄。而其辨證史家之闕謬，其用心又同於趙德甫《金石録》，仿歐陽《集古》之遺意而爲之。"

[4]"《楊東里集》"，即楊士奇所撰《東里文集》。《東里文集》凡二十五卷，爲楊士奇生前就所撰詩文親加選擇，由其子楊道編定，所録記、序、跋、傳、銘、詩、辭、賦等各體兼備，多爲楊士奇得意之作，爲研究明代初年的政治、典制、人物，提供了豐富的史料。

《助字辨略》跋[1]

先君往於錢學博《曝書雜記》[2]中，識濟寧劉南泉先生纂《助字辨略》五卷[3]。每遇濟上交游，諮求之，鮮有知其人者。歲壬子冬，有鄉人謁先君於豐北工次，詒一册，爲先生及其弟魯田先生[4]所書。先君跋尾云："書法入古，於晉、唐、宋諸賢，具體而微。"又云："劉君經學若彼，書法若此，所著《堂邑志》《賦役論》，又有心濟世者也。生既淪落，歿則已焉。《助字辨略》雖已梓，而未能流布。""世之懷才不遇如劉君者，可勝道耶？"[5]先君既撰是跋，越二歲乙卯[6]，從錢學博所録得是本，檢多譌字，復寄學博，分屬李君、曹君、張君、唐君參校，學博綜核寄復。九月付版，明年正月訖工，時先君薨已逾月。

噫！先君惓惓南泉先生之懷才不遇，爲刊是本，期於工訖後叙明重刊之意，而竟未之及也。紹和竊嘗聞先君論訓詁之學，大備且精莫過於乾嘉間。當先生時，此詣尚未甚盛，而先生倡專訓助學之例，獨標心得。後有作者，縱愈密審，顧非先生導之於前乎？紹和痛先君不逮叙，而敬檢手澤，述所聞并記録刊之歲月，追慕曷已！

咸豐六年十二月^[7]，楊紹和謹書。

注釋：

[1] 此跋載《助字辨略》卷末。《助字辨略》五卷，咸豐五年（1855）海源閣刻本，半葉九行二十一字，白口，左右雙邊，單黑魚尾，版心下鎸“海源閣”。扉頁書牌題“咸豐五年九月啓/乙卯年正月迄刊。”卷首有康熙五十年（1711）盧承琰《序》及劉淇《自序》，次爲正文。《助字辨略》專講虚詞用法。其所收單字，除同音相通者外，尚有四百七十六字，較之王引之《經傳釋詞》的一百六十字，幾乎有近三倍之多；其所收例句，除先秦兩漢古書以外，下及唐詩宋詞，範圍廣泛；其所收復音詞不少，如“等頭”“等閒”“者邊”等唐宋人常用語亦加收録，凡一千一百四十餘條，在我國古漢語虚詞研究上有較大影響。劉淇生平，詳見前楊以增《劉武仲字册跋尾》注釋。

[2] “錢學博《曝書雜記》”，錢學博即錢泰吉。錢泰吉（1791—1863），字輔宜，號警石，嘉興人，清代著名校勘學家。《曝書雜記》原爲二卷，後補作一卷，合爲三卷，記述古籍的著述、校勘、傳刻、版本等，并記述同時代學者的學術研究活動。錢泰吉爲錢儀吉之弟。道光二十二年（1842），楊以增任開歸陳許道時，錢儀吉主講大梁書院，二人結爲至交，信札往還頗多，錢儀吉并爲楊兆煜作墓誌銘。楊以增或因錢儀吉而結交錢泰吉，并請錢泰吉校訂《助字辨略》。

[3] “濟寧劉南泉先生纂《助字辨略》五卷”，劉南泉先生即劉淇，劉淇生平《助字辨略》簡介及前楊以增《劉武仲字册跋》注釋。

[4] “魯田先生”，即劉淇弟劉汶。劉汶（1669—1707），字魯田，康熙

二十六年（1687）舉人。後多次參加會試不售，遂絶意仕進，於書無所不讀，皆能得其要旨。著有《太極論》一卷，雜文一卷，詩四卷，書法精妙絶倫。

　　［5］以上數語，見前楊以增《劉武仲字册跋》。

　　［6］"越二歲乙卯"，即咸豐五年（1855）。

　　［7］"咸豐六年十二月"，是時，楊紹和奉諱家居，遂有整理楊以增遺留藏書之舉。

《夏小正傳》跋[1]

　　右《夏小正傳》分上、下卷，嘉慶三年歲在戊午，孫淵如觀察[2]校刊於兖郡。越五十七年，先君重校刊於南清河。以舊藏原刻本磨損末二葉，屬家石卿大令鐸假丁子敬明經壽徵[3]藏本勘補，明經前校識異同於簡端行裏，說甚夥。大令録而次之，爲校勘記，亦分上、下卷。先君嘉其審慎，與孫刻相發明，遂并刊之，時咸豐四年歲在甲寅冬月。刊成經年，先君鄭重再三，校未即印本行世，而奄忽告終。紹和謹案：《葉石農先生自編年譜》歲戊午四月[4]，孫觀察寄贈先生篆書楹帖句云："周秦之上古學在，聊攝以東吾道傳。"故知觀察與先生道藝至契。先祖曁先君皆受業於先生，先君受讀是本，當在初刊之時。閱歲既多，慮版漫漶，并刊别校本，以資互證。淵源師門之意，何可泯焉？敢略述之以誌讀者。

　　咸豐六年冬十二月紹和謹書。

注釋：

　　［1］此跋載《夏小正傳》卷末。《夏小正傳》兩卷，楊以增咸豐四年（1854）冬在南清河（即江蘇淮安清江浦）重校刊梓，半葉九行十八字，四周雙邊，注文雙行同，白口，單黑魚尾。每卷標題下均題"楊以增重校"。

《夏小正》，爲我國最早的物候曆書，保存了不少夏代史料。《禮記·禮運》稱：“孔子曰：‘我欲觀夏道，是故之杞，而不足徵也，吾得夏時焉。’”鄭玄注：“得夏四時之書也，其書存者有《小正》。”司馬遷《史記·夏本紀》：“孔子正夏時，學者多傳《夏小正》。”此書以蟲魚草木正十二月節候，故名《小正》，宋邢昺《爾雅疏》稱：“以蟲魚草木正十二月之節候，起於夏后氏，故曰《夏小正》。”此書以一年十二月爲序，按月記載有關的天象（以星象爲主）、氣候狀況與植物、動物之間的相應變化以及人事之間的關係。西漢初年，收入戴德所編的《大戴禮記》中，後注家蜂起，多單行本，孫星衍據各本，對《夏小正》經文及傳文詳加校訂，作《夏小正傳》（傳即注），收入《翠琅軒叢書》。

［2］“孫淵如觀察”，即孫星衍，其生平詳見前楊以增《九水山房文存叙》注釋。

［3］“丁子敬明經壽徵”，即丁壽徵。丁壽徵（1815—1864），江蘇山陽人，字子静，號綺嵐，室名葆素齋，丁晏四子。道光丙午（1846）優貢，應試作《經説》，頗得學使俊藻和時任禮部侍郎曾國藩器重，舉薦爲八旗弟子教習，以知縣候用，精經史、小學，著有《十六國興亡表》《説文揭櫫》《春秋異地同名考》《張右史年表》及《葆素齋詩集》。

［4］“《葉石農先生自編年譜》歲戊午四月”，《葉石農先生自編年譜》，又名《跛奚年譜》，一卷，爲葉葆自編。葉葆生平見前楊以增《〈九水山房文存〉叙》注釋。此譜自編至嘉慶二十三年（1818）止，以下由其子葉錫麟續編。譜内記家事、授徒、交游等，隸事瑣細，尤詳於弟子科名宦迹，譜後有高均儒《跋》。最早的版本爲咸豐六年（1856）楊氏海源閣高均儒寫刊本。戊午爲嘉慶三年（1798），時孫星衍任山東督糧道，服膺葉葆之學，遂作此聯以相贈。

《柏梘山房集》識語[1]

先君子校刊伯言先生文集既成，續校詩集、駢體文。刊未及半，而先君子薨。縠等泣請先生爲傳誌之文，時先生患鼻衄，旋淮安寓舍。逾旬，撰《家傳》寄示。不數日，先生亦卒，是爲咸豐六年正月十二日，距先君子薨僅二十四日[2]。嗚呼！迨縠等促工刊藏詩及駢體十五卷，都文集爲三十一卷，先生已不及見矣[3]。此傳編列《文續集》之末，目仍分年，而爲丙辰特著一篇[4]。愴誦攀號，追慕罔極！

　　孤紹縠、和泣識。

注釋：

　　[1]此識語載《柏梘山房集》所録《柏梘山房文集》之《文續集》末尾。《柏梘山房集》三十一卷，扉頁有書牌："咸豐六年三月刊成"，版心上分別鎸"柏梘山房文集""柏梘山房詩集""柏梘山房駢體文"，詳見前文楊以增《柏梘山房文集序》注釋。

　　[2]"距先君子薨僅二十四日"及前數句，《柏梘山房文集》刊成於咸豐五年（1855）十月，凡十六卷、《文續集》一卷，十行二十一字，白口，四周雙邊，單黑魚尾，卷首有楊以增序。此本楊以增及梅曾亮均曾見之。楊以增原意爲在刻竣《文集》後，再續刻《詩集》，但因數月後即病逝，故未能如願。梅曾亮與楊以增爲同年友，感情深摯，數十年不渝。此前數年，梅曾亮又館於楊以增之清江浦衙署，二人交往愈密。得楊以增之訃後，梅曾亮應楊紹縠、紹和之請，爲楊以增作《家傳》，旋即驚悼而卒。

　　[3]"先生已不及見矣"及前數句，楊紹縠、紹和感懷楊以增與梅曾亮之誼，遂繼楊以增刻梅《集》之志，續刻梅曾亮《詩集》十卷、《詩續集》二卷、《駢體文》二卷，藏工於咸豐六年（1856）三月。合前《文集》十六卷、《文續集》一卷，凡三十一卷。

　　[4]"而爲丙辰特著一篇"，《柏梘山房文集》之《文續集》收梅曾亮《兵部侍郎江南河道總督楊公家傳丙辰》，此文後即爲楊紹縠、紹和丙辰年（1856）題識，以寄托哀思，并述刊刻本末。

《急就章考異》跋[1]

　　《急就章考異》亦孫淵如觀察校本。案觀察自序：“惜顔本不依古本分章，《玉海》[2]所稱碑本異字，核之今帖，尚有遺漏。因以帖本爲定，校各本文字爲《考異》一卷。”卷首第二行標題史游撰，旁注“顔師古本”四字。其於碑本所無、顔本所有之章或低一格附列，或不録，祇仍其舊。間有顯然之誤，如“路正陽”是碑本，顔本作“政陽”，《玉海》本作“政楊”，誤。《玉海》爲“顔樊愛君”，誤“君”爲“尹”；“鍛鑄鉛錫鐙鐎錠”，誤“鉛”爲“鈗”；“蟲斗參升半卮蕫”，誤“蟲”爲“蟊”；“癉熱瘻痔眵矐眼”，顔本作“蔑”，誤“蔑”爲“蒗”，據顔本、《玉海》本刊正。先君重校《夏小正》及是章，刊既經年，皆未作叙，刷布誠恐尚有疏舛。紹和僅就刊正數條記於章末，其他疑似，惟冀博雅君子鑒而教之。

　　咸豐六年冬，紹和謹書。

注釋：

　　[1]此跋載孫星衍撰《急就章考異》卷末。《急就章考異》對史游《急就章》之文字進行校勘，不作更多訓解，校文頗簡短。有楊以增咸豐六年（1856）刻本，九行十八字，四周雙邊，注文雙行同，白口，單黑魚尾。卷首標題下題“楊以增重校”。由“先君重校《夏小正》及是章，刊既經年”可知，是書刊行時間、地點與《夏小正傳》相同。

　　[2]“《玉海》”，南宋王應麟編纂的一部類書，凡二零四卷。《四庫全書總目》卷一三五稱：“此書分天文、律憲、地理……等二十一門。每門各分子目，凡二百四十餘類……其作此書，即爲詞科應用而設。故臚列條目，率巨典鴻章。其采録故實，亦皆吉祥善事，與他類書體例迴殊。然所引自經史子集，百家傳記，無不賅具。而宋一代之掌故，率本諸實録、國史、日曆，尤多後來史志所未詳。其貫串奧博，唐宋諸大類書未有能過之者。”

《程雪樓集》跋[1]

按《四庫總目》云：程雪樓《玉堂》等集“各自爲部，其子大本合輯爲四十五卷，門人揭傒斯校正之。此本并作三十卷，乃至正癸卯其曾孫潛所重編。”[2]又《潛研堂集》云：“《程文憲集》，洪武乙亥興耕書堂刊。”[3]歐陽厚功、李文序俱云四十五卷。此三十卷者刊時并省，非殘闕也。又張氏《藏書志》載是書前有《元史本傳》，并歐陽元、李文、彭吉、熊釗四序，洪武二十九年識語，無款，附錄一卷，當即潛研所稱乙亥刊本也。此本爲季滄葦、玉蓮涇舊藏[4]。首列厚功序，每卷題：“男大本輯錄，門生揭傒斯校正。”《年譜附錄》末題云：“至正丙午長至諸孫集賢修撰，奉議大夫世京重編”，視諸書所記小有未合。然相其紙墨，實爲明中葉以前本，或即洪武所刊，而脫去序文、識語耶？目錄後有補痕。雪樓以宏才博學，久居清秘，其詔誥碑誌諸作足資考鏡者甚多，而世間頗乏傳本。故潛研求之廿年始獲，誠秘笈已[5]。惜卷十四、卷二十四、卷二十五均有闕頁，當更訪他本補之。戊辰[6]八月購於都門廠肆。楊紹和協卿甫識。

注釋：

[1]“《程雪樓集》跋”，在《程雪樓集》卷首。《楚國文憲公雪樓先生文集》三十卷，附錄一卷，元程鉅夫撰；年譜一卷，元程世京編，明洪武二十八年（1395）興耕書堂刻本。卷首除楊紹和跋外，又有清康綸鈞跋。該本曾爲季振宜、玉蓮涇、康綸鈞等名家遞藏，楊紹和於清同治七年（1868）八月購於京師。程鉅夫（1249—1318），初名文海，因避元武宗海山諱，改用字代名，號雪樓，又號遠齋。江西建昌人。程鉅夫少與吳澄同門，南宋末年隨叔父降元。因受元世祖賞識，纍遷集賢直學士。至元十九年（1282）奏陳五事，又請興建國學、搜訪江南遺逸，參用南北之人，建議均被采納。至元二十四年（1287）

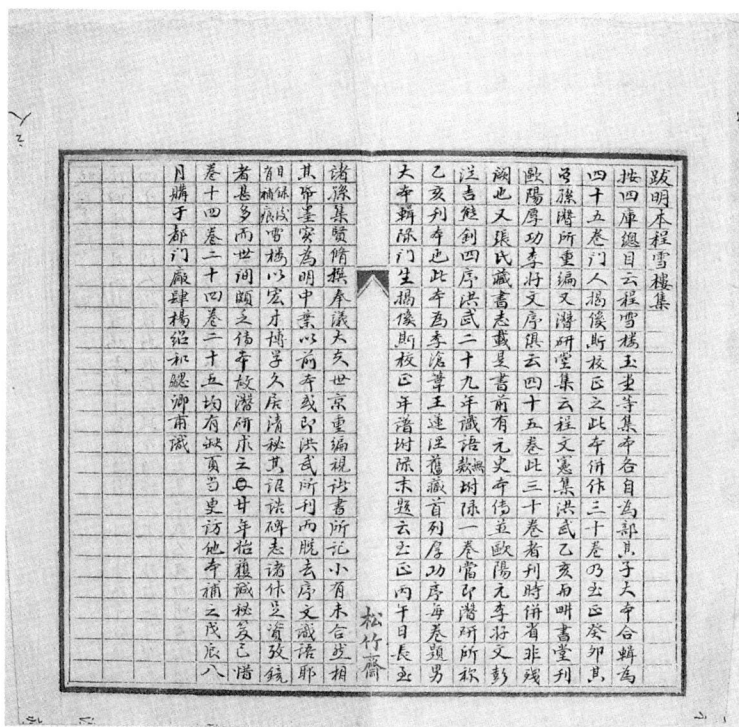

《楚國文憲公雪樓先生文集》三十卷，附錄一卷，（元）程鉅夫撰，
明洪武二十八年（1395）與畊書堂刻本

拜侍御史，行御史臺事，於江南推薦趙孟頫等二十餘人，皆獲擢用。丞相桑哥
專政，程鉅夫上疏極諫，幾遭殺害。其後歷官大江南湖北道肅政廉訪使、翰林
學士承旨，并參與編修《成宗實錄》《武宗實錄》。延祐五年（1318年）去世，
年七十，泰定二年（1325年）追贈大司徒、柱國，追封楚國公，謚文憲。其
文雍容大雅，詩亦磊落俊偉，有《雪樓集》三十卷。

　　［2］《雪樓集》提要，見《四庫全書總目提要》之集部別集類十九。

　　［3］見錢大昕《潛研堂集》卷三十一，嘉慶十一年（1806）刻本。

　　［4］"此本爲季滄葦、玉蓮涇舊藏"，季滄葦即季振宜。季振宜（1630—
1674），字詵分，號滄葦，江蘇泰興人。順治四年（1647）進士，授蘭溪知縣，
行取刑部主事，遷户部郎中。十五年（1658）考選浙江道御史，數上疏言事。

後受命巡視河東鹽政，乞歸。家本豪富，好藏書，江南故家善本多爲其購得。又因錢謙益舊稿踵事校補，輯《全唐詩》稿本七百十六卷，康熙間編《全唐詩》即以之爲基礎。鄧漢儀稱其詩"專務創辟，而又無處不法古人"。著有《静思堂詩稿》《季滄葦書目》。

　　[5]由於程鉅夫集"世間頗乏傳本"，故紹和尤重是書，并鈐有"東郡楊紹和字彦合藏書之印""瀛海仙班""楊紹和讀過"等藏印凡十四方。此本今藏山東省圖書館。

　　[6]"戊辰"，即同治七年（1868），時楊紹和任職京師。

《楹書隅録初編》序[1]

　　先端勤公平生無他嗜，一專於書。所收數十萬卷，庋海源閣藏之，屬伯言梅先生爲之記。别闢書室曰"宋存"[2]，藏天水朝舊籍[3]，而以元本、校本、鈔本附焉。癸亥、甲子間，紹和里居，撰《海源閣書日》[4]成。復取宋元各本，記其行式、印章、評跋，管窺所及，間附數語[5]。乙丑入翰林，簪筆鮮暇，此事遂輟。頃檢舊稿之已成者，得若干種，厘爲五卷，命曰《楹書隅録》。寫校既竣，撫書遠想，哀慕曷極！

　　同治己巳[6]仲夏，聊城楊紹和彦合甫識。

注釋：

　　[1]此文在楊紹和編《楹書隅録》卷首。《楹書隅録》爲楊紹和編撰的善本解題目録。其書名含義正如黄永年云："楹書，在這裏指先人遺下的書；隅録，是所録只有一隅即全部藏書的一角。"（黄永年《古籍版本學》）《楹書隅録》分《初編》五卷（集部分上、下卷）和《續編》四卷。光緒十九年（1893）春，楊紹和子保彝在京爲官時，延請多人校勘《楹書隅録》初編及續編，并於翌年刊成。《楹書隅録》封面首題篆字"楹書隅録初編"，左下題"道州何維樸署檢"，

《楹書隅録初編》五卷，（清）楊
紹和撰，清光緒二十年（1894）
楊氏海源閣刻本（一）

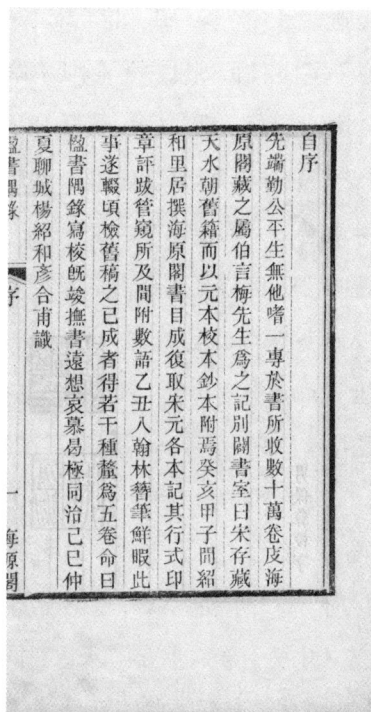

《楹書隅録初編》五卷，（清）楊
紹和撰，清光緒二十年（1894）
楊氏海源閣刻本（二）

扉頁有書牌"光緒甲午中秋海源閣刻"。半葉九行二十一字，注用雙行小字，白口，左右雙邊，單魚尾，魚尾上鐫"楹書隅録"，下題卷次，次下題"海源閣"。《初編》前除紹和自序外，又有許廎颺序，末鈐"楊紹和印"白文方印、"彠卿"朱文方印兩印，左下題"男保彝校字"。《續編》版心魚尾上題"楹書隅録續編"，卷首有紹和題識，末鈐"紹和筠岩"朱白文方印、"秘閣校理"朱文方印兩印，左下亦題"男保彝校字"。《續編》後有楊保彝及柯劭忞跋。遇敬語如《天禄琳琅書目》"《四庫全書總目》"國朝""先公""先大夫"等抬頭或空格。避清諱改字，如《隅録》卷四元本《注陸宣公奏議》中"郎曄"之"曄"字缺末筆，避聖祖（玄曄）諱。卷五影宋精鈔本《西昆酬唱集》中"毋寧"之"寧"字以"甯"

字代，避宣宗（旻寧）諱。卷五宋本《新刊國朝二百家名賢文粹》中"播芳琬琰"之"琰"字缺末筆，避仁宗（顒琰）諱。卷五元本《文選》中"顧君淳慶"之"淳"字以"湻"字代，避穆宗（載淳）諱。避父諱"增"字均缺末筆。

[2]"別闢書室曰'宋存'"，楊氏藏書崇尚宋刻，因而"別闢書室曰'宋存'，藏天水朝舊籍，而以元本、校本、鈔本附焉。"（楊紹和《楹書隅録序》）楊紹和所編善本書目亦以《宋存書室宋元秘本書目》命名。《楹書隅録》題識中有"彥合主人識於宋存書室"（如《楹書隅録》卷一宋巾箱本《春秋經傳集解》題識）者非止一處。楊紹和撰《楹書隅録》時，正里居海源閣，宋存書室當在閣內。但《楹書隅録》卷二宋本《咸淳臨安志》題識稱"庚午小陽，彥合楊紹和識於宋存書室。"庚午小陽爲同治九年（1870）十月，此時紹和正爲官京城。據此則此室可能隨主人仕宦經歷而遷移，由此亦可見楊氏重宋槧、重治學的藏書思想。

[3]"藏天水朝舊籍"，天水朝即宋朝。宋朝的國姓爲趙，天水爲趙氏郡望。脫脫等《宋史》卷六十五："天水，國之姓望也。"故有此稱。

[4]"撰《海源閣書目》"，《海源閣書目》爲楊氏最早編輯的普本簡目。初稿由楊紹和於同治二年（1863）至三年（1864）撰成。紹和在撰寫《楹書隅録》過程中三次提及《海源閣書目》，如《楹書隅録》卷三宋本《證類本草》題識云："予齋亦有元大德本，較此爲遜，已入《海源閣書目》中，未登是編。"《楹書隅録》卷四元本《增廣注釋音辨唐柳先生集》題識云："予藏明代覆本，別入《海源閣書目》中。"《隅録》卷五元本《國朝文類》題識云："修德堂本則入《海源閣書目》中。"可見《海源閣書目》撰成於《楹書隅録初編》之前無疑，而且楊紹和將《海源閣書目》視爲普通目録的意圖極爲明顯。《海源閣書目》因撰成時間較早，其後又不斷增補，現在可見到者即爲保彝增補本。宣統元年（1909），保彝將家藏咨部存案時，據其附開書目即有鈔本《海源閣書目》，王獻唐於1929年11月奉命前往聊城清查劫後遺書時，於楊氏後宅見到這個鈔本，匪亂中幸未散失，一直爲楊氏保存（王獻唐《聊城楊氏海源閣藏書之過去現在》）。1957年，楊敬夫向山東省文化部門捐獻海源閣文物時，此書即爲其一，現藏山東省圖書館。

［5］“間附數語”及前數句，癸亥、甲子爲同治二年、三年，據此，則楊紹和於此二年中開始編纂《楹書隅録初編》。下文稱“乙丑入翰林，簪筆鮮暇，此事遂輟”，乙丑爲同治四年（1865），再按此序又稱：“頃檢舊稿之已成者，得若干種。”則可知楊紹和集中撰寫《楹書隅録初編》在同治二年至四年之間。同治四年中輟後，至咸豐八年（1869）方“寫校既竣”。今檢楊紹和《楹書初編》爲各書作題識之時間，則自同治二年之前，實際已零星撰寫，如宋本《唐求詩集》題云：“咸豐辛酉秋八月，聊城楊紹和識。”（《楹書隅録》卷四）辛酉即咸豐十一年（1861）。同治八年（1869）之後紹和又有續補，如宋刊《添注重校音辨唐柳先生文集》題識云：“庚午小陽，東郡楊紹和勰卿甫識。”（《楹書隅録》卷四）庚午即同治九年（1870）。又宋本《史記》題識稱“壬申夏仲”（《楹書隅録》卷二）。壬申即同治十一年（1872）。據此亦可判斷楊紹和在作此跋後仍有補充，《楹書隅録》的真正完成時間應在同治十一年之後。

［6］“同治己巳”，即同治八年。

《昌黎先生集考異》跋[1]

此李文貞公[2]審刻之初印本。戊辰□日得於京師，即《四庫》據以著録者也。《總目》謂“文貞没後，其板旋佚。”故流傳頗少，今去乾隆又近百年，愈堪珍貴，直當以宋刊視之矣。

庚午七月[3]，楊紹和記。

注釋：

［1］“《昌黎先生集考異》跋”，在李光地刻《昌黎先生集考異》卷首。《昌黎先生集考異》十卷，宋朱熹撰，清康熙四十七年（1708）李光地刻本。此本卷首除楊紹和跋外，又有康綸鈞跋。鈐有“漢陽葉名澧潤臣甫印”“康綸鈞字鴻書號伊山”兩印，知曾由葉潤臣、康綸鈞收藏，楊紹和於同治七年（1868）購

於京師，鈐有“楊紹和印”“楊氏海源閣藏”“瀛海仙班”“東郡楊紹和字彦合藏書之印”“東郡宋存書室珍藏”諸印。由於是本流傳頗少，紹和“直當以宋刊視之”。今藏山東省圖書館。

[2]“李文貞公”，即李光地。李光地（1642—1718），字晋卿，號厚庵，別號榕村，福建安溪人。康熙九年（1670）進士，歷任翰林院編修，協助平定三藩之亂、統一臺灣，纍官至吏部尚書、文淵閣大學士。康熙五十五年（1717），因痾疾速發卒於任所，享年七十七歲，謚文貞。李光地爲理學名臣，著有《曆像要義》《四書解》《性理精義》《朱子全書》等，雍正初年，加贈太子太傅，入祀賢良祠。

[3]“庚午七月”，爲同治九年（1870）七月。

《范德機詩集》題識[1]

《讀書敏求記》：“《范德機詩集》七卷。至元庚辰刊於益友書堂，臨川葛雝仲穆編次。”即此本也。同治辛未，以朱提十金得之京城廠肆[2]。彦和主人識。

注釋：

[1]“《范德機詩集》題識”，爲楊紹和手寫，以白紙附於此集扉頁。元本《范德機詩集》七卷，元范梈撰。扉頁有書牌：“至元庚辰良月／益友書堂新刊”。每卷標題下均題：“臨川葛雝仲穆編次；儒學學正孫存吾如山校刊。”王紹曾先生《楹書隅録補遺》著録此書，但未收此題識：“此本《楹書隅録》《宋存書室宋元秘本書目》均未收，《海源閣宋元秘本書目》著録。王獻唐調查登録時尚存海源閣，散出後去向不明。”但據考，王氏所言有兩誤。其一，《宋存書室宋元秘本書目·集部》著録此書爲：元本《范德機詩集》七卷，四册一函。其二，1929年11月，海源閣遭劫後，王獻唐赴聊城調查登録殘餘之書時尚存海源閣，《聊城楊氏海源閣藏書之過去現在》著録。據此書藏印“山東省立圖書館點收海源

閣書籍之章”，知散出後由王獻唐收歸山東省圖書館，後歸山東博物館。

　　[2]“同治辛未，以朱提十金得之京城廠肆”，海源閣藏書爲紹和所購者有兩大宗，一爲清宗室怡府明善堂散佚之籍，二是於京城廠肆等處零星購得者。同治辛未即十年（1871），此書爲紹和於是年任職京師時購於琉璃廠。“朱提”原爲山名，在今雲南省昭通縣境。因盛産白銀，世稱朱提銀，後遂用作銀的代稱。

《楹書隅録續編》序[1]

　　昨歲撰《楹書隅録初編》成，得書五卷，皆先公四經四史齋[2]舊藏善本。予昔年所收精槧，間附録焉。惟繼得黃、汪二家精校名鈔各本，以避兵而儲諸山中者[3]，悉未登録。今春珥筆稍暇，命兒子保彝由里中鈔寄原書跋尾若干條，手加甄録。補成九十餘種，釐爲四卷，命曰《續編》。若予年來嗜痂所在，不乏珍笈，手校諸籍，亦頗罕秘，《三編》之纂，擬俟諸他日。

　　同治辛未[4]中秋，彦合主人識於京寓五端友齋。

注釋：

　　[1]此序載《楹書隅録續編》卷首，此書版本及刊刻情況詳見上文《〈楹書隅録初編〉自序》注釋。

　　[2]“先公四經四史齋”，四經四史之齋，爲楊氏海源閣藏書室名。楊氏藏書尤重經史，視宋版“四經四史”爲鎮庫之寶，別闢書室以珍藏，顔其室爲“四經四史之齋”。楊紹和《楹書隅録》卷四宋本《韋蘇州集》題識稱：“余藏宋槧各書，經部則有《毛詩》《三禮》；史部則有《史》《漢》《三國》，嘗以‘四經四史’名齋。”晚清學者陸以湉云：“聊城楊至堂河督以增得宋版《詩經》《尚書》《春秋》《儀禮》《史記》、兩《漢書》、《三國志》，顔其室曰‘四經四史之齋’，是皆可爲藝林佳話。”（陸以湉《冷廬雜識》卷一）實則陸君“四經”之説有誤。楊

紹和在《楹書隅録・宋本〈毛詩〉》題識中做了更正："先公所藏四經，乃《毛詩》《三禮》，蓋爲其皆鄭氏箋注也。《尚書》《春秋》雖有宋槧，個別儲之。先公與陸君平生未識面，當由傳聞偶誤耳。"（《楹書隅録》卷一）"四經四史"共十三種，代表了楊氏藏書的最精華部分。

[3]"以避兵而儲諸山中者"，此指楊氏藏於肥城陶南山莊之藏書。陶南山莊爲楊氏藏書除海源閣之外的第二個重要藏所。楊紹和曾於咸豐三年（1853）冬將包括宋本《史記》在内的善本載歸此處，但咸豐十一年（1861），陶南山莊藏書遭捻軍焚毁多半。楊保彝《重修陶南山莊眉園記》稱："始咸豐辛酉，捻匪擾河北，踞山莊，火其屋，爓其書，百物蕩然。"

[4]"同治辛未"，即同治十年（1871）。

《楊端勤公奏疏》序[1]

先端勤公自道光戊戌年，由湖北安襄鄖荆道署理臬篆，例得具折陳謝[2]。迨丙午權陝西巡撫，明年真除，以及移督南河，任封圻者十載，奏章不下數百件。乙卯，先公捐館舍，原折悉經繳進。紹和謹就當時所鈔副本分年輯録，而所奉諭旨尚多未詳。乙丑，紹和官翰林，入直史館。嗣詔修方略，復與簪毫，乃於館中所儲，編加輯補，始克成編，都爲三十六卷。其間仍有未備者，則館中舊籍亦不無闕佚也。此册原擬求政當代通儒，賜之裁定，故每卷題款如是，行式并依官文例寫之，紹和不敢有所删易也。己巳，以清淮士民之請，仰蒙天眷，先臣得邀易名之典[3]，因重繕總目，列之卷首云。

同治辛未嘉平月[4]，男紹和謹識。

注釋：

[1]此序載楊紹和編《先都御史公奏疏》卷首。《先都御史公奏疏》，海源

閣鈔本，六行二十字，白口，四周雙邊，紅格，每格一字，注文每格兩字，單魚尾，版心上鎸：先都御史公奏疏。目録後即此序。紹和編訂此書自咸豐乙卯至同治辛未共十六年，都三十六卷三十六冊，八百六十二篇。現藏魯圖者只有二十一卷，四百四十篇，缺卷六至八、十一、二十、二十一、二十四、二十六至二十八、三十至三十二、三十四、三十六。山東省圖書館編《山東省圖書館館藏〈海源閣書目〉》題爲"稿本"，實誤，應爲鈔本。另國圖亦藏有《楊以增題奏》一卷。

[2]"例得具折陳謝"及前數句，道光戊戌爲道光十八年（1838），是年楊以增因湖廣總督林則徐舉薦，暫時署理湖北按察使，遂於是年閏四月初三日上折謝恩稱："伏念臣山左庸愚，毫無知識。由道光壬午科進士分發貴州，即用知縣，洊陞貴陽府知府。荷淪聖恩，擢授廣西左江道，調補湖北安襄鄖荆道。履任三載，未報涓埃。兹復署理臬司，刑名總匯，一切案件均關緊要，兢惕尤深。臣惟有矢慎矢勤，於大小庶獄悉心研訊，務得確情，期無枉縱。斷不敢以暫時署篆，稍涉因循，冀仰酬高厚鴻慈於萬一。"據楊紹和之語，此折當爲楊以增所上第一道奏折。今檢楊以增道光十三年八月十八日因陞署貴州興義府知府，亦曾上折謝恩稱："臣因陞署貴州興義府知府，復經巡撫嵩溥保舉，奉硃筆點出，調取引見……伏念興義爲苗疆繁要之區，知府有表率屬員之責。臣自惟譾陋，懼弗克勝。惟有籲求恩訓，敬謹遵循，於地方應辦公事不敢稍形懈忽，實力實心，矢勤矢慎，以冀稍酬高厚鴻慈於萬一。"此折爲硃批奏折，今藏中國第一歷史檔案館。楊紹和當未能得見，因而致誤。

[3]"先臣得邀易名之典"，按同治八年（1869），應兩江總督馬新貽之請，朝廷賜楊以增諡"端勤"，給予了很高的褒獎。陳康祺《郎潛紀聞》卷五稱："本朝優恤臣鄰，恩禮醰渥，惟身後給諡最爲矜重。故自開國至道光朝，膺易名之典者僅四百餘人，有生官極品而歿不得諡者。"

[4]"同治辛未嘉平月"同治辛未爲同治十年（1871），嘉平月即農曆十二月，時楊紹和在京任職。

《海源閣珍藏尺牘》序[1]

先君端勤公於平生篤交際，每獲師友信札，輒什襲篋中，或畀紹和收弆。閱時既久，所積遂夥。顧官輒十有數省，舟車所至，不無零失。咸豐辛酉捻寇之亂，其存諸陶南別墅者又多墮紅羊。紹和理而董之，得千餘紙，付之裝池，都爲廿册。首頁署“亦園”者，葉石農先生之號。先生名葆，先世吳人，遷居聊城。乾隆乙酉舉於鄉，教授里中生徒數百人。先大父、先君兩世及門，淵源尤深。嘗乞伯言梅丈撰教思碑[2]，刊之黌學，并校刊先生自編年譜行世[3]。此札乃嘉慶庚午先君赴秋試時先生所賜也。彭春農、宮星楣二先生，先君己卯、壬午會試房師[4]，湯文端公則壬午座師[5]也。道光甲申、壬辰[6]，宣廟再敕疆臣察保良吏，先君任荔波知縣，中丞荷屋吳公、曼士嵩公疏薦於朝[7]。舉主如師，自東漢已然矣，因并裝爲第一册。

林文忠公與先君同宦楚、豫、秦、隴，投分最密。丙午，文忠撫關中，將引疾歸。適先君擢藩兩陝，遂舉以自代，有“誠正清勤，明敏練達，實爲臣所不能及”云。古所謂知己者非歟！爰次於師門之下，計三册。

自第五册以下，依締交先後爲序云。昔柳子厚作《先友記》，東坡謂：“考之於傳，卓然知名者二十人。蓋子厚之意，願著所與友者，皆天下善士，以顯其親也。”先君受兩朝特達之知，牧令洊陟封疆，沒祀鄉賢名宦。昨歲以江淮士民之請，復邀易名之典[8]。哀榮始終，功在旗常。視子厚所云，詎可同日語哉？然當時所交名卿碩儒，其尺一[9]之往返，或叙述情話，或考論文義，以及修身治人之要，國計民生之重，靡不詳載其間。於先君立身立政，亦可微見大凡。噫，是烏可以詞翰觀也？惟是紹和無似，不克仰承先緒。楹書莫讀，手澤如新。追思音容，清泣橫集。嗚呼，悲也！用謹志簡末，庶覽者有所考焉。

同治壬申秋八月朔日[10]，聊城楊紹和識，屬其同年友長沙徐樹鈞[11]書。

注釋：

［1］此序載《海源閣珍存尺牘》卷首。楊以增篤於交際，交游廣泛，與葉葆、林則徐、薩迎阿、翁同書、崇恩、陳官俊、吳榮光、吳式芬、錢益吉、王筠、許瀚等師友、官員及學者交往密切，積纍了大批書信，收藏於肥城陶南別墅。咸豐十一年（1861），這些信札遭捻軍焚掠，楊紹和收拾燼餘，於同治中精裱錦裝爲二十册，每册爲一卷。此後海源閣迭遭土匪侵擾劫掠，僅存二册。1957年，楊敬夫將此兩册信札捐給山東省人民政府，後轉由山東省圖書館收藏。其中有林則徐致楊以增函札凡十八通，爲林則徐、楊以增生平及思想研究的重要文獻資料。

［2］"嘗乞伯言梅丈撰教思碑"，楊兆煜曾從葉葆讀書，嘉慶十一年（1806），楊以增亦入葉葆道南書塾讀書。嘉慶十五年（1810），楊以增赴濟南鄉試，葉葆曾寫信給以增，對其寄予厚望。楊以增感念師恩，遂於咸豐五年（1855）請梅曾亮作文以寄懷思。梅曾亮《葉石農先生教思碑》："若先生之教，没雖已數十年，門人追慕皆久而不替。群欲立碑頌德，慰仰止於無極，則《傳》所謂'老而教，没而人思'者歟？於是，衆以侍郎楊公實隨其先贈公兩世受業，淵源獨深，碑宜爲之詞。侍郎曰：'某則誠宜爲之，然是文也，必吾年友曾亮不得辭。'乃撰，次其事以被於石。咸豐五年四月，上元梅曾亮撰。"

［3］"并校刊先生自編年譜行世"，咸豐五年楊以增對葉葆《跋奊年譜》詳加校核，并囑高均儒手書上板，以刊刻廣布。此書刊成於咸豐六年（1856）正月，半葉八行十六字，四周單邊，小字雙行同，欄外記頁數。高均儒《〈跋奊年譜〉跋》稱："聊城葉石農先生没後三十有四年，其高業弟子楊侍郎既屬上元梅户部撰教思碑，復以先生《自編年譜》屬均儒書付諸版。原稿有羨改塗乙，侍郎鄭重摩核，更囑均儒重校。且書且刻，未畢而侍郎殁。其疾漸革時，省勘譜中疑字，并類識先生題楹偶語，遣侍者檢示均儒，墨漬猶新也。拳拳師門，久而愈摯，侍郎之賢，即足以徵。"

［4］"彭春農、宫星楣二先生，先君己卯、壬午會試房師"，彭春農即彭邦

疇。彭邦疇，字春農，彭元瑞孫。故事，一二品大臣子侄登科，須專折謝恩。邦疇中嘉慶辛酉北闈舉人，文勤（彭元瑞謚文勤）親自帶領引見。時邦疇甫弱冠。上喜，勉之曰："將來克成大器。"後中嘉慶十年（1805）進士，以大考二等第一升侍讀學士，充廣西正考官，尋視學廣東。於任内擢國子監祭酒，旋任順天學政。邦疇既掌文衡，精心校閲，一日覽鏡，見鬚髮皆白，驚嘆，遂力請致仕，時年甫五十，咸以急流勇退稱之。年六十四卒於京。宫星楣，即宫焕。宫焕（1773—1825），字星楣，號魯齋，安徽懷遠人，嘉慶十三年（1808）進士，選翰林院庶吉士，散館授編修。後任文穎館提調、文淵閣校理、國史館協修。二十一年（1816）任四川鄉試正考官。二十四年（1819）任恩科會試同考官、山東鄉試副考官。道光元年（1821）任順天鄉試主考官。三年（1823）任會試同考官。歷任國子監司業、日講起居注官、右春坊中允、司經局洗馬、翰林院侍讀、教習庶吉士等職。房師，因鄉試、會試分房閲卷，應考者試卷須經某一房同考官選出，加批語後推薦給主考官或總裁，方能取中，因此稱此同考官爲房師。楊以增於己卯（嘉慶二十四年，1819）、壬午（道光二年，1822）兩次參加會試，二人爲楊以增之房師。

[5]"湯文端公則壬午座師"，湯文端公即湯金釗。

[6]"道光甲申、壬辰"，即道光四年（1824）、十二年（1832）。

[7]"中丞荷屋吳公、曼士嵩公疏薦於朝"，中丞荷屋吳公即吳榮光。吳榮光（1773—1843），字殿垣，一字伯榮，號荷屋、可庵，廣東南海人。嘉慶四年進士，改庶吉士，授編修。遷監察御史，以事革職。起授刑部員外郎、郎中，歷陝西陝安道、福建鹽法道，福建、浙江、湖北按察使，貴州、福建、湖南布政使，湖南巡撫，降福建布政使，以原品休致。吳榮光爲嶺南名宿，於金石書畫無所不通，著有《辛丑銷夏記》《吾學録初編》《白雲山人文稿》《緑伽楠館詩稿》《筠清館金石録》等。道光四年，吳榮光曾上折舉薦楊以增，詳見前文吳榮光於道光四年十月二十二日上《遵旨保奏屬員折》（詳見前文《端勤公家傳》注釋）。曼士嵩公即嵩溥。嵩溥，滿洲正藍旗人，以蔭生起家，歷任湖南按察使、

廣西布政使、江西布政使，道光五年（1825）至道光十年（1830）任貴州巡撫。按嵩溥在擔任貴州巡撫時，曾於道光八年五月二十四日上《揀員調補要缺知縣折》稱："荔波縣知縣楊以增年四十歲，山東進士，以知縣用，分發貴州，題補今職……該員老成明幹，才守兼優，輿情愛戴，素著循聲。"楊紹和稱嵩溥於道光十二年（1832）上折保奏楊以增，而嵩溥自道光十年之後即不再擔任貴州巡撫一職，則楊紹和所記有誤。再按，道光十二年，阮元曾上折保奏楊以增升任興義府知府，則楊紹和當誤記阮元爲嵩溥。

　　[8]"復邀易名之典"，兩江總督馬新貽於同治八年（1869）四月二十九日上《已故河臣勤勞懋著籲懇賜謚折》稱："臣查已故河臣楊以增山東進士，由貴州知縣洊陞南河，向稱繁富之區。自該河臣蒞任，力崇節儉，率下以廉，風氣爲之一變。咸豐三年以後，河防軍務并集，一時艱險萬狀。該河臣從容靜鎮，慎密籌防，卒能保障清淮，晏然無事。五年冬間，積勞病故，蒙恩照軍營例優恤。嗣由本籍紳士請祀鄉賢，陝西紳士請祀名宦，均經禮部議准在案。茲復據清淮紳士追念恩勤，合詞籲懇，想見流風善政，遺愛在人。伏查前漕臣邵燦、前河臣潘錫恩均由漕督臣張之萬專折具奏，渥荷殊施，允准予謚，仰見聖朝哀顯忠良，有加無已，凡在臣僚，同深欽感。該河臣楊以增生平政績，先後同揆。臣籍隸山東，與同鄉里，夙知其品端學邃，望重一時，上年蒞任兩江，沿途探訪，輿論尤切謳思，與該紳士等所稱適相符合，洵爲當世之純臣，允叶易名之令典。"（録副奏折）

　　[9]"尺一"，即書信。蘇軾《元祐六年六月自杭州召還，汝公館我於東堂，閱舊詩卷，次諸公韵三首》（其三）："尺一東來喚我歸，衰年已迫故山期。"

　　[10]"同治壬申秋八月朔日"，同治壬申爲同治十一年（1872），時紹和正在京爲官。

　　[11]"長沙徐樹鈞"，徐樹鈞（1842—1910），字衡士，號叔鴻，湖南長沙人。咸豐七年（1857）舉人，歷官戶部候補主事、福建司郎中、軍機章京、監察御史、布政使、兵備道兼按察使等職。徐樹鈞究心金石碑版考據之學，樂

於收藏，因藏有晉代王獻之《鴨頭丸帖》真迹而名其藏室曰"寶鴨齋"。與徐世昌、李鴻章交游唱酬甚密。收藏金石墨拓、歷代名家字畫數千種，秦磚漢瓦數百種，書擅各體，篆宗石鼓，隸法蔡中郎，行楷師大令，草法宗二王，尤究心於金石碑版考據之學，著有《寶鴨齋題跋》。

《臨文便覽》序^[1]

小學之書自叔重作《説文》，其子冲表上之。後世亦多敕撰頒行之本。宋《禮部韵略》^[2]首載文書式，末附貢舉條式，於一切書寫格式、考校章程，言之綦詳。押韵釋疑，并叙及試士之作。蓋小學爲臨文之先資，而一時典制所關，尤操觚者所宜遵守也。我朝稽古右文，欽定《康熙字典》《音韵闡微》^[3]《音韵述微》^[4]，考證精密，誠六書之淵海、七音之準繩也。惟卷帙浩博，購藏匪易。龍翰臣方伯嘗輯《字學舉隅》^[5]，頗便檢尋；徐頌閣侍讀亦輯有《韵辨摘要》^[6]。兹張君仰山合爲一編，重付手民。以敬避并應行抬寫字樣恭列卷首，磨勘條例摘數則附焉，亦猶《禮部韵略》諸書例也。學者由是引申觸類，以上窺秘笈，未始非小學之津逮也，豈僅爲臨文之助已哉？

同治甲戌^[7]孟春，聊城楊紹和彦合甫識。

注釋：

[1] 此序載《臨文便覽》卷首。《臨文便覽》凡上下兩册，張仰山編，上册爲《辨韵摘要》，下册爲《字學舉隅》，封面題"京都琉璃廠藏版"，另一本題"松竹齋藏版"。兩本版式同爲半葉八行二十二字，注文雙行同，四周雙邊，單黑魚尾，版心下鎸書録人名，如柳長庚、陳啓泰、曾培祺等。由此序可知，紹和對小學頗有宣導之功。

[2]"《禮部韵略》"，北宋時科舉考試有詩賦内容，舉子科場寫作詩賦，

《臨文便覽》二卷，清同治十三年（1874）松竹齋刻本（一）

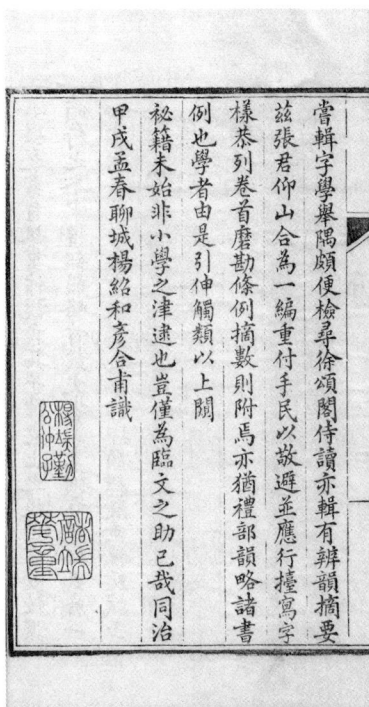

《臨文便覽》二卷，清同治十三年（1874）松竹齋刻本（二）

既要牢記字韻，又不能犯諱，崇文院於祥符元年（1008）上《大宋重修廣韻》。與此同時，丘雍撰《韻略》五卷，因成書於景德中，故稱《景德韻略》。因《景德韻略》"多用舊文，繁略失當"，仁宗景祐四年（1037），丁度奉敕纂修《禮部韻略》五卷，此後屢經修訂增補。毛晃撰《增修互注禮部韻略》於紹興三十二年（1162）上表進呈，但未見重。其子居正復爲校正重增，至嘉定十六年（1223）首次刊行。魏了翁《跋毛氏增韻》（《鶴山先生大全文集》卷六十三，《四部叢刊》本）云："三衢毛氏《增韻》奏御之六十二年，其子居正義夫應大司成校正經籍之聘，始克錄梓於胄庠。然人情異向，趨簡厭煩，故校其始著，尚多刊削，世之不遇者，非特一《增韻》也。"毛本《韻略》曾經清怡府收藏，卷首《擬進增修互注禮部韻略表》及《新增修互注禮部韻略序》皆怡府鈔補。鈐有"安樂堂藏書記""孫鳳鈞印""佞宋齋""伯寅藏書""潘祖蔭藏書記""八求精舍""小脈望館"等印。

　　[3]"《音韻闡微》",十八卷,李光地等撰。此書運用等韻學理劃分音類,按讀音收漢字16000餘個,并於每字後首釋音後釋義,是較爲完備的古代韻書,爲研究近代讀音的演變提供了寶貴的資料。有雍正六年(1728)武英殿刻本。

　　[4]"《音韻述微》",三十卷,梁國治、德保、金士松等奉敕撰,前有乾隆帝御製序及梁國治等人乾隆四十七年(1782)進表。此書收字主要依據《佩文韻府》,每韻目下皆注《佩文詩韻》《廣韻》《集韻》的分部。《四庫全書總目》稱:"《音韻闡微》所重在字音,故訓詁不欲求詳。此書重在字義,故考證務其核實。"商務印書館曾據文淵閣本影印,收入《四庫全書珍本初集》。

　　[5]"龍翰臣方伯嘗輯《字學舉隅》",龍翰臣方伯即龍啓瑞。龍啓瑞(1814—1858),字輯五,號翰臣,廣西臨桂人,道光二十一年(1841)狀元,官至江西布政使,清代音韻學家、文字學家、文學家、目錄學家,著有《經德堂詩文集》。龍啓瑞曾就梅曾亮學古文,梅曾亮與楊以增爲同年友,龍啓瑞遂與楊以增交好。楊以增去世后,龍啓瑞爲作《兵部侍郎都察院右副都御史江南河道總督楊公神道碑》。《字學舉隅》,龍啓瑞撰。本書就《辨正通俗文》增輯而成,分辨似、正訛、音義異同、一字數音等四項内容,有道光十八年(1838)刻本。

　　[6]"徐頌閣侍讀亦輯有《韻辨摘要》",徐頌閣侍讀即徐郙。徐郙(1836—1907)字頌閣,江蘇嘉定人,同治元年(1862)狀元,纍官至禮部尚書、協辦大學士。《韻辨摘要》一卷,成於同治七年(1868)秋,其識語稱:"客秋典試豫省,每得佳卷,往往以微疵割愛,心甚惜之。因思士子鄉隅僻處,聞見未周,襲謬沿訛,致乖體例。擬科場條例及韻學異同,輯成一卷,以爲多士程式,事冗未果。嗣奉命視學江右,按試各郡,舟行多暇,爰遵《佩文詩韻》,摘其韻異義異暨韻同義異者,詳考而辨證之,得若干字,其韻異義通者不贅録。以地山前輩所刊《場屋程式》冠其端,復節録磨勘條例綴其末,剞劂成書,都爲一卷,

分給多士，俾資省覽。”可知此書乃爲士子應試而作。開卷爲敬避字樣及抬寫字樣，此即所謂場屋程式。以下爲《辨韵摘要》之正編，凡韵異義異及韵同義異者分別注釋之，最後爲磨勘條例摘要二十條。同治季年，張仰山取此書同《字學舉隅》彙刻爲《臨文便覽》，頗爲士林所重。

[7]“同治甲戌”，即同治十三年（1874）。

《敬簡堂遺詩剩稿》序[1]

道光丁未[2]，先端勤公鎮撫關中，磁州湘東張君以丁酉拔萃[3]就州判，需次會垣[4]，僦居幕府。時余隨侍節署，因得與君交甚密。是歲回疆警，先公奉命攝總督，并督理轉餉事[5]。君爲從官，余亦隨行涂間。所歷如蕭關、六盤山諸勝，君與余皆有詩更倡迭和，頗極一時之樂。未幾，先公移督南河，君除福建古田令，又改官中州，山川修阻，益以寇擾，遂不復通函問。乙丑，余入翰林，再至京師，君之子子有適官工部[6]，還相過從。間出君集，問序於余。自維譾陋，何敢綴名簡末？而兩世深交，三十年踪迹，離合之故，不可無一言識之也。君英資茂學，負經世才，果獲竟其所施，必有大過人者，豈僅僅以詩鳴哉？且此集所載亦不足以盡君之詩。然工部珍其先澤，掇拾畸零，録而存之，仁人孝子之用心，不當如是耶？余讀是集，更不能不重有感已。

同治甲戌[7]秋，聊城楊紹和彦合甫書於宣南寓齋。

注釋：

[1]此序載《敬簡堂遺詩》卷首。《敬簡堂遺詩》一卷，張金管撰，有清同治十三年（1874）張壬林刻張氏棣芬剩稿本。張金管（1800—1867），字湘東，號石生，直隸磁州人，道光十七年（1837）拔貢生。道光二十六年（1846）以直隸州州判分發陝西，入巡撫林則徐幕。咸豐六年（1856）署河南陳州府通

判，募回勇千名以防捻軍。同治四年（1865）告歸，卒於家。張金管工書畫，又精篆籀摹印之學，亦以詩名。楊以增任陝西巡撫後，張金管曾入楊以增幕，故與楊紹和交往甚密。

〔2〕"道光丁未"，即道光二十七年（1847），時楊以增任陝西巡撫。

〔3〕"丁酉拔萃"丁酉即道光十七年（1837）。拔萃，清代稱拔貢。黄遵憲《歲暮懷人》詩第二七："拔萃簪花十五餘，傾城看殺好頭顱。"

〔4〕"會垣"，即省城。曾國藩咸豐十一年（1861）二月十七日《與國荃國葆書》："江西省城，竟無一人可恃，故余徑調鮑軍赴江西會垣。"

〔5〕"先公奉命攝總督，并督理轉餉事"，道光二十七年（1847），因回疆有警，楊以增遂奉命暫時署理陝甘總督，并負責辦理糧臺事務。楊以增於道光二十七年（1847）八月二十四上《恭謝奉旨署陝甘總督并辦理糧臺折》稱："竊臣昨於八月十五日接准陝甘督臣布彦泰來咨，以喀什噶爾現被安集延等賊煽結本地回衆圍困城垣，調派官兵、請撥軍餉等情前來。當經臣即將所調餉銀五十萬兩飭司剋日如數湊撥，委員分起解甘。將動撥緣由正在繕折具奏間，旋於八月二十三日欽奉上諭：陝甘總督著文慶署理，即馳驛前往。未到任以前，著楊以增馳驛前往署理。恒春著署理陝西巡撫，陝西臬司嚴良訓、甘肅鎮迪道明誼著先行馳驛前往辦理糧臺事務。所有陝西藩、臬兩司著恒春派員署理，鎮迪道印務著楊以增派員署理。文慶到任後，所有糧臺事務著楊以增督同嚴良訓、明誼辦理。至設立糧臺，分別遠近，共有幾處，俾資接遞，著楊以增迅速先行籌畫，無誤轉輸。"

〔6〕"君之子子有適官工部"，"子有"爲張壬林字。張壬林，張金管之子，直隸磁州人，由工部主事改任河南同知、濟源知縣。著有《張氏文徵》《求保艾室遺稿》。

〔7〕"同治甲戌"即同治十三年（1874）。

條陳重學校整營務折[1]

日講起居注官、翰林院侍講學士銜侍講臣楊紹和跪奏，爲應詔陳言，仰祈聖鑒事。

上年十二月十九日，恭奉慈安端裕康慶皇太后、慈禧端佑康頤皇太后懿旨，中外臣工有言事之責者，務期各抒所見，於時事有裨，而又實能見諸施行者，詳細敷奏，等因，欽此。仰見我皇太后、皇上勤求治理，明目達聰之至意。臣世受國恩，職司記注，當此言路廣開之際，何敢不勉竭愚忱？謹就管見所及，敬爲我皇太后、皇上陳之。

一、重學校。各省原定中額[2]、學額[3]至爲詳慎，嗣因軍需待用孔殷，乃有加廣之案，實於鼓勵捐輸之中仍寓嘉惠士林之意。惟歷時逾二十年之久，捐輸之項既多，益以厘金[4]欠餉等款，動至數十百萬，於是加廣日增。試就學額言之，永遠加額已每敵原數目之半，其分次取進者，累百盈千，更復絡繹不絕，往往一州縣中核之應試人數，不過僅遺數名，則取進之不無遷就已可概見。似此濫廁青衿之輩，素無學問，上進既有所不能，而自恃身列膠庠[5]，敢於作奸犯科，武斷鄉曲，則又勢所必然。且科名一途得之愈易，即視之愈輕。非惟暴弃自甘，人將廢學，亦何以昭稽古之榮，俾伸士氣？是所繫於世道人心者良匪淺也。臣竊維法當救弊，制貴因時。加額一層在初議原非不善，迨行之既多滯礙，自宜亟事變通。是舉本爲軍興而設，現各省俱已肅清，則曠典尤未可常邀。況捐輸地方加廣多年，普霑恩澤，已足酬其急公報效之忱。若竟垂爲定制，轉覺過優。擬請特頒諭旨，嗣後捐輸加廣之案概行停止。其從前已加者，除中額所加尚少無庸議外，至已加之學額，并請敕下直省督撫學政，就各州縣文風之優劣、應試人數之多寡，會同詳議，將核減之定數奏明請旨裁撤，以復舊制而勵人才。

二、整營務。軍興以來，兵力未敷，借資於勇。而勇丁獨建大功，人於是視兵爲無用。更以庫儲支絀，兼顧未遑，綠營[6]之餉每年僅發一季，多或兩季，節年遞展。致令領餉者或早已離營，在營者轉未能食餉。責以操防，勢有所難，不實不盡之弊遂因之而益多，綠營幾成虛設矣。至各省留防之勇，地方已臻靜謐，非同於軍情倥傯之時。在紀律嚴明之將，所統尚具規模，餘亦弊竇多端，漸形懈弛。所謂五成隊、六成隊者，恐未足以盡之也。若不及時整理，何以使武備修明？臣擬酌照雲南易勇爲兵及直隸、河南練軍辦法，先將所屬標營嚴加稽核，除留本汛當差外，約存現兵若干名，可提空餉若干名。現兵則酌調練軍，空餉即挑防勇之精壯者補之，一體認真訓練。其口分懸殊之處，并爲設法調劑，俾得飽騰。如此量加籌辦，庶防勇可裁，額兵可復，而餉需亦歸實用矣。再，東三省官兵槍箭之利，洵爲天下勁旅，臣前在山東軍營，曾充翼長[7]，知之較詳。近聞調赴西路者，似非昔比，亦宜整飭。敢請敕下盛京等處將軍都統、直省督撫各就地方情形分別妥議章程具奏，實力奉行。

　　臣愚昧之見，是否有當，謹繕折具陳，伏祈皇太后、皇上聖鑒。謹奏。光緒元年[8]正月初四日。

注釋：

［1］此折據中國第一歷史檔案館藏硃批奏折整理。

［2］"中額"，即各省鄉試取中舉人數額。清制，各省鄉試均由朝廷規定取中名額，稱解額，以舉人均解送京師參加會試，故名。亦稱定額，即規定取進之額。解額之外，又有一次性增廣中額及咸同年間的捐輸加廣中額。故各省鄉試實際録取人數，處於不斷變化之中。

［3］"學額"，是指政府規定的府、州、縣學每屆考試録取入學的固定名額。各地學額，大體按文風高下、錢糧丁口多寡以爲差。清初依明制，定額較多。順治四年（1647）規定：各省儒學，視人文多寡，分大、中、小學取進童生，大學四十名，中學三十名，小學二十名。其後有所調整。十五年題准：各直省

取進童生，大府二十名，大州縣十五名，小學或四名或五名。康熙九年（1670年）定：各直省取進童生，大府州縣仍舊，中學十二名，小學或七名或八名，其後基本依此規定。

［4］"厘金"，爲19世紀中葉至20世紀30年代中國國內貿易徵收的一種商業稅，創行於咸豐三年（1853），因其初定稅率爲1厘（1%），故名厘金。厘金最初分行厘和坐厘，前者爲通過稅，徵於轉運中的貨物，抽之於行商；後者爲交易稅，在產地或銷地徵收，抽之於坐商。厘金就課稅品種的不同，又可分爲百貨厘、鹽厘、洋藥厘、土藥厘四類。

［5］"膠庠"，即學校。原爲周代學校名，膠爲大學，庠爲小學。《禮記·王制》："周人養國老於東膠，養庶老於虞庠。"後世通稱學校爲膠庠。

［6］"綠營"，爲清朝國家常備軍之一。順治初年，清朝在統一全國過程中將收編的明軍及其它漢兵，參照明軍舊制，以營爲基本單位進行組建，以綠旗爲標志，稱爲綠營。綠營在清朝前期，尤其是康熙初平定三藩之亂及在乾隆中葉以前的歷次戰爭中，都曾起到重要作用。乾隆、嘉慶兩朝，綠營總兵六十餘萬，成爲軍事主力。此後綠營逐漸腐化，已無力鎮壓嘉慶初的白蓮教起義。在鴉片戰爭和太平天國起義中，綠營上陣一觸即潰，作戰主力逐步改爲湘軍、淮軍等地方團練。同治年間多次裁減綠營，清末新軍成立後，綠營近於名存實亡。至民國初年，綠營被改編爲警員性質的地方治安衛戍部隊，成爲民國時期警員的濫觴。

［7］"臣前在山東軍營，曾充翼長"，翼長爲清八旗兵營官。八旗之火器營、健銳營、神機營在掌印總統（總管）之下，設翼長二至三人，秩正三品，督理營務。神機營之總理文案處、總理營務處、糧餉處、核對處、稿案處等機構，亦設翼長。楊紹和在山東原籍曾參與剿滅捻軍，"及流賊圍東昌，公乞師於科爾沁忠親王，王分五百騎，使公將以赴援，纍戰皆捷，東昌圍立解。"（張英麟《翰林院侍講學士楊公墓誌銘》）

［8］"光緒元年"，即1875年，是年十二月，楊紹和即病卒於京。

歸瓴齋詩詞鈔

[**解題**]《歸瓴齋詩詞鈔》一卷，清楊保彝撰。歸瓴齋爲楊保彝歸隱陶南山莊時所居書齋名。保彝晚號瓴庵。瓴爲陶製酒器，邵博《聞見後錄》卷二七稱："古語'借書一瓴，還書一瓴'，欲以酒二尊往。"謂古人借書還書，皆以此器盛酒爲酬。楊保彝所指之"瓴庵"，爲遠離鬧市的讀書所在，而"歸瓴"則意謂回歸書瓴，適性歸隱，實際上表達了楊保彝的"用行舍藏"，因時制宜，一旦不見用於世便"歸潔其身"的思想。

楊保彝於光緒二十九年（1903）辭官回鄉。《聊城縣志·楊保彝傳》稱："變法以來，以不宜於時，遂退隱於肥城陶南山莊，築眉園以居之，絕口不談時事。"楊保彝爲楊紹和子，幼承庭訓，才華出衆，同治九年（1870）舉賢書，後任内閣中書、總理衙門章京等京官十餘年，晚年曾任續修《山東通志》局會纂。李福蠻《〈歸瓴齋詩詞鈔〉識語》稱保彝"少承家世舊聞，既富藏書，加以博學多識，精思强記，其於經史詩文源流，無不貫串嫻習。弱冠領鄉薦，文名噪甚"。靳維熙之《識語》亦稱："同治庚午、辛未年間，相與樹幟文壇，聯鑣詩社。君天才卓越獨出冠，時鄉先輩咸以遠到期之。顧時方習舉業，古近體詩不常作，作則出語驚人，必屈其儕偶，余愧弗如也。"據此則楊保彝之詩才之優實獲友朋之公認。保彝所作詩詞生前未結集，其子承訓"捄求遺著於斷紙零縑之中"，彙爲《歸瓻齋詩詞鈔》一卷。時楊保彝總角友靳維熙爲楊家之西席，"授課之暇，哲嗣敬夫出詩詞遺稿，囑爲厘訂"，則此集實爲靳維熙之整理本。楊保彝《歸瓻齋詩詞鈔》與楊以增《退思廬文存》、楊紹和《儀晉觀堂詩鈔》同刊刻於民國九年（1920），其卷首有"庚申春月海原閣刊"牌記，半葉九行二十一字，版心上鐫"歸瓻齋詩詞鈔"，下標頁碼及"海源閣"，收詩詞凡四十六首。詳繹此集，其對個人經歷、交游及志趣之記述頗爲詳悉，頗可補楊保彝生平事迹之不足，其内容亦頗有特色與價值。

其一，此集記述了楊保彝送别友人的黯然心情。送别詩在集中所占比重較大，對其友人張壯彩、葉壽松、陳宗嫣等，他往往因一次送别而多次作詩，對友人的依依惜别之情頗爲真摯。如楊保彝在摯友張壯彩光緒十五年（1889）考中進士，即將外放爲官之時，先後作《贈張子俊壯彩新籖縣令》、《送張子俊壯彩赴官江南》（四首）、《再送子俊赴官》等六首詩以相贈。然其贈别之詩氣韵偏於低沉，殊少昂揚闊大之氣，如《送張子俊壯彩赴官江南》其一稱："烟波千里人惆悵，夕照孤檣燕去留。何處笙歌二分月，好憑殘夢到揚州。"其中雖不乏友人相别之依依眷戀之情，但難脱惆悵之心情，并用"夕照""孤檣""殘夢"之意象，使人心神爲之黯然。再比如他送别王志修之《寄王竹吾志修金州防營》《再寄竹吾》兩詩，亦表現出朋友相别時黯然的心神。其《寄王竹吾志修金州防營》稱"戰血餘衰草，笳聲訴客愁。片帆泊何處，風浪滿東漚"，《再寄竹吾》則有"風雪樽前泪，關河戰後身"之句，整體色彩亦偏於灰暗，顯示出楊保彝較爲低沉的心境。

其二，此集記述了楊保彝日常生活的片段剪影。如天寧寺是京城著名寺廟，清末時爲賞菊最佳處，菊花品種繁多，花肆頗負盛名。李静山《增補都門雜咏》有"天寧寺裏好樓臺，每到深秋菊又開。贏得傾城車馬動，看花齊帶玉人來”之句，記述看菊盛況甚悉。楊保彝爲官京師之時，亦曾赴天寧寺賞菊。其《天寧寺看鞠》（鞠通“菊”）稱：“地北天南亦幻哉，無端殘夢落蓬萊。十年藥裏身仍病，一夜秋風花盡開。”雖對菊花有所記述，然其中“亦幻”“殘夢”之語，頗有蕭瑟之氣，其“十年藥裏身仍病”則表明，楊保彝低沉之心境或與其身體欠佳有一定的聯繫。在楊保彝對日常生活的記述中，尚有兩點頗有價值。一是寄夫人王少珊詩。《寄內子少珊》其一稱：“茅店雞鳴欲曙天，客愁鄉夢轉怦然。一勾新月催征鐸，此夜憐卿共不眠。”時楊保彝常年任職京師，回鄉日少，因此有“客愁鄉夢轉怦然”之語，而“此夜憐卿共不眠”則將二人因分離而思念、因思念而難眠的感受進行了細緻的描繪，生動地寫出了他對妻子的深情。二是對歸隱陶南山莊之後生活的記述。如其《眉園即事》稱：“園中無俗卉，門外見名山。把酒同花醉，開簾待燕還。”其中不僅化用陶淵明“悠然見南山”之句，而且描寫了自己把酒賞菊的生活。可見，在歸隱之後，他的心境也隨之而平和自然。

其三，此集記述了楊保彝對時事的看法與態度。楊保彝“以中書兼總署章京先後幾二十年”，對時事更加敏感，認識也更深刻。其《葉眉士太守書來詢京師近事，口占七言絕十首復之，亦短歌當哭之意云爾》（其二）稱：“去年北地論紅巾，伏闕陳言志未伸。西下夕陽西北望，東流河水泣孤臣。”楊保彝對朝廷重用義和團的做法頗不認可，榮祿於光緒二十八年四月初五日曾上《代遞即補郎中楊保彝説帖摺》稱：“臣部即補郎中楊保彝呈遞説帖，請代爲據奏前來。臣等查閱該員所遞説帖尚無違礙字樣，既請代爲上奏，未便壅於上聞。謹將原遞説帖呈進，伏乞皇太后、皇上聖鑒。”李福鑾《〈歸瓻齋詩詞鈔〉識語》稱楊保彝“供差總理各國事務衙門有年，遇事敢言，多所匡救。庚子之變事前，上書當道，洋洋數千言，力陳拳民不可恃，外交不宜絕，而言不見用。後其禍卒如所料”。即本詩中“伏闕陳言志未伸”之所本。正是因爲他特殊的任職經歷，使他對朝廷外交提出了高出同儕的看法。而其建議不被采納，也更增加了他的苦悶。此組詩其三稱："驀驚大地起風波，撞破家居奈爾何？一曲樽前河滿子，難將雙泪爲君歌。"則是對庚子之亂的真實記述，"撞破家居奈爾何"一句寫在庚子（1900）之亂中，楊保彝在京寓所遭到洗劫，藏於京都寓所的很多金石書畫和善本都遭受損失，保彝所刻《楹書隅録》書版亦遂殘缺不全。他在《海源閣金石書畫器用總目附記》中稱："光緒庚子，存諸京師者書約百餘種，被兵失去。"而詩中"一曲樽前河滿子，難將雙泪爲君歌"一句，則寫出了他對國事家事的深深憂慮。

　　整體來看，楊保彝之作，雖文筆精美，用語細膩，感情亦頗爲真摯，然其格調精神遠遜於其祖、父。究其原因，則有主觀、客觀之別。就主觀人生經歷而言，楊以增、楊紹和均高中進士，楊以增仕途順達，官至江南河道總督，其待人接物，自有其開闊大氣之處，其文遂有昂揚穩健之風。楊紹和承父師之教誨、家學之涵養，早登仕途，任職清要，雖年壽不永，但其詩文殊少衰颯之氣，尚存乃父之神。相對而言，楊保彝雖弱冠即領鄉薦，文名噪甚，知好咸以遠大相期，以爲木天指日可到。然又屢躓春闈，一直未能考中進士。加之"以兼祧之身，二十年内丁内外艱暨承重之喪，四遭大故，停滯公車，遂灰志功名，無心進取"（李福霈《〈歸瓻齋詩詞鈔〉識語》）。柯劭忞所作楊保彝《墓誌銘》亦稱："君乃困頓名場，偃蹇家居者十餘年。其間遭嗣母喪、本生父母喪、承重祖母喪，四次守制，屢誤春官之試，由是灰志進取"，這些都對楊保彝的用世之心造成重大打擊。就客觀環境而言，楊以增雖遭逢晚清衰敗之局，然多年擔任要職。"故雖河伯爲災，豐工告險，而九重之優眷有加無已"。黃河於咸豐五年（1855）在銅瓦厢決口北流，對如何治理，咸豐帝"至有'楊某熟諳河務，如有所見，不妨據實直陳'之諭"，對楊以增始終非常信任認可。楊紹和曾任職翰林院，并任右贊善，歷躋清要，其父執輩如許乃普等尚在重位，對楊紹和尚有提携之力。但楊保彝成年之後，

其祖、父輩高官凋零殆盡，他并無進士功名，處世又頗淡然，朝中亦無
奧援，其仕途偃蹇，則爲必然之結果。此外，時代因素亦對楊保彝之思
想有較大的影響。柯劭忞作楊保彝《墓誌銘》稱保彝"變法以來，因不
合時宜，退隱肥城陶南山莊"。而楊保彝《重修陶南山莊眉園記》記述
其退隱原因更爲詳悉：

　　　　自甲午以來，奇士崛出，異説爭鳴，背父師，親異族，或走之
　　他方，脅肩諂笑，竊其唾餘。靦靦然歸而驕人曰："昔之人罔所知吾
　　之術，致富強非必有心得獨造之能。"起泥塗，踞要津，嘵然而談
　　國是。讀書甘澹泊者輒謂愚蠢不識時務，豈言襄服，飾智驚愚，甚
　　至鼠目寸光，不難舉九朝之家法政體、名物典章，一削而除之，營
　　私背本，且馴至誤國焉，蓋世變稍稍亟矣。

　　由此可見，楊保彝一方面受家學影響，服膺舊學，對甲午之後新學
日盛頗不適應，一方面又有仕途坎坷的特殊人生經歷，因此造成他較爲
消極的人生態度和嚮往歸隱的田園生活。這種較爲低沉的態度成爲籠罩
在他詩詞作品之上的總基調，這或許亦爲步入衰頹的舊時代在傳統知識
分子身上的最後投影。

張元鈞序

　　曩歲隨侍在都，以年家世誼，與聊城楊鳳阿兄[1]時相過從。每聆
其言論，滔滔如懸河，談及古書名畫及金石文玩，尤能原原本本，殫見
洽聞，洞悉其源流，而獨未聞其能詩。君以中書[2]兼總署章京[3]先後
幾二十年，同治紀元以來，朝事以外交爲重，凡供職總署者，皆極一時
之選，且優予獎擢，不數年即成顯宦，君獨處之澹然。憶光緒辛丑夏間，

與君晤談於同文館[4]，時和議甫就緒，兩宮回鑾[5]，百辟咸復其舊，論者方謂太平可再致。君獨謂"時艱益棘，外交日迫，京都不可以久居"，大有歸田之想，同人方怪其言。次年春，竟携眷返里。不數年，遽歸道山[6]。未幾，辛亥事起，國體變更。壬子[7]春，元鈞[8]奉家君回濟，至是始服君之先見。蓋君當官京師時，內察國是，外審夷情，逆知其必有今日也。君之嗣子承訓[9]爲余次女婿，今夏由東昌寄君之遺編，囑爲校讎，且爲之序。披讀一過，大抵皆官京時作，就中《復葉眉士絕句十首》，述庚子歲聯軍入都事。撫今視昔，無限感慨。讀至"梨園供奉"一截，尤不禁歔欷而欲絕

《歸瓶齋詩詞鈔》一卷，楊保彝撰，民國九年（1920）楊氏海源閣刻本

也。君家有別墅在陶南[10]，牡丹最盛，編中屢見吟咏，是知君歸隱之志，當退食自公[11]之時，其志已決。語云："言爲心聲。"知君之志，則知君之所以爲詩。余不解詩，何敢論詩？特述君之出處，并揭君之志，以諗世之讀君詩者。

　　己未[12]夏六月，姻世愚弟[13]張元鈞頓首拜序。

注釋：

[1]"聊城楊鳳阿兄"，即楊保彝。楊保彝（1852—1910），字奭齡，號鳳阿，晚號瓶庵，山東聊城人，楊紹和子，海源閣第三代主人。同治九年（1870）舉人。以祖蔭得知縣，歷官內閣中書、戶部員外郎、總理衙門章京。八國聯軍侵入北京後，楊保彝在肥城陶南山莊築眉園，退隱蟄居。復出任山東通志局會纂，

兼任山東優級師範學堂教務長。晚年將海源閣所藏禀報地方政府備案，意在“勿爲子孫毀弃”。編纂《海源閣書目》六册、《海源閣金石書畫目録》五册，著有《歸瓻齋詩詞鈔》。藏書印有“保彝私印”“陶南布衣”“歸瓻齋”“聊城楊氏三世守藏”“眉園”“楊保彝藏本”“陶南山館”“聊城楊保彝鑒藏印”等。楊保彝齋名爲“歸瓻齋”。《重修廣韵》卷一云：“瓻，酒器，大者一石，小者五斗。古之借書盛酒瓶。”又邵博《聞見後録》卷二十七云：“古語‘借書一瓻，還書一瓻’。”故後人作借書一瓻。“瓻庵”爲遠離鬧市之讀書所在，而“歸瓻”意謂回歸書瓻之所。考保彝之閲歷則此號確名實相副。保彝舉賢書後，叠遭父母喪、嗣父母喪、祖母喪，偃蹇家居十餘年，爲官時又曾兩度“歸瓻”。“歸瓻”一詞，實際上表達了楊保彝的因時制宜，一旦不見用於世便“歸潔其身”的人生態度。

　　[2]“中書”，清代六部等中央官署屬官，負責典章法令編修撰擬、記載、翻譯、繕寫等工作，或由舉人考授，或由特賜，位階多爲從七品。

　　[3]“總署章京”，總署爲清代總理各國事務衙門的別稱，章京爲協助堂官處理文書等事的文職官員。咸豐十一年（1861）設總理各國事務衙門，下設章京，其中總辦章京，滿、漢各二人，掌承發庶務；幫辦章京，滿、漢各一人，掌贊佐總辦之職；章京，滿、漢各七人；額外章京，滿、漢各八人，掌各股之事，并分班輪流值宿。

　　[4]“同文館”：清末第一所官辦外語專門學校，由恭親王奕訢於咸豐十年（1860）奏請開辦，初以培養外語翻譯、洋務人才爲目的，以外國人爲教習，專門培養外文譯員，屬總理事務衙門。同治六年（1867）又添設算學館，教授天文、算學。

　　[5]“和議甫就緒，兩宮回鑾”，指光緒二十七年（1901）八月，逃至西安的慈禧太后和光緒帝在議和成功後，啓程返京。張元鈞與楊保彝談及此事，在光緒辛丑夏間，時兩宮啓程不久，正在返京途中。

　　[6]“歸道山”，即指去世。道山爲傳説中的仙山。

　　[7]“壬子”，即民國元年（1912）。

　　［8］"元鈞"，即張元鈞。張元鈞，字仲鴻，號幼坪，張英麟之子，光緒二十三年（1897）舉人。官內閣中書，侍讀學士，曾分纂《山東通志》，以工書法名於時，濟南有其書迹刻石。

　　［9］"君之嗣子承訓"，即楊承訓，其生平見前楊以增《退思盧文存》末《楊承訓跋》注釋。

　　［10］"有別墅在陶南"，即指陶南山莊，因建在肥城西北陶山之陽而得名。楊保彝《重修陶南山莊眉園記》記述陶南山莊本末甚悉："余生三年，維咸豐甲寅（1854）丁寇亂。江河南北，莠民蜂起。時吾先祖端勤公帥南河，奉命治軍江北，積勞甚病。及髮逆北竄，迭陷畿疆，神京震動。吾父學士公奉吾祖母太夫人家居，秘通寇氛，人心慄慄。吾父謀所以安親紓難及避難之策於外王父傅秋屏先生，先生曰：'事危矣，子父子誼應徇國，然明德達人，不可無後。吾聞距吾郡百里，古肥子園有地，境僻而山匝，土沃而民純，所謂桃源者似矣。子盍奉母挈子往居之，而後馳紓父難也可。'學士公從之，陶南山莊卜築於是焉。"

　　［11］"退食自公"，減膳以示節儉。謂操守廉潔。《詩經·召南·羔羊》："退食自公，委蛇委蛇。"鄭玄箋："退食，謂減膳也；自，從也，從於公，謂正直順於事也。"

　　［12］"己未"，即民國八年（1919）。

　　［13］"姻世愚弟"，對子女配偶的父母自稱"姻愚弟"，對業師之子自稱"世愚弟"。張元鈞之父張英麟與楊紹和爲同年，張元鈞之女爲楊保彝妻，故張元鈞自稱姻世愚弟。

贈張子俊壯彩[1]新簽縣令

不識天涯苦，誰憐范叔寒[2]。

公才真驥足[3]，我意愧豬肝 (1)[4]。

蘭是同心草，金爲換骨丹⁽²⁾。

生平無限志，長鋏借君彈^[5]。

自注：

（1）相聚半載，未具一飯。

（2）君商王逸山以金鼎湯見遺，再服霍然。

注釋：

［1］"張子俊壯彩"，張壯彩，字子俊，乙酉科（光緒十一年，1885）舉人，己丑（光緒十五年，1889）進士，即用知縣，歷任安東、清河。據此，則此詩當作於光緒十五年張壯彩考中進士之後不久。

［2］"誰憐范叔寒"，用戰國范雎、須賈典。司馬遷《史記·范雎蔡澤列傳》載：戰國時范雎事魏大夫須賈，因隨須賈出使齊國，齊王賜他十金和牛酒。須賈懷疑范雎通齊，告訴魏相。魏相派人凌辱范雎，幾欲置之死地。范雎裝死得以逃到秦國，游說秦昭王獲得成功，被拜爲相，封於應，稱應侯。"范雎既相秦，秦號曰'張禄'，而魏不知，以爲范雎已死久矣。魏聞秦且東伐韓、魏，魏使須賈於秦。范雎聞之，爲微行，敝衣間步之邸，見須賈。須賈見之而驚曰：'范叔固無恙乎！'范雎曰：'然。'須賈笑曰：'范叔有說於秦邪？'曰：'不也。雎前日得過於魏相，故亡逃至此，安敢說乎！'須賈曰：'今叔何事？'范雎曰：'臣爲人庸賃。'須賈意哀之，留與坐飲食，曰：'范叔一寒如此哉！'乃取其一綈袍以賜之。"後須賈知范雎已爲秦相，前往謝罪，范雎沒有處死他，說："然公之所以得無死者，以綈袍戀戀，有故人之意，故釋公。"放須賈回魏國。

［3］"驥足"，喻高才。陳壽《三國志·蜀志·龐統傳》："龐士元非百里才也，使處治中、別駕之任，始當展其驥足耳。"

［4］"猪肝"，見前楊紹和《德法三銓大令餽盤飱賦謝》注釋。

［5］"長鋏借君彈"，此借用馮諼典，贊張壯彩才幹出衆。《戰國策·齊策

四》："齊人有馮諼者，貧乏不能自存，使人屬孟嘗君，願寄食門下。孟嘗君曰："客何好？'曰："客無好也。'曰："客何能？'曰："客無能也。'孟嘗君笑而受之曰："諾。'左右以君賤之也，食以草具。居有頃，倚柱彈其劍，歌曰："長鋏歸來乎！食無魚。'左右以告。孟嘗君曰："食之，比門下之客。'居有頃，復彈其鋏，歌曰："長歸來乎！出無車。'左右皆笑之，以告。孟嘗君曰："爲之駕，比門下之車客。'於是乘其車，揭其劍，過其友曰："孟嘗君客我。'後有頃，復彈其劍鋏，歌曰："長鋏歸來乎！無以爲家。'左右皆惡之，以爲貪而不知足。孟嘗君問："馮公有親乎？'對曰："有老母。'孟嘗君使人給其食用，無使乏。於是馮諼不復歌。"

病起感賦

無端啼笑詫何因，愧煞鬂眉鏡裏身。

九月霜華鞠心性，三霄毛羽鶴精神。

上書馬令[1]真前輩，作傳猪奴耻後塵。

初日鳴禽在喬木，秋來偶試一聲新。

注釋：

[1]"上書馬令"，馬令，北宋常州人。其祖父元康以世居江寧府，多知南唐故事，然未及撰次。崇寧四年（1105），馬令繼承先志，遂撰成《南唐書》三十卷。

送張子俊壯彩赴官江南

十年京國去鄉游，落葉蕭蕭又打頭。

前度祖生應鼓楫[1]，驚秋王粲怕登樓[2]。

烟波千里人惆悵，夕照孤檣燕去留。

何處笙歌二分月，好憑殘夢到揚州[3]。

注釋：

[1]"祖生應皷楫"，祖生即祖逖。祖逖（266—321），字士稚，范陽逎縣人，曾任司州主簿、大司馬掾、驃騎祭酒、太子中舍人等職，後率親黨避亂於江淮，被授爲奮威將軍、豫州刺史。建武元年（317）率部北伐，數年間收復黃河以南大片領土，進封鎮西將軍，後見朝內明爭暗鬥，憂憤而死。皷楫指劃槳。房玄齡等《晋書·祖逖傳》："（祖逖）仍將本流徙部曲百餘家渡江，中流擊楫而誓曰：'祖逖不能清中原而復濟者，有如大江！'辭色壯烈，衆皆慨嘆。遂屯淮陰，起冶鑄兵器，得二千餘人而後進。"

[2]"王粲怕登樓"，見前楊紹和《贈史菘雲獻書》注釋。

[3]"何處笙歌二分月，好憑殘夢到揚州"，化用徐凝《憶揚州》"天下三分明月夜，二分無賴是揚州"之句，意爲天下明月有三分，那可喜可愛的月色却被揚州占去了二分。

張侯意氣自超超，笑我狂奴興尚饒。

客裏年華驚昨夢，病中況味又今朝。

江山半壁人千里，天地閑身酒一瓢。

報國好移將母志[1]，風塵且折令君[2]腰。

注釋：

[1]"將母志"，將母，王安石《將母》："將母邗溝上，留家白紵陰。月明聞杜宇，南北總關心。"

[2]"令君"，對縣令的尊稱。韋居安《梅磵詩話》卷中："梁鄭公克家未第時，爲潮州揭陽宰館客，寓縣治東齋。齋前有梅一株，忽於九月中盛開……邑

士多賦詩，往往皆諂令君。”時張壯彩將赴縣令任，楊保彝故有此稱。

難將雙槳度紅橋，恨隔盈盈水一條。
楊柳樓臺何處笛，琵琶門巷可憐簫。
多情有夢疑神女[1]，密約無心問阿嬌[2]。
燕語鶯啼渾似昨，不堪回首是花朝[3]。

注釋：

[1]“神女”，宋玉《神女賦序》：“楚襄王與宋玉游於雲夢之浦，使玉賦高唐之事，其夜王寢，果夢與神女遇，其狀甚麗，王異之，明日以白玉。”宋玉《高唐賦序》：“昔者先王嘗游高唐，怠而晝寢，夢見一婦人曰：‘妾，巫山之女也。’”李善注引《襄陽耆舊傳》：“赤帝女曰姚姬，未行而卒，葬於巫山之陽，故曰巫山之女。楚懷王游於高唐，晝寢夢見與神遇，自稱是巫山之女。”

[2]“阿嬌”，指漢武帝陳皇后。《漢武故事》：“後長主還宮，膠東王數歲，長主抱置膝上，問曰：‘兒欲得婦否？’長主指左右長御百餘人，皆云‘不用’。指其女曰：‘阿嬌好否？’笑對曰：‘好，若得阿嬌作婦，當作金屋貯之。’長主乃苦要帝，遂成昏焉。”

[3]“花朝”，也叫花神節，俗稱百花生日，爲農曆二月十二日。節日期間，人們結伴到郊外游覽賞花，稱爲“踏青”。《漢宮春·四舞階翼》：“四舞階翼，花朝節後，二月陽春。觀音降誕，當年對此良辰。誰知好日，固多同、重現前身。”

舊恨新愁著意牽，春風怕唱鷓鴣天[1]。
一痕瘦影留羅襪，十種相思寫錦箋[2]。
白髮聲傳河滿子[3]，斷腸花落李龜年[4]。
青衫憔悴尊前客，乍撥鵾弦[5]淚已漣。

注釋：

［1］"鷓鴣天"，詞牌名，鷓鴣鳴聲似"行不得也哥哥"，調名取自唐人鄭嵎詩"春游鷄鹿塞，家在鷓鴣天"。此調又名"思佳客""思越人""醉梅花""半死梧""剪朝霞"等，爲北宋初年新聲。

［2］"錦箋"，精緻華美的箋紙，以供題咏書札之用。《董解元西廂記》："拂拭錦箋一紙，筆頭灑落相思泪。"

［3］"河滿子"，詞牌名，又作"何滿子"。何滿子原爲唐開元中歌者。白居易《何滿子》詩云："世傳滿子是人名，臨就刑時曲始成。一曲四調歌八叠，從頭便是斷腸聲。"自注云："開元中，滄州有歌者何滿子，臨刑進此曲，以贖死，上竟不免。"元積《何滿子歌》："何滿能歌能宛轉，天寶年中世稱罕。嬰刑繫在囹圄間，水調哀音歌憤懣。梨園弟子奏玄宗，一唱承恩羈網緩。便將何滿爲曲名，御譜親題樂府纂。"調名當起源於此。張祜《宮詞》："故國三千里，深宮二十年。一聲河滿子，雙泪落君前。"

［4］"斷腸花落李龜年"，李龜年是開元初年的著名樂工，常在貴族豪門歌唱。鄭處誨《明皇雜録》："唐開元中，樂工李龜年、彭年、鶴年兄弟三人皆有才學盛名。彭年善舞，鶴年、龜年能歌，尤妙製《渭川》，特承顧遇。於東都大起第宅，僭侈之制，逾於公侯。宅在東都通遠里，中堂制度甲於都下。其後龜年流落江南，每遇良辰勝賞，爲人歌數闋，座中聞之，莫不掩泣罷酒，即杜甫嘗贈詩所謂'岐王宅裏尋常見，崔九堂前幾度聞。正值江南好風景，落花時節又逢君'。"

［5］"鷂弦"，用鷂鷄筋經加工後製作的琵琶弦，光潤晶瑩，呈淡金色，且極堅韌，餘音清脆。

再送子俊赴官

荇荷[1]細雨春明夢，風雪紅橋[2]酒客航。

正是梅花滿江路，青山消遣櫓聲旁。

注釋：

［１］“芰荷”，見前楊紹和《夏日遣懷》注釋。

［２］“紅橋”，古詩多用之意象。張説《清明日詔宴寧王山池得飛字》：“緑渚傳歌榜，紅橋度舞旂。”白居易《新春江次》：“鴨頭新緑水，雁齒小紅橋。”

天寧寺看鞠[1]

地北天南亦幻哉，無端殘夢落蓬萊。

十年藥裹身仍病，一夜秋風花盡開。

世事紛呶[2]君莫訝，禪林寂寞我重來。

樽前休唱陽關調[3]，峽上青猿聽亦哀[4]。

注釋：

［１］“鞠”，通“菊”。《禮記·月令》：“鞠有黄華。”《經典釋文》稱：“鞠，本作菊。”天寧寺是京城著名寺廟，清末時爲賞菊最佳處，菊花品種繁多，花肆頗負盛名。李静山《增補都門雜咏》稱：“天寧寺裏好樓臺，每到深秋菊又開。贏得傾城車馬動，看花齊帶玉人來。”

［２］“紛呶”，紛亂喧嘩，蘇轍《蜀論》：“叫號紛呶，奔走告訴，以争豪厘曲直之際。”

［３］“陽關調”，即古琴曲《陽關三叠》，據王維《送元二使安西》絶句譜寫。文同《送通判喻郎中二首》（其二）：“陽關調雖苦，且盡西城宴。”

［４］“峽上青猿聽亦哀”，楊保彝此句用山峽猿啼之典故。猿聲高急，似哭似號，聞之令人傷心。謝靈運《登石門最高頂》：“嗷嗷夜猿啼。”酈道元《三峽》：“每至晴初霜旦，林寒澗肅，常有高猿長嘯，屬引凄異，空谷傳響，哀轉久絶。

故漁者歌曰：'巴東三峽巫峽長，猿鳴三聲泪沾裳。'"

寄王竹吾志修[1]金州防營[2]

古戍薊門秋，征人竟白頭。
浮名消短劍，明月下高樓。
戰血餘衰草，笳聲訴客愁[3]。
片帆泊何處，風浪滿東漚。

注釋：

[1]"王竹吾志修"，即王志修，字竹吾，山東諸城人，光緒二十五年（1899）任岫岩州知州，治內剿匪練勇，百姓以安。

[2]"金州防營"，金州地處大連地峽北部，爲遼東半島南部重地。雍正十二年（1734）置寧海縣，治所在金州。道光二十三年（1843）升寧海縣爲金州廳。廳內設金州同知衙門和金州協領衙門，同轄一地，各管其民。防營爲防守地方的軍隊。

[3]王志修任職岫岩州，因地方不靖，遂剿匪安民，頗有治績。劉景文修、郝玉璞纂《民國岫岩縣志》卷二稱："庚子冬，城爲俄人奪占，四鄉多逃兵騷擾，土匪王二復烏合竊乘。公乃籌設哨局，編練鐵字防軍，計擒土匪就戮，防禦外來逃兵。及壬寅歲，通化縣土匪林七作亂，竄入鳳凰城，百姓震驚，城鄉皆遷徙。爰選健騎，飛稟剿匪林統帶申請頒令，一面傳集各牌鄉會，曉以大義，諭以利害，咸矢同守，各認招募。及令頒下，鄉丁已集至數千。乃持令誓衆曰：'某親率鐵字防軍，遇仗必臨前敵，爾等多帶槍械火把隨之，有不受約者，軍令從事。'俱皆唯唯，公則晝夜邏巡。賊聞聲勢，未敢踐踏岫境。"

再寄竹吾

未解黃龍戍[1]，秋防[2]已屆春。

四方思猛士，萬里有歸人。

風雪樽前泪，關河戰後身[3]。

鳳凰江上路，兩界畫圖新。

注釋：

[1]"黃龍戍"，即黃龍岡，在今遼寧省開原縣西北。山勢纖綿，委蛇起伏，東連巨嶺，西抵遼河，故名。由於地處邊防前綫，有重兵駐扎，稱爲黃龍戍。沈佺期《雜詩·聞道黃龍戍》："聞道黃龍戍，頻年不解兵。可憐閨裏月，長在漢家營。"

[2]"秋防"，即防秋。古代西北各游牧部落，往往趁秋高馬肥時南侵。屆時邊軍特加警衛，調兵防守，稱爲防秋。劉昫《舊唐書·陸贄傳》："又以河隴陷蕃已來，西北邊常以重兵守備，謂之防秋。"

[3]"關河戰後身"，爲對王志修剿匪保民行動的記述，詳見上詩注釋。

王香序茂椿歸自海東[1]

相逢真似夢，舊事話依依。

棋局知誰誤，勛名[2]笑昨非。

烽烟鄉思切，風雪故人稀。

見説遼東客，長征半未歸。

注釋：

[1]"海東"指我國東北遼東一帶。如史書中稱渤海國爲"海東盛國"。宋祁、

歐陽修等《新唐書·渤海傳》：“初，其王數遣王子詣京師太學，習識古今制度。至是遂爲海東盛國，地有五京、十五府、六十二州。”

　　[2]“勛名”，即功名。范曄《後漢書·張奐傳》：“（張奐）及爲將帥，果有勛名。”

送葉眉士壽松[1]奉母諱南歸

一領青衫困宦途，承恩未解舊衣襦。
尊前難灑平生淚，夢裏常聞老母呼。
千里歸帆親念切，十年舊雨客心孤。
椿庭[2]應祝多康健，鄭重手將壽杖扶。

注釋：

　　[1]“葉眉士壽松”，即葉壽松。葉壽松，號寬齋，常熟人，光緒元年（1875）進士，曾任内閣候補侍讀。

　　[2]“椿庭”，指父親。椿有壽考之徵，《莊子·逍遥游》：“上古有大椿者，以八千歲爲春，八千歲爲秋。”庭即趨庭之庭，《論語·季氏》述孔鯉趨庭接受其父孔丘訓導之事，所以世稱父親爲椿庭。

步劉移盦家蔭[1]送友赴東瀛原韵

争道乾坤息戰戈，新猷[2]欲奠舊山河。
龍沙[3]移牧春無帳，鯨海飛輪夜有波。
北闕和戎陳上計，西園載酒鬥酣歌。
臨風莫咏登高句，杜老悲秋竟若何[4]。

注釋:

〔1〕"劉移盦家蔭"，即劉家蔭。劉家蔭，順天宛平人，同治十二年（1874）舉人，光緒十五年（1889）任方略館校對官，二十二年（1896）任會典館協修官。

〔2〕"新猷"，指建功立業的新謀略。

〔3〕"龍沙"，泛指塞外沙漠之地。徐晶《阮公體》："秦王按劍怒，發卒戍龍沙。"

〔4〕"臨風莫咏登高句，杜老悲秋竟若何"，杜甫《登高》："風急天高猿嘯哀，渚清沙白鳥飛回。無邊落木蕭蕭下，不盡長江滾滾來。萬里悲秋常作客，百年多病獨登臺。艱難苦恨繁霜鬢，潦倒新停濁酒杯。"爲楊保彝此句所本。

小園新咏

老　柳

五雲樓[1]閣見多般，飽歷風霜久閉關。

雷雨無驚隨意活，楂枒[2]雖老未容删。

誰將白髮憐張緒[3]，忍把青年誤小蠻[4]。

底事凄凉渾似夢，一庭秋色半城山。

注釋:

〔1〕"五雲樓"，指豪華富麗的樓閣。賈仲名《蕭淑蘭》（第一折）："想你也夢不到翔龍飛鳳五雲樓，心則在鳴鷄吠犬三家店。"

〔2〕"楂枒"，錯雜不齊貌。方岳《雪後梅邊》（其三）："半身蒼蘚雪楂枒，直到頂頭纔數花。"

〔3〕"誰將白髮憐張緒"，李延壽《南史·張緒傳》："緒吐納風流，聽者皆忘飢疲，見者肅然如在宗廟。雖終日與居，莫能測焉。劉悛之爲益州，獻蜀柳

數株，枝條甚長，狀若絲縷。時舊宮芳林苑始成，武帝以植於太昌靈和殿前，常賞玩咨嗟，曰：‘此楊柳風流可愛，似張緒當年時。’”鄭谷《寄左省韋起居序》：“風神何蘊藉，張緒正當年。”方千里《蝶戀花》：“張緒風流今白首，少年襟度難如舊。”

[4]“小蠻”，白居易的歌姬，與樊素齊名。劉昫《舊唐書·白居易傳》：“樊素、蠻子者，能歌善舞。”孟棨《本事詩·事感》：“白尚書（居易）姬人樊素善歌，妓人小蠻善舞，嘗爲詩曰：‘櫻桃樊素口，楊柳小蠻腰。’”

海　棠

棟子風吹綻好春，嬌姿應醉玉堂[1]人。

梅清竹瘦誰同侶？梨白桃紅總後塵。

月裏笙歌花下酒，眼前色相[2]夢中身。

濃葩一樣爭相賞，孰識無香是性真。

注釋：

[1]“玉堂”，指翰林院。漢侍中有玉堂署，宋以後翰林院亦稱玉堂。班固《漢書·李尋傳》：“過隨衆賢待詔，食太官，衣御府，久污玉堂之署。”顏師古注：“玉堂殿在未央宮。”王先謙補注引何焯曰：“漢時待詔於玉堂殿，唐時待詔於翰林院，至宋以後，翰林遂并蒙玉堂之號。”

[2]“色相”，爲佛教語，指萬物的形貌。《涅盤經·德王品四》：“（菩薩）示現一色，一切衆生各各皆見種種色相。”白居易《感芍藥花寄正一丈人》：“開時不解比色相，落後始知如幻身。”

新　竹

卍字[1]圍牆亞字欄，此君消息可平安。

草名平慮宜爲伴，花縱能香不耐寒。

勁節真同君子性，清標未許俗人看。

托根倘近蓬瀛島，一樣吹簫引鳳鸞[2]。

注釋：

[1]"卍字"，原爲西藏雍仲本教的吉祥標志。後爲象徵"幸運""萬福""萬壽"的吉祥符號。此處用作圍墙的裝飾。

[2]"一樣吹簫引鳳鸞"，用蕭史、弄玉典。劉向《列仙傳·蕭史》："蕭史者，秦穆公時人也，善吹簫，能致孔雀、白鶴於庭。秦穆公有女弄玉好之，公遂以女妻焉。日教弄玉作鳳鳴。居數年，吹似鳳聲。鳳凰來止其屋。公爲作鳳臺，夫婦止其上不下數年。一旦皆隨鳳凰飛去。"

温棣華年丈紹棠[1]檢賜先公遺詩賦句敬謝即步原韵

趨庭廿載溯前聞，紙貴曾傳洛下文（1）。

平子風流惟好酒，太真意氣自超群（2）。

華堂壽宴悲寒月，人海桑田半夕曛。

愧我楹書終莫讀，漸將年少説機雲[2]。

自注：

（1）公與先公十年同社。

（2）謂張芝圃年丈每會先公廎齋，盡醉始散。

注釋：

[1]"温棣華年丈紹棠"，即温紹棠。温紹棠，字棣華，山西太谷人。同治四年（1865）乙丑二甲六十七名進士，散館授編修，升侍講學士。温紹棠爲楊紹和進士同年，遂有詩文唱和往來之事。

［２］“年少説機雲”，機雲即指陸機、陸雲。房玄齡等《晋書·陸機傳》：“至太康末，與弟雲俱入洛，造太常張華。華素重其名，如舊相識，曰：‘伐吳之役，利獲二俊。’”

寄内子少珊[1]

茅店鷄鳴[2]欲曙天，客愁鄉夢轉怦然。
一勾新月催征鐸[3]，此夜憐卿共不眠。

注釋：

［1］“内子少珊”，内子，爲古代與他人交談時對自己妻子的稱呼。少珊，即王少珊。王少珊（？—1920），諸城相州人，楊保彝妻。在楊保彝於宣統二年（1910）去世後，獨力支撑門户，保藏海源閣藏書。宣統三年（1911），山東巡撫孫寶琦曾致函盛宣懷，商及將海源閣書入藏省圖書館之事稱：“海源閣書，去冬楊鳳阿内翰未故以前，呈請歸入宗祠，冀得永寶。伊故後，東省紳士有請歸入省城圖書館者，有請仍歸楊氏者。前已奏明由地方官實力保護海源閣，毋使散佚。楊夫人云：‘如欲遷入省中圖書館，即先行焚毁。’是以一時萬難辦到。尊處創建書館，誠屬盛舉。但海源閣書奏案在先，未便更改。”（此函今藏上海圖書館）民國五年（1916），袁克文想將海源閣藏書據爲己有，被王少珊嚴詞拒絶。由此可見，王少珊爲保藏海源閣藏書而殫精竭慮，絶不容外人染指，使海源閣藏書免於散佚。

［2］“茅店鷄鳴”，語本温庭筠《商山早行》“鷄聲茅店月，人迹板橋霜”之句。

［3］“征鐸”，遠行車馬所挂的鈴。温庭筠《商山早行》：“晨起動征鐸，客行悲故鄉。”

舊日青山似畫圖，十年遠別客心孤[1]。

陶南春色[2]應如海，手種名花放也無？

注釋：

[1]"十年遠別客心孤"，按楊保彝於同治九年（1870）舉賢書，此後十餘年，迭遭父母、嗣父母、祖母之喪，在家守孝十餘年，之後改官內閣中書，調總理各國事務衙門。再按張元鈞《歸瓴齋詩詞鈔序》稱："憶光緒辛丑夏間，與君晤談於同文館，時和議甫就緒，兩宮回鑾，百辟咸復，其舊論者方謂太平可再致。君獨謂'時艱益棘，外交日迫，京都不可以久居'，大有歸田之想，同人方怪其言。次年春，竟攜眷返里。"據此，則楊保彝離京歸鄉在光緒二十八年（1902）。據此，則此句中之"十年遠別"當指楊保彝離家在京任職之十餘年。

[2]"陶南春色"，即指楊紹和在肥城陶南所建別墅。楊保彝《重修陶南山莊眉園記》："今吾園也，左挹泰山，右扶大河。汶泗鄰其南，陶山鎮其北。山川雄俊，花木蔚然。非得天者歟？"

十年作客爲誰忙[1]？贏得星星鬢欲霜。
好語家山舊親友，邇來清瘦似蕭郎[2]。

注釋：

[1]"十年作客爲誰忙"，詳見上詩注釋。

[2]"清瘦似蕭郎"，典出姚思廉《梁書·武帝本紀上》："（蕭衍）起家巴陵王南中郎法曹行參軍，遷衛將軍王儉東閣祭酒。儉一見深相器異，謂廬江何憲曰：'此蕭郎三十內當作侍中，出此則貴不可言。'"後以"蕭郎"泛指女子所中意的男子、情人。范攄《雲溪友議》："有崔郊秀才者，寓居於漢上，蘊積文藝，而物産罄懸。無何，與姑婢通，每有阮咸之從。其婢端麗，饒彼音律之能，漢南之最也。姑貧，鬻婢於連帥，連帥愛之，以類無雙。給錢四十萬，寵盼彌深。郊思慕不已，即強親府署，願一見焉。其婢因寒食來從事家，值郊立於柳陰，

馬上連泣，誓若山河。崔生贈之以詩曰：'公子王孫逐後塵，緑珠垂泪滴羅巾。
侯門一入深如海，從此蕭郎是路人。'"此後蕭郎遂有因相思而清瘦之意。如劉
仙倫《江神子》："見無緣，恨無端，憔悴蕭郎贏得帶圍寬。"高千里《木蘭花》：
"憔悴蕭郎緣底瘦，那日花前相見後。"

戊戌夏日[1]

新秋野水波生岸，岸外青山緑可招。
無數荷花香不斷，一蓑風雨[2]過谿橋。

注釋：

［1］"戊戌夏日"，戊戌爲光緒二十四年（1898），時楊保彝正任總理各國
事務衙門章京。

［2］"一蓑風雨"，語出蘇軾《定風波》："莫聽穿林打葉聲，何妨吟嘯且徐行。
竹杖芒鞋輕勝馬，誰怕？一蓑烟雨任平生。"

駐馬臨歧[1]問酒家，溪桃村柳野生涯。
王孫歸去[2]應相憶，惆悵空山正落花。

注釋：

［1］"臨歧"，古人送別常在岔路口處分手，後多稱臨別爲臨歧。范成大《後
催租行》："去年衣盡到家口，大女臨歧兩分首。"

［2］"王孫歸去"，仇遠《滿庭芳》："怕王孫歸去，芳草離離。倚翠屏山夢斷，
無心聽、啼鳥催歸。何時向，溪流練帶，一舸載鴟夷。"

寄張子俊_{壯彩江南}

閑庭^[1]柳色自青青，時有鳴禽叫一聲。
記得去年秋月好，鞠花纔放送君行。

注釋：

[1]"閑庭"，即寂静的庭院。楊炯《梓州惠義寺重閣銘》："閑庭不擾，退
食自公，遠覽形勢，虔心净域。"

白下^[1]秋深畫閉關，隔江望斷六朝山。
縱然不作揚州夢^[2]，忍把青春誤小蠻^[3]。

注釋：

[1]"白下"，古縣名，初爲東晋咸和二年（327）陶侃討伐蘇峻時所築白
石壘，唐武德九年（626）築城，改原金陵縣爲白下縣，後亦稱南京爲白下。
顧炎武《白下》："白下西風落葉侵，重來此地一登臨。清筯皓月秋依壘，野燒
寒星夜出林。"

[2]"揚州夢"，典出杜牧。杜牧隨牛僧孺出鎮揚州，嘗出入倡樓，後分務
洛陽，追思感舊，謂繁華如夢，遂作《遣懷》："十年一覺揚州夢，贏得青樓薄
幸名。"後用爲感懷之典。高啓《和遜庵效香奩體》："揚州夢斷十三年，底事猶
存未了緣。"

[3]"忍把青春誤小蠻"，孟棨《本事詩》："年既高邁，而小蠻方豐艷，因
爲楊柳之詞以托意，曰：'一樹春風萬萬枝，嫩於金色軟於絲。永豐坊裏東南角，
盡日無人屬阿誰？'"

當年豪氣屬狂奴^[1]，使酒淋漓有灌夫^[2]。

少不如人今漸老，且依新樣畫胡盧[3]。

注釋：

[1]“狂奴”，指狂放不羈之人。梁武帝《答蕭琛》：“勿談興運初，且道狂奴異。”

[2]“使酒淋漓有灌夫”，灌夫（？—前131），字仲孺，潁川郡潁陰人。吳楚七國之亂時，灌夫以軍功升中郎將，以勇猛聞名，後任代國相。建元元年（前140），入京任太僕。灌夫交好魏其侯竇嬰，後因在宴會上使酒衝撞丞相田蚡，以論不敬之罪被殺。司馬遷《史記·魏其武安侯列傳》：“夏，丞相取燕王女爲夫人。有太后詔，召列侯宗室皆往賀。魏其侯過灌夫，欲與俱。夫謝曰：‘夫數以酒失得過丞相，丞相今者又與夫有郤。’魏其曰：‘事已解。’強與俱。飲酒酣，武安起爲壽，坐皆避席伏。已，魏其侯爲壽，獨故人避席耳，餘半膝席。灌夫不悦，起行酒，至武安，武安膝席曰：‘不能滿觴。’夫怒，因嘻笑曰：‘將軍，貴人也，屬之！’時武安不肯。行酒次至臨汝侯，臨汝侯方與程不識耳語，又不避席。夫無所發怒，乃罵臨汝侯曰：‘生平毀程不識不直一錢，今日長者爲壽，乃效女兒呫囁耳語！’武安謂灌夫曰：‘程、李俱東西宮衛尉，今眾辱程將軍，仲孺獨不爲李將軍地乎？’灌夫曰：‘今日斬頭陷匈，何知程、李乎！’坐乃起更衣，稍稍去。魏其侯去，麾灌夫出。武安遂怒曰：‘此吾驕灌夫罪。’乃令騎留灌夫。灌夫欲出不得。籍福起爲謝，案灌夫項令謝。夫愈怒，不肯謝。武安乃麾騎縛夫，置傳舍，召長史曰：‘今日召宗室，有詔。’劾灌夫罵坐不敬，繫居室，遂按其前事，遣吏分曹逐捕諸灌氏支屬，皆得弃市罪。”

[3]“且依新樣畫胡盧”，照著真葫蘆去畫葫蘆，比喻單純模仿，沒有創新。魏泰《東軒筆錄》卷一：“陶穀，自五代至國初，文翰爲一時之冠，然其爲人，傾險很媚……太祖雖不喜，然藉其詞華足用，故尚置於翰苑。穀自以久次舊人，意希大用。建隆以後，爲宰相者，往往不由文翰，而聞望皆出穀下。

穀不能平，乃俾其黨與因事薦引，以爲久在詞禁，宣力實多，亦以微伺上旨。太祖笑曰：'頗聞翰林草制，皆檢前人舊本，改換詞語，此乃俗所謂依樣畫葫蘆耳，何宣力之有？'穀聞之，乃作詩，書於玉堂之壁曰：'官職須由生處有，才能不管用時無。堪笑翰林陶學士，年年依樣畫葫蘆。'太祖益薄其怨望，遂決意不用矣。"

　　垂老投閑[1]可任天，歸來好趁五湖船[2]。
　　低徊二十年前事，獨對寒鐙一惘然。

注釋：

　　[1]"投閑"，謂置身於清閑境地。陸游《入秋游山賦詩》（其三）："屢奏乞骸骨，寬恩許投閑。"

　　[2]"五湖船"，用范蠡助越滅吳後泛舟五湖之典。《國語·越語下》："反至五湖，范蠡辭於王曰：'君王勉之，臣不復入越國矣。'王曰：'不穀疑子之所謂者何也？'對曰：'臣聞之，爲人臣者，君憂臣勞，君辱臣死。昔者君王辱於會稽，臣所以不死者，爲此事也。今事已濟矣，蠡請從會稽之罰。'王曰：'所不掩子之惡，揚子之美者，使其身無終没於越國。子聽吾言，吾與子分國。不聽吾言，身死，妻子爲戮。'范蠡對曰：'臣聞命矣。君行制，臣行意。'遂乘輕舟以浮於五湖，莫知其所終極。"

聞葉眉士壽松欲來京師感賦無題

　　東風無語月微茫，底事[1]曾聞夜合香。
　　白絮飄零儂已慣，青樓薄倖[2]我何嘗。
　　新詞豆蔻題春字，秋草琵琶唱夕陽。
　　一種温存説不得，爲郎憔悴却羞郎[3]。

注釋：

〔1〕"底事"，即何事。劉肅《大唐新語·酷忍》："天子富有四海，立皇后有何不可，關汝諸人底事，而生異議！"

〔2〕"青樓薄倖"，見前楊紹和《贈陳與堂丈》注釋。

〔3〕"爲郎憔悴却羞郎"，語出蘇軾《少年游·感舊》："花謝絮飛春又盡，堪恨，斷弦塵管伴啼妝。不信歸來但自看，怕見，爲郎憔悴却羞郎。"

緘將春恨報君知，別樣心情別樣癡。
密約難期寒食[1]後，銷魂慣在落花時。
欲尋舊夢迎桃葉，羞唱新詞付柳枝[2]。
底事歡娛郎憶否？荷塘東去雨如絲。

注釋：

〔1〕"寒食"：在夏曆冬至後一百零五日，清明節前一二日，禁烟火，吃冷食，後逐漸增加了祭掃、踏青、秋千、蹴鞠、牽勾、鬥鷄等風俗，是中國傳統節日中唯一以飲食習俗來命名的節日。

〔2〕"羞唱新詞付柳枝"，徐鉉《柳枝辭十二首》（其一）："把酒憑君唱柳枝，也從絲管遞相隨。逢春只合朝朝醉，記取秋風落葉時。"

柬眉士

果然似翦是春風[1]，依樣花開濺泪中[2]。
陰雨連宵鄉夢短，江山無賴[3]夕陽紅。
歸途滄海帆如箭，搔首青天月挂弓。
人事升沈君莫問，鹽車峻阪[4]路何窮。

注釋：

［1］"果然似翦是春風"，語出賀知章《咏柳》："碧玉妝成一樹高，萬條垂下綠絲縧。不知細葉誰裁出，二月春風似剪刀。"

［2］"依樣花開濺泪中"，杜甫《春望》："國破山河在，城春草木深。感時花濺泪，恨別鳥驚心。"

［3］"無賴"，似憎而實愛，含親昵意。段成式《折楊柳》（其四）："長恨早梅無賴極，先將春色出前林。"辛弃疾《浣溪沙》："啼鳥有時能勸客，小桃無賴已撩人。"

［4］"鹽車峻阪"，喻能人老邁，難負重任。《戰國策·楚策四》："夫驥之齒至矣，服鹽車而上大行，蹄申膝折，尾湛胕潰，漉汁灑地，白汗交流，中阪遷延，負轅不能上。伯樂遭之，下車攀而哭之，解紵衣以幂之。"

寄陶南山莊諸友

飽歷塵寰[1]夢，中宵憶故鄉。
牡丹開小院，草綠滿東堂。
浩劫紅羊慘[2]，浮名白髮傷。
可憐黻冕[3]客，猶向宦途忙。

注釋：

［1］"塵寰"，亦作"塵闤"，即人世間。權德輿《送李城門罷官歸嵩陽》："歸去塵寰外，春山桂樹叢。"

［2］"浩劫紅羊慘"，丙丁爲火，色紅，未爲羊，古人以爲丙午、丁未兩年爲國家發生灾禍的年份，此指楊家存放在陶南山莊的藏書遭亂焚失之事。楊紹和《海源閣珍藏尺牘序》："先君端勤公於平生篤交際，每獲師友信札，輒什襲篋中，或畀紹和收弆。閱時既久，所積遂夥。顧官輒十有數省，舟車所至，不

無零失。咸豐辛酉捻寇之亂，其存諸陶南別墅者又多墮紅羊。"楊紹和《楹書隅
錄》"宋本毛詩三卷一册"識語："辛酉（咸豐十一年，1861），皖寇擾及齊魯
之交，烽火亘千里，所過之區，悉成焦土。二月初，犯肥城西境，據余華坿莊
陶南山館一晝夜。自分珍藏圖籍必已盡付劫灰。及寇退，收拾燼餘，幸存十之
五六，而宋元舊槧所焚獨多，且經部尤甚。"

　　［3］"黻冕"，古代大夫以上祭祀時所穿的禮服。

再寄陶南山莊諸友

我聞故里甘霖沛，草木民心一例蘇。

爲問陶南衆香國[1]，花開得似去年無。

注釋：

　　［1］"衆香國"，喻百花盛開的境界。殷堯藩《過友人幽居》："身坐衆香國，
蒲團詩思新。"梁章鉅《歸田瑣記·芍藥》："余與右原則遍履花畦，真如入衆香
國矣。"

值宿園廬[1]有感

秋風催客意，松鞠願相違[2]。

歌舞繁今夢，功名悟昨非[3]。

譜成楊柳曲，來試芰荷衣[4]。

聞説遼東客，長征半未歸。

注釋：

　　［1］"園廬"，田園與廬舍。張衡《南都賦》："於其宮室，則有園廬舊宅，

隆崇崔嵬。"杜甫《無家別》："寂寞天寶後,園廬但蒿藜。"

〔2〕"松鞠願相違",松鞠即松菊。陶淵明《歸園田居》："衣沾不足惜,但使願無違。"《歸去來兮辭》："三徑就荒,松菊猶存。"

〔3〕"功名悟昨非",陶淵明《歸去來兮辭》："實迷途其未遠,覺今是而昨非。"

〔4〕"來試荌荷衣",屈原《離騷》："製荌荷以爲衣兮,集芙蓉以爲裳。"

西湖晚步

燕子飛飛憶故家,六朝[1]舊夢空繁華。

雕梁綉幕今何處?忍耐凄凉衹暮鴉[2]。

注釋:

〔1〕"六朝",指在魏晋南北朝時期,曾先後建都於南京的孫吴、東晋和南朝宋、齊、梁、陳等六個政權。鄭燮《六朝》："一國興來一國亡,六朝興廢太匆忙。"

〔2〕"暮鴉",暮色中傳來的老鴉叫聲。辛弃疾《鷓鴣天·陌上柔桑破嫩芽》："平岡細草鳴黄犢,斜日寒林點暮鴉。"

近水鷗鳧[1]戲緑波,垂楊高挂釣人蓑。

青山無語漁翁睡,閑煞横塘[2]萬柄荷。

注釋:

〔1〕"鷗鳧",鷗鳥和野鴨,梅堯臣《聞雁》："幾日江海上,鳧鷗共滿汀。"

〔2〕"横塘",古堤名,三國吴大帝時於建業(今南京市)南淮水(今秦淮河)南岸所築之堤,亦爲百姓聚居之地。左思《吴都賦》："横塘查下,邑屋隆誇。"崔顥《長幹曲》："君家住何處?妾住在横塘。"

葉眉士太守書來詢京師近事，口占七言絕十首復之，亦短歌當哭之意云爾

握手臨歧[1]記得無，匆匆車馬出皇都。
秋來一樣長安月[2]，空照江亭柳數株。

注釋：

[1]"臨歧"，見前楊紹和《留別石瑚姊夫》注釋。

[2]"長安月"，白居易《山中問月》："爲問長安月，誰教不相離？"

去年北地論紅巾[1]，伏闕陳言[2]志未伸。
西下夕陽西北望，東流河水泣孤臣。

注釋：

[1]"紅巾"即指當時京津一帶的義和團運動。

[2]"伏闕陳言"，自述曾就時政上書朝廷。榮禄於光緒二十八年四月初五日曾上《代遞即補郎中楊保彝説帖折》："臣部即補郎中楊保彝呈遞説帖，請代爲據奏前來。臣等查閱該員所遞説帖尚無違礙字樣，既請代爲上奏，未便壅於上聞。謹將原遞説帖呈進，伏乞皇太后、皇上聖鑒。"

鶩驚大地起風波，撞破家居奈爾何[1]？
一曲樽前河滿子，難將雙淚爲君歌[2]。

注釋：

[1]"撞破家居奈爾何"，指在庚子（1900）之亂中，楊保彝在京寓所遭到洗劫，藏於京都寓所的很多金石書畫和善本都遭受損失，保彝所刻《楹書隅録》

書版亦遂殘缺不全。至宣統中，董康收拾殘片，已缺三分之一，據以補成完帙，
於宣統三年（1911）在京都琉璃廠海王村再度刊印。

　　［2］"一曲樽前河滿子，難將雙泪爲君歌"，見前《送張子俊壯彩赴官江南》
注釋。

　　天涯兵甲莽蒼凉，誰遣王孫泣路旁[1]。
　　多謝南牙[2]賢相國，秋風好送我還鄉。

注釋：

　　［1］"誰遣王孫泣路旁"，此處楊保彝借用杜甫詩句，將安史之亂與庚子之
亂作比。杜甫《哀王孫》："金鞭斷折九馬死，骨肉不得同馳驅。腰下寶玦青珊瑚，
可憐王孫泣路隅。"

　　［2］"南牙"，即宰相。司馬光《資治通鑑・唐中宗神龍元年》："北門、南
牙，同心協力，以誅凶豎，復李氏社稷。"胡三省注："南牙謂宰相，北門謂羽
林諸將。"

　　忽傳車駕出重城[1]，一片降旗滿帝京[2]。
　　萬歲山頭偷眼望，九門洞啓犬羊行[3]。

注釋：

　　［1］"忽傳車駕出重城"，章開沅《清通鑑》："庚申（二十一日），皇太后挾
帝離京出逃。聯軍既已入內城，攻紫禁城，時太后知事急，衣寶衣，欲赴水，
載瀾持其衣曰：'不如且避之，徐爲後計。'皇太后乃青衣，徒步涕泣而出，髮
不及簪。又慮帝留之不爲己利也，挾之俱西。其時，派太監崔玉貴將珍妃推入
樂壽堂後井中溺死。皇太后與帝一行數十人由西華門出宮，從西直門出城，直
趨西安。一路催車夫愈快愈妙。日暮抵昌平貫市，上及太后不食已一日矣。民

或獻蜀黍，以手掬食之。"

[2]"一片降旗滿帝京"，《洋兵進京逐日見聞記略》："（七月）二十四日，大街小巷各按洋人分界插滿白旗，莠民土棍，皆倡言無處換錢，耀耀糧米，糾約匪徒肆行搶掠。"

[3]"九門洞啓犬羊行"，章開沅《清通鑒》："（七月）十七日，聯軍逼近張家灣，李秉衡服毒自盡，通州失守，聯軍復由通州長驅而北，直撲京師，董福祥軍與戰於廣渠門外，會日暮，北風急，炮聲震天，雷雨驟至，董軍大敗。其他守城兵弁六、七萬人皆已散滅無踪，義和團亦走散。至是，京師城破，聯軍自廣渠、朝陽、東華三門入，禁軍皆潰。"

權臣肉食原無賴[1]，大將旗開祇愛錢。
昨夜忽傳隨駕去，千軍飽載過潼川[2]。

注釋：

[1]"權臣肉食原無賴"，指大臣在國難中各懷私心，置國事於不顧。王文韶光緒二十六年（1900）八月十四日日記稱："我蒙召見五次，至刻刻召，僅有剛、趙二人同在，太后云：'祇剩你三人，務須隨駕，其餘之人各自回家，已丟我母子不顧矣。'"《清德宗實錄》："（同月上諭稱）前有旨，命在京之御前大臣、貝勒公等暨各部院堂官迅赴行在……自啓釁以來，迄今已逾半月，而該王大臣等仍未見陸續前來。一切差使俱行曠廢，殊非不避艱險之意。著昆岡等傳知諸王大臣及各部院堂官，於接奉此旨後，即督率司員，迅速前來行在，共修職守，毋再諉卸遲延。"

[2]"千軍飽載過潼川"，指庚子國變後亂軍借機騷擾百姓，亦可與朝廷之相關記述相印證。《清德宗實錄》："（光緒二十六年八月上諭）此次西巡隨扈滿漢官兵人數衆多，現由前路糧臺按營給餉，體恤不爲不至。乃聞沿途仍不免有滋擾情事，殊屬不成事體，著派董福祥一路嚴行查禁，如有恃衆强搶……食物

及無故擅入民家者，一經查實，或被指控，無論旗緑兵丁各營勇隊，一概以軍法從事。仍將該管官弁照例革職治罪，以肅軍律而靖閭閻。"

梨園供奉小排當[1]，富貴長春(1)樂未央。
記否先皇東幸日[2]，新歌纔演第三章(2)。

自注：

（1）富貴長春院本，乾隆間華亭張尚書筆也。

（2）咸豐十年庚申春，命演此劇，甫至三折，車駕北狩。上年己亥秋仲，復傳演此院本，老伶官有竊嘆者。甫至三本而亂作焉，嗚呼！

注釋：

[1]"梨園供奉小排當"，梨園原爲唐代教練樂工的機構，後指戲曲班子。宋祁、歐陽修等《新唐書·禮樂志》："玄宗既知音律，又酷愛法曲，選坐部伎子弟三百，教於梨園。聲有誤者，帝必覺而正之，號皇帝梨園弟子。"供奉爲以某種技藝侍奉帝王的人。排當爲宮中飲宴。《古杭記》："宮中飲宴名排當。"武衍《宮中詞》："聖主憂勤排當少，犀椎魚撥總成閑。"

[2]"先皇東幸日"，咸豐十年（1860）春，英法兩國組成侵華聯軍，大舉入侵，在通州八里橋之戰擊敗清軍後進逼北京，咸豐帝自圓明園倉皇逃亡熱河，命恭親王奕訢留京議和。

赤眉銅馬[1]一般同，何事紛紜誤乃公。
誰是丸泥封谷手[2]，鷄鳴狗盜[3]亦奇功。

注釋：

[1]"赤眉銅馬"，均爲西漢末農民起義軍，楊保彝以此喻活躍於京津一帶

的義和團。赤眉指新莽末以樊崇等爲首的農民起義軍。因以赤色塗眉爲標志，故稱赤眉軍。班固《漢書·王莽傳下》："赤眉樊崇等衆數十萬人入關，立劉盆子，稱尊號。"銅馬即銅馬軍。范曄《後漢書·光武帝紀上》："又別號諸賊銅馬、大肜……等，各領部曲，衆合數百萬人，所在寇掠。"

[2]"丸泥封谷手"，喻能利用險要地勢，堅守軍事要地。范曄《後漢書·隗囂公孫述列傳》："今天水完富，士馬最強，北收西河、上郡，東收三輔之地，案秦舊迹，表裏河山。元請以一丸泥爲大王東封函谷關，此萬世一時也。"

[3]"鷄鳴狗盜"，指微不足道的本領。司馬遷《史記·孟嘗君列傳》："齊湣王二十五年，復卒使孟嘗君入秦，昭王即以孟嘗君爲秦相。人或説秦昭王曰：'孟嘗君賢，而又齊族也，今相秦，必先齊而後秦，秦其危矣。'於是秦昭王乃止。囚孟嘗君，謀欲殺之。孟嘗君使人抵昭王幸姬求解。幸姬曰：'妾願得君狐白裘。'此時孟嘗君有一狐白裘，直千金，天下無雙，入秦獻之昭王，更無他裘。孟嘗君患之，遍問客，莫能對。最下坐有能爲狗盜者曰：'臣能得狐白裘。'乃夜爲狗，以入秦宮臧中，取所獻狐白裘至，以獻秦王幸姬。幸姬爲言昭王，昭王釋孟嘗君。孟嘗君得出，即馳去。更封傳，變名姓以出關。夜半至函谷關。秦昭王後悔出孟嘗君，求之已去，即使人馳傳逐之。孟嘗君至關，關法鷄鳴而出客。孟嘗君恐追至，客之居下坐者有能爲鷄鳴，而鷄齊鳴，遂發傳出。出如食頃，秦追果至關，已後孟嘗君出，乃還。始孟嘗君列此二人於賓客，賓客盡羞之，及孟嘗君有秦難，卒此二人拔之。自是之後，客皆服。"

故人家住鳳城西，座上聲歌夢已迷。
一樣龍池[1]成瓦礫，奉誠園[2]樹鳥空啼。

注釋：

[1]"龍池"，原指唐玄宗曾居住之隆慶宮，此指禁苑宮殿。劉昫《舊唐

書·音樂志》：“玄宗龍潛之時，宅在隆慶坊……玄宗正位，以坊爲宮，池水逾大，瀰漫數里。”李商隱《龍池》：“龍池賜酒敞雲屏，羯鼓聲高衆樂停。夜半宴歸宮漏永，薛王沉醉壽王醒。”

［2］“奉誠園”，徐松《唐兩京城坊考》卷三西京外郭城次安邑坊奉誠園條：“本司徒兼侍中馬燧宅。燧子少府監暢，以貲甲天下。貞元末，神策中尉申志廉諷使納田産，遂獻舊第。《國史補》曰：‘暢以第中大杏饋竇文場，以進德宗。德宗未嘗見，頗怪之，令中使就封杏樹，暢懼，進宅，廢爲奉誠園，屋木皆拆入内。”，後用爲盛衰無常之典實。白居易《秦中吟十首第三·傷大宅》：“如何奉一身，直欲保千年？不見馬家宅，今作奉誠園！”元稹《奉誠園》：“蕭相深誠奉至尊，舊居求作奉誠園。秋來古巷無人掃，樹滿空墻閉戟門。”

客中風景説江南，湖上重陽酒半酣。
羨煞杭州賢太守，山花帶雨滿頭篸[1]。

注釋：

［1］“羨煞杭州賢太守，山花帶雨滿頭篸”，用蘇軾典。宋蘇軾《吉祥寺賞牡丹》：“人老簪花不自羞，花應羞上老人頭。醉歸扶路人應笑，十里珠簾半上鈎。”蘇軾曾任杭州通判，遂有太守之稱。篸，古通“簪”。

送徐尚書用儀、許侍郎景澄、袁太常昶靈輀[1]南歸

榱崩棟折倩誰扶？枉説批鱗事有無[1]。
三字獄詞千古淚[2]，一匲秋水五臣圖[2]。
蕭鸞秘計黄門詔[3]，周顗交游赤族誅[4]。
贏得鄉心悲鶴唳[5]，夢魂悔不到蓴鱸[6]。

自注：

（1）袁公有廷争三奏。

（2）十國兵使并照三公遺像及徇忠圖，各配以立聯二公小影，寄回本國。

注釋：

［1］"送徐尚書用儀、許侍郎景澄、袁太常昶靈輀"，輀爲喪車。趙爾巽等《清史稿·徐用儀傳》記述徐用儀與此相關事件："二十六年，拳禍起。先是上以行新政爲中外所推，而儲嗣久虛。載漪既用事，陰謀廢立，慮外人爲梗，聞拳民有神勇，仇西教，欲倚以集事，召入京，遂縱恣不可制。用儀請嚴禁遏，不聽。俄戕德使克林德，用儀駁曰：'禍始此矣！'言於慶親王奕劻，厚斂之。各國兵艦至津沽，詔廷臣集議和戰。用儀、景澄、昶及尚書立山、内閣學士聯元并言：'奸民不可縱，外釁不可啓。'而載漪等主戰甚力，在廷大臣率依違不决。用儀以太后命詣使館議緩兵，當事者益目爲奸邪。景澄、昶先被害，用儀知不免，意氣自如。七月既望，遽發拳匪捕之於家，擁至莊王邸。用儀不置辯，第曰：'天降奇禍，死固分耳！'遂與立山、聯元同弃市。越三日，聯軍入京，而兩宮西狩。十二月，詔湔雪，復故官。宣統元年，追謚忠愍。浙人祠之西湖，與景澄、昶并稱'三忠'。"《清史稿·許景澄傳》記述許景澄與此相關事件："拳禍作，景澄召見時，歷陳兵釁不可啓，春秋之義，不殺行人，圍攻使館，實背公法。太后聞之動容，而載漪等斥爲邪説。聯軍逼近畿，景澄等遂坐主和弃市。宣統元年，追謚文肅。"《清史稿·袁昶傳》記述袁昶與此相關事件："義和團起山東，屠戮外國教士。昶與許景澄相善，廷詢時，陳奏皆忼慨，上執景澄手而泣。昶連上二疏，力言奸民不可縱，使臣不宜殺，皆不報。復與景澄合上第三疏，嚴劾釀亂大臣，未及奏，已被禍，疏稿爲世稱誦。追謚忠節，江南人祠之蕪湖。"

［2］"三字獄詞千古淚"，三字獄典出脱脱等《宋史·岳飛傳》，秦檜誣陷抗金將領岳飛下獄，"韓世忠不平，詣檜詰其實。檜曰：'飛子雲與張憲書雖不明，其事體莫須有。'世忠曰：'莫須有三字何以服天下？'"'莫須有'即"大

概有""也許有"之意，後因以"三字獄"指冤獄。孟亮揆《于忠肅墓》："意欲豈殊三字獄，英雄遺恨總相同。"

[3]"蕭鸞秘計黃門詔"，蕭鸞（452—498），字景栖，小名玄度，南蘭陵人，齊宣帝蕭承之之孫、始安貞王蕭道生之子，爲南朝齊第五任皇帝齊明帝。蕭鸞秘計即指其篡奪皇位、殺戮皇族。齊武帝蕭賾死時，以蕭鸞爲輔政大臣，輔佐蕭昭業。隆昌元年（494），蕭鸞廢殺蕭昭業，改立其弟蕭昭文；不久又廢蕭昭文爲海陵王，自立爲帝。稱帝後，將齊高帝、齊武帝子孫三十餘人幾乎全部誅戮殆盡。

[4]"周顗交游赤族誅"，東晋周顗與王導交好，王導堂兄王敦謀反，將殺周顗時徵求王導意見，王導未置可否。楊保彝以此表明徐用儀等三人被殺時，朝中大臣多未相救。司馬光《資治通鑑》卷第九十二："帝召周顗於廣室，謂之曰：'近日大事，二宮無恙，諸人平安，大將軍固副所望邪？'顗曰：'二宮自如明詔，臣等尚未可知。'護軍長史郝嘏等勸顗避敦，顗曰：'吾備位大臣，朝廷喪敗，寧可復草間求活，外投胡、越邪！'敦參軍呂猗嘗爲臺郎，性奸諂，戴淵爲尚書，惡之。猗說敦曰：'周顗、戴淵，皆有高名，足以惑衆，近者之言曾無怍色，公不除之，恐必有再舉之憂。'敦素忌二人之才，心頗然之，從容問王導曰：'周、戴南北之望，當登三司無疑也。'導不答。又曰：'若不三司，止應令僕邪？'又不答。敦曰：'若不爾，正當誅爾！'又不答。丙子，敦遣部將陳郡鄧岳收顗及淵。……顗被收，路經太廟，大言曰：'賊臣王敦，傾覆社稷，枉殺忠臣。神祇有靈，當速殺之！'收人以戟傷其口，血流至踵，容止自若，觀者皆爲流涕。并戴淵殺之於石頭南門之外。……王導後料檢中書故事，乃見顗救己之表，執之流涕曰：'吾雖不殺伯仁，伯仁由我而死，幽冥之中，負此良友！'"

[5]"贏得鄉心悲鶴唳"，用陸機華亭鶴唳典，表示對遠離故土的悔恨和思戀。劉義慶《世說新語·尤悔》："陸平原河橋敗，爲盧志所讒，被誅。臨刑嘆曰：'欲聞華亭鶴唳，可復得乎！'"劉孝標注引《八王故事》曰："華亭，吳由拳縣

郊外墅也，有清泉茂林。吳平後，陸機兄弟共游於此十餘年。”庾信《哀江南賦》：
“釣臺移柳，非玉關之可望；華亭鶴唳，豈河橋之可忘。”

　　[6]“夢魂悔不到蓴鱸”，用張翰蓴鱸之思典故，有思念故鄉之意。劉義慶
《世説新語・識鑒》：“張季鷹辟齊王東曹掾，在洛，見秋風起，因思吳中菰菜羹、
鱸魚膾，曰：‘人生貴得適意爾，何能羈宦數千里以要名爵！’遂命駕便歸。俄
而齊王敗，時人皆謂爲見機。”

有　感

忽驚秋色滿天涯，夜半鐘聲月易斜。
待鶴歸時春夢醒，故園學種邵平瓜[1]。

注釋：

　　[1]“邵平瓜”，司馬遷《史記・蕭相國世家》：“召平者，故秦東陵侯。秦破，
爲布衣，貧，種瓜於長安城東。瓜美，故世俗謂之‘東陵瓜’，從召平以爲名也。”
召，即“邵”。後世因以“邵平瓜”美稱退官之人的瓜田。楊炯《送李庶子致仕
還洛》：“亭逢李廣騎，門接邵平瓜。”

薏苡明珠謗有無[1]，輕舟歸夢繞江湖。
前宵中禁[2]池邊月，獨照河橋柳萬株。

注釋：

　　[1]“薏苡明珠謗有無”，見前楊紹和《感事示諸同人》注釋。

　　[2]“中禁”，即禁中，皇帝所居之所。宗楚客《奉和人日應制》：“九重中
禁啓，七日早春還。”

近事口占[1]

是誰揖盜入神京[1]，幾日焦原遍列城。
內府夤緣侯武定，盛時妖妄將文成。
大官自善全軀計[2]，小醜能興外域兵。
今值太平無個事，更勞杯酒話蒼生。

自注：

（1）客有談庚子五月事者，賦二律答之，錄其一。

注釋：

［1］"是誰揖盜入神京"，羅惇曧《拳變餘聞》："己亥冬，剛毅等謀益亟，乃立載漪之子溥俊為大阿哥。清世家法，不立太子，其立大阿哥，即已決定廢立……孝欽慮廢德宗，各國有違言，先命榮祿私於李鴻章，使密詢各國意……鴻章默然，走告榮祿曰：'各國拒我矣。'孝欽后乃大恨。載漪自以將為天子父，方大快意，聞各國阻之，乃極恨外人，思伺時報此讎。適義和團以滅洋為幟，載漪乃大喜，剛毅、趙舒翹、何乃瑩先後導拳匪入京師，日以仇教為名……載漪欲引以謀廢立，屢導匪首入宮演術，孝欽后深信之。"

［2］"大官自善全軀計"，詳見前文《葉眉士太守書來詢京師近事，口占七言絕十首復之，亦短歌當哭之意云爾》（其六）注釋。

感懷四首留別陳麓賓京卿宗嬭[1]并柬如仙槎戶部銓

浮名再誤已中年，何必升沉苦問天。
五斗羞餐陶令米[2]，幾人空羨祖生鞭[3]。
茫茫未忍思前路，濟濟端應避後賢。

客裏江關莽蕭瑟，蒪鱸歸夢[4]在秋先。

注釋：

[1]"陳麓賓京卿宗嬀"，陳宗嬀（1854—1922），原名建中，字麓賓，山東東阿人，光緒六年（1880）進士。初任户部主事，補福建司主事，歷任廣東司郎中、度支部左丞。受命調查南方財政，并於上海開辦國家銀行，後任大清銀行監理官。辛亥革命後，將私蓄捐贈國家財政學堂。

[2]"五斗羞餐陶令米"，用陶淵明典，喻不爲利禄所動。房玄齡等《晋書·陶潛傳》："郡遣督郵至縣，吏白應束帶見之，潛嘆曰：'吾不能爲五斗米折腰，拳拳事鄉里小人邪！'"

[3]"幾人空羡祖生鞭"，見前楊紹和《感懷四首》（其三）注釋。

[4]"蒪鱸歸夢"，見前《送徐尚書用儀、許侍郎景澄、袁太常昶靈輀南歸》注釋。

悔以他鄉作故鄉，空抛歲月去堂堂。
且將書卷從吾好，笑把功名任彼蒼。
坡老詩篇新謫吏[1]，杜陵水竹[2]自成莊。
孤寒怕踐繁華迹，只覓塵踪少處行。

注釋：

[1]"坡老詩篇新謫吏"，朱彧《萍州可談》卷一："蘇子瞻責黄州，居州之東坡，作雪堂，自號東坡居士。後人遂目子瞻爲東坡。"

[2]"杜陵水竹"，楊保彝借用杜甫之句表達隱居之志。語出杜甫《奉酬嚴公寄題野亭之作》："拾遺曾奏數行書，懶性從來水竹居。奉引濫騎沙苑馬，幽栖真釣錦江魚。"

争妍桃李已春殘，可有喬松耐歲寒。

我夢欲游三島^[1]外，此身不羨五雲^[2]端。

從來困境思鄉易，自古通才用世難。

一曲琵琶司馬淚^[3]，樽前未忍對君彈⁽¹⁾。

自注：

（1）時將南旋，已戒期矣。

注釋：

〔1〕"三島"，指傳說中的蓬萊、方丈、瀛洲三座海上仙山，亦泛指仙境。

〔2〕"五雲"，指五色瑞雲，多爲吉祥的徵兆。蕭子顯《南齊書·樂志》："聖祖降，五雲集。"

〔3〕"一曲琵琶司馬淚"，見前楊紹和《無題》（其六）注釋。

欲賦花情興已徂，尋芳猶憶故園無。

怕聽善繡誇鄰婦^[1]，懶把嘗羹倩小姑^[2]。

且擘鸞箋^[3]吟芍藥，不勞蝶夢戀薔薇。

陶南春色原如海，休負牡丹三百株⁽¹⁾。

自注：

（1）陶南，僕別墅名，地居岱西陶南。昔唐陶山先生卜居此，有山泉花木之盛，距靈岩三十里，先大夫故廬在焉。

注釋：

〔1〕"善繡誇鄰婦"，語出白居易《鄰女》："娉婷十五勝天仙，白日姮娥旱地蓮。何處閑教鸚鵡語，碧紗窗下繡床前。"

〔2〕"嘗羹倩小姑"，語出王建《新嫁娘詞》："三日入廚下，洗手作羹湯。

未諳姑食性，先遣小姑嘗。”

　　[3]“鸞箋”，即彩箋。蘇易簡《文房四譜·紙譜》：“蜀人造十色箋，凡十幅爲一榻……逐幅於方版之上砑之。則隱起花木麟鸞，千狀萬態。”

雄縣道中逢故人

昔時薇省[1]侶，相見鬢同蒼。
白髮餘殘泪，青山識故鄉。
江湖孤憤在，詩酒少年狂。
嶺上梅開未，春來好寄將[2]。

注釋：

　　[1]“薇省”，即紫薇省，借指中樞機要官署。趙震元《爲袁石寓復開封太府》：“霞壯日曖，咏幼絲於曹碑；薇省風高，識焦尾於班管。”

　　[2]“嶺上梅開未，春來好寄將”，語出陸凱《贈范曄詩》：“折花逢驛使，寄與隴頭人。江南無所有，聊贈一枝春。”

寄李芙岑外弟福鑾[1]

重來朝市隱[2]，閉户似禪關[3]。
烽火一年速，白雲千古閑。
可憐新瓦礫，無恙舊江山。
魯國風騷客，傷春鬢欲班。

注釋：

　　[1]“李芙岑外弟福鑾”，即李福鑾。楊保彝之姑嫁給濟南李慶翔爲妻。李

福鑾爲李慶翔從兄李慶翱之子，故楊保彝稱李福鑾爲外弟。李福鑾，字芙岑，光緒中歲貢。李起元修、王連儒纂［民國］《長清縣志》録李福鑾《長堤繞郭》詩："護城平岸障清溪，新緑成陰萬柳齊。十里春風芳草路，無邊烟景似隋堤。"注其身份爲"歷下舉人"，惜中舉時間無考。

　　［2］"重來朝市隱"，白居易《中隱》："大隱住朝市，小隱入丘樊。丘樊太冷落，朝市太囂喧。不如作中隱，隱在留司官。似出復似處，非忙亦非閑。不勞心與力，又免飢與寒。"

　　［3］"禪關"，即禪門。李白《化城寺大鐘銘》："方入於禪關，睹天宮崢嶸，聞鐘聲瑣屑。"

明湖感舊

　　鵲橋[1]西去有高樓，記否荷塘載酒游。
　　一曲琵琶人醉也，半船花影月如鈎。

注釋：

　　［1］"鵲橋"，傳説織女七夕渡銀河與牛郎相會，喜鵲來搭成橋，叫做鵲橋。

眉園[1]即事

　　昔隱曾朝市，歸來久閉關[2]。
　　園中無俗卉，門外見名山。
　　把酒同花醉，開簾待燕還。
　　何如功利客，匆匆遍塵寰。

注釋：

［1］"眉園"，在楊氏陶南山莊中，原爲楊紹和所建，楊保彝歸隱後重加修葺，楊保彝《重修陶南山莊眉園記》記之甚悉："今吾園也，左揖泰山，右扶大河，汶泗鄰其南，陶山鎮其北。山川雄俊，花木蔚然。非得天者厚歟？且曰相見而與吾游者舉不知地球間事，而吾也傀然以處。雖面目靦然，無復耳目之治，一若眉之居其所，而無所職焉。是所謂吾之園也。爰名吾門前之山曰'伏鳳山'，新種之樹曰'種字林'，堂曰'厚遺堂'，齋曰'歸瓿齋'，而總其名曰'眉園'。"

［2］"閉關"，見前楊紹和《對菊偶成》（其二）注釋。

憶園梅

何處生春早，園梅已綻春。
經綸人半老[1]，世路客維新。
山野栖遲地，滄桑閱歷身。
柴門無俗友，花鳥亦相親。

注釋：

［1］"經綸人半老"，"經綸"，指籌畫治理國家大事。此爲楊保彝對從政生涯之回憶。楊保彝任職總理各國事務衙門多年，對政務雖多所建白謀劃，而迄無所成。

秋宵聽雨即事

小雨如酥[1]氣似春，吾園草木亦精神。
青年壯志成塵夢，白髮衰顏托病身。
四壁蟲吟寒露夕，半床花影倦游人[2]。

隔鄰紡績誰家婦？徹夜機聲聽倍真。

注釋：

[1]"小雨如酥"，韓愈《早春呈水部張十八員外》(其一)："天街小雨潤如酥，草色遥看近却無。最是一年春好處，絶勝烟柳滿皇都。"蘇軾《南鄉子·宿州上元》："千騎試春游，小雨如酥落便收。能使江東歸老客，遲留，白酒無聲滑瀉油。"

[2]"倦游人"，即厭倦游宦生涯之人。司馬遷《史記·司馬相如列傳》："今文君已失身於司馬長卿，長卿故倦游。"裴駰集解引郭璞曰："厭游宦也。"

陶南別墅偶成

但有花爲伴，何嫌士也寒。
今纔還故里，昔悔客長安[1]。
舊物書千卷，清輝月一丸。
古人堪尚友[2]，風雨共盤桓[3]。

注釋：

[1]"客長安"，即客居於長安，此處代指居於都城。

[2]"尚友"，與古人交朋友，以得其人之心，得其人之道。《孟子·萬章下》："尚論古之人。頌其詩，讀其書，不知其人，可乎？是以論其世也，是尚友也。"

[3]"盤桓"，周旋，交往。陸游《老學庵筆記》卷四："予參成都議幙，攝事漢嘉，一見荔子熟時，凌雲山、安樂園皆盛處，糾曹何預元立、法曹蔡迨肩吾皆佳士，日相與同盤桓。"

平陰道中

重睹青山似故人，廿年久困宦中身[1]。
相逢莫説長安事，但祝承平答聖君。

注釋：

[1]“廿年久困宦中身”，楊保彝自同治九年（1870）舉賢書，進入仕途，
至光緒二十八年（1902）辭官歸隱，沉浮宦海凡二十餘年，故有此説。

題　畫

畫出仙源風景，翛然[1]草木精神。
橋柳半橋飛絮，渡頭待渡幾人。

注釋：

[1]“翛然”，形容無拘無束、自由自在的樣子。晁補之《即事一首次韵祝
朝奉十一丈》：“翛然一室内，黄卷開佳話。”

古寺鐘沈山麓，夕陽鳥下烟津。
欲識滄浪境界，浮家[1]問諸水濱。

注釋：

[1]“浮家”，指以船爲家。張元幹《臨江仙·送宇文德和被召赴行在所》：
“泛宅浮家游戲去，流行坎止忘懷。江邊鷗鷺莫相猜。上林消息好，鴻雁已歸來。”

金縷曲

砌蟲乍鳴，榴紅欲放，感時寫意，觸景成聲。越仲、少蓮兩君工於瘦吟[1]，草堂茗話，許附同心，賦此奉答，用博一噱。

鏡裏悲華髮[2]。記相逢，天涯春去，花落時節。酒緑鐙紅聞玉笛，怕聽聲聲凄絶。更吹起，閑愁百叠。誰市黃金臺上骨[3]，嘆豐城劍氣[4]遭磨。今夕恨，不須説。

生平恩怨徒分別。且商量，今朝歌舞，昨宵風月。鷄肋[5]功名何足數，壯志幾番消歇。問孰濟，江湖舟楫？巾上欲收兒女淚，奈文章難冷英雄血。拚一擊，唾壺缺[6]。

注釋：

［1］“瘦吟”，即以殫精竭慮的態度進行創作，對每個字詞進行仔細推敲錘煉的的創作態度。李白《戲贈杜甫》：“借問別來太瘦生，總爲從前作詩苦。”

［2］“華髮”，花白的頭髮。蘇軾《念奴嬌·赤壁懷古》：“故國神游，多情應笑我，早生華髮。”

［3］“誰市黃金臺上骨”，見前楊紹和《感懷四首》（其三）注釋。

［4］“豐城劍氣”，用張華、雷焕典，後用以贊美杰出人才。房玄齡等《晋書·張華傳》謂吳滅晋興之際，斗牛之間常有紫氣。張華聞雷焕妙達緯象，乃邀與共觀天文。焕曰：“斗牛之間頗有異氣”，是“寶劍之精，上徹於天耳”，并謂劍在豫章豐城。華即補焕爲豐城令，“焕到縣，掘獄屋基，入地四丈餘，得一石函，光氣非常，中有雙劍，并刻題，一曰龍泉，一曰太阿。其夕斗牛間氣不復見焉。”葉適《送孫偉夫》：“遠尋豐城劍，虛負歷山月。發嫌梅柳催，到恨桃杏歇。”

［5］“鷄肋”，比喻做無多大意義而又不忍捨弃的事情。陳壽《三國志·魏書·武帝紀》“備因險拒守”句，裴松之注引晋司馬彪《九州春秋》：“時王欲還，

出令曰‘鷄肋’，官屬不知所謂，主簿楊修便自嚴裝。人驚問修：‘何以知之？’修曰：‘夫鷄肋，弃之如可惜，食之無所得，以比漢中，知王欲還也。’”

［6］“唾壺缺”，見前楊紹和《放歌行贈王君夢泉》注釋。

臨江仙

鶯笑詞

記得去年寒食[1]，情絲別緒紛紜。筵前孤雁墜斜曛。斷腸歌[2]忍聽，此調我曾聞。

離合悲歡君莫恨，當頭悟否前因，春寒天氣倦游人。好風重借力，依樣上青雲[3]。

注釋：

［1］“寒食”，見前楊保彝《聞葉眉士壽松欲來京師感賦無題》注釋。

［2］“斷腸歌”，白居易《曉別》：“曉鼓聲已半，離筵坐難久。請君斷腸歌，送我和泪酒。”

［3］“好風重借力，依樣上青雲”，指憑藉外力扶持，得以青雲直上。曹雪芹《臨江仙·柳絮》：“萬縷千絲終不改，任他隨聚隨分。韶華休笑本無根。好風憑藉力，送我上青雲。”

滿江紅

郊外

夢裏天涯，憶昔日、五雲多處[1]。悔不盡，去時冠劍，年華竟誤。

春社^[2]桃花僧寺酒，晴波楊柳泉河渡。問梁間燕子，苦營巢，能如故？

秋湖月，烏啼樹。塵海迹，風吹雨。見堤邊芳草，又生新綠。裘敝誰憐蘇季子^[3]，河開忽遇丁都護^[4]。怕相逢、白髮倦游人，臨歧路。

注釋：

［1］"五雲多處"，五雲爲皇帝所居之地。王建《贈郭將軍》："承恩新拜上將軍，當值巡更近五雲。"

［2］"春社"，古時於春耕前祭祀土神，以祈豐收，謂之春社。《禮記·明堂位》："是故夏礿、秋嘗、冬烝、春社、秋省，而遂大蜡，天子之祭也。"鄭玄注："春田祭社。"王駕《社日》："桑柘影斜春社散，家家扶得醉人歸。"

［3］"裘敝誰憐蘇季子"，《戰國策》卷三《秦策一·蘇秦始將連橫》："説秦王書十上而説不行。黑貂之裘弊，黃金百斤盡，資用乏絶，去秦而歸。嬴縢履蹻，負書擔橐，形容枯槁，面目犁黑，狀有歸色。"

［4］"河開忽遇丁都護"，李白《丁督護歌》："雲陽上征去，兩岸饒商賈。吳牛喘月時，拖船一何苦。水濁不可飲，壺漿半成土。一唱督護歌，心摧泪如雨。萬人鑿盤石，無由達江滸。君看石芒碭，掩泪悲千古。"

湖上偶成

舊日湖山今日酒，又逢細雨紛紛。四面荷花，香裏駐游人。臨波曾寫影^[1]，是妾少年身。

大好夕陽將暮矣^[2]，歸途燈火如春。何處樓臺，似夢憶前塵。含情癡不語，卿意爲誰嗔？

注釋：

［1］"寫影"，即畫像。蘇軾《傳神記》："傳神之難在目。顧虎頭云：'傳形

寫影，都在阿睹中。'"

　　[２]"大好夕陽將暮矣"，李商隱《樂游原》："向晚意不適，驅車登古原。夕陽無限好，祇是近黃昏。"

靳維熙識語

　　鳳阿長兄與余爲總角[1]友。以先世有年世姻誼而交最篤者也。當同治庚午、辛未年間[2]，相與樹幟文壇，聯鑣詩社。君天才卓越獨出冠，時鄉先輩咸以遠到期之[3]。顧時方習舉業，古近體詩不常作，作則出語驚人，必屈其儕偶[4]，余愧弗如也。

　　越光緒癸未[5]以後，余肄業尚志書院[6]，以優行貢入成均[7]，銓莒州學博[8]，君亦供職上都，歷躋要秩，相暌日遠，時以踪迹闊疏爲憾。泊戊申[9]重遇於濟南，宣統己酉[10]再晤於里邸，尊酒話舊，相見依依。惜聚無幾時，旋又別去。未幾，而天降喪亂，國步改移，余息影[11]歸田，《遂初》載賦[12]，而君先二年已歸道山[13]。人琴衰歇，賴賢內閫[14]揩拄家政，鞠育孤兒，遠近嘖嘖，稱之閭里，有榮幸焉。

　　歲乙卯[15]，君家西賓[16]虛席，延余以承其乏[17]。授課之暇，哲嗣敬夫出詩詞遺稿，囑爲釐訂[18]，率皆晚歲都中所作，筆力控縱，寄託遙深，視前時蓋又變一格矣。嗟嗟！士君子生當晚近，經濟學問不獲大展於時，第籍是區區者發之聲而爲言，以抒寫其昂藏[19]之志氣，抑可悲已！余既徇哲嗣敬夫之請，爲編其次第，録成定本，待付剞劂。并綴數言於簡末，見吾兩人之交際。若以是即序君之詩也，夫其豈敢？

　　丙辰[20]冬月，世愚小弟靳維熙[21]識。

注釋：

　　[１]"總角"，指童年相交的好友。

〔2〕“同治庚午、辛未年間”，即同治九年（1870）、十年（1871）兩年。楊保彝於同治九年考中舉人，進入仕途，遂有結社唱和之舉。

〔3〕“以遠到期之”，遠到即遠至。因楊保彝才華出衆，耆老遂對他寄予厚望，并以宏圖遠大相期許。房玄齡等《晉書·陶侃傳》：“尚書樂廣欲會荊揚士人，武庫令黃慶進侃於廣。人或非之，慶曰：‘此子終當遠到，復何疑也！’”

〔4〕“儕偶”，同輩，同類的人。張廷玉等《明史·文苑傳二》：“（程）敏政，名臣子，才高負文學，常俯視儕偶，頗爲人所疾。”

〔5〕“光緒癸未”，即光緒九年（1883）。

〔6〕“尚志書院”，在山東濟南，一名尚志堂，又名金泉精舍。原爲宋代女詞人李清照故居，亦爲明進士谷繼宗別墅。同治八年（1869），巡撫丁寶楨改建。院内有漱玉、金綫等名泉，齋舍寬敞，環境優美。光緒九年（1883）巡撫任道鎔修改書院章程，仿浙江詁經精舍，提倡樸學，以經及古文課士。

〔7〕“以優行貢入成均”，即以優貢生爲國子監生員。優貢，清代每三年由各省學政於府、州、縣在學生員中選拔文行俱優者，與督撫會考核定數名，貢入京師國子監，稱爲優貢生，經朝考合格後可任職。陳康祺《郎潛紀聞》卷七：“嘉善謝金圃侍郎墉，乾隆十六年以優貢應南巡召試列第一，賜舉人，授内閣中書。”成均爲官設的最高學府。昭槤《嘯亭雜錄·莫葆齋》：“莫葆齋晋，浙江仁和人。少入成均，法時帆先生最爲賞識，每考必列前茅。”

〔8〕“學博”，唐制，府郡置經學博士各一人，以五經教授學生。唐人貴進士，不重明經，故此職多由寒門淺學之人擔任。後來泛稱學官爲學博。

〔9〕“戊申”，即光緒三十四年（1908），時楊保彝已辭官歸鄉，居於陶南別墅之眉園。

〔10〕“宣統己酉”，即宣統元年（1909）。

〔11〕“息影”，即退隱閑居。

〔12〕“《遂初》載賦”，即作《遂初賦》，表示遂其初願，去官隱居。房玄齡等《晉書·孫楚傳》附《孫綽傳》：“綽字興公。博學善屬文，少與高陽許詢

俱有高尚之志。居於會稽，游放山水十有餘年，乃作《遂初賦》，以致其意。”

[13]“歸道山”，道山即仙山。歸道山即指去世。惠洪《冷齋夜話·東坡和陶詩》：“世傳端明（蘇軾）已歸道山，今尚爾游戲人間邪？”

[14]“内閫”，即妻室，此指楊保彝妻王少珊。王少珊，見前楊保彝《寄内子少珊》注釋。

[15]“歲乙卯”，即民國四年（1915）。

[16]“西賓”，舊時賓位在西，常用爲對家塾教師的敬稱。柳宗元《重贈劉連州》：“若道柳家無子弟，往年何事乞西賓。”

[17]“延余以承其乏”，李士釗《聊城“海源閣”藏書重要史料片斷——1966年2月10日在天津訪問“海源閣”第四世主人楊承訓（敬夫）先生》：“後來又跟先父的少年朋友、聊城的宿儒靳維熙（約齋）大叔學習。他不來我家，而是由我經常登門求教，爲我批改作文，指導閱讀古籍，講述楊氏幾代前人的治學和藏書事迹，以及作人立世之本。”

[18]“囑爲釐訂”，靳維熙在協助楊承訓整理刊刻楊保彝詩詞上花費了大量心血。李士釗《聊城“海源閣”藏書重要史料片斷——1966年2月10日在天津訪問“海源閣”第四世主人楊承訓（敬夫）先生》：“我自己乃把個人所見存的三代先人的文稿，彙輯起來刻印成書，既可以保存先人的文獻材料，又可以饋贈親友們，作爲珍貴的禮品加以存藏。事前我和家母王太夫人商量，她表示非常同意我的設想，但指定請我的業師兼世交大叔聊城靳維熙（字約齋）負責協助刻印，以保證品質。”

[19]“昂藏”，氣度軒昂。陸機《晉平西將軍孝侯周處碑》：“汪洋廷闕之傍，昂藏寮寀之上。”王安石《與北山道人》：“可惜昂藏一丈夫，生來不讀半行書。”

[20]“丙辰”，即民國五年（1916）。

[21]“靳維熙”，字約齋，聊城人，康熙間河道總督靳輔之後。光緒十四年（1888）戊子科優貢生，後肄業於濟南尚志堂。二十年（1894）任莒縣學正，主持城陽書院講席。歷任校士館館長、高等小學堂堂長、沂州府中學監督、莒

州統計處總辦、《山東通志》局莒、日、沂采訪員，及宣統二年（1910）刊本《聊城縣志》總纂。辛亥秋解職歸里。民國後設帳楊氏海源閣。著有《竹虛石可軒詩文偶存》，後又總纂《東阿縣志》（1934刊本）。

李福鑾識語

昔人論詩，謂胸中無千百卷書，如商賈乏貲本，不能致奇貨[1]。又謂古今詩人不經變故，居憂患之境，憔悴於邑，必不能有合於《國風》《小雅》之旨[2]。吾讀鳳阿表兄詩而有感焉。

兄少承家世舊聞，既富藏書，加以博學多識，精思強記，其於經史詩文源流，無不貫串嫻習。弱冠領鄉薦[3]，文名噪甚。知好咸以遠大相期，以爲木天[4]指日可到。乃屢躓春闈[5]，又以兼祧[6]之身，二十年內，丁內外艱[7]暨承重之喪，四遭大故[8]，停滯公車[9]，遂灰志功名，無心進取。由中書舍人[10]供差總理各國事務衙門有年，遇事敢言，多所匡救。庚子之變事前，上書當道，洋洋數千言，力陳拳民不可恃，外交不宜絕，而言不見用。後其禍卒如所料。及新政繁興，時事日棘，知大亂將作，因呈請以道員歸部銓，藉以回籍。愛肥城陶南別墅，有終焉之志。歸田以後，蒿目時艱，未幾以鬱憤致疾卒。綜計一生，人第見席豐履厚，榮膺臒仕[11]，若處人生可樂之境，殊不知自少而壯而老，日在憂患之中爲多。宜其牢愁內蘊，抒寫而不能自已歟？所作文辭，隨手弃擲，未嘗留稿身後。哲嗣敬夫表侄挼[12]求遺著於斷紙零縑之中，僅得詩詞若干首，手録成帙，迨什百中之一二焉。吉光片羽，少而彌珍，於此亦可略見一斑。歲已未[13]夏，敬夫以稿本寄省，將付剞劂，并以校讎之事相屬，且徵跋語。予學識譾陋，聲律之細，向未深究，不足發其義蘊。惟於兄之學問行誼知之有素，竊覺於昔人論詩之旨，有吻合也。既嘉敬夫能表章先德，謹贅數語於篇末，以志厓略。時距兄之歿已十餘年矣。展卷欷歔，益不勝今昔之感云。

　　旹庚申歲[14]季春月下浣，歷城表弟李福蠻[15]謹識。

注釋：

[1]"胸中無千百卷書，如商賈乏貨本，不能致奇貨"，翁方綱《石洲詩話》卷四："石屏有論詩十絕……又謂：'胸中無千百卷書，如商賈乏貨本，不能致奇貨。'此皆務本之言，而其詩純任自然，則阮亭所謂直率者也。"

[2]"必不能有合於國風、小雅之旨"，楊鍾羲《雪橋詩話續集》卷八："莊忠棫序《湖東集》，謂古今詩人不經變故，居憂患之境，而憔悴於邑，必不能有合於《國風》《小雅》之旨。"

[3]"弱冠領鄉薦"，領鄉薦即鄉試中舉。楊保彝中舉在同治九年（1870），時年十九歲，故有弱冠之稱。

[4]"木天"，指翰林院。鈕琇《觚賸續編・傅徵君》："是年應試中選者，俱授翰林院檢討。然其人各以文學自負，又復落拓不羈，與科第進者前後相軋，疑謗旋生，多不能久於其位，數年以後，鴻儒掃迹於木天矣。"

[5]"春闈"，明清兩代各省舉人在舉行鄉試的次年春天，齊集京城參加會試，由皇帝特派正副總裁主持考試，錄取者稱貢士。闈即考場，因在春季舉行，故名春闈。

[6]"兼祧"，在封建宗法制度下，一個男子同時繼承兩家宗祧的習俗。兼祧人不脫離原來家庭的裔系，兼做所繼承家庭的嗣子。俞樾《俞樓雜纂・喪服私論・論獨子兼祧之服》："一子兩祧，為乾隆間特製之條，所謂禮以義起也。道光間議定服制，大宗子兼祧小宗，則為所生父母斬衰三年，而為兼祧父母齊衰不杖期。"

[7]"丁內外艱"，《爾雅・釋詁》："丁，當也。"為遭逢、遇到之意。丁內艱，為遭母喪。楊炯《原州百泉縣令李君神道碑》："君年十一，丁內艱。"丁外艱，為父喪或承重祖父之喪。楊炯《後周青州刺史劉貞公宇文公神道碑》："公少丁外艱，州黨稱其孝。"

　　[8]"四遭大故"，楊保彝於同治九年（1870）舉賢書，此後十餘年，迭遭父母、嗣父母、祖母之喪，在家守孝十餘年。

　　[9]"停滯公車"，漢代曾用公家車馬接送應舉之人，後遂以公車指入京應試的舉人或代指舉人進京應試。紀昀《閱微草堂筆記》："乾隆丙子，有閩士赴公車，歲暮抵京，倉卒不得栖，乃於先農壇北破寺中僦一老屋。"此指楊保彝多次參加春闈，但未能考中進士。

　　[10]"中書舍人"，清順治初年設中書科，專司繕寫册文、誥敕等文書，官員稱中書科中書，習慣上仍稱"中書舍人"，雍正時隸屬於内閣。

　　[11]"膴仕"，即高官厚禄。《詩經·小雅·節南山》："瑣瑣姻亞，則無膴仕。"毛傳："膴，厚也。"鄭玄箋："瑣瑣昏姻妻黨之小人，無厚任用之，置之大位，重其禄也。"

　　[12]"挱"，古同"搜"。

　　[13]"歲己未"，即民國八年（1919）。

　　[14]"庚申歲"，即民國九年（1920）。

　　[15]"歷城表弟李福鑾"，李福鑾，見前楊保彝《寄李芙岑外弟福鑾》注釋。

楊保彝佚作

《楹書隅録》跋^[1]

　　右《楹書隅録正編》五卷、《續編》四卷，最宋本八十五，金、元本三十九，明本十三，校本百有七，鈔本二十四，爲部二百六十有八，先大夫手編先大父端勤公藏書也。先大夫晚年所得之書弗與焉。稿成於同治初，於時寇亂未定，其儲諸山中別墅者，太半未及輯次。及官翰林，始補録之。故有正、續二編之分。光緒改元，吳縣潘文勤公有《士禮居題跋》之刻^[2]，借稿鈔胥原跋，或有誤收，未及改正，而先大夫見背。既爲友人借録，不無亥豕。而書儲里中，原稿待校。未經編入者，復十餘種。迨癸未^[3]秋，保彝報罷南旋，賷歸原稿與著録各本，敬爲編輯，詳加校補，始成定本。其間各家題識，字體手迹互有同異，謹依原本，不敢妄改，存其真也。憶昔先大夫之在朝也，珥筆餘暇，約二三同志作海王村游。每得善本，則折柬相邀，并几賞玩，考訂商榷，流連晨夕，致足樂也。若夫晚近，士大夫同好相高，或成隙末^[4]，甚且秦越^[5]殊轍，而懷璧^[6]致戾，騰其口説，以相謗詛，豈世風之升降邪？蓋自古往往然矣。惟是保彝無似，不克仰承先志，遺書莫讀，手澤常新，奉書遐想，泣慕曷極！嗚呼，貌是孤兒，艱難困躓，老守遺編，白頭以相終始，若弗知身敝而名墮也者，非人子之誼然哉！爰濡淚吮毫，敬志於後。工始癸巳[7]小陽，洎本年冬十月既望而書成。爲字十四萬四千二百四十有二言。同校者，爲宛平劉君家立、家蔭昆季，同邑外弟傅君昉安、玉田、吉生、曾佑，例得備書。

光緒二十年太歲在閼逢敦牂涂月上浣[8]，男保彝恭跋。

注釋：

[1 此跋載《楹書隅録》卷末。《楹書隅録》內容及版本刊刻情況見前楊紹和《楹書隅録初編序》注釋。

[2]"吳縣潘文勤公有《士禮居題跋》之刻"，潘文勤即潘祖蔭。潘祖蔭（1830—1890），字在鍾，小字鳳笙，號伯寅，江蘇吳縣人，咸豐二年（1852）一甲三名進士，授編修。數掌文衡殿試，值南書房近四十年，光緒間官至工部尚書。潘祖蔭通經史，精楷法，藏金石甚富，著有《攀古樓彝器圖釋》，輯有《滂喜齋叢書》《功順堂叢書》。《士禮居題跋》即《士禮居藏書題跋記》六卷，光緒十年（1884）潘祖蔭編。據此書潘《序》稱，黃氏士禮居藏書散出後多歸汪士鐘藝芸書舍，道光中又漸散失，初歸聊城楊氏海源閣，後逸出者入吳平齋、陸存齋之手者亦多。潘祖蔭一叔母嫁與汪閬源長子，因而潘得以從中鈔録黃跋。後又得吳、陸二家藏本之跋，并繆荃孫等贈送若干。於是按四部排列，編刊此書，卷一經，卷二史，卷三、四子，卷五、六集，凡六卷，收録題跋二百餘種。有光緒十年（1884）吳縣潘氏滂喜齋刻本。因楊氏海源閣存黃丕烈藏書甚多，楊紹和編《楹書隅録》多所迻録，故潘祖蔭編輯士禮居題跋時，遂有借觀《楹書隅録》之舉。

[3]"癸未"，即光緒九年（1883）。

[4]"或成隙末"，隙末指交誼不終。范曄《後漢書·王丹傳》："交道之難，

未易言也。世稱管鮑，次則王貢。張陳凶其終，蕭朱隙其末，故知全之者鮮矣。"
李賢注稱："蕭育字次君，朱博字子元，二人爲交，著聞當代，後有隙不終，故
時以交爲難。"

[5]"秦越"，春秋時期，秦國在西北，越國居東南，相距十分遥遠。後藉
以比喻關系疏遠，互不關心。韓愈《諍臣論》："而未嘗一言及政，視政之得失，
若越人視秦人之肥瘠，忽焉不加喜戚於其心。"

[6]"懷璧"，指自家藏有寶物會招來禍患，後用以比喻多財招禍或懷才遭
忌。《左傳·桓公十年》："周諺有之：'匹夫無罪，懷璧其罪。'"杜預注稱："人
利其璧，以璧爲罪。"

[7]"癸巳"，即光緒十九年（1893）。

[8]"光緒二十年太歲在閼逢敦牂涂月上浣"，"太歲在閼逢敦牂"使用太歲
紀年法，即光緒甲午年，即光緒二十年（1894），"涂月"爲農歷十二月的別稱。
《爾雅·釋天》："十二月爲涂。""上浣"，唐宋官員行旬休，即在官九日，休息
一日，休息日多行浣洗。後遂以"上浣"指農歷每月上旬的休息日或泛指上旬。

保護田家莊楊氏先塋呈文[1]

竊職籍隸本縣，已歷多世，其楊姓祖塋本在郡城迤東六里之鄭官
屯[2]，雖屬闔族祖墓，實屬職世獨力置買，承祀有年。道光初年，經職
祖原任南河總督、晋贈右都御史、予諡端勤楊以增卜建新塋，坐落城西
一鄉里田家莊，營葬本支，與族姓絲毫無涉。洎咸豐五年，職祖軍營病
故，仰蒙特恩，諭賜祭葬，即將是地恭建賜塋。同治元、二年間，職父
原任三品銜日講起居注官、翰林院侍講學士楊紹和續置祭田，均經先後
呈報本縣按准，轉詳司、院，咨部各在案。職近年服官薪水所入，接置
祭田數百畝，正擬報案。惟本年[3]請假回籍，竊見本地風俗□倫，而
族姓良莠不一，職城東塋樹竟被盜伐無餘，呈案未獲。職門户單薄，家

無次丁。自惟身受國恩，現充要差，分應效力，難顧私圖。誠恐離家日久，先人墓地或有無賴小人妄生盜葬私占、竊樹損碑種種流弊。地係賜塋，事關重大，職夙夜思維，難安寢饋，茲謹據呈聲明，并造具祭田地册，隨案呈電，伏乞鴻施批示，准予存案。其一鄉里田家莊楊氏先塋，請自本年爲始永遠封閉，雖職本身及子孫亦不得擅行私葬，惟當另卜新阡，用保先隴[4]。倘有外人藐法肆擾，報案懲治。地畝原册二本，伏懇蓋印發還。

注釋：

[1] 此呈文録自聊城縣保護田家莊楊氏先塋之《聊城縣示》。聊城縣此示發布於光緒二十七年（1901）七月二十六日。此碑之左下方刻"二品銜分省簡用道楊保彝遵□泐石"，據此可知，楊保彝在經聊城縣頒發此示後，爲長久保存其效力，且便於士民人等廣爲知曉，故遂將此《縣示》刊刻上石，并立於田莊楊氏祖塋。經實地探訪，楊氏先塋已在"文革"期間破壞殆盡，其墓地今已成爲苗圃，此碑倒卧於距離楊氏先塋約 500 米處，碑文尚清晰可辨，惟基座今已不存。此碑爲楊氏先塋今存之石刻文獻，對於瞭解清末楊氏祖塋之保存狀況具有較高的價值。

此碑碑首題"聊城縣示"四大字，"聊城"與"縣示"之間刻聊城縣印。此《縣示》首稱："撫提部院營務處特□同知、署理聊城縣正堂加十級、紀錄十次吳，爲出示曉諭事。"今檢［宣統］《聊城縣志》卷六《職官志》載："吳藝（田辰），浙江錢塘縣人，二十七年正月署。吕耀鼎，江蘇陽湖縣人，二十八年二月署。"此《縣示》發布於光緒二十七年（1901）七月二十六日，則發布者當即吳藝。此《縣示》又稱："查接管卷内，據三品銜分省簡用道户部廣東司郎中、總理各國事務衙門行走楊保彝呈稱……"按吳藝之前任曹和浚爲江西新建縣人，光緒二十六年（1900）二月署理聊城縣知縣。則楊保彝上此呈文當在吳藝之前任曹和浚任内。曹和浚於光緒二十七年（1901）正月卸任，楊保彝此呈尚未及辦理。由此可知，楊保彝此呈文當作於光緒二十六年（1900）。

　　[2]"鄭官屯"，地處聊城縣城東六里，爲"楊姓祖塋"。而此處所指之"楊氏先塋"爲田莊之楊氏塋地。道光十三年（1833），楊以增於貴陽知府任上北上進京，途經聊城故里，請風水先生勘定此田莊塋地。《崇祀鄉賢録·事實》稱："癸巳，引見回籍，親爲卜葬。而簡書期迫，偕堪輿出城，馬逸失道，驟至田家莊。後相之，吉地也，遂營兆焉，時傳爲純孝所感。"道光十八年（1838），楊兆煜卒，楊以增遂葬父於此，并於墓側筑"弘農丙舍"，以守墓讀書，寄托哀思。據此，則田莊爲楊保彝直系先人之墓地，與其他族人無涉，故稱"先塋"，以與鄭官屯之"祖塋"相區别。

　　[3]"本年"，據上文注釋，楊保彝此呈文作於光緒二十六年，則此處之"本年"即爲是年，亦即楊保彝請假歸里之年。

　　[4]"另卜新阡，用保先隴"，據楊保彝此呈文稱："請自本年爲始永遠封閉，雖職本身及子孫亦不得擅行私葬"，有身後不葬此塋之願。柯劭忞《誥授資政大夫二品銜陞用道户部廣東司郎中楊府君墓誌銘》稱楊保彝"繼配王氏……佐理家政，巨細咸理。夫故後，梓嗣營葬，殫竭心力；保守遺産，視海源閣書籍尤重……後君十三年卒，合葬於聊城西一鄉田家莊孝思原祖塋之次。"據此，則楊保彝去世后葬於田莊先塋，其夫人王氏去世后亦葬於此。則楊保彝"另卜新阡，用保先隴"之願實未能實現。

重修陶南山莊眉園記[1]

　　余生三年，維咸豐甲寅丁寇亂。江河南北，莠民蜂起。時吾先祖端勤公帥南河，奉命治軍江北，積勞甚病[2]。及髮逆北竄，迭陷畿疆，神京震動。吾父學士公奉吾祖母太夫人家居，密通寇氛，人心慄慄。吾父謀所以安親紓難及避難之策於外王父傅秋屏先生[3]，先生曰：

楊保彝《重修陶南山莊眉園記》拓片

"事危矣，子父子誼應徇國，然明德達人，不可無後。吾聞距吾郡百里，古肥子園有地，境僻而山匝，土沃而民純，所謂桃源者似矣。子盍奉母挈子往居之，而後馳紓父難也可。"學士公從之，陶南山莊之卜築於是焉始[4]。

咸豐辛酉，捻匪擾河北，踞山莊，火其屋，燔其書，百物蕩然[5]。洎同治初元，隨侍學士公相繼官於朝，斯地荒蕪弗治者四十年僅矣。光緒癸卯[6]，余歸自京師，來是莊，見草污花肆，垣頹井湮，念爲先人之所置，而吾髫齡之所游也，慨然葺之。乃鳩工庀材，誅茅補屋，蒔花種竹，架石引泉。雖不敢上擬平泉獨樂[7]之勝，乃居然有《考槃》之遺風[8]焉。

工未卒，客有不遠數十百里而造吾園者，詫焉而問於主人曰："異哉！先生之爲園也。僕習先生也舊矣，海内藏書，先生稱首；山東閭閻，王謝門高。先生幼負奇氣，長而知名；學優而仕，芥拾紫青；蜚譽京輦，交游公卿。既而入禁垣，登紫閣，參史局，校秘閣，四十纔至尚書郎，八年方爲典屬國[9]，官非甚卑，粗足成名。鄉之人方謂飛黃騰達，指顧遭逢，得時則爲邦家用，名顯足爲鄉里榮。何一旦墜厥志，弃厥官，毀冠裂冕，若將浼焉以去之，皇皇然歸，惟園林之是謀，不惜身之勞而境之困也，寧有説乎？"

主人啞然而答曰："淺乎哉，夏蟲之談也！子不讀《魯論》乎？用行舍藏，夫子之教也[10]。歸潔其身者，遯世則有田子泰[11]，逃名或若梁伯鸞[12]，古之人非與？自甲午以來，奇士崛出，異説爭鳴，背父師，親異族，或走之他方，脅肩諂笑，竊其唾餘。靦靦然歸而驕人曰：'昔之人罔所知吾之術，致富强非必有心得獨造之能。'起泥塗，踞要津，嘵然而談國是，讀書甘澹泊者輒謂愚蠢不識時務。豈言褒服，飾智驚愚，甚至鼠目寸光，不難舉九朝之家法政體、名物典章，一削而除之，營私背本，且馴至誤國焉。蓋世變稍稍亟矣。烏乎，子顧謂吾仕乎？夫知幾者鑒遠，物潔者品尊，爵禄云乎哉？今吾園也，左挹泰山，右扶大河，汶泗鄰其南，陶山鎮其北。山川雄俊，花木蔚然。非得天者厚歟？且日相見而與吾游者舉不知地球間事，而吾也傀然以處。雖面目靦然，無復耳目之治，一若眉之居其所，而無所職焉。是所謂吾之園也。爰名吾門前之山曰'伏鳳'山原名啟鳳，新種之樹曰'種字林'，堂曰'厚遺堂'[13]，齋曰'歸瓻齋[14]'，而總其名曰'眉園'。是所謂吾之園，吾先人之所置，而吾之所安也。吾將老焉，子其行矣！"

客憂然而思，黯然而退。遂吮墨濡毫，而爲《眉園記》。時光緒三十一年太歲在乙巳十月既望[15]，眉園主人聊城楊保彝撰并書。

注釋：

[1] 楊保彝曾手寫此文并刊石，文題下鈐印"陶南山館"，文末鈐印"陶南布衣""楊印保彝""瓻齋"，均爲楊保彝名號或藏書印。楊保彝《歸瓻齋詩詞鈔·感懷四首》之第四首注云："陶南，僕別墅名，地居岱西陶南。昔唐陶山先生居此，有山泉花木之盛，距靈岩三十里，先大夫故廬在焉。"眉園是陶南山莊內所修花園堂所之總名。楊保彝在文中稱："一若眉之居其所，而無所職焉，是所謂吾之園也。"闡發"眉園"命名之含義，體現了"用行舍藏"的歸隱思想。此刻之拓片見王子霖撰《王子霖古籍版本學文集》（上海古籍出版社2006年版）第三冊第142頁。

[2] "奉命治軍江北，積勞甚病"，楊以增在太平軍北上江淮後負責防堵太平軍，并辦理糧臺事務，積勞成疾。

[3] "外王父傅秋屏先生"，即傅繩勛，爲楊保彝外祖父。傅繩勛生平見前楊以增《重修傅氏族譜序》注釋。

[4] "陶南山莊之卜築於是焉始"，咸豐四年（1854），太平軍北上，傅繩勛爲楊紹和之婿丈，故紹和向他諮詢安親紓難及避難之策，始在"古肥子園"，即今肥城陶山之陽建陶南山莊。

[5] "燔其書，百物蕩然"，陶南山莊雖初爲避難之用，然亦作藏書之所。

楊氏信奉“大亂居鄉，小亂居城”的觀點，故楊以增除建海源閣外，又於聊城百里之外再建此莊。楊敬夫在《藏書三期》中説：“余曾祖父指示，書分兩份，以十分之四藏於聊城故居，十分之六藏於陶南別墅。”這説明，陶南山莊所藏比海源閣還要多。然咸豐辛酉捻匪之亂，存於此處的藏書損失慘重，該文中“燔其書，百物蕩然”即説明了遭焚情形。

[6]“光緒癸卯”，即光緒二十九年（1903）。

[7]“平泉獨樂”，指唐代李德裕的“平泉山居”、宋代司馬光的“獨樂園”，均爲古代著名園林。

[8]“居然有《考槃》之遺風”，《考槃》爲《詩經·衛風》中的一篇，描寫一位在山澗結廬獨居的隱士自得其樂的意趣，創造了一個清淡閑適的意境，抒發了對隱士的贊美之情。如詩中“考槃在澗，碩人之寬。獨寐寤言，永矢弗諼”之句，即真切道出了隱居生活平和愉悦的狀態。

[9]“八年方爲典屬國”，典屬國，爲秦漢時官名，負責少數民族事務。班固《漢書·百官公卿表第七上》：“典屬國，秦官，掌蠻夷降者。武帝元狩三年昆邪王降，復增屬國，置都尉、丞、候、千人。屬官，九譯令。成帝河平元年省并大鴻臚。”楊保彝曾任總理各國事務衙門章京，負責對外事務，故有此稱。

[10]“用行舍藏，夫子之教也”，用行舍藏意爲得到任用就出來做事，不得任用就退隱。《論語·述而》：“子謂顔淵曰：‘用之則行，舍之則藏，唯我與爾有是夫。’”

[11]“遁世則有田子泰”，田子泰即田疇，田疇（169—214），字子泰，右北平無終人，東漢末年隱士。田疇好讀書。初爲幽州牧劉虞從事。建安十二年（207）曹操北征烏桓時投曹操，任司空户曹掾。因爲嚮導平定烏桓有功，封亭侯，不受。後從征荆州，有功，以前爵封之，仍不受，拜爲議郎。建安十九年（214）去世。田疇曾領族隱居避亂。《三國志·田疇傳》稱：“（田疇）遂入徐無山中，營深險平敞地而居，躬耕以養父母。百姓歸之，數年間至五千餘家。疇謂其父老曰：‘諸君不以疇不肖，遠來相就。衆成都邑，而莫相統一，恐非久安之道，

願推擇其賢長者以爲之主。'皆曰：'善。'同僉推疇。疇曰：'今來在此，非苟安而已，將圖大事，復怨雪耻。竊恐未得其志，而輕薄之徒自相侵侮，偷快一時，無深計遠慮。疇有愚計，願與諸君共施之，可乎？'皆曰：'可。'疇乃爲約束相殺傷、犯盜、諍訟之法，法重者至死，其次抵罪，二十餘條。又制爲婚姻嫁娶之禮，興舉學校講授之業，班行其衆，衆皆便之，至道不拾遺。北邊翕然服其威信，烏丸、鮮卑并各遣譯使致貢遺，疇悉撫納，令不爲寇。袁紹數遣使招命，又即授將軍印，因安輯所統，疇皆拒不受。紹死，其子尚又辟焉，疇終不行。"

　　[12]"逃名或若梁伯鸞"，梁伯鸞即梁鴻，字伯鸞，扶風平陵人，東漢著名隱士。趙岐《三輔決録》稱："（梁鴻）受業太學，博覽不爲章句。學畢，乃牧豕上林苑中。曾誤遺火，延及他舍。鴻乃尋訪燒者，問其所云失，悉以豕償之。其主猶爲少，鴻又以身居作，執勤不懈。鄰家耆老見鴻非恒人，乃共責讓主人，而稱鴻長者，於是始敬異焉。悉還其豕，鴻不受而去，歸鄉里。執家慕其高節，多欲女之，鴻并絶不娶。同縣孟氏有女狀醜，擇對不嫁。父母問其故，女曰：'欲得賢如梁伯鸞者。'鴻聞而聘之。及嫁，始以裝飾入門。七日，而鴻不答。妻乃下請，鴻曰：'吾欲衣褐之人，可與俱隱深山者。爾今乃衣綺縞，傅粉墨，豈鴻所願哉？'妻曰：'以觀夫子之志耳，妾自有隱居之服。'乃更爲椎髻，著布衣，操作而前。鴻大喜，曰：'此真梁鴻妻也，能奉我矣。'字之曰德曜、孟光。居有頃，乃共入霸陵山中，以耕織爲業，咏詩書彈琴以自娛。"

　　[13]"堂曰'厚遺堂'"，"厚遺堂"爲楊保彜之曾祖父楊兆煜讀書藏書之所，楊兆煜有藏書印兩方："古東郡厚遺堂楊氏藏""東郡楊氏厚遺堂珍藏"。此外，在聊城城内楊宅大廳上亦懸"厚遺堂"匾額。楊保彜因於光緒二十九年（1904）重新修葺陶南山莊時，又以此爲堂名。

　　[14]"齋曰'歸瓻齋'"，"歸瓻齋"爲楊保彜齋名，詳見前張元鈞《歸瓻齋詩詞鈔序》注釋。

　　[15]"光緒三十一年太歲在乙巳十月既望"，即光緒三十一年（1905）十月十六日。

南北藏書諸家源流記[1]

　　考三代至漢初，書皆竹帛，經則口授。洎唐鄭氏覃以壁經刊木，始有橅印之書[2]。唐長興三年，詔國子監雕九經[3]。漢、周之際，有三禮、三傳、《經典釋文》之刻，而蜀毋氏經籍印本亦稱盛焉[4]。宋興刊書，命儒臣詳加校正，鎸刻精良，獨冠千古。蓋天下之物，創始者難備，而續成者易工，專門（此處或脱“者”字）易精，而極盛者難繼也，故藏書家必以宋本爲貴。顧趙宋迄今七百餘年，滄桑迭更，散佚者夥。明中葉，嚴嵩既籍，其鈐山堂書録於官者[5]，宋本尚三千餘部。明末之亂，損失遂多。古刻之亡，幾若秦燔。我朝龍興，藏家蔚起，以絳雲、述古[6]之勤，所録不及百種，其罕秘抑可知矣。讀書必先識字，古之人著書立説，記事必詳，考文必碻，尚矣哉！後世學子，或限於境地，或囿於見聞，或安於固陋，或昧於師資，日談誤書，莫能是正，亦何慕乎藏書哉？況同一本也，而有古今之別、官私之判、善惡之分、良窳之異。考藏既慎，鈔校斯精，乃所謂讀書者之藏書也。然豈所論於溝猶瞀儒[7]、一孔之士乎？

　　案國朝藏書家，自順康以來，實分南北二派。南派則溯源於明季天乙（當爲“一”字）閣范氏、絳雲樓錢氏、汲古閣毛氏三家，而七檜山房、太素館、澹生堂、懸磬室、脉望館、方山、寒山、安愚、己蒼諸家[8]次之。諸家雲散，俱二錢(1)所得。迨絳雲既焚，其燼餘除述古之外，多爲陸氏敕先、馮氏定遠，葉氏林宗各家[9]所分藏。百餘年輾轉授受，大抵不出吳郡，其後賜書樓蔣氏、釀花草堂席氏，兹蘭堂朱氏及楊氏西亭、惠氏松崖、顧氏兄弟，周氏松靄[10]等各家之書，嘉慶間悉歸黃氏百宋一廛。廛翁得書必校，所藏特精，乃於晚年舉其所有鬻諸汪閬源氏[11]，而汪氏則并香岩書屋、小讀書堆、五研樓[12]諸家所儲者皆收之，而拜經樓、士鄉堂[13]暨浙中善本，亦往往歸焉。故百宋、藝芸兩家既富且精，可稱獨步者矣。道光末，汪氏書散，其長編巨册，多爲同郡菰里瞿氏[14]所收。史子集精槧，則歸聊城楊氏海源閣。論者謂海源之獲畸零本也，又謂汪、黃遺編，悉在瞿、楊，蓋約略之詞耳。江南初亂，藝芸書未盡出。蘇垣之復也，前驅者席其燹餘，故一鱗片甲，亦頗爲他家所録，若楊氏之藏，固久以四經四史名齋，初不待汪氏之經史而始得富也。此南宗藏書之大較也。

北宗藏書則始於毛、錢既散之際。貫花道人[15]舉其所藏，以重金沽諸延令[16]。延令之後，多歸傳是樓[17]，康熙中，黨獄再起，徐氏子弟株繫江南，東海昆季[18]輕裝南旋，其書悉贈納蘭相國[19]家。通志、謙牧二堂[20]，遂以藏書名天下。納蘭被籍，其入官者皆尋常之本。若宋元秘笈，則入怡邸[21]。乾隆初，怡邸後人宏曉貝勒[22]喜聚書，於是并義門[23]之遺册亦歸焉。越二十年，四庫館開，貝勒先已獲譴，避處山中，其書未嘗呈進，百餘年來，世無聞焉。迨乎同治紀元，端華[24]伏辜，藏書始散。其初售也，竟無識者。先學士退食之暇，輒物色之。既而朱氏結一廬[25]亦往往得其善本，若滂喜、瓶齋二公[26]後來之搜羅，則什之一二耳。三家所收，蓋皆明善[27]之餘馥也。北方藏家繼白雪、來禽[28]而知名者，前有退谷、漁洋、麓村[29]，後有椒花吟舫、蘇齋、梧門、筠圃[30]諸公。未久散佚，今無存者，此北宗藏書之梗概也。

昔明善堂冰玉主人[31]藏書最精，凡書中有安樂堂印記者皆有滄葦、健庵兩家藏印。其尤精者，若北宋官本《三禮圖》(2)《春秋公羊解詁》(3)，景祐本《漢書》《後漢書》(4)《咸淳臨安志》(5)《禊帖續考》(6)，金本《資治通鑑》，北宋槧《莊子吕注》(7)《月老新書》(8)，家塾本《楚辭集注》(9)，監本《六臣注文選》(10)《寶晉山林集拾遺》(11)《三蘇文粹》(12)，淳熙信[32]州公使庫本《花間集》(13)，皆數百年海内孤行、世無二本，足與汪、黃媲美者也。余游宦京師二十年，如宋元書畫、泉布玉瓷諸物時或遇之，至若古書則數歲不一覯焉。惟庚子都門亂後，得藝芸舊藏宋世綵堂本《昌黎集》，正是字作歐虞體，印用澄心堂紙，奚廷珪墨，與諸書略同，洵菉翁所謂驚人秘笈也。

　　竊嘗論之，藏書雖小道，而與文道世運相維繫，其關乎家國者甚大，豈玩物喪志者比哉？我朝二百餘年，嗜書者不乏其人，而皆自我得之，自我失之，其藏能百年，能守家學而弗墜者或寡。今也士風不變，異學爭鳴，遇讀書好古之士，輒迂腐而誹笑之。或鄙弃夫世業，或稗販乎他邦，以視乎昔年老輩篤志耽書，承絕學，發幽光，繼往開來，其高風逸韵爲可多也耶？可慨也夫，可慨也夫！

　　光緒三十四年太歲在著雍涒灘孟秋上浣[33]，海源閣主人聊城楊保彝識。時客濟南金泉精舍[34]，纂修《通志》開局之月也[35]。

　　原注：

（1）拂水、述古。

（2）澄心堂紙，界畫工緻，有錢蒙叟跋。

（3）題簽作瘦金體，有元翰林國史院印。

（4）有隆池山樵臨寫弇州山人小影。

（5）原刻，九十八卷足本。

（6）澄心堂紙。

（7）經進本。

（8）後歸黃氏。

（9）金粟山藏經紙。

（10）後歸結一廬。

（11）真想齋藏本，見南禺外史賦注。

（12）澄心堂紙，字作小楷，極精。

（13）真賞齋賦著錄。

注釋：

［1］此文録自上海圖書館藏孫毓修稿本《書目考》之第七册“私家”五。孫毓修於此文題目之下附識稱：“此記初無印本，己酉八月著者以寫本寄示，手録得副本，原稿在武原張公處云。”武原張公即張元濟。這條記載保留了張元濟及早期涵芬樓與海源閣往來的重要信息，爲研究海源閣的重要史料。孫毓修（1871—1923），字星如，號留庵，筆名緑天翁、樂天居士，江蘇無錫人，清諸生。早年曾任蘇州某學堂教席，光緒三十三年（1907）任職於上海商務印書館編譯所，主編《童話》《少年雜志》等，兼任編譯所圖書室涵芬樓典簽之職。毓修精通目録之學，曾主編商務古籍叢書《痛史》《涵芬樓秘笈》，又曾助張元濟編輯《四部叢刊》，撰有《四部叢刊書録》。喜藏書，書齋名小緑天。孫毓修有感於歷代公私藏家書目迭遭毁失，遂撰《書目考》，存亡兼録，以成歷代書目圖籍專門目録。其所作《書目考序》稱：“毓修……好搜羅，不能多致典墳，每思覽其名簿。雖未克窮究流略，窺其秘奥，而某家某録，確悉其名；若見若聞，常恨其少。悲往籍之日喪，懼來者之無徵，遂總括存逸，撰爲斯集，起自前代，迄於今兹。挹其風流體制，疏其遺文逸事，次其時代，别其類目，得書六百餘種，計卷三千有奇，離爲十卷。約文緒義，具見本書；抵牾不免，疏漏實多。擬《文選》之名，聊供排比；儗《經義》之考，所未敢言。”略述編纂此書之旨。

［2］“洎唐鄭氏覃以壁經刊木，始有槧印之書”，鄭覃（？—842），河南滎澤人，以父蔭補弘文館校書郎，元和十四年（819）擢諫議大夫，寶曆元年（825）任京兆尹，太和三年（829）召爲翰林侍講學士，歷任户部尚書、刑部尚書兼國子祭酒。鄭覃爲名儒，曾奏請在太學設《五經》博士。“壁經”，《全唐文》卷六百六録劉禹錫《國學新修五經壁本記》稱：“初大曆中，名儒張參爲國子司業，始詳定五經，書於論堂東西厢之壁。”後歲久剥落。太和初，國子祭酒齊暭利用修繕國學的結餘經費，“析堅木，負塗而比之……命國子能通法書者，分章揆日，遞其業而繕寫焉”。太和四年（830），工部侍郎兼充翰林侍講學士

鄭覃上奏唐文宗："經籍訛謬，博士相沿，難爲改正。請召宿儒奧學，校定六籍，準後漢故事，勒石於太學，永代作則，以正其闕。"（劉昫《舊唐書》卷一七三《鄭覃傳》）唐文宗遂"令韓泉充詳定石經官，就集賢審較勘，仍旋送國子監上石。開成二年十月，（鄭）覃進石壁九經一百六十卷。"（王欽若《册府元龜》卷五百八十七）。據此，則作壁經者爲國子祭酒齊暤，而鄭覃則主持開成石經之刊刻。"橅印"即模印，爲刻板印刷。葉夢得《石林燕語》卷八："唐以前，凡書籍皆寫本，未有模印之法。"此説雖未盡確，然唐太和中無板印儒家經書，則符合事實。據此，楊保彝稱"始有橅印之書"，或有未當。

[3]"唐長興三年，詔國子監雕九經"，國子監始設於西晉武帝咸寧二年（276），國子監刻書始於五代。其最早刻印的圖書爲後唐長興三年（932）至後周廣順三年（953）刻印的《易》《書》《詩》"三禮""三傳"，世稱"監本九經"。王欽若《册府元龜》卷六〇八載："周田敏爲尚書左丞，兼判國子監事。廣順三年六月，敏獻印板書《五經文字》《五經字樣》各二部，一百三十策，奏曰："臣等自長興三年校勘雕印九經書籍……幸遇聖朝，克終盛事，播文德於有截，傳世教以無窮，謹具陳進。先是，後唐宰相馮道、李愚重經學……常見吳蜀之人鬻印板文字，色類絶多，終不及經典。如經典校定，雕摹流行，深益於文教矣。乃奏聞。敕下儒官田敏等考校經注……先經奏定，而後雕刻。"

[4]"蜀毋氏經籍印本亦稱盛焉"，毋昭裔，五代河中龍門人，字守素，博學有才名，後蜀孟知祥擢爲御史中丞。孟昶立，拜中書侍郎同平章事，累進左僕射。好學問，著有《爾雅音略》。性嗜藏書，未貴顯時向友借書，其友有難色，乃憤然曰："異日若貴，當版以鏤之。"後顯貴，嘆曰："今可酬宿願矣。"時益州墨板多爲術數、字學。他出私財，建學宮，立印舍，令門人句中正、孫逢吉等人刻《文選》《初學記》《白氏六帖》、九經、諸史等書。廣政十六年（953）完成後，遍銷海内。顯德中，又印行《史記》《漢書》《後漢書》諸史。

[5]"其鈐山堂書録於官者"，"鈐山堂"爲嚴嵩書齋名，嚴嵩被籍，文嘉奉命查閲籍没的嚴嵩書畫，作《鈐山堂書畫記》一卷。所録分法書和名畫兩部分，

按時代排列。文嘉《跋》稱：“嘉靖乙丑五月，提學濱涯何公檄余往閱籍嚴氏書畫，凡分宜之舊宅、袁州之新宅、省城諸新宅所藏，盡發以觀，歷三閱月始勉畢事。當時漫記數目以呈，不暇詳別，今日偶理舊篋得之，重録一過，稍爲區分……隆慶戊辰冬十二月十七日，茂苑文嘉書於文江草堂。”

［6］“絳雲、述古”，“絳雲”，即指錢謙益，絳雲樓爲其藏書處。錢謙益娶柳如是，爲築絳雲樓，兼藏古玩、善本書。陶弘景《真誥·運象篇》稱：“紫微夫人詩云：‘良德飛霞照，遂感靈霄人。乘飆儵衾寝，齊牢携絳雲。悟嘆天人際，數中自有緣。’”王涇《輞川詩鈔·虞山竹枝詞》之五注稱：“錢納姬，構絳雲樓居之。《真誥》：‘乘飆儵衾寝，齊牢携絳雲。’取以名樓。”錢謙益晚年居紅豆山莊，取出所藏圖書重加繕治，區分類聚，設有大書櫃七十三，宋刻孤本多貯其中。順治七年（1650）初冬之夜，錢氏小女同乳母嬉鬧樓上，不慎打翻燭火，引燒廢紙，釀成大火，樓中藏書盡毀。“述古”，即指錢曾，述古堂爲其藏書處。錢曾（1629—1701），字遵王，號也是翁，錢謙益族曾孫，曾助錢謙益收集、整理、校勘書籍，并得到其燼後餘遺，撰有《讀書敏求記》《述古堂書目》《也是園書目》。“述古堂”典出《論語·述而》：“子曰：述而不作，信而好古，竊比於我老彭。”老彭即彭祖，姓籛，爲錢氏之祖。故錢曾以“述古”號書樓，以示不忘先祖故行。錢曾《述古堂書目·自序》稱：“己酉清和，詮次家藏書目告竣，放筆而嘆，嘆乎聚書之艱而散之易也。余二十餘年，食不重味，衣不完彩，捆當家資，悉藏典籍。中如蟲之負版，鼠之搬薑，甲乙部居，粗有條理。憶年驅雀時，從先生長者游，得聞其緒論。逮壯，有志藏弃，始次第訪求，問津知途，幸免於冥行摘埴。然生平所嗜，宋槧本爲最。友人馮定遠每戲餘曰：‘昔人佞佛，子佞宋刻乎！’相與一笑，而不已於佞也。丙午、丁未之交，舉家藏宋刻之重複者，拆閱售之泰興季氏。世間聚散何常，百六飆回，絳雲一燼，圖書之厄，等於秦灰：今吾家所藏，不過一毛片羽，焉知他年不爲有力者捆載而去，抑或散於面肆酒坊，論稱而盡，俱未可料。總之，不值達人之一哂耳。”

［7］“溝猶瞀儒”，即愚昧之人。《荀子·非十二子》：“世俗之溝猶瞀儒，嚾

嘽然不知其所非也。"楊倞注稱："溝猶瞀儒合四字爲迭韵。"王先謙《集解》引郝懿行説："溝猶瞀儒，四字迭韵，其義則皆謂愚蒙也。"

　　[8]"七檜山房、太素館、澹生堂、懸磬室、脉望館、方山、寒山、安愚、己蒼諸家"，"七檜山房"，明楊儀室名。儀字夢羽，號五川，江蘇常熟人。嘉靖進士，官至山東副使。後養病家居，以讀書著述自娛，建萬卷樓，所藏書多宋元刊本。"太素館"，明吴元恭室名。元恭，字丙初，江蘇吴縣人，嘉靖三十四年（1555）舉人，潛心於六藝百家，尤喜圖籍文史、丹青、金石，喜藏書，所校之本亦稱善本。"澹生堂"，明祁承㸁（1563—1628）室名。承㸁字爾光，號夷度，又號曠翁，浙江山陰人，萬曆三十二年（1604）進士，官至江西布政使右參政，藏書富甲江左，其《澹生堂藏書目》著録所藏圖書九千餘種，十萬餘卷。懸磬室，明錢穀室名。穀字叔寶，江蘇吴縣人，少孤貧失學，游文徵明門下，晚葺故廬，讀書其中，聞有異書，雖病必强起借觀，手自抄寫，幾於充棟。抄書至數千卷，建懸磬室藏之。子允治，字功甫，貧而好學，酷似其父。年八十餘，隆冬映日抄書，史載："老屋三間，叢書充棟。其嗜好之勤，白晝檢書，必秉燭緣梯上下。多藏人間罕見之本。功甫以老書生，徒手起家，奇書滿家。"功甫卒，藏書一夕散如雲烟。"脉望館"，明趙用賢、趙琦美父子室名。"脉望"爲古書中的蛀蟲，據《仙經》載："蠹蟲三食神仙字，則化爲此物，名爲脉望。"趙用賢（1535—1596），字汝師，號定宇，江蘇常熟人，隆慶五年（1571）進士，終吏部侍郎。趙琦美（1564—1624），字玄度，自號清常道人，趙用賢子，以父蔭官刑部郎中。脉望館抄校本《古今雜劇》242種，爲收録古代戲曲最多的珍本秘笈，是研究元明雜劇及其作者的重要資料。趙琦美編《脉望館書目》，著録圖書近五千種、二萬餘册。"方山"，即吴岫。岫字方山，號濠南居士，江蘇吴縣人，嘉靖諸生，貯書逾萬卷，有藏書樓曰"塵外軒"，藏有宋本《天彭牡丹譜》、元大德本《潛夫論》，撰有《姑蘇吴氏書目》一卷，早佚；喜抄書，用綠格紙，抄有《瀛涯勝覽》《吕衡州文集》《開元天寶遺事》《默記》《太平勝典》《定陵注略》《法書要録》《握機經傳》等。"寒山"即趙宧光（1559—1625）。宧光，

字凡夫，號寒山長，蘇州太倉人，曾建小宛堂，以藏金石拓片和孤本秘笈聞名。錢謙益稱："小宛之堂，芸籤縹帶，亦如所謂連艫累舳、散爲雲烟者，有無聚散，不可重爲嘆息耶？"（《牧齋初學集》卷五十五《趙靈鈞墓誌銘》）段玉裁亦稱："始吳中文獻甲東南，好書之士，難以枚數。若錢求赤、錢遵王、陸敕先、葉林宗、葉石君、趙凡夫、毛子晋及其子斧季，皆雄於明季。"（段玉裁《經韵樓集》卷八《周漪塘七十壽序》）趙宧光藏有宋本《玉臺新咏》，秘不示人，常熟藏書家馮舒、馮班慕名冒雪借抄，黄廷鑒稱："吾鄉馮己蒼昆仲，聞寒山趙氏藏有宋槧本《玉臺新咏》，未肯假人。嘗於冬月挈其友艤舟支硎山下，於朔風飛雪中挾紙筆，袖炊餅數枚入山，徑造其廬。乃許出書傳録，墮指呵凍，窮四晝夜之力，抄副本以歸。"（《第六弦溪文鈔》卷二《讀知不足齋賜書圖記》）"安愚"，即柳僉（1508—約1555）。僉，字大中，號安愚，別號茶味居士。江蘇吳縣人，隱居不仕，專以藏書、校書、抄書爲事，其讀書處名"清遠樓"，藏唐、宋、元名人文集抄本數十種，如唐王維《王右丞集》、唐吳兢《樂府古題要解》、唐王建《王建詩集》、唐貫休《禪月集》、前蜀杜光庭《廣成集》、韋莊《浣花集》、宋高似孫《緯略》及《剡溪詩話》、宋陳世崇《隨隱漫録》、劉敬叔《異苑》等。"己蒼"即馮舒（1593—1645）。舒，字己蒼，號默庵，別號癸巳老人，江蘇常熟人，幼承父教，篤志於學，與弟班并自爲馮氏一家之學，吳中稱爲"海虞二馮。"喜藏書，多方求，藏書益富，建書閣爲"空居閣"，多異本，僅次於毛晋、錢曾之藏，與葉樹廉、陸貽典相仿，并相互搜訪，互通有無。曾在寒冬飛雪之日，與何大成、馮班三人自帶紙筆、乾糧，到寒山趙宧光小宛堂借宋本《玉臺新咏》晝夜抄録，携副本而歸。

　　[9]"陸氏敕先、馮氏定遠，葉氏林宗各家"，"陸氏敕先"即陸貽典（1617—1686）。貽典，字敕先，自號覿庵，江蘇常熟人，弱冠後與里中詩人吟咏結社，刻《虞山詩約》，入錢謙益門下。富於藏書，多善本，藏書樓名"玄要齋""頤志堂"。黄廷鑒稱，常熟藏書家自錢謙益絳雲樓火焚以後，有毛晋汲古閣、錢曾述古堂，另有葉樹廉、馮舒、陸貽典諸人。其《〈管子〉校宋本後跋》稱："古

今書籍，宋版不必盡是，時刻不必盡非，然較是非以爲常，宋刻之非者居二三，時刻之是者無六七，則寧從其舊也。""馮氏定遠"，即馮班（1602—1671）。班字定遠，晚號鈍吟老人，江蘇常熟人。少時與兄馮舒齊名，人稱"海虞二馮"。入清未仕，常就座中慟哭，人稱其爲"二癡"。喜藏書，曾得明代同邑藏書家楊儀部分藏書，評論稱"俗人讀書不多，好以意改古書，得其萬卷樓所藏書，雌黃處皆不足據"，所藏珍本有抄本《珩璜新論》、萬卷樓舊藏宋刻本《愧郯録》、七檜山房抄本《支遁集》和《李義山詩集》等。其抄本用紙印藍格，版心有的刻有"空居閣藏"四字，欄外刻"馮氏藏本"四字，與毛晉汲古閣"毛抄"、楊儀七檜山房"楊抄"、秦四麟致爽閣"秦抄"、錢謙益絳雲樓抄本、錢曾述古堂抄本、錢謙貞竹深堂等的"錢抄"本并稱。"葉氏林宗"，即葉林宗。林宗名奕，好學，多藏書，搜訪甚力，"每見案頭一帙，必假歸，躬自繕寫，篝燈命筆，夜分不休，一得秘册，即與錢遵王互相傳録。雖昏夜，必扣門，兩家童子輒聞聲知之。"（徐珂《清稗類鈔·鑒賞類》）

[10]"賜書樓蔣氏、釀化草堂席氏，兹蘭堂朱氏及楊氏西亭、惠氏松崖、顧氏兄弟，周氏松靄"，"賜書樓蔣氏"即蔣杲（1683—1731），杲，字子遵，號篁亭，別署香岩小隱，江蘇吳縣人，康熙五十二年（1713）進士，官户部郎中，出知廣東廉州知府。家有"貯書樓"，一作"賜書樓"，藏書多古本，如宋刻《三謝詩》《新序》《畫鑒》《嘉祐集》等，版本精良。學者陳汝楫觀其藏書，爲其題有"好友頻來書滿屋，人間得失總悠悠"之句。手校諸經史圖書不下數十百種，藝林所稱"貯書樓本，得藏庋者以爲善寶"。藏書散出後陸續歸於黄丕烈、周錫瓚等家。潘祖蔭《藝芸書舍宋元本書目跋》稱："吾郡藏書家，自康雍之間碧鳳坊顧氏、賜書樓蔣氏，後嘉慶時以黄蕘圃百宋一廛、周錫瓚香岩書屋、袁壽階五硯樓、顧抱冲小讀書堆爲最，所謂四藏書家也。"（《萬卷精華樓藏書記》卷七十一）"釀花草堂席氏"即席鑒，鑒字玉照，號茱萸山人，江蘇常熟人，乾隆間爲國子監生，爲繼毛晋、錢曾而起的藏書家，有藏書樓"掃葉山房""釀華草堂""敏遜齋"等，藏書鈐有"湘北寶篋""墨妙筆精稀世之珍""茱山珍本""趙

宋本""玉照讀書敏遜齋""虞山席鑒玉照氏收藏""學然後知不足""琴川席氏珍藏""掃葉山房藏書"等朱記。"茲蘭堂朱氏",即朱奐。奐,字文游,乾隆中華亭人,喜藏書,精鑒別,藏書室曰滋蘭堂,顧廣圻稱他"視裝訂簽題跟腳上字,便曉屬某家某人之物"。有影宋抄本劉知幾《史通》二十卷。"楊氏西亭",即楊晉(1644—1728)。晉,字子和,一字子鶴,號西亭,自號谷林樵客、鶴道人,江蘇常熟人,善繪山水,爲王翬入室弟子,嘗與繪聖祖南巡圖。每侍翬出游,翬作圖凡有人物、輿轎、駝、馬、牛、羊等皆命補之。又嘗摹內府所藏名迹,作副本進御。"惠氏松崖",即惠棟(1697—1758)。棟,字定宇,號松崖,江蘇元和人,治經以漢儒爲宗,以昌明漢學爲己任,尤精於漢代《易》學,爲乾嘉考據吳派的代表人物,藏書處有紅豆山房、百歲堂、九曜齋,編有《惠氏百歲堂藏書目》,藏書印有小紅豆、惠定宇手校本、紅豆村莊、臣棟、松崖、紅豆山房所收善本、紅豆定宇、惠棟印信、惠定宇借觀、紅豆齋等。"顧氏兄弟",即顧廣圻(1766—1835)、顧之逵(1752—1797)。廣圻,字千里,號澗蘋、無悶子,別號思適居士、一雲散人,江蘇元和人,嘉慶諸生,精校讎,於目錄學尤爲專門,又喜藏書,取邢子才"日思誤書,更是一適"之語,名藏書處爲"思適齋",藏書印有陳黃門侍郎三十五代孫、時思誤書亦是一適、千翁、顧千里經眼記、顧澗蘋藏書、陳黃門侍郎三十五代孫、廣圻審定等。之逵,廣圻從弟,乾隆四十一年(1776)入元和縣學,藏書樓名"小讀書堆",其書既精且博,多宋元善本。黃丕烈稱其"吳中藏書家,余所及見而得友之者,首推香嚴周氏,其顧氏抱冲、袁氏綬階皆與餘同時,彼此收書,互相評騭""抱冲藏書與余同時,故兩家書互相商榷而得之"。卒後,藏書家瞿中溶挽詩曰:"嗟嗟顧君好讀書,百萬牙籤皆玉軸。宋刊元引與名抄,插架堆床娛心目。黃金散盡爲收書,秘本時時出老屋。""周氏松靄"即周春(1729—1815)。春,字芚兮,號松靄,晚號黍穀居士,浙江海寧人,乾隆十九年(1754)進士,曾任廣西岑溪知縣。所居書齋插架環列,起臥其中,七略四部,無不流覽,三十餘年如一日。曾向張燕昌強購宋刻珍本《湯注陶詩》,與《禮書》并儲一室,名藏書樓爲"禮陶齋"。

後將《禮書》讓出，改名"寶陶齋"。後又將《湯注陶詩》售出，將室名改爲"夢陶齋"。另有藏書樓名爲"曇花館"。藏書印有周春松靄、海寧周氏家藏、著書齋、松聲山房、子孫世昌、自謂是羲皇上人、内樂村農、松靄藏書、周春字芚兮號松靄等。

[11]"汪閬源氏"，即汪士鐘（1786—?）。士鐘，字春霆，號閬源，江蘇長洲人，官至觀察使、户部侍郎等職。士鐘年輕時即好讀書，因其父汪文琛頗饒於財，收書不惜厚價，其藏書主要來自黄丕烈士禮居、周錫瓚水月亭、袁廷檮五研樓和顧抱冲小讀書堆。尤喜黄丕烈舊藏，凡有黄氏跋語之書，雖一行數字，必重價收之。起藏書樓"藝芸書舍"，堂宇軒敞，樹木蕭森，堂懸"種樹以培佳子弟，擁書權拜小諸侯"楹聯，另有藏書處三十五峰園、冰雪堂。取所藏宋元之本撰《藝芸書舍宋元本書目》，顧千里爲之序，稱"汪君閬源，藏書甚富……仰取俯拾，兼收并蓄，揮斥多金，曾靡厭倦。以故郡中傳流有名秘笈，搜求略遍，遠地聞風，挾册趨門，朝夕相繼，如是累稔，遂獲目中所列宋若干種、元若干種，既精且博，稀有大觀，海内好古敏求之十未能或之先也。"

[12]"香岩書屋、小讀書堆、五研樓"，"香岩書屋"，爲藏書家周錫瓚藏書樓。周錫瓚（1742—1819），字仲漣，號香岩，又號漪塘，别號香岩居士。江蘇吴縣人，乾隆三十年（1765）副貢生，與黄丕烈同嗜宋槧精刻，黄丕烈每購一書，必向他借所藏秘本考證。與袁廷檮、黄丕烈、顧之逵并稱乾嘉時"四大藏書家"，段玉裁稱"漪塘藏書最富，其於古板今刻源流變易，剖析娓娓可聽"。"小讀書堆"，爲顧之逵藏書樓，詳見上文注釋。"五研樓"，爲袁廷檮藏書樓。廷檮字又愷，一字壽階，又作綬階，號又愷。江蘇吴縣人，好讀書，精小學，以富藏書聞名，有藏書樓小山叢桂館，後因收藏元代袁桷之硯和袁氏名人硯五方，改名五研樓。

[13]"拜經樓、士鄉堂"，"拜經樓"，爲吴騫藏書樓。吴騫（1733—1813），字槎客，又字葵里，號兔床、兔床山人，浙江海寧人，清貢生，曾得

鄉馬思贊道古樓、查慎行得樹樓所藏，築拜經樓以貯之。曾得宋版乾道、咸淳、淳祐三朝《臨安志》近百卷，乃刻一印"臨安志百卷人家"。時黃丕烈有宋版珍本書百種，題其藏書室爲"百宋一廛"。吳騫多宋元珍本，便自題其居曰"千元十駕"，學林傳爲佳話。陳鱣《〈愚穀文存〉序》稱："吳騫築拜經樓，聚書數十萬卷。丹黃甲乙，排列几筵，又有圖繪、碑銘、鼎彝、劍戟、幣布、圭璧、印章之屬，丹漆、象犀、竹木之器充牣其中，皆辨其名物制度，稽其時代款識，著作譜録。""士鄉堂"，爲陳鱣藏書樓名。陳鱣（1753—1817）字仲魚，號簡莊，又號河莊，別署新坡，浙江海寧人，嘉慶三年（1798）舉人，精研文字訓詁，長於校勘輯佚，阮元稱爲浙中經學最深之士。藏書甚富，藏書處除士鄉堂外，又有向山閣、六十四硯齋、及孝廉居等，多宋元刊本及罕見之本。僅其《經籍跋文》所記即近二十種。

[14] "菰里瞿氏"，即瞿紹基（1772—1836）。紹基，字厚培，號蔭棠，江蘇常熟人，曾任陽湖縣學訓導，後辭官歸里，以藏書爲樂，曾得陳揆"稽瑞樓"、張海鵬"愛日精廬"等名家藏書，取古文"引養引恬""垂裕後昆"之意，建藏書樓"恬裕齋"，積書十萬餘卷。後因避德宗諱，改名"敦裕齋"，又因獲古鐵琴與古銅劍，遂名藏書樓爲"鐵琴銅劍樓"。曾作《恬裕齋藏書志》四卷、《恬裕齋書目》四卷。其藏書經後人瞿鏞、瞿秉淵、瞿秉清、瞿啓甲等數代精心保存，前後達百餘年，被稱爲晚清四大著名藏書樓之一。辛亥革命後，大部分藏書歸於江南圖書館（今南京圖書館）。建國後，其後裔瞿濟蒼、瞿旭初等先後將藏書捐獻給國家。

[15] "貫花道人"，即錢曾。錢曾生平詳見上文。

[16] "延令"，即季振宜。季振宜（1630—？），字詵兮，號滄葦，江蘇泰興人。順治四年（1647）進士，官浙江蘭溪知縣，升刑部主事，遷户部員外郎、郎中。順治十五年（1658），爲浙江道御史，後巡視河東鹽政。常熟毛晉汲古閣、錢曾述古堂藏書後均歸季振宜，精本佳槧極多。其藏書樓名静思堂。編《季蒼葦書目》一卷，分《延令宋版書目》《宋元雜版書》《崇禎曆書總目》《經解目録》

等四部分，著録 1200 種，27000 卷。藏書印有季振宜藏書、滄葦、吾道在滄州及柱下史、半窗明月、季氏家藏、兩河使者、平章季子收藏圖書、季振宜字詵兮號滄葦、平陽季子之章等。所藏書在其離世後全部歸於徐乾學傳是樓和清内府。

[17]"傳是樓"，即徐乾學藏書樓。徐乾學（1631—1694），字原一、號健庵，江蘇昆山人，康熙九年（1670）進士第三名，授編修，後任日講起居注官、《明史》總裁官、侍講學士、内閣學士，康熙二十六年（1687 年）升左都御史、刑部尚書。曾主持編修《明史》《大清一統志》《讀禮通考》等。明末清初，藏書家多不能守，徐乾學門生故吏滿天下，於是南北故家之藏書多歸徐氏，先後收購季振宜静思堂及李中麓藏書。藏書印有玉峰徐氏家藏、冠山堂、昆山徐氏乾學健庵藏書、健庵考藏圖書、昆山徐氏家藏等。撰有《傳是樓書目》四卷，另編有《傳是樓宋元本書目》，則專記所藏宋元精槧。

[18]"東海昆季"，即至徐元文、徐乾學。徐乾學生平詳見上文注釋。徐元文（1634—1691），字公肅，號立齋，江蘇昆山人，順治十六年（1659 年）進士第一，授翰林院修撰。康熙十八年（1679），出任修《明史》總裁，薦萬斯同入史局。後升國子監祭酒、左都御史，官至文華殿大學士兼翰林院掌院學士。康熙二十九年（1690），兩江總督總督傅拉塔彈劾徐乾學及其弟徐元文不法之事共十五款，被解職。翌年閏七月"驚悸嘔血而死"。

[19]"納蘭相國"，即納蘭明珠。明珠（1635—1708），字端範，滿洲正黄旗人，歷任内務府總管、刑部尚書、兵部尚書、都察院左都御史、武英殿大學士、太子太傅等要職，對康熙議撤三藩、統一臺灣以及抗禦外敵等起到積極作用。康熙二十七年（1688）因朋黨之罪被罷黜，四十七年（1708）病故。

[20]"通志、謙牧二堂"，通志爲納蘭性德室名。性德（1655—1685），原名成德，字容若，號楞伽山人，明珠長子，康熙十五年（1676）進士，工填詞，撰刻印過《飲水詞》《側帽詞》等集，頗有名。謙牧爲納蘭揆叙室名。揆叙（？—1717），字愷功，號惟實居士，明珠子，仕至右都御史，謚文端。刻印過

自撰《隙光亭雜識》《益戒堂文鈔》等。

[21]"怡邸"，即怡賢親王胤祥。胤祥（1686—1730），玄燁第十三子，雍正元年（1723）封爲怡親王，任議政大臣，總理戶部。三年（1725），總理京畿水利營田事務。七年（1729），因準噶爾部竄擾邊陲，命其辦理西北兩路軍機，八年（1730）薨，謐曰賢。

[22]"宏曉貝勒"，宏曉即弘曉。弘曉（1722—1778），號冰玉主人，又號冰玉道人，怡賢親王胤祥第七子，雍正八年（1730）承襲怡親王爵位，乾隆四年（1739）管理藩院事務，五年（1740）任正白旗漢軍都統，後解職，乾隆四十三年（1778）薨，謐曰僖。弘曉嗜典籍，建藏書樓名樂善堂，又有明善堂、安樂堂。毛晋、錢曾藏書散出後，半數由徐乾學、季振宜所得。徐、季二家書散出，經何焯介紹，全歸於弘曉。乾隆三十七年（1772）四庫館開，各地藏書家均奉旨進書，唯怡府藏書未進呈，故多世所罕見之本。編有《怡府書目》一册，收書 4500 種，祇記書名、册數，間及版本。藏書印有怡府世寶、安樂堂藏書、明善堂覽書畫印記、御題明善堂印、忠孝爲藩、怡親王寶、綸音好書猶見性情醇、天語盡職從知忠、似太古齋珍藏金石書畫印等。

[23]"義門"，即何焯。何焯（1661—1722），字潤千，後字屺瞻，號義門、茶仙，江蘇長洲人，康熙四十二（1703）年進士，通經史百家之學，長於考訂，與笪重光、姜宸英、汪士鋐并稱爲康熙"帖學四大家"。喜藏書，藏書名家如徐乾學、毛扆等人交往甚密，故多見孤本秘笈。家有藏書樓賫硯齋，藏書數萬卷，宋元精槧甚多，另有藏書樓青陽齋、碧筠草堂、承筐書塾、德符堂等，藏書印有太學何生、吳下狂生、義門藏書、青陽齋等。

[24]"端華"，即愛新覺羅·端華（1807—1861），滿洲鑲藍旗人，鄭獻親王濟爾哈朗七世孫，鄭慎親王烏爾恭阿第三子。道光二十六年（1826）襲爵鄭親王，授總理行營事務大臣及御前大臣。咸豐帝去世後，與怡親王載垣、其弟肅順等受命爲贊襄政務王大臣，後在慈禧太后與恭親王奕訢聯手發動的辛酉政變中以"專擅跋扈罪"賜死，死後降爵。

[25]"朱氏結一廬"，朱學勤藏書室名。朱學勤（1823—1875），字修伯，浙江仁和人。咸豐三年（1853）進士，任翰林院庶吉士，改户部主事，入軍機處，歷任鴻臚寺少卿、大理寺卿。朱學勤博古好學喜搜羅古籍善本，家有結一廬，其藏書來自長洲的藝海樓和塘栖勞氏的丹鉛精舍，并購得從怡親王府散出之書，其《結一廬書目》著録宋、元、明三代刊本和精鈔本數百種。

[26]"滂喜、瓶齋二公"，"滂喜"即潘祖蔭。潘祖蔭（1830—1890），字在鐘，號伯寅，亦號少棠、鄭盦，江蘇吳縣人。咸豐二年（1852）一甲三名進士，授編修，光緒間官至工部尚書。喜藏書，藏書室名滂喜齋，曾撰《滂喜齋讀書記》，藏書印有八求精舍、龍威洞天、分廛百宋、迻架千元、金石録十卷人家等。"瓶齋"即沈曾植。沈曾植（1850—1922），字子培，號巽齋，別號乙盦，浙江嘉興人。博古通今，學貫中西，以"碩學通儒"蜚振中外。藏書頗富，先後積書達三十萬卷，精本亦多，宋槧元刊近百種，藏書處有海日樓、全拙庵、護德瓶齋等，撰有《海日樓藏書目》一册，著録古籍一千餘種。

[27]"明善"，即明善堂，見前"宏曉貝勒"條注釋。

[28]"白雪、來禽"，"白雪"即白雪齋，爲萬曆間杭州人張師齡藏書室名。張氏曾刻印過徐熥《晉安風雅》十二卷、《幔亭集》十五卷。崇禎十年（1637）刻印過張楚叔、張旭初輯《白雪齋選訂樂府吳騷合編》四卷、魏良輔《曲律》一卷等。"來禽"即來禽館，爲萬曆中邢侗藏書室名。邢侗（1551—1612），字子願，萬曆二年（1574）進士，官至陝西太僕寺少卿，擅詩文，書畫尤爲精妙，時有"北邢南董"之稱。

[29]"退谷、漁洋、麓村"，"退谷"即孫承澤。孫承澤（1593—1676），字耳北，號北海，又號退谷，山東益都人，崇禎四年（1631）進士，入清官至吏部右侍郎。富收藏，精鑒別，建有研山堂，内有萬卷樓。"漁洋"即王士禎。王士禎（1634—1711），號阮亭、漁洋山人，山東新城人，順治十五年（1658）進士，官至刑部尚書，博學好古，能鑒別書畫、鼎彝，精金石篆刻。"麓村"，即安岐。安岐（1683—？），字儀周，號麓村、松泉老人。天津人。先世爲鹽商，

家資巨富。自幼讀書，喜愛法書名畫，精鑒賞，凡橫李項氏、河南卞氏、真定梁氏所蓄古迹，均傾貲收藏，圖書名繪，甲於三輔。

［30］"椒花吟舫、蘇齋、梧門、筠圃"，"椒花吟舫"爲朱筠室名。朱筠（1729—1781），字竹君，一字美叔，學者稱笥河先生。官至提督安徽省學政，充《四庫全書》纂修官，兼充《日下舊聞考》總纂之一。"蘇齋"即翁方綱。翁方綱（1733—1818），字正三，號覃溪，一號蘇齋，順天大興人，乾隆十七年（1752）進士，曆督廣東、江西、山東三省學政，官至内閣學士。"梧門"即法式善。法式善（1752—1813）字開文，別號時帆、梧門、陶廬，乾隆四十五年（1780）進士，授檢討，著有《存素堂集》《梧門詩話》《陶廬雜録》《清秘述聞》等。"筠圃"即玉棟。玉棟（？—1790），字子隆，號筠圃，乾隆三十五年（1770）舉人，官山東臨沂知縣、河南信陽知州。曾得王士禎、黃叔琳家藏善本數種，插架益富，建藏書樓，名讀易樓，王芑孫《讀易樓記》稱他爲"輦下藏書家"。藏書印有讀易樓藏書記、子隆、筠圃等。

［31］"明善堂冰玉主人"，見上文"宏曉貝勒"注釋。

［32］"信"字或當作"鄂"。楊紹和《楹書隅録》著録淳熙十四年（1187）鄂州公使庫刻本《花間集》，爲海内孤本，今藏國家圖書館。

［33］"光緒三十四年太歲在著雍涒灘孟秋上浣"，光緒三十四年即1908年；太歲在著雍涒灘爲太歲紀年法，即戊申年；孟秋上浣即十月上旬。

［34］"濟南金泉精舍"一名尚志堂，又名金泉精舍。原爲宋代女詞人李清照故居，亦爲明進士谷繼宗別墅，同治八年（1869）巡撫丁寶楨改建。院内有漱玉、金綫等名泉，齋舍寬敞，環境優美。光緒九年（1883）巡撫任道鎔修改書院章程，仿浙江詁經精舍，以經古課士，提倡樸學。十四年（1888）巡撫張曜改書院爲校士館，後又改爲山東優級師範選科學堂。［宣統］《聊城縣志》之《楊保彝傳》稱："（保彝）并充優級師範教長。以歲饑，諸生膏火不敷，捐薪俸以濟之。"則保彝曾任職於此，故有"客濟南金泉精舍"之語。

［35］"纂修《通志》開局之月也"，據楊保彝《重修陶南山莊眉園記》："光

緒癸卯（1903），余歸自京師。”再據［宣統］《聊城縣志》卷八《楊保彝傳》：（楊保彝）歸隱後“絕口不談時事，居平自奉儉約如寒素”，而“東撫吳公聞其賢，延爲續修《山東通志》局會纂”。按光緒十六年（1890），山東巡撫張曜奏請纂修《山東通志》，得到允准。張曜旋卒於任，志遂不修。直至三十三年（1907），“巡撫楊文敬公（即楊士驤）復籌鉅款，賡續前修……乃甫開局，而文敬公移節直督”，山東布政使吳廷斌暫署山東巡撫，遂於是年延請楊保彝參修《山東通志》。

《宋存書室宋元秘本書目》跋[1]

右書四百五十五部，聊城楊氏宋存書室[2]藏書也。計宋本一百單八，元本八十三，明本三十二，校本一百四十一，鈔本九十一部，都一萬一千二百卷。按兹編著録宋、金、元各本，皆官私精槧、首尾完具善本也。明槧唐、五代、宋、元各家專集，則皆當時初刻、初印。校鈔各本，均係元明以來洎國初各家所藏，或校勘詳審，或影寫精良，多屬四庫所未收、采遺所未見者，編次不同，卷目各異，所謂海内孤本也。至如版刻較近，鈔胥弗精，爲世間經見之書，則輯入《海源閣書目》[3]，此編概不登録焉。

宋存書室主人瓵庵氏謹識。

注釋：

[1]此跋在《宋存書室宋元秘本書目》卷末。《宋存書室宋元秘本書目》爲善本簡目，楊氏紅格鈔本，版心魚尾上題“金石書畫目”，下記頁數，次下題“海源閣”。首卷經部卷端題“宋存書室宋元秘本書目”，自史部以下書名均改爲“宋存書室目録”，首卷卷端下鈐有“彦合珍玩”朱文方印，今存國家圖書館。上海圖書館藏孫毓修稿本《書目考》之第七冊“私家”五録有楊保彝《識語》一

條，其内容與此《跋》雖大致相同，然内容較詳，文句亦多有異。據上文《南北藏書諸家源流記》注引孫毓修附識稱："此記初無印本，己酉八月著者以寫本寄示。"可見孫毓修與楊保彝頗有文字之交。此《識語》載在《書目考》之《南北藏書諸家源流記》之後，或亦爲楊保彝以寫本寄示者。其内容與此《跋》頗可相互印證，因逐録於此，以供參考。孫毓修所録《識語》："右宋存室秘本書目，聊城楊氏海源閣藏書也。計宋本一百再八，元本八十五，明本三十二，校本一百四十一，鈔本百再五，都一萬一千五百五十卷，爲書四百七十一部。按兹編著録宋、金、元、明各本皆官私精椠、首尾完具善本，唐、五代、南北宋各家專集，則皆當時初刻初印，校鈔各本，均係宋元以來洎國初各家手校精鈔，若录（當作"録"）竹葉氏、澹生祁氏、汲古毛氏也。是翁錢氏、延令季氏、傳是樓徐氏、義門何氏、紅豆惠氏、適曇顧氏、士禮居黄氏、藝芸汪氏，或校勘詳審，或影寫精良，半屬四庫所未收、采遺所未見者，編次不同，卷目各異，所謂海内孤行之本也。至如版刻較近，鈔胥弗精，爲世間經見之書，則輯入《海源閣總目》，此編概不存録焉。宋存室主人瓻庵氏謹識。"

　　［2］"聊城楊氏宋存書室"，見前楊紹和《〈楹書隅録初編〉序》注釋。

　　［3］"則輯入《海源閣書目》"，楊紹和、楊保彝認爲録入《海源閣書目》之藏書爲普通版本，而王獻唐則謂"其明清刻本類皆精刊精印，彼之所謂普通版本，今多視爲善本"（王獻唐《聊城楊氏海源閣藏書之過去現在》）。以明刻本爲例，明本中最有特色的要算藩刻本。明成祖實行分封皇子到外地爲藩王的制度，各藩府財力雄厚，既有善本可供翻雕，又得碩儒幫助校勘，藩刻本因而極爲後世藏書家所珍視，如明德藩最樂軒刻本《史記》一百三十卷、《漢書》一百二十卷，秦藩朱惟焯刻本《史記》一百三十卷等。明南北國子監刻正經正史很多，楊氏著録達三十餘種，尤以南監本爲多，如明萬曆南雍重刻本《史記》一百三十卷，重刻宋本《宋書》一百卷等極爲珍貴。《海源閣書目》還著録了很多明代私家刻本，這些刻本尤以嘉靖以前更爲可珍，如洪武二十八年（1395）興耕書堂刻本《楚國文憲公雪樓程先生文集》、明永樂刻本《全室外集》、明正

統刻正德十年（1515）沈玹補修本《東里文集》、明天順六年（1462）程宗刻本《廬陵歐陽文忠公全集》、明成化九年（1473）陳煒刻本《朱子語類大全》、明弘治十三年（1500）項經刻遞修本《陶學士先生文集》、明正德九年（1514）張縉刻本《宋學士文集》、明嘉靖四年（1525）王延喆重刻宋本《史記》、嘉靖二十九年（1550）袁耿嘉趣堂刻本《金聲玉振集》等，其中又以嘉靖本最多。明末如隆慶六年（1572）顧知類、徐弘刻本《古文類選》、萬曆中書林葉近山刻本《新刻七十二朝四書人物考注釋》、萬曆四十年（1612）何上新刻本《白沙子全集》等亦是私家刻本中的佼佼者。

《海源閣金石書畫器用總目》附記[1]

　　經史子集四部各書皆海源閣藏，另有專目[2]。經部子目十一類，共書五百零四種。史部子目十五類，共書七百三十一種。子部子目十四類，共書六百八十種。集部子目五類，共書一千三百零一種。以上四部共藏書三千二百十六種，計十萬八千卷有奇，皆精雕初印善本。其板刻不佳、印字模糊者不錄。内有副本重目者，居半均未列入外，未入四部雜書、版印不精者二百餘種別存。又咸豐辛酉，藏諸陶南山館者秘書百餘種，被兵燹失去。光緒庚子，存諸京師者書約百餘種被兵失去。

　　甑安[3]附記。

注釋：

　　[1]此文載《海源閣金石書畫器用總目》第二册卷首。《海源閣金石書畫器用總目》，五册，不分卷，封面爲粉紅灑金箋，藍色云絹書籤，封面鈐有“東昌府印”“聊城縣印”滿漢朱文大印，正文爲紅格紙，版心刊“海源閣金石書畫目”。本目卷首第一行題“海源閣金石書畫器用總目”，第一項爲瓷器類，繼而書籍類、碑帖類、書畫類、吉金類、文石類。此目第二册爲“書籍類”，楊保彝附記即在

是册之首。此目今藏芷蘭齋。

　　[2]"另有專目"，楊紹和、楊保彝均爲海源閣藏書編有書目。楊紹和編有《楹書隅録》，楊保彝編有《海源閣書目》及《海源閣宋元本書目》。楊保彝撰寫這兩部書目時在宣統元年（1909），時年五十七歲，爲去世之前一年。[宣統]《聊城縣志》卷八《楊保彝傳》稱："無子，擇族子嗣。病革時，以祖父所遺海源閣宋明版書及古字畫金石，稟官立案，永作家祠世守，勿爲子孫毁弃。論者謂其保存先人遺澤爲無忝所生云。"因恐族人爭産，禍及藏書，楊保彝遂借鑒潘氏攀古樓的做法。於宣統元年（1909）九月二十八日開列所藏金石、書畫、祭田、房産、糧田等項，一一造册，呈請當地官府歸入楊氏祠堂，子孫世守，加以保護。同年十月至次年四月，該册由東昌府轉呈山東提學使羅正鈞，予以備案，同時聊城縣亦出示保護。山東巡撫孫寶琦於宣統二年（1910）上奏稱："楊保彝以累世單傳，楹書無托，曾呈請地方官保護，永爲海源閣世産在案。"楊保彝所開列之書目、金石等名册呈請東昌府及聊城縣過目之後，二者分別於名册上鈐以官印，隨後發還。其中即包含《海源閣書目》及《海源閣宋元秘本書目》。其中《海源閣書目》所載爲普通刻本，《海源閣宋元秘本書目》所載皆宋元校鈔之本。王紹曾《〈海源閣書目〉整理訂補緣起》稱："其附開書目中，除《宋元本書目》（即《海源閣宋元秘本書目》）一册外，復有《海源閣書目》六册，鈐有"東昌府印"滿漢朱文大印。書内夾有簽條，計經、史、子、集四部，書三千二百三十六部，二十萬八千三百卷有奇。王獻唐於 1929 年 11 月奉命前往聊城楊氏海源閣清查劫後情況時，曾於楊氏後宅獲觀是書，匪亂中幸未損失。至《宋元本書目》，當時王獻唐曾詢問楊氏家人，謂已佚失，或云帶存津門。"

　　[3]"瓻安"，楊保彝號。

附録一：楊兆煜佚作

端硯銘文[1]

嘉慶甲戌年[2]春，此硯得於即墨學署[3]，付增兒珍藏。
袖海廬[4]主人。

注釋：

[1] 此銘文爲楊兆煜隸體手書，銘於此端硯之側。此端硯色清灰，
17×11×4.9厘米，配紅木天地蓋，爲西泠印社拍賣有限公司2015秋季拍賣
會之"專場文房清玩·歷代名硯及古墨專場"拍品。此硯又有銘文："堅質密理，
和墨如水。宜彼毛生，終年一笑。温潤而栗，比德君子。白石生。"楊兆煜付此
硯於其子以增，則對此銘文當甚欣賞，且有以此勉勵以增之意。其稱"付增兒
珍藏"，亦足見對以增鍾愛之情。

[2] "嘉慶甲戌年"，爲嘉慶十九年（1814）。

[3] "即墨學署"，楊兆煜嘉慶三年（1798）中式舉人，十三年（1808）
大挑二等。王延慶《孝直先生傳》："舉嘉慶戊午科，中式舉人。戊辰會試，大

挑二等。癸酉銓即墨教諭。"則楊兆煜任即墨縣教諭在嘉慶癸酉（嘉慶十八年，1813），故有"即墨學署"之語。據此，則楊兆煜此硯銘文作於擔任即墨縣教諭之次年。

[4]"袖海廬"，爲楊兆煜讀書藏書寓所之名。袖，小也；海，大也。以區區小廬庋藏之多，是謂袖海，亦即以小見大，袖間藏海、袖里乾坤之意。清末浙江上虞著名書畫收藏家徐三庚曾借用此意用其爲號；又清代黃汝成藏所名曰"袖海樓"，《海源閣書目》載有《袖海樓雜著》十二卷（清黃汝成撰，清道光十八年西谿草廬刻本）。

孟浩然畫像贊[1]

隱繼龐公[2]，山登叔子[3]。一代風流，青蓮[4]知己。省中閣筆[5]，疏雨微雲。誰其抗手？摩詰[6]與君。踏雪尋梅[7]，重陽就菊[8]。神兮歸來，襄水之曲[9]。

注釋：

[1]此贊語載楊紹和《楹書隅録》卷四《宋本〈孟浩然詩集〉識語》，《楹書隅録》內容及版本刊刻情況見前楊紹和《〈楹書隅録初編〉序》注釋。楊兆煜，爲楊以增父，其生平詳見前楊以增《〈笏山詩集〉題識》注釋。楊兆煜喜登臨，尤酷嗜孟浩然詩，楊紹和稱："丙申，迎養先大父至官署。先大父平生喜登臨，遇佳山水泉石，攀陟幽勝，盡意乃返。襄陽故多漢、唐名賢及詩人栖隱迹，如隆中、峴山、鹿門、習池渚勝。支筇攝屐，日游其間，賦詩觴咏以爲樂。嘗繪圖紀事曰：'以續吾九水二勞之游也。'署東偏有孟亭，供浩然先生石刻畫像，乃乾隆辛丑吳門陳公大文所葺，即毛會建詩'一在襄陽一石城'者也。日久頹廢，先大父因重新之……紹和時甫六齡，最爲先大父鍾愛，游蹋所至，必追隨杖履以侍左右。"（《楹書隅録》卷四），據此亦可見楊兆煜之志趣風骨。

　　〔2〕"龐公"，晋代隱士，皇甫謐《高士傳》卷下："龐公者，南郡襄陽人也，居峴山之南，未嘗入城府，夫妻相敬如賓。荆州刺史劉表延請，不能屈，乃就候之曰：'夫保全一身，孰若保全天下乎？'龐公笑曰：'鴻鵠巢於高林之上，暮而得所栖；黿鼉穴於深淵之下，夕而得所宿。夫趣舍行止，亦人之巢穴也，且各得其栖宿而已，天下非所保也。'因釋耕於壟上，而妻子耘於前。表指而問曰：'先生苦居畎畝，而不肯官禄，後世何以遺子孫乎？'龐公曰：'世人皆遺之以危，今獨遺之以安，雖所遺不同，未爲無所遺也。'表嘆息而去。後遂携其妻子登鹿門山，因采藥不反。"

　　〔3〕"叔子"，即羊祜。羊祜生平詳見前楊紹和《同人詩課分賦·羊公碑》注釋。歐陽修《峴山亭記》稱："峴山臨漢上，望之隱然，蓋諸山之小者。而其名特著於荆州者，豈非以其人哉？其人謂誰？羊祜叔子、杜預元凱是已。方晋與吴以兵争，常倚荆州以爲重，而二子相繼於此，遂以平吴而成晋業，其功烈已蓋於當世矣。至於風流餘韵，藹然被於江漢之間者，至今人猶思之，而於思叔子也尤深。蓋元凱以其功，而叔子以其仁。二子所爲雖不同，然皆足以垂於不朽。"

　　〔4〕"青蓮"，即李白，李白號青蓮居士。

　　〔5〕"省中閣筆"，開元十五年（727），孟浩然第一赴長安參加科舉考試。翌年春，在長安作《長安平春》，抒發渴望及第的心情，時年三十九歲。王維爲孟浩然畫像，兩人結爲忘年之交。應進士舉不第後，孟浩然仍留在長安，獻賦公卿，以求賞識，宋祁、歐陽修等《新唐書·孟浩然傳》稱其"年四十，乃游京師。嘗於太學賦詩，一座嗟伏，無敢抗。"

　　〔6〕"摩詰"，即王維，王維字摩詰，號摩詰居士。河東蒲州人，開元十九年（731）狀元及第，歷官右拾遺、監察御史、河西節度使判官、吏部郎中、給事中。官至尚書右丞。王維參禪悟理，學莊通道，精通詩、書、畫、音樂等，以詩名盛於開元、天寶間，尤長五言，多咏山水田園，與孟浩然合稱"王孟"，有"詩佛"之稱。

〔7〕"踏雪尋梅"，用孟浩然典。張岱《夜航船》卷一《天文》稱："孟浩然情懷曠達，常冒雷雪，騎驢尋梅，曰：'吾詩思在灞橋風雪中驢背上。'"

〔8〕"重陽就菊"，用孟浩然《過故人莊》典。孟浩然爲唐代山水田園詩派代表人物，其《過故人莊》詩有"開軒面場圃，把酒話桑麻。待到重陽日，還來就菊花"之句。

〔9〕"襄水之曲"，漢水流經襄陽，由東曲折南流，故有此稱。孟浩然《早寒江上有懷》有"我家襄水曲，遥隔楚雲端"之句。

附録二：與楊氏有關之奏稿

隨帶户部學習郎中楊紹和等赴山東督辦團練折

前任户部左侍郎臣杜翮跪奏，爲恭折奏聞仰祈聖鑒事。

竊臣奉命督辦山東團練，除臣賈楨等奏保各員外，臣查有户部學習郎中楊紹和，山東舉人，心地精細，辦事勤敏；户部遇缺即補主事陳介璋，山東舉人，辦事精詳，結實可靠。以上二員擬請帶往辦理文案。又翰林院編修徐昌緒，四川進士，留心經濟，才識兼優；吏部學習主事邵子彝，安徽進士，副貢生；楊晫，四川人，均在本籍辦理團練，著有成效，并能帶勇殺賊，有膽有識。以上三員擬請帶往，以資差委。

所有臣隨帶各員緣由，理合恭折具奏，伏祈皇上聖鑒，謹奏請旨。

咸豐十年五月二十四日

代遞即補郎中楊保彝說帖折

經筵講官、大學士、管理户部事務臣榮禄等謹奏，爲據情代奏事。

　　光緒二十八年三月二十八日，臣部即補郎中楊保彞呈遞說帖，請代爲據奏前來。臣等查閱該員所遞說帖尚無違礙字樣，既請代爲上奏，未便壅於上聞。謹將原遞說帖呈進，伏乞皇太后、皇上聖鑒。謹奏。

　　經筵講官、大學士、管理户部事務　臣榮禄

　　經筵講官協辦大學士、户部尚書　臣崇禮

　　户部尚書　臣鹿傳霖

　　户部左侍郎　臣桂春

　　户部左侍郎　臣陳邦瑞

　　尚書銜頭品頂戴、户部右侍郎　臣那桐

　　户部右侍郎　臣戴鴻慈

聊城縣舉人楊保彞祖母楊朱氏捐銀助賑請建坊折

　　再查聊城縣舉人楊保彞□□□□□□□□任南河總督楊以增之妻，現在年逾九□，□□（以上十一字，原件殘缺）彌篤。地方凡有善舉，無不樂施。上年冬間，該縣辦理粥廠，拯濟灾黎，當即捐銀一千兩，以爲之倡。於是紳民觀感，錢米并捐，全活飢民甚衆。據該地方官稟請建坊前來，奴才查定例，士民人等捐助賑銀至一千兩者，請旨建坊。遵照欽定"樂善好施"字樣，由地方官給銀三十兩，聽本家自建。等因。今朱氏捐銀一千兩，以資賑濟，洵屬慈善可風。相應奏懇天恩，俯准楊保彞爲其祖母本籍建坊，以示旌獎。

　　謹附片具陳，伏乞聖鑒訓示。謹奏。

　　軍機大臣奉旨：著照所請，該部知道。欽此。

請將已故翰林侍讀學士楊紹和等分別附祀鄉賢名宦等祠折

　　頭品頂戴署理山東巡撫布政使臣吳廷斌跪奏，爲公舉崇祀鄉賢名宦遵章改題爲奏，恭折具陳，仰祈聖鑒事。

　　竊照禮部奏定章程，入祀鄉賢名宦應改爲彙奏，又定例崇祀名宦鄉賢，該督撫應確核事迹，倘名實不能相副，及僅以人品學問空言譽美，并無實迹者，即行指駁各等因，歷經遵辦在案。茲據藩、學兩司詳稱，已故翰林院侍讀特用侍講學士楊紹和，係山東聊城縣人，孝友承家，詩書勵志，有文事且兼武備，宏捍衛於金湯；以純士而作儒臣，抒論思於獻替。又已故費縣教諭升任廣西昭平縣知縣朱桂丹，係山東聊城縣附生，金玉通材，圭珠粹品，治人治己，久垂一邑典型；報德報功，宜隆千秋俎豆。又已故陽信縣訓導靳春泰，係山東聊城縣舉人，器識宏通，性情敦篤。明程朱要道，至誠之造士良多；挽閭閻澆風，陰德之及人不少。又已故禹城縣教諭保升山西試用知縣李清濂，係山東新泰縣舉人，孝義并兼，品學兼優；本詩書教育人才，處鄉間慷慨樂助；儀型足式，允協輿評。又已故候選知州、江西萬載縣知縣劉恒泰，係山東沂水縣拔貢生，學富品端，性貞行飭，從游多士，群欽通德之門；出宰一官，民頌履謙之鏡。又已故四品銜、候選兵馬司副指揮高赤城，係山東章邱縣人，學粹詩書，性敦孝弟，禦災捍患，倡團練於梓鄉；好義急公，闢規模於黌舍。又已故觀城縣教諭張在辛，係山東安邱縣拔貢生，性成純孝，學有真傳，既邀拔萃於群英，更荷鄉賓於三舉。德行則閭閻矜示，名望則桑梓欽承。又已故山東海豐縣知縣江繼爽，係安徽霍邱縣舉人，清操律己，遺愛在民，教養兼施，黎庶咸歌夫愷悌；生成遠被，士林共沐其甄陶。又已故山東恩縣知縣梅纘高，係江蘇江寧縣附生，經術湛深，循猷卓著，花封所居，棠蔭常留。溯其惠愛及民，宜邀馨香之報。以上九故員據各該紳士選具事實清册由該管地方官查明，加具印結，由司詳請，具奏前來。臣復加查核，該故員楊紹和等實係品行端方，學問純粹，亦無崇信二氏情事。既有確實事迹，洵屬名實相副，核與崇祀名宦、鄉賢之例相符。合無仰懇天恩俯准，將已故翰林院侍讀特用侍講學士楊紹和、已故費縣教諭升任廣西昭平縣知縣朱桂丹、已故陽新縣訓導靳春泰、已故禹城縣教諭保升山西試用知縣李清濂、已故候選知州江西萬載縣知縣劉恒泰、已故四品銜候選兵馬司副指揮高赤城、已故觀城縣教諭張在辛附祀鄉賢祠；已故山東海豐縣知縣江繼爽、已故山東恩縣知縣梅纘高附祀名宦祠，以昭懋典而順輿情。

除將事實冊結諮送禮部查核外，理合恭折具陳，伏乞皇太后、皇上聖鑒訓示。再，該故員等身歿均在三十年以外，子孫并無現任九卿，合并聲明。謹奏。

光緒三十三年十二月初十日

十二月十七日奉朱批：禮部議奏。欽此。

附録三：楊氏傳記

楊節母家傳

　　節母姓唐氏，東昌聊城人。父雲楣，注選從九品官。節母在室有孝行，縣文學憲章楊翁聞之，爲其嗣子國學永禧聘焉，遂歸於楊。居二年而國學君歿，時康熙五十三年也。節母年二十有一，有子帝錫，生甫三月耳。國學本生父太祖翁暨配王皆前卒，憲章翁家貧，益無斗儲。節母處艱茹苦，撫繩袱以有立。夙夜操作，具旨甘，以事憲章翁三十有五年，事姑張氏三十有四年，孝養如一日。至於考終，庀喪葬盡禮。

　　帝錫長，爲娶於閭，有孫五人，節母意稍慰矣。已而，子婦皆歿。於時節母既衰老，復銜哀拮據撫諸孫者二十年。迨節母之歿，諸孫皆冠且娶矣。初，太祖翁有三子，國學既來嗣，別子二人又皆蚤世，未有後。於是節母復命以第三孫如桐還嗣太祖翁房，爲主後。聊城之人皆曰："使楊氏幾墜而復續，且兩房皆有宗祀，不失其世，節母力也。"久之，上其事於朝，得旨旌表如典禮。節母卒年八十有四，距國學君之喪六十有四年矣。節母之後，傳曾元而日盛，世科第以起其家，今河南分巡開歸陳許道以增，節母元孫也。

贊曰：余客大梁之七年，楊君至堂觀察於汴。逾年，奉節母事狀，乞爲家傳，因進問節母之遺言佚事。觀察蹙然謝，謂年世稍遠，不可得聞矣。已而憬然曰：“幼嘗聞祖母趙恭人之言曰：‘汝高祖母性仁慈，尤好施予。貧婦人及門，輒予之錢米。袖而授之，不欲家人見，重其恥也。幼者予之糍餌亦然。我乃時備其物，密置老人室中，使常取不竭。我以此得老人歡心也。’”嗚呼！此又以見趙恭人之能孝事也。以楊氏之世有賢母，而其先德諸老以身教家者，舉可見矣，宜其興也，而一皆出於節母之貽訓。夫以一身擔荷於震撼摧陷之下，亡者使存，危者使安，因以長養蕃碩於無涯。節之繫於家國也，豈不重哉？雖然，亦在繼之者之感於其德，長慕思而不忘，以久於爾家也。則是傳之作，何能已也。

（《衍石齋記事稿》續稿卷八，光緒六年嘉興錢彝甫刻本）

楊如蘭傳

楊如蘭，字德馨，性剛介，有志略。出爲縣吏，值教匪王倫之亂。隨撫軍及本郡守，查辦餘黨。胥吏索賕多，蔓引麗冊者萬餘人，廉知其冤而不敢言，中途夜焚其帳，原冊燼焉。及旦自縛請罪，撫軍驚怒，既而太息曰：“不惜一人，救萬人之命，德量之弘，吾不及也。後世其昌乎？”孫星衍爲作《義士傳》。子兆煜，嘉慶戊午舉於鄉，猶及見之。

（［宣統］《聊城縣志》卷八，宣統二年刻本）

孝直先生傳

王延慶撰

先生有官膺科目不書，書鄉謚，重鄉人之所上也。婁元考之碑曰：國人乃相與論德處，謚鄉，謚立，而德以甄焉。蓋自陳文範、孟貞曜，昉於漢而著於唐，由來以久，而明誠張子獨爲宋儒之所靳。然如《明史》之徐貞憲、鄧文統皆鄉謚而録入本傳，官所修也。予徵孝直謚議於鄧君琳枝，輒嘆其鄉之多許劭，而何其與先生適相如哉！作孝直先生傳。

孝直先生姓楊氏，諱兆煜，字炳南。先世秦人，自華陰遷晉洪洞。入明，以指揮籍臨清。國朝改爲東昌衛，著聊城籍。曾祖永禧，曾祖母唐，苦節六十有四年，載郡乘。祖帝錫，父如蘭，候選州吏目，母趙。先生於兄弟行居次，生而端重，稍長漸父師之訓，篤孝友，有規檢。應童子試，擢第一。舉嘉慶戊午科，中式舉人。戊辰會試，大挑二等。癸酉銓即墨教諭，於時已失怙。在官六年，戊寅夏，以母老乞養歸，不復仕矣。即墨前任教職與邑令不協，相訐，各徇以軀命，遂成大獄。諸生又與邑令相持，多所牽連。督學連章再入告，諸生或瘐死道死，五年而後定讞。於時教官頗首鼠，士所量於教官者甚輕。先生承之，勤督課，使士志先定，徐教以鑒前車，明理曉事。顧亦不強聒而與之語，無復有一語迂闊，即墨人士遂以率從。當塗黃左田先生督學山東，力整頓，士風丕變，然微迫束濕之勢。先生於役萊郡城，值同人大聚，欲乘學使者風烈，士不敢輕有陳訴。時增長册費，有鄉試出學使之門者曰：“此在我義所必不爲，爲且與當事清名有損。”同人迂之不肯聽，先生乃作色而起，語甚激，其事始已。長清夏教諭仲言，讀書人也，爲同事所犄□，顧避去。聞先生日思迎養母，母老，告長途且道險，欲如唐人以柳易播，迄格於例，不准行。未幾，先生以念母不置，竟去即墨。去之日，手其所得文休承寫泥金佛經曰："此可以藉佛力而延母算矣。"此外，則囊空如瀉。

　　先生論帖、品詩、讀書具有鑒裁，好諷誦陸渭南、吳祭酒詩，時或聲振林樾。奉母承色笑，日取元人諸院本或小説家言之佳者，琅琅雒誦，母樂甚。母或時不懌，必長跪陳啓，至歡慰乃起。母時年九十餘，先生婆娑膝下，亦自忘爲六十許人也。母殁，喪禮參宋儒《書儀》《家禮》，餉子以增建祠，規制一準諸《大清通禮》，識者韙之。晚年赴以增迎養楚中，遍覽襄陽、隆中、峴首、鹿門、習家池諸勝，觴咏其間，寫爲長卷曰："吾以續二勞九水之游。"修復孟亭，製象贊，手書刻石。道光戊戌夏六月卒，年七十有一。於是門下士鄧琳枝等綜先生服官事親、生平行誼之實，上鄉謚。衆議允孚，遂僉稱爲孝直先生。娶於和，年不永，殁已數十易寒暑。尊姑述之，必流涕。繼室趙，撫前室子無異親人。兩賢之子以增，壬午科進士、今官河南開歸陳許道。以坊，廩貢生，肄業國子監，候選訓導。

　　贊曰：孝爲順德，直則生之，理也，於謚法爲不細矣。國朝胡滄曉先生，官不逮謚，乃以子大司寇貴，予謚文良先生，所遇不難同邀異數。今先生以論德而處者，爲鄉邦所禮重，則先生與文良先後，固適相如矣。抑古者制謚之法，先上其行實於朝，下太常博士議之。先生之行實遍勒，子何敢辭？宋潛溪曰："爲聖賢有用之學者，達則爲公卿而行其道，不達則爲師友而其道明。"又曰："牧伯以政爲治，教官以教輔治，職均重矣。"先生於取舍之地，審義利而見諸當官者，卓然如此。其内行之篤，則奉母孺慕，若將終身焉。有兄早世，獨以一身型於家，而教其子以聖賢有用之學。觀以增由州郡敭歷臺司，施措乎於朝野，道不既行矣乎？先生顧而長，美鬚髯，胸不設城府機械，人見而自詘，鄉人或窘無聊賴，引爲身謀，亦往往爲人所紿。老而不悔，乃自號曰"實夫"，嗚呼！實之爲德，是先生之孝與直也。夫爲之傳，而以付諸其家者，予之責已。

（［宣統］《聊城縣志》附《耆獻文徵》卷中，宣統二年刻本）

誥封中憲大夫安襄鄖荆道即墨縣教諭楊府君墓誌銘

梅曾亮撰

　　君諱兆煜，字熙崖，先世自華陰遷洪洞。至明有官指揮者，占籍臨清。入國朝，遷東昌，爲聊城人。曾祖永禧早卒，配唐氏，以節撫所嗣孤曰帝錫者，於君爲祖。娶閻，生君考如蘭，候選州吏目。娶趙恭人，以子及孫貴，贈如其官。吏目君生二子，曰兆俊者早卒，君其仲也。嘉慶三年舉於鄉，戊辰大挑，得即墨縣教諭。未久，以母年高念鄉里，即去官，奉母歸。君少有高識遠韵，於富貴利達不矯矯立異趣，亦無皇皇求必得意。至佳山水泉石，攀陟幽勝，盡意乃返，人以爲勝流高致，塵世事不可得而攖也。然官即墨時，標樹師道，不以枝官自嫌，人亦樂親，不相迂怪。其平居事可不可，不爲面從。至所勇行，不以避名便私。生平無雜交，惟深友一二人，自少至老，未嘗有增減毫髮疏數。母積病十餘年，君年亦且六十，扶掖左右，歡笑雜兒戲狀。母忘疾之久，亦不覺子年之衰。以是知君樂名教，非頹然自放者也。君家居奉母，時子以增官貴州令，有政聲，且擢郡守矣。及驟遷至安襄鄖荆道，而君除母喪，始就養於襄陽。道光十八年六月十九日卒於署。君至襄陽雖未久，然其地多漢唐名賢及詩人栖隱迹，君散衣曳杖，日游其間。所謂孟亭者，尤樂而好之，爲新其亭及孟公像贊也。襄之人樂其游焉，不以其子官是土爲嫌，君亦不以此自異，於是又知君能解羇帉、去崖岸，超然毀譽之外者也，可謂敦行超俗之君子矣。

　　君娶和恭人，早卒。舅姑雖垂老，念其賢猶涕泣，生子以增。繼娶趙恭人，生子以坊，視以增如己出。以增壬午進士，官安襄鄖荆道；以坊候選訓導；女一，適同邑拔貢生李宗泰。孫三人，紹哲、紹和、紹穆；女孫五人，曾孫男女一人。以某年月日，葬君於某縣某鄉某原，兩恭人皆祔君。長子爲曾亮同年生，以狀寄，且請銘。乃系以辭曰：

消外滑，本行修。仕則懦，勇探幽。沃其德，子振猷。襄之陽，可車舟。優老福，古俊游。泠然風，莫執留。保真宅，茲林邱。

（《柏梘山房文集》卷十三，咸豐六年楊氏海源閣刻本）

贈資政大夫陝西巡撫故山東萊州府即墨縣學教諭熙崖楊公墓碑銘

錢儀吉撰

公姓楊氏，諱兆煜，字炳南，別字熙崖，嘉慶戊午舉於鄉，年三十一。後十年，大挑二等。又五年，選授萊州府即墨縣教諭。時尊府君已前十年卒，則奉母氏趙之官舍。居五年，母一旦思鄉里，公遽請養，奉母歸聊城。公少年博學英特，蚤爲長沙劉公器異，名藉甚。其後出入試選，勞困垂三十年，始得一學官。其居職廉正，教士用胡安定分舍法，古經今事旷別綜貫，指講上下，可拾級至也。弟子悅服，成就者衆。上官亦有聞，將列薦，而公釋然不顧以去。蓋壹以順適其親之志，誠不忍身一日離於左右也，故舍彼取此。昔陽亢宗爲國子司業，訓諸生曰：“凡學者，所以學爲忠與孝也，諸生有久不省親者乎？”於是乞歸養者一朝二十輩。其三年不歸侍者，令斥之。公之以養歸也，當時賢士大夫宦學去其親，聞之，其將怦然有動於中。即朝夕親側者，依依愛養，愉快益加於平時，又可億而知也。

嗟乎！古今人誠不相及邪？古之有爲也，振厲往往駴蕩時人耳目。近世儒者則誠身自盡，默與斡移，是以亢宗峻於令。楊公篤於行，要其本孝之意，豈有異也夫？忠孝者蓋二其名而一其性，皆不忍於君親以成之也。亢宗之犯顔直諫，豈爲名高哉？誠愛君也。假令以公之至性處之，是亦亢宗也。士固可信乎其素，特時會遭遇不同耳。而國家學校之官在中在外，必如亢宗。如公，其於師教也無愧焉已。

母歸數年，猝中風，半體拘攣。公廢寢食，精思營度醫藥，請神以身代，沈疴獲起，至九十有二歲迺終。公二子，以增、以坊。以坊入縣庠，從公家居。以增登戴蘭芬榜進士，爲縣令，累薦擢官。公不忍離母側，未嘗就其子之養。暨居喪，明年躬造營壟，苦居草食，廬守號泣。年六十六矣，不以禮稱不毀而弛其哀，觀者皆嘆挹，以爲至孝至孝云。

公爲人仁恕而質直，嘗自號實夫。處朋友諍而無後言，急人急若在己。嘗欲有所利濟於世，而絀於力。若旁近橋梁道路之屬，一爲之，即罄其所有。平生好佳山水，在即墨，游二勞。晚就養襄陽，有鹿門、隆中、峴山、習池之勝，時扶筇步屧其中。會修孟亭，病且革矣，猶懸孟公像室中，爲之贊，其高致絕俗如此。余嘗聞之師，忠孝天性，必恬淡無俗嗜，乃無有能奪之者。觀於公，其信。

公卒年七十有一，上元梅伯言誌其葬，係屬贈封，子女既備書。今以增擢任陝西巡撫，署陝甘總督，恭遇慈壽，推恩晉贈公資政大夫，如其官。爰準《通禮》樹外碑，而屬儀吉爲之文，其銘曰：

> 褘哉楊公，至德塞淵。孝乎惟孝，展我先民。
> 信修踐禮，鴻濟推仁。順事慕思，以終其身。
> 順親之至，耋期而綏。慕親之至，逾者孔哀。
> 疇無父母，心竦名歸。曰君子子，曰迺人師。
> 人師伊何，在校知政。所因者本，其獨也正。
> 五致以備，四達以敬。階天不怨，顯有休命。
> 於皇追錫，惟公受之。繫聖垂經，惟公蹈之。

廣原隴隴，閡碑地負。稱德比崇，永保爾後。

（《衍石齋記事稿》續稿卷九，光緒六年嘉興錢彝甫刻本）

楊兆煜傳

楊兆煜，字炳南，一字熙崖，嘉慶戊午舉人，即墨縣教諭。奉母氏趙之官舍。居五年，母思鄉，遂請終養，奉母歸。歸數年，母猝中風，乞以身代，沈疴獲起。子以增，由進士爲縣令，累薦擢官，以不忍離母側，未嘗就其子之養。母卒居喪，躬造塋壙，苦居草食，廬守號泣，觀者皆嘆悒。生平好佳山水，在即墨游二勞，晚就養襄陽，有鹿門、隆中、峴山、習池諸勝，扶筇步屧，日游其間。會修孟亭，病且革矣，猶懸孟公像室中爲之贊，其高致絕俗如此。卒，鄉諡孝直先生。

（［宣統］《聊城縣志》卷八，宣統二年刻本）

楊以增列傳

楊以增，山東聊城人，道光二年進士，分發貴州，以知縣用。四年，補荔波縣知縣。八年，調貴筑縣。九年，遷松桃廳同知。十二年六月，署義興（當作“興義”）府知府；十二月，調貴陽府。十四年二月，授廣西左江道；九月，調湖北安襄鄖荆道。十八年，丁父憂。十九年，丁母憂。二十一年，服闋，補河南開歸陳許道。二十二年，以祥符大工合龍，以增在事出力，得旨交部優叙。二十三年，擢甘肅按察使。二十四年，署甘肅布政使。二十六年，選陝西布政使。二十七年三月，擢陝西巡撫；八月，署陝甘總督；十月，遵旨查奏榆林府屬懷遠等州縣被雹打傷秋禾，民情殊形拮据，請將應徵新舊錢糧概予展緩。上可其奏。

二十八年七月，以官紳捐修城垣，奏請獎叙，從之。九月，授南河河道總督。時洪澤湖泄水過甚，漕船灌塘不能迅速。署河督李星沅議堵築義河，蓄水濟運。上命責成以增妥辦，諭令及早完工，毋誤重運。

二十九年正月，奏言江南沛縣寨子堰工程舊歸民辦，現經漲溜逼刷，量地冲失。雖資民力，且該處爲運道所經，關繫甚重，請改歸東河泇河廳管理。尋偕兩江督李星沅奏請動款修造剥船，均得旨允行。又遵議奏撙節工費，裁撤冗員。諭曰："所論未始不當。惟不可徒托空言，必須實言踐行，漸著成效。所有節費除弊及裁撤廳員，該河督斟酌盡善，嚴定章程，并飭廳員痛改舊習，核實辦公。查有虛浮奢侈之員，隨時參劾，以儆其餘，庶頹風可以漸挽，而國帑不至虛靡。"尋偕兩江督陸建瀛奏言揚州府提運通判、丹陽縣丞、靈壁縣主簿、銅山縣巡檢各缺，或所管汛地較短，或并無修防之責，請旨裁撤。上允之。六月，奉諭："本年入夏以來，陰雨連綿，淮源既旺，湖水亦有長無消，權其輕重，須將車邏壩先行啓泄，方可減漲保堤，下河民田尚賴秋收。如能守至秋成後再行啓放泄，庶民困可蘇，而堤工亦資穩固。然水勢消長難以預料。倘至無可如何之時，又豈可稍事拘泥，致有漫口之虞。該督惟當隨時體察，相機籌辦，不可孟浪以病民，尤不可拘墟以誤事。"七月南河吳城七堡堤段坍塌，以增將上游大王廟傍泄清舊址挑通宣泄，并繪圖呈覽。上命相機妥辦，以衛民生。先是，南河工用銀經署河督李星沅奏明每年尋常例用以三百萬兩爲率，以增到任後所奏亦同。至是又疏言工費不敷，上以所奏前後矛盾，命工部查議。諭曰："本年吳城七堡漫口，各工均責令廳員賠修，甚覺核實。其餘尋常工程，自應撙節動用，無逾奏准之數，以符成議。嗣後南河於霜降時報銷倘有數逾三百萬兩，著即概行議駁，以防浮濫。"八月，奏言河淤水大，工用較煩，請咨借淮安關徵存稅銀，以濟要需。九月，偕兩江督陸建瀛奏言河神顯佑，水勢順軌，請賜加封號。

上均從之。十一月，以南河辦理遲延，漕船回空阻滯，漕運總督楊殿邦奏聞，得旨："楊以增督辦不力，著摘取頂戴，下部嚴議降調。"旋因漕船陸續歸次，新漕尚可趕辦，上加恩改爲降四級留任。

三十年四月，偕兩江督陸建瀛通籌河湖大局，奏請次第辦理。諭曰："據稱挑挖天然引河現已完竣，補築淮揚運河西堤，勒限四月初旬辦結。著該督親往查勘，核實驗收。倘作法未能如式，工料稍有偷減，即將承辦各官指名嚴參。至所稱添塘避閘，即著緩至秋後籌辦。其王營減壩據稱俟重運過竣覆勘，固屬經費未齊，分別次第辦理。然轉瞬大汛經臨，於減泄盛漲是否確有把握，不得誤事，著該督悉心商酌，通盤籌畫，不得以籌款維艱，將要工置之從緩也。"七月，漕運總督楊殿邦奏言運河水淺，漕船均須起剝。上命以增飭屬撈挑。以增覆奏運河一律疏通，毫無淺阻。惟前因江西各幫行抵瓜州，爲日已遲。咨商漕臣，提前趕灌二塘北上，楊殿邦未允，致轉多守候。上以河漕事宜關繫甚重，宜和衷共濟，乃各執己見，動輒齟齬，訓斥之。十一月，先是孫瑞珍奏言惠濟、福濟、通濟三閘俱係平水，舟可牽挽而過，聞實可廢，諭令以增確查。至是奏言閘壩水勢遞高，節節鉗束，實非平水，三閘不可議廢，宜於土堅水平處以資衝刷（按原文如此，行文似有不順）。上命仍照前議妥辦，毋膠成見而失事機。

咸豐元年四月，奏言徐州府地曠民貧，俗尚剽悍，控制稍失其宜，即易滋生事端。總兵黃慶春雖營務明白，尚欠歷練，於繁要地方不甚相宜，另行簡調。從之。八月，河決豐北廳。以增馳抵豐北，查明漫口情形，奏言口門塌寬至一百八十五丈，水深三四尺，大溜全行掣動，正河斷流，河溜分作兩段。擬啓放各壩，盤裹口門，撫恤被水村莊，并查明嘉慶元年豐北六堡漫水成案辦理。上以以增身任河督，未能先事預防，著摘去頂戴，交部議處。九月，偕兩江督陸建瀛奏言會勘豐北漫口工程，估需銀數，并籌議《工需酌撥借墊彌補章程》，又以工代賑，請留撥項。均下部議行。十月，奏言鹽運使銜藍翎捐職王履謙前後捐數較正項有盈無絀，請賞換花翎，以昭激勸。上允其奏。尋奏豐北工需緊迫，請旨飭催各省趕解工項，以濟要需。

二年四月，豐工未能堵合，以增奏請展限，并請嚴加治罪。諭曰："豐北漫口，責成該督辦理堵筑，由部撥解巨款，以濟要需，該督應如何盡心竭力，妥慎督辦？乃自興工以來，兩次走占，以致不克合龍，請於霜降水落後補築，靡帑殃民，曷勝憤懣！惟念此時籌辦重運，撫恤灾民，皆刻不可緩之事。若概予罷斥，轉得置身事外。楊以增著革職，暫留工次。"六月，遵旨會籌海運事宜。偕兩江總督陸建瀛奏言豐工緩堵，漕船殊形阻滯，請改由海運，以爲有備無患之計。從之。十月，粵匪竄擾兩湖，江南設防，以增捐備軍需銀一萬兩，奉旨賞戴花翎。十一月，偕兩江督陸建瀛奏言堵築豐北漫口全恃下游之引河挑挖深通，掣溜歸漕，合龍方有把握。該守備劉元等以挑挖爲墊崖地步，掩飾蒙混，請革職，以昭炯戒。上允其請。十二月，南河雪後復凍，人力難施，請俟河冰融泮，加緊趕辦。上以功屆垂成，斷無停待之理，諭令迅速安籌，剋期進占。

三年二月，奏言豐北大工於正月二十六日挂纜合龍，全黃歸正，運河并無淤塞。得旨："楊以增經理得宜，不負委任，著加恩給還頂戴。其前次捐輸河工經費，并交部優叙。"五月，奏言署湖南岳（脫"州"字，據楊以增咸豐三年五月十八日所上《失城參將受傷自首折》補）城守營參將阿克東阿遇賊匪巷戰，身受重創，旋因瘡口迸裂就近自首，請嚴訊確情。從之。六月，黃河陡長，豐工西壩復塌。上以新築壩工遽行漫墊，復褫以增職，仍留本任。七月，奏言清江與揚州界連地方險要，難保無奸細偵探，請添勇勤操，以資堵築。八月，遵旨查奏已革溧陽縣知縣焦肇瀛素得民心，雖辦公遺誤，未便姑容，而緝匪認真，尚堪造就，請革職，免其開缺。十二月，尋奏言清江兵勇口糧積欠月餘，頗形支絀，請截留淮安府屬征存糧米，以濟兵食。上均從其請。

　　四年二月，粵匪逼近淮徐，以增督兵防堵，請將宿遷糧臺裁并清江。又請留丁憂知縣吳棠仍署清河縣事，經理防堵事宜。允之。四月，偕兵科給事中袁甲三奏言睢寧縣知縣高丙謀會練總卓慶麟，將首犯李三闓及偽軍師劉增謙一并拿獲，懇請恩施，以昭激勸。六月，偕兩江督怡良奏言，河庫道暨河庫大使員缺宜設局清查，分歸各道管理，請旨裁汰。七月，尋奏言添爐鼓鑄大錢，分兩俱照舊章遵辦，請暫免改減，均如所議行。八月奏言，宿遷縣洋河鎮界連三省，爲商賈輻輳之區。粵匪由皖竄豫，該監生羅銓先行倡捐，團練鄉勇數百名，拿獲捻首高士蕃，實屬踴躍急公。請賞加藩司理問職銜，并賞戴藍翎，以昭鼓勵。十一月，奏言洋盜與濱海土匪勾結肆擾，經漕臣邵燦派委淮安府知府恒廉、同知鐘照等帶兵馳往，出奇設伏，全獲勝仗，渠魁授首，請從優獎勵。又奏言，署邳州吳棠捕盜認真，士民稱頌；巡檢朱懋績、從九品吳炳麟勤於訓練，所向無前。請將吳棠以同知直隸州即補，并賞戴花翎；朱懋績以縣丞用，吳炳麟留於南河補用。上均可其奏。

　　五年六月，東河蘭陽漫口，河流旁溢，豐工以下田疇盡涸，以增奏請賠堵豐工舊口門，俾灾民次第歸來，及時播種。諭曰："豐工舊口門自應早籌堵合，以順輿情。著照所議，責令該河督分段認工，尅期興辦，不得因賠堵之工任令草率輕減。其應需工料，并著及早籌備。各該員以乾口工程，希圖易於集事，而於埽工挑土毫無準備。恐來年春漲下注，或蘭陽堵築後大溜歸槽，必致險工疊出，則此次賠堵工程仍屬有名無實，朕惟該河督是問。至此次需用物料若干，各員認賠若干，著即查造估册，先行報部查核。并將初堵復堵動用錢糧款目趕緊造册報部，仍由該河督嚴催賠款，毋任遲延。倘前項賠款未完，即此次合龍不得遽爲乞恩，以杜牽混。"

　　六年正月卒（時間有誤，據兩江總督怡良咸豐五年十二月二十三日所上《南河總督因病出缺請照軍營病故例議恤折》，楊以增卒於咸豐五年十二月十八日未刻）。兩江總督怡良奏言："河臣楊以增因病出缺。查楊以增心術醇正，操守清廉，歷練老成，明達政體。總理團練防堵事宜，會辦河北鹽務，殫心竭慮，夙夜精勤，未嘗以矯激沽名，亦不敢以因循致誤。茲因積勞病故，聞其宦囊蕭然，深爲憫惻。請照軍營病故例議恤。"諭曰："江南河道總督楊以增由知縣陞任府道，洊歷封圻，調任河督，宣力有年。前因豐工漫口，降旨革職留任。比年因淮徐一帶逼近賊氛，督辦防堵事宜，不辭勞瘁，諸臻妥善。茲聞溘逝，軫惜殊深。楊以增著加恩開復革職留任處分，并照軍營病故例賜恤。"尋賜祭葬如例。

　　江南河道總督楊以增，山東進士，道光二年四月奉上諭："著分發各省，以知縣用。籤掣貴州。"四年九月，題補荔波縣知縣。八年六月，調補貴筑縣知縣。九年十二月，陞補松桃廳同知。十年七月引見，准其陞補。十二年六月，奉上諭："准其陞署興義府知府，照例送部引見，俟扣滿年限，另行實授。所有該督撫應得處分著加恩寬免。欽此。"十三年八月，保舉并陞署引見，准其陞署。十二月奉上諭："調補貴陽府知府。"十四年二月奉上諭："補授廣西左江道。"九月奉上諭："調補湖北安襄鄖荊道。"十八年六月丁父憂，十九年七月丁母憂，服滿，二十一年九月，補授河南開歸陳許道。二十三年四月，奉旨："補授甘肅按察使。"二十六年閏五月初二日奉上諭："鐘祥等奏官紳捐輸經費、懇請鼓勵一折，照現任官階貤贈其外祖父母正三品封典。等因。欽此。"二十六年十月二十三日，奉上諭："補授陝西布政使。"二十七年三月十六日，奉旨："補授陝西巡撫。"二十七年八月十八日，奉上諭："陝甘總督著文慶署理，即馳馹前往。未到任以前，著楊以增馳馹前往署理。文慶到任後，所有糧臺事務著楊以增督同顏良訓、明誼辦理，至設立糧臺分別近遠共有幾處，俾資接遞，著楊以增迅速先行籌畫，無誤轉輸。欽此。"二十七年九月初五日，奉上諭："前因回疆不靖，授布彥泰爲定西將軍。現據吉明等陸續奏報，賊情關外調集官兵足資防剿，布彥泰現在帶印駐扎宿州策應。楊以增著毋庸署理陝甘總督，仍回陝西巡撫本任。等因。欽此。"二十八年九月初四日，奉上諭："南河河道總督著楊以增補授。未到任以前，著李星沅兼署。欽此。"咸豐二年十月，閣抄奉上諭："楊以增捐備軍需著賞戴花翎。欽此。"三年六月，豐工漫塌，革職留任。六年正月初四日，奉上諭："江南河道總督楊以增由知縣陞任府道，洊歷封圻。調任河督，宣力有年。前因豐工漫口，降旨革職留任。比年因淮徐一帶逼近賊氛，督辦防堵事宜，不辭勞瘁，諸臻妥協。茲聞溘逝，軫惜殊深。楊以增著加恩開復革職留任處分，并照軍營病故例賜恤。欽此。"

　　吏部爲片覆事。准國史館片查，本館現辦原任河道總督楊以增列傳，相應片行吏部查明該員由何項出身，及歷任陞遷調補日期，故後有無恩予恤典、諡號之處，造冊送館外，其該員是否大員子弟，子嗣幾人，現居何官，亦希轉行該籍，查明徑送本館。等因。前來。相應將原任江南河道總督楊以增歷任陞遷調補日期開單，先行片覆可也，須至片者。

　　右片行國史館。

　　咸豐陸年叁月

（臺北"故宮博物院"古籍文獻館）

兵部侍郎都察院右副都御史江南河道總督楊公神道碑

龍啓瑞撰

　　公諱以增，字益之，一字至堂，世爲聊城楊氏。以道光壬午進士分發貴州，補荔波縣知縣，爲護巡撫吳公榮光明保，調貴筑縣，再擢至興義府知府。爲巡撫長白公嵩溥明保，調貴陽府，歷升湖北安襄鄖荊道。丁先大夫、趙太夫人憂歸。服闋，授河南開歸陳許道，三擢至陝西布政使。道光二十六年，巡撫林文忠公特保成廟，即以公後林公。回置告警，命署理總督。捷書至，仍命旋陝。二十八年，授江南河道總督。咸豐元年，以豐工漫口革職留任。五年十二月十八日薨於位，奉旨開復革職留任處分，照軍營病故例賜恤，嗚乎賢哉！

公起家縣令，歟歷臃仕，躬秉節鉞，人不以爲幸。三登薦牘，而人惟恐其遲也，不以爲濫。及居河督，受譴也，人皆諒其忠且勤，而不以爲過。比其歿也，人皆思之。公少治經學，爲高郵王公引之所重。及仕爲令，先教化，後刑政，有兩漢循吏風。權長寨同知日，老吏一人常侍側。每訊一獄，輒首肯太息。比去任，哭而送曰：“小人年七十矣，未嘗見此慈父母也！”荔波苗號難治，公日坐書院，與諸生指授文字，而苗民俯首帖耳，爭就役恐後，同官驚服以爲神。居貴陽，清積牘數百，平反黎平府頂凶案，奸以不生。任襄陽，民婦有獨居而污於盜者，無賴子戲詬其門，婦憤自殺。官擊詬者，掠治誣服。公察其冤，捕諸盜實之法。任甘臬，民有以子婦爲娼者，强之不從，笞死，而以忤逆告。公察其傷甚，鞫得其情，旌女而論某如律。時久旱，禱雨立降，人以爲祥刑之應。署甘藩，有履勘邊地之旨，公奏記大府，謂西陲瘠貧，地畝獲無幾，苟驟議加增，必民不堪命。大府雖不盡用，然升科復停者數十縣，卒賴公言。任陝藩，賑饑慎擇官紳，使互相稽核，惠得下究，流民用鳩。任巡撫，以三輔民俗樸厚，大災後元氣未復，諭屬吏務休養生息，毋煩苛擾民。蓋公自守令以至封圻，無日不盡心民事。惟宣宗皇帝知公實心實政，足以匡時濟難，故未幾即有總督南河之命。

方是時，海疆新用兵，府藏支絀。公滌除封靡，嗇縮將事，烈風甚雨，宵寢必變。蓋瘁心與力者七年。及咸豐元年，秋汛溢於豐北，天子卒知公，特予薄譴。議者持嘉慶初元成議，謂河北決，將不可塞。公卒不忍貽害於民，獨剋期以畚鍤趨事。堤方合而敗者再，公喟然深自咎責，謂不能保乂民，以致負國也。於是逆泉陷江甯，東南人心震動。公所駐清浦，管南北門户，平衍非扼守地。皖豫捻匪又搖足即至。公徵兵召募，時勤訓練，寇攘屏迹，黔黎獲安，遂以積勞致疾不起。今天子聞之，軫恤有加。兩朝恩眷，終始備具。蓋自粵匪倡亂後，疆場之事日益以瘁，衆始慨然於人才之難。顧一二慷慨激發之士，平時務爲恢張，以尋求名迹，疏於民事，而民亦不獲其利賴。逮時勢艱阻，輒俯首嘆其無濟，然後知公之愨實安静、不爲赫赫名者，果足以得人心而集事也。

公事繼母至孝，晚爲丙舍讀書圖，雖貴且老，不忘其親。篤於師友氣誼，既仕，酬其塾師葉石農先生尤厚。上元梅伯言先生，公同年友也。亂離後，公迎養清浦署，刻其詩古文集。嘗作《志學箴》，以求己依仁爲務，蓋其學有本原如此。

曾祖諱帝錫，候選郎中。祖諱如蘭，候選州吏目。考諱兆煜，嘉慶戊午科舉人，即墨縣教諭。母和太夫人、繼母趙太夫人，三世皆以公貴，贈如其官，妣皆一品太夫人。公始娶徐，繼娶朱，皆一品夫人。子紹穀，雲南大理府通判，本籍團練，加同知衛；紹和，二品廕生，咸豐壬子科舉人，内閣中書。女四人，劉蘭緒、李慶翔、鄔夢麟、劉廷桓其婿也。孫保彝，孫女一人，適李孟甫。

公薨之明年二月，歸葬於某鄉某原。紹穀等書來，乞文啓瑞。以年家子不可辭，乃撮掇公名績之大者，揭於墓道之阡，銘曰：

> 吏乎儒者，惟古是師。燕處澄觀，先繩己疵。
> 吏乎循者，惟民是毗。保我室家，如勤己私。
> 公全體之，爲國藎臣。節鉞再秉，邁此艱屯。
> 洪河滴蕩，齊魯之郊。公絀衆議，罔念劬勞。
> 崇堤再圮，曰臣之罪。寇環於門，吁財之匱。

公心用瘁，公疾弗瘳。以勤死職，歸神首邱。
丹旐綠旗，於聊之里。纘戎昌後，施於孫子。

（《經德堂文集》卷四，光緒四年龍繼棟京師刻本）

楊以增傳

　　楊以增，字益之，一字至堂。幼而穎異，博覽群籍。年十七，入邑庠，旋食餼。嘉慶己卯，舉於鄉。道光壬午，成進士，即用於貴州知縣。甫抵省，權長寨同知。有夫訟出婦者，婉諭之，相與感悟拜泣去。補荔波，調貴筑。乙丑、戊子，兩充鄉試同考官。升松桃直隸廳同知、貴陽府知府，清釐積牘至數百件。時黎平有賄買頂凶之案，將就戮矣，得其實，爲平反焉。擢廣西左江道，調湖北安襄鄖荆道。所轄境與秦楚豫壤相錯，俗悍多盜。時與提軍羅思舉會哨於鄖，宵小斂迹，羅特敬禮之。以父憂歸，服闋，授河南開歸陳許道。值河決祥符，督修兩壩工程，昕夕從公，數月蕆事。升兩淮鹽運使，未之任，擢甘肅按察使，獲白蓮教匪夏長春、毛智遠等，并他省黨與悉就擒。中衛縣民有鬻童養媳爲娼者，不從，炮烙死，爲請旌女，而置某於法。升陝西布政使，時巡撫爲林文忠公則徐，深相契，至舉以自代。旋權撫篆，次年遂有真除之命。歷一年，升江南河道總督。計自州縣起家，洊歷開府，莫不勤以律身，誠以報主，歷始終如一日。其他汲寒畯，撫灾黎，周恤知交，創興義舉，美德非一端焉。咸豐五年冬卒於任，照軍營病故例賜恤，予祭葬。謚端勤，祀鄉賢。

（［宣統］《聊城縣志》卷八，宣統二年刻本）

楊以增傳

楊以增，字至堂，山東聊城人，道光二年進士，知貴州荔波縣，調貴筑，歷升松桃廳同知、興義府知府、廣西左江道。調湖北安襄鄖荊道，治盜有聲，提督羅思舉甚重之。父憂歸，服闋，授河南開歸道，轉兩淮鹽運使，擢甘肅按察使，捕妖民夏長春等，悉平其餘黨。雪貞女冤，致雨，人比之東海于公。遷陝西布政使，時關中旱饑，巡撫林則徐舉以增自代，遂署巡撫，旋實授，禱雪輒應，歲以大熟。諭屬吏曰："三輔土厚民醇，然大災以後，元氣未復，牧民者無事更張也。"會回疆有警，命署陝西（當作甘）總督，總理糧臺，尋授江南河道總督。是時已減河工經費，以增至，悉力揩柱，盡除浮費。嘗除夕風雪中幕河上，薪炭鹽米不以屬吏官錢。官吏奮興，工歸實用，較嘉慶中費不什一。會粵匪犯江寧，兵事日亟，舊費歸河工者悉移以餉軍，河事倚閣不行，而兵勇備防堵者方日日索哺。以增先機籌劃兵食，不見罅漏，兵民安謐。以勞致疾，卒於官。奉旨照軍營病故例議恤，贈右都御史，蔭一子，以知縣用，賜祭葬，謚端勤，祀陝西名宦、本縣鄉賢，國史有傳。

（《清代河臣傳》，《中國水利珍本叢書》本）

懷楊至堂先生

楊至堂先生名以增，聊城人，道光壬午進士，任陝西巡撫。時先施過余，所以存恤之者備至。後官南河總督。余每進謁，必流連談宴終日。有所陳請，無迕者。先生於文字、學問有深嗜焉，於所歷，必訪問名士學人，輒延幕中。官河督時，即禮延包慎伯，問治河方略。包丈性樸直，議論有不合，輒呵責背譏。先生聞之，無幾微拂忤，故人皆以厚德推之。

藏書最富，家中構海源藏弆，殆與四庫埒。任開歸道時，適移任匝月餘而河決，尚留汴辦嚴未行。先生籍在任所，得三萬餘金，移交後任，云："吾得幸免。然河決，則吾未豫事之過也，敢享其利乎？"後在清河時，粵賊由南而北，俶擾中原，清河四面潰壞。先生所轄之境晏如，僉以爲厚德所致云。

世道寔交喪，澆風散淳元。亮惟仁者風，厚植扶其原。河岳生偉人，德量宏以敦。處變泯權智，任重無輕軒。顧惟文字間，性命篤好存。下士或尺寸，必與共討論。搜奇及溲勃，蓄異矜瓀璠。煌煌海源閣，吞吐納百川。津逮伊何人，吾昔窺其藩。斯人忽頹落，吾道誰能援？兵氣黯江皋，豺虎迹實繁。翳誰篤淳洽，靖此禍亂源。流涕望高穹，義深陳苦言。

（周騰虎《餐芍華館詩集》卷八，光緒十九年刻本）

翰林院侍講學士楊公墓誌銘

張英麟撰

公諱紹和，字彥合，又字勰卿，姓楊氏，係出華陰，遷山西洪洞。明初有以軍功授臨清衛指揮者，遂爲山東都司東昌衛右所人，國初改歸聊城民籍。曾祖考諱如蘭，議叙州吏目。乾隆三十九年，臨清賊王倫伏誅。巡撫檄東昌府捕黨羽，株連甚衆。吏目公方爲府掾吏，痛其誣而不敢言，中夜自蓺帷幬，燔其名册，及明自縛請罪。巡撫驚怒，既而太息曰："微汝，當坐死萬餘人。"事竟獲寢。陽湖孫星衍傳其事，稱義士云。祖考兆煜，嘉慶三年舉人，即墨縣教諭，有文行，鄉人謚爲孝直先生。考諱以增，道光二年進士，江南河道總督兼漕運總督，晋贈都察院右都御史，予謚端勤。公之曾祖考、祖考皆贈榮禄大夫。
曾祖妣趙氏，祖妣和氏、趙氏皆贈一品夫人。妣徐氏、朱氏，皆封一
品夫人。端勤公有三子，公其仲也。生有夙慧，韶齔即知嚮學，性端
重，喜怒不形於色。年十八爲縣學生。旋中咸豐二年舉人。歷官内閣
中書，户部候補郎中，以軍功擢候補道，軍機處記名，遇陝西道缺簡放。
已而舉同治四年進士，改庶吉士，散館一等，授翰林院編修，擢詹事
府右春坊、右贊善、右中允、司經局洗馬，賞戴花翎。再擢翰林院侍
讀，賞三品銜，陞用侍講學士，充日講起居注官、文淵閣校理。大考
二等，遇缺題奏。光緒元年京察一等，覃恩晋階通議大夫。光緒元年
十二月二十二日卒。距生於道光十年十二月二十二日，年四十有六。
初，端勤公以河督奉命治軍江北，兼江南北糧臺大臣。公侍端勤公於
戎幕，贊畫機宜，凡盤錯之事，皆畀公任之。是時，軍食支絀，盜賊
縱横。數百里内，大局且潰敗不可問。論者推端勤公捨柱之功爲當時
第一，而亦稱公爲能佐其父。咸豐五年，端勤公卒於軍。公哀毀骨立，
然檢核文書，鈎稽錢穀出入，皆井井有條。其後河決賈莊，前後總督
咸罷攤賠之罰，獨端勤公無所絓累焉。

　　洎公爲户部郎中，條錢法利弊，尤爲僚吏所稱。户部侍郎濱州杜
公奉命爲山東團練大臣，乃奏公自隨，一切倚辦於公。時土豪治團練
者，多與長吏齟齬，蒲臺縛縣令，鄆城、堂邑抗漕。公至輒解散，其
衆不敢旅拒，以鄉人無賢不肖素諗公名故也。杜公召還，巡撫譚端恪
公復留公總軍務。及流賊圍東昌，公乞師於科爾沁忠親王，王分五百騎，
使公將以赴援，累戰皆捷，東昌圍立解。公遂擢道員，記名簡放。然
公雅不欲外吏，上書巡撫，請假省親。巡撫既留公，陝甘總督又檄公
赴陝，公於是請於朱太夫人。太夫人復書曰："汝父未葬，吾已老，其
善辭之。"公再辭於忠親王，三辭於譚公，始獲引退。居三年成進士，
授職編修，仍爲京朝官。又以獎叙引見，奉恩諭召對，垂詢先世及山

東剿賊事，立擢右贊善，且拜花翎之賜，一時尤羨爲異數云。公退而條上四事，曰求才宜慎，曰兵制宜改，曰節財用，曰謹海防。疏入報聞。蓋同治中戡定大亂，遠夷懾國威，約束尚易，然公已鰓鰓焉慮異日禍亂之不可測，其深謀至計豈近世功名之士所能及其萬一者哉？故公之卒已二十年，而知公前事者猶太息。其言如蓍龜之畢中，嗚呼，可謂知幾之君子矣！然公年未五十而卒，不獲展其匡濟之略，則尤可痛惜者歟。

公踐履篤實，孝友稱於里鄰。三族之戚待公舉火者恒至數十家。贍於文辭，援筆立就，而義法精密，不愧古之作者。年七歲以賦詩，受知於林文忠公，遂執贄爲弟子。後又受經學八法於包大令世臣，受古文辭於梅郎中曾亮。藏書之富冠於海内，著有《楹書隅録》二十卷（按：楊紹和撰《楹書隅録》五卷、《楹書隅録續編》四卷，凡九卷）、詩文集十二卷。娶傅淑人，江蘇巡撫傅公繩勳長女，後公六年卒，合葬於聊城坰西一鄉田家莊孝思原。子保彝，同治九年舉人，户部廣東司郎中陞用道。孫男、女各一，皆幼。公之初卒，保彝以朱子狀其父韋齋在四十年之後，故不敢亟撰公之事實。光緒三十年，始以行狀走京師，乞英麟銘。英麟與公會試同年，又同居館閣，公之執友存者，英麟一人而已，故不辭而爲之銘。銘曰：

　　翼翼楊公，圭璧其躬，學爲儒宗。闓繹庭聞，以誦先芬，孔武孔文。武揆文奪，亦有嘉謨，天子曰都。車掣馬攻，其軌隆隆，胡命不融。蘊如淵泉，施則涓涓，其報在乎，子孫之賢。

　　（〔宣統〕《聊城縣志》附《耆獻文徵》卷又下，宣統二年刻本）

楊紹和傳

　　楊紹和，字彦合，號勰卿，端勤仲子。生有夙慧，七歲能詩。咸豐壬子舉於鄉，旋丁父憂。服闋，由中書改官戶部郎中。上書當事，陳鈔法利弊。杜侍郎翩充山東團防大臣，奏調襄辦國練，清釐齊河爭團，武定縛官，堂邑、鄆城、單、莘抗漕諸巨案，一裁以法。辛酉春，杜侍郎還京，巡撫譚奏留辦山東軍務。時賊勢張甚，請於僧邸，自率鄉兵數百人，身當前敵。初戰於附郭，再戰堂邑、柳林及莘、冠諸邑，殲數千人。旬餘迭復四縣。事平，擢道員，奉旨交軍機處記名，以陝西道缺簡放。維時父喪未葬，遂請假家居。三年成進士，入翰林。召見時，垂詢家世并山東辦理軍務情形事甚悉，遂擢右贊善。時民教相哄、燒毀洋樓之案，夷使相持不解。疏陳四事，大旨在慎求才，改兵制，節財用，謹洋防。厥後海疆多故，交涉日棘，已早卓見及之。生平篤於師友，如劉漁村、梅伯言、包慎伯，故後均刻其著作行世。鄉里困乏，助婚嫁、籌喪葬者，未易一二數。爲學得主敬工夫，而尤邃於漢學，名物訓詁，研究精密，《毛詩》《公羊》，皆有札記，未成書。所成者《楹書隅錄》及詩文集而已。卒祀鄉賢。

　　　　　　　　　　　（［宣統］《聊城縣志》卷八，宣統二年刻本）

誥授資政大夫二品銜陞用道戶部廣東司郎中楊府君墓誌銘
柯劭忞撰

　　光緒之季，庚年鄉榜同年已寥落如晨星。時同客都門者，惟聊城楊君暨予猶健在。握手道故，相得益彰。既君歸隱陶南別墅，未幾亦捐館舍，□□□□，爲之愴然。蓋予與君厞將同年，而且同齒，何遽先我而逝耶？今距君之歿又十數年，嗣子承訓以銘幽之文尚缺，亟思補志。壬戌秋，以狀來乞銘。於忝屬同譜，曷敢以不文辭？

按狀，君諱保彝，字爽齡，號鳳阿。曾祖諱兆煜，嘉慶三年舉人，即墨縣教諭，謚孝直先生，誥贈榮祿大夫，曾祖妣和氏、趙氏皆一品夫人。祖諱以增，道光二年進士，江南河道總督，予謚端勤，誥授榮祿大夫，祖妣徐氏、朱氏皆一品夫人。考諱紹榖，雲南大理府通判，晉贈資政大夫，妣任氏，晉贈夫人。本生考諱紹和，同治四年進士，翰林院侍讀，賞加侍講學士銜，誥授中憲大夫，晉贈資政大夫；本生妣陳氏，誥封恭人，晉贈夫人。君幼秉庭訓，循禮法，讀書目數行下，爲文千言立就。弱冠補博士弟子員，旋領鄉薦。當同治九年，并補行丁卯科本省鄉試。通榜一百四十六人中，維君與予年最少。□然後，鄉人羨之。顧予至光緒十二年始幸捷南宮，君乃困頓名場，偃蹇家居者十餘年。其間遭嗣母喪、本生父母喪、承重祖母喪，四次守制，屢誤春官之試。由是灰志進取，以恩蔭知縣改官中書舍人，充總理衙門章京。熟悉中外情形，遇事多有建白，上官倚如左右手。遽轉戶部廣東司郎中升用道，并加二品銜。當二十六年拳匪之亂，京師岌岌，君力陳義和團不可恃，外交不宜失和，懇請本衙門長官代奏。當事以言過激，格於上聞。既而聯軍入都，兩宮西狩，卒如所料。

變法以來，因不合時宜，退隱肥城陶南山莊，辟眉園以居之，絶口不談及時事。喜尚論古人，下迄本朝掌故，清辯滔滔，聽者忘倦。省城師範學堂成立，東撫吳公遂爲教務長。道諸生趨正學，兼任《山東通志》局會纂。時吾友孫佩南京鄉、法小山徵君、宋晉之庶常諸君子皆在局，宿學名儒，萃集一堂。方爲志書前途幸，孰意開辦伊始，孫、法兩君相繼篤古，君回里就醫，亦返道山，適成文獻厄運，爲之於邑。

祖端勤公性嗜書，所收數十萬卷，兼宋元精槧經史子集若干種，庋海源閣藏之。君對於遺書倍極珍護，勿燥勿濕，數十年如一日。病中自知不起，以存書及字畫等稟官立案，願永世保守。其善承先人遺澤，可謂始終不替矣。

君生於咸豐二年七月初九日，卒於宣統元年十二月二十三日，春秋五十有八。元配孫氏，濟寧順天府尹諱楫女，贈夫人。繼配王氏，諸城兩淮鹽大使諱志浩女，佐理家政，巨細咸理。夫故後，梓嗣營葬，殫竭心力；保守遺產，視海源閣書籍尤重。有書存與存之志，使倚勢欲攘奪者氣沮，聞者賢之。封夫人，後君十三年卒，合葬於聊城西一鄉田家莊孝思原祖塋之次。茲謹據承訓所述，參以見聞所及，爲詳次於右。銘曰：

泰山之陰，靈鐘出震。大河以西，是生英俊。

早登桂榜，始微發軔。薇省從公，矢勤矢慎。

佼佼總署，□□康玩。建言預防，啓□□□。

志弗獲伸，□勇退流。順歸陶南，喜接田畯。

師範虛席，將成後進。文獻搜羅，有之不吝。

才豐遇齧，蒼蒼仰訊。幽宮永閟，松楸長潤。

聊攝之間，□立名振。與光岳樓，同其高峻。（本銘原碑字有漫漶）

（聊城市東昌府區西南田莊村楊氏孝思原祖塋原址）

楊保彝傳

楊保彝，字奭齡，號鳳阿，紹和子。以祖父端勤公以增蔭得知縣。幼稟庭訓，循禮法，天懷曠逸。喜尚論古人，下迄本朝掌故，口若懸河，令人娓娓忘倦。同治庚午，舉賢書。以迭遭父母喪、嗣父母喪、祖母之喪，偃蹇家居者十餘年，所學益有根柢。改官內閣中書，轉員外郎。入總理衙門，遇事多有建白。爲濟寧孫文愨公毓汶所倚重，資深擢道員，晋二品銜。光緒庚子，拳匪肇亂。京都顯宦多惑於拳黨，且有崇之者。保彝獨力陳其不可恃，且論外交之不宜失和，以格於當道，不見納。既而公使被戕，激怒鄰邦，聯軍入京，兩宮西狩。其禍卒如所料，可謂有先見矣。

變法以來，以不宜於時，遂退隱於肥城陶南山莊。築眉園以居之，絕口不談時事。居平自奉儉約如寒素，每與鄉鄰清話，人愛戴之，若忘其爲顯貴者。東撫吳公聞其賢，延爲續修《山東通志》局會纂，并充優級師範教長。以歲饑，諸生膏火不敷，捐薪俸以濟之，旋亦辭歸。憫時將亂，以鬱憤致疾卒。無子，擇族子嗣。病革時，以祖父所遺海源閣宋明板書及古字畫金石，稟官立案，永作家祠世守，勿爲子孫毀弃。論者謂其保存先人遺澤，爲無忝所生云。

（〔宣統〕《聊城縣志》卷八，宣統二年刻本）

茌平縣郡庠生翰林院待詔劉廷桓之妻楊氏節孝坊碑陰文

楊氏，聊攝人，原任南河總督楊至堂先生之女公子也。行五，性聰穎，夙嫻姆教，嗜古工詩畫。憑東郡葉雲臺先生爲媒，許字劉漁村年伯之三子名廷桓爲妻。年十九於歸劉門，事姑嬋惟謹，夫妻相敬如賓，言未嘗輕出，身未嘗輕動，即處叔姑伯姊間，亦未嘗偶愆於禮，一家咸敬重之。翁姑聞之而色喜，是真能養親志者也。

結縭七載，夫忽患重疾，氏晝夜惶恐，幾至目不交睫，因而披覽醫書，寢食俱廢，服藥終不見效。及夫疾篤，忽聞食人肉可愈，遂剪臂肉暗投藥中服之，依然無靈。氏中心如焚，莫知所出，曾口占七言絕句二首，以泄悲憤。其一曰：“瑟琴和樂欲分張，無限傷情似斷腸；顰蹙春山牙緊閉，剪刀一落血濡裳。"其二曰："玉露凋傷雨又綿，寒風陣陣透窗前；凉侵綉閣琴書冷，獨伴觀音願奉仙。"及夫物化，又成五言律詩一首，詩曰："痛恨日如年，陰陽各一天；鴛鴦惟有夢，琴瑟竟無弦；矢志梅同潔，盟心柏共堅；花開不能果，血泪滴如泉。"詩皆惻惻動人。

　　夫故後，氏欲殉節。因生有二女，俱在繈褓中，恐捨此貽累，更致大傷親心，遂不果。然自孀居以來，益謹謹自守，不苟言，不苟笑，眠未嘗去衣，起居必以禮，凛凛然有曹大家風。幸有二女稍慰寂寞，孰意次女許字濟南府李公慶翔之二子，未於歸而逝；長女適原任高密縣史省庵明府之四子，不數年亦逝。氏孤苦伶仃，旁觀亦代爲太息。今年已六旬，隨時隨地猶未敢稍馳防閑。噫！天何苦其命，一至此極乎？其或屢試其心，而愈以彰其節乎？如此懿行，直可登古賢媛之堂，而與之抗禮矣！茲特述其平生梗概，勒諸坊陰，亦國家彰善之至意也。是爲序。

辛丑科翰林院檢討現任禮部尚書年侍生畢道遠撰文
己未科傳臚候補道前任甘肅寧夏府知府姻侍生朱學篤書
光緒十二年歲在丁亥清和月穀旦　立石

（聊城市茌平區馮屯鎮蔡劉村劉氏祖塋）

後　記

　　2016 年 6 月某日，去南京圖書館查閱善本資料，偶遇沈燮元先生，受囑將國家圖書館出版社出版的《海源閣善本叙錄》呈上雅正。先生隨即放下案頭工作，瀏覽起來，并點出幾處，給予肯定，道"你將海源閣研究出花兒來了"，初不解其意。先生見我疑惑，又道："前出《海源閣研究論集》，是論文集；後又出《海源閣藏書研究》，是個綜合性的；再後又出《楊氏世家研究》，是從家族的角度研究的。現在又從所藏善本的角度研究，是不是多樣化多角度的研究呢？"沈先生是資深版本學家、古籍整理專家，高屋建瓴，從這樣一個視角概括了我們的海源閣研究，實際上是打開了研究視域的大門。2017 年，於中國社會科學出版社又出版了 150 多萬字的《楊以增奏稿校注》《楊以增年譜》。至此，就內容而言，從藏書、家世、宦歷等方面都作了一些研究；從著述方式上，論文集、綜合性的研究專著、叙錄體的版本專題研究及年譜、校注等皆已有之。海源閣雖是一個藏書樓，但其主人閱歷豐富，涉事極多，既是藏書家、刻書家、抄書家、學者，又是儒官循吏，宦涯坎坷，政績頗著，并有詩文及大量題跋創作。因此僅從藏書、宦歷等方面研究，仍然不能反映其全貌。

楊氏還是文學家、文獻家，這一點在以前的研究中雖有涉獵，但并不系統。時至今日，楊氏著述已大半散佚，今存鮮少，但仍存有三代詩文集三部，其餘則大多散於集外。欲進行綜合性的"玩出花樣兒"式的研究，對其著述及創作進行全面而系統的搜集、整理，勢在必然。

　　治海源閣有年，關注其佚作是自然之事。傅斯年説過"一份材料出一份貨"，新材料是拓展、深入研究的基礎。於是每到一處，隨時挂袋搜集，日積月纍，竟有五十九篇。這些佚作對楊氏的生平事迹、宦歷、藏書、刻書、治學、交游等研究大有裨益。但尋找、輯録過程漫長，更需機緣，既有"上窮碧落下黄泉，兩處茫茫皆不見"之艱辛備嘗，也有"驀然回首，那人却在燈火闌珊處"的意外驚喜。其中之酸甜苦辣，頗有不足爲外人道者。2005 年 8 月某日，赴某館查閲宋刻本。館員將其視作文物，不讓閲覽，後經通融，可以閲覽。然每閲一册，要價百元，全部看下來需要 2000 多元。彼時尚在讀博階段，經濟拮据，但又不得不看，無奈之下，討價還價，軟磨硬泡，始得目驗。2006 年 8 月中旬去國圖查資料、迻録跋文，與楊洪生師兄一起，住在馬路斜對過首都體育館墻下簡易旅館，每晚僅二十元，蚊蟲叮咬，悶熱難熬，條件極爲簡陋。後來杜澤遜老師出差北京，竟亦與我倆同住兩晚。期間頗得杜老師指點迷津，受益良多。杜老師那時已是博導，擁有數百萬的課題經費，然絲毫不嫌陋舍，淡然處之，笑曰："我還住過五元一晚的房間呢。"老師的樸素與修爲至今歷歷在目。某次查完資料，抄録的筆記本竟佚而不見，不得已重回再查。2006 年 4 月某日，於盋山下南京圖書館目驗楊以增致丁晏的親筆信札，這也是首次欣賞到楊氏手迹，紅箋墨字，墨香猶在，頗感興奮，急録之以存。2007 年 4 月，意外發現清道光二十七年（1847）黄鶴求是齋鈐印本《試篆存稿》八卷藏於哈佛大學哈佛燕京圖書館，卷首有楊以增、林則徐序，遂托友人録之，可惜不全。直到 2020 年 5 月 15 日偶見孔夫子舊書網上有複印本出售，隨即購得，楊跋始獲全篇。2020

年3月，新冠疫情壓城，身患神經麻痹症，治療數月仍不痊愈，又加腰疾重犯，痛苦難耐；時又恰國家社科結題之最後通牒，聲聲催耳，焦慮不安。某日瀏覽孔網，竟發現一部楊以增手寫本《溧陽史禮堂先生論文三十則》，上有道光二年楊以增跋文，詳叙抄録原委，於是心情大好。此書爲清史祐撰，原已刻過，然刻本今已不存。此寫本不僅讓我們欣賞到楊以增早年手澤，且爲孤本獨帙，珍貴異常。4月10日下午，德州書估孫某攜書而來，言2003年春，其祖父自中國書店拍賣會上得之。協商後，仍以高價購得，頗有“苦中作樂”之慨。海源閣刻本有四十多種，雖然數量不多，但皆爲精審之本，且大多載有楊氏刊跋。二十多年來，陸續購藏近二十種，收在此集卷首、卷中之書影原書大多爲己所藏。清咸豐元年（1851）楊以增刻本《釋奠考》爲罕見之本，亦是孤本獨帙，《海源閣刻書考》及其他目録均未著録。2018年5月，筆者於蘇州四禮堂拍賣會偶然發現，終以兩萬元拍得。儘管價昂，亦不吝資財，喜載而歸。濰坊藏書家劉洪金先生近年來專收山東文獻，亦想拍下此書，見筆者研之必須、渴之心切，慨然相讓。2019年5月，上海博古齋拍賣會驚現清咸豐二年海源閣刻本《六藝堂詩禮七編》，爲三十年來首次面世。筆者因資金不裕，中途而止。劉先生言“一定要讓家鄉刻本回到家鄉”，遂接力舉牌，以重金收得。劉先生之高風亮節及對鄉邦文獻的篤愛，令人感佩贊嘆。其後筆者又搜得殘本《毛鄭詩釋》兩卷，亦了宿願。賢弟廣騫隨余亦治海源閣，讀博期間，一起合作完成《楊以增奏稿校注》《楊以增年譜》兩書。其後接力搜集佚作，收獲不少。如道光間東昌府坊刻本《賦料類聯》卷首有楊以增序，乃得於孔網之售書信息。時此書已被山東陽穀縣董兄購藏。董兄酷愛傳統文化，尤好收藏古代醫書，慨然將序跋及目録圖片相贈，使楊以增這一寶貴佚文得以爲學界知曉。又如爲搜集楊以增擔任陝西巡撫之文獻，遂翻檢李恩繼、文廉修，蔣湘南纂［咸豐］《同州府志》，於卷首《聖製紀》發現楊以增所撰《奉命致祭西岳華

山文》，恰可與楊以增道光二十七年（1847）五月二十四日所上《遵旨
虔詣岳廟恭懸御書匾額摺》相補充，一摺一文，詳加對讀，而楊以增此
次致祭之本末遂得以更加明晰。再如楊以增存世函札頗少，在上海圖書
館查找資料時，偶遇田家英所藏《小莽蒼蒼齋藏清代學者書札》，心神
不僅爲之一振。忙自架上取下，逐頁翻查，竟獲楊以增《致友人書》一
封，工筆正楷，書於黃紙便箋之上，楊以增書札之原貌亦可據此略見端
倪，捧讀之下，如對古人，令人遐思頓生，心神暗馳。

　　此書前期搜集零篇，得諸佚作，做過初步整理，曾撰《海源閣楊氏
著述考述》，并點錄《退思廬文存》《儀晋觀堂詩鈔》《歸瓿齋詩詞鈔》等。
後由周廣騫補輯佚作，整合編纂，系統校注，廣搜博稽，細究詳考，字
數竟數倍於原文。至此，楊氏詩文集輯佚校注告一段落，嗣後又有發現，
冀再補遺。山東省圖書館古籍部杜文虹、唐桂艷老師協助提供楊氏手澤；
出版之際，潘肖薔編輯亦爲校勘、出版付出了大量勞動，在此一并謹謝。

丁延峰識於古源閣

2020 年 6 月 26 日